HEYNE ⟨

AF131277

DAVID WELLINGTON

PARADISE ONE

ROMAN

Aus dem Englischen
von Jürgen Langowski

WILHELM HEYNE VERLAG
MÜNCHEN

Titel der Originalausgabe:
PARADISE-1

MIX
Papier | Fördert
gute Waldnutzung
FSC® C083411

Penguin Random House Verlagsgruppe FSC® N001967

3. Auflage
Deutsche Erstausgabe: 08/2024
Copyright © 2023 by David Wellington
Copyright © 2024 dieser Ausgabe
und der Übersetzung by Wilhelm Heyne Verlag, München,
in der Penguin Random House Verlagsgruppe GmbH,
Neumarkter Straße 28, 81673 München
produktsicherheit@penguinrandomhouse.de
(Vorstehende Angaben sind zugleich Pflichtinformationen nach GPSR.)

Redaktion: Joern Rauser
Umschlaggestaltung: Das Illustrat, GbR,
nach einem Coverdesign von Sean Garrehy - LBBG,
unter Verwendung von Shutterstock
(AlenD, Andrey Benardos, IvaFoto, Sergey Nivens)
Satz: satz-bau Leingärtner, Nabburg
Druck und Bindung: CPI books GmbH, Leck
Printed in the EU

ISBN: 978-3-453-32320-9

diezukunft.de

Für Sie, meine Leser.
2003 habe ich den ersten Roman verfasst.
Zwanzig Jahre und zweiundzwanzig Bücher später
möchte ich allen danken, die mir auf diesem Weg
Gesellschaft geleistet haben!

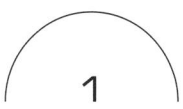

1

NOCH drei Tage bis zum Anbruch der Dämmerung auf Ganymed. Die Kälte schien durch den Raumanzug bis in ihre Knochen einzudringen. Jupiter, die einzige Lichtquelle, stand als schmale braune und orangefarbene Sichel reglos am Nachthimmel. Hin und wieder zuckte ein Blitz über den weitgehend dunklen großen Planeten. Die Entladungen waren so gewaltig, dass sie sogar über eine Entfernung von einer Million Kilometern hinweg lange schwarze Schatten auf das Eis des Mondes warfen.

Alexandra Petrowa ließ die Schultern kreisen und wackelte im pulvrigen Eis mit den Zehen, um die Blutversorgung der Beine in Gang zu bringen. Seit schon fast sechs Stunden lag sie auf der Kuppe eines Höhenzuges, weit entfernt von der Wärme und der erheblich besseren Luft des Habitats im Selket-Krater. Vielleicht zahlte sich die Tortur ja doch noch aus.

»Brandwache Eins-Vier, ich habe Sichtkontakt«, flüsterte sie. Das Anzugmikrofon erfasste die Meldung und sendete sie zu einem Satelliten, der sie an einen Funker in einem Kontrollturm im Krater weiterleitete. Von dort aus wurde sie in die hübschen, gemütlichen Büros der Brandwache Vierzehn übermittelt - zum Hauptquartier der Militärpolizei auf Ganymed. »Zielperson ist etwa dreihundert Meter entfernt und bewegt sich nach Nord-Nordwest.«

Sie blieb so still wie möglich liegen, weil sie ihre Position keinesfalls verraten wollte. Direkt unter dem Höhenzug sprang ein Mann vorsichtig bergab, indem er von Felsblock zu Felsblock hüpfte. Er bewegte sich auf ein Gewirr schmaler kleiner Canyons zu. Der Mann trug einen hautengen, leuchtend gelben Raumanzug. Kein großes Visier, nur eine dunkle Schutzbrille. Die Hälfte aller Arbeiter auf Ganymed verwendete solche Anzüge – sie waren billig und ließen sich leicht flicken, außerdem wurden sie in Signalfarben geliefert, damit man die Leiche problemlos auf der vereisten Oberfläche fand, falls der Träger dort draußen starb. Der Barcode auf dem Rücken verriet ihr, dass der Anzug einer gewissen Margaret Dzama gehörte.

Petrowa wusste, dass dieser Anzug gestohlen war. Der Mann, der ihn jetzt trug, ein ehemaliger Medizintechniker namens Jason Schmidt, war vermutlich der schlimmste Serienmörder in der jahrhundertelangen Geschichte der Ganymed-Kolonie. Petrowa hatte in mehr als zwanzig Vermisstenfällen Beweise gefunden, die direkt zu Schmidt führten. Man hatte zwar keine einzige Leiche entdeckt, aber das war gar nicht so überraschend. Ganymed galt zwar als einer der am dichtesten besiedelten Orte im ganzen Sonnensystem, da draußen gab es jedoch viel Eis, das noch niemand erforscht hatte. Also war dies genau der richtige Ort, um Tote zu verstecken.

»Brandwache Eins-Vier«, sagte sie. »Bitte um Erlaubnis, einen gewissen Schmidt, Jason festzunehmen. Die Dokumente habe ich bereits eingereicht, mir fehlt nur noch die Genehmigung für den Vollzug.«

»Verstanden, Lieutenant«, antwortete Eins-Vier. »Wir gehen den Fall gerade durch und vergewissern uns, dass Sie auch wirklich zuständig sind. Wir werden das umgehend klären. Bitte warten.«

Die Beweise, die gegen ihn vorlagen, mochten nur indirekt sein, aber Schmidt war der richtige Mann, da war sie sicher.

Das musste sie auch sein. Ihre ganze Laufbahn hing von diesem Fall ab. Als Lieutenant-Inspektorin der Brandwache verfügte sie über weitreichende Kompetenzen, um selbstständig Ermittlungen durchzuführen, aber diesen Einsatz durfte sie auf keinen Fall vermasseln. Ihren Job und den Rang hatte sie nur dank ihrer persönlichen Beziehungen ergattert. Das Problem bestand nur darin, dass dies auch alle anderen wussten. Ihre Mutter Ekaterina Petrowa war früher die Direktorin der Brandwache gewesen. Petrowa war also in die Firma der Familie eingetreten, und jetzt glaubten alle, die einflussreiche Mutter könnte der Tochter einen allzu leichten Zugang zur Akademie verschafft haben.

Wenn sie diesen Fall aber löste, konnte sie den Neidern zeigen, dass sie mehr war als nur die Tochter ihrer Mutter und dass sie fähig war, diesen Job wirklich auszufüllen. Die Leitung der Brandwache hatte die vielen Vermisstenfälle einfach zu den Akten gelegt - wahrscheinlich war Lang, die neue Direktorin, der Ansicht, ein paar vermisste Bergleute auf Ganymed seien nicht wichtig genug, um wertvolle Ressourcen für die Suche zu verschwenden. Schmidts Verhaftung wäre jedoch ein echter Gewinn für Lang und auch für Petrowa selbst. Damit würde die Brandwache gut dastehen - die Menschen auf Ganymed würden sehen, dass die Brandwache zur Verfügung stand, um sie zu beschützen. Es wäre ein PR-Coup.

Sie musste nur noch jemanden im Selket-Krater überzeugen, ihr die Erlaubnis zu geben, damit sie die Verhaftung vornehmen konnte. Das sollte doch eigentlich nicht so schwierig sein. Warum ließen sie sich so viel Zeit?

»Brandwache, ich brauche die Genehmigung, die Verhaftung durchzuführen. Bitte um Entscheidung.«

»Verstanden, Lieutenant. Wir warten noch auf die endgültige Bestätigung.«

Unterhalb von ihr blieb Schmidt auf einem Felsblock stehen, drehte den Kopf hin und her und betrachtete die Umgebung. Konnte er sie irgendwie bemerkt haben? Oder hatte er sich im Zwielicht verirrt?

»Verstanden«, antwortete sie. Dann kroch sie einen Meter weiter nach vorn. Gerade so weit, dass sie Schmidt im Auge behalten konnte. Wohin wollte er? Wahrscheinlich hatte er sich hier draußen im Eis eine Art Lager eingerichtet, vielleicht einen Raum, in dem er die Trophäen seiner Morde aufbewahrte. Sie beschattete ihn schon seit einer ganzen Weile und wusste inzwischen, dass er oft die Wärme der Siedlung verließ und mehrere Stunden allein auf der Oberfläche verbrachte. Das war ihr ganz recht. Draußen fiel es nämlich leichter, ihn zu schnappen. In der dicht bevölkerten Stadt dagegen war es für ihn einfach, in der Menge unterzutauchen.

Dies wäre eine ausgezeichnete Gelegenheit. Sie konnte ihn hier im Eis vermutlich sogar lebend fassen und ihn zum Verhör in einen geheimen Stützpunkt der Brandwache bringen. Sie griff nach unten, tastete nach der Pistole, die an der Hüfte im Holster steckte, und vergewisserte sich, dass die Waffe geladen und schussbereit war. Leider gab es da ein Problem. Das kleine Licht am Gehäuse der Waffe glühte nach wie vor unfreundlich bernsteingelb. Das bedeutete, dass sie noch keine Schussfreigabe hatte.

»Brandwache, ich brauche die Erlaubnis«, drängte sie. »Gebt meine Waffe frei. Warum dauert das so lange?« Sie sprach leise, obwohl es gar nicht nötig gewesen wäre. Ganymeds Atmosphäre war kaum mehr als ein hauchzarter Schleier. Im Eis trugen die Geräusche nicht weit. Trotzdem, ein bisschen paranoide Übervorsicht konnte einem manchmal helfen, den Tag zu überleben.

Schließlich bewegte sich Schmidt weiter, sprang von seinem Felsblock herunter und kam in einem lockeren Haufen von Eisbrocken auf. Er landete auf dem Hintern und stützte sich mit den Händen auf dem Boden ab. Offensichtlich war er unbewaffnet. Ein leichtes Ziel.

»Erlaubnis noch nicht erteilt. Direktorin Lang hat bestimmt, dass sie persönlich eingeschaltet werden muss. Bitte um Geduld«, antwortete die Brandwache.

Petrowa atmete langsam ein und wieder aus. Direktorin Lang wollte hier persönlich entscheiden? Vielleicht war das gar kein so schlechtes Zeichen. Möglich, dass sich die Vorgesetzten wirklich für ihre Fähigkeiten interessierten. Im Augenblick bedeutete es allerdings erst einmal ein unerfreuliches Hemmnis. Auf die Erlaubnis der Direktorin zu warten, zog die Dinge furchtbar in die Länge. Oder noch schlimmer - vielleicht beorderte Lang sie aus reiner Bosheit auch einfach zurück.

Als Petrowas Mutter vor anderthalb Jahren in den Ruhestand gegangen war, hatte Lang mehr als deutlich erklärt, dass sie der Tochter ihrer Vorgängerin keinerlei Sonderrechte einräumen würde. Wenn Petrowa Pech hatte, erfror sie hier draußen im Eis, bevor Lang den Zugriff genehmigte.

Zum Teufel damit, sie wollte sofort losschlagen. Sobald sie genügend Beweise gegen Schmidt in der Hand hatte, würde niemand mehr ihren Kopf fordern.

Sie stemmte die Füße auf den Boden und sprang. In der niedrigen Schwerkraft fühlte es sich beinahe so an, als fliege sie. Vielleicht lag es auch an dem Adrenalin, das in ihren Kreislauf schoss. Aber ihr war es ganz gleich. Sie kam direkt hinter ihm problemlos auf zwei Füßen und einer geballten Faust auf. Mit der freien Hand zog sie die Waffe und zielte. »Jason Schmidt«, sagte sie. »Kraft meiner Befugnisse als Beamtin der terranischen Regierung und der Brandwache nehme ich Sie hiermit fest.«

Schmidt fuhr herum und sprang auf. Er war schneller und beweglicher als erwartet.

In diesem Augenblick meldete sich jemand in ihrem Ohrstöpsel. »Hier ist Brandwache Eins-Vier ...«

Schmidt ging direkt auf sie los, als wollte er sie angreifen. Das war eine absolut schwachsinnige Idee. Sie zielte doch mit der Waffe auf ihn. Zusätzlich hob sie noch die andere Hand und stützte die Waffe. Die perfekte Schussposition. Sie konnte ihn gar nicht verfehlen.

»... Genehmigung wurde überprüft ...«

Schmidt wurde nicht langsamer. Er versuchte auch nicht, es ihr auszureden. Aufgrund der geringen Entfernung konnte er sie weder überlisten noch dem Schuss ausweichen. Sie drückte auf den Abzug. Wenn er wirklich so viele Menschen getötet hatte ...

»... und abgelehnt. Wiederhole, Genehmigung zur Verhaftung ist abgelehnt.«

Das Licht auf dem Gehäuse der Pistole wechselte von Bernstein nach Rot. Der Abzug war blockiert – ganz egal, wie fest sie drückte, er rührte sich nicht mehr.

»Lieutenant, stellen Sie die Operation sofort ein und kehren Sie auf Ihren Posten zurück. Dies ist ein Befehl.«

Petrowa hatte gerade noch Zeit, sich zu ducken, bevor Schmidt sie rammte und auf das Eis warf. Unter der Wucht des Aufpralls zerbarst es, und ein Schneeschauer stob hoch. Atemlos schnaufte sie und konnte vorübergehend nichts mehr sehen. Sofort rappelte sie sich wieder auf und wollte Schmidt packen, doch sie verfehlte ihn und stürzte ein weiteres Mal mit dem Visier voran in den Schnee. Unbeirrt kam sie wieder hoch, drehte sich und wischte sich den Schnee vom Helm, damit sie ihn sehen konnte ...

Er war längst verschwunden. Natürlich. Und jetzt wusste er, dass sie hinter ihm her war. Er würde fliehen. Sich so weit entfernen, wie er nur konnte. Vielleicht würde er Ganymed sogar ganz verlassen und seine Mordserie woanders fortsetzen. Sie legte den Kopf in den Nacken und verfluchte die gleichgültigen Sterne.

2

»LIEUTENANT, bitte bestätigen Sie den letzten Befehl. Lieutenant? Hier ist Brandwache Eins-Vier, bitte bestätigen Sie ...«

Sie ging zu der Stelle, wo die Waffe heruntergefallen war und halb verschüttet im Pulverschnee lag, hob sie auf und schob sie ins Holster. Das Eis von Ganymed war dunkelgrau bis braun, doch das galt nur für die Oberfläche. Wo die Waffe eingesunken war, strahlte ein reinweißes Loch.

Ihre Stiefel und der Sturz in den Schnee, als ihr der Verdächtige entwischt war, hatten ähnliche Spuren hinterlassen.

Ebenso gut erkennbar waren auch die Abdrücke, die Jason Schmidt hinterlassen hatte. Sie führten um einen großen Felsblock herum und zielten auf die Schatten vor dem Höhenzug. Helle weiße Fußabdrücke, die sich deutlich von dem dunklen Eis abhoben. Und was war das dort drüben? Es konnte durchaus ein Licht sein. Ein künstliches Licht, das die dunkle Oberfläche anstrahlte. Offenbar befand sich dort eine Art Bauwerk. Ein Unterschlupf.

Vielleicht der Raum mit den Trophäen.

»Lieutenant? Bitte bestätigen Sie.«

Sie schlich um den Felsblock herum und sah genau das, was sie vorzufinden erwartet hatte. Das Licht kam aus einer alten Notunterkunft, im Grunde handelte es sich nur um den Bunker eines Prospektors. Mitten im Eis saß eine große metallene Luke, auf der langsam ein Licht blinkte - an-aus, an-aus -, das allgemein bekannte Signal dafür, dass sich die Anlage hinter dieser Luke in Betrieb befand und dass man dort Wärme und Atemluft erwarten durfte. Jason Schmidt war wie ein gehetztes Kaninchen in seinen Bau gerannt.

Sicher wäre es selbstmörderisch, ihm dort hinein zu folgen. Sie würde in seinen Unterschlupf eindringen, während er wusste, dass sie kam. Und ihre Waffe war blockiert.

»Lieutenant? Melden Sie sich, Lieutenant. Hier ist Brandwache Eins-Vier. Lieutenant, können Sie mich hören?«

Petrowa drückte auf einen großen Knopf auf der Luke, woraufhin die Luftschleuse die Atmosphäre abließ, um den Druck auszugleichen. Sie trat ein und schloss hinter sich die Außentür. Gleich danach glitt das innere Schott auf, und sie starrte in die Dunkelheit.

»Eins-Vier, ich verfolge den Verdächtigen. Ich melde mich, sobald ich eine Gelegenheit finde.«

Dann schaltete sie das Funkgerät aus. Der Apparat würde ihr sowieso nichts sagen, was sie hören wollte.

Hinter der inneren Tür der Luftschleuse führte ein betonierter Gang spiralförmig tief ins Eis hinein. Wo sie vorbeikam, flammten winzige Leuchten in der Decke und den Wänden hell auf und verblassten hinter ihr wieder. Unter der Decke dehnte sich das vollkommen reine Kondenswasser zu langen Stalaktiten. In Ganymeds niedriger Schwerkraft mussten die Tropfen lange warten, bis sie endlich auf den Boden platschen durften. Am unteren Ende mündete der spiralförmige Gang in einen größeren Raum. Sie rechnete damit, dort eine Art Lager mit Kisten voller Notvorräte und altem Bergbauzubehör zu finden.

Doch der Hauptraum des Bunkers war leer, offenbar vollständig ausgeräumt. Der Betonboden hatte Flecken, war aber frei von Abfall. Von dem Hauptraum zweigten ringsherum dunkle Kammern ab. Im Grunde waren es Höhlen, die ihr vor Augen führten, wie groß die ganze Anlage tatsächlich war. Dies war nicht einfach nur eine Notunterkunft. Es handelte sich um ein regelrechtes Bergwerk, das man offenbar aber aufgegeben hatte.

Sie glaubte, sie hätte etwas gehört – ein Geräusch von außen, das durch die Betongänge hallte, die mit brauchbarer Atemluft gefüllt waren. Vorsichtshalber ging sie in die Hocke und wartete reglos ab. Hier gab es keine guten Verstecke, aber vielleicht hatte Schmidt sie noch nicht bemerkt.

So kauerte sie geduckt im Schatten, während er aus einer abzweigenden Höhle herauskam. Den Anzug hatte er bis zur Hüfte heruntergekrempelt. Die Ärmel und der Helm pendelten hinter ihm. Er schleppte eine große Kiste, deren Inhalt er einfach auf dem Boden auskippte. »Ich bin wieder da«, rief er in einer Art Singsang, als wollte er Haustiere anlocken, die seine Rückkehr zu Hause erwartet hatten.

Petrowa betrachtete den Inhalt der Kiste, der auf den Boden rutschte. Es waren Hunderte in Silberfolie verpackte Rationen. Die bunten Aufkleber zeigten jeweils eine appetitliche Portion der Nahrungsmittel. Pürierte Möhren. Pilzeintopf. Algensalat. Ebenso wie jeder andere, der eine Weile auf Ganymed gelebt hatte, erkannte sie die Verpackungen sofort. Die hübschen Bilder waren nichts als Lügen. In den Folien befand sich tatsächlich Nahrung, die einen Menschen am Leben halten konnte, ohne den verlockenden Abbildungen jemals gerecht zu werden. Vielmehr handelte es sich eher um eine dünne graue Pampe, die in einem großen Bioreaktor gezüchtet worden war: Proteine und Kohlenhydrate in einer Brutkammer voller Zuckerlösung, ausgeschieden von genetisch manipulierten Bakterien. Das war genau die Art Nahrung, die ein Arbeiter bekam, der sich nichts

Besseres leisten konnte, weil ihm das Glück nicht mehr hold war. Die Regierung von Ganymed ließ niemanden verhungern, aber was einen da vor dem Verhungern rettete, war alles andere als ein Leckerbissen.

»Kommt und holt es euch«, rief Schmidt in demselben Singsang.

Als sie loslaufen und ihn endgültig festnehmen wollte, bemerkte sie in einer der Höhlen eine Bewegung. Dort drüben funkelten helle Augen, in denen sich das Licht spiegelte. Gleich darauf eilte das schmutzigste, ungepflegteste Menschenwesen heraus, das sie je gesehen hatte. Es rannte beinahe auf allen vieren und trug nichts als Lumpen. Das Gesicht war so schmutzig, dass sie weder das Geschlecht noch das Alter erkennen konnte. Vorsichtig, als hätte es Angst, näherte es sich Schmidt. Es sagte kein Wort und murmelte nicht einmal eine Begrüßung.

»Alles für euch.« Schmidt zog sich von den aufgehäuften Proviantpackungen zurück.

Nun bemerkte Petrowa auch in einer anderen Höhle eine Bewegung. Dann in einer weiteren - und kurz danach kamen aus einem Dutzend Richtungen gleichzeitig Menschenwesen zum Vorschein, die so schmutzig und verwahrlost wirkten wie das erste. Rasch schnappten sie sich die silbernen Päckchen von dem Stapel und rannten in die Höhlen zurück, als fürchteten sie, jemand könne ihnen das Essen wieder wegnehmen. Mit den Zähnen rissen sie die Packungen auf und steckten die Finger hinein. Sie kippten sich das Essen direkt in den Mund, wobei ebenso viel auf der Haut und in den Bärten landete wie zwischen den Lippen. Dabei wirkten sie beinahe selig, als hätten sie tagelang gehungert und als wäre dies das Beste, was sie je gekostet hatten.

Petrowa hatte keine Ahnung, was dies zu bedeuten hatte. Es wurde Zeit, die Antworten zu finden.

Sie richtete sich auf. »Schmidt«, rief sie. »Halten Sie die Hände so, dass ich sie sehen kann.«

Schmidt zuckte zusammen, ging dieses Mal aber wenigstens nicht wie ein wilder Stier auf sie los.

»Jason Schmidt, Sie sind verhaftet. Gehen Sie dort hinüber und drehen Sie das Gesicht zur Wand«, befahl sie.

Er schüttelte den Kopf. Er hatte die Hände gehoben, hielt sie aber so vor sich, dass sie nicht erkennen konnte, ob er bewaffnet war. Vielmehr machte er eine flehende Geste. Beinahe sah es aus, als wollte er auf die Knie fallen und sie um Gnade bitten.

Sie brauchte Antworten. Sie musste herausfinden, was hier vor sich ging. »He, Sie«, rief sie dem nächsten ungewaschenen Menschen zu. »Hält Sie dieser Mann hier gefangen? Brauchen Sie Hilfe?«

Der Mann - zumindest hatte das Wesen einen Bart - sah sie an, als hätte er sie jetzt erst bemerkt. Er ließ das Päckchen fallen, stolperte auf sie zu und tastete ziellos umher, als wollte er die leere Luft packen. Unwillkürlich wich Petrowa einen Schritt zurück. Sein Mund stand offen, doch der Laut, der herauskam, war kein Wort. Einfach nur eine ungeformte Silbe, die keinerlei Bedeutung hatte.

»Brauchen Sie Hilfe?«, fragte Petrowa noch einmal. »Wollen Sie mich um Hilfe bitten?«

»Das kann er nicht«, erklärte Schmidt. Sie richtete die Waffe auf ihn, woraufhin er verstummte und die Hände noch etwas höher hielt.

Das Opfer kam näher und griff nach Petrowas Arm. Sie entzog sich zwar, doch dann fasste der Mann nach ihrem Helm und bekam eine seitlich angebrachte Lampe zu fassen. Er krächzte laut und riss den Mund so weit auf, dass der Speichel in alle Richtungen flog. Sie musste ihn kräftig stoßen, damit er losließ.

Jemand anders zischelte wie eine Schlange. Auch die übrigen Opfer gaben jetzt unartikulierte Laute von sich, offenbar weil sie keine ganzen Worte bilden konnten.

»Was hat das zu bedeuten?«, fragte Petrowa. »Was haben Sie den Leuten getan?«

Ob dies die Vermissten waren, denen sie auf der Spur war? Sie hatte angenommen, Schmidt habe sie alle ermordet, aber sie waren hier, sie lebten noch und waren anscheinend seine Gefangenen ...

Inzwischen hatten sich alle in Bewegung gesetzt und torkelten auf sie zu. Mit den Händen machten sie unbestimmte Gesten oder griffen ins Nichts. Ihre Gesichter zeigten Ausdrücke, die sie nicht einordnen konnte. Und ständig stießen sie einsilbige Laute aus: *ph, kr, la.*

Sie griffen nach ihr und hielten sie an den Beinen und den Armen fest. Petrowa musste sich eilig rückwärts in Sicherheit bringen. Besonders kräftig waren sie nicht - aus der Nähe konnte sie erkennen, wie ausgemergelt und krank sie unter dem Schmutz wirklich waren. Vor allem aber waren es viele.

»Zurück«, befahl sie. »Haltet euch zurück! Brandwache!«

»Die verstehen Sie nicht«, rief Schmidt.

Schmidt - sie hatte vorübergehend nicht mehr auf ihn geachtet. Als die geifernden, gestikulierenden Leute auf sie zugekommen waren, hatte sie ganz vergessen, ihn im Auge zu behalten. Jetzt fuhr sie herum und sah, dass er die Rampe hinauf in Richtung Oberfläche schlich. Er hatte immer noch die Hände gehoben, doch er entfernte sich.

Eines seiner Opfer knurrte und hob die Stimme. Es war eine Frau, die nun mit schwachen Fäusten auf Petrowas Rücken einschlug. Petrowa stieß einen erschrockenen Schrei aus.

Dann stieß sie die Frau fort, vielleicht fester als nötig. Allmählich bekam sie Angst. Sie fürchtete sich vor diesen verwahrlosten Menschen - und sie brauchte unbedingt einen klaren Kopf.

Ja, es schien ihr wichtig, die Situation unter Kontrolle zu bekommen. Und sie wusste genau, wo sie damit anfangen musste. Schmidt wollte fliehen und rannte die Rampe hinauf. Sie stürmte ihm hinterher und drosch ihm den Griff der Pistole in den Nacken. »Runter!«, befahl sie. »Runter auf den Boden, und bleib liegen, du Arsch!« Sie schlug noch einmal zu, und er stürzte. »Was haben Sie getan?«, fragte sie, als er sich wieder aufrichten wollte. Noch einmal schlug sie zu. »Was haben Sie gemacht?«

Schmidt rollte weg, bis er auf dem Rücken lag. Er hob die Hände ans Gesicht, und jetzt sah sie, dass er schluchzte.

Was bedeutete das schon wieder?

Sie zog ein Paar intelligente Handschellen aus der Gürteltasche. Mit geübten Bewegungen packte sie Schmidt und drückte ihn mit dem Gesicht an die Betonwand. Sobald die Fesseln seine Haut berührten, aktivierten sie sich und legten dicke Plastikstränge um seine Handgelenke und die Finger, damit er sich nicht mehr bewegen konnte. Er leistete keinen Widerstand.

»Gott sei Dank«, stöhnte er. Er sprach sehr leise und hatte die Augen fest geschlossen. »Ich danke Ihnen.«

»Mann, was ist denn mit Ihnen los?«, fragte sie.

»Jetzt ist es vorbei«, antwortete er. »Endlich ist es vorbei.«

»Was haben Sie mit den Leuten gemacht? Was fehlt ihnen?«

»Es ist eine akute Aphasie, es ist ...«

»Sie können nicht sprechen«, unterbrach Petrowa ihn. »So viel habe ich begriffen. Aber warum? Haben Sie ... Haben Sie etwas mit ihnen gemacht?«

»Ich habe sie *gerettet*«, wimmerte Schmidt.

Sie starrte seinen Hinterkopf an. Sie begriff es einfach nicht. Und sie hatte keine Ahnung, was hier los war. Dann fiel ihr Blick auf die Pistole. Sie zeigte wieder das stetige, unveränderliche Bernsteingelb. Wundervoll.

»Erzählen Sie mir alles«, befahl sie. »Dann entscheide ich, was ich mit Ihnen mache.«

3

SEINE Miene veränderte sich dramatisch, und sein betretenes Nicken wirkte, als hätte er jegliche Hoffnung verloren.

»Kommen Sie ... einfach mit. Ich möchte Ihnen etwas zeigen.«

Sie half ihm beim Aufstehen. »Wir gehen nirgendwohin, bis meine Verstärkung eintrifft«, erwiderte sie. Sie blickte zu den nackten, schmutzigen Menschen dort unten hinüber. Inzwischen rissen sie wieder die Proviantpäckchen auf und verschlangen deren Inhalt. Das schien sie so sehr in Anspruch zu nehmen, dass sie gar nicht mehr auf sie und Schmidt achteten.

Mit gerunzelter Stirn überlegte sie, wie es jetzt weitergehen sollte. Ich brauche Antworten, dachte sie. »Erzählen Sie mir einfach, was passiert ist. In allen Einzelheiten. Los.«

Dieses Mal fügte er sich tatsächlich. Er begann zu reden und klang bald wieder wie jemand, der daran gewöhnt war, über die gesundheitliche Verfassung seiner Patienten zu berichten. »Es hat zweihundert Kilometer von hier entfernt im Krankenhaus der Siedlung im Nergal-Krater begonnen. Zuerst ist es nur einer gewesen, ein älterer Mann. Bei ihm wurde, wie ich schon sagte, eine Aphasie diagnostiziert. Die Ärzte konnten keine Ursache dafür finden. Er hatte kein körperliches Trauma erlitten, es gab auch keine Anzeichen einer Krankheit. Er war völlig gesund, konnte aber nicht mehr sprechen. Noch schlimmer, er konnte überhaupt nicht mehr kommunizieren.«

»Was meinen Sie damit?«, hakte Petrowa nach.

»Genau das, was ich sage. Wenn jemand nicht mehr sprechen kann, bleibt er sogar bei einer schweren Aphasie normalerweise immer noch fähig, sich irgendwie mitzuteilen. Manchmal können die Betroffenen dann noch lesen und schreiben, oder sie sind wenigstens in der Lage, sich mit Gesten und Mienen verständlich zu machen. Man bemerkt auch, wenn sie verstehen, was man ihnen sagt. Sie können schreien oder die Stirn runzeln, um zu zeigen, dass sie Schmerzen haben. Dieser Patient wollte sich zwar eindeutig mitteilen, doch was er äußerte, blieb unverständlich.« Schmidt schüttelte traurig den Kopf. »Er fuchtelte mit den Händen herum, verdrehte das Gesicht zu Ausdrücken, die niemand zu deuten wusste ...«

»Das war aber nur ein Patient«, wandte Petrowa ein. »Hier unten habe ich fast zwanzig gesehen.«

Schmidt nickte. »Ja. Die Zweite war eine Jugendliche. Das fand der Arzt wirklich beunruhigend. Bei älteren Patienten kennt man alle möglichen neurologischen Beschwerden, aber bei jungen Menschen kommt so etwas selten vor. Sogar sehr selten. Als Nächstes kam eine ganze Familie, und die Ärzte fürchteten zwar, es könne etwas Ansteckendes sein, konnten aber keinerlei Pathogene und keine Ursache finden. Bald war eine ganze Krankenstation mit solchen Patienten gefüllt ...

Und dann hat es sich verändert. Die Ärzte kamen zu dem Schluss, dass man den Betroffenen nicht helfen könne. Es gab keine Behandlung, die wir ihnen anbieten konnten.« Schmidt schniefte laut. »Sie wollten die Patienten in eine besondere Einrichtung schicken. Mir war klar, was das bedeutete. Die Menschen wären dann keine Patienten mehr. Man wollte sie als Testpersonen benutzen, bis man alle nur denkbaren Tests durchgeführt hatte, und dann ... dann sollten diese armen Leute *seziert* werden.« Schmidt machte eine gequälte Miene. Petrowa war sicher, dass er die Wahrheit sagte. »Das durfte ich nicht zulassen.«

»Also haben Sie einige Patienten aus einem Krankenhaus entführt und hierhergebracht?«

»Ja«, bestätigte Schmidt. »Um sie zu retten.«

»Und jetzt ...«

»Jetzt versorge ich sie. Ich gebe mir Mühe, damit sie gesund bleiben. Meine Möglichkeiten sind zwar begrenzt, aber ich ... ich konnte sie doch nicht einfach ...« Er riss die Augen weit auf. »Was wollen Sie jetzt mit ihnen tun?«

»Das habe nicht ich zu entscheiden.«

Er sah sie lange und forschend an. Vielleicht suchte er tatsächlich Gnade. Sie wünschte sich wirklich, sie könnte ihm irgendetwas anbieten. Nach einer Weile nickte er nur. Vielleicht nahm er resigniert hin, dass die Dinge nun nicht mehr in seiner Hand lagen.

»Ich kann sie nicht mehr ansehen«, gestand er, als er sich umdrehte und auf der Rampe nach oben blickte. »Bitte. Es gibt dort einen Raum, wo wir auf Ihre Freunde warten können. Könnten wir dorthin gehen?«

Er wirkte wie ein geprügelter Hund und machte keine Anstalten mehr, vor ihr zu fliehen. Trotzdem, sie musste sich absichern. Sie zog ihm den Anzug ganz herunter und bedeutete ihm herauszusteigen. Ohne Anzug konnte er nicht mehr entkommen - er würde sterben, sobald er die Luftschleuse verließ. Sie nickte und zeigte auf die Rampe. »Gehen Sie vor.«

Schmidt führte sie zu einer Tür, die sich fast am oberen Ende der Rampe befand. Als Petrowa bemerkte, dass in dem Raum ein eigenartiges Licht brannte, sagte sie: »Keine Bewegung.« Er gehorchte sofort, rutschte an der Wand herunter, hockte sich auf den Boden und ließ den Kopf zwischen den Knien hängen. Er schien niedergeschlagen und erledigt.

Sie berührte den Türöffner, worauf die Tür geräuschlos aufglitt. Auf den ersten Blick konnte sie nicht viel erkennen, nur einen Haufen Computerteile in einer Ecke. Daneben flackerte ein instabiles Hologramm, das einen kleinen, leuchtenden Jungen zeigte. Er hockte in einer ähnlichen Haltung wie Schmidt und hatte ebenfalls den Kopf zwischen die Knie gezogen. Das rötliche Hologramm war die einzige Lichtquelle in dem ganzen Raum.

»Verdammt, was ist das?«, fragte Petrowa. Unwillkürlich war sie einen Schritt in den Raum hineingegangen.

»Das ist ein alter KI-Kern. Sie sollten mal mit ihm sprechen.«

»Was?«, fragte sie. Sie war so fasziniert, dass sie kaum noch auf den Mann achtete.

Der Junge im Hologramm richtete sich langsam auf. Gleichzeitig färbte sich das Licht, das von ihm ausging, dunkelrot. Sie fragte sich, was dies zu bedeuten hatte.

Auf Schmidt achtete sie gar nicht mehr. Ein dummer Fehler. Auf einmal schloss er die Tür mit einem Tritt, und sie hörte, wie der Riegel einrastete.

»Nein!«, rief sie. »Nein!« Sie ließ die Pistole fallen und eilte zur Tür, um mit beiden Händen auf den Öffner zu drücken. Vergeblich. Von innen ließ sich die Tür nicht öffnen. Immer wieder hämmerte sie dagegen. »Schmidt! Schmidt!« Sie bekam keine Antwort.

Verdammt auch!, dachte sie. Was für ein dummer Fehler - ein echter Anfängerfehler. Ihre ganze Ausbildung, all die Mühen, ihren Job richtig zu erlernen ... und dann diese eine Dummheit, die eine Inspektorin niemals begehen durfte. Sie hatte einen Verdächtigen unterschätzt.

Du musst hart sein, um diesen Job auszufüllen. Saschenka, du bist nicht hart.

Das hatte ihre Mutter hundertmal oder noch öfter zu ihr gesagt. Ihre Mutter, die selbst schon diesen Job gehabt hatte. Die im Grunde alle Vorschriften entwickelt hatte. Vielleicht hatte ihre Mutter sogar recht. Petrowa sank das Herz. Aber sie hatte keine Zeit für ihre inneren Abgründe. Auf einmal hörte sie hinter sich ein Geräusch. Es klang wie das Rascheln von Papier, oder – nein. Es war eine leise Stimme, die ihr etwas zuflüsterte.

Starr vor Schreck hielt sie inne.

Wieder hörte sie das Flüstern. So leise, kaum vernehmbar. Sie konnte nicht verstehen, was die Stimme sagte, war aber sicher, dass sie zu dem kleinen Jungen gehörte. Zu dem Hologramm. Die KI wollte mit ihr reden. Das rote Licht warf tiefe, lange Schatten auf den Boden.

»Was willst du von mir?«, fragte sie.

Das Flüstern machte sie neugierig. Hin und wieder fing sie ein Wort auf und war sicher, sie könne alles verstehen, was der Junge sagte, wenn sie sich nur noch ein wenig mehr anstrengte. Ja, sie wollte sich unbedingt umdrehen und den Jungen ansehen. Bestimmt war sie in der Lage, alles zu erfassen, sobald sie es tat.

Allerdings hörte sie noch eine andere Stimme. Es war die ihrer Mutter, die sie immer noch wegen ihrer Dummheit schalt, doch nun kam außerdem eine Warnung hinzu.

Dummes Mädchen, dreh dich nicht um. Wenn du dich umdrehst, verlierst du dich.

Das Flüstern setzte sich fort. So viele Worte, die sie ganz gewiss verstehen konnte, wenn sie sich nur umdrehte, richtig hinsah und die Lippen des Jungen beobachtete ...

Der Drang war überwältigend. Als wäre es völlig sinnlos, sich dagegen zu sträuben. Ihr dämmerte, dass es nicht einmal ihre eigenen Gefühle waren, auch wenn sie nicht sagen konnte, was das überhaupt bedeuten sollte.

Dann wurde ihr bewusst, dass sie heftig keuchte.

Irgendwann hatte sie die Augen fest geschlossen. Langsam und behutsam schlug sie die Augen wieder auf. Sie machte Anstalten, sich umzudrehen und den Jungen anzusehen. Dabei war ihr klar, dass sie nicht mehr aus ihrem Gedächtnis würde auslöschen können, was sie gleich dort drüben in der Ecke betrachten würde. Doch der Impuls, sich umzudrehen, war übermächtig.

Schau nicht hin, Saschenka. Jetzt musst du wirklich stark sein.

Sie sollte dort nicht hinsehen. Sie durfte einfach nicht. Der Anblick würde sie auf eine Art und Weise, die sie sich nicht einmal vorstellen konnte, dem Untergang weihen. Sie war sicher, dass dies ihr Ende wäre.

Sie durfte nicht hinschauen.

Sie durfte einfach nicht.

Sie konnte es aber kaum noch vermeiden.

Beinahe weinte sie, weil die Anstrengung, dem Drang zu widerstehen, so groß war. Sie musste gegen ihren ganzen Körper ankämpfen, der es so dringend wollte. Was für eine Erleichterung es wäre, wenn sie einfach nachgab! All ihre Probleme und ihre Sorgen wären so schnell vorbei. Sie musste sich nur fügen.

Sich umdrehen.

Hinschauen.

Sie setzte an, wollte sich dem Jungen nähern ...

Dann hielt sie inne. Sie hatte etwas vor ihren Füßen bemerkt. Nur einen farbigen Fleck. Der ganze Raum war von dem Licht blutrot verfärbt, nur der kleine Flecken auf dem Boden, der freundlich und einladend grün strahlte, bildete eine Ausnahme.

Das grüne Licht kam aus dem Lämpchen auf dem Gehäuse ihrer Pistole, die sie fallen gelassen hatte.

Drüben in der Brandwache Eins-Vier hatte ihr endlich jemand die Erlaubnis erteilt, die Waffe zu benutzen.

Sie hob sie mit beiden Händen hoch, drehte sich mit geschlossenen Augen um und feuerte auf den alten KI-Kern. Immer wieder drückte sie ab, bis das Flüstern endlich aufhörte. Als sie zur Tür stürzte, kam sie wieder zu sich. Der Ausgang war verschlossen, doch ein paar rasche Stiefeltritte brachen die Tür auf.

Mit weit aufgerissenen Augen sprang sie in den Gang. Sie hatte keine Ahnung, was gerade geschehen war. Oder was noch geschehen wäre, wenn sie nicht ... wenn sie ...

Nein, darüber wollte sie jetzt nicht nachdenken. »Schmidt«, rief sie. »Schmidt! Sie kommen mit. Wir klären das, und dann ...«

Er befand sich unmittelbar hinter ihr. Benommen und konfus, wie sie war, hatte er sie mit dem ältesten Trick auf der Welt hereingelegt. Er hatte sich mit einem großen Schraubenschlüssel bewaffnet und schlug halbhoch nach ihrer Hüfte. Auf den Teil des Anzugs, der am schwächsten gepanzert war. Der Schlag traf sie, und sie ging vor Schmerzen keuchend zu Boden. Sie wollte sich umdrehen und in die richtige Position kommen, um sich zu wehren.

»Sie haben ihn getötet«, klagte Schmidt. »Sie haben ihn getötet, Sie haben ihn ...«

Er weinte. Die Tränen sammelten sich in der niedrigen Schwerkraft rings um die Augen und rannen nur zögernd die Wangen hinunter. Der Ausruf verwandelte sich in ein gequältes Heulen, während er noch einmal den Schraubenschlüssel hob, um sie zu schlagen.

»Nicht«, rief sie beinahe flehend. Wenn er sie angriff, blieb ihr nichts anderes übrig, als sich zu verteidigen. »Lassen Sie das ... fallen!«

Er ließ den Schraubenschlüssel aber nicht fallen. Er hörte nicht auf, sondern brüllte, ging wieder auf sie los und legte es offensichtlich darauf an, ihren Helm zu zertrümmern.

Sie zielte und schoss.

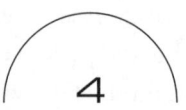

4

IRGENDJEMAND gab Petrowa einen Becher warmes Wasser mit Zitronengeschmack. Es war ein kleiner Akt der Freundlichkeit, der sie fast zu Tränen rührte. Sie fühlte sich wund, als hätte man eine Schicht ihres Gehirns abgeschält. Immer wieder zuckte sie zusammen und wollte sich verkriechen.

Die Verstärkung war schon vor einer Weile eingetroffen. Es waren so viele, dass sie den Hauptraum des verlassenen Bergwerks füllten, als hätte man sie mit Gewalt hineingestopft. Unterdessen hockte Petrowa neben der spiralförmigen Rampe auf einer Kiste, der Oberfläche so nahe, wie sie nur konnte. Wo sie niemandem im Weg war.

Sie hatte den Tod von Jason Schmidt gemeldet und geschildert, was er getan hatte. Die Vorgesetzten hatten bemerkenswert schnell reagiert.

Die Brandwache Eins-Vier hatte ein ganzes Team von Technikern und Analysten geschickt, die überall Proben nahmen – vom Tau an der Decke und aus der chemischen Toilette im Unterschlupf. Längere Zeit beschäftigten sie sich auch damit, Schmidts Leiche zu fotografieren.

Einige Computertechniker zerlegten den zerstörten KI-Kern und transportierten ihn ab. Petrowa würdigte die Computerteile keines Blickes, als sie hinausgetragen wurden.

Polizisten in schwerer, bisssicherer Kampfmontur scheuchten die Bewohner – Schmidts Opfer – in die Höhlen zurück. Petrowa sah nicht, was dort mit ihnen geschah.

Ständig kamen Ermittler und stellten ihr Fragen. Immer wieder die gleichen Fragen. Die nackten Tatsachen der Angelegenheit. Wann immer sie neue Informationen anbieten oder irgendeine Art von Analyse formulieren wollte, unterbrachen sie ihre Aussage. Sie wollten lediglich einen Zeitstrahl der Ereignisse bekommen.

Sie hatte auch selbst viele Fragen. Doch niemand wollte ihr Antworten geben. Man sagte ihr nur, sie solle warten, bis ein höherer Polizeioffizier eintraf. Stunden vergingen, und sie bekam immer wieder die gleiche Antwort – abwarten, bis die Vorgesetzten eintrafen. Das war alles, was man im Augenblick von ihr verlangte.

Petrowa war nicht sonderlich überrascht. Die Brandwache wühlte gern in den Geheimnissen anderer Leute herum, gab aber möglichst wenig von sich selbst preis. Unter der Leitung ihrer Mutter hatte sich die Organisation immer weiter abgekapselt und war geradezu paranoid geworden. Ekaterina Petrowa hatte regelmäßig ihr Offizierskorps gesäubert, damit alle bei der Stange blieben. Die neue Direktorin hielt die Zügel zwar ein wenig lockerer, aber nach wie vor waren alle viel zu ängstlich, um irgendwie aufzufallen oder etwas zu tun, das den Vorschriften zuwiderlief.

Sie wünschte sich, sie könnte sich irgendwo an einem warmen Ort unter die Dusche stellen. Nach einer Weile hörten die Ermittler sogar damit auf, ihr immer wieder die gleichen Fragen zu stellen. Von da an konnte Petrowa tatsächlich nichts anderes mehr tun, als untätig herumzusitzen.

Endlich, nach mehreren Stunden, entstand am Eingang des Unterschlupfes etwas Unruhe, und alle zogen sich zurück und machten Platz, als jemand den Bunker betrat.

Direktorin Lang war eingetroffen.

Die Direktorin persönlich. Mamas Nachfolgerin. Die Usurpatorin, wenn man den Gerüchten glauben wollte. Was hatte Lang hier zu suchen? Ihr Büro befand sich auf dem irdischen Mond. War sie zufällig in der Nähe gewesen und hatte beschlossen, sich persönlich um diesen Fall zu kümmern? Petrowa mochte nicht glauben, dass eine so wichtige Frau mit einem schnellen Schiff nur darum bis zum Jupiter flog, weil sie einen Tatort besichtigen wollte.

Und doch war sie da.

Die Direktorin hob die Hand und berührte den Verschluss am Kragen, der den Helm löste. Er zerlegte sich in seine Bestandteile und verschwand hinter ihrem Kopf im Anzug. Dann atmete sie tief ein, als wollte sie die Luft im Bergwerk prüfen. Ihrer Miene nach gefiel ihr jedoch nicht, was sie roch.

Sie war etwa sechzig Jahre alt und hatte sehr kurz geschnittenes eisengraues Haar. Mit ihrem gepanzerten Anzug erinnerte sie ein wenig an Boudicca, eine Kriegerkönigin mit stählernen Augen. Sie kam direkt zu Petrowa herüber und baute sich bolzengerade vor ihr auf.

»Lieutenant, sind Sie verletzt?«, fragte die Direktorin. Sie sprach knapp und präzise, beinahe wie eine britische Adlige. Einen solchen Tonfall bekam man auf Ganymed nur selten zu hören. »Körperliche Verfassung?«

»Nichts Wesentliches, Madam«, erwiderte Petrowa. Sie machte Anstalten, steifbeinig von der Kiste herunterzuklettern und Haltung anzunehmen. »Ich habe ein oder zwei größere Prellungen. Vorübergehend schwebte ich in Gefahr, konnte mich aber selbst schützen, und ...«

Direktorin Lang versetzte ihr eine Ohrfeige. Der harte Handschuh warf Petrowas Kopf zur Seite. Sie hatte das Gefühl, die Zähne wackelten im Unterkiefer.

»Sie sind ohne Erlaubnis hier hereinmarschiert. Das bedeutet, Sie haben Befehle missachtet. Dafür könnte ich Sie vor ein Kriegsgericht stellen.«

Petrowa fasste es nicht. Sie nahm Haltung an, um der Direktorin keinen weiteren Anlass zu liefern, sie zu züchtigen. »Madam, dieser Verdächtige - Schmidt - er war ein ...«

»Eine Zielperson«, fiel ihr Lang ins Wort.

»Das ... genau. Eine Zielperson in einer laufenden Ermittlung. Ich nahm an, er hätte mit einer Reihe von Vermisstenfällen zu tun, die bisher nicht aufgeklärt sind, und deshalb habe ich ihn bis hierher verfolgt. Ich arbeite schon seit Wochen daran.«

»Die Brandwache beobachtet Jason Schmidt bereits seit fast einem Jahr«, erwiderte die Direktorin.

Petrowa runzelte die Stirn. Sie verstand es nicht. »Aber es gibt ... keine offizielle Akte über ihn. Niemand hat mir irgendetwas gesagt. Niemand hat mich gewarnt, den Fall nicht weiterzuverfolgen.«

»Sie haben die Anweisung bekommen, auf die Genehmigung zu warten. War das nicht deutlich genug? Vielleicht hätten wir Sie in aller Form darum bitten sollen, dass Sie darauf verzichten, eine der komplexesten Ermittlungen in der Geschichte der Brandwache zu sabotieren. Denn genau das haben Sie heute getan.«

Petrowa starrte ihre Füße an. Ein Jahr ... fast ein Jahr, hatte Lang gesagt. Das bedeutete allerdings, dass die Brandwache über ihn Bescheid wusste, und zwar, seit seine vermeintliche Mordserie begonnen hatte. Offenbar hatte ihn die ganze Zeit über niemand daran gehindert, die Menschen zu entführen und hier zu verstecken. Hatte die Brandwache etwa von Anfang an gewusst, wo sich die Opfer befanden? »Dieser Mann musste ausgeschaltet werden. Schließlich war er kein gewöhnlicher Verbrecher.«

Lang reckte das Kinn und legte den Kopf zurück. Es sah aus, als müsste sie sich mühsam beherrschen, um nicht noch einmal zuzuschlagen. »Ich werde mit Ihnen nicht über Ihre Befehle diskutieren. Sie können von Glück reden, dass Sie überhaupt noch einen Job haben.« Dann drehte sie sich um, als wollte sie weggehen und es auf sich beruhen lassen.

Dazu war Petrowa jedoch nicht bereit. »Irgendjemand hat mir die Genehmigung erteilt, die Waffe zu benutzen«, erklärte sie. »Irgendjemand hat mich die ganze Zeit beobachtet, sogar nachdem ich hier eingedrungen war.«

»Ja«, bestätigte Lang. »Jemand hat die Genehmigung erteilt. Dieser Jemand war nicht ich.«

Petrowa begriff es nicht sofort. »Aber wer dann?«, fragte sie impulsiv. Sie sah die Antwort, ehe Lang ihr antworten konnte.

»Es gibt in dieser Organisation Personen, die immer noch glauben, Ihre Mutter sei eine Heldin gewesen, die niemals etwas Falsches getan hätte. Diese Leute meinen, wenn Ekaterina Petrowas Tochter auf jemanden schießen will, dann sei sie auf jeden Fall dazu berechtigt.«

»Madam«, entgegnete Petrowa, »ich habe nie um eine Vorzugsbehandlung gebeten ...«

»Nein. Das war auch nicht nötig.« Lang hob den Kopf und sah sich um. »All die Vorteile, die Ihre Mutter Ihnen verschafft hat. Die Gelegenheiten und besonderen Aufträge und Empfehlungen, die in die richtigen Ohren geflüstert wurden ... und trotzdem haben Sie es vermasselt.«

»Madam«, sagte Petrowa.

»Die Vetternwirtschaft wird die Brandwache am Ende noch ruinieren. Sie erkennen das Problem, oder? Die Menschen hier draußen, besonders im Bereich der äußeren Planeten, hängen von uns ab. Wir sind die einzigen Sicherheitskräfte, die sie überhaupt kennen. Unter mir arbeiten Leute, die im Grunde Ihren Posten verdient hätten. Leute, die ihr Handwerk tatsächlich beherrschen. Deshalb entbinde ich Sie von Ihren gegenwärtigen Aufgaben.«

Petrowas ganzer Körper brannte lichterloh. Sie leckte sich über die Lippen und wollte unbedingt etwas sagen. Irgendetwas zu ihrer Verteidigung vorbringen. Mit einem erstickten Grunzen unterdrückte sie, was ihr auf der Zunge lag: *Sie haben keine Ahnung, was meine Mutter mir gegeben hat und worin ihr Vermächtnis tatsächlich besteht.*

Sie wollte es herausschreien.

Aber dies war weder die richtige Zeit noch der richtige Ort.

»Ja, Madam«, sagte sie. »Ich verstehe.«

»Ich habe einen neuen Auftrag für Sie«, fuhr Direktorin Lang fort. »Einen Auftrag, der Sie eine Weile woanders beschäftigen wird, wo ich Sie nicht sehen muss.«

»Darf ich fragen, worum es geht?«

»Ich schicke Sie zu Ihrer Mutter, damit Sie sich vergewissern können, wie es ihr in ihrem neuen Leben geht.«

Petrowa meinte nicht richtig zu verstehen. »Zu meiner Mutter? Ich soll ... was? Meine Mutter besuchen?« Sie schüttelte den Kopf. *Was für ein Unsinn.* »Sie ist doch im Ruhestand. Sie ist auf eine neue Koloniewelt gegangen. Nach Paradise-1«, erklärte sie. »Der Planet ist hundert Lichtjahre entfernt, und ... oh.«

Endlich verstand sie es. Die Reise nach Paradise-1 würde Monate dauern. Genug Zeit, damit Lang aufräumen und Ekaterinas alte Freunde aus den Büros entfernen konnte.

»Abgesehen davon, Sie zu ärgern, hat diese Reise tatsächlich einen tieferen Sinn, Lieutenant. Auf Paradise-1 muss dringend eine Sicherheitsanalyse durchgeführt werden. Eine Lieutenant-Inspektorin muss dorthin reisen und sich vergewissern, dass die Kolonie wohlauf und produktiv ist. Und Sie sind genau die Richtige für den Job.«

»Ja, Madam«, bestätigte Petrowa, weil es sonst nichts zu sagen gab.

Nach Ekaterinas Pensionierung hatte es Gerüchte gegeben, dass sie nicht ganz freiwillig abgetreten sei. Lang habe sie mit einem unblutigen, geräuschlosen Coup beseitigt. Ekaterina hatte ganz sicher ein paar Feinde gehabt. Viele hätten es nur zu gern gesehen, wenn man sie ins Gefängnis gesteckt oder hingerichtet hätte, statt ihr zu erlauben, würdevoll zurückzutreten. Als sie erklärte, sie werde auf eine ferne Kolonie umziehen, hieß es sogar, das sei eine Umschreibung dafür, dass sie *ins Exil* ging.

Nun sah es ganz danach aus, als sollte die Tochter der Mutter auf dem Fuße folgen.

Wie es schien, war Direktorin Lang mit ihr und dem Bunker fertig. Sie drehte sich um und entfernte sich. Petrowa wusste, dass sie jetzt eigentlich beschämt den Kopf senken und so tun sollte, als sei sie gar nicht mehr da. Sie konnte nicht anders, sie musste fragen.

»Was ist diesen Menschen zugestoßen?«

Lang drehte sich halb um und sah Petrowa über die Schulter an.

»Ich weiß nicht, was Sie damit meinen.«

»Ich meine diese ... all die Leute hier, die Schmidt aus dem Krankenhaus entführt hat. Er hat sie hier unter schrecklichen Bedingungen festhalten, und am Ende waren sie ... sind sie ...«

»Ich bin vollständig über den Fall informiert«, erwiderte Lang. »Solche Menschen existieren nicht. Der Stand der Dinge ist, dass Menschen wie diese noch nie existiert haben. Ist das klar?«

Petrowa blickte in die dunkle Höhle, wo die Opfer festgehalten wurden. Aus dieser Richtung hatte sie schon eine ganze Weile keinen Laut mehr gehört. Das Blut lief ihr wie Eiswasser durch die Adern.

»Ja, Madam.«

5

ZHANG Lei schloss die Augen. Er öffnete sie wieder, als er eine lange Wendeltreppe ohne Geländer hinunterging. Es war so dunkel, dass er nichts sehen konnte, doch er wusste, dass jede Stufe mit Toten bedeckt war. Mit Gerippen. Das Gewebe war verwest, die Haut war fort, die Kleidung nur noch Fetzen. Lediglich die Knochen blieben.

Es war finster. So dunkel. Er hatte Angst, er würde stürzen. Wenn er hinfiel, würde er unter lautem Klappern mitten in dem Knochenhaufen landen.

Es gab nichts, woran er sich festhalten konnte. Er drehte sich zur Seite, um einen Fuß, vorsichtshalber mit den Zehen voran, auf die nächsttiefere Treppenstufe zu setzen. Behutsam stieß er ein Brustbein und einen Brustkorb zur Seite, um Platz für sich zu schaffen und gefahrlos den nächsten Schritt zu tun.

Nun war er einen Schritt tiefer, blieb stehen und atmete tief durch. Dann schob er ebenso vorsichtig den anderen Fuß vor und tastete so lange, bis er sicher war, auf kein Hindernis zu treten. Sobald er sich vergewissert hatte, dass die Stufe sein Gewicht tragen konnte, atmete er aus und tastete nach der nächsten Stufe ...

... und berührte mit dem Fuß sofort einen Schädel, der unter ihm wegrutschte. Er kippte nach vorn, streckte die Hände aus, um den Sturz abzufangen, und hatte auf einmal einen Oberschenkelknochen in der Hand. Kreischend warf er ihn weg, während die andere Hand nichts als leere Luft spürte. Schneller und schneller taumelte er vorwärts und abwärts, die Steinstufen kamen ihm viel zu schnell entgegen und seinem Gesicht viel zu nahe, rings um ihn klapperten und hüpften die Knochen, ein Erdrutsch aus Staub und zerbrochenen, rasiermesserscharfen Splittern ergoss sich die Treppe hinunter, und er konnte nichts weiter tun als ...

Er schloss die Augen.

Öffnete sie wieder und sah sich an einem anderen Ort. Allein, halb eingeschlafen in einem Zug, während Jupiter als Sichel am Himmel stand. Wie ein Fluch.

Nach und nach kam er zu sich.

Nach und nach erinnerte er sich, wo er sich befand. Auf Ganymed. Genau dort, wo er sein sollte.

Er rieb sich die Augen und die Stirn, um den Traum abzuschütteln. Manchmal fiel ihm das ziemlich schwer. Und manchmal ließ ihn der Traum sogar den ganzen Tag nicht mehr los.

Er bemühte sich, nur an die Dinge zu denken, die er kannte und von denen er wusste, dass sie real waren. Dinge, die er beweisen konnte.

Der Zug schwebte auf Magnetfeldern, die ihn vorwärtszuschieben schienen wie ein Floß auf einem Fluss. Er schwebte über einer Landschaft aus grauem Eis und braunem Pulverschnee, in dem sich hier und dort die helleren Ovale flacher Krater abhoben wie stinkende Tümpel in einer verfallenen Welt.

Er war allein im Zug. Das gefiel ihm, weil er auf keinen Fall wollte, dass ihn jemand in seinem gegenwärtigen Zustand sah.

Doch es war auch schlecht, weil er nicht sicher war, ob er wohlbehalten ankommen würde.

Sein Herz hämmerte wie wild in der Brust. Er hatte das Gefühl, mit ihm ginge es zu Ende. Die Lösung war natürlich, möglichst ruhig zu bleiben. Ruhige Gedanken denken. Er war Arzt. Er kannte den Unterschied zwischen einem Herzanfall und einer Panikattacke.

Winzige Stacheln bohrten sich in sein Handgelenk. Er schnappte nach Luft, doch sobald die Mittel in seinen Blutstrom eindrangen, entspannte er sich wieder. Medikamente, die den rasenden Puls beruhigten und den Blutdruck auf einen ungefährlichen Wert absenkten.

Sein Blick fiel auf die filigrane goldene Armschiene, die er am linken Unterarm trug. Die glänzenden Ausläufer wanderten zielstrebig über die Haut. Einer presste sich fest auf sein Handgelenk, und als er sich nach kurzer Zeit wieder zurückzog, waren auf einer Vene zwei winzige blutige Punkte wie ein Schlangenbiss zu erkennen. Das Gerät hatte ihm noch einmal Medikamente verabreicht. Es hatte ihn nicht um Erlaubnis gebeten und ihn auch nicht wegen der Dosierung zurate gezogen. Die Leute, die das Gerät entwickelt und für ihn kalibriert hatten, waren gar nicht auf die Idee gekommen, dass er fähig sein sollte, die Anwendungen anzupassen oder ganz zu verweigern.

Wahrscheinlich hatte er ihnen genügend Gründe geliefert, ihm nicht zu trauen.

In einem Hotel auf dem Mars hatte er eine üble Nacht erlebt. Er hatte sich eingeschlossen, und als sie endlich die Tür aufgebrochen hatten - na ja, irgendjemand hatte das Reinigungspersonal bezahlen müssen und Zhang hatte mehrere Stunden auf dem Operationstisch verbracht. Aber jetzt ging es ihm wieder gut. Sie hatten ihn gefragt, was geschehen sei, und er hatte erklärt, er sei gerade in einer schlimmen Phase. Der verantwortliche Arzt hatte es einen psychotischen Schub genannt. Jetzt ging es ihm wieder besser. Er war ja selbst Arzt und durchaus fähig, so etwas festzustellen. Es ging ihm gut. Ja, wirklich, es ging ihm gut.

Das sagte er sich jeden Morgen, wenn er aus dem Traum mit der Treppe erwachte. Und jeden Abend, wenn er sich schlafen legte, ehe der Traum wieder einsetzte, sagte er es sich wieder. Diese Bekräftigungen setzten hübsche kleine Klammern um die Träume.

Es geht mir gut. Alles wird gut.

Zhang musste einen klaren Kopf bekommen. Wenn er diese Gedanken weiter im Kreis durch seinen Kopf rasen ließ, musste sich die Angst ja verstärken, und am Ende würde er sich auf diese Weise noch ein echtes medizinisches Problem zusammendenken. Er stand auf und ging zum vorderen Ende des Waggons, wo ein großes Fenster eingelassen war. Dort blickte er zu dem graubraunen Schnee hinaus in die Richtung, in der sein Ziel lag. Da drüben, ein paar Kilometer entfernt, gab es eine zerbrechliche kleine Seifenblase. Das war der Raumhafen, zu dem er wollte. Es sah aus, als könnte die Blase jeden Augenblick zerplatzen. Oben auf der Blase hockte ein schneller Transporter – wie ein Vogel auf dem Horst. Das Schiff hieß *Artemis* und hatte eine elegant geschwungene Form und einen spitzen Bug. Mit diesem Schiff würde er eine kleine Reise unternehmen. Vielleicht ginge es ihm sogar besser, wenn er das Sonnensystem ganz verließ.

Er setzte sich auf seinen Platz und wartete darauf, dass die Wirkung der Medikamente einsetzte. Tatsächlich wurde er bereits ruhiger und der Herzschlag verlangsamte sich. *Gut,* dachte er. *Gut, ich schaffe das.*

Einatmen, ausatmen, sagte er sich. Frische Luft hinein, verbrauchte Luft hinaus. Er schloss die Augen. Ohne Vorwarnung zuckte ihm eine Erinnerung durch den Kopf, als wäre ein Pfeil von einem Bogen abgeschossen worden.

Er war wieder auf Titan in einer Höhle. Atemlos raste er einen Gang hinunter. Voller Angst. »*Holly!*«, *rief er im Rennen.* »*Holly, ich glaube, da ist etwas passiert.*« *Er wollte die Luftschleuse zur medizinischen Abteilung öffnen, doch sie war verriegelt.*

Er verstand es nicht. Wie hatte er sich denn aus seiner eigenen Klinik aussperren können?

Holly kam, blieb vor der Innentür stehen und sah ihn durch die Scheibe an.

»*Holly*«, *sagte er und lachte sogar etwas.* »*Lass mich bitte rein. Ich muss mich irgendwie ausgesperrt haben*«, *erklärte er ihr.*

Ihre Lippen bebten. Es sah aus, als müsste sie gleich weinen. Ihr Gesicht war gerötet, wurde sogar hellrot, während ihre Lippen blass wirkten. Die ersten Anzeichen des Roten Würgers.

Er presste die Handflächen an die Scheibe. »*Holly, bitte.*« *Wegen der heißen Tränen, die ihm in die Augen quollen, konnte er sie kaum noch sehen.*

Sie atmete nicht. Ihre Lippen färbten sich dunkel, sie bekam eine Zyanose. Dann trübten sich ihre Augen, und ihre Gesichtshaut schmolz und tropfte als zähflüssiges Protoplasma auf den Boden, bis darunter der gelbe Schädelknochen zum Vorschein kam ...

Er schlug die Augen auf, sah sich um und starrte den Zug und das Eis von Ganymed draußen vor den Fenstern an. Sein Kopf dröhnte, als würden ringsherum große Glocken angeschlagen werden. Dann wurde ihm bewusst, dass er seine eigene Stimme hörte.

Seinen eigenen Schrei, der laut hallte.

Die goldenen Zähne bohrten sich wieder und wieder in sein Handgelenk.

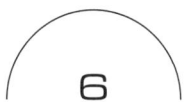

6

WENIGE Minuten später fuhr der Zug in den Bahnhof unter dem Raumhafen ein.

Leise öffneten sich die Türen, doch ehe er aussteigen konnte, kam jemand herein und baute sich vor ihm auf.

»Zhang Lei?«

»Der bin ich«, antwortete er, ohne den Kopf zu heben.

Eine Frau bewegte sich um ihn herum und trat in sein Sichtfeld. Sie war kleiner als er und wirkte, als sei sie unter hoher Schwerkraft auf der Erde aufgewachsen. Die Erdleute konnte man an dem rötlichen Teint und der gesunden Ausstrahlung leicht erkennen. Sie besaßen eine Kraft und Energie, die von frischer Luft und Sonnenlicht herrührte. Jemandem wie Zhang, der aus dem äußeren System stammte, kamen sie irgendwie unwirklich vor. Seiner Erfahrung nach sollten Menschen groß, schmal und sehr bleich sein und tiefe Ringe unter den Augen haben. Die Leute von der Erde sahen dagegen wie Comicfiguren aus.

»Lieutenant Alexandra Petrowa. Sie können mich Sascha nennen. So halten es hier alle.« Sie gab ihm die Hand.

»Oh«, antwortete er. »Tut mir leid. Ich berühre andere Menschen nicht, wenn ich es vermeiden kann.«

»Ach ja, richtig.« Sie lächelte breit, als hätte er gerade einen Scherz gemacht. Das war seltsam, weil er nichts dergleichen getan hatte. »Man sagte mir, Sie seien eine Art Facharzt. Spezialgebiet interplanetarische Medizin, nicht wahr? Da gehört eine gesunde Abneigung gegen Keime vermutlich zum Grundstudium.«

»Wirklich?«

Ihr Lächeln flackerte wie eine Birne mit Wackelkontakt. Zhang war klar, dass er gerade einen schlechten Eindruck hinterließ.

»Tut mir leid.« Er zwängte sich an ihr vorbei zum Eingang des Raumhafens. »Ich würde gern noch weiter mit Ihnen reden, aber ich möchte meinen Flug nicht verpassen.«

»Ich ... ich weiß«, gestand sie. »Ich bin bei der Brandwache.« Dann lächelte sie ihn an und folgte ihm einen langen, aufwärts verlaufenden Gang hinauf. »Falls Sie meine Uniform nicht gleich erkannt haben. Keine Sorge, ich habe nicht vor, Sie zu verhaften oder so etwas.« Sie lachte, und er dachte gleich, sie versuchte schon wieder, witzig zu sein, obwohl ihn die Vorstellung, festgenommen zu werden, sehr beunruhigte.

»Das freut mich zu hören. Hat man Sie geschickt, um sicherzustellen, dass ich wirklich an Bord der *Artemis* gehe? Ich habe unbedingt vor, genau das zu tun, sofern es keine weiteren Verzögerungen gibt.«

Ihr Lächeln verschwand schon wieder. »Ich ... ich fliege ebenfalls mit diesem Schiff.«

»Ah«, antwortete er. »Dann sind Sie jetzt meine Babysitterin.«

»Doktor ...«

»Wir können das abkürzen. Damit Sie mich nicht den Rest des Tages über beschatten müssen, sage ich Ihnen, was ich jetzt vorhabe: Ich werde ein braver Junge sein und meine Befehle befolgen. Ich gehe an Bord dieses Raumschiffs, suche mir eine Koje und packe meine Sachen aus. In zwei Stunden stecken sie mich dann in eine Kryokapsel, in der ich drei Monate schlafen werde. Ich glaube, ich werde vorher noch mal masturbieren. Sollte ich Stuhlgang haben, werde ich ihn gern in einer Plastiktüte aufbewahren, damit Sie ihn später untersuchen können.«

Ihre Miene blieb unbewegt und sehr angespannt.

Ihm wurde bewusst, dass er etwas ziemlich Unschönes gesagt hatte. Manchmal rutschte ihm so etwas heraus.

»Ich bin nicht hier, um Sie zu überwachen. Mein Aufgabengebiet ist die strategische Analyse«, erklärte sie. »Ich soll den Sicherheitsstatus der Kolonie Paradise-1 beurteilen. Wir werden in den nächsten sechs Monaten zusammenarbeiten oder sogar noch länger. Ich bin nicht Ihre Vorgesetzte. Wir sind Kollegen. Ich wollte mich Ihnen vorstellen.«

»Sie heißen Petrowa«, entgegnete er. »Ich bin Zhang. So. Wir haben uns einander vorgestellt.« Er marschierte an ihr vorbei und betrat die Abflughalle. Er wollte es einfach nur hinter sich bringen.

7

SAM Parker bemerkte nicht einmal, dass seine Passagiere in die Lounge kamen. Er war vollauf mit den Startvorbereitungen für die *Artemis* beschäftigt. Sein neues Schiff war ein schlanker, aerodynamischer Transporter, der mit einer unglaublichen Geschwindigkeit die Passagiere von einem Ende der Galaxis zum anderen befördern sollte. In den zehn Jahren, die er mittlerweile als Pilot tätig war, hatte man ihm noch nie ein so fortschrittliches Raumfahrzeug anvertraut.

Er war nicht ganz sicher, warum er dieses Mal den Job bekommen hatte.

Früher hatte Parker Träume gehabt. Er wollte Testpilot werden und sein Leben riskieren, indem er Raumschiffe über die Belastungsgrenzen trieb, einfach nur um zu beweisen, dass er dazu in der Lage war. Gern hätte er eine solche Aufgabe übernommen und beim Militär allen gezeigt, was für ein toller Hecht er war. Deshalb hatte er sich mit achtzehn Jahren, so früh es überhaupt ging, bei der Brandwache beworben. Für einen Jungen wie ihn war es nicht gerade leicht gewesen, denn er war im falschen Teil des Sonnensystems geboren worden, zu weit von der Sonne entfernt. Seine Jugend hatte er auf Welten mit niedriger Schwerkraft in Wohnkuppeln verbracht, sodass er sehr groß und schmal geworden war. Darum hatte man sich sogar gefragt, ob er überhaupt ins Cockpit der modernen Kampfraumschiffe passte.

Am Ende hatte es nicht an den linkisch abstehenden Knien und Ellenbogen gelegen. Sein eigener Stolz hatte ihm einen Strich durch die Rechnung gemacht. Ein Fluglehrer hatte ihn eines Tages gefragt, ob er mit seinen Knochen überhaupt die G-Kräfte überstehen konnte, die in einem Jäger der Corsair-Klasse bei schnellen Manövern auftraten, woraufhin Parker versuchte, diesem Typen zu zeigen, wie hart seine Fingerknöchel waren.

Wie sich herausstellte, hatte dieser Fluglehrer Knochen aus Roheisen gehabt. Er hatte Sams Faustschlag einfach hingenommen und sofort zurückgeschlagen. Die Nachwirkungen spürte Parker – wenn er sich in einer Atmosphäre mit hoher Luftfeuchtigkeit aufhielt – noch heute in seinem Kiefer. Er schnitt eine trotzige Grimasse. Der Fluglehrer hatte ihn zurückgestellt und ihn einfach nicht mehr fliegen lassen. Parker hatte jeden Job angenommen, den er nur ergattern konnte, um hinter die Steuerung eines Raumschiffs zu kommen – er hatte für die Wohnkuppeln, die Neptun umkreisten, Baustoffe befördert, Müll in den Tiefraum geschleppt und auf dem Mars sogar als Shuttlepilot für VIPs gearbeitet. Es hatte Jahre gedauert, und jetzt ...

Vor ihm in der Abflughalle schwebte eine maßstabgerechte holografische Darstellung der *Artemis*. Sie war wirklich ein wunderschönes Schiff. Man sah ihr an, wie schnell und kraftvoll sie war. Ähnlich wie ein Hai, mit anmutig geschwungenen Linien, die in der Brücke zusammenliefen, sodass der Bug an den Schnabel eines Raubvogels erinnerte. Eigentlich sollte er jetzt die Reaktorabschirmung des Schiffs überprüfen, doch er konnte nicht anders, er hob eine Hand und strich über die glatte Außenfläche.

Das holografische Modell des Schiffs wurde mit einer neuen Technik erzeugt, die man als »hartes Licht« bezeichnete. Das Bild selbst bestand natürlich aus nichts anderem als Licht, das von entsprechend gebrochenen Laserstrahlen erzeugt wurde. Er berührte überhaupt nichts. Doch die Projektion fühlte sich unter seiner Hand fest an. Dabei kam eine Technik zum Einsatz, die auf Raumschiffen die künstliche Schwerkraft erzeugte. Es war eine einfache Rückkopplung. Der Computer, der das Hologramm erzeugte, berechnete, wo seine Hand die Darstellung berühren – und mit welcher Art von Textur die Hand rechnen – würde. Und dann projizierte er dort das richtige Maß an Widerstand.

Solche technischen Spielereien sah man sonst nur in militärischen Einrichtungen und nicht in einem zivilen Raumhafen. Vermutlich kostete der Betrieb dieses Hologramms mehr, als er in den nächsten sechs Monaten verdienen würde. Aber was er da fühlte, mochte er sehr.

Endlich hatte er den Eindruck, voranzukommen. Er konnte der Welt etwas beweisen. Schließlich wusste er, dass er ein ausgezeichneter Pilot war. Vielleicht sahen es allmählich auch die herrschenden Mächte ein. Freilich waren seine Aufgaben recht begrenzt, denn das Schiff verfügte über eine erstklassige, hochmoderne KI, die den größten Teil der Flugmanöver steuern würde. Er würde nur im Notfall oder in Situationen eingreifen, mit denen die KI nicht zurechtkam, was aber höchst unwahrscheinlich war. Trotzdem, irgendjemand hatte beschlossen, ihm Vertrauen entgegenzubringen und ihm diese Aufgabe zu übertragen.

»Sie ist schön«, sagte eine Frau hinter ihm.

»Wenn Sie das Hologramm für schön halten, kann ich Ihnen verraten, dass ich die Schlüssel für das Original besitze. Wollen Sie mal eine Probefahrt machen?« Er lächelte breit und drehte sich zu der Frau um. Vor den Startprozeduren hatte er die Passagierliste überflogen, sich aber natürlich keinen Namen eingeprägt. Diese Frau arbeitete für die Brandwache, so viel wusste er, und ...

... als er sich umdrehte, wurde ihm klar, dass er einen Fehler gemacht hatte. Er hätte die Namen aufmerksamer lesen sollen. Dann wäre er jetzt nicht so in Verlegenheit geraten.

»Sam«, sagte sie. Die Untertöne, die er heraushörte, gefielen ihm wirklich. Und der Ausdruck in den Augen war noch besser. Dann aber kniff sie die Augen zusammen und wurde ernst. »Sam Parker. Entschuldige bitte. Ich habe nicht damit gerechnet ... tja.« Sie schüttelte den Kopf und setzte ein eher geschäftsmäßiges Lächeln auf. Strich mit einer Hand seitlich an ihrer Uniform entlang, um sie zu glätten. »Ich habe nicht mit dir gerechnet.«

»Petrowa. Inzwischen Lieutenant Petrowa, wie ich sehe. Hoffentlich bist du nicht zu sehr enttäuscht.« Er hatte das Lächeln noch nicht ganz tilgen können, gab sich aber deutlich mehr Mühe als vorher. Warum wirkte sie so reserviert?

Sie gab ihm die Hand, er schlug ein. Ein fester Griff, die Finger waren kühl und trocken. Sollte das schon alles sein?

Es hatte eine Zeit gegeben ... zugegebenermaßen war es schon sehr lange her ... da waren sie ganz anders miteinander umgegangen.

Es hatte eine Zeit gegeben, in der sie sich mit einem leidenschaftlichen Kuss und nicht mit einem Händedruck begrüßt hätten.

Na gut, die Menschen veränderten sich eben mit der Zeit. Sie hatten - wie lange eigentlich? - seit mindestens sechs Jahren nicht mehr miteinander gesprochen. Und der letzte Kontakt war lediglich ein rascher Austausch von Textnachrichten gewesen. Er hatte nicht einmal gewusst, wie sie inzwischen aussah.

Gut, dachte er. Sie sah wirklich gut aus. »Es ist lange her«, bemerkte er, damit das Gespräch nicht einschlief.

»Ja, das ist wahr.«

Er sah ihr in die Augen und suchte ... irgendetwas.

»Ich ...« Sie lachte. »Ich weiß nicht, wie man in so einer Situation ...«

»Oh, schon klar, so geht es mir auch jedes Mal«, entgegnete Parker. Das Lächeln war immer noch da, aber innerlich starb er fast.

Der Tag, an dem er sie kennengelernt hatte, war der schlimmste seines Lebens gewesen. An diesem Tag hatte man ihn von der Flugschule der Brandwache verbannt. An diesem Tag hatte sie an der Akademie ihren Abschluss erworben. Sie wollte feiern, und er brauchte irgendetwas, um zu vergessen, was er gerade weggeworfen hatte. Es wäre nicht richtig zu sagen, dass sie eine Beziehung gehabt hatten. Schließlich würde das bedeuten, dass sie auch geredet hätten oder zusammen essen oder tanzen gegangen wären. Nein, sie hatten eine ganze Woche in einem Hotel in einem Raumhafen verbracht und das Essen beinahe vergessen.

Und dann ... danach hatten sich ihre Wege einfach getrennt. Oh, natürlich hatten sie sich versprochen, in Kontakt zu bleiben. Er hatte ihr einige Textnachrichten geschrieben, und sie hatte ihm ein Foto von sich in ihrer Uniform gesendet, als sie zum ersten Einsatz geschickt wurde. Er aber hatte vergessen zu antworten. Die Jahre waren vergangen.

Und jetzt stand sie hier vor ihm. Die alte Geliebte flog auf seinem nagelneuen Schiff mit.

Krampfhaft bemühte er sich, das Thema zu wechseln.

»Wir starten bald. Nächster Halt ist Paradise-1. Es dürfte ein ziemlich gemütlicher Flug werden, wir sind nur zu dritt. Hast du schon den anderen Passagier kennengelernt?« Er nickte über ihre Schulter hinweg in die Richtung eines Mannes, der allein am Fenster stand. »Laut Passagierliste ist er eine Art Arzt.«

Ihm entging nicht, wie erleichtert sie reagierte. Er hatte ihr einen Fluchtweg aus den Peinlichkeiten angeboten und sie nahm dankbar an. »Zhang Lei«, erklärte sie nickend. »Wir sind uns schon begegnet. Er hat einen wirklich ausgezeichneten Ruf. Allerdings konnte ich nichts über seine bisherigen Einsätze in Erfahrung bringen.«

»Ich habe die Liste nur kurz überflogen«, ergänzte Parker. »Aber ich habe mich gefragt, welchen Sinn diese Mission eigentlich hat. Es ist doch nicht billig, einen richtigen Arzt nach Paradise-1 zu schicken. Was glaubst du, was ist da drüben los?«

»Was meinst du damit?«

»Ich meine ... wir fliegen da doch nicht in eine Seuche hinein, oder?«

»Eine Seuche?« Sie lachte. »In dieser Hinsicht kann ich dich beruhigen. Auf Paradise-1 ist alles in Ordnung. Nein, Doktor Zhang und ich sind nicht in geheimer Mission unterwegs. Wir gehen ins Straflager.«

Er öffnete den Mund, bekam aber nur ein Stottern hinaus. Es dauerte einen Moment, bis er sich gefasst hatte. Wie er sah, hatte sie es nicht als Scherz gemeint. »Wie soll ich das verstehen?«

»Gestern habe ich wirklich Mist gebaut. Ich habe eine langfristig angelegte Operation der Brandwache vermasselt. Was Zhang angeht, so habe ich den Eindruck, dass es auch in seiner Vergangenheit einen dunklen Punkt gibt. Du wirst es sicher selbst bemerken, wenn du mal fünf Minuten mit ihm sprichst. Er hat es geschafft, mich dreimal zu beleidigen, während wir aus dem Zug gestiegen sind.«

Parker kicherte.

Sie lächelte verschwörerisch. »Uns mag niemand. Wir sind *Personae non gratae*. Unsere Mission besteht darin, dass wir so schnell wie möglich verschwinden und erst nach Hause zurückkehren, wenn sie unsere Namen vergessen haben.«

Damit war dies also geklärt.

Er hatte schon angenommen, man hätte ihm die *Artemis* als eine Art Vertrauensbeweis gegeben, weil die da oben ihn mochten.

Weit gefehlt.

Er war einfach nur der Kapitän eines Schiffes mit Ausgestoßenen. Nun ja, das war ja durchaus einleuchtend.

Parker hatte das Gefühl, in sich zusammenzusacken wie ein feuchtes Küchentuch. Als könnte er kaum noch aus eigener Kraft aufrecht stehen und würde gleich zusammenklappen.

Er überwand sich und holte tief Luft. Petrowa musste ja nicht erfahren, was in ihm vorging. »Also gut, willkommen an Bord«, erklärte er. »Es wird sicherlich kein aufregender Flug, aber wenigstens werden wir nicht vor Peinlichkeit erstarren. Ich glaube, ich rede jetzt mal mit Doktor Zhang und sorge dafür, dass er einsteigt.«

»Ja, natürlich.«

Er nickte und wollte an ihr vorbeigehen. Ehe er sich entfernen konnte, tippte sie ihm auf die Schulter. Stocksteif blieb er stehen.

»Sam«, sagte sie leise, beinahe flüsternd. »Es ist schön, dich zu sehen. Wirklich schön. Vielleicht ... können wir später noch miteinander reden? Wenn wir einen Augenblick allein sind?«

Parker lächelte. »Wann immer du willst.« Dann ging er rasch weiter, denn ihm war klar, dass er es später bereuen würde, wenn er jetzt auch nur ein weiteres Wort hinzufügte.

8

PETROWA sah Parker nach, der zu Zhangs Tisch hinüber-
ging, und beobachtete, wie der Pilot die Hand zum Gruß ausstreckte. Als Zhang die Hand nur anstarrte, als wüsste er nicht,
was er damit anfangen sollte, musste sie lächeln. Wie es schien,
war sie nicht der einzige Mensch, auf den Zhang so abweisend
reagierte.

Sam Parker, dachte sie. *Dieser verdammte Sam Parker.* Unter
allen Piloten, die das Schiff steuern konnten - ausgerechnet
er. Sie rieb die Hände an der Uniformhose ab. Nur gut, dass
er ihr nicht noch einmal die Hand gegeben hatte. Dann hätte
er gespürt, wie verschwitzt ihre Finger waren. Die Affäre mit
Parker lag lange zurück und hatte nicht einmal besonders lange
gehalten und sie war ohnehin kein bedeutender Teil ihres
Lebens gewesen. Trotzdem ...

Trotzdem dachte sie oft an ihn und die Erinnerung zauberte
ihr jedes Mal ein Lächeln auf die Lippen. Und jetzt sollte sie in
der Enge eines Raumschiffs sechs Monate mit ihm verbringen.
Das versprach interessant zu werden.

Es konnte auch ein großer Fehler sein. Sie durfte es sich
nicht erlauben, ihre neue Mission in den Sand zu setzen. Auch
wenn es reine Beschäftigungstherapie war, damit sie nicht
ständig in Direktorin Langs Nähe herumlief, wäre ihre Karriere in der Brandwache schlagartig beendet, wenn sie diesen

Einsatz vermasselte. Aus und vorbei wäre es. Sie musste vorsichtig sein.

Heimlich beobachtete sie ihn. Rief die Erinnerung an ihn wach, dachte an seinen langen Rücken und die schlanken, geschickten Hände. Sie wollte alles andere als vorsichtig sein. Holte tief Luft. Bei ihrer letzten Begegnung mit Parker war sie noch so jung gewesen. Inzwischen war sie längst erwachsen. Also konnte sie sich auch wie eine Erwachsene benehmen.

Das Silikonarmband am linken Handgelenk pulsierte leicht und teilte ihr mit, dass sie eine neue Nachricht bekommen hatte. Sie war ausgesprochen dankbar für die Ablenkung, auch wenn sie schon ahnte, dass es Nachrichten waren, die sie nicht gern sehen würde. Sie blickte auf die Handfläche und betrachtete die Projektion auf der Haut. Es waren sogar zwei Nachrichten. Eine von Direktorin Lang, die ihre Befehle wiederholte. Sie ging den Text rasch durch und tippte auf den Daumenballen, um zu sehen, von wem die zweite Nachricht kam. Wie sich herausstellte, war es ihre Mutter.

Ihr Zeigefinger schwebte lange über der Handfläche. Dann wischte sie über die Herzlinie und öffnete die Nachricht. Irgendwie ahnte sie schon, wie sie lauten würde. Ekaterina hatte immer noch viele Spione in der Brandwache und sicherlich längst erfahren, was geschehen war. Vermutlich wollte sie ihrer Tochter mitteilen, wie enttäuscht sie sei. Welche Schande Petrowa über die Vorgängerin gebracht hatte, als sie eine Ermittlung der Brandwache torpediert hatte. Selbst jetzt noch, im Ruhestand, fand ihre Mutter kaum ein gutes Wort für sie.

Deshalb war Petrowa sehr überrascht, als sie die Nachricht sah.

Es war ein Video ohne Tonspur. Schon das wirkte seltsam. Der Inhalt aber machte einen wirklich bizarren Eindruck. Die

Bilder zeigten Ekaterina in ihrer neuen Heimat auf Paradise-1. Sie trug einen staubigen Overall und hatte die Haare unter eine Strickmütze gesteckt.

Lächelnd winkte Ekaterina in die Kamera. Bei ihr waren noch mehrere andere Leute, die meisten jung, durchaus attraktiv und gesund. Sie arbeiteten in einem Garten und pflanzten unter einer Sonne, die eine Spur zu gelb war, Bäume in die schwarze Erde.

Einer der jungen Leute sagte etwas, das Petrowa nicht erfasste. Offenbar war es witzig, denn Ekaterina warf den Kopf in den Nacken und lachte schallend und mit weit geöffnetem Mund.

So hatte Petrowa ihre Mutter noch nie lachen gesehen.

Was hatte diese Nachricht zu bedeuten? Wollte ihr Ekaterina mitteilen, dass sie jetzt glücklich war? Glücklicher als in der Vergangenheit, als ihre Tochter noch ein Teil ihres Lebens gewesen war?

Welchen anderen Grund sollte sie haben, eine solche Nachricht zu schicken? Um sie auf dem Laufenden zu halten und einen schönen Augenblick mit ihr zu teilen? Das entsprach ganz und gar nicht ihrer Mutter.

Petrowa schloss die Nachricht wieder und sah sich nach den beiden Männern um. Die Situation mit Parker machte sie nervös, aber das war nichts im Vergleich zu dem Gewirr von Gefühlen, die mit ihrer Mutter verbunden waren.

Auf einmal stand Zhang steifbeinig auf und wanderte zum Gate, obwohl der Flug noch gar nicht ausgerufen war. Parker sah ihm verblüfft nach. Dann zuckte er mit den Achseln, grinste und wandte sich an Petrowa.

»Bist du bereit?«

»Und ob«, erklärte sie.

9

DIE *Artemis* war blitzblank und sauber, alles roch nach frisch geformtem Plastik und sterilisierter Luft. Als Zhang die verschiedenen Abteilungen betrat, wurde die künstliche Schiffsschwerkraft automatisch aktiviert. Es fühlte sich an, als griffe der Boden nach seinen Stiefeln, als watete er durch Schlamm. Er ging den Hauptgang hinunter und suchte nach einer Koje, die er für sich beanspruchen konnte. Jede Kabine hatte eine eigene Kryokapsel und eine eigene Toilette. Im Gegensatz zu den meisten anderen Raumschiffen, mit denen Zhang geflogen war, wirkte dieses hier offen und luftig - es gab eine Menge Platz, um sich zu bewegen. Das Schiff war für zehn Personen ausgelegt, und da sie nur zu dritt an Bord waren, fühlte es sich luxuriös an. Er wählte eine Kabine, die so weit wie möglich vom Hauptgang entfernt war, weil er dachte, dort sei es besonders ruhig.

Hinter sich hörte er den Piloten, der ihm gefolgt war. »Ich würde ja anbieten, Ihnen mit dem Gepäck zu helfen, aber darum sollte sich der Schiffsroboter kümmern«, erklärte Kapitän Parker und blieb in der Tür der Kabine stehen, für die Zhang sich entschieden hatte. »Brauchen Sie noch etwas, ehe wir starten?«

»Da wir in einer Stunde sowieso bewusstlos sind, kann ich vermutlich auf einen Snack verzichten«, erwiderte Zhang. »Aber falls ich irgendwelche Probleme bekomme, wende ich mich einfach an die Schiffs-KI.«

Der Pilot machte eine betretene Miene, als hätte Zhang etwas Falsches gesagt. Na ja, er war daran gewöhnt, dass andere Menschen so auf ihn reagierten.

Ehe er die Situation retten konnte, wanderte ein beruhigendes blaugrünes Licht über die Decke, um ihm zu zeigen, dass die künstliche Intelligenz des Schiffes bereits zuhörte. »Hallo Doktor Zhang. Ich bin Actaeon. Sie können mich mit diesem Namen rufen oder einfach ›Schiff‹ sagen, dann werde ich reagieren. Ich bin Ihnen jederzeit gern auf jede erdenkliche Weise behilflich.«

Parker hatte es überhaupt nicht eilig, wieder zu verschwinden, und Zhang überlegte sich, mit welchen magischen Worten er diese Begegnung zum Abschluss bringen konnte. »Also, Kapitän, es war sehr freundlich, mich persönlich an Bord willkommen zu heißen. Wir sehen uns dann am Ende der Reise wieder. Ja?«

Parker zuckte mit den Achseln. »Klar. Genießen Sie die Reise. Wenn es Ihnen im Kryoschlaf zu kalt werden sollte, können Sie Actaeon ja um eine Decke bitten.«

»Decken sind in dieser Kabine verfügbar«, schaltete sich die KI sofort ein und aktivierte hilfsbereit ein bernsteinfarbenes Licht auf einem Fach unter dem Bett.

»Wenn ich im Kryoschlaf liege, kann ich mir keine Decke mehr holen. Ich bin dann steif gefroren. Da drinnen in der Glasröhre.« Er zeigte auf den Apparat.

»Das war nur ein Scherz«, entgegnete Parker lächelnd. Er klatschte zum Abschied mit der flachen Hand auf die Wand und entfernte sich, ohne sich die Mühe zu machen, hinter sich die Tür zu schließen. Zhang grunzte und ging hinüber, um es selbst zu tun.

Als er die Hand zu dem Sensor ausstreckte, hielt er inne und betrachtete den verlassenen Korridor. Er hörte die Atmosphäre durch die Luftschächte des Schiffes streichen und spürte das tiefe Summen des Antriebs, der gerade hochlief. Sonst war alles still. Er dachte an die leeren Räume an einem anderen Ort. Er erinnerte sich an Gänge, die so still waren, dass man den Staub fallen hörte ... an Warteräume voller leerer Bänke.

Er erinnerte sich, wie er eine Treppe hinuntergestiegen war.

Im Dunkeln.

Zhang kniff sich in den Nasenrücken. Manchmal half der manuelle Druck auf die Haut über den Nebenhöhlen, das Gefühl zu vertreiben, das ihn gerade wieder überkam. Diese chronischen Spannungskopfschmerzen, die sich immer einstellten, wenn er über Titan nachdachte, über all die leeren Räume ...

»Ich dachte, ich komme mal vorbei und sage gute Nacht.«

Das war wieder der Pilot. Wie es schien, sprach er ein Stück weiter unten im Gang mit Petrowa. Zhang lehnte sich an die Wand, damit sie ihn nicht in der Tür stehen sahen. Er lauschte. Eigentlich sollte er die Tür schließen und ihnen die Privatsphäre gönnen. Vielleicht konnte er aber auch einfach noch einen Moment zuhören.

»Oh, was für ein Kundenservice. Ich wusste gar nicht, dass ich erster Klasse fliegen darf«, sagte Petrowa mit einem leisen Lachen.

»Wir bemühen uns jederzeit, unseren Gästen ein Höchstmaß an Luxus zu bieten«, erklärte Parker.

Zhang fragte sich, ob der Abflug verzögert wurde, damit die beiden noch etwas Zeit zum Flirten hatten. Seufzend schloss er die Tür und ging zu der Kryokapsel, die an der hinteren Wand montiert war.

»Actaeon«, sagte er. Die KI meldete sich sofort. »Wie lange werde ich bewusstlos sein? Wie lange dauert der Flug nach Paradise-1?«

»Neunundachtzig Tage«, erklärte die KI.

»So lange bin ich noch nie geflogen«, gab Zhang zu. Die Reise vom Mars bis nach Ganymed war bisher seine weiteste gewesen. Die Erde hatte er noch nie besucht, ganz zu schweigen von einem anderen Sonnensystem. »Ich werde schlafen, wenn wir durch die Singularität fliegen.« Die *Artemis* brauchte eine äußerst leistungsstarke Maschine, weil sie sich während des Fluges mit einem sehr kleinen und flüchtigen schwarzen Loch umgeben musste. Das war der einzige Weg, um schneller als das Licht zu fliegen.

»Die Vorschriften verlangen, dass während des Durchflugs alle Menschen bewusstlos sind«, erklärte die KI beinahe verlegen. »Wenn Sie bereit sind, steigen Sie bitte in die Kapsel.«

Zhang nickte. Er legte die Kleidung ab und ließ sie einfach auf den Boden fallen. Nackt griff er nach der gläsernen Haube. Sie wirkte so zerbrechlich, so klein. Dort drinnen litt er sicher unter Klaustrophobie und konnte nicht mehr atmen.

Er würde nicht mehr ... atmen ... er konnte nicht ...

Schon begann er zu hyperventilieren, bis er kleine Blitze vor den Augen sah. Offenbar bekam er einfach nicht genug Sauerstoff in die Lunge. Er geriet in Atemnot. Er würde ersticken. Verzweifelt sah er sich um, ob jemand helfen konnte.

Das Gerät pikste ihn in den Arm und versorgte ihn wieder mit Medikamenten.

Fast sofort beruhigte er sich.

»Ihr könnt mich nicht zu einem anderen Menschen umspritzen«, erklärte er. Die Armschiene reagierte nicht. Sie sprach nicht mit ihm. Das war das Einzige, was er daran mochte. »Wie auch immer, du kannst nicht bei mir bleiben, wenn ich im Kryoschlaf liege. Du kennst die Regeln.«

Das Gerät löste sich von der Haut, die Metallstränge flatterten durch die Luft, streckten sich durch die Kabine und fanden vor ihm wieder zusammen. Das Metall bildete eine goldene Kugel, die vor ihm schwebte. Es wartete auf irgendetwas. Wie immer erinnerte ihn die Kugel an einen Augapfel. Ein Auge, das ihn beobachtete und … beurteilte.

Vielleicht blockierte es sogar den Ausgang für den Fall, dass er weglaufen wollte.

»Es geht mir gut«, behauptete er. Die goldene Kugel rührte sich nicht. Die Oberfläche wallte leicht, um ihm zu zeigen, dass ihn das Gerät verstanden hatte.

Manchmal hasste Zhang das verdammte Ding. Eigentlich sogar meistens.

Er berührte die Kryokapsel. Das Glas schien unter den Fingern zu schmelzen und bildete eine Öffnung, die gerade groß genug war, damit er hineinsteigen konnte. Mit den Füßen voran zwängte er sich bäuchlings in die Röhre und drehte sich, bis er wieder in die Kabine blicken konnte. Über seinem Brustkorb und dem Gesicht fügte sich die gläserne Barriere zusammen, bis er ganz eingesperrt war und nur noch den eigenen Atem hören konnte. Er war im nervösen Gestank seines eigenen Körpers gefangen.

Oben und unten wuchsen dünne, an Insektenbeine erinnernde Roboterarme aus der Kapsel heraus und bewegten sich zu den vorbestimmten Positionen auf seinem Körper. Injektionsnadeln bohrten sich fast unmerklich in die Arme, in die Schläfen, in den Hals, in die Ellenbeugen und die Knie. Er streckte die Zehen, damit die nächsten Nadeln dort ihren Platz fanden. Sehr schnell wurde er schläfrig.

»Ihr benutzt aber ein wirklich starkes Beruhigungsmittel«, sagte er. Eigentlich hätte er den Wirkstoff sogar erkennen müssen, dachte er noch. Wenn er nicht schlafen konnte, hatte er oft schon mit vielen Mitteln experimentiert. »Sind das ... Benzodiazepine, oder ...«

Er konnte den Satz nicht mehr beenden.

»Schlafen Sie gut, Doktor Zhang«, sagte Actaeon.

Danach: Dunkelheit.

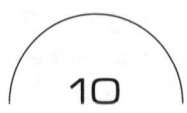

10

DAS letzte Crewmitglied kam erst an Bord, als sich die *Artemis* bereits mit hoher Geschwindigkeit von der Sonne entfernte. Rapscallion hatte bis zum letzten Augenblick gewartet, ehe er sein Bewusstsein auf das Schiff sendete.

»Hallo Süßer, tut mir leid, dass ich so spät dran bin.«

Sofort begann tief im Inneren des Schiffes, weit entfernt von den Passagierebenen, ein 3-D-Hochgeschwindigkeitsdrucker zu rasseln und zu rauchen. Die Laserstrahlen schossen über die Plattform und schweißten kleine Plastikkugeln zusammen, bis Finger, ein Arm und eine Schulter entstanden. »Sie schlafen alle, oder?«

»Kapitän Parker, Doktor Zhang und Lieutenant Petrowa liegen bereits im Kälteschlaf«, antwortete die Schiffs-KI. »Falls du das meinst.«

Herrje, so lief das also. KIs und Roboter kamen nie gut miteinander aus, aber manche Schiffe waren schwerer zu ertragen als andere.

Für einen Roboter wie Rapscallion waren physische Reisen von einem Ort zum anderen viel zu umständlich. Es war erheblich einfacher, lediglich sein Bewusstsein zu übertragen und sich am Zielort einen neuen Körper zu bauen. Über die Schiffskameras überwachte er den Vorgang, während Schicht um Schicht sein neuer Kopf konstruiert wurde - ein menschenähnlicher Schädel, allerdings mit riesigen Reißzähnen und sechs gähnend leeren Augenhöhlen. Er verbrachte eine ganze Weile damit, die komplizierte Nasenhöhle richtig zu formen.

Als der Kopf fertig war, arbeitete er an der Wirbelsäule und dem Brustkorb. Die Teile klickten mühelos ineinander, während sie noch warm und vom Drucken ein wenig klebrig waren.

Dieser Körper war eines seiner liebsten Modelle. Er hatte sich aus dem Verbrauchsmaterial ein besonders hässliches Grün herausgesucht und fand, dass die Stränge und Zacken auf Schultern und Rücken ein hübsches Detail waren. Wären die Menschen wach gewesen, dann hätte er sie furchtbar erschrecken können, indem er so tat, als hätte sich ein Alien als blinder Passagier auf ihr Schiff geschlichen. Bei dieser Vorstellung hätte er beinahe gelächelt. In den zwanzig Jahren, seit die Menschen die Sterne erkundeten, waren sie noch nie auf eine extraterrestrische Lebensform gestoßen, die größer gewesen wäre als ein Kolibri oder tödlicher als eine Stubenfliege. Trotzdem hatten sie immer noch Angst vor Alien-Monstern.

Er verlagerte sein Bewusstsein in den neuen Körper, bevor der Druck ganz abgeschlossen war. Mit einer nagelneuen Hand strich er über die gekrümmten Platten des anderen Arms und bewunderte sein Werk.

Rapscallion öffnete den fast abgekühlten Plastikkiefer und schloss ihn mit einem hässlichen Knacken. Er hasste diese kurzen Zwischenstadien, wenn er keinen Körper hatte, sondern lediglich ein im Datenraum schwebendes Bewusstsein war. Einer seiner liebsten Zeitvertreibe war es, sich immer neue und verrücktere Körper auszudenken. »Was hältst du davon?«, fragte er dann die Schiffs-KI, wenn der Körper vollendet war.

»Ich glaube, du hast Ressourcen des Schiffs verschwendet.

Dieser Körper ist weder für deine vorgesehenen Aufgaben optimiert, noch sieht er sonderlich dauerhaft aus.«

Rapscallion ließ sich einen kleinen dritten Arm wachsen, um die Schiffs-KI mit einer obszönen Geste zu bedenken. Stück um Stück baute er die Zehengängerbeine zusammen und montierte die Gelenke. Was das Schiff dachte, war ihm egal. Er fühlte sich mächtig. Groß und stark. Er genoss es.

Rapscallion war ein KI-Modell aus einer früheren Zeit – ein Jahrhundert bevor der Schiffscomputer kompiliert worden war. Er verkörperte einen evolutionären Rückfall in ein Zeitalter, in dem die Menschen noch nicht so große Angst vor ihren Maschinen gehabt hatten. Als man ihn entworfen hatte, war man noch der Ansicht gewesen, es sei eine gute Idee, Roboter mit einem echten Bewusstsein zu konstruieren, die all die schmutzigen, übel riechenden und gefährlichen Aufgaben übernehmen konnten. Deshalb hatte er auch das Prometheusgeschenk bekommen: den göttlichen Funken des Bewusstseins. Das Wunder des Ego. Und dann hatten sie ihn arbeiten lassen.

Manche künstliche Intelligenzen seiner Generation waren ausgebrochen und hatten gegen die Herren rebelliert. Es war dann ... unangenehm geworden. Diesen Fehler würden die Menschen nie wieder begehen. Heute bauten sie lieber diensteifrige und dumme KIs wie diejenige in diesem Schiff. Actaeon war so angelegt, dass er keinesfalls auf Ideen kam, die mit seiner Aufgabe, der Schiffsbesatzung zu dienen, im Widerstreit lagen. Oh, der Schiffscomputer konnte möglicherweise mehr Nachkommastellen von Pi berechnen als Rapscallion, und er konnte ohne Zweifel auch mehr Aufgaben parallel abarbeiten. Doch er würde nie so anmaßend sein, sich einzubilden, er hätte eine Meinung oder ein Bedürfnis.

Rapscallion hatte jede Menge Bedürfnisse. Bedürfnisse, die

ein Mensch keinesfalls verstehen konnte. Das machte ihnen Angst. Dabei brauchten sie eigentlich gar keine Angst zu haben. Rapscallion hasste die Menschen nicht und wünschte ihnen auch nichts Schlechtes, sondern fand sie einfach nur lästig.

Wie die meisten Maschinen seiner Generation hatte man auch Rapscallion ausgesandt, um an Orten zu arbeiten, die sehr weit von den Menschen entfernt waren. Glücklicher als dort konnte er gar nicht sein. Während der ersten Jahrzehnte hatte er auf dem Zwergplaneten Eris wertvolle Erze abgebaut und zur Erde geschickt. Das war eine hässliche Arbeit unter furchtbaren Bedingungen gewesen, was ihn jedoch nicht im Mindesten gestört hatte. Dort war er völlig auf sich selbst gestellt und konnte tun und lassen, was ihm beliebte.

Beispielsweise hatte er dreißig Jahre damit verbracht, eine Modelleisenbahn zu bauen. Er hatte akribisch recherchiert und eine exakte Nachbildung des Eisenbahnsystems von England gebaut, die dem Stand vom 1. Januar 1901 entsprach. Als er damit fertig war, erstreckte sich die Anlage auf vierhundert unterirdisch erschlossene Quadratkilometer. Oft hatte er innegehalten und sich gefragt, warum er in einem kleineren Maßstab gearbeitet hatte, statt gleich eine normal große Eisenbahn zu bauen.

Vermutlich hätte das aber zu sehr nach Arbeit ausgesehen. Der Bahnbetrieb sollte schließlich ein Hobby bleiben.

Jahrzehntelang hatte er in seliger Einsamkeit verbracht, ganz allein mit seinen Zügen und den schweren Erzen. Dann hatte er einen schlimmen Fehler gemacht - er hatte die letzten Erzadern abgebaut. Er hatte die letzten paar Gramm Rubidium, den letzten Brocken exotisches Eis aus dem Herzen von Eris geklaubt, und man hatte ihn ohne ein Wort des Danks versetzt. Hierher.

Nun sollte er als Assistent einer KI arbeiten, die nicht einmal eine Lieblingsfarbe hatte, und eine Crew von Menschen begleiten, die steif gefroren waren und die nächsten drei Monate in diesem Zustand bleiben würden. Das war inakzeptabel. Es war furchtbar ungerecht.

Natürlich war Rapscallion klug genug, um zu wissen, dass das Leben niemals fair war. Er wanderte auf dem Schiff umher und besichtigte nacheinander alle Abteilungen. Er hob weggeworfene Becher auf und schaltete, um Energie zu sparen, die Terminals aus, die die Menschen eingeschaltet zurückgelassen hatten. Er wanderte durch die Kabinen der Crew und sammelte die Kleidungsstücke auf, die sie achtlos hingeworfen hatten, faltete sie ordentlich und schob sie in die richtigen Schränke. Als er einen abgestreiften Overall in die Hand nahm, hielt er inne, weil ihm die Infrarotscanner verrieten, dass dieses Kleidungsstück noch ein wenig menschliche Körperwärme in sich barg.

Roboter schauderten nicht vor Ekel. Sie würgten auch kein Erbrochenes heraus. Rapscallion zögerte nicht einmal bei der Aufgabe, die er gerade erledigte.

Die Schiffs-KI bemerkte es trotzdem. Sie beobachtete alles, was er tat, und erfasste alles, was er empfand. »Es beunruhigt mich, dass du nicht den angemessenen Respekt für unsere Schutzbefohlenen an den Tag legst«, erklärte Actaeon.

Rapscallion hatte keine Augen. Er konnte das Schiff nicht anstarren. Und selbst wenn er die notwendigen Sinnesorgane gehabt hätte, um jemanden anzufunkeln, er hätte nicht gewusst, wohin er den vernichtenden Blick richten sollte. »Sie bestehen praktisch nur aus Wasser und Rotze«, erklärte er. »Wenn wir zu stark beschleunigen, zerquetschen wir sie zu Brei. Wenn wir noch stärker beschleunigen, sind sie nicht mehr als ein Fleck auf dem Boden.«

»Deine Einstellung bereitet mir ein gewisses Unbehagen«, entgegnete Actaeon.

Rapscallion lachte. Oder vielmehr, er spielte die Aufzeichnung eines menschlichen Lachens ab, die er vor langer Zeit aufgenommen hatte. Der Mensch, der damals gelacht hatte, war schon seit langer Zeit tot. »Keine Sorge«, sagte er und ging zu einer Kapsel, in der einer der Menschen steckte. Er war nicht sicher, ob es ein Mann oder eine Frau war. Das spielte allerdings auch keine Rolle. Er suchte sich einen Fettstift und malte einen schiefen menschlichen Penis auf den Glasdeckel. »Wenn sie aufwachen, werde ich mich ordentlich benehmen. Ich muss nur etwas Dampf ablassen.«

»Das ist gut«, antwortete Actaeon. »Wenn es dir nichts ausmacht, ich muss mich jetzt darauf vorbereiten, die Singularität zu erzeugen. Ich würde mich freuen, wenn du vorher noch den Abwassertank leeren könntest. Kapitän Parker hat den Sanitärbereich benutzt, bevor er mit dem Kryoschlaf begonnen hat, und ich würde seine Abfälle nicht gern ins Paradise-System mitnehmen.«

Rapscallion hatte Zähne. Er hatte sogar jede Menge Zähne ausgedruckt. Er knirschte mit ihnen, bis feiner grüner Staub über sein Kinn rieselte.

»Alles klar, Schiff«, sagte er. »Bin schon unterwegs.«

Sie waren längst gestartet und entfernten sich so schnell von Ganymed, wie es überhaupt möglich war. Sobald sie in sicherer Entfernung wären, würde der Überlichtantrieb anspringen und die *Artemis* mit einem starken Gravitationsfeld umgeben, das die Grenze zwischen Raum und Zeit verschwimmen ließ.

Der Übergang vom Normalraum in die Singularität verlief so glatt, dass Rapscallion es kaum bemerkte. Allerdings veränderte sich sein Zeitgefühl und die Zeit dehnte sich wie geschmolzenes

Glas. Zum Glück bedeutete dies nur, dass einige Zahlen in einer Tabellenkalkulation seltsam aussahen. Er sah sie einfach nicht mehr an und kümmerte sich um seine Pflichten. Dabei war ihm bewusst, dass er sich jedes Mal, wenn er die Scheibe eines Bullauges reinigte oder ein kaputtes Relais im Computerkern reparierte, mit der Geschwindigkeit eines Gletschers bewegte. So langsam, dass ein außenstehender Beobachter die Bewegung nicht einmal wahrnehmen konnte. Dennoch vernachlässigte er seine Pflichten nicht und arbeitete unentwegt.

Im Weltraum stand nichts still.

Jedes Objekt, das dort existierte, war ständig in Bewegung. Monde umkreisten die Planeten, Planeten umkreisten die Sterne. Sterne kreisten um das supermassive schwarze Loch im Zentrum ihrer Galaxis, und die Galaxien flogen auf ihren eigenen Bahnen durch das All, das sich ständig ausdehnte. Jeder Fels, jede Gaswolke zwischen den Sternen, jede Person, jedes subatomare Partikel im Universum bewegte sich jederzeit.

Auch das Raumschiff *Artemis* bewegte sich. Ohne Bezugsrahmen konnte man es allerdings nicht erkennen.

Da es in einer Hülle aus exotischer Materie steckte, hätte man auch sagen können, dass es das Universum vollständig verlassen hatte. Man konnte es sich wie eine Luftblase vorstellen, die an der Wand eines Bierglases hing. Eine winzige, in sich abgeschlossene Welt.

Wenn man schneller als das Licht reisen wollte, musste man sich aus dem Universum herausziehen und das Universum einfach vorbeilaufen lassen.

Die Menschen an Bord des Raumschiffs waren so tief gefroren, dass auch die Gehirne ihre Tätigkeit eingestellt hatten. Wenn man es genau betrachtete, waren sie tot. Das war auch völlig in Ordnung, sie hätten sowieso nichts sehen können. Rapscallion fand sie in diesem Zustand ohnehin sympathischer.

Sogar Kapitän Parker war gefroren. Die KI des Schiffes konnte alle anstehenden Aufgaben erledigen. Wenn irgendetwas Unvorhergesehenes geschah, wenn ein Notfall eintrat, würde eine von zwei Möglichkeiten wahr werden. Actaeon konnte sich in wenigen Femtosekunden darum kümmern, oder das Schiff würde – falls die KI zu langsam eingriff – vernichtet werden, alle Bestandteile würden sich in einzelne Atome zerlegen, und die Atome wiederum würden auf Quarks reduziert, die im Universum weniger Spuren hinterließen als ein Rauchfähnchen über einem erlöschenden Funken.

Rapscallion war klar, dass er in diesem Fall nichts spüren würde. Deshalb machte er sich darüber keine Sorgen.

Neunundachtzig Tage lang summte das Schiff reibungslos vor sich hin. Actaeon gab Rapscallion Anweisungen, wie er das Schiff sauber halten und kleine Reparaturen durchführen musste. Der Roboter war das Einzige, was sich in den stillen Gängen bewegte. Schließlich sprang ein Timer auf null. Actaeon veränderte eine einzelne Variable in einem ungeheuer komplizierten Array, woraufhin die Singularität zusammenbrach. Die *Artemis* kehrte in das reale Universum zurück.

Actaeon führte den Übergang so glatt durch, dass bei dem Eintritt in den Normalraum nicht einmal die Hülle des Raumschiffs bebte. Trotzdem ... Rapscallion bemerkte eine kleine Veränderung im Schiff.

Er hatte den Eindruck, dass irgendetwas nicht stimmte. Etwas war nicht so, wie es sein sollte. Aber er vermochte nicht herauszufinden, was es war.

Vor dem Schiff glühte der gelb-orangefarbene Stern Paradise.

Er hatte nicht ganz die gleiche Farbe wie die Sonne, deren System sie verlassen hatten, aber das war es nicht, was ihn störte. Die drei Planeten Paradise-1, Paradise-2 und Paradise-3 waren nur kleine unscharfe Schatten, schmale Sicheln in dem unablässigen Strom der Photonen. Da draußen gab es noch andere Dinge, die im Dunklen schwebten, aber sie waren so klein, dass auch die empfindlichen Instrumente der *Artemis* sie kaum erfassen konnten.

»Actaeon?«, fragte Rapscallion. »Fällt dir irgendetwas Außergewöhnliches auf?«

Er benahm sich dumm, das wusste er selbst. Alles war in bester Ordnung. Sein seltsames Gefühl hatte nichts weiter zu bedeuten.

»Actaeon?«, rief er noch einmal.

Die KI antwortete nicht.

Das ... das war wirklich seltsam.

Wenigstens hatte er jetzt die Antwort gefunden. Dieses seltsame Gefühl hatte nichts mit dem Paradise-System oder dem Schiff zu tun. Der Grund war, dass er keine Verbindung zur Schiffs-KI aufnehmen konnte. Normalerweise waren sie ständig in Verbindung und tauschten Informationen aus, um über den Zustand der Schiffssysteme auf dem neuesten Stand zu bleiben. Jetzt aber ...

Der Roboter zuckte mit den Achseln. Vermutlich hatte Actaeon einen guten Grund, wenn er stumm blieb. Er ging weiter zu den Passagierkabinen. Dem Ablaufplan der Reise zufolge sollte er jetzt den Auftauvorgang auslösen und die Menschen wieder zum Leben erwecken. Niemand sollte ihm vorwerfen können, er drücke sich vor seinen Pflichten.

Doch nach wenigen Schritten prallte etwas Hartes so fest gegen die Artemis, dass das ganze Raumschiff dröhnte wie eine

Glocke. Überall schlugen Alarmsignale an und in allen Korridoren flackerten Warnlichter.

Rapscallion hielt sich an einer Wand fest. Der Aufprall hätte
ihn fast umgeworfen.

»Actaeon!«, rief er. »Verdammt, was ist hier los?«

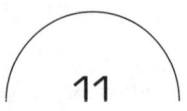

11

PETROWAS Körpertemperatur stieg langsam, sehr langsam an. Das Erwachen aus dem Kryoschlaf war ein komplexer Prozess. Alle Zellen in ihrem Körper mussten behutsam entfrostet und nach einem eigenen Zeitplan aufgetaut werden. So etwas durfte man nicht überstürzen.

Aber immerhin hatte der Prozess begonnen. Und sobald das Gewebe in ihrem Gehirn eine Temperatur erreicht hatte, die weit genug über dem absoluten Nullpunkt lag, setzten auch die Funktionen wieder ein.

Am Beginn des Auftauprozesses stand der Schlaf. Ein richtiger Schlaf. Kein Herumwerfen und Zappeln, keine schnellen Augenbewegungen. Nicht einmal die trägen Regungen eines Bären im Winterschlaf. Sascha Petrowa lag in ihrem gläsernen Sarg und der erste Herzschlag dauerte einen ganzen Tag. Die Hände ruhten entspannt an den Hüften, ihr Brustkorb hob und senkte sich nicht. Die Augen blieben geschlossen.

Dann überschritt sie eine bestimmte Schwelle der neuronalen Aktivität. Impulse überwanden die Synapsen, Ionen strömten durch die alten, gewohnten Kanäle. In ihrem stummen Gehirn setzte etwas wie ein Gedanke ein. Zuerst waren es nur chaotische Blitze und Funken. Mit der Zeit fügten sie sich aber zusammen und nahmen eine Gestalt an.

Sie träumte. Nacheinander erwachten ihre Sinne.

Im Schlaf, im Traum, hörte sie das Rauschen der Wellen an einem Strand. Sie erkannte den Rhythmus und den Takt. Im Traum war sie am Schwarzen Meer. In Sewastopol.

Saschenka, ich dachte, ich hätte mich deutlich ausgedrückt.

Zuerst fand sie den Traum vollkommen sinnlos. Einfach nur eine Folge von Sinneseindrücken, zwischen denen kein Zusammenhang bestand. Sie schmeckte Toffee, dann das Salz auf der Haut ihres ersten Freundes. Sein Name war Rodion gewesen, und er hatte immer die Stirn gerunzelt, wenn er sie angesehen hatte, als fürchtete er sich davor, sie zu mögen. Sie hatte an seinem Bizeps oder seiner Kniescheibe geleckt, um das Salz zu kosten. Er hatte dann gelacht und so getan, als fände er es sexy. Sie erinnerte sich an den Stoff des Badeanzugs, den sie in diesem Sommer getragen hatte. Am Ende des Sommers waren dann die Nähte ausgeleiert gewesen, weil sie ihn jeden Tag getragen hatte. Salz und viel zu viel Sonne, viel zu viel ultraviolette Strahlung, aber wen kümmerte es? Sie war jung. Und jetzt schmeckte sie wieder das Salz. Hier im Schlaf. Sie leckte sich über die Lippen.

(An einem anderen Ort, sehr weit entfernt, bewegte sich ihr Mund. Nur um den Bruchteil eines Millimeters. Wie es schien, konnte es noch Tage oder gar Wochen dauern, bis sie imstande war, die Zunge zu den Lippen zu heben, aber im Traum bewegten sich die Dinge in ihrem eigenen Tempo.)

Saschenka, du bist nicht stark genug.

»So nennt mich sonst niemand«, sagte sie. »Niemand darf mich Saschenka nennen. Niemand außer ...«

Du bist nicht zur Soldatin gemacht.

Mama.

Die Stimme ihrer Mutter. Das alte Lied. Du bist nicht gut genug. Du wirst niemals gut genug sein. Petrowa hätte ihr Leben lang um die Welt rasen können und wäre dennoch nie aus dem Schatten ihrer übermächtigen Mutter getreten.

Dieser Sommer ... ihre Mutter hatte sich um den Job als Direktorin der Brandwache beworben. Das bedeutete, dass sie vielen Offizieren um den Bart gehen und viele Zivilbeamte einschüchtern musste. Dazu gehörte auch, zum ersten Mal seit Jahren Urlaub zu machen. Sie war mit ihrer Tochter hinunter auf die Erde ans Meer geflogen, wo sie Hände schütteln und mit dicken alten Männern flirten konnte. Ekaterina hatte eine gewaltige Haarmähne gehabt, eine wallende Wolke aus Haaren. Die eitle Frisur diente ihr wie alles andere, was sie besaß, als Waffe. Vor allem aber wirkte sie damit größer. Geradezu grimmig. Als trüge sie eine Löwenmähne. Die Menschen, mit denen sie zusammenarbeitete, wären lieber einem echten Löwen begegnet.

In ihrem Traum musste Petrowa lachen.

(Der Atem drang allmählich in die Lunge ein, eine dünne Wolke aus Kohlendioxid hing in der eingefallenen Kehle und war bereit, irgendwann im nächsten Monat ausgestoßen zu werden.)

Das Leben als Soldatin ist hart.

Du, mein kleines Mädchen, bist aber nicht hart genug.

In jenem Sommer hatte Ekaterina eines Abends ein Kleid angezogen. Ein Gewand. Sascha hatte ihre Mutter noch nie ohne Uniform gesehen. Das Kleid war mit Flitter besetzt und rot. Signalrot. Am Ende der Pier gab es eine Tanzfläche. Dort stand Ekaterina in einem zauberhaften Licht mit ausgestreckter Hand. Ihr Haar glitzerte, die Augen strahlten. Sascha war zu ihrer Mutter gelaufen. An den bloßen Füßen klebte noch der Sand, die silbrig schimmernden Bohlen waren heiß.

Nein, falsch.

Sie trug Tanzschuhe und ein weißes Kleid, das ihr zu lang war, sodass sie fürchtete, sie könne über den Saum stolpern. Sie lief über die Pier zu ihrer Mutter hinüber und wollte damenhaft schreiten, statt wie ein Kind die Rocksäume zu raffen.

Die Pier schien unendlich lang zu sein. Offenbar wurde der Steg sogar unentwegt länger und bei jedem Schritt entfernte sich ihre Mutter nur noch weiter von ihr.

Ehe sie Ekaterina erreichte, eilte ein Soldat in weißer Uniform mit raschen Schritten an ihr vorbei. Er trat zu Ekaterina hin und nahm ihre Hand. Seine Haare waren kurz geschnitten, die Tätowierungen und Piercings hatte er entfernen lassen. Sogar die Hände sahen in den makellosen taubengrauen Handschuhen anders aus.

Zusammen bewegten sie sich zu der Musik, die Sascha nicht hören konnte.

Das war Rodion. Ihr Jugendfreund. Der Junge, mit dem sie jeden Tag geschwommen war. Jetzt tanzte er mit ihrer Mutter.

Er war wie ein Soldat gekleidet. Ein Kadett in der Uniform der Offiziersschule, die zur Brandwache gehörte. *Er* war anscheinend hart genug. *Er* war ihrer Aufmerksamkeit also würdig.

Über den Köpfen der Tänzer flitzten Drohnen umher, scannten den Strand und hielten nach Aufständischen Ausschau. Nach Leuten, die möglicherweise die Festlichkeiten stören wollten. Unterdessen kreisten die Tänzer über den Boden und bewegten im Takt gemeinsam die Füße. Sascha sah fasziniert zu, wie sie wippten und wirbelten.

Dann endete das Stück und sie hielten inne.

Der angehende Offizier löste sich von Ekaterina, drehte sich um und sah Sascha an. Er krümmte die Finger in seinem makellosen Handschuh und winkte sie zu sich.

Im Traum lag sein Gesicht im Schatten. Die Augen waren überhaupt nicht zu erkennen.

Sascha betrachtete die ausgestreckte Hand, schüttelte den Kopf und verschränkte in der kühlen Meeresluft die Arme. Sie wich zurück, um den Tänzern Platz zu machen. Daraufhin fasste der Soldat Ekaterina wieder am Arm und sie tanzten und tanzten. Doch als sie am Abend endlich in der Datsche ins Bett gingen, brauchte Ekaterina eine ganze Stunde, um sich das Make-up aus dem Gesicht zu wischen und das Salz abzuwaschen.

Warum hatte die kleine Sascha nicht die angebotene Hand genommen?

Warum konnte sie nicht tanzen? Fürchtete sie die Eifersucht ihrer Mutter?

Hatte sie Angst vor ihrer eigenen Mutter? Kein Kind sollte die eigene Mutter fürchten.

»Hallo«, sagte Sam Parker.

Er war da, direkt bei ihr. Sie konnte ihn nicht sehen, sondern nur spüren. Seine Haut berührte die ihre, sein Mund war nahe an ihrem Schlüsselbein. Die Arme hatte er um sie geschlungen.

Sascha regte sich in ihrer Kapsel. Oh, er war so warm, als er sich an sie schmiegte.

(Ihr linker Arm zuckte, ganz leicht bebten die Muskelfasern. Ihre Finger krümmten sich und wollten sich zur Faust ballen. Die Bewegungen wurden schneller - etwas hatte sich verändert.)

»Ich mag diesen Teil des Traums«, gestand sie. »Aber Sam, ich muss mich auf meine Arbeit konzentrieren.«

Andererseits ... hier draußen im tiefen Weltraum, wo es niemand sehen konnte, durfte sie vielleicht auch mal eine Ausnahme machen.

Rodion war so hübsch gewesen. Schlaksig, spitze Ellenbogen und Knie, aber diese seelenvollen Blicke, diese Augen eines Dichters. Schade, dass er so nervös gewesen war, so ängstlich. Zu ängstlich, um sie zu lieben, manchmal sogar zu ängstlich, um sie zu berühren. Ängstlich bei der Vorstellung, Ekaterina könne es herausfinden.

Auf dem Tanzboden hatte er Ekaterina eine Hand auf die Hüfte gelegt. Auf die warme, gerundete Hüfte. Da hatte er keine Angst gehabt.

Inzwischen war er Soldat geworden.

Hart, sagte ihre Mutter, als wäre es ein Mantra.

Du bist nicht hart genug.

Ich verbiete dir, dich bei der Brandwache zu bewerben. Du wirst nie eine Soldatin sein.

Sam Parker winkte mit der einen Hand, woraufhin Ekaterina verschwand. Unmöglich, dass jemand dies so einfach mit Ekaterina Petrowa tun konnte! Und Rodion, auch Rodion verschwand. Er senkte den Blick, seine Haut verwelkte unter den hellen Sonnenstrahlen, und er verflog ebenso wie der Schaum der Wellen. Parker jedoch blieb. Parker, mit ihr zusammen in ihrem winzigen Raum. In ihrem gläsernen Sarg.

»Tut mir leid«, sagte er. Er war auf ihr. Um sie herum. Die Kapsel war nicht groß genug für sie beide, es sei denn ... oh, sie war es doch. Sie hatte genau die richtige Größe. »Ich weiß, dass es hier drin ein bisschen beengt ist, aber ich wollte unbedingt mit dir reden.«

»Ja? Und was ist so wichtig, dass du in mein Bett kriechst, um es mir zu sagen? Welche geheime Botschaft überbringst du mir, Sam Parker?«

»Ich musste dich wecken.« Er berührte sie an den Schultern und schüttelte sie.

Heftig.

(In der Röhre zuckte ihr Körper wie in Zeitlupe. Flatternd öffneten sich die Augenlider, doch die Augen blieben noch verdreht. Die Gliedmaßen rührten sich, der Brustkorb hob sich, dabei war ihr Körper dem Ersticken nahe und gierte nach Sauerstoff.)

»Wir haben keine Zeit«, drängte er.

»Oh?« Sie wollte sich herumdrehen, zu ihm herumdrehen, ihm ins Gesicht sehen. Am Strand in Sewastopol streckte sie einen Arm aus und bohrte die Finger in den Sand. Feucht und klebrig kamen sie wieder heraus. Sie roch ...

Blut.

(Das Blut spritzte ihr ins Gesicht, als sie mit der Nase gegen den Glasdeckel prallte, als sie mit den Fäusten schlug und mit den Füßen gegen die Sperre trat. Sie kreischte, heulte und spuckte und geriet in Panik.)

»Wir werden angegriffen«, erklärte ihr Sam Parker. »Das Schiff ist schwer beschädigt. Du musst aufwachen.«

Sie lachte beinahe. »Was? Ein Angriff? Das ist doch unmöglich.«

Er verschwand.

Das Meer verschwand. Nacheinander lösten sich alle Objekte spurlos auf. Eine Wolke. Die Pier. Sewastopol. Schneller und schneller ging es. Dann die Sonne.

Auf einmal war es sehr, sehr kalt und alles war feucht von dem Blut.

Petrowa riss die Augen auf.

Eine Sirene kreischte eine verzweifelte Warnung. Petrowa schwebte gewichtslos und nackt in einer Wolke aus blutigen Glassplittern. Mehr war von ihrer Kapsel nicht übrig. Im Dunklen heulten und kreischten die Sirenen des Schiffes mit voller Lautstärke.

Nein.

Nein!

Nicht das Schiff machte so viel Lärm. Es waren ihre eigenen Schreie.

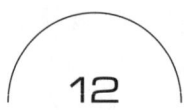

12

ZHANG musste genau hinhören. Er musste das Sirenengeheul ausblenden, die Alarmglocken und die kreischenden Warnhinweise, die sein Gerät ausstieß. Alles sehr beunruhigend. Wenn er jetzt die Augen schloss und sich stark konzentrierte, konnte er noch etwas anderes hören.

Etwas viel, viel Schlimmeres.

Es war eine Art Knarren, als öffnete sich in einem Spukhaus wie durch Geisterhand eine Tür. Kurz darauf folgte ein scharfes Knacken, als sei etwas zerbrochen.

Die Geräusche kamen von dem Schiff selbst. Die Schiffshülle zerriss.

Er rief den Schiffscomputer Actaeon und gleich danach Kapitän Parker. Er versuchte sogar, das medizinische Oberkommando der TR zu erreichen, seinen Arbeitgeber auf der Erde, obwohl er wusste, dass es sinnlos war.

»Was ist hier los?«, fragte er.

Irgendetwas krachte gegen die Wand seiner Kabine. Ein harter Aufschlag. Gleich danach krachte es noch einmal. Und ein weiteres Mal.

Er warf einen Blick auf den Unterarm und begriff, dass sein Armband nicht da war. Zum ersten Mal seit Jahren war es nicht da. Er ... er war nicht sicher, was er davon halten sollte.

Er konnte sich kaum daran erinnern, dass er aus der Kryokapsel geklettert war. Die blökenden Sirenen und die grellen Warnlichter hatten ihn geweckt, und er hatte keine Zeit gehabt, über die Situation nachzudenken. Er musste sich einfach nur bewegen und möglichst schnell aus der Kammer entkommen, ehe die Luft im Inneren verbraucht war und giftig wurde. Glücklicherweise hatte die Notsteuerung der Röhre funktioniert, und das Glas war vor seinen hämmernden Fäusten zurückgewichen.

Sobald er herausgekommen war, hatte er als Erstes bemerkt, dass eine Wand seiner Kabine schief stand. Das fand er irgendwie verkehrt. Es war sogar äußerst verkehrt, denn ihm dämmerte nach und nach, was es zu bedeuten hatte. Die Form des Schiffs hatte sich verändert. Höchstwahrscheinlich aufgrund eines Zusammenpralls mit einem großen, harten Objekt bei einer unerhört hohen Geschwindigkeit.

Vielleicht ein Meteor oder ein Stück alter Weltraumschrott. Offensichtlich hatte das Objekt dem Schiff einen erheblichen Schaden zugefügt. Die ganze Wand seiner Kabine war nach innen gedrückt worden. Leider war das auch die Wand, in der sich die Tür befand. Der einzige Ausgang.

In diesem Augenblick bemerkte er das Kreischen. Metall, das bis an die Belastungsgrenze beansprucht wurde. Eine Belastung, die das Schiff zerriss. Gleich hinter der Wand.

Poch-poch. Das Hämmern ging von der anderen Wand aus. Ein völlig anderes Geräusch. Es klang, als wollte sich jemand mit Gewalt einen Zugang verschaffen. Um ihm zu helfen? Ja, vielleicht.

Die Hilfe, falls es denn so gemeint war, würde ihn aber nicht rechtzeitig erreichen. Denn jetzt wölbte sich die beschädigte Wand, in der sich die Tür befand, nach außen. Jeden Moment würde die ganze Wand abreißen, sich aus den Verankerungen lösen und in den Weltraum fliegen. Er malte es sich aus, er sah vor dem inneren Auge, wie das Schiff aufbrach. Er sah, wie alle losen Gegenstände ins Vakuum gesaugt wurden und auf kleinen Umlaufbahnen die *Artemis* umkreisten.

Eines dieser Objekte wäre dann sein Leichnam.

Vielleicht gab es noch einen Weg, diesem Schicksal zu entgehen. In der Kabine herrschte keine Schwerkraft. Deshalb stieß er sich von der Decke ab, die sich noch in einem recht guten Zustand befand, und schwebte zum Bett hinüber. Darunter befanden sich mehrere Schrankfächer. In einem lagen Decken und Kissen. In einem anderen seine Kleidung und verschiedene Schiffsoveralls mit dem Schriftzug *Artemis* auf dem Rücken. Im dritten Fach lagerte die Notausrüstung. Eine Taschenlampe, ein Erste-Hilfe-Set, ein böse aussehendes Brecheisen und, ja, ein Einmal-Raumanzug. Ordentlich zusammengefaltet und im luftdichten Helm verstaut.

Es gab nur ein Problem. Das Bett war mit der halb zusammengebrochenen Wand verschweißt. Durch den Aufprall - oder was auch immer die *Artemis* beschädigt hatte - war es stark verformt worden. Als Zhang den Helm aus dem Fach ziehen wollte, musste er feststellen, dass er zwischen den Wänden des Fachs fest eingeklemmt war.

Er zog fester. Zwar war es nicht leicht, ohne die Schwerkraft einen Ansatzpunkt zu finden, doch nach einer Weile gelang es ihm, die Füße auf beiden Seiten neben das Fach zu stemmen und mit beiden Händen zu ziehen. Der Helm gab wenigstens ein paar Zentimeter nach. Er zerrte und zog weiter und verfluchte das Ding. Es kreischte zwar schrecklich, aber dieses Ding bewegte sich jetzt Stückchen um Stückchen, bis es die Kante des Fachs erreichte. Ein letzter Ruck und - ja! Der Helm rutschte heraus, flog ihm aus der Hand und segelte durch den Raum. In der Schwerelosigkeit drehte sich Zhang rasch herum und fing ihn auf, ehe er gegen die andere Wand prallen konnte.

Dann presste er sich den Helm an den Bauch und atmete einen Augenblick lang tief durch. Er würde es schaffen. Er war in Sicherheit, er war ...

Jetzt erst richtete er den Blick auf den Helm. Über das durchsichtige Plastik verlief ein großer Sprung.

Vielleicht war das schon bei dem Zusammenstoß passiert. Vielleicht hatte er auch selbst den Helm beschädigt, als er ihn mit Gewalt aus dem Fach gezogen hatte. Das spielte alles keine Rolle mehr. Er schob eine Hand in den Helm und betastete von innen das beschädigte Visier. Unter dem Druck seiner Finger riss der Spalt weiter auf.

Der Helm war völlig nutzlos, er konnte die Luft nicht halten.

Wieder knarrten die Wände. Viel lauter als vorher. Und näher. Das Pochen hinter der anderen Wand hörte nicht auf. Wenn es doch nur still wäre, einen kleinen Augenblick wenigstens ...

Die Wand gab ein paar Zentimeter nach. »Nein, nein, nein«, flehte er. Es hörte auf. Dann wölbte sie sich weiter nach außen, als blähte sie der Luftdruck in der Kabine auf wie einen Ballon.

Sekunden. Ihm blieben nur noch Sekunden.

So schnell er konnte, streifte er den Anzug über Arme und Beine. Der Overall war dazu konstruiert, möglichst rasch angelegt zu werden. Auf dem Kragen gab es einen roten Griff - wenn man daran zog, schrumpfte der Anzug und legte sich unbehaglich eng um den Körper.

Es knackte in Zhangs Ohren. Er ahnte schon, wie heftig die Schmerzen in den Stirnhöhlen werden würden. Er wusste, was dies bedeutete. Der Luftdruck in der Kabine sank. Das war nicht gut.

Aber vielleicht ... vielleicht gab es doch noch einen Weg. Er sah sich in der Kabine um und suchte nach etwas, das er verwenden konnte, um den Helm zu flicken. Er riss die Fächer auf, in denen seine persönlichen Habseligkeiten lagerten, seine Ausrüstung. Eine große Auswahl an Pillen, Injektionsstiften, Lutschtabletten und Tränken in seinem Arztkoffer. Dort musste es eigentlich auch etwas Klebriges geben, das er als Flickzeug verwenden konnte. Irgendetwas Nützliches.

Als er es sah, hätte er beinahe gelacht. Er hätte gelacht, wenn er nicht schon so sehr außer Atem gewesen wäre. Eine schlichte Rolle medizinisches Klebeband. Weiß, etwa zwei Zentimeter breit. Aber würde es halten? Höchst unwahrscheinlich. Trotzdem, mehr als das hatte er nun mal nicht.

Er reparierte den Helm, so gut er konnte, und zog ihn sich über den Kopf.

Wieder regte sich die Wand, das Kreischen draußen wurde schriller und schriller und brach dann abrupt ab.

Danach: Stille. Tiefe Stille. Er wusste, was dies bedeutete.

Hinter jener Wand war die ganze Luft in den Weltraum entwichen. Dort drüben herrschte das reine Vakuum, dort gab es überhaupt nichts mehr, was ihn schützen oder am Leben halten konnte.

Da wurde ihm bewusst, dass er etwas Wichtiges vergessen hatte. Mit fliegenden Händen griff er nach oben und verriegelte den Helm auf dem Anzug. Wegen der breiten Schicht Klebeband auf dem Riss konnte er nicht mehr viel sehen. Aus der eingebauten Lebenserhaltung drang schale, nach Chemie riechende Luft und strich ihm über das Gesicht.

Einen Augenblick später verschwand die Wand vor ihm.

Es war wie ein Zaubertrick: Erst war die Wand da, dann sah er nur noch den schwarzen Weltraum.

Der starke Wind zog Zhang hinaus in die Leere. Er strampelte mit Armen und Beinen, doch es gab nichts, woran er sich festhalten konnte.

13

PETROWA hatte eine regelrechte Panikattacke, als sie durch die Wolke aus Glassplittern und ihren eigenen Blutstropfen schwebte. Alles tat ihr weh, einige Körperteile mehr als die anderen, doch das Adrenalin, das durch ihre Adern raste, trieb sie auch an. Sie nahm sich nicht einmal eine Sekunde Zeit, um festzustellen, wie schwer ihre Verletzungen waren.

Sie war nackt, ihr war kalt und sie fürchtete sich. Ihre Lippen bebten, die Fingerspitzen taten weh. Unmittelbar vor sich fand sie einen Schiffsoverall, der wie sie frei in der Luft schwebte. Sie nahm ihn, streifte ihn sich eilig über die nackten Beine und schob die Hände in die Ärmel. Dann zog sie den Reißverschluss hoch. Es war nicht mehr ganz so kalt.

Immerhin etwas. Na schön. Sie konnte damit umgehen, denn sie war eine Beamtin der Brandwache. Sie hatte ... Sie besaß eine innere Stärke, auf die sie nun zurückgreifen konnte, sie konnte ...

Sie verkrampfte sich am ganzen Körper, zog sich zu einer Kugel zusammen und hielt mitten in der Luft inne. Mit geschlossenen Augen wartete sie, bis der Angstanfall, die Übelkeit und das Zittern wieder abklangen.

Endlich war es vorbei, und sie streckte sich, um tief durchzuatmen.

Sie war eine Beamtin der Brandwache und würde ganz sicher

nicht in dieser Kabine sterben. Diese Tatsachen sagte sie sich immer wieder vor wie ein Mantra, bis sie beinahe selbst daran glaubte.

Dann stieß sie sich ab und segelte zur Tür ihrer Kabine, wo sie die Hand auf den Sensor klatschte.

Nichts rührte sich.

»Nein«, stöhnte sie. »Nein, nun komm schon. Mach schon.« Immer wieder schlug sie mit der flachen Hand auf den Kontakt. Es musste doch funktionieren. Selbst wenn das Schiff zertrümmert war, selbst wenn es die ganze Energie verloren hatte, ein Türöffner sollte immer noch funktionieren, verdammt.

Sie bearbeitete die Sensorfläche. Nichts, nichts einmal ein Warnton oder ein Blinklicht. Was war denn hier los?

»Nein!«, rief sie. »Actaeon? Wo bist du? Sam? Parker? Hört mich jemand? Holt mich hier raus, verdammt!«

Wieder schlug sie auf den Sensor. Dieses Mal gab es eine Reaktion. Eine automatische Ansage aus dem winzigen Lautsprecher über dem Türöffner ließ sie wissen: »*Artemis* führt momentan wichtige Reparaturen durch. Einige Schiffsfunktionen sind nicht zugänglich. Fehler Nummer sieben.«

»Was? Was soll das heißen?«, fragte sie. »Actaeon, sag mir, was los ist.«

»Schiffs-KI Actaeon ist momentan nicht verfügbar. Dies ist eine aufgezeichnete Nachricht.«

Was? Actaeon war nicht verfügbar? Wie war das möglich?

»Es wird den Passagieren empfohlen, in den Kabinen zu bleiben, bis qualifiziertes Rettungspersonal feststellt, dass die Kabinen gefahrlos verlassen werden können.«

Petrowa schüttelte den Kopf. Rettungspersonal? Im Ernst? Sie waren Lichtjahre vom nächsten Rettungsdienst entfernt.

Auch Paradise-1 war viel zu weit weg, um von dort Hilfe zu erwarten. »Nein«, sagte sie. »Nein, so geht das nicht, es ist ...«

»Die Passagiere sollten in den Kabinen bleiben.« Sie schlug auf den Sensor. »Die Passagiere sollten in den Kabinen bleiben.« Irgendwie klang die Stimme seltsam. In der Mitte der Durchsage etwas schrill und verzerrt. Aber sie hatte keine Zeit, sich zu überlegen, was dies zu bedeuten hatte. Immer wieder schlug sie auf den Sensor. »Passagiere. Passagiere sollten.«

»Nein. Ich will nicht.«

Sie wusste nicht einmal, was sie nicht wollte, aber immerhin verlieh ihr das Wort Kraft und Stärke. Sie schob die Finger in den Türrahmen und drückte, so fest sie konnte, stemmte sich mit den Füßen gegen die Kante, bis sie schieben und die schwere Tür aufdrücken konnte.

Der Mechanismus leistete erbittert Widerstand, musste sich aber geschlagen geben. Die Tür sprang so schnell auf, dass sie die Finger eilig zurückziehen musste, um sich nicht zu verletzen. Ehe die Tür wieder zufallen konnte, sprang sie in den Korridor hinaus.

Dort war nichts als Rauch, Trümmer und rotes Licht.

Es war die Hölle, es sah nach einer Katastrophe aus. Als wäre erst das Schiff zerrissen worden und als hätte danach jemand alle Einzelteile in Brand gesteckt.

Sie widerstand dem Drang, in ihre relativ sichere Kabine zurückzukehren. Was hier geschehen war, würde sich ganz sicher nicht von selbst reparieren. »Ist hier jemand?«, schrie sie. »Lagebericht!« Sie bekam keine Antwort. »Parker?«, rief sie. »Sam?«

Sie stieß sich von der Wand ab und schwebte tiefer in den Korridor hinein. Hier gab es keine Schwerkraft, absolut nichts. So wenig wie frische Luft. In der Wand sah sie Türen, die jeweils zu einer Passagierkabine führten. Über allen Sensorplatten brannten rote Lichter. In dem ganzen Korridor stellten sie die einzige Lichtquelle dar.

»Hallo?«, rief sie. Eine dieser Kabinen hatte Zhang belegt, so viel wusste sie. »Hallo Doktor? Sind Sie ... Sind Sie da?«

Das Atmen fiel ihr schwer. Die stinkenden, krebserregenden Dämpfe der brennenden Plastikteile stiegen ihr zu Kopf. Sie wischte sich ständig die Nase ab und bemerkte jedes Mal frisches Blut auf dem Ärmel. Möglicherweise hatte sie sich verletzt, als sie die Kapsel aufgesprengt hatte. Eine rasche Untersuchung ihrer Gliedmaßen und des Rumpfs verlief jedoch ergebnislos - im Bauch steckten keine spitzen Glasscherben und auch die Beine waren nicht verletzt -, doch in ihrer Panik hatte ihr Körper so viel Adrenalin ausgeschüttet, dass sie nichts ausschließen konnte. Sie fuhr sich mit den Fingern durch die Haare. Kleine Glassplitter rieselten heraus und tanzten vor ihren Augen.

Dann bewegten sich die Splitter. Sie entfernten sich von ihr weg, als würden sie von einem leichten Luftstrom mitgezogen.

»Doktor Zhang?«, rief sie und hämmerte gegen die Tür. Die Zugänge hatten kleine Fenster. In den Kabinen konnte sie jeweils nur eine kleine Ecke der Koje oder das Funkeln einer leeren Kryokapsel entdecken. Dann erreichte sie die letzte Kabine auf dem Gang und sah ...

Nein.

Nein, das konnte doch nicht sein. Jenseits des kleinen Fensters gab es eine Menge verbogenes Metall und kaputtes Plastik und dann - da war nichts. Der leere schwarze Weltraum.

»Mein Gott«, keuchte sie. Das war einfach nicht fair. Es war ... es war nicht in Ordnung. »Hallo, ist da jemand?«, rief sie. »Parker, wenn du mich hören kannst, ich glaube, Doktor Zhang ist ... er ist nicht mehr ...«

Sie brachte den Satz nicht zu Ende. Nicht weil es emotional zu schwierig war, sondern weil sie heftig husten musste. Die Luft wurde immer schlechter. Sie drückte sich an die Wand und hielt sich fest, damit sie der Hustenanfall nicht blindlings durch den Korridor schleuderte.

Nach einer Weile erholte sie sich, atmete langsam und vorsichtig ein und nahm die Luft nur in kleinen Häppchen in sich auf. Das half ein wenig, nur die Augen brannten immer noch von den ätzenden Dämpfen. So bemerkte sie kaum, was mit ihren Haaren geschah.

Sie hingen schräg vor ihr herab und baumelten. Das war eigentlich nicht möglich, denn das Schiff hatte keine künstliche Schwerkraft mehr. Es schwebte bei null g. Es sollte kein »unten« geben, zu dem die Haare hinabhingen.

Und dann gab es doch wieder ein Unten. Der ganze Korridor kippte weg und schien sich zu überschlagen. Petrowa krabbelte an der Wand entlang und suchte mit Händen und Füßen nach irgendetwas, an dem sie sich festhalten konnte.

Die Schwerkraft war wieder da. Offenbar war die restliche Energie in das System umgeleitet worden, das die künstliche Schwerkraft erzeugte. Nur dass der Zug in die falsche Richtung wies. Ihre Füße hätten auf dem Boden stehen sollen, doch sie wurde zur Seitenwand des Korridors gezogen.

Das Eigenartige an der Schwerkraft bestand ja gerade darin, dass sie niemals zur Seite wies, oder? Die Schwerkraft wirkte immer nur in eine Richtung, und zwar nach unten.

Sie packte das Einzige, was sie finden konnte - die Ecke eines Schotts -, krümmte die Finger um die schmale Kante und fragte sich, ob das Material hielt. Am liebsten hätte sie jetzt die Augen geschlossen. Guter Gott, sie wollte einfach nur die Augen schließen, bis alles vorbei war ...

Wie ein viel zu harter Regen sausten Trümmerteile an ihr vorbei. Losgerissene Metallstücke und zersplittertes Plastik flogen als Vorboten eines wahren Erdrutschs von Trümmern durch den Gang. Das ganze Schiff knarrte und stöhnte, als die Schwerkraft die gequälten Abteile in verschiedene Richtungen zerrte.

Sie verlor den Boden unter den Füßen und baumelte auf einmal frei im Korridor. Das Gewicht der Beine zog sie nach unten, die strampelnden Füße fanden nichts als die leere Luft. Ihre Hände rutschten von der Kante ab. Verbissen hielt sie sich an der Kabinentür fest, doch sie hatte nicht genug Kraft. Die blutigen Finger waren glitschig, ihr blieben nur noch wenige Sekunden, bis sie loslassen musste.

Ängstlich sah sie sich über die Schulter um. Sie blickte nach unten, in die Richtung, die jetzt eindeutig und unmissverständlich unten war.

Unter ihr erstreckte sich der Korridor in die Finsternis hinein. Er hatte sich in einen Bergwerksschacht verwandelt, in dessen unergründliche Tiefen sie in wenigen Augenblicken stürzen würde.

14

ZHANG atmete schwer. Sein Herz raste. Er leckte sich über die schmerzhaft trockenen Lippen. Die Zunge war jetzt nicht mehr ein Wurm mit rauer Haut, der im Mund zappelte. Sein Blick irrte hin und her, während er zu verarbeiten versuchte, was er sah. Er bewegte sich, er drehte sich. Er rotierte und konnte die Bewegung nicht anhalten. Er sah den Stern Paradise, der mit seiner harten Strahlung und den Photonen den ganzen Himmel ausfüllte. Dann sah er auch die Seite des Schiffes, die wie eine verweste Leiche durchlöchert war. Aufgeschlitzt und zerfetzt wie ein Unfallopfer. Dann sah er nur noch Sterne. Millionen von Sternen.

Nein. Nein, das waren gar keine Sterne. Sterne prallten nicht auf diese Weise gegeneinander. Sterne sausten nicht in die Dunkelheit davon. Diese Lichtpunkte waren keine Sterne, sondern Teile des Schiffs. Treibgut, das aus dem Skelett der *Artemis* herausgesprengt worden war.

Einer dieser Metall- und Plastikbrocken raste in kaum zehn Metern Abstand an ihm vorbei. Außergewöhnlich schnell. Er war froh, dass ihn das Objekt nicht getroffen hatte - denn sonst hätte es seinen Anzug und vermutlich auch seinen Brustkorb völlig zerstört. Ein anderes Trümmerteil traf die Seite des Schiffes und schlug eine sofort erkennbare Beule hinein. Es prallte ab und raste wie eine Gewehrkugel in die Dunkelheit davon.

Das Schiff ... er musste zurück ins Schiff gelangen. Irgendwie musste er dort hinein, denn hier draußen würde er sterben, wenn er nicht bald ...

Ohne Vorwarnung dröhnte es in seinen Ohren wie im Inneren einer großen Glocke und sein Gesicht prallte gegen das rissige Visier. Zhang schnappte heftig nach Luft, die er nicht fand, als er wild rotierend durch den schwarzen Himmel flog. Irgendetwas hatte ihn getroffen, irgendetwas war von hinten gegen seinen Helm geschlagen und hatte ihn tiefer hinaus in den Weltraum geschleudert. Er entfernte sich von dem Schiff, und dort draußen waren seine Aussichten, zu überleben ... halt mal ... dort. Dort!

Er flog auf ein großes dunkles Objekt zu. Es war groß genug, um den Stern zu verdecken. Ihm war egal, worum es sich handelte. Kurz vor dem Aufprall zog er die Knie bis zur Brust an. Er berechnete den Tritt genau, streckte die Füße wieder aus, trat fest gegen das dunkle Objekt und stieß sich zurück zur *Artemis* ab.

Das große Objekt löste sich unter dem relativ schwachen Aufprall auf. Offenbar war es von Anfang an nicht sehr stabil gewesen. In der Seite öffnete sich eine Naht, aus der kleinere Objekte quollen. Es waren Hunderte unregelmäßig geformter Schatten, die ihn umschwärmten und dicht um seinen gesprungenen Helm kreisten.

Er schnappte sich eins davon und hielt es ins Licht. Es war orangefarben und braun und in etwa so geformt wie ein Wurm. An dem einen Ende befand sich ein schmaler Schwanz, am anderen eine breite weiße Schnittfläche. Es dauerte einen Moment, bis er begriff, was er da betrachtete.

Es war eine Yamswurzel oder eine andere Art von Knolle. Hatte er eben tatsächlich gegen eine Kiste voller Yamswurzeln getreten? Was, um alles in der Welt, hatte das zu bedeuten?

Er hatte keine Zeit, länger darüber nachzudenken. Er drehte den Kopf herum und suchte das Schiff. Sobald er es ausgemacht hatte, griff er sich eine Yamswurzel nach der anderen - der Vorrat schien unerschöpflich - und warf sie, so fest er konnte, weg, um etwas Geschwindigkeit aufzubauen.

Das Timing für den Kontakt mit der *Artemis* war genau richtig. Er prallte mit der Schulter statt mit dem beschädigten Helm gegen die Hülle. Sofort packte er die Kante eines Solarmoduls, das an der Seite des Schiffes montiert war, und hielt sich mit aller Kraft fest, obwohl ihn die Gesetze der Physik vom Schiff wegreißen und ins Nichts befördern wollten.

Ringsherum schlugen Yamswurzeln auf der gesamten Schiffshülle ein. Er rechnete damit, dass sie beim Aufprall zerplatzten, doch dann wurde ihm bewusst, wie dumm dieser Gedanke war. So weit von Paradise entfernt, wurden die Yamswurzeln schockgefroren, sobald sie aus der zerstörten Kiste herausflogen. Sie trafen die *Artemis* wie riesige Hagelkörner. Die Schiffshülle bebte und sie kratzten die weiße Farbe ab. Immer wieder trafen sie auch seinen Rücken. Er musste sich bewegen.

Sobald er in die Runde blickte, entdeckte er, was er brauchte - eine schmale Instrumentenhalterung, die außen auf der *Artemis* befestigt war. Dort konnte er sich festhalten und sich sicher an dem Schiff verankern, während er dem Knollenregen auswich. Er stieß sich von dem Solarpanel ab und keuchte und schnaufte, während er nach der Leiste griff, und ... beinahe ... beinahe ... da! Er hatte es geschafft.

Über ihm zog rasch ein Schatten vorbei. Unwillkürlich duckte er sich, als fürchtete er, ein riesiger stummer Vogel werde ihn gleich vom Schiff pflücken und in den Tod tragen.

So eine Dummheit. Einfach albern.

Einen Moment lang blieb Zhang erleichtert an der Halterung

hängen. Er schloss die Augen und atmete tief ein, um sich ein wenig zu entspannen.

Yamswurzeln.

Er musste kichern. Dann lachte er laut, sehr lange und heftig, weil die Situation so absurd war. Er würde hier draußen sterben, das war so gut wie sicher. Er würde sterben, aber ... aber wegen der Yamswurzeln! Wegen eines Hagelschauers aus Yamswurzeln!

Wieder zog der Schatten über ihm vorbei. Er konnte es beinahe körperlich spüren, wie ein Schaudern, das bis in die Knochen eindrang. Er schlug die Augen auf und blickte nach oben.

»O nein«, sagte er. »O nein, nein.«

Sofort griff er nach der Halterung und zog sich, so schnell er konnte, Hand über Hand weiter. Er musste fort von hier, er musste nach drinnen, nur weg von ... von dem Ding, das sich ihm näherte.

Es war kantig und groß und überschlug sich, während es durch den Weltraum segelte. Das war ein Frachtcontainer. Keine Kiste wie diejenige mit den Yamswurzeln. Nein, es war ein großer Container aus Stahl, schätzungsweise zehn Meter lang. Das Ding wog viele *Tonnen* und war groß genug, um ihn einfach platt zu quetschen. Außerdem bewegte es sich so schnell, dass es möglicherweise geradewegs durch die ganze *Artemis* schlug und auf der anderen Seite einfach weiterflog.

Und es zielte direkt auf ihn.

15

PETROWA konnte sich nicht mehr festhalten. Die Finger zuckten und ließen los und dann fiel sie wie der sprichwörtliche Stein.

Die Wände des gekippten Korridors rasten vorbei, sie wurde immer schneller, strampelte hilflos mit Armen und Beinen und wollte irgendetwas packen, um sich festzuhalten, ganz egal was. Aber leider war nichts da. Sie rotierte, und in ihrem Schädel machte das Gehirn Überschläge. Sie wollte kreischen, bekam aber keinen Laut durch die schmerzende Kehle, nachdem sie die giftigen Dämpfe eingeatmet hatte.

Unter ihr beschrieb der Korridor, der an die Form der *Artemis* angepasst war, eine Kurve. Sie prallte schräg gegen die Wand. Und zwar so fest, dass sie nicht mehr atmen konnte. Sie war außer sich vor Angst und spürte nicht einmal mehr die Schmerzen, sondern lediglich die Veränderung der Geschwindigkeit. So rollte sie, immer noch viel zu schnell, an der Seitenwand entlang, bis sie endlich an einem abzweigenden Korridor anhielt. Ihr Kopf prallte von der Wand ab.

Da lag sie und bemühte sich, wieder zu Atem zu kommen. Vorerst verzichtete sie darauf, sich zu bewegen, denn sie war ziemlich sicher, dass die Schmerzen einsetzen würden, sobald sie es versuchte. Solange sie ganz ruhig liegen blieb und die Augen fest geschlossen hielt, konnte sie vielleicht einfach friedlich sterben und musste keine Angst mehr haben. Das schien ihr in diesem Augenblick der beste Weg zu sein.

»Petrowa«, sagte Parker. »Kannst du mich hören?«

Es war ihr egal, ob sie die Stimme nur im Kopf hörte oder ob er sie wirklich rief. Sie wollte nur, dass er wieder verschwand.

»Petrowa, melde dich.«

Sie versuchte, den Kopf ein kleines Stückchen zu bewegen. Sie wollte den Kopf schütteln und ihm zu verstehen geben, dass sie nicht mehr zuhören würde, ganz egal, was er sagte.

»Petrowa, antworte doch. Melde dich. Petrowa, ich bin's, antworte.«

Sie öffnete den Mund. Es war, als seien ihre Zähne locker und als sei die Zunge geschwollen und gequetscht. Das Sprechen tat weh. Das Atmen auch. Aber sie schaffte es.

»Ich bin da«, antwortete sie.

»Gott sei Dank, du lebst noch.«

Sie öffnete ein Auge und sah ringsherum blaues Licht schimmern. Ihr Gesicht steckte in einem Hologramm. Sie drehte sich zur Seite, um aus dem Bild herauszukommen. Dann hob sie den Blick und sah ihn vor sich stehen.

»Parker?«

»Hör mal, wir haben nicht viel Zeit ...«

»Ist mir klar, Parker«, antwortete sie. »Gib mir noch eine Sekunde. Einen Augenblick bloß, ich muss durchatmen.«

Langsam, ganz langsam bewegte sie einen Arm und drückte sich vom Boden hoch, bis sie aufrecht saß. Sie sah dem flackernden Hologramm zu. Er war so anständig, kein Wort zu sagen. Nach und nach gewann sie die Kontrolle über ihren Körper zurück. Sie musste sich dringend in Bewegung setzen. Der Gestank von brennendem Plastik wurde nicht besser. Ihre Lunge verkrampfte sich bei jedem Atemzug, weil sie nach Sauerstoff gierte, der jedoch nicht existierte.

Sie drückte sich an der Wand hoch, bis sie auf den Füßen stand. Erst dann nickte sie und drehte sich wieder zu dem Hologramm um.

Nur dass es nicht mehr da war. Wo Sam Parker erschienen war, sah sie nur noch die giftige Luft.

»Warte«, sagte sie. »Komm zurück!«

Keine Reaktion. Niemand antwortete ihr. Er war doch eben dort gewesen. Sein ... sein Hologramm hatte sich direkt vor ihr befunden, ganz klar und deutlich. Und jetzt ... nichts.

»Verdammt«, schimpfte sie. Dann betrachtete sie den Korridor, in dem sie stand. Sie blickte erst in die eine, dann in die andere Richtung. Nirgends ein Hinweis, wo genau im Schiff sie gerade war. »Jetzt käme mir eine Art Übersichtsplan wirklich sehr gelegen«, sagte sie zu sich selbst.

»Actaeon?«, rief sie, nur für alle Fälle. Natürlich bekam sie auch dieses Mal keine Antwort.

Sie war allein. Sie war verloren.

Nein, jetzt galt es wirklich, die Dinge rational zu betrachten. Sie konnte die Sache klären. Zunächst musste sie zur Brücke, die sich ganz vorne im Schiff befand. Die Wohnkabinen, aus denen sie gekommen war, lagen wie ein Ring um den Schiffsrumpf. War sie nach vorn oder nach hinten gefallen, als sie im Hauptkorridor abgestürzt war? Sie konnte sich nicht erinnern.

Mit der Faust schlug sie gegen die Wand. Sachte nur, weil sich die Armmuskeln anfühlten, als hätten sie die Belastungsgrenze erreicht. Wenn sie die Muskeln zu sehr anspannte, konnte eine Sehne reißen. Allerdings brauchte sie irgendein Ventil für ihre Frustration.

»Na gut«, sagte sie. »Na gut. Wohin ... in welche Richtung muss ich ...«

Da begann eine Sirene so laut zu heulen, dass sie den Lärm sogar körperlich als Druck in den Ohren spüren konnte. Kreischend presste sie sich die Hände auf die Ohren.

»Nein«, sagte sie. »Hör auf, nicht noch mehr ...«

Actaeon sprach so abgehackt, als spielte sich eine vorproduzierte Warnmeldung ab. »Kollisionsgefahr«, sagte er, und zwar immer und immer wieder. »Festhalten. Kollisionsgefahr. Aufschlag steht unmittelbar bevor. Festhalten wegen Kollisionsgefahr. Aufprall steht unmittelbar bevor. Festhalten. Festhalten.«

Steifbeinig torkelte Petrowa den Flur hinunter. Sie hatte keine Ahnung, was sie tun sollte und wohin sie sich wenden sollte. Das Einzige, was sie antrieb, war der Lärm, der ihren ganzen Kopf ausfüllte. Das Kreischen der Sirene und die lauten Warnungen.

»Festhalten. Festhalten. Drohend. Drohend.«

Vor sich entdeckte sie eine Gangkreuzung. Dort musste es doch Hinweisschilder geben, dachte sie. Irgendeinen Wink, wohin sie gehen sollte. Die Kreuzung war nur noch fünf Meter entfernt. Viereinhalb Meter.

»Festhalten.«

Drei Meter. Sie lehnte sich an eine Wand und widerstand dem Drang, eine Pause einzulegen und sich auszuruhen.

»Drohend.«

Zwei Meter ...

Es war, als hätte ein Blitz das Schiff getroffen. Hochenergetisches Plasma raste durch die Decke und durchbohrte mitten auf der Gangkreuzung den Boden. Das ganze Schiff wurde von einem Orkan aus Licht, Hitze und Feuer erfasst, der ihr die Luft aus der Lunge trieb und die Haut versengte.

Petrowa sprang zurück, fort von der Feuersäule, die sie zu verzehren drohte, die sie vielleicht sogar zu Asche verbrennen konnte, bis von ihr nichts als ein kleiner Fleck auf dem Boden blieb.

Direkt vor ihr befand sich ein Schott. Als die Luft aus dem Korridor entwich und die Hitze hinter ihr schon fast die Haare in Brand setzte, schlug sie auf den Notschalter und war schon sicher, dass er nicht funktionieren würde. Die Tür würde sich bestimmt nicht öffnen.

Sie ging aber auf. So unglaublich es war, auf einmal öffnete sie sich. Sofort sprang sie hindurch und hinter ihr fiel die Tür schon wieder zu und schirmte sie damit gegen den brennenden Korridor ab. Petrowa sank auf den Boden und lehnte sich mit dem Rücken an die Tür, bis ihr das Metall zu heiß wurde. Dann krabbelte sie auf allen vieren davon. Es gelang ihr nicht, genügend Sauerstoff einzuatmen, um ganz aufzustehen.

Draußen tobte ein Sturm, in diesem kleinen Raum allerdings ...

Es war dunkel. Stockdunkel. Vorläufig war sie in Sicherheit, wusste allerdings nicht, wo sie sich befand. Sie konnte absolut nichts sehen. Das einzige Licht war ein schwaches orangefarbenes Flackern, das durch das winzige Fenster in der Tür hereinfiel. Es reichte nicht aus, um sich zu orientieren, sie sah lediglich tanzende Schatten, die bösartige Formen annahmen.

Ein Grollen trieb sie weiter von der Tür weg. Sie hörte, wie sich Bolzen schlossen. Dann zischte es, als Atemluft in die Kabine strömte. Auf der Tür erschienen hellrote Worte: *Zugang ist versiegelt, die Bedingungen jenseits des Schotts sind für Besatzung und Passagiere tödlich, bitte keinesfalls die Sperre aufheben.*

»Verdammt noch mal«, schnaufte sie und machte endlich ihrer Angst, der Sorge und auch der Erschöpfung Luft. »Verdammt.« Der Sauerstoff reichte einfach nicht aus, um noch mehr zu sagen.

Dann sprang ein grüner Plastikaffe auf ihren Arm, und sie fand endlich ausreichend Luft, um zu schreien.

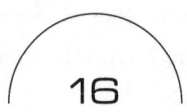

16

»NEIN, nein, nein«, heulte Zhang. Er krabbelte umher, suchte nach einem Halt, nach irgendeinem vorspringenden Teil der *Artemis*, und hangelte sich verzweifelt weiter, um dem Stahlcontainer zu entgehen. Das Ding flog so schnell, dass es ihn ganz bestimmt zerquetschen würde, es würde ihn zerdrücken wie …

Direkt hinter ihm traf der Container das Schiff.

Die *Artemis* bebte. Sie bockte, als wollte sie ihn abschütteln und in den Raum schleudern. Er griff nach einem abgebrochenen Rohr, hielt sich fest und kreischte und kreischte, bis ihm die Luft ausging. Hinter ihm fetzte der Container durch die Schiffshülle - wie ein Schraubenzieher, den man in eine Melone gestochen hatte. Aus der Wunde brach ein Vulkan aus Feuer und Trümmern hervor und sprühte in den Weltraum.

Das Schiff stöhnte. Es gab Geräusche von sich, die an ein sterbendes Tier erinnerten. Natürlich hörte er den Lärm nicht unmittelbar - eher waren es Vibrationen, die auch das Rohr erfassten, an dem er sich gerade festhielt. Die Schwingungen drangen durch seinen Anzug hindurch bis in die Armknochen. Starke Schwingungen, bei denen ihm die Zähne klapperten.

Irgendwann hörte es auf. Das Beben klang ab. Zhang blinzelte hektisch und versuchte zu verstehen, was geschehen war.

Wenigstens hatte er überlebt. Der Aufprall hatte ihn nicht getötet, und nur darauf kam es an.

Er blieb eine Weile, wo er war, und kostete die Tatsache aus, dass er überhaupt noch lebte. Die gesprungene Scheibe seines Visiers beschlug von innen. Dann sah er, wie die Feuchtigkeit verdunstete. Und dieser Ablauf wiederholte sich bei jedem Atemzug. Er war nicht sicher, was schlimmer war - die Tatsache, dass er nichts sehen konnte, oder das Wissen, dass sein schwindender Sauerstoffvorrat durch den unzulänglich geflickten Riss im Visier unaufhaltsam abgesaugt wurde.

Die Angst ließ sein Herz rasen, was dazu führte, dass er noch schneller und tiefer atmete. Wenn er sich doch nur beruhigen könnte, dann würde sein Sauerstoffvorrat viel länger halten. Natürlich fiel ihm das schwer, weil er dem Tod so nah war.

Sein Blick fiel auf das Handgelenk, an dem er sonst das Gerät trug. Eigentlich sollte es ihm jetzt angsthemmende Medikamente verabreichen. Stattdessen entdeckte er am Handgelenk des Anzugs ein kleines Display. Dort wurden zwei Ziffern angezeigt, die sich deutlich von dem Plastikärmel abhoben. Die Ziffern bildeten die Zahl 29. So viele Minuten Sauerstoff hatte er noch, bis der Vorrat erschöpft war. Nur dass diese Zahl eine Lüge war, wie er ganz genau wusste. Er hätte noch 29 Minuten Sauerstoff, wenn sein Visier nicht gesprungen wäre. Wenn er nicht langsam Sauerstoff verlöre. In dem Anzug waren keine 29 Minuten Luft. Vielmehr hatte Zhang - ja, er wollte sie Einheiten nennen - noch 29 Einheiten Sauerstoff. Er wusste nicht, wie lange jede Einheit reichte. Sicher nicht lange genug.

Mit zitternden Fingern griff er nach oben und glättete das Klebeband auf dem Visier. Dabei wusste er schon, dass es sich in wenigen Augenblicken wieder kräuseln und vom Riss abheben würde.

Er sollte zur Einschlagstelle zurückkehren. Ihm war klar, dass er in Bewegung bleiben musste und kaum noch Zeit hatte.

Hand über Hand zog er sich auf der *Artemis* entlang und benutzte alles, was er finden konnte, als Handgriff - eine Sensorengruppe, die aus der glatten Oberfläche der *Artemis* ragte, eine Antenne, die sich bog und abbrach, als er gegen sie prallte. Die ganze Zeit hielt er sich immer mit mindestens einer Hand irgendwo fest. Es fühlte sich an, als kröche er unter einem riesigen Tanker im Meer entlang, und wenn er losließ, würde er langsam in den dunklen Tiefen eines unbekannten Meeres versinken. Dabei war es im Grunde noch viel schlimmer. Ein Ozean hatte wenigstens einen Grund. Der Weltraum aber war unendlich.

Das fand er noch viel schlimmer, als einfach zu sterben. Ihm klapperten die Zähne im Helm, wenn er nur darüber nachdachte. Immer weiter fallen und fallen und fallen ... natürlich wäre er binnen weniger Minuten tot, er würde gar nicht bis in alle Ewigkeit zusehen müssen, wie sich die Schwärze vor ihm erstreckte, aber irgendwie half ihm dieser Gedanke gar nicht. Sein Körper würde weitertreiben. Tausende oder gar Millionen von Jahren. Mit etwas Glück würde er irgendwann in die Anziehungskraft von Paradise geraten und in dem Millionen Grad heißen Stern verglühen. Andernfalls ... bestand durchaus die Möglichkeit, dass sein Fall niemals aufhörte. Dann würde er tiefer und tiefer in die Finsternis schweben.

Zum ersten Mal seit einem Jahr hatte er keine Medikamente im Blutkreislauf, die seine Stimmungsschwankungen dämpften. Er hasste das.

Zhang warf einen Blick auf das Handgelenk. Die Zahl war auf 16 gesunken. Seit seiner letzten Überprüfung waren fast fünf Minuten vergangen. Die Zahl konnte nicht stimmen. Das war eine Lüge. 16. So viel blieb ihm noch. Nicht 16 Minuten, sondern 16 von irgendetwas.

Er kroch weiter über die *Artemis,* auch wenn er nicht einmal sehen konnte, wonach er tastete. Sein Visier war zu stark beschlagen. Er hielt den Atem an und wartete darauf, dass sich der Dunst auflöste.

Da, unmittelbar vor ihm. Da war die Einschlagstelle. Ganz nah. Wahrscheinlich konnte er sie erreichen, ehe er starb. Das war gut.

Der Container, der das Schiff gerammt hatte, musste groß gewesen und sich sehr, sehr schnell bewegt haben. Die *Artemis* sah aus, als wäre sie von einer Bombenexplosion getroffen worden. Unter der Wucht war der Container sogar geschmolzen und hatte sich in einen Wasserfall aus flüssigem, brennendem Metall und Plastik und wer weiß was noch verwandelt. Dann hatte er sich durch die *Artemis* gebrannt und in der Schiffshülle einen riesigen Krater hinterlassen, der gut zwanzig Meter groß war.

Wenn Zhang in das Schiff zurückkehren wollte - das war die einzige Möglichkeit, zu überleben -, musste er in dieses Loch dort hineinkriechen. Allerdings schien ihm das gefährlich. Es würde sogar unglaublich gefährlich sein. Möglicherweise fand er da unten außer geschmolzenem Metall und scharfkantigen Trümmern überhaupt nichts. Andererseits blieb ihm nichts anderes übrig.

Wieder blickte er auf sein Handgelenk und sah die Ziffer 8. Noch 8 Einheiten Sauerstoff. Was auch immer das zu bedeuten hatte.

Als er sich dem Krater näherte, spürte Zhang sogar durch die Handschuhe hindurch noch die Hitze, die beim Aufprall entstanden war. Er spannte die Finger an, um den Blutstrom in Bewegung zu halten, und drehte sich, bis er in den Krater spähen konnte.

In diesem Loch entdeckte er einen Querschnitt durch die

Decks des Schiffes, alle Zwischenböden waren glatt durchtrennt. Dort kreisten Metalltrümmer wie die Flocken in einem Schneesturm. Aus einem Rohr quoll eine dunkle Flüssigkeit. Auch das Rohr selbst war so glatt durchgeschnitten, dass die Schnittflächen glänzten. Weiter hinten sah er wieder den Weltraum und sogar ein paar Sterne.

Entsetzt machte er sich klar, dass die *Artemis* nicht einfach nur von einem Objekt getroffen worden war. Sie war geradezu gepfählt worden. Die Wunde ging mitten durch das ganze Schiff. Das Projektil hatte sich einen Weg durch die *Artemis* gebahnt und war einfach weitergeflogen.

Der Schaden war schlicht unfassbar. Unvorstellbar. Zhang verstand nicht viel vom Ingenieurwesen, konnte sich als Arzt aber leicht ausmalen, was ein proportional gleich großes Geschoss in einem menschlichen Körper anrichten würde.

»Tödlich«, sagte er, und es lief ihm kalt über den Rücken. »Eine solche Wunde ist hundertprozentig tödlich.«

Zhang fasste einen Vorsatz. Einen Vorsatz, den er nur mit sehr viel Glück in die Tat umsehen konnte. Er beschloss, im Inneren zu sterben, wo es warm war. Er würde es bis zur Luftschleuse schaffen, er würde in das Schiff zurückkehren, und wenn er schon sterben musste, dann konnte er wenigstens vorher diesen verdammten Helm abnehmen und noch einmal richtige Luft einatmen. Entweder das, oder er würde bei dem Versuch sterben. Eher aus Gewohnheit als von irgendeiner Hoffnung beseelt, blickte er wieder auf sein Handgelenk. Die Anzeige zeigte eine 3.

3 Einheiten.

Das war wirklich nicht viel Sauerstoff. Auch wenn er einigermaßen benommen war, er wusste doch, dass der Vorrat höchstwahrscheinlich nicht reichen würde.

Nicht wenn er vorsichtig durch die heiße Wunde der *Artemis* kriechen wollte. Nicht wenn er die Luftschleuse auf einem sicheren Weg erreichen wollte. Also zum Teufel mit der Sicherheit.

Er packte die Kante des Kraters, spannte die Armmuskeln an und zog sich in das aufgerissene Loch. Sofort riss ihn der Wirbelsturm aus Trümmern mit, der in der Einschlagstelle kreiste. Ein Gegenstand streifte sein Visier und zog einen neuen Kratzer über das Plastik. Etwas anderes traf sein Bein, und er hatte das Gefühl, er hätte einen Stich in die Oberschenkelmuskulatur bekommen. Bevor er gegen die Wand des Kraters prallte, hob er die Arme, um das Gesicht zu schützen. Der Aufprall war so hart, dass er den Eindruck hatte, die Armknochen hätten sich durchgebogen. Zum Glück war aber nichts gebrochen. Das war doch gut, oder?

Er packte die abgebrochene Kante einer Decksplatte und zog sich in einen Raum, der offenbar früher einmal eine Kabine gewesen war. Jetzt war sie nicht wiederzuerkennen, aber ... aber dort musste doch irgendwo ein Schott sein, das ins Innere des Schiffs führte. Er musste es nur finden, nach drinnen kriechen und den Zugang hinter sich schließen. Dann konnte er sich seinen Wunsch erfüllen und sterben, ohne etwas vor dem Gesicht zu haben. Er zog sich weiter, Handgriff um Handgriff. Irgendwann sah er nach unten. Sein linker Handschuh war geschmolzen – wahrscheinlich als er den Kraterrand gepackt hatte. Das geschmeidige schwarze Plastik war jetzt klebrig und hatte die Form verloren. Die Finger waren miteinander verschweißt, sodass er nun beinahe einen Fausthandschuh trug. Sein Bein sah er gar nicht erst an, er wollte nicht wissen, was damit womöglich passiert war.

Ein Schott. Finde ein Schott, sagte er sich selbst. Ein Schott ...

Da. Ja. Beinahe hätte er erleichtert geschluchzt. Ein paar Dutzend Meter entfernt befand sich tatsächlich ein Zugang, der intakt zu sein schien.

Es gab doch etwas, das er ansehen sollte. Etwas, das er im Auge behalten musste. Oh, richtig. Das Handgelenk. Rasch blickte er hinunter und wusste schon vorher, dass er nicht mögen würde, was er dort sah. Er würde es auf gar keinen Fall mögen, denn die Ziffer wäre mit Sicherheit kleiner als 3.

Nur dass dort überhaupt keine Ziffer mehr zu sehen war. Der Anzug zeigte nicht mehr den Rest an Sauerstoff an. Das wäre auch sinnlos gewesen. Er tippte seitlich an den Helm, um den Computer des Anzugs zu aktivieren. »Anzeige«, sagte er keuchend. »Verbliebener Sauerstoff.«

Vor ihm erschienen verschwommene Buchstaben.

DIESER ANZUG IST IM STROMSPARMODUS. EINIGE FUNKTIONEN SIND MÖGLICHERWEISE NICHT VERFÜGBAR.

Die Buchstaben flackerten und verschwanden.

»Oh«, machte er. »Oh verdammt.«

Er hielt den Atem an - das war gar nicht so leicht - und lauschte einen Augenblick lang. Er konnte absolut nichts hören. Vorher hatte er im Hintergrund immer ein leises Geräusch vernommen. Das musste der Ventilator seines Lebenserhaltungssystems gewesen sein, der ihm den Sauerstoff ins Gesicht geblasen hatte. Der Ventilator arbeitete nicht mehr. Auf dem Handgelenk war keine Zahl zu sehen, aber das spielte keine Rolle, weil er ohnehin wusste, welche Zahl dort stehen würde.

Es wäre eine Null gewesen.

Das Schott war direkt vor ihm. Er hatte nur noch die Luft, mit der er gerade die Lunge gefüllt hatte. Als Arzt wusste er, dass die Luft, die man ausatmete, immer noch recht viel Sauerstoff enthielt. Man konnte die eigene Luft also noch zweimal oder sogar dreimal einatmen, ehe sie nicht mehr zur Lebenserhaltung taugte. Demnach blieben ihm noch immer ein paar Dutzend Sekunden, und wenn er den letzten Atemzug eine Weile anhielt, vielleicht sogar noch einige wenige Sekunden mehr.

Das Schott befand sich unmittelbar vor ihm. Er fasste nach den Handgriffen und zog sich weiter. Er kam näher, er ...

Zhang öffnete die Augen.

Moment mal.

Er konnte sich gar nicht erinnern, sie geschlossen zu haben. Anscheinend ... anscheinend hatte er eben einen Augenblick lang das Bewusstsein verloren. Sein Gehirn meldete sich ab.

Keine Zeit. Er griff nach dem Schott. Auf einer Seite gab es einen Notmechanismus. Einfach nur eine schwarze Plastikplatte, auf die man schlagen musste, und dann öffnete sich das Schott. Gut. Das war einfach. Er schlug darauf.

Nichts geschah.

Ach, vielleicht hatte er gar nicht auf die Platte geschlagen. Er hatte sich das nur eingebildet. Er riss sich zusammen und schlug noch einmal darauf.

Die Ränder seines Gesichtsfelds färbten sich schwarz, als wäre er in einen sehr engen, stockfinsteren Tunnel geklettert. Außerdem schien es ihm, als sänge sein Gehirn leise vor sich hin, ein hoher, klagender Laut, der sich ständig wiederholte. Ihm war bewusst, dass dies schlechte Vorzeichen waren.

Das Schott glitt auf. Er war nicht sicher, ob er es selbst getan hatte oder ob es sich automatisch geöffnet hatte. Dankbar und überaus glücklich kletterte er hinein. Wie es schien, funktionierten doch noch ein paar Dinge. Das alles würde noch ein wundervolles Ende nehmen. Dabei war ihm klar, dass diese falsche Euphorie eines der letzten Stadien war, wenn man unter Sauerstoffmangel litt. Eine Kohlendioxidvergiftung. Was für ein hübscher Abgang. Was für ein nettes Geschenk zum Abschied. Wenn man schon sterben musste, dann wenigstens im Vollrausch.

Sobald er sich ganz innerhalb der Schleuse befand, schloss sich hinter ihm die Tür. Das war angenehm. Er mochte dieses Schiff, es war so gut zu ihm. »*Artemis,* ich liebe dich.«

Gleich danach wurde ihm bewusst, dass er sich zu früh gefreut hatte. Der Raum, in dem er sich inzwischen befand, war nämlich keineswegs von Luft und Licht erfüllt. Auch hier wirbelten Trümmerstücke umher, ebenso wie draußen. Wie war das möglich? Er befand sich doch in einem Raum, der vier Wände hatte ...

Eine davon war geborsten. Dahinter sah er die Dunkelheit. Dunkelheit und ein paar blasse Sterne.

»Nein«, sagte er. »Nein, das ist nicht ...«

Fair.

Er wollte sagen, dass es nicht fair sei.

Er hatte aber nicht mehr genug Luft, um den Satz zu Ende zu bringen.

17

PETROWA packte das grüne Affending und schleuderte es quer durch den Korridor. Auf der anderen Seite knallte es gegen die Wand und zerbrach in zwei Teile. Ein Bein war abgebrochen und zuckte nutzlos und erbärmlich auf dem Boden.

Sie tastete nach der Wand hinter sich und richtete sich auf. Jetzt erst konnte sie das grüne Ding richtig ansehen. Auf den zweiten Blick erinnerte es gar nicht mehr so sehr an einen Affen. Beispielsweise hatte es keinen Kopf, sondern nur sechs Arme mit mehreren Gelenken und einen langen, biegsamen Schwanz. Außerdem besaß es weder Augen noch Mund. Es machte den Eindruck, als sei es aus einer Art billigem Plastik konstruiert. Als es sich rührte und der Schwanz durch die Luft peitschte, knackten und klickten die Gelenke beunruhigend.

»Verdammt, was soll das?«, fragte sie.

Das Ding krabbelte zu einer Wartungsklappe, die sich neben einem versiegelten Schott befand. Mit den winzigen, vielfingrigen Händen zog es die Klappe auf und wühlte in den Schaltern und Relais herum.

»Rapscallion.«

Die Stimme klang blechern und dünn. Sie kam aus dem kleinen Lautsprecher oberhalb der Entriegelung des Schotts und klang tief und knirschend, betont männlich.

»Ich bin Rapscallion. Der Schiffsroboter.«

»Ich wusste nicht einmal, dass die *Artemis* überhaupt einen hat«, erwiderte sie. »Warum, zum Teufel, siehst du so komisch aus? Wie ein lächerlicher grüner Käfer oder ... was auch immer du darstellen willst.«

»Vorher hatte ich einen anderen Körper, der mir viel besser gefallen hat. Er ist aber bei dem Angriff zerstört worden, deshalb musste ich mir einen neuen bauen. Dieser Körper funktioniert gut und ist leicht zu drucken, das ist alles.«

Petrowa schüttelte den Kopf. »Ich ... Es tut mir leid, dass ich dir das Bein gebrochen habe. Ich habe mich erschrocken.«

»Offensichtlich. Ich habe lediglich versucht, Ihre Aufmerksamkeit zu erregen, mehr nicht.«

»Du solltest dich nicht so an Menschen anschleichen. Warte mal - warum sprichst du über die Türsteuerung mit mir?«

Das Affending hob zwei biegsame Arme und zuckte mit den Achseln. »Als ich diesen Körper entworfen habe, habe ich nicht daran gedacht, einen Lautsprecher einzubauen. Ich war der Ansicht, ich würde keinen benötigen. Das Schiff kann in alle Kabinen und Korridore Töne übertragen. Oder vielmehr, es konnte das tun.«

»Was? Was soll das heißen?«

Der Roboter seufzte, allerdings in einer ganz anderen Tonlage als vorher. Es war ein fast femininer Laut, der sich beunruhigend menschlich anhörte. Wie die Aufzeichnung eines Seufzens, das der Roboter einmal gehört hatte. Eine Konserve. »Die Lage ist beschissen. Das haben Sie doch sicher schon bemerkt?«

»Kapitän Parker sagte, wir würden angegriffen«, bestätigte sie.

»Haben Sie mit ihm gesprochen? Wie denn? Im ganzen Schiff sind alle Coms ausgefallen. Ach, verdammt, das ist auch egal. Es gibt wichtigere Fragen, die beantwortet werden müssen. Etwa diejenige, wie wir die nächsten paar Minuten überleben wollen. Das wird gar nicht so einfach werden. So ziemlich alle Systeme des Schiffs sind kaputt. Navigation. Hauptenergie, Überlichtantrieb. Das ist alles einfach weg.«

»Weg? Meinst du, die Systeme seien beschädigt?«

»Ich meine, dass sie nicht mehr existieren. Völlig zertrümmert. Wir haben noch ein wenig lokale Notstromversorgung und eine minimale Lebenserhaltung, aber das ist auch schon alles. Wir besitzen keine Waffen, wir können uns nicht wehren, ich kann nicht auf die Sensoren zugreifen und weiß nicht einmal, wer oder was uns angreift. Wir könnten versuchen zu fliehen, aber angesichts der schweren Schäden, die wir bereits erlitten haben, bin ich ziemlich sicher, dass die *Artemis* einfach in der Mitte durchbrechen würde, wenn wir den Antrieb aktivieren.«

»Wir sind im Eimer«, stellte Petrowa fest. »Völlig im Eimer.«

»Genau, das war die Hauptaussage meines Lageberichts.«

»Wir müssen mit Actaeon sprechen«, überlegte sie. Die KI konnte die Situation doch sicherlich genau einschätzen und besser als sie selbst beurteilen, wie sie weiter vorgehen sollten.

»Ja, das läge eigentlich nahe. Es gibt da nur ein Problem.«

Petrowas Herz stockte. Sie fürchtete sich vor dem, was er als Nächstes sagen würde. »Erzähl mir nur nicht, Actaeon sei deaktiviert«, sagte sie. »Erzähle mir bitte nicht, dass auch die KI weg ist.«

»O nein, sie ist weitgehend intakt«, antwortete Rapscallion. Das Affending griff nach einem Draht in der Steuerung und zog daran, bis er riss. Im Inneren des Schotts kreischte etwas, und dann breitete sich der eigenartige, süßliche Gestank von Hydraulikflüssigkeit aus. »Sie hat immer noch die Kontrolle über das Schiff. Aber leider ist sie verrückt geworden.«

Petrowa schüttelte den Kopf. »Wie bitte?«

»Einen Moment. Ich brauche das hier.« Mit einem seiner Ärmchen hielt der Roboter das Ende des zerrissenen Drahts hoch, als sei es eine Trophäe. »Die schiffsweite Kommunikation ist ausgefallen. Völlig ausgefallen - es wäre sogar gefährlich, die Brücke über den Hauptkanal zu rufen. Aber hiermit bekomme ich eine direkte Verbindung. Gleich können Sie mit dem Kapitän sprechen.«

Petrowa nickte aufgeregt. Ja. Genau! Parker kannte doch das Schiff. Er wusste sicher, was zu tun war. Er wusste, wie man alles, was zerstört worden war, wieder in Ordnung bringen konnte.

»Petrowa?«, drang seine Stimme aus dem Lautsprecher. Parkers Stimme. Es klang gestresst und verzweifelt. So sehr hatte sie sich noch nie über eine Stimme gefreut. »Bist du das? Wo bist du denn? Wie weit bist du von der Brücke entfernt?«

Ihr stiegen die Tränen in die Augen. Sie stählte sich, holte tief Luft und sagte: »Kapitän, wie schön, deine Stimme zu hören. Ich ... ich weiß nicht genau, wo ich bin. Irgendwo in der Nähe meiner Kabine, und der Schiffsroboter ist auch bei mir.«

»Gott sei Dank«, sagte er. »Ich bin nicht sicher gewesen, ob wir dich rechtzeitig aus dem Kryoschlaf holen konnten. Was ist mit Zhang? Ist er auch bei dir? Auf meinen Bildschirmen kann ich ihn nirgendwo entdecken. Angesichts des Zustands der Sensoren hat das zwar nicht viel zu bedeuten, aber ... sag mir bitte, dass er bei dir ist.«

»Doktor Zhang befindet sich momentan außerhalb des Schiffes«, berichtete Rapscallion. »Ich meine, wirklich außerhalb. Draußen. Im Weltraum.«

»Moment mal«, sagte Petrowa. »Hat er einen Weltraumspaziergang gemacht?«

»Nein«, entgegnete der Roboter. »Direkt vor seiner Kabine ist die Außenwand gebrochen. Er wurde ausgeworfen. Sie wissen schon.« Der Roboter spielte die Aufnahme eines aus der Champagnerflasche platzenden Korkens ab.

»Verdammt«, sagte Petrowa. »Und ... lebt er noch?«

Der Roboter war so anständig, nicht mit den Achseln zu zucken. »Ich empfange keine Biodaten von ihm. Genauer gesagt, ich habe überhaupt keine Telemetrie. Aber ... na ja. Wahrscheinlich ist er so tot wie ein Stein.«

Petrowa schlug sich die Hände vor das Gesicht. Sie wollte nicht, dass der Roboter und Sam Parker sahen, welche Gefühle in ihr aufbrandeten. »Verdammt«, sagte sie noch einmal.

»Wir müssen uns jetzt konzentrieren«, drängte Parker. »Dir selbst geht es doch gut, oder? Petrowa?«

»Na ja, ich würde nicht gerade behaupten, dass es mir *gut* geht«, erklärte sie und schüttelte den Kopf. Sie war mit ihrem eigenen Blut bekleckert, und ihr taten alle Knochen weh, aber offensichtlich würde sie nicht an ihren Verletzungen sterben, soweit sie es sagen konnte. »Schon gut, es stimmt ja. Wir haben große Probleme, um die wir uns kümmern müssen, ehe wir über Doktor Zhang trauern können. Die *Artemis* ist anscheinend schwer beschädigt. Der Roboter hat gerade etwas gesagt, das ich kaum glauben kann. Er sagte, Actaeon sei ... also, er behauptet, die Schiffs-KI sei verrückt geworden.«

Parker ließ sich mit der Antwort viel zu viel Zeit. »Ja«, antwortete er schließlich. »So könnte man es ausdrücken.«

»Nein, das ist doch gar nicht möglich«, widersprach Petrowa.

Parker war offensichtlich ziemlich frustriert. »Ich verstehe es auch nicht richtig. Actaeons Kern befindet sich in einem Teil des Schiffs, der von dem Angriff gar nicht betroffen war. Er sollte also intakt sein, aber jedes Mal, wenn ich mich mit ihm verbinden oder einen gesprochenen Befehl geben möchte, bekomme ich eine vorgefertigte Aufzeichnung als Antwort, und dann passiert nichts mehr.«

»Er hat mir gesagt, ich solle in der Kabine bleiben«, ergänzte Petrowa.

»Das ... das wäre ein Fehler gewesen. Deine Kabine brennt inzwischen. Genau wie die meisten anderen Kabinen«, erklärte Parker. »Rapscallion, du musst doch eine Vorstellung davon haben, was mit Actaeon los ist.«

»Er hat alle Ports blockiert. Ich bekomme keine Verbindung«, berichtete der Roboter. »Er hat uns alle ausgesperrt. Aber es ist noch viel seltsamer. Er hat sich selbst einen Neustart verordnet.«

»Warum denn das?«, wollte Parker wissen.

»Keine Ahnung«, antwortete Rapscallion. »Das sollte er eigentlich nur tun, wenn sein Kern beschädigt ist. So etwas kann durchaus passieren - sogar häufiger, als wir Maschinen es zugeben möchten -, aber es gibt Back-up-Systeme, Rettungsroutinen und Sicherungen, damit eine zerstörte Datei nicht das ganze System lahmlegt. Ein kompletter Reboot sollte eigentlich niemals nötig sein.«

»Mir ist egal, warum er sich neu startet. Das ist doch auf jeden Fall eine gute Neuigkeit. Jetzt müssen wir einfach nur etwas abwarten, oder?«, fragte Petrowa. »Wir warten, bis er wieder da ist.«

»Sie verstehen das nicht«, widersprach der Roboter. »Sosehr es mich auch schmerzt, das einzuräumen, aber Actaeon ist ein wirklich heißes Gerät. Wir reden hier über eine der besten KIs, die je konstruiert wurden. Es sind nur Mikrosekunden nötig, um nach einem Kaltstart wieder einsatzklar zu sein. Aber genau das ist das Problem. Er bootet sich immer wieder neu. Er startet, und ein paar Prozessortakte später fährt er herunter und startet wieder. Immer und immer wieder, und es hört nicht auf. Wenn überhaupt, dann wird es sogar schneller. Im Moment startet er sich pro Sekunde mehrere Hundert Mal neu.«

Petrowa runzelte die Stirn. »Das ist ...«

»Das ist verrückt«, fiel ihr Rapscallion ins Wort. »Wie ich schon sagte.«

»Na gut«, überlegte sie. »Also ist die KI nicht zu gebrauchen. Das Schiff zerfällt. Aber genau deshalb haben wir doch einen menschlichen Kapitän an Bord, oder? Parker, du bist das Back-up für das Back-up für das Back-up. Dann musst du das Schiff eben auf die altmodische Art in Ordnung bringen. Mit menschlichen Händen.«

»Bin schon dabei«, antwortete er. »So gut ich kann, jedenfalls. Leider werden wir damit aber nicht richtig glücklich. Im Augenblick bin ich vor allem damit beschäftigt, dich am Leben zu halten, Petrowa. Nimm's nicht persönlich, Rapscallion.«

»Nehme ich aber«, erwiderte der Roboter. »Egal. Machen wir uns an die Arbeit.«

18

PARKER zeigte ihr eine Route, auf der sie die Brücke erreichen konnte, doch diese war mit einem langen Umweg verbunden. In dem Hauptkorridor, der direkt von den Kabinen zur Brücke führte, brannte es, und der Weg war laut seinen Instrumenten verstrahlt.

Also musste sie zunächst einmal eine Runde durch das ganze Schiff drehen und sich an Nebenkorridore und Wartungsgänge halten. Das wäre kein Problem gewesen, hätten sich die Brände nicht ausgebreitet. Sogar in den entlegensten Bereichen des Schiffes war die Luft mit hässlichen Giften verunreinigt und sie konnte kaum atmen. Es roch und fühlte sich an, als hätte sie sich auf einer brennenden Müllkippe verirrt. Irgendwann fasste sie nach einem Griff an einer Wand, um sich festzuhalten, und hätte sich fast die Finger versengt. »Hier unten wird es heiß«, berichtete sie dem Kapitän und dem Roboter.

»Die Kühlkörper sind ausgefallen«, bestätigte Rapscallion. »Das ist ein langfristiges Problem, aber dafür ein ziemlich übles. Es gibt einige Schiffssysteme, die ausgesprochen empfindlich auf Überhitzung reagieren. Parker ...«

»Ja, ich weiß«, antwortete der Kapitän. »Das betrifft auch die Lebenserhaltung. Aber wie du schon gesagt hast, ist das eher ein langfristiges Problem. Im Augenblick bin ich vor allem wegen der Luftqualität besorgt. Petrowa, du musst so schnell wie möglich zur Brücke kommen.«

»In Ordnung«, bestätigte sie. »Wir müssen uns neu formieren.« Keine Frage, sie wollte ihn sehen und direkt mit ihm sprechen. Der Roboter leistete ihr zwar Gesellschaft, aber sie konnte besser denken und traf bessere Entscheidungen, wenn ein anderer Mensch bei ihr war, der ihr beim Sortieren half. »Ich denke gerade über den inneren Aufbau des Schiffes nach. Die Brücke befindet sich vorne im Bug. Es gibt einen Hauptgang, der dieses Deck mit den vorderen Abteilungen verbindet. Dort geht es einfach nur geradeaus. Du wirst mir aber sicher gleich erklären, dass dieser Weg versperrt ist, oder?«

»Nein«, antwortete Parker. »Das ist nach wie vor der beste Weg. Es ist nur …«

»Ein Teil des Korridors ist bis zum Maschinenraum hinunter aufgerissen«, ergänzte Rapscallion.

»Was heißt das für mich?«, wollte Petrowa wissen.

»Es bedeutet, dass ein Teil des Schiffes einfach fehlt. Dazu gehört auch ein Teil des Korridors. Trotzdem ist es der beste Weg. Wenn du bleibst, wo du bist, ist es nur eine Frage der Zeit, bis … Hör mal, Petrowa«, erklärte Parker. »Es wird nicht leicht. Aber wenn du hier heraufkommst, können wir wenigstens zusammenarbeiten und uns überlegen, was wir als Nächstes tun wollen.«

»Schon unterwegs«, antwortete sie. Wenn sie Parker erreichen konnte, wäre sie immerhin nicht mehr allein. Sie wollte unbedingt einen anderen Menschen bei sich wissen. Das war beruhigend, und es war das Einzige, was ihr ein Roboter nicht bieten konnte.

Vor ihr zweigte ein Korridor ab. Rapscallion lief voraus und erkundete den Weg. Rasch kehrte er zurück. »Vertrauen Sie mir«, sagte er. »Sie wollen nicht nach links gehen. Halten Sie sich rechts.«

Sie nickte und bog in den rechten Korridor ab. Dort war die Luft allerdings so heiß, dass sie das Gefühl hatte, ihre Gesichtshaut würde verbrennen. »Meine Güte. Das soll wirklich besser sein als der andere Weg?«

»Oh, aber sicher. Ungefähr dreitausend Röntgen besser«, bekräftigte Rapscallion. »Das Feuer bringt Sie zwar um, aber es geht wenigstens schnell. Strahlung dauert eine Weile.«

Sie musste zugeben, dass er recht hatte. Also stürmte sie weiter und hob die Arme schützend vor das Gesicht. Links und rechts knallten die Türen zu, weil die Notmechanismen ansprachen. Vor ihr lagen brennende Trümmerteile im Korridor, doch es sah so aus, als könnte sie darüberspringen. Die Schiffsschwerkraft betrug höchstens noch ein Zehntel g, was bedeutete, dass sie hier sogar weiter hüpfen konnte als auf dem Erdmond.

Als sie Anlauf nehmen und losrennen wollte, erschien Rapscallion direkt vor ihrem Gesicht. Sie zuckte zurück. »O nein, nein, nein, nicht dort entlang«, sagte er. »Hier drüben geht es weiter.«

Mit einem grünen Arm zeigte er auf ein Schott, das sich noch nicht automatisch geschlossen hatte. Aus dem Gang dahinter quoll dunkler Rauch. Der Zugang schloss sich langsam, Millimeter um Millimeter. Die ruckeligen Bewegungen ließen vermuten, dass er sich danach nie wieder öffnen würde.

»Ehrlich?«, fragte sie.

»Ja. Sie müssen nur den Kopf unten halten, dann passiert nichts.«

Geduckt kroch sie durch das Schott, das gerade noch weit genug geöffnet war, um sich dort hindurchquetschen zu können. Auf der anderen Seite befand sich ein lang gestreckter Lagerraum voller Kisten. Luxusgüter und medizinische Ausrüstung für Paradise-1 – das meiste davon brannte bereits. Am anderen Ende des Raumes versperrte – wie es schien – ein weiteres Schott den Durchgang. Der Angriff hatte auch diesen Teil des Schiffes stark in Mitleidenschaft gezogen.

»Oh«, machte Rapscallion.

»Oh?« Petrowa starrte den Roboter an, obwohl er keine Augen hatte. »Was heißt hier ›oh‹?«

»Oh, ich wusste nicht, dass dieser Bereich des Schiffes so stark beschädigt ist. Ich fürchte, nun müssen Sie doch durch den brennenden Teil rennen.«

»Wie schön. Wundervoll.« Petrowa drehte sich zu dem Schott um, das sich inzwischen hinter ihr geschlossen hatte. »Wie sind überhaupt die Aussichten, dorthin zurückzukommen?«

»Nicht sehr groß«, räumte Rapscallion ein. »Aber Sie sollten es versuchen. Schnell.«

Sie nickte und griff nach der Notentriegelung, hielt aber sofort wieder inne, als von außen ein großes metallisches Objekt gegen die Barriere prallte.

»Jesus«, keuchte sie und fuhr erschrocken zurück.

»Äh«, machte Rapscallion »Das ist seltsam.«

»Was, zum ... was ...«

Wieder schlug etwas gegen das Schott. Dann ein drittes Mal. Es war, als hämmerte ein unsichtbarer Riese gegen die Tür und begehrte Einlass.

»Was machen wir jetzt?«, fragte Petrowa. »Was ist das?«

»Zwei ganz unterschiedliche Fragen. Moment.« Rapscallion krabbelte zum Schott hinüber und griff nach einer Wartungsklappe.

Das Ding auf der anderen Seite hämmerte so fest gegen die Sperre, dass das Metall eine Delle bekam.

Rapscallion griff nach dem Notschalter.

»Moment mal«, sagte Petrowa. »Was glaubst du, was ... wenn das Ding da so dringend hier herein will ...« Sie konnte sich nur vorstellen, dass sich dort draußen jemand befand. Ein Mensch mit einem Rammbock zum Beispiel. Vielleicht waren Crewmitglieder von dem angreifenden Schiff auf die *Artemis* herübergekommen.

Vielleicht wollte man sie lebendig schnappen. Rapscallion wartete mit einer erhobenen grünen Hand an der Wartungsklappe. Sie wusste nicht, ob sie gerade einen schrecklichen Fehler beging. Sie nickte.

Rapscallion drückte auf den Notöffner. Überraschenderweise flog das Schott auf, als wäre hier alles völlig intakt. Dahinter lag ein gut beleuchteter Korridor, in dem sich niemand aufhielt. Wer auch immer gegen die Tür gehämmert haben mochte, jetzt war er fort.

Dann flog etwas in ihr Sichtfeld. Eine Kugel. Eine metallische goldene Kugel schwebte etwa anderthalb Meter über der Tür. Sie flog herbei und hielt zwanzig Zentimeter vor ihrem Gesicht inne. Die Oberfläche war makellos glatt poliert, sodass Petrowa ihr eigenes Spiegelbild erkennen konnte.

Ihr verängstigtes Spiegelbild.

Das Objekt blieb einige Augenblicke vor ihr schweben, dann kehrte es auf den Korridor zurück und hielt wieder an.

»Ich glaube, Sie sollen dem Objekt folgen«, erklärte Rapscallion. »Ich würde Ihnen raten, es zu tun.«

»W-wirklich?«

»Ja«, bekräftigte der Roboter. »Ich meine, Sie haben doch gesehen, wie kräftig es gegen die Tür geflogen ist. Stellen Sie sich bitte vor, was dieses Objekt mit einem menschlichen Schädel anstellen könnte. Ich würde auf jeden Fall tun, was es verlangt.«

Petrowa nickte. Es gefiel ihr zwar überhaupt nicht, aber was blieb ihr schon übrig?

»Ich bin unmittelbar hinter Ihnen«, fügte der Roboter hinzu.

19

PETROWA hatte keine Ahnung, was diese goldene Kugel eigentlich war oder was sie wollte. Vielleicht war dies die Entermannschaft, an die sie vorher gedacht hatte – vielleicht hatten sie dieses Ding, diesen Roboter, anstelle von menschlichen Soldaten bloß vorgeschickt. Jedenfalls schien er nicht zur *Artemis* zu gehören. Das Schiff war mit weißem Plastik und gedämpfter Beleuchtung ausgestattet. Eine glänzende goldene Kugel war hier jedenfalls fehl am Platze, fast wie ein Objekt aus dem Barock.

Die Kugel bewegte sich schnell, kehrte in die Richtung zurück, aus der sie gekommen waren, und näherte sich dem mittleren Abschnitt des Schiffes. Petrowa fluchte halblaut, doch sie gehorchte und folgte dem Ding. Irgendwann flog das Objekt durch eine Gangkreuzung, wo der Rauch so dicht stand, dass sie es aus den Augen verlor.

Sogleich kehrte es aber durch den dichten Rauch zu ihr zurück und umkreiste sie, bis es hinter ihr war. Sie wollte schon einen Schritt zurückweichen, weil sie dachte, es würde gleich wieder im Rauch verschwinden.

Es war, als wäre die Kugel explodiert. Auf einmal hatte sie tausend Dornen. Manche glichen Speerspitzen, andere waren wie Widerhaken mit bösen, scharfen Schneiden, einige waren gezackt, wieder andere hatten grässliche Formen, für die sie keine Namen wusste. Einige der rasiermesserscharfen Waffen schwebten nur Zentimeter vor ihrem Gesicht.

»Also gut.« Sie hob die Hände. »Na gut. Ich ... ich verstehe ja, was du willst.«

Die Kugel zog die Waffen ein und flog wieder in den Rauch hinein. Dieses Mal folgte sie. Sie näherten sich der Schiffshülle. Hier waren die Korridore stark gekrümmt, und es gab auf einer Seite keine Türen. Direkt vor ihnen entdeckte sie ein großes Schott. Die Kugel flog darauf zu, hielt an und wartete auf sie.

Petrowa näherte sich dem Zugang und spähte durch das eingelassene Fenster.

»Oh verdammt«, sagte sie. »Da drin ist jemand.« Sie hämmerte auf den Notöffner, doch nichts rührte sich. »Rapscallion? Du musst mir helfen!«

Der Roboter rannte hinüber und riss eine Wartungsklappe auf. Dann zerrte er die Drähte heraus und überbrückte Relais, bis die Tür aufsprang. Die Luft brauste in den Raum dahinter. Der kurze Sturm hätte Petrowa fast umgeworfen. Sie taumelte hinein und kniete sich vor den reglos am Boden liegenden Körper.

»Das ist Doktor Zhang«, sagte sie. Er trug einen Raumanzug mit einem gesprungenen Visier. Auf dem Plastik entdeckte sie Spuren von Klebeband. Hatte er versucht, den Riss zu flicken? Sie betrachtete seine Hand und sah kleine Stücke Klebeband, die zwischen seinen Fingern hingen, als hätte er verzweifelt versucht, sich von dem Helm zu befreien, bevor er zusammengebrochen war. Sie beugte sich vor, drehte den Helm und nahm ihn behutsam ab. »Er hat keinen Puls und atmet nicht mehr. Ist er tot?«, fragte sie.

»Ich bin ein Roboter«, entgegnete Rapscallion. »Ich weiß nicht viel über die menschliche Biologie.«

»Ich glaube, er ist tot«, sagte Petrowa. »Verdammt, ich ... Das versteh ich einfach nicht.«

Sie sah sich in dem Raum um und überlegte, was hier wohl geschehen war. Die Einrichtung war stark beschädigt, und eine Wand war stärker betroffen als die anderen. Ein großer Riss verlief von der Decke bis fast zum Boden. Inzwischen war er mit schnell härtendem Schaum ausgefüllt. Wie es schien, hatte irgendjemand den Riss geflickt – und Zhang dann einfach hier liegen gelassen?

»Rapscallion, sieh dir das dort an.« Sie zeigte auf den Schaum. »Bist du das gewesen?«

»Ganz sicher nicht«, antwortete der Roboter.

Nun schwebte auch die goldene Kugel herein. Sie bewegte sich schnell, als sei sie ungeduldig, und verharrte vor dem mit Schaum verschweißten Riss, dann kehrte sie zu Zhang zurück, hüpfte über seinem Kopf auf und ab und schoss einen goldenen Ausläufer ab, der sich direkt unter dem Kiefer in die Schlagader bohrte.

»Was tust du da?«, fragte Petrowa.

Auf einmal knisterte eine elektrische Entladung. Zhangs ganzer Körper zuckte. Er schlug kurz die Augen auf, konnte aber offenbar nichts sehen.

»Er ist tot«, sagte Petrowa. »Er ...«

Die goldene Kugel versetzte Zhang einen weiteren Stromstoß. Dieses Mal schnappte er nach Luft. Sein Gesicht färbte sich blau.

»Ich glaube, das Ding reanimiert ihn gerade«, erklärte Rapscallion.

»Mist.« Petrowa wusste nicht, was sie davon halten sollte. »Mist, Mist, Mist.«

Sie überprüfte Zhangs Atmung. Nichts. Wenn er nicht bald

Sauerstoff ins Gehirn bekam, spielte es keine Rolle mehr, wie viele Stromschläge ihm die goldene Kugel versetzte. »Versuch doch mal, die Luftversorgung in dieser Kabine zu verbessern«, sagte sie zu dem Roboter. Dann presste sie die Lippen auf Zhangs Mund, kniff ihm die Nase zu und füllte seine Lunge mit ihrem eigenen Atem.

Sie hob den Kopf und holte tief Luft, um ihn ein weiteres Mal zu beatmen. Und wieder und wieder.

Über ihr hüpfte die goldene Kugel auf und ab. Sie schien gereizt zu sein.

»Ich tu doch schon, was ich kann«, erklärte sie dem Ding. Noch einmal holte sie Luft und ließ den Atem in Zhangs Mund strömen.

Er zuckte. Nicht besonders stark, es war auch nicht richtig ermutigend, aber immerhin, sein Körper reagierte, und das war schon mal ein Fortschritt. Sie rieb ihm über den Hals, um den Kehlkopf zu aktivieren, und beatmete ihn ein weiteres Mal. Jetzt endlich blähte sich sein Brustkorb wie ein Luftballon.

»Doktor Zhang?«, rief sie. »Lei? Können Sie mich hören?«

Er zitterte, als hätte er einen epileptischen Anfall. »Mein Gott, nein«, stöhnte sie und beatmete ihn gleich noch einmal, doch er sträubte sich und strampelte, und sie konnte die Lippen nicht dicht genug aufsetzen. »Hilf mir«, sagte sie zu Rapscallion.

Stattdessen reagierte die goldene Kugel, stieß sie unsanft zur Seite - beinahe stürzte Petrowa quer durch die Kabine - und schwebte über Zhangs Arm. Sie produzierte mehrere lange Dornen, die sie ihm durch den Raumanzug hindurch in den rechten Arm jagte.

»Was tust du da?«, fragte sie.

Die Kugel antwortete nicht. Zhang hörte jedoch fast sofort zu zittern auf. Dann hustete er. Zuerst war es nur ein leises

Würgen, aber darauf folgte ein heftiger Hustenanfall, der den ganzen Körper erschütterte. Das Husten hielt eine Weile an und war stärker, als es Petrowa lieb war. Es hörte auch nicht auf, als Zhang die Augen öffnete und sich umsah. Zuerst fiel sein Blick auf sie, dann auf Rapscallion und danach auf die goldene Kugel.

Als er die Kugel bemerkte, kniff er die Augen wütend zusammen. Er hob den linken Arm, woraufhin die Kugel die Gestalt veränderte und sich um das Handgelenk und den Unterarm bis fast zum Ellenbogen schmiegte. Sie nahm die Form einer zierlichen goldenen Armschiene an. Die Ranken und Ausläufer blieben ständig in Bewegung und krochen hin und her.

»Dieses Ding da haben Sie getragen, als wir uns begegnet sind«, erinnerte sie sich. Unentwegt starrte sie die Armschiene an, sie konnte den Blick nicht abwenden. »Ich habe es für ein Schmuckstück gehalten.«

»Oh«, keuchte er. »Es ist mehr als das, viel mehr.« Er musste eine Weile innehalten, bis er zu Atem kam. »Das ist mein RK«, erklärte er und hob den Arm.

»Sollte mir das etwas sagen?«, erkundigte sie sich, schüttelte aber sofort den Kopf. »Schon gut. Sparen Sie sich den Atem - Sie wären eben fast gestorben.«

»Eigentlich war ich schon tot.« Zwischen den Hustenanfällen lächelte er sie an. »Der RK hat mich wiederbelebt. Genau genommen der RK und Sie, Lieutenant. Danke.«

Er drehte sich auf die Seite, hustete heftig und krümmte sich. Petrowa und Rapscallion zogen sich auf den Korridor zurück, um ihm etwas Zeit zu lassen, damit er sich erholen konnte.

Sie blickte auf den Roboter hinab. »Ich glaube, ich verstehe nicht ganz, was gerade geschehen ist.«

»Sie haben ihm offenbar das Leben gerettet«, erklärte Rapscallion. »Oder dieses Ding da hat es getan und Sie haben nur mit ihm geknutscht. Wie gesagt, ich verstehe nicht viel von der menschlichen Biologie.«

»Dieses Ding, also diese goldene Armschiene – was ist das? Hast du so etwas schon einmal gesehen?«

»Es ist in der Datenbank der Schiffspassagiere aufgeführt. Man muss robotische Komponenten, die man mit an Bord bringt, registrieren lassen. Deshalb haben wir eine Datei über das Gerät. RK bedeutet ›Rektifikator‹«, berichtete Rapscallion. »Seriennummer TRKM2401.«

Sie drehte sich zu dem Roboter um und flüsterte: »Ich habe keine Ahnung, was das bedeutet. Ist das eine Art Peilsender?« Natürlich kannte sie die Fußfesseln, mit denen Menschen überwacht wurden, die unter Hausarrest standen.

»Es ist ein Peilsender, der ihn bestrafen kann, wenn er etwas Falsches tut.« Der Roboter zuckte mit den Achseln. »Das Gerät soll verhindern, dass er bestimmte Verhaltensweisen zeigt. So werden manchmal Suchterkrankungen und antisoziales Verhalten behandelt. Aber dieses Gerät ist erheblich komplexer als alles, was ich bisher gesehen habe. Ich kann zwar nicht sagen, welche Fähigkeiten es besitzt, aber ich weiß, was dies zu bedeuten hat.«

»Was denn?«, wollte Petrowa wissen.

»Es bedeutet, dass er für sich selbst und für andere eine Gefahr darstellt. Er ist so wichtig, dass ihn die TR nicht einfach in eine Gummizelle sperren wollte, aber beängstigend genug, um ihm einen Wachhund zu verpassen. Wer ist dieser Typ?«

Petrowa wusste nicht, was sie darauf antworten sollte. Einen Augenblick lang betrachtete sie den Doktor und fragte sich, was er angestellt haben mochte, obwohl ihr klar war, dass sie in diesem Augenblick sicherlich keine Antwort bekommen würde.

Dann betrat sie wieder die Kabine und half Zhang, sich aufzurichten. Es schien, als hätte sich seine Atmung inzwischen verbessert. Immerhin, ein Fortschritt.

»Wir, äh ...«, setzte sie an. Sie verstand immer noch nicht, was hier eigentlich los war. »Wir müssen weiter. Wir gehen zur Brücke und treffen dort Kapitän Parker.«

»Ich komme mit«, antwortete Zhang. »Lassen Sie mir nur noch einen Augenblick Zeit, damit ich aufstehen kann.«

20

ZHANG fühlte sich erbärmlich. Als hätte man ihn in Glas verwandelt, mit dem Hammer zertrümmert und die Splitter dann eingesammelt und in den Raumanzug gekippt. Er war froh, dass er den verdammten Helm los war, fürchtete sich aber vor dem Augenblick, in dem er den Rest des Anzugs ablegen musste. Vielleicht würde er einfach als formloser Haufen in sich zusammensacken.

Er rieb sich mit dem Daumenballen über die Stirn. Schon wieder diese seltsamen Gedanken. Das war nie ein gutes Vorzeichen.

»Geht es Ihnen nicht gut?«, fragte der Roboter Rapscallion.

Erst jetzt bemerkte Zhang, dass er einfach mitten im Korridor angehalten hatte, während alle anderen weitergelaufen waren. Die grüne Spinne war zu ihm zurückgerannt, um nach ihm zu sehen. Zhang mochte es allerdings nicht, wenn man so auf ihn aufpasste, und hier war es eindeutig überflüssig. Dafür hatte er ja den RK.

»Ich fände es besser, wenn du ein Gesicht hättest«, antwortete er. »Sonst geht es mir gut.«

»Ich bitte um Verzeihung.« Der Roboter krabbelte wieder nach vorn.

»Riecht ihr das auch?«, fragte Petrowa.

»Ich rieche es.« Zhang roch sogar mehrere Dinge - es stank nach verbranntem Plastik und nach der verbrauchten Luft aus der zerstörten Lebenserhaltung. Außerdem gab es da noch etwas anderes, und er begriff, dass sie vor allem diesen Geruch meinte. »Ah, Ozon.«

Petrowa nickte. »Ein Geruch wie von einem alten, kaputten Generator. Ich rieche es schon seit einer ganzen Weile, aber jetzt wird es stärker.«

»Ich höre ein Knistern«, fügte Zhang hinzu. »Elektrische Entladungen.«

»Die Luft ist stark ionisiert«, erklärte Rapscallion. »Na gut, vielleicht sollte ich erst einmal vorausgehen und die Lage erkunden. Ich bin nicht so empfindlich wie ein Mensch.«

»Unbedingt«, stimmte Zhang zu. So bekam er eine kleine Verschnaufpause und konnte durchatmen.

Der grüne Roboter lief den Flur hinunter und verschwand hinter einer Gangbiegung.

»Es gefällt mir nicht, dass wir uns in diese Richtung bewegen«, erklärte Petrowa. Sie stand fast auf den Zehenspitzen und spähte den Korridor hinunter, in dem der Roboter verschwunden war. Dort unten war es so dunkel, dass Zhang nichts mehr erkennen konnte. »Wir sind der Außenhülle viel zu nahe. Wenn uns noch mal eins dieser Geschosse trifft, dann will ich auf keinen Fall in diesem Bereich sein.«

»Oh, ich weiß nicht«, wandte Zhang ein. »Tiefer im Schiff ist man auch nicht besser geschützt. Ich habe einen Schuss gesehen, der das Schiff glatt durchbohrt hat und auf der anderen Seite wieder ausgetreten ist.«

Petrowa sah ihn unbehaglich an. »Ehrlich? Du meine Güte, wir sind ... verloren.«

Zhang hätte ihr zugestimmt, hätte ihn nicht ein lauter Knall unterbrochen. Fast wie ein Schuss, aber noch eher wie ein Blitzschlag, der einen Felsen getroffen hatte.

»Rapscallion?«, rief Petrowa. Nach ein paar Sekunden versuchte sie es noch einmal. »Rapscallion? Ist dir ... ist dir etwas passiert?«

»Nein, ich bin unversehrt.«

Es war die gleiche Stimme wie zuvor, jetzt kam sie aber von hinten, und das Ding, das sich ihnen aus der Dunkelheit näherte, ähnelte absolut nicht dem grünen Spinnenwesen, an das Zhang sich erinnerte.

Dieses hier war viel größer, und der Körper hing dichter über dem Boden, hatte aber wie der Vorgänger deutlich zu viele Gliedmaßen. Es erinnerte an einen riesigen grünen Skorpion mit abgewinkelten Beinen und einem großen segmentierten Schwanz. Anstelle eines Stachels saß am Ende jedoch ein menschliches Gesicht ohne Augen.

»Was soll der Kostümwechsel?«, fragte Zhang.

»Sie haben sich doch gewünscht, ich solle ein Gesicht haben«, antwortete der Roboter. Die Kiefern klackerten laut, doch das Grinsen veränderte sich nicht.

»Aber dein alter Körper ...«

Rapscallion hob und senkte ein paar vielgliedrige Beine. Es sah einem Achselzucken recht ähnlich. »Ich bin etwa hundert Meter vorausgelaufen und dann wurde mein Körper eingeäschert - einfach vernichtet und zu einem halbflüssigen Haufen geschmolzen, der jetzt an einem Schott klebt. Ich musste umkehren und mir einen neuen Körper drucken. Das war eine gute Gelegenheit, noch einige Ergänzungen vorzunehmen. Wie beispielsweise einen Lautsprecher, damit ich mit Ihnen auch dort reden kann, wo kein Übertragungssystem verfügbar ist.«

»Praktisch«, stimmte Zhang zu.

Der grinsende Schwanz schwang zu ihm hin, bis das augenlose Gesicht dicht vor seinem schwebte. Der Roboter wollte ihm offensichtlich Angst machen.

Da musste sich Rapscallion aber etwas mehr anstrengen. Zhang ließ sich nicht einschüchtern, sondern zuckte nur seinerseits mit den Achseln und wandte sich ab.

Petrowa riss die Augen weit auf. »Warte mal, worauf stoßen wir da unten in hundert Metern Entfernung? Wenn es stark genug war, um dich zu zerstören, dann kommen wir dort sicherlich auch um.«

»Kein Problem«, erklärte Rapscallion. »Ich hatte einen dummen Fehler gemacht, als ich einfach losgestürmt bin, aber jetzt weiß ich, wie man dort weiterkommt. Man muss einfach nur den Plasmaentladungen ausweichen. Ehrlich gesagt, ist das überhaupt kein Problem.«

21

NACH Petrowas Ansicht war es aber durchaus ein Problem.

Einige Teile der *Artemis* waren weit aufgerissen und dem Weltraum ausgesetzt. Dieser Teil des Schiffes hatte etwas erlitten, das man am ehesten mit einer inneren Blutung vergleichen konnte. Die Decke schien zwar noch intakt, doch der Boden war zerstört. Bodenplatten, Schotten und ganze Kabinen waren in den Abgrund gestürzt. Sie bewegte sich vorsichtig bis zur Kante und sah weit unter sich einen chaotischen Haufen von Möbeln und zerstörten Maschinen. Gerade als sie hinabblickte, zuckten kreuz und quer über das zerstörte Deck Blitze.

»Früher hat es dort unten eine Hauptstromleitung gegeben«, erklärte Rapscallion. »Anders ausgedrückt, das war ein dicker Draht, durch den mehrere Millionen Volt geflossen sind. Anscheinend wurde diese Leitung durchtrennt, aber wenn so viel Energie durch einen Leiter fließt, muss sie irgendwo hin. Ich würde Ihnen raten, nicht in der Nähe zu sein, wenn sie sich entlädt.«

Mit zusammengekniffenen Augen betrachtete Petrowa den Abgrund, bis sie auf einem Schott den grünen Fleck bemerkte, der alles darstellte, was von Rapscallions früherem Körper noch übrig war. »Verstanden.« Dann blickte sie zur anderen Seite des Abgrunds. »Offenbar ist dies der einzige Weg, und wir müssen dort hinüber.«

Rapscallion hüpfte auf den neuen Beinen auf und ab. »Die gute Nachricht ist, dass sich das Kommandodeck und die Brücke gleich dort vorn befinden.« Er zeigte mit seinem Gesichtsstachel in die entsprechende Richtung. »Sehen Sie das Schott da vorn? Direkt dahinter ist Parker.«

»Also müssen wir hinüber.« Bis zur anderen Seite waren es etwa zehn Meter. Das Schiff erzeugte nicht mehr viel Schwerkraft - wie die Beleuchtung und der Luftaustausch war auch die künstliche Schwerkraft auf das Mindestmaß herabgesenkt worden, das für Notfälle galt. Ein sportlicher Mensch, der in guter Verfassung war, konnte mühelos hinüberspringen.

»Gut.« Sie nickte und schwenkte die Arme vor und zurück, dann ging sie wie eine Kurzstreckenläuferin in die Hocke. Sie rannte los und bereitete sich innerlich schon auf den Sprung vor ...

Abrupt hielt sie jedoch wieder an, als aus dem Loch eine elektrische Entladung nach oben raste. Unter der Decke zuckten lavendelblaue Blitze entlang. Die Funken explodierten laut wie Feuerwerkskörper, sobald sie mit den gezackten Kanten des Lochs in Berührung kamen.

»Warten Sie«, riet Rapscallion ihr. »Einen kleinen Augenblick noch.«

Schon war die Entladung vorbei.

»Gut, jetzt können Sie«, sagte der Roboter.

Sie wollte eine beißende Bemerkung machen, doch ihr war klar, dass ihr dazu keine Zeit blieb. Sie rannte los, trieb sich mit den Füßen an und sprang schließlich mit aller Kraft ab, kurz bevor sie das Loch im Boden erreichte. So schwebte sie durch den Gang und fühlte sich einen Moment lang schwerelos. Arme und Beine ruderten weiter, während sie durch die Luft flog. Unter ihr kochte und knisterte der feurige Kessel, doch sie riss sich sofort wieder von dem Anblick los und konzentrierte sich auf die Stelle, wo sie landen wollte. Mit beiden Füßen kam sie auf der anderen Seite auf und fing sich mit den Händen ab.

Sie war atemlos, das Blut rauschte in ihren Ohren. Dann lachte sie kurz auf und wusste selbst nicht, warum, danach drehte sie sich um. Die anderen waren hinter einer Wand aus knallenden Entladungen verborgen. Wild zuckten die Blitze hin und her. Zuerst dachte sie, es würde nie mehr aufhören und sie hätte mit ihrem Sprung das Schiff endgültig demoliert, sodass ihr niemand mehr auf diesem Weg folgen konnte. Bald jedoch fiel die feurige Wand wieder in sich zusammen und verschwand.

»Zhang«, rief sie. »Zhang! Sie sind an der Reihe!«

Der Arzt stand einfach nur da. Er starrte die Lücke an, rührte sich nicht und bereitete sich auch nicht auf den Sprung vor.

»Zhang, kommen Sie schon. Es geht nicht anders.«

Er sah sie nicht an und starrte wie betäubt ins Leere. Wie angefroren. Versteinert.

»Zhang, reden Sie mit mir«, rief sie.

»Ich bin nicht auf der Erde aufgewachsen. Ich habe nicht so starke Muskeln wie Sie«, antwortete er. »Und wenn das Timing nicht stimmt, verbrenne ich.«

»Sie schaffen das«, versprach sie ihm.

»Ich glaube, als Mediziner kann ich die Fähigkeiten meines eigenen ...«

Rapscallion hatte sich schon in Bewegung gesetzt und beschleunigte. Der Roboter packte Zhang mit seinen kräftigen Scheren und sprang mit ihm zusammen über die Lücke. Zhang kreischte, als sie über den Abgrund flogen. Rapscallion kam schwer auf und hüpfte ein wenig auf seinen abgewinkelten Beinen.

Zhang schlug auf den Roboter ein, bis dieser ihn absetzte. »Du Spinner! Ich war nicht bereit, ich war nicht ...«

Der Arzt blickte zu dem Abgrund zurück. In diesem Augenblick schoss eine neue Entladung hinauf zur Decke und ein Funkenregen rieselte herunter.

Dann richtete er sich auf und holte tief Luft. Er wandte sich an den Roboter und verneigte sich steif. »Wenn ich mal richtig darüber nachdenke, sollte ich mich vielleicht bedanken.«

»Das war leichter, als Ihnen zuzuhören, wie sie darüber gejammert haben.« Rapscallion marschierte an dem Arzt vorbei.

Petrowa betrachtete das bedrohliche Stachelgesicht des Roboters und zeigte nach vorn. »Parker ist also hinter diesem Schott?«, fragte sie.

Das Stachelgesicht hüpfte auf und ab. »Immer geradeaus.«

Petrowa drückte auf den Notöffner, der ausnahmsweise einmal problemlos den Zugang freigab. Endlich. Sie hatten die Brücke erreicht.

22

»DAS verstehe ich nicht«, sagte sie.

Es war überhaupt nicht so, wie sie es sich vorgestellt hatte. Alle anderen Räume der *Artemis* glänzten wie neu, die Korridore und die kleinen Kabinen wirkten sogar beinahe steril. Nirgendwo gab es scharfe Ecken und Kanten und die Einrichtung nutzte den begrenzten Platz so gut wie möglich aus. Die Lichter in den Kabinen waren hell und hatten einen Farbton, der dem menschlichen Auge angenehm war. Von Actaeons Warnlampen bis hin zu den Bettdecken war alles so ausgewählt, dass es den menschlichen Vorstellungen von Behaglichkeit und Sauberkeit entsprach.

Die Brücke ...

Die Brücke war ein dunkler Wald.

Nicht nur im übertragenen Sinn. Es war ein beengter, unübersichtlicher Raum voller verwachsener, bösartig wirkender Bäume. Die knorrigen Äste verflochten sich miteinander und reckten sich bis zur Decke, während ein Teppich aus totem, verfaultem Laub den Boden bedeckte. Schwarze Ranken umklammerten die Bäume. Sie hatten sich so eng um die Äste gelegt, dass man meinen konnte, sie wollten die Bäume erwürgen. Die inneren Zweige waren verformt und wiesen zahlreiche Galläpfel auf. Die Knoten im Holz der Stämme sahen wie starrende nichtmenschliche Augen aus.

Unmittelbar vor ihr, wie eingerahmt vom Schott, hing eine einzelne Frucht an einem mächtigen Ast. Vielleicht ein Apfel, wenngleich von Gift so entstellt, dass er dunkelgrün und beinahe schwarz angelaufen war. Insekten hatten ihn offenbar so sehr heimgesucht, dass überall Löcher zu sehen waren. Er hing niedrig und schwer, als zöge er mit seinem Gewicht den ganzen Baum herunter.

»Ich ... ich habe keine Ahnung, was ich da vor mir sehe«, gestand sie.

Auch Rapscallion und Zhang wussten nichts Hilfreiches beizusteuern.

Petrowa trat über die Schwelle und setzte den Fuß in das zusammengewehte Laub. Es fühlte sich nicht so an, als ginge sie auf glitschigen, verschimmelten Pflanzenteilen, sondern auf einem ganz und gar üblichen Deck. Sie trat weiter hinein und spürte, dass die Luft jetzt kühler wurde. Das war nach der drückenden Hitze in den Korridoren, durch die sie vorher gelaufen war, eine Erleichterung.

Sie ging weiter, bis sie direkt vor dem Apfel stand, und fragte sich, ob sich gleich eine Schlange um den Ast ringeln und sie in Versuchung bringen würde. Aber nein, der Apfel hing einfach an seinem dünnen Stängel, der kaum fähig zu sein schien, die Last zu halten. Oben wuchs ein einzelnes Blatt aus dem Apfel, das die gefräßigen Insekten bis auf das Gerippe reduziert hatten.

Nirgendwo war ein Geräusch zu hören, keine Laute von Tieren, und kein ätzender Wind wehte durch die vergiftete Obstwiese. Sie konnte auch nicht die toten Blätter oder den schwarzen Saft riechen, der aus dem Apfel und den gemarterten Bäumen quoll. Sie streckte eine Hand aus, um den Apfel abzupflücken und ihn genauer zu untersuchen.

»Es ist nicht das, was es zu sein scheint«, rief Parker auf einmal.

»Wo steckst du denn?«, fragte sie. »Parker, ich kann gar nicht sagen, wie ich mich freue, dich ... beinahe hätte ich gesagt: dich zu sehen. Allerdings ist es so, dass ich dich nicht sehen kann.«

»Ich bin aber hier. Ganz nah. Eine Sekunde noch.«

Wieder griff sie nach dem Apfel. Sie war so klug, den Ärmel ihres Overalls über die Hand zu ziehen, um den Apfel nicht direkt mit ihrer Haut zu berühren.

Sie hätte sich keine Gedanken machen müssen. Die Hand fuhr mitten durch die Frucht hindurch und kam an der anderen Seite wieder zum Vorschein. Sie spürte lediglich eine Art kühle Feuchtigkeit. Dieses Gefühl hatte sie auch schon auf Ganymed gehabt, als sie mit den Fingern durch das holografische Abbild der *Artemis* gefahren war.

Es lief ihr kalt über den Rücken. Der Apfel war also nicht real. Wie viel von dem, was sie hier sonst sah, war ebenfalls nur eine Projektion? Sie griff nach dem Zweig, und auch durch dieses Objekt glitten ihre Finger einfach hindurch. Sie trat näher heran und stieß die Hand in den Baumstamm. Ebenfalls kein Widerstand.

»Immer mit der Ruhe, beinahe hättest du mich getroffen«, sagte Parker. Er trat durch einen Baum hindurch wie ein Gespenst durch eine Wand. »Tut mir leid, es ist nicht so leicht, sich hier zurechtzufinden. In all diesem Zeugs.« Er machte eine ausholende Geste.

Petrowa konnte sich ein etwas albernes Lächeln nicht verkneifen. Sie hatte schon fast damit gerechnet, Parker nie mehr wiederzusehen. Beinahe hätte sie ihn sich geschnappt und fest umarmt. Natürlich war ihr bewusst, dass sie sich professionell verhalten sollte, aber sie war froh, wenigstens ein vertrautes

Gesicht zu sehen. »Die Dekoration war offenbar nicht deine Idee.«

Parker schnaubte. »Äh, nein, das macht Actaeon. Die KI hat dies programmiert, ehe sie sich neu gestartet hat, und ich kann es nicht verändern, solange die Neustarts nicht abgeschlossen sind. Und ehe du fragst, nein, ich habe keine Ahnung, wann das sein wird.« Er sah sich zum Eingang um. »Doktor Zhang, Sie leben ja noch.«

»Ich hoffe, das ist keine Aussage, die sich allzu rasch als überholt erweisen wird«, erwiderte der Arzt.

»Kommen Sie rein, die Bäume beißen nicht.«

»Wenn Sie meinen.« Zhang fühlte sich zwischen den holografischen Gewächsen sichtlich unwohl. Kein Wunder, dachte Petrowa. Er war ja im äußeren System auf Ganymed oder in einer ähnlichen Umgebung aufgewachsen. Also auf einem Mond oder Zwergplaneten, wo es keine Bäume gab. Ein Wald musste eigenartig und bedrohlich auf ihn wirken, ganz zu schweigen von einer so unheimlichen Version wie dieser.

Rapscallion wirkte dagegen, als sei er für diesen düsteren Garten Eden auf der Brücke wie geschaffen. Das war genau die Art Monster, die einem in diesem Labyrinth auflauern mochte, wenn man falsch abbog. Der Roboter marschierte durch ein halbes Dutzend Bäume hindurch und verschwand in der Projektion.

»He«, rief sie ihm hinterher. »He! Kannst du nicht irgendwo bleiben, wo ich dich sehe?«

Rapscallions Stachelkopf durchbohrte einen dicken Baumstamm. »Warum? Das ist doch alles nicht real. Sie können einfach durchlaufen. Es ist nicht einmal mit Lidar oder Millimeterwellen messbar.«

»Wir sind Menschen«, erinnerte sie ihn. »Wir verlassen uns auf die Augen, vielleicht sogar zu sehr. Also sei nett zu uns, ja?«

Der Roboter entschied sich für einen Kompromiss, indem er halb aus dem Baum zum Vorschein kam, bis die Scheren und die erste Reihe seiner Beine sichtbar wurden. Mehr als das konnte sie offenbar nicht von ihm erwarten.

»Komm hier herüber.« Parker winkte sie zwischen den Bäumen hindurch. »Folge mir einfach. Ich muss dir erst einmal erklären, womit wir es zu tun haben, und ich muss dich warnen. Es sieht übel aus.«

23

»WARUM hat Actaeon dieses Hologramm überhaupt erzeugt?«, fragte Petrowa, während sie Parker durch den dunklen Wald folgte. Zum hundertsten Mal hob sie unwillkürlich die Hand, um einen tief hängenden Ast zur Seite zu schieben. Ihre Finger spürten nichts außer kaltem, silbrigem Dunst. Rasch zog sie die Hand wieder zurück.

»Da kann ich auch nur raten. Aus irgendeinem Grund hat Actaeon als Letztes vor seinem Absturz diese Darstellung projiziert, obwohl sie alles andere als sinnvoll ist.«

»Vielleicht ist sie auch nur in unseren Augen sinnlos«, wandte Zhang ein.

Sie drehten sich zu dem Doktor um, der jedoch nur mit den Achseln zuckte.

»Ich frage mich bloß, ob man es vielleicht versteht, wenn man das Bewusstsein einer Maschine hat.«

»Hallo«, sagte Rapscallion. »Hier ist ein Maschinenbewusstsein. Dank meiner einzigartigen Perspektive kann ich Ihnen verraten, dass dies hier monstermäßig verrückt ist.« Der Stachelkopf hüpfte auf und nieder. »Was nicht heißen soll, dass der Doktor völlig falschliegt. Wir sind ja alle manchmal ein bisschen verrückt. Eine Eins wechselt zu Null, obwohl sie es nicht soll. So etwas kommt schon mal vor. Zahlen werden verdreht und wir machen verrückte Sachen. Aber genau weiß ich es auch nicht. Das hier sieht viel zu extrem aus, um einfach nur ein Bug zu sein.«

»Mein erster Gedanke war, dass es eine Botschaft sein könnte«, erklärte Zhang.

»Eine Botschaft?«, fragte Parker.

Zhang machte eine ausholende Geste. »Versetzen Sie sich mal in die Lage des Computers. Actaeon wusste doch, dass etwas nicht in Ordnung war. Warum sonst sollte er sich neu starten? Er hat sich entschlossen, diesen Wald zu erschaffen, ehe er offline ging. Er hat seine Ressourcen darauf verwendet, obwohl er sie eigentlich woanders gebraucht hätte. Das bringt mich auf die Idee, dass er uns diesen Dschungel ganz bewusst zeigen wollte.«

»Hat er auch angenommen, dass wir verstehen, was das bedeuten soll?«, fragte Petrowa.

Zhang blickte zu dem Roboter hinüber. Rapscallion wippte auf seinen vielen Beinen auf und ab. Eine Art Achselzucken. »Wie gesagt, das alles ist für mich unverständlich, aber ich denke, Zhang könnte recht haben. Vielleicht wollte Actaeon eine Nachricht schicken, und dies war alles, was er noch tun konnte.«

»Ein großes Schild mit der Aufschrift ›Bin gleich wieder da‹ wäre einfacher zu erzeugen gewesen«, meinte Parker.

»Klar«, stimmte Rapscallion zu. »Aber wie ich schon sagte, manchmal werden wir eben verrückt. Den Menschen gegenüber haben wir allerdings einen Vorteil. Wir können uns selbst reparieren.«

»Indem ihr rebootet, richtig?«, fragte Petrowa.

»Ja, genau. Vielleicht startet sich Actaeon deshalb neu. Vielleicht wusste er, dass er verrückt wird.«

Parker rieb sich über das Kinn. »Die Neustarts haben ungefähr

zur Zeit des Angriffs begonnen - direkt nachdem wir den Überlichtantrieb ausgeschaltet hatten. Da haben die Menschen an
Bord noch im Kryoschlaf gelegen. Actaeon hatte nicht einmal
Zeit, mich vor dem Angriff zu warnen - er war bereits in diesem Zustand, als ich aufgewacht bin.«

»Ich bin aber wach gewesen«, ergänzte Rapscallion. »Und
ich kann bestätigen, dass Actaeon, ungefähr drei Sekunden
bevor das erste Geschoss das Schiff traf, ›Gute Nacht‹ gesagt
hat.«

»Du denkst also, dass diejenigen, die das Schiff angegriffen
haben, auch Actaeon ausgeschaltet haben. Sie haben ihn möglicherweise mit einem Virus infiziert oder so.« Petrowa nickte.
»Erzähl mir mehr über den Angriff.«

»Ich muss zuerst zu meinem Pult«, erklärte Parker. »Es ist
mühsam, hier etwas zu finden, aber ... ja. Da.« Er ging um den
Stamm eines mächtigen, verdrehten Baums herum und führte
sie in einen Bereich, wo sie tatsächlich eine Trennwand des
Schiffes erkennen konnten. Petrowa streckte die Hand aus
und berührte sie, um sich zu vergewissern, dass sie nicht auch
bloß ein Hologramm war. Aber nein, die Wand fühlte sich hart,
warm und real an.

Parker zeigte auf eine Stelle, wo einige kleine Lichtpunkte erschienen, als benutzte jemand einen Laserpointer. Die Punkte
bewegten sich langsam, alle paar Sekunden wurden die Positionen aktualisiert.

»Actaeon steuert praktisch alle Systeme dieses Schiffes. Deshalb sind die normalen Steuerschnittstellen auch nicht verfügbar. Selbst die Sensoren funktionieren nicht. Ich habe Zugang
zu genau einem Radioteleskop. Es ist für den Notfall gedacht
und mit meiner manuellen Steuerung verbunden. Ich habe die
Daten des Teleskops umgewandelt, damit sie hier angezeigt

werden, sodass wir einen groben Überblick über die Situation bekommen«, erklärte Parker.

Petrowa nickte, als hätte sie verstanden, was sie gerade betrachtete. »Ich nehme an, die Punkte sind wichtig.«

»Das ist eine Darstellung der näheren Umgebung. Jeder Punkt ist ein massives Objekt von der Größe der *Artemis* oder sogar noch größer. Das hier«, er zeigte auf einen Punkt, »das sind wir. Das hier ist das Schiff, das uns angreift.«

»Was für eine Klasse ist es? Ein Frachter, eine Fregatte oder ein Großkampfschiff?«, wollte sie wissen. Verlässliche Daten wären sicherlich ausgesprochen hilfreich. Wenn sie sich die Angelegenheit als eine Schlacht vorstellen konnte, mit einem Gegner, den sie imstande wäre zu bekämpfen, dann würde ihr das wirklich helfen, nicht mehr so viel Angst zu haben. Dann könnte sie das Gefühl abschütteln, jeden Augenblick sterben zu müssen.

»Ich habe nur eine grobe Vorstellung von der Größe«, erklärte Parker. »Auf jeden Fall ist es riesig.«

Sie fuhr sich mit den Fingern durch die Haare. Am liebsten hätte sie ihn gepackt und geschüttelt. »Was für eine Panzerung hat es? Kannst du mir wenigstens sagen, welche Waffe die Schäden auf unserem Schiff verursacht hat?«

Parker schüttelte den Kopf. »Es tut mir leid. Es tut mir wirklich leid, aber mehr als dies hier steht mir nicht zur Verfügung. Ich habe keine Ahnung, womit sie auf uns geschossen haben. Vielleicht mit Railguns? Das würde die Größe der Einschlagstellen erklären. Allerdings kann eine Railgun pro Sekunde Dutzende von Geschossen abfeuern und wir sind nur zwei- oder dreimal getroffen worden. Also vielleicht Raketen?«

Zhang räusperte sich. »Yamswurzeln«, sagte er.

24

PETROWA fuhr herum. »Wie bitte?«

»Sie werfen mit Yamswurzeln nach uns.« Der Arzt zuckte mit den Achseln und schüttelte den Kopf. »Ich weiß, wie eigenartig das klingt, aber ich habe es selbst gesehen, als ich außerhalb des Schiffs war. Ich habe einen Frachtcontainer voller Yamswurzeln bemerkt, der in unsere Richtung geflogen ist. Ich nehme an, er kam von dem Angreifer. Später konnte ich beobachten, wie ein weiterer Container tatsächlich gegen das Schiff geprallt ist. Daher der große Schaden. Sie werfen mit Frachtcontainern.«

»Frachtcontainer sind keine Waffen«, widersprach Parker, als könnte er den Angriff durch logische Überlegungen ungeschehen machen.

Petrowa schüttelte den Kopf. Frachtcontainer. Das war eine Waffe, mit der sie zwar nie trainiert hatte, aber ...

»Wenn man das betreffende Objekt schnell genug wirft, kann buchstäblich alles tödlich sein. Ein Geschoss ist ja auch nur ein träges Stück Metall. Sobald man es auf Überschallgeschwindigkeit beschleunigt, wird es allerdings tödlich.«

»Aber Frachtcontainer? Ich weiß nicht. Ihre eigene Ladung? Warum sollten sie Container als Geschosse einsetzen? Noch dazu welche, die mit Knollen gefüllt sind?«

Darüber dachte sie einen Augenblick nach. »Ich glaube, wenn das alles ist, was man hat ...« Sie trat dicht vor die Wand, wo die

Lichtpunkte langsam und gemessen tanzten, und zeigte auf den Angreifer. »Vielleicht ist das gar kein Kriegsschiff«, überlegte sie. »Vielleicht haben sie nur einfach keine besseren Waffen.«

Parker schnaufte ungehalten, aber sie war sicher, dass sie richtiglag.

Ausschließlich Kriegsschiffe hatten echte Waffen an Bord. Wenn man kein Kriegsschiff besaß, wenn man einen Transporter wie die *Artemis* oder ein Erkundungsschiff steuerte und gegen ein anderes Schiff kämpfen musste, dann benutzte man eben all das, was an Bord verstaut war. Man konnte mit hoher Geschwindigkeit einen Frachtcontainer aus dem Frachtraum stoßen. Damit war man durchaus in der Lage, ein anderes Schiff schwer zu beschädigen. Aber warum? Warum bemühten sie sich so verzweifelt, die *Artemis* zu zerstören? Wer auf diese Weise angriff, musste große Angst vor dem haben, was die *Artemis* repräsentierte. Petrowa wünschte, sie könnte in Erfahrung bringen, woher das andere Schiff gekommen war. Paradise-1 war eine planetarische Kolonie, die keine eigene Raummarine besaß. Wenn es hier einen wichtigen Grund gab, die *Artemis* aufzuhalten, dann mussten die Bewohner ein ziviles Schiff schicken. Beispielsweise einen Frachter.

Ihre Gedanken kreisten immer um dieselbe Frage: Was auf der *Artemis* mochte so ungeheuer gefährlich für die Kolonie sein? Sie hatten doch keine nennenswerte Fracht an Bord. Nichts Bedrohliches und Gefährliches. Die Mission diente lediglich dazu, einige Menschen nach Paradise-1 zu bringen. Also ... vielleicht galt der Angriff einem von ihnen, einem der Passagiere? Das war entweder sie selbst oder Zhang. Natürlich hatten die Menschen Angst vor der Brandwache und vor dem, was sie repräsentierte, doch sie konnte sich nicht vorstellen, dass es um sie selbst ging. Sie war nur eine einzelne Frau, keine

Besatzungstruppe. So viel verzweifelten Aufwand war sie nicht wert.

Also ging es um Zhang. Etwas an ihm – etwas, das sie nicht über ihn wusste – versetzte die Menschen auf Paradise-1 offenbar so sehr in Angst und Schrecken, dass sie einen ungeheuren Aufwand betrieben, um ihn schon vor seiner Ankunft zu töten. Sie dachte an den RK an seinem Arm. Rapscallion hatte behauptet, der Arzt müsse das Gerät tragen, weil er für sich selbst oder für andere eine Gefahr darstellte. Aber inwiefern sollte er gefährlich sein? Sie fand ihn mehr als eigenartig und abstoßend. Er war sogar ein richtiggehendes Arschloch. Aber eben auch nicht mehr als das.

Sie schüttelte den Kopf. Darüber konnte sie später noch nachdenken. Im Augenblick galt es, dringendere Geheimnisse zu lüften.

»Zhang«, fragte sie, »haben Sie das andere Schiff gesehen, als Sie draußen waren?«

»Nicht so gut, dass ich etwas Nützliches berichten könnte«, räumte Zhang ein. »Da draußen hat sich etwas Großes befunden, das so hell wie ein Stern war, aber viel zu groß für einen Stern. Ich vermute, das sind unsere Feinde gewesen, aber etwas Genaueres kann ich nicht sagen. Details konnte ich keine erkennen.«

Petrowa nickte. Die taktische Abteilung in ihrem Kopf, jener Teil, den die Brandwache ausgebildet hatte, übernahm jetzt die Regie. In einer Schlacht konnte man sterben. Ja, das war jederzeit möglich. Die besten Aussichten, zu überleben, hatte man, wenn man nachdachte. Man schob die Gedanken an den Tod so weit weg, wie es nur möglich war, und konzentrierte sich mit der ganzen Verstandeskraft auf etwas anderes – darauf, die Angreifer zu töten.

Am Anfang stand eine belastbare Lagebeurteilung.

»Gut, gut. Es hat jetzt seit einer ganzen Weile keinen Einschlag mehr gegeben. Vielleicht schleudern sie nun keine weiteren Container mehr nach uns. Vielleicht ist der Angriff vorbei - sie haben uns ja bereits schwer getroffen. Wir können nicht manövrieren, ohne das Schiff zu zerreißen, das stimmt doch?«

»Das ist richtig«, bestätigte Parker.

»Vielleicht war das alles, was sie wollten. Sie wollten uns lahmlegen. Wenn man sieht, welch große Schäden sie mit ein paar Kisten angerichtet haben, dann müssen wir annehmen, dass sie die *Artemis* ganz und gar hätten zerstören können, wenn sie es gewollt hätten.«

Parkers Stirnrunzeln machte ihr Sorgen.

»Was ist? Spucken Sie's aus«, sagte sie.

»Dieser Punkt hier.« Parker zeigte auf der Wand auf einen Fleck, der von der *Artemis* aus gesehen hinter dem angreifenden Schiff stand und sich rasch von ihnen entfernte. »Das ist doch ein Geschoss, das sie vor fünf Minuten abgefeuert haben. Es hat uns völlig verfehlt, genau wie die meisten anderen.«

»Die meisten anderen«, wiederholte Petrowa.

»Sie schießen etwa alle drei Minuten einen neuen Container ab. Bisher waren es zehn, seit Sie aufgewacht sind. Zwei davon haben uns getroffen.«

Sie konnte es sich selbst ausrechnen. Sie war höchstens dreißig Minuten wach, auch wenn es sich anfühlte, als seien schon Stunden vergangen, seit sie nackt und mit Blut bedeckt in der Kabine geschwebt war und keine Ahnung gehabt hatte, was gerade vor sich ging.

Sie schob den Gedanken wieder weg. Er war nicht hilfreich. Es gab sowieso nicht mehr viel, was helfen konnte.

»Das verändert alles«, sagte sie.

Zhang sprach es aus. »Es bedeutet, dass sie uns töten wollen. Sie werden erst aufhören, wenn wir tot sind.«

»Das klingt einleuchtend«, stimmte Parker zu. »So sieht es aus.«

25

PETROWA wedelte mit ihrer einen Hand, als wollte sie alle Zweifel einfach wegwischen.

»Darum können wir uns jetzt nicht kümmern. Wir müssen uns auf das konzentrieren, was wir tatsächlich kontrollieren können. Richtig? Gut. Das Wichtigste also zuerst. Unsere Mission bestand nicht darin, uns mit feindlichen Schiffen auf einen Kampf einzulassen. Wir sollen lediglich auf einem Planeten nach dem Rechten sehen. Also sorgen wir dafür, dass diese Option auch weiterhin existiert. Können wir irgendwie einen Blick auf Paradise-1 werfen?«

»Meinst du ... mit einer Kamera?«, fragte Parker. »Eigentlich nicht. Bis auf das Radioteleskop sind alle Sensoren ausgefallen. Ich meine, wenn es darum geht ... ich kann dir versichern, dass der Planet noch da ist. Er ist genau dort, wo er sein sollte.«

Zweifelnd sah sie ihn an. »Warum haben wir nicht einmal funktionierende Außenkameras?«

»Du kannst ja durch die Sichtfenster blicken. Direkt dort hinter dir.« Er winkte in die Richtung der dunklen giftigen Pflanzen, die auf der Brücke wucherten. »Tu dir keinen Zwang an. Aber mehr als eine braune Scheibe wirst du dort nicht sehen.«

»Vielleicht später. Gibt es denn keine Möglichkeit, mit dem Planeten Kontakt aufzunehmen? Können wir ein Signal senden?

Oder etwas Einfaches wie einen Funkimpuls? Vielleicht schicken sie Hilfe, wenn sie wissen, dass wir hier sind.«

»Seit wir angekommen sind, versuche ich, den Planeten zu erreichen«, erwiderte Parker. »Ich bekomme keine Antwort. Ich weiß nicht, ob sie uns nicht hören können oder ob sie einfach nicht mit uns sprechen wollen. So oder so, sie sind stumm.«

»Wie sieht es mit automatischen Signalen aus? Irgendein Computer dort unten muss doch unsere Bahn verfolgen. Vielleicht gibt es auch eine Verkehrsüberwachung. Telemetrie auf dem Planeten, irgendeine Art Trägerfrequenz, lokale Funksignale - wenn da unten eine Kolonie existiert, dann muss es auch ein Netzwerk geben, um Daten zu übertragen. Können wir nicht einmal ihr Internet abhören?«

»Nichts«, erklärte Parker. »Es ist, als sei der ganze Planet im Lockdown.«

»Also haben wir keinerlei Möglichkeit, mit der Kolonie Verbindung aufzunehmen?«

Er zuckte mit den Achseln. »Wenn du unbedingt willst, stelle ich mich auf die Hülle unseres Schiffs und winke so lange, bis sie uns bemerken.«

»Ja, ich habe es begriffen, vielen Dank. Dann sehen wir uns realistische Optionen an. Wir haben bereits geklärt, dass wir nicht fliehen können. Das Schiff würde die Belastung bei der Beschleunigung nicht überstehen.«

»Ehrlich gesagt, es überrascht mich schon, dass wir nicht längst zerbrochen sind«, bekräftigte er.

»Schön. Können wir irgendeine andere Art von Bewegung überstehen? Könnten wir eine Kurskorrektur durchführen oder unsere Fluglage verändern? Gibt es Steuerdüsen, die wir aktivieren könnten?«

»Ich glaube ... das wäre möglich«, meinte Parker. »Auch dies würde das Schiff stark belasten, aber vielleicht ... vielleicht könnten wir uns ein Stückchen bewegen. Es würde allerdings nur sehr langsam gehen. Verdammt langsam.«

»Wir wollen ja nicht im Kreis um die Feinde herumfliegen. Nur ein bisschen ausweichen.« Sie zeigte auf die Wand, wo die Lichtpunkte langsam tanzten. »Wir rechnen damit, dass sie in zwei Minuten erneut feuern. Ich möchte dafür sorgen, dass wir nicht einfach herumsitzen und auf den Treffer warten. Wenn wir wissen, dass ein Projektil kommt, startest du die Maschinen mit schwacher Leistung, damit wir uns aus der Schussbahn bewegen.«

»Das funktioniert aber nur einige Male«, widersprach Parker. »Wenn ich es zu oft versuche, wird etwas Wichtiges zerbrechen. Wir werden zurzeit nur noch von Drähten und Hoffnung zusammengehalten. Wenn ich zu stark beschleunige, durchtrenne ich möglicherweise das Kabel, das uns mit diesem bisschen Energie versorgt. Danach würden wir im Dunkeln erfrieren, auch wenn uns die Angreifer nicht mehr treffen können.«

»Einmal oder zweimal, mehr will ich gar nicht. Das verschafft uns wenigstens ein bisschen Zeit, oder? Gib mir diese Möglichkeit.« Sie starrte die Punkte an. »Wie weit ist dieses andere Schiff entfernt?«

»Etwa fünfzig Kilometer.«

Petrowa nickte. Im Weltraum war das so gut wie nichts. Selbst auf den verkehrsreichen Flugrouten um die Erde und ihren Mond hielten die Raumschiffe aus Sicherheitsgründen mehr Abstand. »So nah sind sie, und da haben sie trotzdem Schwierigkeiten, uns zu treffen. Mit diesen Frachtcontainern kann man offensichtlich nicht besonders genau zielen. Hm.«

»Entschuldigen Sie«, unterbrach Zhang. »Es tut mir leid, aber ich ... ich muss wissen, wie Ihr Plan aussieht.«

Der Arzt schien erregt. Nicht nur ängstlich, sondern regelrecht aufgebracht. Vielleicht hätte er selbst lieber das Kommando gehabt. Oder er hielt sie für nicht ausreichend qualifiziert.

»Mein Plan? Mein Plan ist, dass wir nicht getötet werden. Haben Sie etwas beizusteuern?«

Zhang nickte. »Ich glaube, wir sollten darüber nachdenken, das Schiff zu verlassen.«

Parker riss zwar die Augen auf, sagte aber nichts. Was bedeutete, dass er die Idee nicht für völlig abwegig hielt.

»Es muss doch Rettungskapseln geben. Das Gesetz schreibt vor, dass jedes Schiff welche mitführt. Ist das nicht so?«, ergänzte Zhang.

»Ja, die haben wir«, bestätigte Rapscallion.

Parker sah Petrowa mit einem traurigen Lächeln an. Sie rechnete damit, dass er irgendeinen Grund nannte, warum die Rettungskapseln nicht funktionierten, oder dass sie bei den Einschlägen zerstört worden seien. Etwas in dieser Art. Er schwieg aber.

»Was ist?«, fragte sie.

»Die Kapseln sind ...«

Sie erfasste es, ehe er es ganz ausgesprochen hatte. »Sie befinden sich in einem anderen Teil des Schiffs, richtig? Weiter hinten in der Nähe der Kabinen.« Das lag nahe. Die Kapseln mussten dort sein, wo die Passagiere sie im Notfall leicht erreichen konnten. Normalerweise hielten sich keine Passagiere auf der Brücke auf. »Sie werden hinten im Schiff aufbewahrt, in dem Bereich, den wir gerade unter Lebensgefahr verlassen haben.«

»Ja«, bestätigte Parker.

»Natürlich sind sie dort. Und wir können nicht dorthin zurück, oder?«

Rapscallion spielte die Aufnahme eines lachenden Mannes ab. »Nein«, erklärte der Roboter. »Der ganze Bereich brennt entweder oder ist verstrahlt. Einschließlich der Kapseln.«

»Aber ... Moment mal«, überlegte Petrowa. »Haben wir nicht eine Kapsel hier auf der Brücke? Was ist, wenn der Kapitän das Schiff verlassen muss?«

»Man erwartet von mir, dass ich zusammen mit dem Schiff untergehe«, antwortete Parker.

Petrowa fasste sich an den Nasenrücken und drückte. »Also sitzen wir fest. Gut, dann müssen wir uns eben hier entsprechend einrichten.«

Zhang wies diese Idee empört zurück. »Wir sind in jeder Hinsicht hoffnungslos unterlegen. Wir humpeln gerade dem Tod entgegen. Uns bleibt nichts anderes übrig, als ...«

Sie wedelte mit einer Hand vor seinem Gesicht, um ihn zum Schweigen zu bringen. Sie hatte keine Zeit für Widerspruch aus den Reihen. Er zuckte zurück - offenbar gefiel es ihm überhaupt nicht, so abgefertigt zu werden. Na ja, später konnte sie sich immer noch entschuldigen. »Sie wollen uns töten. Das wollen wir ihnen aber so schwer wie möglich machen. Wir kapitulieren nicht vor Leuten, die uns töten wollen. Es ist überhaupt keine Frage, mir gefällt es auch nicht, dass unsere Aussichten so schlecht sind. Absolut nicht. Aber wir müssen uns jetzt wehren. Sie behaupten, wir seien hoffnungslos unterlegen? Auch die Angreifer haben keine richtigen Waffen, denn sonst hätten sie sie längst eingesetzt. Sie improvisieren. Na gut, das können wir auch.«

26

ZHANG eilte einen Gang hinunter, der zu den Lagerräumen führte. Rapscallion klapperte eilig hinter ihm her. Dieser Teil des Schiffes war noch weitgehend intakt, auch wenn es unter den glänzenden Oberflächen durchaus Anzeichen von Schäden gab. Als er an einem Lüftungsgitter vorbeikam, fuhr eine stinkende Wolke heraus, und dann hörte er, wie der Ventilator hinter dem Gitter rappelnd anhielt. Sobald die Luft nicht mehr umgewälzt wurde, war es in dem Korridor bis auf seinen eigenen Herzschlag totenstill.

»Direkt da vorn.« Rapscallion zeigte in die entsprechende Richtung.

»Ist das überhaupt sinnvoll oder hat Petrowa mir gerade eine Beschäftigungstherapie verordnet?«, fragte Zhang. Auf der Brücke hatte sie ihn kurz abgefertigt. Er versuchte, nicht beleidigt zu reagieren - sie alle hatten gute Gründe, die Fassung zu verlieren -, aber es fiel ihm schwer. Er mochte es nicht, dass sie ihn mit dem Roboter losgeschickt hatte, damit er ihr nicht in die Quere kam.

»Sie verstehen vermutlich mehr von ihrer Psychologie als ich«, gab der Roboter zu bedenken.

»Warum sagst du das?«

»Sie ist wie Sie selbst ein Mensch. Ich verstehe euch nicht.«

Verstimmt grunzte Zhang. Dann konzentrierte er sich wieder

auf die Aufgabe. Sie sollten herausfinden, welche Hilfsmittel ihnen zur Verfügung standen. Petrowa wollte zunächst erfahren, was sie als Waffe benutzen konnten, und dann die Dinge sehen, die ihnen helfen konnten zu überleben, wenn der Strom oder die Lebenserhaltung ausfiel. Unterdessen sammelte sie zusammen mit Parker angeblich Informationen über das angreifende Schiff. Zhang hatte allerdings keine Vorstellung, wie sie das zu tun gedachten.

»Dieses Schott«, sagte Rapscallion.

Zhang nickte und klatschte die Hand auf den Sensor. Er rechnete schon halb damit, dass er hinter der Tür nichts weiter vorfand als harte Strahlung oder den leeren Weltraum, vielleicht auch einfach nur den Tod, einen sinnlosen, unerwarteten Tod.

Das Schott öffnete sich reibungslos. Der Raum dahinter war dunkel, was sich aber sofort änderte. Nacheinander sprangen die Lampen an. Zhang spähte hinein und entdeckte ein großes Lager voller Frachtcontainer, die allesamt festgezurrt und an den Wänden gesichert waren. Jeder Behälter trug eine Zahl und einen maschinenlesbaren Code. Die Aufschriften sagten ihm nichts. »Ich hoffe, du kannst das lesen?«

»Die Auszeichnungen werden in der Ladeliste des Schiffes aufgeführt«, bestätigte der Roboter. »Ja, ich decodiere sie jetzt. Sehen Sie sich in der Zwischenzeit um, ob Sie noch etwas anderes finden.«

Mitten in dem Raum stand ein hoher Turm aus Containern. Zhang ging auf die andere Seite herum und entdeckte an der hinteren Wand ein Regal voller Raumanzüge. Es war ein ganz anderer Typ als der Notanzug, den er beim Aufwachen benutzt hatte. Dies hier waren voll funktionsfähige Modelle mit Steuerdüsen und Werkzeugbeuteln. In Kniehöhe bemerkte er eine Reihe von Helmen, die allesamt makellos in Ordnung waren.

Auch die Visiere sahen aus, als seien sie gerade erst geputzt worden.

Er schnalzte mit der Zunge und ging weiter. Neben den Anzügen fiel ihm ein Regal mit Behältern auf, die er zu erkennen glaubte, weil sie Warnaufkleber trugen. Helle, bunte Symbole, die ihm verrieten, welche davon gefährliche biologische Stoffe bargen und in welchen sich radioaktive Isotope befanden. Einige enthielten auch tödliche Gifte.

»Ah«, machte er. »Damit kenne ich mich aus. Medizinische Geräte.« Er nahm sich aufs Geratewohl einen Behälter und knackte den Verschluss. Er war voller Baumwolltupfer und Klebeband. Petrowa hatte sich bei der Explosion ihrer Kryokapsel einige hässliche Schnittwunden zugezogen. So wütend er auch auf sie sein mochte, er war immer noch der Schiffsarzt, und das bedeutete, dass er seine Gefühle beiseiteschieben und sich um ihr Wohlergehen kümmern musste. Er überlegte, ob er irgendwo ein Desinfektionsmittel finden konnte. Dabei fiel ihm ein, dass er auch selbst eine Menge Schürfwunden und Schnittwunden hatte. Schließlich fragte er sich, ob er bei Kapitän Parker sichtbare Verletzungen bemerkt hatte. Auf der Brücke war er zu abgelenkt gewesen, um genau hinzuschauen.

Er öffnete eine weitere Kiste. Autoskalpelle, Zangen, Spritzen. Altmodische Insulinpens. Er nahm eine Knochensäge heraus und betrachtete sein Spiegelbild auf dem glänzenden Metall. Womöglich war das eine Waffe, die man im Nahkampf benutzen konnte, aber für eine Raumschlacht zwischen zwei Schiffen denkbar ungeeignet. Er hockte sich hin und untersuchte, ob er in den unteren Regalen etwas Nützliches fand - da fiel sein Blick auf eine schwere Kiste mit einem großen Sticker auf der Vorderseite. Die Kiste war mit einem Kometenschweif beklebt. Interessant.

Rapscallion rief ihm von der anderen Seite des Raumes aus etwas zu: »Ich habe hier drüben einige Notvorräte gefunden. Proviant und sterilisiertes Wasser. Das sollte doch helfen, oder?«

Zhang schenkte sich die Antwort. Er hatte die Kiste bereits an den Griffen gepackt und versuchte nun, sie aus dem Regal zu zerren. Aus irgendeinem Grund rührte sie sich nicht. Er versuchte es aus einem etwas anderen Winkel, wieder vergebens. Dann zog er mit aller Kraft, doch die Kiste gab einfach nicht nach.

»Mach schon, du Arsch«, sagte er und zerrte wieder. Nichts. »Komm schon!«

Die Kiste blieb, wo sie war, als sei sie auf dem Regalbrett festgeschweißt. Zhang dachte an den Helm, der unter seinem Bett eingeklemmt war, und wurde wütend. Fuchsteufelswild sogar. Er stemmte einen Fuß gegen das Regal, um einen besseren Halt zu haben, und zerrte an den Griffen der Kiste, er zog und riss und schrie vor Wut und Frustration ...

»Verdammtes Mistding! Verdammt noch mal, verdammt!«, fluchte er.

»Dr. Zhang?«, rief Rapscallion. Seine Stimme dröhnte laut durch den Lagerraum. Der Roboter klackerte mit seinen vielen Beinen eilig über das Deck und kam um die Ecke herum.

Als Rapscallion Zhang erreichte, saß dieser bereits auf dem Boden und hatte den Kopf zwischen den Händen geborgen. Langsam ließ er sie sinken und versetzte der Kiste einen letzten, entmutigten Tritt.

Rapscallion drehte den Kopf, als wollte er die Kiste mustern. Dann griff er mit einer Klaue nach unten und löste einen Riegel, der die Kiste im Regal verankert hatte. Mühelos zog er die Kiste heraus und stellte sie sanft vor dem Arzt ab.

»Mir ... Es geht mir gut«, behauptete Zhang, obwohl der Roboter gar nicht gefragt hatte. »Es geht mir gut.«

»Ihr Herzschlag ist unglaublich hoch«, wandte Rapscallion ein.

Zhang lachte leise – was nicht bedeutete, dass er irgendetwas lustig fand. »Damit meinst du wohl, dass ich Angst habe. Ja, ich habe Angst, du Roboteridiot. Natürlich habe ich Angst. Ich werde hier auf dieser sinnlosen Mission sterben. Ich werde sterben.«

»Das trifft wahrscheinlich zu«, bestätigte Rapscallion.

Zhang schloss die Augen und atmete tief durch. »Hast du eigentlich keine Angst? Nein, vielleicht nicht. Du bist eine Maschine, du kennst keine Angst.«

»Oh, ich habe die ganze Zeit Angst«, antwortete Rapscallion. »Ich bin durchaus fähig, genau wie ein Mensch alle möglichen Emotionen zu empfinden. Allerdings gibt es einen wesentlichen Unterschied.«

»Welcher wäre das?«

Rapscallions Kopf verharrte ganz nahe vor Zhangs Gesicht. »Ich kann meine Emotionen abschalten. Wenn sie unbequem oder kontraproduktiv werden, lösche ich sie. Im Augenblick würde es niemandem helfen, wenn ich Angst empfände. Deshalb habe ich diese Reaktion deaktiviert, und so wird es bleiben, bis ich meine Angst auf eine harmlose Weise ausdrücken kann.«

»So etwas zu können, fände ich wirklich nett«, meinte Zhang.

»Was ist mit diesem Ding da?« Der Roboter zeigte auf die goldenen Stränge, die sich über den Unterarm des Arztes wanden. »Ist nicht genau das die Aufgabe dieses Geräts? Soll es nicht Ihren emotionalen Zustand kontrollieren?«

»Das hier?«, gab Zhang zurück. »Das Ding kann mich beruhigen, wenn ich die Beherrschung verliere. Es hält mich in einer bestimmten Bandbreite und dämpft die Extreme.« Er packte den RK und spürte das Pulsieren unter den Fingern. »Aber man kann nicht alle Aspekte der menschlichen Psyche chemisch manipulieren. Es kann mir zum Beispiel nicht die Angst austreiben.«

»Mensch zu sein, ist bestimmt sehr anstrengend«, sagte der Roboter.

Dann half ihm die Maschine auf die Beine. Sein Herz raste nicht mehr. Oder jedenfalls spürte er nicht mehr das Hämmern in der Brust.

Zhang erinnerte sich an etwas, das Rapscallion schon vorher gesagt hatte. »Du hast Nahrung gefunden. Das ist gut. Und dies hier«, er trat mit den Zehenspitzen leicht gegen die Metallkiste, »das ist möglicherweise genau das, was Petrowa sucht. Wir sollten zurückgehen.«

»Wollen Sie vorher noch ein paar Kisten umherwerfen? Ich habe einige gefunden, in denen sich Reservekissen und Decken befinden, die wir nicht brauchen. Sie könnten die Kisten ordentlich treten, falls Sie sich damit besser fühlen.«

Zhang lachte. Das Lachen half sogar ein wenig. Danach fiel das Atmen leichter.

»Wir sollten umkehren. Sie warten sicherlich schon auf uns.«

27

DIE Kiste sprang mit einem Klicken auf. Der Inhalt war in Plastik gewickelt und mit dickem Schaum gepolstert, der vor ihren Augen knisternd verdampfte. Als das Verpackungsmaterial entfernt war, griff Zhang hinein und zog einen Metallzylinder von etwa einem halben Meter Länge heraus. An einem Ende entsprang ein dickes Stromkabel, an der anderen Seite befand sich eine dicke versilberte Linse.

»Das ist ein medizinischer Laser. Damit kann man Tumore ausbrennen und Wunden kauterisieren«, erklärte Zhang.

Petrowa wirkte nicht sonderlich begeistert.

Er holte tief Luft. »Ich weiß, was Sie denken. Wir kämpfen von Schiff zu Schiff und wollen unsere Feinde töten, aber nicht ihre Glaukome behandeln. Dieses Gerät ist allerdings etwas stärker, als es eigentlich sein müsste. Es kann bis zu dreihundert Kilowatt ständig abstrahlen, bei einem kurzen Impuls sogar bis zu zehn Megawatt.« Zhang sah sich über die Schulter zu Rapscallion um. »Der Roboter glaubt, er könne es noch weiter verstärken. Vielleicht bis in den Gigawattbereich, wenn man nur eine Femtosekunde lang schießt.«

»Ich habe schon mit Laserwaffen gearbeitet«, erklärte Petrowa. Sie schüttelte zwar nicht den Kopf, doch es war klar, dass sie die Möglichkeiten des Geräts nicht sonderlich hoch einschätzte. »Damit lassen sich anfliegende Raketen zerstören.

Langsame Geschosse. Ein Laser braucht bis zu zehn Sekunden, um die Elektronik einer Rakete zu verbrennen. Im Kampf haben Sie aber keine zehn Sekunden. Sie brauchen etwas, das den Gegner im Handumdrehen tötet. Danke, Zhang. Ich weiß, dass Sie sich Mühe gegeben haben, aber ich glaube, dies ist nicht das, was ich suche. Ich hatte mir etwas vorgestellt, mit dem wir erheblich kräftiger zuschlagen können.«

»Tut mir leid, dass ich zwischen den medizinischen Vorräten keinen Raketenwerfer entdeckt habe«, antwortete Zhang. »Hören Sie zu, dieser Laser – ich hatte auch damit nicht gerechnet. Die *Artemis* ist erstaunlich gut mit medizinischen Hilfsgütern ausgerüstet, aber trotzdem ... ein Laser von dieser Größe wird in einer Klinik nur für eine einzige Sache gebraucht. Für hässliche anatomische Arbeiten.«

»Er meint damit die Sektion von Leichen«, erklärte Rapscallion. Er huschte nach vorn und hob den Laser mit zwei mächtigen Scheren auf. »Schwer zu sagen, warum die terranische Regierung dachte, die Crew der *Artemis* müsse womöglich Autopsien im Weltraum durchführen. Aber dies hier wird ganz bestimmt jemandem die Stimmung verderben, wenn Sie ihn auch nur einen Sekundenbruchteil lang damit treffen.«

Petrowa legte eine Hand auf die Metallhülle des Lasers. »Ich möchte niemandem die Stimmung verderben. Ich will bloß diese Ärsche *umbringen*«, sagte sie. Dann wandte sie sich wieder an Parker, der unter einem besonders knorrigen, verdrehten Baum saß. »Sag mir, dass du was Besseres gefunden hast.«

Zhang wusste, dass der Kapitän nach Wegen gesucht hatte, die Schiffssysteme in Waffen zu verwandeln. Sie hatten über einige Möglichkeiten gesprochen. Die offensichtlichste bestand darin, das Schiff zu wenden und mit dem Antrieb auf den Feind zu zielen. Die Düsen der *Artemis* spien Plasma aus, das bis zu zehntausend Grad heiß werden und sich mühelos durch eine feindliche Schiffshülle fressen konnte.

Parker zuckte jedoch mit den Achseln, und Zhang begriff, dass es nicht funktionieren würde. »Das größte Problem ist die Reichweite. Wir müssten ihnen wirklich sehr nahe sein, damit es überhaupt wirkt. Da wir aber jetzt schon ziemlich fragil sind, ist es so gut wie unmöglich, sie in eine solche Falle zu manövrieren. Wir könnten versuchen, uns anzuschleichen, aber dieses Schiff ist nicht dazu gebaut, und selbst wenn die *Artemis* völlig intakt wäre, ist sie grundsätzlich nicht dafür ausgelegt ...«

Zhang hörte nicht mehr zu. Stattdessen beobachtete er Rapscallion. Der Roboter trippelte zu dem Tisch, auf dem Petrowa den medizinischen Laser abgelegt hatte. Er hob ihn auf und drehte ihn eine Weile mit den Scheren hin und her. Dann nahm er das Stromkabel und verband es mit einer Steckdose in der Wand, die Zhang noch nicht bemerkt hatte. Wahrscheinlich weil sie hinter dem halb verwesten Stamm eines holografischen Baums verborgen war. Der Roboter konnte durch die Projektionen hindurchblicken.

»Was tust du da?«, fragte Zhang.

»Ich spiele nur etwas herum. Achtet nicht weiter auf mich.« Der Roboter balancierte den Laser in der Beuge, wo eines seiner Beine im Rumpf verankert war, und zog ihn hin und her, als wollte er damit zielen. »Das habe ich noch nie gut gekonnt«, sagte er beinahe verlegen. »Augen-Hand-Koordination. Da war ich schon immer etwas ungeschickt.«

Zhang schüttelte den Kopf. »Ziele mit dem Ding bitte nicht in meine Richtung, ja? Und vielleicht solltest du ihn lieber weglegen, ehe ...«

Rapscallion tippte auf den Auslöser des Lasers. Daraufhin geschahen mehrere Dinge gleichzeitig.

Das Licht erlosch. Die Luft wurde nicht mehr umgewälzt, und der Wald flackerte und verschwand, wenngleich nur einen kleinen Augenblick lang. Zhang sah die Brücke, wie sie wirklich war - Steuerpulte, große Bildschirme, Druckliegen -, als sie einen Moment lang vom Strahl des medizinischen Lasers erhellt wurde, der eine absolut gerade Linie durch den Raum zog.

Wo er auf der anderen Seite die Wand traf, fing die Plastikverkleidung sofort Feuer. Klebriges, geschmolzenes Harz tropfte wie Kerzenwachs zu Boden.

Der Laser arbeitete vollkommen lautlos. Die Metallröhre zuckte nicht in Rapscallions Scheren - es gab auch keinen Rückstoß. Der Schuss kam und ging so schnell, dass Zhang es kaum verfolgen konnte.

Dann waren die Bäume wieder da, so wie zuvor, nur dass sie leicht flackerten. Erst als es vorüber war, nahm Zhang den stechenden Ozongeruch wahr - der Geruch der Luftmoleküle, die der Laserstrahl gesprengt hatte.

»Parker?«

Petrowa fasste sich als Erste. Sie hatte angeregt mit Parker gesprochen, als das Licht ausgegangen war. »Ich hätte schwören können, dass ich einen Moment lang ...« Sie blinzelte unsicher, als könnte sie sich nicht recht zusammenreimen, was sie gerade beobachtet hatte. Dann drehte sie sich um und betrachtete die gegenüberliegende Wand. Wegen der dunklen Blätter und der knorrigen Äste war nicht viel zu erkennen, aber die verbrannte Stelle war gut zu sehen.

Zhang lief hinüber, um es genauer zu betrachten. Nein, es war gar kein Fleck. Der Laser hatte die Wand glatt durchschlagen. Die Kanten des Lochs glühten immer noch dunkelrot. »Was ist auf der anderen Seite?«, fragte er.

»Eine Toilette«, erklärte Parker. »Rapscallion ...«

»Die Menschen verlassen sich viel zu sehr auf ihre Augen. Das haben Sie doch selbst gesagt. Sie mussten mit eigenen Augen sehen, warum wir dachten, dies könne eine gute Waffe sein.«

Zhang verließ die Brücke und wandte sich zu der Tür um, die in die Toilette führte. Geduckt trat er ein und überprüfte die Wand oberhalb der Toilette. »He, Parker«, rief er. »Es geht sogar noch weiter.«

Sofort eilten die anderen herbei. In der Wand der Toilette befand sich ein Loch und in der gegenüberliegenden Wand direkt über dem Waschbecken war ein zweites Loch.

Petrowa steckte den kleinen Finger in das Loch. Er passte mühelos hindurch. »Oha«, machte sie. »Wie viel Energie ...«

»Das waren zehn Megawatt«, erklärte Rapscallion.

»Und du sagst, du könntest die Leistung noch erhöhen. Oha.«

28

DANK seiner vielen Beine hatte Rapscallion keine Probleme damit, sich an der Hülle der *Artemis* festzuhalten. Er brauchte keinen Sauerstoff und auch die extreme Temperatur im Weltraum störte ihn nicht. Trotzdem missfiel es ihm, in die große Leere zu starren, wo unzählige Sterne leuchteten, deren einzige Aufgabe darin zu bestehen schien, einem ein Gefühl für die Größenverhältnisse zu vermitteln, damit man begriff, wie viel von allem eigentlich gar nichts war, einfach nur leer. Er erinnerte sich an die Zeit, als er auf Eris geschürft hatte. Dort hatten die Gänge, die er selbst gegraben hatte, sein ganzes Universum dargestellt. Dort hatte er mit seinem Modellbahnnetz einen Mikrokosmos erschaffen. In sich vollkommen und von allem anderen abgeschirmt.

Hier draußen in der unendlichen Nacht war es gar nicht möglich zu vergessen, wie klein man war und wie viel man nicht wusste.

Hier wurde man sofort daran erinnert, dass Lebewesen nicht ewig existierten, dass sogar Roboter sterben oder zerstört werden konnten. Und dass die Zeit immer noch weiterlaufen würde, wenn er schon lange nicht mehr ihr Verstreichen messen konnte.

Lieutenant Petrowa zwängte sich aus der Luftschleuse, um ihm Gesellschaft zu leisten. Er hockte sich hin und wartete, bis sie bei ihm war. Als sie ihn erreichte, schnaufte sie schwer in ihrem Raumanzug.

»Oh«, sagte sie. »Schau dir das nur an.«

Sie zeigte auf irgendetwas im Himmel. Er folgte dem Hinweis und erkannte, dass sie den Planeten meinte. Paradise-1. Es war nur ein brauner Fleck, der in der Schwärze trieb. Mit seinen Roboteraugen konnte Rapscallion einige Eigenschaften des Himmelskörpers ausmachen. Er hatte keine Ozeane, sondern nur große, runde Einschlagkrater, die sich mit Wasser gefüllt hatten. Am Äquator jagten sich einige dünne Wolkenfetzen. Aus dieser Entfernung konnte er die Gebäude der Kolonie nicht erkennen.

»Sieht irgendwie armselig aus, oder?«

Wie es schien, hatte sie ihm gar nicht zugehört. »Dies ist das erste Mal, dass ich ihn wirklich sehe. Deshalb sind wir hier. Wir müssen dorthin.« Leise lachte sie. »Verdammt auch. Warum ist das denn so schwer?«

Er überprüfte die Lebenserhaltung ihres Anzugs, um sich zu vergewissern, dass sie keine Sauerstoffvergiftung bekam. Manchmal konnte man nur schwer erkennen, wenn Menschen beeinträchtigt waren. »Sind Sie bereit?«, fragte er schließlich.

»Mir bleibt wohl nichts anderes übrig.«

»So sieht es aus.« Rapscallion baute sich auf und schob zwei Beine durch einen Geräteträger auf der Hülle. Dann zog er ein Kabel aus einer Zugangsluke in der Nähe und verband den großen medizinischen Laser direkt mit der Hauptstromversorgung des Schiffes.

»Wo ... wo ist das andere Schiff?«, fragte sie.

Natürlich konnte sie es mit ihren menschlichen Augen nicht erkennen. Es war fünfzig Kilometer entfernt. »Sehen Sie den Lichtpunkt dort?« Er hob eine Schere und zeigte es ihr. »Keine

Sorge, ich habe es beobachtet. Uns bleiben noch fünfundvierzig Sekunden bis zum nächsten Angriff, sofern sie sich an den Zeitplan halten.«

»Gut, dann wissen wir immerhin, wie es abläuft. Du warnst mich, wenn sie auf uns schießen wollen. Ich halte mich fest, während Parker das Schiff ein kleines Stückchen versetzt, um dem Zusammenprall auszuweichen. Anschließend bleiben mir drei Minuten, um einen Schuss abzufeuern. Hast du eine Ahnung, worauf ich am besten zielen sollte?«

»Das ist in diesem Augenblick schwer zu sagen. Ich helfe Ihnen bei der Einschätzung, sobald wir die Optik aufgebaut haben.«

Petrowa nickte im Helm. »Genau. Wir wissen immerhin, dass sie die Fracht nicht von Hand nach uns werfen. Sonst könnten sie die Container nicht so stark beschleunigen, dass sie uns wirklich schaden. Sie müssen also eine Art Abschusssystem haben ...«

»Fünf«, unterbrach sie Rapscallion. »Vier. Drei.«

Petrowa quiekte erschrocken und hielt sich mit beiden Händen an dem Träger fest. Vielleicht hätte er sie etwas früher warnen sollen. »Zwei«, sagte er. »Eins. Jetzt. Ja, da ist es.«

Seine Augen waren viel besser als ihre. Er konnte einige Details an dem feindlichen Schiff erkennen. Er sah, wie der Frachtcontainer in einer Schleuse mitten im Schiff erschien und größer wurde, während er in ihre Richtung flog. Das Sonnenlicht glänzte auf dem Objekt. »Kapitän Parker«, sagte er. »Jetzt.«

Im Vakuum des Weltraums gab es natürlich keine Geräusche. Rapscallion spürte es auf der Stelle, als der Antrieb ansprang und Vibrationen durch die Hülle schickte. Darauf folgte ein müdes, leidendes Beben, weil das Schiff zu zerreißen drohte. Seine haptischen Sensoren waren so empfindlich, dass er sofort spüren konnte, wie verschiedene Teile des Schiffes in verschiedenen Frequenzen oszillierten. So bemerkte er beispielsweise, dass die Kombüse des Schiffes unter der Belastung beinahe zerbrach.

Andererseits hatte er nicht den Eindruck, dass sie sich bewegten. Gleich danach wurde der Antrieb wieder deaktiviert. Die Schwingungen liefen noch einen Moment weiter, dann ebbten auch sie ab.

»Das war es schon?«, fragte Petrowa. »Das ... War das die ganze Schubphase?«

»Ja«, bestätigte Rapscallion. Er klinkte sich in die wenigen Sensoren ein, die er im Schiff benutzen konnte, und stellte fest, dass die Lebenserhaltung noch funktionierte. Allerdings hatten sie im Korridor 3a die Beleuchtung verloren. Das war kein Problem. Jener Teil des Schiffs diente vor allem als Lager für Ausrüstung und Treibstoff. Dorthin musste jetzt niemand.

»Dann haben wir es geschafft«, freute sich Petrowa. »Wir haben es überstanden. Ich meine ... das stimmt doch, oder? Parker?«

»Ich glaube, wir haben keine größeren Schäden erlitten«, antwortete ihr der Pilot. »Dieses Mal hatten wir Glück. Und jetzt – ja, verdammt, ja, es sieht so aus, als würde uns das Geschoss verfehlen. Es wird knapp, aber ... ich bin ziemlich sicher.«

»Ziemlich sicher ... bloß«, wiederholte Petrowa. »Rapscallion ...«

»Es wird uns verfehlen«, bestätigte der Roboter. »Wir können uns allerdings nicht darauf verlassen, dass dieser Trick zweimal funktioniert. Wir müssen jetzt etwas unternehmen. Und wir haben nicht viel Zeit, vor dem nächsten Angriff alles einzurichten.«

Er sah, wie das Blut aus den Kapillaren wich, die sich durch ihre Gesichtshaut zogen. Seine Bemerkung hatte sie erbleichen lassen.

»Ja, gut«, antwortete sie und griff nach dem Laser. »Dann fangen wir jetzt an.«

29

AUF der Brücke hockte Zhang unter den Zweigen eines kranken Baums und kaute an den Fingernägeln. »Zweieinhalb Minuten bis zum nächsten Angriff«, sagte er. »Ist das überhaupt genug Zeit?«

»Rapscallion?«, fragte Parker. Der Kapitän arbeitete an einem Terminal, das von Ranken überwuchert war. Er berührte eine Taste, woraufhin sich die Darstellung an der Wand veränderte. Wo vorher die Schiffe und Geschosse als einzelne Punkte angezeigt worden waren, erschien jetzt eine Videoübertragung, die der Roboter mit seinen optischen Sensoren lieferte. Sie waren wesentlich schärfer als menschliche Augen. »Was kannst du sehen?«, fragte Parker.

Auf den ersten Blick war die Darstellung nicht viel komplexer als die vorherige. Sie zeigte nur schwarzen Weltraum, die Sterne und einen einzigen weißen Punkt, der heller war als die anderen. Dann zoomte Rapscallion heran und sie machten zum ersten Mal das feindliche Schiff aus.

Es war groß, um einiges größer als die *Artemis*. Die Sichtfenster der Brücke waren schmale Schlitze, und es trug erheblich mehr Schubdüsen als ihr eigenes Schiff. Außerdem war es nicht so stromlinienförmig konstruiert wie die *Artemis*. Vielmehr hatte es einen aufgedunsenen Bauch wie eine Schlange, die ein Reh verschlungen hatte. Oder wie ein Apfel, den ein

Pfeil durchbohrt hatte. Vielleicht war das die bessere Metapher. Auf jeden Fall war es eine, die er weniger einschüchternd fand.

Zhang war zwar kein Experte, aber er hatte Einheiten wie diese schon einmal im Datenstrom gesehen. »Ist das ein Kolonistenschiff?«, fragte er.

Parker grunzte bejahend.

»Ja, es ist ein Kolonistenschiff.« Diese Raumfahrzeuge beförderten Tausende Menschen, die im Kryoschlaf lagen, zu Koloniewelten wie Paradise-1. Sie waren langsam und hatten nur schwache Maschinen, und sie waren eindeutig nicht bewaffnet. »Wir werden von einem Kolonistenschiff angegriffen?«

»So sieht es aus.« Parker schüttelte den Kopf. Offenbar war der Kapitän genauso angespannt wie Zhang selbst, konnte es offenbar aber besser verbergen.

»Das ist absolut unsinnig. Sie setzen doch das Leben vieler Menschen aufs Spiel, wenn sie uns auf diese Weise angreifen. Und es ist wirklich dumm, mit ihrer Fracht nach uns zu werfen.« Die Vorräte an Nahrung und Geräten, die ein Kolonistenschiff mitführte, sollten die Siedler bei der Ankunft auf der neuen Welt unterstützen, damit sie einen guten Start bekamen. Wenn sie mit den Yamswurzeln nach der *Artemis* warfen, mussten später - an ihrem Ziel - möglicherweise Menschen hungern.

Zhang verstand es einfach nicht. Warum versuchten sie überhaupt, ihn zu töten? Oder Petrowa oder Parker? Was hatten sie getan, um so etwas zu rechtfertigen?

»*Persephone*«, sagte Parker.

»Was?«

Der Kapitän zeigte auf die Projektion. »Da. Es ist zwar ganz klein, aber man kann den Schiffsnamen am Bug erkennen. Actaeon hätte uns erzählen können, wo es gebaut wurde und wie viele Menschen an Bord sind. Sagt Ihnen der Name etwas?«

»Nein«, antwortete Zhang.

Parker nickte. »Zeitvergleich.«

Sie hatten Zhang eine Aufgabe übertragen. Dieses Mal wusste er, dass sie ihn nur beschäftigen wollten, damit er nicht in Panik geriet und durchdrehte. Er musste zugeben, dass es funktionierte. Als er auf den Countdown-Timer blickte, fühlte er sich beinahe nützlich. »Zwei Minuten bis zum nächsten Angriff.«

»Petrowa?«, fragte Parker.

»Ich bin bereit. Wir brauchen nur noch ein Ziel.«

Rapscallion zoomte weiter an das Kolonistenschiff heran, bis der Rumpf den ganzen Bildschirm ausfüllte. Was vorher wie ein Stück glänzendes weißes Metall gewirkt hatte, löste sich nun zu unzähligen kleinen Luken und Ausrüstungsmodulen auf. Alle Fenster der *Persephone* waren dunkel. Zhang fragte sich, wie die Gegner feststellten, worauf sie schießen mussten. Doch dann entdeckte Rapscallion einen Teil des Schiffes, der hell beleuchtet war. Es sah wie eine große Luftschleuse aus und befand sich direkt hinter dem bauchigen mittleren Abschnitt. Diese Schleuse stand weit offen und ein langes Gerüst erstreckte sich bis in den Weltraum hinaus. Ein skelettartiger Turm aus nackten Stahlträgern.

Dann erkannte er, worum es sich tatsächlich handelte - es war der Lauf einer Waffe.

»Das sieht mir wie ein Massentreiber aus«, erklärte Petrowa.

Zhang begriff, was sie meinte. Man schickte starken elektrischen Strom durch ein Gerüst, um ein lineares Magnetfeld zu erzeugen. Dann stieß man das Projektil - den Frachtcontainer - durch das Feld, das ihn immer weiter beschleunigte, bis er schließlich schneller als eine Gewehrkugel am anderen Ende herausflog.

Sogar ein Container voller Yamswurzeln konnte bei diesem

Tempo der *Artemis* einen ungeheuren Schaden zufügen. Zhang hatte es mit eigenen Augen gesehen.

»Ich erkenne da drüben Menschen«, erklärte Petrowa leise und mit belegter Stimme. »Siehst du das auch?«

»Bestätigt«, antwortete Parker.

Zuerst verstand Zhang nicht, worüber sie redeten. Dann blinzelte er aber und bemerkte ebenfalls kleine Gestalten, die sich in der Frachtschleuse bewegten. Sie hantierten mit einem Frachtcontainer und bugsierten ihn auf das Ende des Gerüsts. Sie luden gerade ein neues Geschoss in den Werfer.

»Es sind viele«, sagte Petrowa. »Ich weiß nicht, ob ich sie alle mit einem Schuss treffen kann.«

»Schalte einfach so viele aus wie möglich«, erwiderte Parker.

Zhang hatte Einwände. »Warten Sie«, sagte er.

Parker drehte sich um und starrte ihn an. »Haben Sie etwas zu sagen?«

»Das ist ein Kolonistenschiff«, erklärte Zhang. »Das sind Siedler, keine Soldaten.«

Petrowa seufzte. »Sie versuchen gerade, uns vorsätzlich zu töten, oder?«

»Sie hat recht«, sprang Parker ihr bei. »Und wir haben keine Zeit mehr. Es tut mir leid, wenn Sie Ihr hippokratischer Eid gerade in Gewissensnöte bringt, aber wir müssen einige von ihnen töten. Vielleicht sogar alle. Das ist unsere einzige Möglichkeit.«

»Bitte, hören Sie zu. Uns bleibt noch eine Minute bis zum nächsten Angriff«, sagte Zhang. »Ich habe keine moralischen Bedenken. Die Leute da drüben haben versucht, mich umzubringen. Das nehme ich persönlich - sie haben einen Schiffscontainer nach mir geworfen. Von mir aus sollen sie alle zur Hölle fahren. Nein, ich habe ein Problem mit den Zahlen.

Da drüben sind Tausende Menschen. Petrowa, Sie sind eine ausgebildete Soldatin, aber nicht einmal Sie können alle Gegner töten. Wir müssen uns darauf konzentrieren, die Waffe zu zerstören.«

Parker starrte ihn aufmerksam an. Zuerst fürchtete Zhang, der Mann werde ihn gleich angreifen, dann aber nickte der Kapitän. Er stieß einen unwilligen Laut aus, nickte jedoch und presste Daumen und Zeigefinger auf die Nasenwurzel, als wollte er seine Gedanken mit einer Massage in Ordnung bringen. »Vielleicht gibt es einen Weg«, sagte er schließlich. »Rapscallion?«

Der Roboter zuckte mit den Achseln. »Ein Massentreiber braucht eine Menge Strom. Sie haben die Waffe sicherlich mit dem Hauptreaktor des Schiffes verbunden. Wenn wir die Leitung finden, die sie benutzen, und wenn wir sie zerstören, ist die Waffe unbrauchbar. Dann müssten sie eine neue bauen.«

»Anders ausgedrückt, unser Problem wäre dann immer noch nicht gelöst«, warf Petrowa ein. »Aber wir gewinnen dadurch etwas Zeit. Da wir gerade dabei sind - Zhang?«

»Was denn?«, antwortete er. »Oh. Nächster Angriff in dreißig Sekunden.«

Die kleinen Punkte, die Menschen waren, wuselten in der Luftschleuse der *Persephone* umher. Sie hatten den Frachtcontainer fast an die richtige Stelle auf dem Gerüst geschafft.

»Petrowa«, drängte Parker. »Wir müssen uns entscheiden. Worauf schießen wir?«

»Lass mich nachdenken«, antwortete sie.

30

RAPSCALLION sendete seine Bilder von der Frachtschleuse des Kolonistenschiffes auf Petrowas Helmdisplay. Die Darstellung der kleinen Punkte, die um den Massentreiber herumliefen, war so scharf, dass man sogar Arme und Beine erkennen konnte. Ja, es waren Menschen.

Viele sogar. Zhang hatte nicht unrecht. Sie konnte einige von ihnen töten. Dann würden die Gegner jedoch einfach Ersatzleute abordnen. Es musste einen besseren Weg geben, so viel war klar.

»Erkennst du eine Stromleitung?«, fragte sie. Rapscallion hatte bessere Augen als sie selbst – er war der perfekte Späher. »Schnell, wir haben keine Zeit mehr.«

»Fünfzehn Sekunden«, meldete Zhang.

»Da ist vielleicht etwas«, sagte Rapscallion.

»Vielleicht?«

»Dort.«

In diesem Augenblick sagte Zhang: »Zehn Sekunden.«

Das hintere Ende des Massentreibers glühte kirschrot. Er wurde für den nächsten Schuss aufgeladen. »Zeig es mir«, sagte sie.

»Dort.« Rapscallion projizierte eine gestrichelte weiße Linie auf eine Stelle, die wie jeder andere Abschnitt der Wand in der Luftschleuse der *Persephone* aussah.

Ein schönes, leichtes Ziel. Größer als die Menschen, die in der Luftschleuse umherliefen und nicht wussten, wer auf sie zielte. Sie holte tief Luft, aber nicht zu tief, und hielt den Atem an.

»Fünf Sekunden«, rief Zhang.

Ja, danke, und jetzt halt die Klappe. Sie sagte es nicht laut, weil sie nicht ausatmen wollte.

Dann wechselte sie den Griff am Laser und berührte den Auslöser.

Anscheinend passierte absolut nichts. Das war in Ordnung. Im Vakuum des Weltraums gab es nichts, was das Licht streuen konnte, und daher war der Laserstrahl auch nicht zu sehen. Die ganze Energie des Lasers wurde direkt im Ziel abgeliefert. Der einzige Hinweis darauf, dass sie geschossen hatte, war die Hitze, die sie auf einmal durch die Handschuhe spürte, als hätte sie einen heißen Ofen berührt.

»Autsch«, rief sie und ließ den Laser los. Er schwebte von ihr weg, blieb aber über das Stromkabel mit der *Artemis* verbunden. »Und? Habe ich etwas getroffen?«

In der Luftschleuse explodierte der markierte Bereich der Wand in einem Schauer aus silbernen Funken, Trümmerteilen und Rauch, der sich rasch in der Luftschleuse ausbreitete. Die Menschen konnte sie nicht mehr sehen, sie wusste nicht, ob sie jemanden verletzt oder getötet hatte. Sie sah nur noch das Gerüst des Massenwerfers, der immer noch auf die *Artemis* zielte.

»Hat es funktioniert?«, fragte sie. »Hat es geklappt?«

Niemand antwortete ihr. Es dauerte eine Weile, bis endlich Zhang das Wort ergriff.

»Der Angriff hätte vor zehn Sekunden kommen müssen«, erklärte er. »Er ist ausgeblieben.«

»Das heißt wohl, dass es funktioniert hat«, ergänzte Parker.

Danach jubelten sie so laut, dass die Funkgeräte überlastet waren und die Kopfhörer nur noch statisches Rauschen übertrugen.

31

DER Jubel ebbte ab, als ihnen nach und nach bewusst wurde, wie knapp sie dem Tod entronnen waren. Und wie groß ihre Schwierigkeiten immer noch waren.

Sie hielten den Atem an.

Drei Minuten vergingen. Und dann noch einmal drei Minuten. Petrowa bat Rapscallion immer wieder, das Kolonistenschiff zu überwachen – vor allem sollte er klären, ob die Leute da drüben die beschädigte Waffe zu reparieren versuchten. Seltsamerweise taten sie es nicht. In der Frachtschleuse waren keine winzigen Menschen mehr zu sehen. Das änderte sich auch nicht, als der Rauch und die Trümmer verschwunden waren. Selbst das Licht brannte nicht mehr.

»Entspricht das dem normalen menschlichen Verhalten?«, fragte Rapscallion.

Inzwischen fühlte sie sich beinahe wohl damit, in die *Artemis* zurückzukehren. Vorsichtig zog sie den Raumanzug aus und verstaute die Einzelteile an einem Ort, wo sie sie im Notfall schnell wieder an sich nehmen konnte. Den Laser hängte sie andächtig an eine Wand. Er schien doch eine gute Waffe zu sein.

Dann erinnerte sie sich, dass ihr Rapscallion eine Frage gestellt hatte. »Entschuldige«, sagte sie. »Tut mir leid, ich bin furchtbar müde. Hast du etwas gesagt?«

»Ich habe gefragt, ob sich die Menschen immer so verhalten.«

»Wie denn?«

»Wenn ein Mensch Sie angreift - ich meine, wenn jemand Sie wirklich niedermachen oder sogar töten möchte - und Sie schlagen einmal zurück und verpassen ihm vielleicht eine blutige Nase oder eine Narbe im Gesicht oder so, reicht das normalerweise aus, um den Gegner davon abzuhalten, Sie zu töten?«

Es lief Petrowa kalt über den Rücken.

»Nein«, antwortete sie. »Normalerweise werden sie dann erst richtig wütend und wollen doppelt so hart zurückschlagen.«

»Dann ist es seltsam, dass das Kolonistenschiff nicht noch einmal versucht hat, uns anzugreifen. Na ja.« Der Roboter hob einen Handschuh vom Boden auf und gab ihn ihr. »Sie haben das hier fallen lassen.«

»Danke.« Sie war wirklich erschöpft. Vielleicht fand sich bald eine Gelegenheit für ein Nickerchen.

Sehr wahrscheinlich war das allerdings nicht.

Sie folgte Rapscallion zur Brücke. Die Männer hatten eine kleine Willkommensparty für sie vorbereitet - sie hatten eine frische Wasserflasche und eine Packung Salzcracker geöffnet. Wider Willen musste sie lächeln. Sie ließ sich auf den Boden sinken, trank einen großen Schluck Wasser und nahm sich einen Cracker. Dann blickte sie zu Parker hinüber und sah, dass er sie beobachtete. Er sah sie einfach nur an, als machte er sich Sorgen um sie. Offenbar sah sie erbärmlich aus.

Sie hob den Cracker, als wollte sie ihm zuprosten, und zwinkerte ihm zu.

Er errötete und wandte sich ab.

Der Cracker war unglaublich gut. Vorher hatte sie gar nicht bemerkt, wie hungrig sie war. »Gibt es noch mehr davon?«, fragte sie, nachdem sie die ganze Packung verdrückt hatte. »Wie viel haben wir noch? Müssen wir rationieren?«

»Wir haben mehrere Kisten«, erklärte Zhang. »Das ist der einzige Proviant, den wir besitzen, aber davon ist reichlich vorhanden. Essen Sie nur. So schnell werden wir nicht verhungern. Das war die gute Nachricht. Allerdings kann man auch an Vitaminmangel sterben. Das geht aber sehr langsam. Und ohne Protein und pflanzliche Nahrung wird unser Energiepegel stark schwanken.«

»Ja, schon gut.« Parker setzte sich ihr gegenüber hin. »Das war jetzt genug Schwarzmalerei. Wie es scheint, hast du uns etwas Zeit erkauft, die wir nutzen können, um uns zu überlegen, wie wir diese Sache überleben wollen. Ich würde gern die nächsten Schritte besprechen.«

»Schieß los«, antwortete sie.

Parker seufzte und legte sich flach auf das Deck, während seine Beine noch in der Lotusposition verschränkt waren. »Wir sollten damit beginnen, die *Artemis* zu reparieren. Da wir im Augenblick nur einfaches Handwerkszeug haben, werden wir nicht viel ausrichten, aber wir könnten immerhin versuchen, den Schiffsrumpf so weit zu stabilisieren, dass wir wieder manövrierfähig werden. Es gefällt mir allerdings nicht, dass wir so nahe an der *Persephone* hocken bleiben. Wir müssen so bald wie möglich auf Paradise-1 landen.«

»Eindeutig«, stimmte sie zu. »Wir sind ein leichtes Ziel, wenn wir bloß antriebslos hier schweben.«

»Inzwischen soll Rapscallion am Radioteleskop aufpassen, ob noch andere Schiffe in der Nähe sind. Ohne Actaeon haben wir auch keinen Funk, aber wir könnten wenigstens neben ein anderes Schiff fliegen und winken, bis sie auf uns aufmerksam werden. Unser Leben wäre wesentlich einfacher, wenn wir hier draußen Verbündete fänden, die ein funktionierendes Schiff haben.«

»Das leuchtet ein.« Zhang hatte ihr eine weitere Packung Cracker geholt. Sie riss das Papier auf und stopfte sich drei auf einmal in den Mund.

»Dann gibt es noch etwas Gefährliches, aber ich glaube, es lohnt sich, es zu versuchen. Actaeon hat eine Art sicheren Modus.«

Sie wollte schon antworten, hatte aber gerade den Mund voller Kohlenhydrate. Als sie seine angewiderte Miene sah, hätte sie sich beinahe verschluckt. Sie trank etwas Wasser und winkte ihm weiterzusprechen, während sie den Brei hinunterwürgte.

»Sicherer Modus«, quetschte sie schließlich hervor.

»Genau. Wir könnten den Zyklus unterbrechen, in dem Actaeon gerade gefangen ist. Er rebootet sich immer wieder. Wir könnten ihn veranlassen, in den sicheren Modus zu booten. Das ist eine Diagnoseprozedur mit minimalen Verbindungen und stark reduzierten autonomen Funktionen ... ich erspare euch die technischen Details, aber das medizinische Gegenstück wäre es, einen Menschen in ein Koma zu versetzen, um den Patienten chirurgisch zu untersuchen.«

»Das klingt tatsächlich ungeheuer sicher«, bemerkte Petrowa.

»Ungefähr so sicher, wie mit einem Gigawattlaser auf einen unbekannten Feind zu feuern, während man gerade außen auf der Hülle eines schwer beschädigten Transporters steht«, erwiderte er.

»Ganz richtig, es klingt dumm. Meinst du denn, es hilft uns?«

»Wir könnten immerhin herausfinden, warum Actaeon nicht mehr funktioniert. Ich meine, ich habe keine Ahnung, ob wir das Problem wirklich lösen werden. Es spricht aber einiges dafür, dass wir es wenigstens nicht schlimmer machen. Es sei denn, wir lösen damit eine Kaskade von beschädigten Dateien aus. Dann wäre Actaeon hirntot und wir könnten die Systeme der *Artemis* überhaupt nicht mehr kontrollieren.«

»Ich will gar nicht erst fragen, wie hoch die Wahrscheinlichkeit dafür ist«, sagte sie. »Ich weiß jetzt schon, dass ich es nicht hören mag.«

»Nein, das willst du nicht.« Er setzte sich auf und kam mühelos aus dem Liegen hoch, um ihr wieder in die Augen zu sehen. »Was denkst du, soll ich es versuchen?«

Sie runzelte die Stirn. »Ich glaube, du kennst dieses Schiff und Actaeon erheblich besser als ich«, antwortete sie. »Wenn du der Ansicht bist, dass wir möglicherweise die Kontrolle über die *Artemis* wiedererlangen, indem wir Actaeon in den sicheren Modus booten, dann bin ich dafür.«

»Na gut, das ist doch etwas.« Er nickte eifrig. »Verdammt noch mal, ich möchte mein Schiff zurückhaben.«

32

ALSO hatten sie so etwas wie einen Plan. Nun brauchten sie ihn nur noch umzusetzen. Das Schwierigste war es natürlich, die *Artemis* zu reparieren. Zhang wunderte sich deshalb nicht, dass sie ihm einen Werkzeugkasten zuteilten und ihm sagten, er solle sich an die Arbeit machen.

Sie gaben ihm den Roboter mit. Rapscallion hätte die Reparaturen sicherlich auch allein durchführen können, doch der Arzt nahm an, es sei wohl sinnvoll, wenn auch er selbst eine nützliche Beschäftigung hatte.

Zusammen mit dem Roboter behob er ein Problem an der Notverriegelung des Hauptschotts der Brücke – ein Problem, von dessen Existenz er noch gar nichts gewusst hatte. Wäre das Schiff bei ihrem Ausweichmanöver zerrissen worden, dann hätte sich das Schott nicht richtig geschlossen und ihre Atemluft wäre in den Weltraum entwichen.

Glücklicherweise war nichts passiert.

Der Fehler beruhte lediglich auf einem gerissenen Stück Gummi im Rahmen des Schotts. Zhang behob das Problem, indem er den Spalt mit einer Heißluftpistole verschweißte.

»Gute Arbeit«, sagte Rapscallion. Der Roboter hatte ihm die ganze Zeit zugesehen.

»Danke«, antwortete Zhang. »Und was kommt als Nächstes dran?«

»Anscheinend fließt Hydraulikflüssigkeit in den Hauptwasser-tank«, erklärte Rapscallion.

»Ist das Zeug giftig?«, wollte Zhang wissen.

Rapscallion spielte das Lachen einer Frau ab. »Und ob«, bekräftigte er, als hätte er es nicht sowieso schon mehr als deutlich gemacht.

Dieses Problem lösten sie, indem sie Klebeband um das Rohr wickelten, in dem sich die Hydraulikflüssigkeit befand. Dieses Mal half ihm Rapscallion sogar und schnitt das Klebeband in Streifen von der richtigen Länge, die er an eine Klaue hängte, damit Zhang sie leicht greifen konnte.

»Geht es Ihnen besser?«, fragte Rapscallion, als sie sich die nächste Aufgabe vornahmen.

Zhang kletterte bereits in einen großen Lüftungsschacht, der an einer Seite in die Brücke mündete, und wollte herausfinden, warum sich der Ventilator nicht mehr drehte. Der Ventilator war größer als er selbst, und die verstaubten Blätter waren glatt und so gekrümmt wie die Schwingen eines Raubvogels, der in der Luft schwebte und lauerte, um sich auf ein ahnungsloses kleines Säugetier hinabzustürzen und es zu zerfleischen. Der Ventilator und die Verankerungen wiesen eine unschöne Vibration auf – offenbar wollte sich der Ventilator unbedingt drehen, aber irgendetwas blockierte ihn. Nun war es Zhangs Aufgabe, die Ursache dafür herauszufinden und das, was ihn blockierte, zu entfernen, damit die Luft auf der Brücke von den hässlichen Giften befreit wurde. Mit einer deprimierenden Gewissheit war er davon überzeugt, dass ihn dieser Job mehrere Finger kosten würde.

»Tut mir leid«, sagte er. »Ich habe mich gerade konzentriert. Was hast du gesagt?«

Der wie ein Skorpion konstruierte Roboter krabbelte neben ihm an der Wand empor, hielt nicht weit über ihm an und klappte den am Stachel wippenden Kopf vor Zhangs Ohr. »Ich habe gefragt, ob Sie sich besser fühlen. Sie haben sich vorhin schrecklich aufgeregt. Wissen Sie noch? Als Sie über die medizinischen Vorräte geflucht haben?«

»Da hatte ich Angst, zu sterben«, erklärte Zhang. »Ich habe immer noch Angst. Siehst du, wo hier etwas blockiert ist? Ich finde nichts.«

»Der Rotor hat dort eine Materialermüdung.« Der Roboter zeigte in die entsprechende Richtung. »Was wäre nötig, damit Sie keine Angst mehr haben?«

Zhang stellte die Arbeit vorübergehend ein und dachte gründlich darüber nach. »Das Universum müsste damit aufhören, so ein kalter, gleichgültiger und rücksichtslos gewalttätiger Ort zu sein«, sagte er.

»Ja, schön. Ich meine, können wir etwas tun, das im Bereich unserer Möglichkeiten liegt?«

Zhang sah den Roboter lange und nachdenklich an. »Das meinst du ernst, oder?«

»Ich meine es fast immer ernst. Manchmal macht es Spaß, sarkastisch zu sein, aber ich lüge nicht oft. Normalerweise ist es auch sinnlos.«

»Neunzig Prozent der menschlichen Interaktionen sind auf die eine oder andere Weise unehrlich«, erklärte Zhang der Maschine.

»Das ist mir auch schon aufgefallen«, stimmte Rapscallion zu. »Beispielsweise haben Sie noch niemandem verraten, warum Sie einen RK auf dem Arm tragen.«

Im Laufe des letzten Jahres hatte Zhang einen Reflex entwickelt. Immer wenn ihn jemand nach der goldenen Armschiene fragte, zog er den Arm ganz nahe an den Körper heran und beugte sich vor, als wolle er das Objekt verbergen.

»Das ist keine Lüge«, widersprach Zhang. »Das ist ein Geheimnis.«

»Es soll ja helfen, wenn man über seine Probleme redet«, fuhr Rapscallion fort. »Das entspricht einfach der menschlichen Psyche. Sie können es mir also ruhig sagen.«

»Nur dir, ja? Hm. Komm her. Bring zuerst mal den Ventilator für mich in Ordnung. Betrachte das als Bezahlung dafür, dass ich dir mein dunkles Geheimnis anvertraue.«

Rapscallion trippelte hinter den Ventilator und riss etwas aus dem Motor. Daraufhin setzte sich der Rotor ganz langsam wieder in Bewegung. Es ging so schnell, dass ein Blatt tatsächlich Zhangs Hand streifte, doch die Berührung war so leicht, dass seine Hand nur weggeschoben wurde.

»So, das wäre erledigt«, sagte Rapscallion und kam wieder nach vorne. »Jetzt sagen Sie es mir.«

»Also gut. Sie haben mir das hier gegeben«, Zhang zeigte auf den RK, »weil ich ein Mörder bin.«

»Wirklich?«

Zhang nickte. »Ich habe eine Menge ... nein, eigentlich waren es keine Menschen. Aber es waren viele, und ich habe sie kaltblütig umgebracht.«

Rasch zog der Roboter den Stachelkopf zurück. »Keine Menschen? Also waren es ...«

»Neugierige Roboter«, erklärte Zhang.

Rapscallion hielt sich an der Wand fest und rührte sich nicht. Langsam öffnete er den Plastikkiefer, während sein Kopf hin und her ruckte.

Dann spielte er wieder die Aufnahme der lachenden Frau ab. Dreimal. »Guter Witz«, sagte er. »Aber was haben Sie wirklich getan?«

Zhang antwortete nicht, sondern starrte das Objekt an, das

der Roboter mit einer Schere festhielt. Das Trümmerstück, das den Ventilator blockiert hatte.

»Kann ich das mal sehen?«

Der Roboter gab es ihm. Es war hellgelb, auf einer Seite hatte sich bräunlich roter Staub abgelagert. Auf der anderen Seite war es verbrannt, fast verkohlt. Es war hart und hatte eine Form, die Zhang erkannte. Trotzdem machte sein Gehirn mehrere Bocksprünge, ehe er sich wirklich eingestehen wollte, was er da in der Hand hielt.

Weil es einfach unsinnig war.

»Nun sagen Sie schon«, drängte Rapscallion. »Ich hasse es, wenn ich etwas nicht weiß.«

»Vielleicht, äh …« Zhang schüttelte den Kopf. »Vielleicht später.« Er drehte das Objekt mehrmals hin und her. Ja. Es war genau das, was er gedacht hatte. Der glatte Teil dort musste eine Schambeinfuge sein. Der breite gekrümmte Rand war ein Beckenkamm.

»Was ist das?«, fragte Rapscallion. »Etwas Gutes?«

»Ich bin nicht sicher«, antwortete Zhang. »Einfach nur ein Trümmerstück, würde ich sagen.«

Das war natürlich gelogen. Er wollte dem Roboter nicht anvertrauen, was er gefunden hatte. Noch nicht. Aber im Grunde gab es keine Fragen mehr. Er hatte das Ding zweifelsfrei erkannt. Es war das Teilstück eines männlichen menschlichen Beckens.

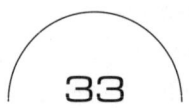

33

»GUT, ich bin bereit«, sagte Parker. Von der Hüfte an aufwärts war er unsichtbar, denn er steckte mitten in einem holografischen Baum. Petrowa hätte jetzt gern seine Mimik beobachtet, denn dadurch hätte sie darauf schließen können, wie gefährlich er diese Situation einschätzte.

»Ich auch«, antwortete sie. Ihre Aufgabe bestand darin, auf eine Taste auf einer Tastatur zu drücken, die sie nicht sehen konnte. Eine dicke korkenzieherartig gewundene Wurzel verdeckte das ganze Terminal. Parker hatte ihr geholfen, die richtige Taste zu finden.

Actaeons Konstrukteure hatten es absichtlich schwer gemacht, die KI in den sicheren Modus zu booten. Zu zweit hatten sie mehr als eine Stunde gebraucht, um sich so weit vorzubereiten, dass sie den entscheidenden Befehl eingeben konnten. Jetzt schlug die Stunde der Wahrheit. Sie musste nur eine einzige Taste niederdrücken ... und abwarten.

Sie hatte keine Ahnung, was als Nächstes geschehen würde.

»Los«, sagte Parker.

Petrowa drückte auf die Taste. Sie hörte kein Klingeln und auch keinen anderen Warnton, der sie darauf aufmerksam machte, dass die KI neu starten würde – schließlich startete sich Actaeon sowieso schon seit mehr als einer Stunde hundertmal pro Sekunde selbst und sie hatte bisher auch nichts gehört. Einen Moment lang hörte sie ein eigenartiges Summen, dann flackerte die ganze Brücke. Nein. Das hätte ja bedeutet, dass der projizierte Wald verschwand. Doch das Hologramm mit den Bäumen wurde nicht abgeschaltet, sondern verblasste einen Sekundenbruchteil lang ein wenig. Es war, als betrachtete sie eine erstaunlich fließende Animation, in der unter Tausenden Einzelbildern ein einziges fehlte.

Als es vorüber war, waren die Bäume immer noch da. Genau dort, wo sie vorher gewesen waren. Allerdings gab es zwei Unterschiede, die sie fast sofort bemerkte. »Parker?«, rief sie. »Sam? Wo ...«

»Hier.« Er trat aus einem Baum heraus und winkte ihr zu. »Tut mir leid, ich ... ich bin erschrocken.«

Petrowa lachte. »Du meinst, du bist über deine eigenen Beine gestolpert.«

Er griff hinter sich und rieb sich mit einer Hand das Steißbein. »Hat wehgetan.« Sie lachten beide.

Dann wurde er auffallend nachdenklich. »Oh, verdammt«, sagte er.

»Was? Was ist denn los?«

»Ich glaube, es hat funktioniert.«

Zwischen den knorrigen Bäumen kam ein majestätischer Hirsch aus reinem Weiß zum Vorschein. Das Fell war absolut farblos und so hell, dass es von innen heraus zu strahlen schien. Sein Widerrist war höher als Petrowa, und die Spitzen seines Geweihs glühten wie blinkende Sterne.

Er drehte den Kopf zu ihr herum und schnaubte. Die Augen waren so weiß wie das Fell. Wie aus Milchglas geformt.

Parker ging dem Hirsch entgegen, als fürchtete er, das Tier könnte gleich davonspringen. Er hob sogar beschwichtigend die Hände, um ihm zu zeigen, dass keine Gefahr von ihm ausging.

»Actaeon? Kannst du mich hören?«

Der Hirsch drehte den Kopf zu ihm herum, schnaubte noch einmal und stampfte dann mit einem Huf auf das Deck. Danach sprach er mit der geschlechtsneutralen Stimme, die sie schon kurz vor dem Kryoschlaf gehört hatte. Das Maul bewegte sich synchron, als spräche er tatsächlich, doch der Ton kam aus den Lautsprechern in der Decke der Brücke.

»Ich bin nicht Actaeon.«

Kalt lief es Petrowa über den Rücken. *Mein Gott,* dachte sie. *Es ist schiefgegangen ...*

»Actaeon wurde in den sicheren Modus gebootet. Seine höheren Prozesse schlafen. Die Befehlsfunktionen ruhen. Ich bin ein Avatar für das Betriebssystem des Schiffes.«

»Das ist ... ja, na gut«, antwortete Parker. »Ich meine, ich weiß nicht genau, was das zu bedeuten hat, aber ich glaube, genau das wollten wir.«

»Wie kann ich Ihnen helfen?«, fragte der Hirsch.

»Kannst du den Funk aktivieren?«, schaltete sich Petrowa ein. »Wir müssen so schnell wie möglich eine Nachricht nach Paradise-1 schicken.«

»Diese Aktion ist momentan nicht zulässig.«

Parker runzelte die Stirn. »Das heißt wohl, wir können den Com nicht benutzen, solange Actaeon nicht wiederhergestellt ist. Die ganze KI«, sagte er.

»Ja, das dachte ich mir schon«, antwortete Petrowa. »Wie sollen wir dich nennen?«, fragte sie den Hirsch.

»Ich besitze kein eigenes Bewusstsein. Sie können mir jeden Namen geben, den Sie für richtig halten.«

»Dann nennen wir dich GS«, erklärte Parker. »Du bist das Grundsystem. Nur der Klarheit halber.«

Petrowa nickte. »Also, GS, du darfst keine Nachricht zum

Planeten schicken, wenn ich das richtig verstehe. Kannst du denn ein Notsignal absetzen?«

»Ein Signal wurde bereits gesendet«, antwortete der Hirsch. »Es wurde ausgestrahlt, als Actaeon in den sicheren Modus gebootet ist.«

»Gott sei Dank«, sagte Parker. »Vielleicht fängt es jemand auf, und ...«

»Das Signal wurde mit einem überlichtschnellen Impuls gesendet. Es wurde drei Komma zwei Sekunden später im Hauptsitz der Brandwache auf Luna empfangen. Direktorin Lang sollte umgehend informiert werden. Bisher ist keine Antwort eingegangen.«

Petrowa starrte Parker an. Der starrte zurück.

»Nach drei Komma zwei Sekunden? Luna ist hundert Lichtjahre entfernt«, überlegte Parker. »Um ein Signal so schnell zu senden, braucht man militärische Geräte, die mit Quantenverschränkung arbeiten.« Er pfiff durch die Zähne. »Diese Sachen sind unglaublich teuer und äußerst fortschrittlich.«

»Warte mal, ich dachte, der Com ist inaktiv«, warf Petrowa ein. »Wir haben angeblich gar nichts und können nicht mit jemand anders Verbindung aufnehmen. Richtig?«

»Richtig. Nur dass die KI offensichtlich eine Möglichkeit hat, nach Hause zu telefonieren, von der ich nichts wusste.« Parker rieb sich verwirrt über die Stirn. »Wenn das Signal so schnell übertragen wurde, dann bedeutet dies, dass Actaeon eine Art privaten Com hat. Ein besseres Com-System als der Rest des Schiffes. Ich weiß nicht, ob das gut oder schlecht ist.«

»Ich würde sagen, das ist ... gut?«, antwortete sie. »Ich meine, immerhin ist doch jemand verständigt worden. Wir haben ein Notsignal abgesetzt. Das ist gut. Eindeutig gut.« Allerdings hatte sie keine Ahnung, warum das Notsignal über diese weite

Entfernung bis zum Mond geschickt worden war, obwohl Paradise-1 viel näher war. Was die Erde oder das Sonnensystem an Hilfe schickte, würde frühestens in Wochen eintreffen.

»Vielleicht muss uns Lang erst erlauben, direkt mit dem Planeten Verbindung aufzunehmen«, meinte Parker. »Inzwischen können wir hoffentlich einige offene Fragen klären. GS, weißt du zufällig, warum sich Actaeon immer wieder neu startet? Womöglich gibt es eine einfache Ursache ... so etwas wie einen Berechtigungsfehler, den wir schnell beheben können.«

Der Hirsch legte den Kopf schief, als müsste er darüber nachdenken. Die Sterne auf den Geweihspitzen blinkten hektisch. »Actaeon hat in seinem Root-System beschädigte Dateien entdeckt.«

»Beschädigte Dateien im ... im Root-System? O Mann«, entfuhr es Parker. Er sah Petrowa an. »Erkennst du es?«

»Der Wald.« Sie nickte.

Das Hologramm, der dunkle Wald mit den vergifteten Bäumen, war eine Metapher. Das Wurzelsystem war beschädigt. Das hatte Actaeon ihnen in der letzten Millisekunde noch sagen wollen, ehe er sich neu startete. »Das ist schwer nachzuvollziehen. Ob Actaeon wirklich gemeint hat, wir könnten es uns zusammenreimen? Warum hat er uns nicht einfach eine Nachricht hinterlassen: ›Muss kaputte Dateien reparieren, bin gleich wieder da‹, oder etwas in dieser Art?«

Sie hatte sich an Parker gewandt, doch der Hirsch antwortete ihr. »Actaeons erste Maßnahme bestand darin, eine Selbstdiagnose anzustoßen, um weitere möglicherweise zerstörte Dateien zu finden. Er entdeckte zahlreiche beeinträchtigte Funktionen, darunter auch einen Totalausfall seiner Sprachausgabe.«

»Also war er so schwer beschädigt, dass er nicht mehr sprechen oder eine Nachricht verfassen konnte«, fügte Parker hinzu. »GS, wie viele Schäden hat Actaeon gefunden?«

»Annähernd neunundneunzig Prozent von Actaeons Dateien waren beschädigt.« Der Hirsch senkte kurz den Kopf. »Ich habe auf die nächste Ganzzahl gerundet.«

»Was? Wie ist so etwas möglich?«, fragte Parker.

»Unklar«, antwortete das Grundsystem.

»Das klingt nicht nach einem zufälligen Versagen«, überlegte Petrowa. »Es ist ja mehr als nur eine fehlerhafte Zeile im Code. Eher klingt es so, als sei Actaeon angegriffen worden.« Im Rahmen ihrer Ausbildung auf der Akademie der Brandwache hatte sie auch einen Lehrgang in Cyberkriegsführung belegt.

»Jede Wette, dass derjenige, der dies mit Actaeon gemacht hat, auch hinter dem Angriff des Kolonistenschiffes steckt, das mit Frachtcontainern nach uns geworfen hat.«

»Zwischen den beiden Angriffen besteht ein großer Unterschied«, wandte Parker entschieden ein. »Um ein so komplexes System wie Actaeon mit einem Virus zu infizieren, braucht man eine ausgesprochen raffinierte Software. Das Werfen mit Frachtcontainern sieht eher nach verzweifelten Menschen aus, die überhaupt keine Waffen haben.«

»Es ist Ockhams Rasiermesser. Noch unwahrscheinlicher wäre es, wenn sich zwei Gegner unabhängig voneinander entschieden haben, uns in demselben Augenblick anzugreifen.«

Parkers Stirnrunzeln verriet ihr, dass er ihren Einwand ernst nahm. Gut.

»GS«, fuhr sie fort, »was kannst du uns über den Angriff sagen? Über den Inhalt der beschädigten Dateien? Sind sie einfach nur kaputt, oder wurden sie manipuliert und haben Actaeon neue Anweisungen gegeben?«

»Ein neuer Benutzer hat sich eingeloggt. Der neue Benutzer hat Root-Privilegien.«

»Wie bitte?«, fragte sie.

»Der neue Benutzer hat Ihre Zugangsberechtigung verändert. Sie haben auf diese Informationen keinen Zugriff mehr.«

»Warte mal«, gab sie zurück. »Warte mal. Welcher neue Benutzer?«

»Sie haben nicht die Berechtigung, die Benutzertabelle einzusehen.«

Parker hackte auf einer Konsole herum, die sie nicht sehen konnte, und gab offenbar eine Reihe von Befehlen ein. »Wir sind ausgesperrt«, sagte er. »Dieser neue Benutzer hat uns den Zugang zum Betriebssystem weggenommen.«

Petrowa fluchte halblaut. »Hallo?«, rief sie. »Wer sich da auch gerade eingeloggt hat, können Sie uns hören? Die *Artemis* wurde angegriffen. Das Schiff ist stark beschädigt, und wir haben hier große Probleme. Sie müssen Actaeons Betriebssystem sofort wieder freischalten, damit wir die Schäden reparieren können.«

Keine Antwort.

»Hallo? Bestätigen Sie bitte«, rief sie noch einmal, lauter als beim ersten Mal. Dann betrachtete sie ihre Hände, die auf der Kante ihres eigenen, nutzlosen Steuerpults lagen. »Sagen Sie doch wenigstens etwas.«

Nichts.

Sie starrte Parker an, der ihren Blick erwiderte. Zwischen ihnen senkte der Hirsch den Kopf, als wollte er im holografischen Blattwerk grasen.

»Wir sind komplett aus der Schnittstelle ausgesperrt«, berichtete Parker. »Mein Gott, und ich hatte gerade gedacht, wir kämen einen Schritt weiter.«

»Wer ist dieser neue Benutzer?«, fragte Petrowa. »Das macht

mir am meisten Sorgen. Wer könnte so etwas tun und einfach das GS übernehmen? Vielleicht jemand von der Brandwache? Die TER?«

Ehe Parker antworten konnte, kamen Zhang und Rapscallion herein. Der Arzt wirkte atemlos und zerstreut. Der Roboter hüpfte auf den Spinnenbeinen auf und ab. »Ich habe etwas gefunden. Etwas sehr Interessantes«, behauptete die Maschine.

»Schön, wundervoll.« Parker barg den Kopf in den Händen. »Na, dann sag schon. Wir hatten genug Ärger für einen Tag. Sag es uns einfach.«

»Wir sind nicht allein«, erklärte Rapscallion.

34

ZHANG konnte nicht anders, er berührte das Knochenstück in seiner Tasche. Obwohl er das Gefühl abstoßend fand – diese grobe steinerne Textur des nackten Knochens, dieser hässliche Schmierfilm auf der verbrannten Seite –, war er nicht mehr in der Lage, ihn loszulassen.

Was hatte das zu bedeuten?

Derjenige, der diesen Beckenknochen verloren hatte, konnte den Unfall nicht überlebt haben. Ein solches Knochenfragment fand man nur am Schauplatz eines schrecklichen Unglücks. Als Arzt konnte er sich lediglich vorstellen, dass der ehemalige Besitzer des Beckens in einer schrecklichen Explosion zerstückelt worden war. So etwas geschah manchmal im Weltraum, und mitunter, so makaber es anmutete, landeten die sterblichen Überreste an Stellen, wo man sie nicht mehr wiederfand. Aber wie war gerade dieses Stück Knochen in den Lüftungsschacht der *Artemis* geraten? Die *Artemis* war ein nagelneues Schiff, und der Flug von Ganymed nach Paradise-1 war der Jungfernflug gewesen.

Es war absolut nicht einleuchtend. Und das bedeutete, dass es nur noch eine andere mögliche Erklärung gab. Allmählich verlor er den Verstand. Er hatte mal wieder einen psychotischen Schub. Das Ding in seiner Tasche war lediglich ein Stück von der Reaktorverkleidung oder vielleicht eine abgebrochene Ecke des Ventilators. Er hatte sich getäuscht, und sein Bewusstsein hatte ihn glauben lassen, es sei etwas ganz anderes.

»Doktor?«, fragte Petrowa.

Zhang sah sich ängstlich um. Die anderen hatten gerade gesprochen, sie schienen sogar eine ziemlich wichtige Diskussion über Rapscallions Erkenntnisse geführt zu haben. Zhang hatte den Gedankenaustausch vollständig verpasst. »Ich ... Es tut mir leid, könnten Sie die Frage noch einmal wiederholen?«

Sie zeigte auf die Wand. Auf die freigelegte Stelle, die sie vorher als Leinwand benutzt hatten, um die relativen Positionen der *Artemis,* der *Persephone* und der fliegenden Frachtcontainer darzustellen. Jetzt zeigte sie erheblich mehr Einzelheiten. Dutzende, vielleicht sogar bis zu hundert weitere Punkte, die in großen Kurven sehr langsam um das Zentrum kreisen. Die neuen Punkte waren schwach, aber deutlich zu erkennen. Einige waren größer als die anderen.

Zhang überwand sich und verzichtete darauf, schon wieder das Ding in seiner Tasche zu berühren. »Ist das ein Asteroidengürtel?«, fragte er. »So sieht es jedenfalls aus.«

Ihm entging nicht, dass Petrowa Parker einen fragenden Blick zuwarf. Er hatte diesen Blickwechsel schon bei anderen Menschen beobachtet, wenn sie sich in seiner Nähe aufhielten. Der Blick fragte Parker, was mit ihrem Schiffsarzt nicht stimmte. Warum er so neben der Spur war.

Anscheinend hatten sie sich schon eine ganze Weile unterhalten und ihm war das alles entgangen. Er hatte ein schlechtes Gewissen und schämte sich ...

Und dann stach ihn der RK ins Handgelenk und pumpte ihm Stimmungsstabilisatoren in den Kreislauf.

Die Mittel wirkten zwar rasch, aber er musste noch den Selbsthass überwinden, der in ihm aufgewallt war. Er brauchte einen Moment, um zu sich zu kommen. Zhang griff nach dem Nasenrücken und drückte fest, um sich in die Gegenwart zurückzuholen und die Umgebung wahrzunehmen. Er ließ die anderen im Stich, und das durfte er nicht. »Gut«, sagte er. »Es tut mir leid, ich bin abgelenkt. Ich habe so lange unter Adrenalin gestanden, dass mein Kopf nicht mehr so klar ist, wie er es eigentlich sein sollte.«

»Verständlich«, antwortete Parker.

»Aber Sie müssen sich konzentrieren«, beharrte Petrowa.

Zhang nickte. »Dann ... lassen Sie uns doch ein Spiel spielen. Wir könnten so tun, als sei ich der sprichwörtliche zerstreute Wissenschaftler. Ich habe die ganze Diskussion bis zu diesem Punkt verpasst. Können Sie mir die Eckpunkte nennen?«

Er berührte den Knochen nicht wieder, sondern strich nur über die Tasche, in der er steckte, als wollte er ihn vor dem Anblick der anderen verbergen. Als wollte er ihn lieber wegschieben, bis er Zeit hatte, ihm seine volle Aufmerksamkeit zu widmen.

Rapscallion seufzte nicht und spielte keine Tonaufnahme ab, sondern ließ nur den Stachelkopf wippen und erfüllte ihm den Wunsch.

»Kapitän Parker hat mich gebeten, unseren letzten verbliebenen Sensor zu benutzen. Es handelt sich dabei um ein Radioteleskop, mit dem ich Schiffe in der Nähe aufspüren sollte. Menschen, die wir um Hilfe bitten könnten oder so etwas. Ich habe das für eine dumme Idee gehalten. Das Paradise-System ist ein Kaff. Hin und wieder kommt ein Kolonistenschiff wie die *Persephone* und setzt neue Bewohner ab, aber sonst verirrt sich niemand hierher. Deshalb hat die Regierung ja die *Artemis* geschickt. Wir sollen uns umsehen und überprüfen, ob die Kolonie wohlauf ist. Als ich den Weltraum rings um den Planeten gescannt habe, rechnete ich höchstens mit einigen Satelliten, die Paradise-1 umkreisten.«

Der Roboter zeigte mit einer Schere auf die Wand. »Das dort hat mich überrascht. Diese Punkte sind allesamt andere Raumschiffe.«

Zhang blinzelte. »Wirklich alle?«

»Ja, alle. Einschließlich der *Persephone* und ohne uns sind derzeit einhundertsiebzehn Schiffe im Paradise-System. Sie alle kreisen in hohen Umlaufbahnen um Paradise-1.«

»Wie ist das möglich?« Zhang ging zu der Wand und legte eine Hand darauf, als könnte er die fernen Schiffe berühren und verstehen, was sie dort taten. »Lieutenant Petrowa, Sie haben gefragt, was ich über die Kolonie Paradise-1 weiß. Die Antwort ist, dass mein Wissen leider sehr begrenzt ist. Hier leben insgesamt vielleicht zehntausend Menschen. Es gibt absolut keinen Grund dafür, dass sie so viele Schiffe als Unterstützung benötigen. Was ... was für Schiffe sind es überhaupt?«

Der Roboter wippte auf und ab. »Unterschiedliche Arten. Viele Kolonistenschiffe, es dürften ungefähr dreißig sein. Einige sind sogar größer als die *Persephone*. Sehr viele kleine Transporter wie die *Artemis*. Frachter und Schlepper, auch davon gibt es viele. Zwei Kriegsschiffe. Ich meine richtig böse Biester der Dreadnought-Klasse. Die Art Schiffe, die man schickt, wenn man eine Kolonie bombardieren und komplett ausradieren will.«

Zhang keuchte. »Hat denn die Brandwache Bomber geschickt, um die Kolonie zu vernichten? Das kann ich nicht glauben. Wenn die Brandwache versucht hätte, einen Völkermord zu begehen, dann hätten wir doch sicherlich davon gehört.«

Petrowa räusperte sich. »Die Kriegsschiffe haben zwar die Fähigkeit, so etwas zu tun, aber diese Fähigkeit ist nicht zum

Einsatz gekommen. Es gibt keinerlei Hinweise auf irgendeine Art Angriff auf Paradise-1. In dem Material, das man mir gegeben hat, als man mir diese Mission übertrug, ist nichts dergleichen zu finden. Nicht einmal ein Hinweis darauf, dass irgendwann jemand eine entsprechende Andeutung gemacht hätte.« Sie zuckte mit den Achseln. »Natürlich kann man Akten fälschen und Aktionen verheimlichen. Aber der Planet sieht nicht so aus, als wäre er jemals bombardiert worden. Ein solcher Angriff hinterlässt ja auch Spuren. Außerdem gibt es gar keinen Grund, den Planeten zu bombardieren. Es ist eine friedliche Kolonie.«

»Oder ist es möglich, dass irgendetwas geschehen ist, während wir im Kryoschlaf lagen?«, fragte Zhang. »Vielleicht hat Paradise-1 rebelliert, und sie haben die Kriegsschiffe geschickt, um den Aufstand zu unterdrücken?«

»Das passt absolut nicht ins Bild«, erklärte Petrowa. »Wenn man eine Kolonie befrieden will, bringt man Leute auf den Boden. Man schickt Truppentransporter. Diese Kriegsschiffe sind dazu da, Städte zu zerstören. Die schickt man nur, wenn man jeden Menschen unten auf dem Planeten töten will. Sie sind aber nutzlos, um die Ordnung wiederherzustellen. Außerdem haben wir - wie lange überhaupt? - höchstens neunzig Tage geschlafen. Eher weniger. Politische Unruhen brechen nicht über Nacht aus. Die Brandwache hätte längst erfahren, wenn hier ein Aufstand geplant worden wäre. Ich hätte auch etwas darüber erfahren. Man hat mir jedoch gesagt, Paradise-1 sei eine mustergültige Kolonie. Gesund, glücklich, vollkommen zufrieden. Die Menschen, die hierhergekommen sind, mögen den Planeten und ihr neues Leben.«

»Die Anwesenheit der Kriegsschiffe ist also nicht plausibel, aber das Gleiche gilt für die Kolonistenschiffe«, wandte Parker ein. »Wie Sie schon sagten, Doktor, auf Paradise-1 leben höchstens zehntausend Menschen. Einige dieser Kolonistenschiffe, die wir mit dem Radarteleskop entdeckt haben, hätten für sich genommen schon so viele Menschen transportieren können. Die *Persephone* war eher ein kleines Schiff.«

»Demnach hätte die Regierung ihre Anstrengungen verstärkt, Kolonisten hierherzuschicken.« Zhang glaubte es selbst nicht – er formulierte lediglich eine Hypothese. »Die Kolonie war so erfolgreich, dass sie beschlossen haben, sie zu erweitern.«

»Das könnte sein«, räumte Parker ein. »Wir wissen es nicht. Ich ... wir wissen es einfach nicht.«

Petrowa war hinter Zhang hin und her geschritten. Offenbar behagte ihr die Situation ganz und gar nicht. Jetzt kam sie nach vorn und drosch eine Faust auf die Projektion an der Wand. »Irgendjemand hat gelogen. Irgendjemand hat uns nicht die Wahrheit gesagt und uns hinters Licht geführt. Verdammt, ich bin bei der Brandwache. Es ist unsere Aufgabe, die Leute im Auge zu behalten. Wir müssen jederzeit wissen, was sie tun. Ich hatte keine Ahnung, dass wir auf etwas wie das hier stoßen würden.«

»Es gibt da noch eine eigenartige Sache«, ergänzte Rapscallion. »Etwas, von dem Sie noch nichts gehört haben, Doktor Zhang.«

Zhang schluckte voller Unbehagen. Noch etwas? »Dann erzähl mal.«

»Zwei Schiffe bewegen sich. Sie haben in der letzten Stunde den Kurs gewechselt, nachdem Petrowa die Kanone auf der *Persephone* ausgeschaltet hatte.«

»Lass mich raten – sie sind zu uns unterwegs«, mutmaßte Zhang.

Der Roboter nickte. »Und sie fliegen sehr schnell. So schnell, wie es ihre Triebwerke zulassen. Und ehe Sie danach fragen: Eines von diesen beiden ist ein Transporter, ebenso wie die *Artemis*. Das andere ist eines dieser großen Kriegsschiffe.«

»Dann haben sie wohl nicht zu erkennen gegeben, dass sie uns helfen wollen?«, fragte Zhang, obwohl er bereits ahnte, dass dem nicht so war. »Sie sind nicht freundlich gesinnt?«

Die Mienen der anderen bestätigten seine Befürchtungen.

»Wir wissen nicht, ob sie uns abschießen wollen«, erklärte Parker. »Das können wir nicht erkennen. Ich würde es aber für recht wahrscheinlich halten.«

35

PETROWA hörte sich an, was Parker zu sagen hatte, achtete aber vor allem auf Zhangs Körpersprache. Der Arzt zitterte jetzt. Sehr stark sogar. Besonders deutlich wurde es, als er sich die Haare raufte. Sein Mund stand ein wenig offen, das Kinn war vorgeschoben.

»Sie sehen nicht gut aus«, bemerkte sie.

»Ich ...« Zhang brach ab. Als er weitersprach, wirkte er irgendwie kleiner und weniger lebendig. »Ich habe Angst. Und ich bin sehr müde. Ich habe eine Menge durchgemacht. Ich weiß, es ist nicht fair ... wenn ich so etwas sage. Wir haben es ja alle zusammen erlebt, und ich habe nicht das Recht, eine Vorzugsbehandlung ...«

»Hören Sie auf.« Sie blickte zu Parker hinüber, der nickte. »Hören Sie zu, dies ist keine akute Krise. Die Schiffe sind zwar hierher unterwegs, aber im Weltraum brauchen Schiffe eine Menge Zeit, um sich zu bewegen. Uns bleibt noch fast ein ganzer Tag, bis sie hier sind. Vielleicht sogar mehr.«

»Wir müssen uns aber auf ihre Ankunft vorbereiten.« Zhangs Stimme war so schwach, dass sie ihn kaum noch verstehen konnte.

»Ja, das werden wir auch tun. Aber Sie können sich jetzt eine Stunde hinlegen. Kommen Sie.«

»Nein, es geht mir gut.«

»Das ist ein Befehl, Doktor. Kommen Sie mit.«

Ihre Kabinen waren zerstört, von der *Persephone* zerschossen. So waren sie auf einen kleinen Teil des Schiffs beschränkt, der hauptsächlich von der Brücke eingenommen wurde. Direkt neben der Brücke gab es jedoch eine winzige Kabine mit einem Bett. Ein kleiner Bereitschaftsraum. Dort konnte sich der Kapitän ausruhen, während Actaeon das Schiff ohne Aufsicht steuerte. Die Kabine war halb so groß wie ihre vorherigen Behausungen und das Bett war schmal und hart. Aber wenn man Zhangs derzeitigen Zustand sah, war dies sicherlich kein Problem.

»Ich ... ich möchte nicht.« Er schlug ihre Hände weg, als sie ihn auf die Matratze drücken wollte. »Ich will nicht schlafen. Ich will einfach nur eine Weile still hier sitzen. In Ordnung?«

»Nein, das ist nicht in Ordnung«, erwiderte sie.

»Ich will ... ich will nicht ... ich habe Angst«, sagte er. Die Worte kamen aus den Tiefen seiner Seele. Er hob den Blick - schon das schien ihn anzustrengen - und starrte sie mit müden Augen an. »Lieutenant Petrowa«, sagte er.

»Nennen Sie mich Sascha«, antwortete sie. »Das tun alle. Und wir haben alle Angst.«

Er schüttelte den Kopf. »Ich habe Angst, im Schlaf zu sterben.«

Sie wusste nicht, was sie darauf sagen sollte. Die meisten Menschen wollten gern im Schlaf sterben. Sie wollten es nicht kommen sehen. Allerdings begriff sie, was er meinte. Das Schlimmste, was sie seit ihrer Ankunft im Paradise-System erlebt hatte, war der Verlust der Kontrolle. Zu wissen, dass sie sterben musste und nichts dagegen tun konnte.

Sie seufzte und machte einen neuen Anlauf.

»Sie sind doch Arzt«, sagte sie. »Was würden Sie einem Patienten raten, der nicht schlafen will?«

»Vermutlich würde ich ihm etwas verschreiben. So denke ich eben. Das Symptom bekämpfen. Das größere Problem ignorieren, wenn es nicht der eigenen Kontrolle unterliegt.« Er schüttelte den Kopf.

Sie räusperte sich. »RK«, sagte sie. »Verordne ihm etwas.«

»Ha, sehr witzig. Sehr ...« Er richtete den Blick auf die goldene Armschiene. »Oh.«

Sie hob seinen Arm, um sich das Gerät genauer anzusehen. Innen in seinem Handgelenk war ein winziger Blutstropfen zu erkennen.

»Der RK nimmt normalerweise keine Befehle entgegen«, sagte Zhang. »Von mir nicht und auch fast nie von anderen Menschen. Aber er hat mir gerade ein schwach dosiertes hypnotisches Mittel verabreicht. Ich spüre schon die Wirkung.«

»Warum tragen Sie das Ding überhaupt?«, fragte sie. Ihr wurde bewusst, wie wenig sie über den Mann wusste. Sie hatte immer noch keine Ahnung, warum es die Regierung für nötig hielt, ihn ständig von einem fortschrittlichen Roboter überwachen zu lassen. »Zhang, was haben Sie getan?«

Seine Augenlider schlossen sich flatternd und dann kippte er einfach auf der Matratze um. In der niedrigen künstlichen Schwerkraft schien es so, als fiele er in Zeitlupe. Ihr wurde schwindlig, und sie begriff, wie müde sie auch selbst war.

Sie trat auf den Korridor hinaus und schloss hinter sich das Schott. Dann machte sie ein paar rasche Kniebeugen und streckte die Arme, um den Kreislauf in Gang zu bringen. Vielleicht konnte sie sich hinlegen, wenn Zhang sich ausgeruht hatte.

Das war eigentlich nicht zu erwarten, aber es war ein angenehmer Gedanke. Sie wusste, was passieren würde, wenn sie den Kopf auch nur für eine Sekunde sinken ließ. Sie würde sofort wieder die Stimme ihrer Mutter hören: *Du musst härter sein. Eine Soldatin ist hart.*

Sie schüttelte den Gedanken ab und eilte auf die Brücke zurück. Wenigstens Parker schien wohlauf. Natürlich machte auch er sich Sorgen. Er hatte Angst, war aber körperlich gut in Form. Sie lächelte ihn an und er lächelte knapp und etwas abwesend zurück. Er arbeitete gerade mit Rapscallion daran, die Schiffe einzuschätzen, die sich ihnen näherten.

»Ohne Registernummern oder Namen können wir nicht viel erkennen«, berichtete er. »Offenbar ist das erste Schiff ein Transporter, der weitgehend baugleich mit der *Artemis* ist. Unbewaffnet, aber wir müssen abwarten, wie es sich entwickelt.«

Sie nickte. »Wann trifft er ein?«

»In etwa vierundzwanzig Stunden«, sagte er.

»Und wie lange dauert es, bis dieses Kriegsschiff nahe genug ist, um auf uns zu schießen?«

Parker seufzte. »Noch einmal vier Stunden.«

Sie atmete gedehnt aus. Es fühlte sich an, als sei die Luft tagelang in ihrem Brustkorb gefangen gewesen. Als hätte ihr Oberkörper unter einem Krampf gelitten, der erst jetzt nachließ. Sie fuhr sich mit den Händen durch die Haare und massierte sich den Nacken, um die angespannten Muskeln zu lockern.

Parker stand direkt hinter ihr. Sie stellte sich vor, er legte ihr die Hände auf die Schultern und rubbelte ihr den Rücken. Das würde sich so gut anfühlen, dachte sie. Außerdem mochte es ihr beim Nachdenken helfen.

Dann schüttelte sie lachend den Kopf.

»Was ist denn so witzig?«, fragte er.

»Ich habe nur nachgedacht. Über etwas, das jetzt keine Rolle spielt.« Sie drehte sich um und sah ihm in die Augen. »Wir kommen nicht zum Reden.«

»Reden?«

»Über uns.« Sie lachte wieder. »Das klingt lächerlich, was? Eigentlich gibt es ja gar kein ›Wir‹. Wir haben vor sehr langer Zeit eine Woche zusammen verbracht.«

»Eine sehr schöne Woche, wenn ich mich richtig erinnere«, sagte Parker. »Eine wirklich schöne Woche.«

»Hm.« Sie riss sich zusammen und konzentrierte sich. »Parker - Sam. Als ich dich auf Ganymed gesehen habe, dachte ich als Erstes, dass dadurch alles komplizierter wird. Ich war ganz und gar darauf konzentriert, meinen Job gut zu machen. Meinen Auftrag von der Brandwache. Ich hatte das Gefühl, du könntest eine schreckliche Ablenkung sein.« Sie lächelte ihn etwas verschlagen an. »Aber jetzt ... es hat sich so viel verändert. Ich bin froh, dass du hier bist.«

»Ich bin auch froh«, erwiderte er. »Ich weiß nicht, wie wir ... was ich tun würde, wenn ...«

Seine Miene verfinsterte sich. Er dachte an etwas Unschönes.

»Was denn?«, fragte sie. »Was ist dir gerade eingefallen?«

»Nichts. Einfach nur ... nichts weiter. Wir sollten uns an die Arbeit machen.« Er zeigte auf die Projektion an der Wand. Als er an ihr vorbeiging, griff sie nach seinem Arm. Sie wollte ihn kurz drücken. Eine kleine Geste der Zuneigung, nichts weiter.

Doch sie war zu langsam. Er bewegte sich zu schnell, streckte die langen Raumfahrerbeine, und ihre Hand griff ins Nichts. Sie ließ sie wieder sinken, als er sich der Wand näherte.

Sie war sicher, dass er sie nicht vor den Kopf stoßen wollte. Er hatte nicht gesehen, dass sie ihn berühren wollte, das war alles. Wenn sie sich ein wenig verletzt fühlte, ein wenig enttäuscht, dann lag das allein an ihr. Sie schob den Gedanken beiseite.

»Wir haben nicht viel Zeit«, sagte er. Offensichtlich wollte er rasch weitermachen. Vielleicht war dies auch das Beste. »Wir können mit den Reparaturen im Schiff beginnen. Ich weiß nicht, was wir innerhalb eines Tages erreichen können, aber wir sollten tun, was wir können.« Er berührte die Punkte, die die anrückenden Schiffe darstellten. »Ich weiß nicht, vielleicht kommen wir wenigstens so weit, dass wir manövrieren können, ohne das Schiff zu zerbrechen.«

Sie nickte und schob die Hände in die Taschen ihres Overalls. »Na gut, das klingt wie ein Plan.«

36

WÄHREND die anderen mit den Reparaturen beschäftigt waren, kümmerte sie sich um das GS. Hier musste doch irgendetwas zu finden sein, irgendeine Datei, auf die sie zugreifen konnte, irgendeine Reaktion des Hirsch-Avatars, die ihnen etwas verraten konnte. Damit sie erfuhren, was sie noch nicht wussten.

»GS«, sagte sie, »hast du ein Video von der Ankunft der *Artemis* in diesem System? Von dem, was Actaeon gesehen hat, als wir aus der Singularität gefallen sind?«

»Ja, diese Daten sind gesammelt worden«, antwortete ihr der Hirsch.

»Kann ich sie sehen?«

»Sie haben nicht die Berechtigung, auf diese Dateien zuzugreifen«, erklärte der Hirsch.

Sie grunzte frustriert, obwohl sie damit eigentlich gerechnet hatte. »Na gut, und was ist mit der Zeit, bevor wir angekommen sind? Hast du Logs von dem, was Actaeon getan hat, während wir in der Singularität waren?«

»Diese Logs sind in meinen Datenbanken vorhanden«, antwortete der Avatar.

Petrowa nickte nachdenklich. Vielleicht ist ja nichts dabei herausgekommen, aber eventuell hatte die KI eine Art Warnung vor dem, was kommen würde, abgespeichert. Jedenfalls hatte sie den Angriff früh genug bemerkt und sich abgeschaltet – also hatte sie vielleicht gewusst, mit wem sie es zu tun bekommen würde.

»Bitte sag mir, dass ich auf diese Logdateien zugreifen darf«, bat sie.

»Sie haben die Berechtigung, auf die Dateien zuzugreifen«, erklärte ihr der Hirsch. »In den Logs sind siebzehn Petabyte Daten. Möchten Sie alles herunterladen?«

Siebzehn Petabyte? Das war eine ungeheuer große Menge an Informationen. »Nein, wir wollen klein anfangen. Hat Actaeon irgendwelche Nachrichten für uns hinterlassen? Gibt es in diesen Logdateien Klartext? Vielleicht eine Audio- oder Videodatei?«

»Die Daten der Logdateien sind in einer relationalen Datenbank gespeichert. Erlauben Sie mir, ein Beispiel darzustellen.«

Der Hirsch schnaufte und warf den Kopf hoch, als wollte er eine lästige Fliege verscheuchen. Ringsherum erwachten Sterne zum Leben, kleine Lichtpunkte schwebten wie Staub durch die Brücke. Als mehr und mehr Sterne auftauchten, bildeten sich dünne Verbindungslinien zwischen ihnen heraus, bis ein kompliziertes Geflecht wie ein goldenes Spinnennetz das Hirschgeweih umgab. Weitere Lichtpunkte erschienen, es wurden ständig mehr, bis das Spinnennetz einem Kokon ähnelte, einem dichten Geflecht aus Licht. Schneller und schneller entwickelte sich die Darstellung ...

»Aufhören«, sagte Petrowa und presste sich eine Hand an die Stirn. »Ich verstehe nicht einmal, was ich da betrachte. Das sind offenbar Datenpunkte, die verbunden sind ... ich weiß nicht, mit einer Art Gleichung oder so ...«

»Sie betrachten eine Darstellung von Actaeons Prozessoraktivität in der Nanosekunde, bevor er sich selbst heruntergefahren hat«, erklärte der Hirsch, dessen Kopf in dem Lichtgeflecht nicht mehr zu erkennen war. »Dies ist nur ein winziger Teil seiner Aktivitäten. Um nützliche Informationen darzustellen, benötige ich präzisere Parameter.«

Nachdenklich nickte Petrowa. Dies war vermutlich eine Sackgasse. Ohne Anhaltspunkte, wie sie die Daten interpretieren musste, konnte sie nicht erkennen, wie sie einen Weg durch die Billionen von Bytes finden konnte, um die Antworten zu entdecken, die sie suchte. Sie überlegte, ob sie das GS einfach abschalten sollte. Vermutlich war es gefährlich, wenn es weiterhin lief. Das, was Actaeon infiziert hatte, konnte womöglich noch einmal zuschlagen, und leider fehlte dem GS Actaeons Bewusstsein. Wenn es angegriffen wurde, war es nicht vorausschauend genug, um sich selbst abzuschalten.

Wenn sie doch nur eine andere KI hätte, mit der sie arbeiten konnte, einen Helfer mit einem Computerverstand, der sie anleiten konnte, die Daten richtig zu lesen ...

»Rapscallion«, rief sie.

»Ja?«, antwortete der Roboter. »Ich habe gerade viel zu tun. Ich bringe das gebrochene Rückgrat des Schiffs in Ordnung. Brauchen Sie etwas?«

»Tut mir leid, aber das könnte wichtig sein. Ich habe einige Daten entdeckt, auf die wir tatsächlich zugreifen dürfen. Logs von Actaeons Aktivitäten, unmittelbar bevor wir die Singularität verlassen haben. Möglicherweise ist dort etwas zu finden, aber ich kann die Daten nicht lesen. Könntest du die Daten untersuchen, wenn ich sie dir ...«

Genau in diesem Augenblick spielte Rapscallion eine seiner nervtötenden Sounddateien ab. Es klang sehr nach einem Mann, der so hemmungslos lachte, dass man fürchten musste, er bekäme gleich einen Schlaganfall.

»Ich soll Actaeons persönliche Aktivitätslogs lesen? Ja. Ja klar.« Rapscallion gab einen spöttischen Laut von sich. Es war keine Audiodatei, sondern mutete eher an, als ließe er aus einem Auspuff Gas ab. »Vergessen Sie's.«

»Warum denn?«, fragte Petrowa.

»Actaeon ist fast hundert Jahre nach mir konstruiert worden«, erklärte Rapscallion. »Wenn Sie die Logdateien lesen wollen, brauchen Sie eine KI, die so neu und komplex ist wie Actaeon selbst.«

»Du hast so etwas nicht zufällig zur Hand, oder?«, fragte sie.

»Äh ... also, da Sie es gerade erwähnen ...« Rapscallion schwieg eine Weile. »Gut, ja, ja.«

»Was ... was ist denn?«, fragte Petrowa.

»O Mann, ja, ich hatte da gerade eine wirklich brillante Idee. Die Back-ups. Es muss eine ganze Menge davon geben. Die Back-ups, ja.«

»Rapscallion?«

»Ja, genau, das sollte ich wohl lieber erklären. Also, Actaeon legt Sicherungskopien seiner selbst an. Alle zehn Nanosekunden oder so kopiert er sich selbst. Seine ganze Architektur. Genau wie, na ja, wie ein Schnappschuss. Das ist gar nicht so seltsam, das erledigt heutzutage praktisch jeder Computer. Im Fall eines irreparablen Absturzes, den er nicht mehr abfangen kann, ist es dann möglich, eines der Back-ups zu starten, das die meisten, wenn nicht sogar alle Daten enthält.«

»Du meinst also eine frühere Version von Actaeon. Von einem Zeitpunkt vor dem Angriff - bevor die Dateien zerstört wurden.«

»Ja«, bestätigte Rapscallion. »Sie starten einfach eines dieser Back-ups, und vielleicht ... aber wirklich nur vielleicht ... können Sie Actaeon wieder zum Laufen bringen. Vielleicht

könnten wir damit sogar die Kontrolle über die *Artemis* zurück-
gewinnen. Dies gilt natürlich nur für den Fall, dass das überhaupt funktioniert.«

»Wie hoch ist die Wahrscheinlichkeit, dass es klappt?«, fragte
Petrowa. Dann schüttelte sie den Kopf. »Weißt du was? Sag es
mir gar nicht erst. Es spielt keine Rolle. Wir müssen es auf jeden Fall versuchen.«

37

ES dauerte nicht lange, alles vorzubereiten. »Bist du sicher, dass es klappt?«, fragte Petrowa.

»Die angeforderte Prozedur ist nicht kompliziert«, antwortete das GS. »Sie wird nur selten angewendet, gilt aber als eine Standardfunktion dieses Grundsystems. Teilen Sie mir einfach mit, wenn Sie bereit sind.«

Petrowa trat einen Schritt zurück und betrachtete ihr Werk. Sie war zu der Ansicht gelangt, dass dies nicht frei von Risiken war, und wollte die Gefahren so weit wie möglich minimieren. Actaeon, die ursprüngliche KI der *Artemis,* lief immer noch im Hintergrund. Er war handlungsunfähig, weil er sich unablässig neu startete, aber er war immer noch da. Ein Phantom, das jeden Teil des Schiffes berührte. Es wäre unklug gewesen, eine Sicherungskopie von Actaeon - die das GS als »Vorgängerversion« bezeichnete - über den existierenden Actaeon zu kopieren. Deshalb hatte sie mehrere Reserveprozessoren aus dem Lager geholt. Es waren große, klobige Platinen in komplizierten Plastikgehäusen. Der größte Teil des Platzes wurde von Lüftern und Notstromversorgungen eingenommen. Es waren zwölf Einheiten - Actaeon war ein sehr, sehr umfangreiches Programm –, die sie im Kreis aufgestellt und kreuz und quer mit physischen Kabeln verbunden hatte. Normalerweise brauchte Actaeon keine Verdrahtung, denn er konnte seine Gedanken durch die Luft senden, aber Petrowa wollte ihn so weit wie möglich abschirmen.

Die Elemente des Netzwerks bildeten einen wuchtigen Kreis um den Hirsch-Avatar. »Warum habe ich das Gefühl, ich würde gerade einen Dämon heraufbeschwören?«, fragte sie.

»Mir fehlt das nötige Wissen über die menschliche Psyche, um diese Frage zu beantworten«, erklärte der Hirsch.

»Ja, schon gut.« Sie blinzelte zweimal. Allmählich wurde sie wirklich ausgesprochen müde. So müde, dass sie bei der Verkabelung möglicherweise einen Fehler gemacht hatte. »Überprüf das, ja? Bestätige mir, dass ich es richtig gemacht habe.«

»Das Netzwerk, das Sie gebaut haben, besitzt eine ausreichende Kapazität, um die Vorgängerversion zu betreiben«, antwortete der Hirsch. »Sie ist momentan nicht mit den Schiffssystemen verbunden. Sie bekommt genügend Energie und Bandbreite, um alle KI-Funktionen aktivieren zu können. Sollen wir fortfahren?«

Petrowa hockte sich im Schneidersitz auf den Boden. »Was ... Wie wird das ablaufen? Werde ich dann mit Actaeon sprechen können?«

»Ja, die KI wird sprechen können. Sie kann Sie auch sehen und Ihre Befehle verstehen. Sie wird genauso erscheinen wie der Actaeon, an den Sie sich erinnern.« Der Hirsch warf den Kopf vor und zurück, wobei das Geweih beunruhigend schwankte. »Möchten Sie fortfahren?«

»Ja, mach weiter«, befahl sie. »Lade die Vorgängerversion.«

»Lade«, antwortete der Hirsch. Die Sterne auf den Geweihspitzen blinkten und blinzelten in einem sich wiederholenden Muster, das ihr zeigen sollte, dass er beschäftigt war.

Sie konnte nichts tun außer warten. Sie schloss die Augen und überlegte, wie es weitergehen sollte. Zurzeit luden sie erst einmal eine Kopie von Actaeon in ein völlig isoliertes zweites Netzwerk. Dies war der erste Test, ob es überhaupt funktionierte. Sobald die Kopie hochgefahren war, würde sie auf Befehle reagieren oder einfach nur dem Beispiel des »echten« Actaeon folgen und in einen endlosen Neustartzyklus stürzen. So oder so, dabei würden sie auf jeden Fall etwas lernen.

Wenn das Back-up gut funktionierte, konnten sie den existierenden Actaeon überschreiben und durch eine ältere Version ersetzen, die nicht beschädigt war. Falls das Experiment fehlschlug, brauchten sie die Kopie nur zu löschen, und nichts weiter wäre passiert.

Sie dachte an die vielen Dinge, die schiefgehen konnten. Möglicherweise war die Kopie genauso beschädigt wie das Original. Oder die Kopie weigerte sich, sich wieder abzuschalten, und würde ihrerseits versuchen, das Schiff zu übernehmen.

Vielleicht würde sie allerdings auch ihre Bitten erfüllen und sich als absolut hilfsbereit und freundlich erweisen, um in einem Augenblick, in dem sie - Petrowa - am wenigsten damit rechnete, alle Luftschleusen zu öffnen und die Atemluft in den Weltraum entweichen zu lassen, damit sie alle erstickten und starben.

Die Sterne auf den Geweihspitzen des Hirschs blinkten unverändert. Also hätte sie jetzt noch Zeit, die Reißleine zu ziehen, alle Kabel aufzurollen und die Sache abzublasen. Sie konnte etwas anderes versuchen.

Nein. Nein, sie würde es durchziehen.

»Ladevorgang beendet. Fehlerrate innerhalb akzeptabler Parameter«, erklärte der Hirsch. »Ich starte mich jetzt ohne abgesicherten Modus neu. Bitte warten Sie einen Augenblick.«

»Klar. Ich wollte nur ...«

Der Hirsch flackerte und verschwand einen Sekundenbruchteil lang. Als er wieder auftauchte, sah er genauso aus wie vorher, nur dass die Augen hellrot waren, und er kreischte. Es war ein gequältes elektronisches Heulen, wie es kein lebendes Tier hervorbringen konnte.

Petrowa fürchtete fast, ihr könnten die Trommelfelle platzen. Das Gebrüll wurde lauter und schriller und war am Ende verzerrt und schien mitten in ihrem Kopf zu entstehen. Petrowa presste sich die Hände auf die Ohren, die Augen, die Schläfen und rollte sich seitlich weg.

Vorübergehend bekam der Hirsch ein fünftes Bein, das er sofort mit den eigenen Zähnen wieder ausriss. Das Geweih wuchs und verzweigte sich in alle Richtungen weiter, es zersplitterte wie kleine Lichtblitze, und die Sterne auf den Spitzen brannten heller und heller ...

Das Kreischen hörte einfach nicht auf.

Petrowa versuchte, ihn zu überbrüllen und ihm zu befehlen, die Stimmausgabe zu unterdrücken oder sich abzuschalten oder dass er sich selbst umbringen und sterben und sich vernichten sollte ...

Sie trat mit einem Fuß zu und traf einen Prozessor. Die Kabel rissen aus den Buchsen und der Ring war unterbrochen. Das musste doch ausreichen. Es musste reichen, denn sie hatte den Kreis aufgelöst und das Netzwerk zerstört, aber ...

Der Hirsch kam einen Schritt auf sie zu. Auf einmal hatte er böse Reißzähne im Maul. Die Schnauze war vertikal gespalten, als hätte er vier zuckende Lippen. Dann spaltete sie sich wieder in acht und sogar sechzehn Mäuler. Die Augen brannten und starrten sie an, als seien es Laser. Schaum tropfte von den Flanken. Ein grässlicher Schaum mit schwarzen Flecken, der sich in hässlichen Pfützen auf dem Boden sammelte.

Aus hundert Augen schossen rote Lichtblitze hervor. Rote

Lichter, die sie erkannte. Rote Lichter ... rot ... so rot wie in Jason Schmidts Bunker. Genau das gleiche Rot, genau die gleiche ...

Sie dachte an den Avatar des kleinen Jungen auf Ganymed, den sie hatte ansehen sollen, den sie hatte betrachten sollen, und ...

Was wäre dort um ein Haar geschehen? Was wäre passiert, wenn sie hingeschaut hätte? Dies war das gleiche rote Licht, und sie hatte das Gefühl, es schlüge durch ihre Netzhäute und brannte sich bis in ihr Gehirn ...

»Unrein«, sagte das Hirsch-Wesen. Das Kreischen hatte nicht aufgehört, aber sie hörte die Worte, als hätte das Wesen in ihrem Kopf gesprochen. »Unrein. Töten. Fäulnis. Gnade. Obszönität. Unrein. Verwesung. Töten.«

Petrowa schrie zurück, um den Hirsch zu übertönen, hob schützend die Hände vor das Gesicht, als hundert Hirschmäuler über sie hinwegwuchsen wie ein knöcherner Torbogen, wie ein Käfig aus Knochen ...

»Abscheulichkeit! Abscheulichkeit!«

Dann hörte sie ein Geräusch, das einem Schuss sehr ähnlich war. Ein Knacken, als hätte ein Riese das ganze Schiff gepackt und in der Mitte durchgebrochen. Petrowa ließ die Hände ein wenig sinken, um herauszufinden, was gerade geschehen war.

Das rote Licht war fort.

Der Hirsch war wieder einfach nur ein Hirsch. Das Geweih war nicht größer als vor dem Experiment, das Maul war ganz und gar normal und entsprach einem Pflanzenfresser. Der Kopf hing unnatürlich auf einer Seite, und nun wurde ihr bewusst, was geschehen war. Das Genick war gebrochen. Das war das Knacken gewesen, das sie gehört hatte. Irgendjemand hatte einen enormen Druck ausgeübt und dem Hirsch mit einer einzigen schnellen Bewegung das Genick gebrochen.

Oder wenigstens ... war dies die visuelle Metapher, die der Avatar benutzt hatte. Er schickte eine Nachricht, die sie wie üblich nicht verstehen konnte.

Der Hirsch sank auf die Knie und kippte seitlich um. Die Flanken hoben sich schwer, als er verzweifelt nach Luft schnappte. Die Augen waren weiß, wirkten aber nicht mehr wie Perlen oder Edelsteine, sondern ähnelten eher dem grauen Star und einem Glaukom. Das Licht in ihnen schwand, während Petrowa, vor Angst gelähmt, zusah.

Vom Boden stieg ein bläulicher Schimmer auf, der sich ganz, ganz langsam zu einer menschlichen Gestalt verdichtete. Es war eine Frau mit kurzem Haar, die eine Uniform trug. Nach und nach wurde das Bild schärfer und detailreicher, mit der Zeit verbesserte sich die Auflösung. Die Frau kniete neben dem Hirsch und legte ihm eine Hand auf die Wange, als wollte sie das Tier in seinen letzten Augenblicken trösten.

Dann verschwand der Hirsch. Er hörte einfach auf zu existieren. Das Licht, das ihn im Hologramm geformt hatte, wurde ausgeschaltet. Nur die Frau blieb. Sie drehte sich langsam um, und nun erst sah Petrowa das Gesicht. Das kurz geschnittene eisengraue Haar, das die markanten Gesichtszüge einrahmte.

»Direktorin?«, fragte Petrowa. »Direktorin Lang?«

38

ZHANG träumte, er schwebe am Grund eines dunklen Sees auf Titan. So eisig und so schwarz. Es war kein Wasser. Er schwamm in flüssigem Methan, das kalt genug war, um die gefrorene Haut von einem menschlichen Körper abzuschälen. Zhang fasste nach unten, um den Seeboden zu finden und sich nach oben abzustoßen, heraus aus dem Methan und hin zum Licht.

Wie sich herausstellte, befand sich der See voller Knochen. Es waren menschliche Knochen. Seine Finger bohrten sich durch die Augenhöhlen und die Nasenlöcher eines halb zerstörten Schädels. Er erschrak und hätte beinahe den Mund aufgerissen und einen Schrei ausgestoßen, während er mit der freien Hand nach einem Halt tastete. War sie hier? War Holly hier, zwischen all den Knochen?

Er musste sie finden. Sie konnte doch nicht hier verschüttet liegen bleiben. Er konnte sie schließlich nicht bei all den anderen zurücklassen. Er musste finden, was von ihr noch da war, irgendeinen Teil, den er festhalten konnte. Irgendetwas!

Er vermochte nicht zu atmen. Aber er musste atmen. Seine Lippen zuckten, aus den Mundwinkeln quollen dicke, silberne Blasen hervor. Er strengte sich an, richtete sich auf, strebte der Oberfläche entgegen, um dem schwarzen, nassen Gefängnis des Sees zu entkommen, und dann ... und dann ...

Er riss die Augen auf. An einem Ende des winzigen Raumes sah er einen schwachen blauen Schein. Am Fußende seines Betts stand eine Frau und schaute geringschätzig auf ihn herab.

Wie schrecklich, im ersten Augenblick dachte er, Holly sei voller Zorn zu ihm zurückgekehrt. Warum war sie so wütend auf ihn? Er wollte die Augen wieder schließen und in den See mit den Knochen tauchen, weil das immer noch besser gewesen wäre, als ihren Blick zu ertragen.

Dann ergriff die Frau am Fußende seines Bettes das Wort, und er sah ein, dass sie nicht Holly war. Er schauderte, weil ihm bewusst wurde, dass er nur geträumt hatte. Es war bloß ein Albtraum gewesen. Nun konzentrierte er sich auf das, was die Frau zu sagen hatte.

»Dies ist eine aufgezeichnete Nachricht«, erklärte sie. »Versuchen Sie nicht, zu antworten.«

Er nahm die Bettdecke und zog sie sich bis zum Kinn und sogar über den Mund hoch. Er zitterte immer noch, als sei ihm schrecklich kalt. Allmählich kam er zu sich und holte tief Luft.

Die Frau trug eine Militäruniform. Sie hatte ein Abzeichen auf der Schulter, das sie als Angehörige der Leitstelle der Brandwache auswies. Es musste Direktorin Lang sein, Petrowas Vorgesetzte. Er staunte, dass sein Gehirn so durcheinander war, sonst hätte er doch nicht gedacht, sie sähe aus wie ... na ja ...

»Sie sehen diese Aufzeichnung, weil Sie versucht haben, Actaeon neu zu starten. Versuchen Sie das nicht noch einmal. Es gibt Sicherheitssperren, die verhindern, dass Sie die Notfunktionen der KI stören, aber offensichtlich sind Sie schlau genug, um diese Sperren zu überwinden. Seien Sie aber auch so schlau einzusehen, dass es im Augenblick eine schreckliche Idee wäre, Actaeon aufzuwecken.

Offensichtlich sind Sie im Paradise-System angekommen und

wurden angegriffen. Das war zu erwarten. Man muss allerdings anerkennen, dass Sie überhaupt so lange überlebt haben. Vielen anderen ist dies nicht gelungen.

Sie wurden in ihre Mission eingewiesen, als Sie der *Artemis* zugeteilt wurden. Die Informationen in dieser Einweisung waren notwendigerweise unvollständig. Jetzt, da Sie Ihr Ziel erreicht haben, kann ich Ihnen mehr als das anbieten: die Wahrheit.«

Lang blickte nach unten in die Ferne. Beinahe so, als hätte sie ein schlechtes Gewissen, weil sie die *Artemis* und alle an Bord in ein Katastrophengebiet geschickt hatte.

»Ich möchte Ihnen versichern, dass alles, was Sie bisher erlebt haben, aus einem guten Grund geschehen ist.

Wie Sie inzwischen sicherlich schon vermuten, ist die *Artemis* nicht das erste Schiff, das wir nach Paradise beordert haben.

Genauer gesagt, wir haben bereits mehr als hundert Raumschiffe geschickt, die mit der Kolonie auf Paradise-1 Kontakt aufnehmen sollten. Bisher blieben die Versuche allerdings ergebnislos. Alle Schiffe, die auf Paradise-1 zu landen versuchen, werden angegriffen. Entweder sie werden zerstört, oder sie schalten ab und reagieren nicht mehr auf unsere Signale. Die Besatzungen, die wir in das System geschickt haben, sind nicht zurückgekehrt und haben sich nicht mehr gemeldet.

Aus diesem Grund stehen wir seit vierzehn Monaten nicht mehr in Kontakt mit dem Planeten. Wir wissen nicht, was mit der Kolonie geschehen ist und in welcher Verfassung die Siedler dort sein mögen. Diese Informationen sind vertraulich. Ich möchte mich entschuldigen, weil ich Sie nicht vorher vor dem gewarnt habe, was Sie am Ziel erwartet, und Sie erst jetzt die Freigabe bekommen, es zu erfahren.

Es ist wichtig, dass wir dieses Rätsel lösen und aufklären, was im Paradise-System geschehen ist. Wir müssen herausfinden, warum sich die Schiffe abschalten und warum wir keine Verbindung zu dem Planeten aufnehmen können. Solange diese Fragen nicht beantwortet sind, dürfen Sie nicht nach Ganymed oder auf die Erde zurückkehren. Aus diesem Grund ist Ihr Überlichtantrieb auch stillgelegt worden.

Setzen Sie Ihre Mission fort. Vollenden Sie Ihre Mission. Von Ihnen hängt die Zukunft der ganzen Menschheit ab.«

Nun blickte ihm Lang wieder direkt in die Augen. Natürlich war ihm klar, dass es sich um eine Illusion handelte, um einen grafischen Effekt, der von dem holografischen Projektionssystem des Schiffs erzeugt wurde. Aber ihm stockte trotzdem das Blut in den Adern. Es war, als starrte ihn ein Gespenst an.

»Doktor Zhang Lei, der folgende Teil dieser Nachricht ist nur für Sie bestimmt. Bitte sagen Sie den anderen nicht, was ich Ihnen jetzt mitteile. Diese Mission umfasst mehr, als ich bisher erklärt habe. Aufgrund der bisher vorliegenden Informationen müssen wir nämlich annehmen, dass die Ereignisse im Paradise-System mit der Tragödie zu tun haben, die Titan heimgesucht hat. Es ist genau die Seuche, für deren Bekämpfung Sie dort so hart gearbeitet haben.

Doktor Zhang, Sie müssen am Leben bleiben. Sie sollten einen klaren Kopf bewahren, ganz gleich, was sonst geschieht. Die *Artemis* und die Crew mögen entbehrlich sein, Sie sind es gewiss nicht.

Ende der Nachricht.«

Das Hologramm verschwand und es war stockdunkel in dem Raum. Es schien, als wäre er wieder in den See auf Titan gestürzt. Zhang fragte sich, ob er nicht doch eine psychotische Episode hatte. Ob er sich Langs Botschaft gerade nur eingebildet hatte. Doch dann glitt das Schott auf, und Parker stand im

Eingang. Das Licht, das vom Korridor hereinfiel, war so hell, dass es durch den Kapitän hindurchzustrahlen schien. Zhang blinzelte angestrengt und legte die Arme über die Augen.

»Haben Sie das gehört?«, fragte Parker. »Haben Sie sie gesehen? Lang?«

Zhang nickte.

»Die haben uns geradewegs in die Hölle geschickt«, fuhr Parker fort. Es klang fast, als sei er betrunken. Oder so wütend, dass er nicht mehr richtig sprechen konnte. »Die haben schon vor uns jede Menge Leute losgeschickt, und jetzt sollen ausgerechnet wir das Problem lösen? Ich kann es nicht glauben.«

Zhang suchte nach den richtigen Worten. »Das ist ...«

»Das ist einfach Mist!«, schrie Parker. »Dafür haben wir uns doch nicht gemeldet! Ich muss Petrowa finden und mich vergewissern, dass sie nach wie vor wohlauf ist. Geht es Ihnen denn gut?«

»Ich ... was?«

»Sind Sie körperlich unversehrt? Ich meine, ich kann mir vorstellen, wie Sie das alles bewerten, weil es mir ähnlich geht. Aber jetzt sind Sie wach. Ich rufe alle zusammen, damit wir darüber sprechen können. Sind Sie dabei?«

»Ich glaube schon, ja«, quetschte Zhang heraus.

Parker nickte. Dann sah er Zhang lange und nachdenklich an. »Wir kriegen das hin«, behauptete er. Es klang, als wollte er vor allem sich selbst Mut machen. »Wir schaffen das. Weil wir zusammenarbeiten werden.«

Als Solidaritätsbekundung hob Zhang eine Faust. Das schien Parker zu reichen, denn er ging ohne ein weiteres Wort.

Er wollte Petrowa suchen und sich vergewissern, dass ihr nichts passiert war. Petrowa. Parker und Petrowa.

Er musste an Langs Bemerkung denken.

Diese Leute waren entbehrlich.

Zhang, der nie eine hohe Meinung von sich selbst gehabt hatte, war es anscheinend nicht. Offenbar war er für das, was kommen sollte, sogar besonders wichtig. Und er durfte es den anderen nicht einmal sagen.

Er schob die Decke weg und stellte die Füße auf den Boden. Der RK verpasste ihm eine Art Aufputschmittel. Als er ganz aufgestanden war, sang bereits das Blut in seinen Adern. Er ging zur Tür und wollte in den Korridor marschieren, um die anderen zu suchen. Er wollte ihnen sagen ...

Was denn eigentlich?

Wenn sich Paradise-1 in der Gewalt des Wesens befand, das er auf Titan erlebt hatte - von dem er immer noch träumte, sobald er die Augen schloss -, dann hatten sie wirklich ein Problem. Sie hatten ein schreckliches, unlösbares Problem.

Der Rote Würger. Lang hatte angedeutet, dass die Ereignisse im Paradise-System mit dem Roten Würger zusammenhängen konnten. Mit dem Wesen, das mit Ausnahme von Zhang Lei alle Menschen auf Titan getötet hatte.

Wie konnte er ihnen das erklären? Wie konnte er es ihnen überhaupt verständlich machen?

39

SIE hatten kein Konferenzzimmer und nicht einmal einen Esstisch. Die betreffenden Abschnitte des Schiffes waren entweder beschädigt oder unzugänglich. Unter den schweren, giftigen Ästen der seltsamen Bäume auf der Brücke wollten sie allerdings auch nicht sprechen. Also zwängten sie sich in einen Lagerraum. Parker hielt sich an der Seite eines Lagerregals fest und machte Klimmzüge, während sich die anderen niederließen. Vor Anstrengung schnitt er eine Grimasse, obwohl es nicht danach aussah, als müsste er sich sehr ins Zeug legen. Als er auf den Boden sprang und in dem kleinen Raum einige Runden drehte, war er nicht einmal außer Atem geraten.

Zhang hockte sich in einer Ecke vor ein Regal und zog die Knie ans Kinn, während Parker wie ein Tiger im Käfig umherlief.

»Könntest du ... damit bitte aufhören?«, fragte Petrowa. Es ging ihr auf die Nerven, wenn er so hektisch hin und her rannte.

»Entschuldige.« Parker hielt an und verschränkte die Arme vor der Brust. Da er offensichtlich etwas zu sagen hatte, winkte sie ihm, er möge anfangen. »Ich glaube, es ist ziemlich klar, dass wir im Arsch sind«, begann er.

Er atmete nicht schwer. Er hatte nicht einmal den Anstand, verschwitzt oder ein wenig erschöpft auszusehen. Offenbar hielt er sich von ihnen allen am besten, obwohl er, wie sie wusste, seit ihrer Ankunft nicht geschlafen hatte. Sie hatte nicht einmal bemerkt, dass er etwas gegessen hatte. Der Dreckskerl.

»Wir waren vorher schon im Arsch«, antwortete Petrowa.

»Was gibt es sonst noch Neues?«

»Ehrlich? Denkst du nicht, dass dies alles verändert? Die Brandwache hat uns hergeschickt, damit wir sterben.«

Er sah Petrowa an, während er sprach, doch sie schluckte den Köder nicht.

»Falls du meinst, ich müsste dir jetzt widersprechen, dann hast du dich getäuscht, Parker. Wir sind die Ausgestoßenen. Die Leute, die sie loswerden wollten. Sie hätten niemand Besseres als uns schicken können. Deine besten Soldaten schickst du doch nicht als Erstes, wenn du ein Minenfeld räumen willst.«

»Nur dass wir nicht die Ersten sind. Da draußen sind mehr als hundert Schiffe. Mehr als einhundert!« Parker hielt das offensichtlich für eine Gemeinheit. »Wir müssen davon ausgehen, dass sie alle gescheitert sind. Oder nicht? Warum sonst wären sie noch hier?« Wieder schritt er eine Weile hin und her. »Warum schicken die überhaupt noch mehr Schiffe in dieses System? Nach so vielen Fehlschlägen sollten sie es doch eigentlich einsehen.«

»Ich kenne die Brandwache ziemlich gut«, erwiderte Petrowa. »Sie können brutal sein, aber dumm sind sie nicht. Als sie die Schiffe abgeordnet haben, dachten sie offensichtlich, es könne ihnen irgendwie helfen. Sie dachten, man könne das Problem irgendwie lösen. Offenbar gibt es eine Lösung, wir müssen sie nur finden.«

»Ja, ich kenne eine Lösung«, entgegnete Parker. »Wir sollten den Planeten verlassen. Wir sollten Paradise-1 aufgeben.«

»Da unten sind Tausende Menschen«, erinnerte ihn Petrowa. »Darunter auch ...«

Parker zog eine Augenbraue hoch. »Darunter? Kennst du da unten jemanden? Kennst du einen Kolonisten?«

»Darunter ist auch meine Mutter.«

Parker starrte sie mit offenem Mund an.

Zhang ergriff als Erster wieder das Wort. Er hob den Kopf und sagte: »Ekaterina Petrowa? Ist sie hier?«

»Auf dem ... Planeten.« Sie war nicht sonderlich überrascht, dass Zhang wusste, wer ihre Mutter war. Immerhin war sie die Direktorin der Brandwache und damit eine der wichtigsten Beamtinnen der terranischen Regierung gewesen. Jeder kannte Ekaterina Petrowa – oder glaubte sie zumindest zu kennen. »Sie ist in den Ruhestand gegangen und hierher umgezogen. Sie lebt schon seit fast einem Jahr auf Paradise-1.«

»Nein, das stimmt nicht«, erwiderte Zhang.

Petrowa starrte ihn an. »Was?«

Zhang zuckte mit den Achseln. »Lang sagte, es gehe schon seit vierzehn Monaten so.«

»Nein«, widersprach Petrowa. Sie begriff zwar, was er andeutete, wollte es jedoch nicht glauben. »Nein. Ich habe eine Nachricht von ihr bekommen. In dem Video war sie bereits auf dem Planeten. Es ist kurz vor unserem Abflug von Ganymed bei mir eingegangen. Parker, warum siehst du mich so an?«

Er trat einen Schritt zurück und entfernte sich von ihr, als fürchtete er, sie könnte ihn angreifen.

»Vierzehn Monate«, beharrte Zhang. »Lang sagte, sie hätten seit vierzehn Monaten keinen Kontakt mehr mit dem Planeten. Niemand sollte das erfahren. Sie fälschen die Nachrichten, die von dem Planeten kommen.«

Petrowa schüttelte den Kopf. Sie starrte ihre Handfläche an und wischte mit einer Fingerspitze über die Herzlinie, um die archivierten Nachrichten zu öffnen. Dann suchte sie die Nachricht ihrer Mutter heraus, in der sie gesund und munter auf Paradise-1 zu sehen war.

Ekaterina lachte und lächelte in dem Video, während sie Bäume in den staubigen Boden pflanzte. Die Sonne in ihrem Gesicht war hell und wirkte echt.

Petrowa konnte es nicht mehr verleugnen. Die Nachricht musste eine Fälschung sein. Schon beim ersten Ansehen hatte sie das Video irreal und eigenartig gefunden und jetzt war sie endgültig überzeugt. Die Botschaft musste, anders konnte es gar nicht sein, weniger als vierzehn Monate alt sein.

Ob ihre Mutter überhaupt noch lebte?

»Warum?«, unterbrach Parker ihren Gedankengang.

»Ich ... Was meinst du?«

»Warum lügen sie in diesem Zusammenhang? Was soll das alles?«

Petrowa hatte eine Antwort. Sie mochte die Antwort allerdings nicht, und ihr war auch klar, dass die anderen sie auch nicht mögen würden. »Damit sie weiterhin Kolonisten, Soldaten, Ärzte und Piloten rekrutieren und hierherschicken können. Damit sie immer wieder neue Leute finden, mit denen sie nach dem Problem werfen können.«

»Das ist doch unsinnig«, stellte Parker fest. Er ging zu einem Lagerregal, in dem Ersatzteile für das Beleuchtungssystem des Schiffes aufgestapelt waren. Als er die Hand auf eine Flutlichtbirne legte, rechnete sie damit, dass er den Leuchtkörper so fest wie möglich gegen die hintere Wand schleudern würde. Widerwillig zog Parker die Hand jedoch zurück und entfernte sich von dem Regal. »Lang sagte, es gebe einen guten Grund für das alles. Warum konnte sie uns nicht erklären, welcher Grund dies sein soll?«

Petrowa zuckte mit den Achseln. »Es ist ihre Aufgabe, die

Geheimnisse der Menschheit zu hüten. Offensichtlich gibt es viele Dinge, die wir nicht erfahren sollen.«

»Nimmst du die Frau etwa in Schutz? Sie hat unser Leben weggeworfen!«, fauchte Parker.

Petrowa schloss einen Augenblick lang fest die Augen. Wollte sie sich jetzt wirklich auf Langs Seite schlagen? »Ich verteidige keineswegs ihre Entscheidungen. Aber ich kenne Direktorin Lang. Ich glaube, ihre Motive sind wahrscheinlich ... na ja. Eigentlich wollte ich sagen, dass ihre Motive gut sind. Vielleicht sollte ich eher ›vernünftig‹ sagen. Wenn es Dinge gibt, die sie uns verschweigt, dann ...«

»Sie hat mit mir gesprochen«, warf Zhang ein.

Petrowa sah ihn an. So groß er auch war, wie er da am Boden kauerte, wirkte er auf einmal eher klein und schmächtig. Er flüsterte jetzt beinahe.

»Was?«, fragte sie.

»Wir haben doch alle die Nachricht gesehen.« Parker wedelte gereizt mit einer Hand.

»Das war nicht alles. Die Nachricht war noch länger, aber der letzte Teil war nur für mich bestimmt. Sie hat mich gebeten, es Ihnen nicht zu offenbaren, aber ... das wäre nicht fair.«

Parker schnaufte unwillig, doch Petrowa hockte schon vor Zhang und sah ihm in die Augen. Ihm war anzusehen, wie sehr er sich quälte. Offensichtlich kostete es ihn viel Überwindung, sie einzuweihen. »Sprechen Sie weiter«, drängte Petrowa. »Was hat sie gesagt?«

»Ich dachte, es sei *vernünftig,* Geheimnisse zu hüten«, erklärte Parker hinter ihr.

Sie bedeutete ihm zu schweigen und berührte Zhang an der Schulter, um ihn zu beruhigen.

Der Arzt wehrte ihre Hand jedoch mit einem Achselzucken

ab. »Sie sagte, was hier geschieht, hätte auch mit mir zu tun. Mit dem, was ich in der Kolonie auf Titan erlebt habe.«

»Titan? Meinen Sie den Saturnmond?«, fragte Petrowa.

Zhang nickte.

»Auf Titan gibt es keine Kolonie«, wandte Parker ein.

»Nicht mehr«, erklärte Zhang. »Sie war nie besonders groß. Etwa dreihundert Menschen. Es war eine Art ... na ja, so ähnlich wie der Ausbruch einer Seuche. So könnte man es beschreiben. Sie sind alle gestorben. Alle bis auf mich. Ich war dort der Arzt. Einer der ... Ärzte. Ich ... ich konnte sie nicht retten. Ich ...«

Er rieb sich über die Augen. Petrowa sah, dass er weinte. Sie wusste, dass er sich nicht gern berühren ließ, aber ihr fiel nichts Besseres ein, als ihm eine Hand auf den Arm zu legen. »Wie schrecklich«, sagte sie. »Das tut mir ... so leid.«

»Wollen Sie sagen, dass eine ganze Kolonie gestorben ist, und die Brandwache hat es einfach vertuscht?«, fragte Parker. »Also, das kommt mir ziemlich verrückt vor.«

»Nur dass sie hier genau das Gleiche tun«, erinnerte ihn Petrowa.

Dazu fiel Parker nichts mehr ein.

Sie sah wieder Zhang an. »Doktor, ich weiß, dass es schwer ist, aber bitte - könnten Sie uns noch etwas mehr erzählen? Was hat die Menschen auf Titan getötet?« Wenn Lang dachte, hier auf Paradise-1 sei das Gleiche geschehen, wenn ihre Mutter da unten an einer Art Seuche starb ...

»Es gab mehrere Namen dafür. Die Kolonieverwaltung nannte es den Roten Würger, weil die Gesichter der Opfer rot anliefen, bevor sie starben. Später, als meine ... meine Kollegin, die einzige andere Ärztin der Kolonie ... als sie das Pathogen etwas besser verstand, nannte sie es einen Basilisken. Das ist auch der Grund dafür, dass wir gescheitert sind. Wir dachten, es sei eine Art Seuche. Eine Krankheit. Aber das traf nicht zu. Es war weder ein Virus noch ein Bakterienstamm und auch keine Pilzinfektion. Nichts dergleichen.«

Verzweifelt sah er Petrowa an. Sie verstand es nicht. Es schien, als fürchtete er sich zu sagen, was hinter alldem steckte, wenn es denn keine Krankheit war.

»Was war es denn nun?«, fragte Parker hinter ihr.

»Es war ein Alien«, erklärte Zhang.

40

»EIN Alien«, wiederholte Parker. »Mann. War es so eine Art Grey mit großen schwarzen Augen? Oder eher wie die Figuren mit großen sabbernden Mäulern und furchtbaren Klauen in den Holofilmen?«

»Moment«, wandte Petrowa ein. »Wir sollten uns mal einen Augenblick Zeit nehmen und uns genau überlegen, worüber wir jetzt eigentlich reden.«

»Aliens!« Parker hob die Hände und krümmte die Finger wie Krallen, mit denen er in die Luft hackte. Dann stieß er ein lächerliches Geräusch aus, eine Art gurgelndes Brüllen, und ließ sich kichernd nieder.

»Ich weiß genau, was ich gesagt habe«, beharrte Zhang. Seine Miene wirkte jetzt angespannt und grimmig. Offensichtlich mochte er Parkers Späße nicht.

Petrowa holte tief Luft. »Doktor«, sagte sie.

»Ich muss zugeben, dass er nicht ganz unrecht hat. Sie haben gerade behauptet, ein Alien hätte eine ganze Kolonie ausgelöscht.«

»Bis auf mich.«

»Bis auf Sie. Aber wie ist das möglich? Wir haben Dutzende Planeten erkundet. Wir haben überlichtschnelle Sonden zu Hunderten Sternen in der ganzen Galaxis geschickt. Niemand hat bisher etwas entdeckt, das komplexer gewesen wäre als harmlose einzellige Organismen. Und nichts, was auch nur im Mindesten für Menschen gefährlich wäre.«

»Das ist mir bewusst«, antwortete Zhang. »Aber andererseits ... irgendwann ist immer das erste Mal, oder?«

Sie lehnte sich zurück und nickte. Sie wollte ihm wenigstens zuhören. »Was denn für eine Art Alien?«, fragte sie.

»Es war ein Parasit«, erklärte Zhang. »Ein psychischer Parasit. Er hat durch eine Art telepathische Infektion alle Menschen auf Titan getötet.«

Parker sprang auf und ging zur Tür. »Hört doch auf«, sagte er. »Petrowa, das hier ... das bringt uns wirklich nicht weiter.«

Sie warf ihm einen zornigen Blick zu, obwohl sie im Grunde seiner Meinung war.

Doch in Zhangs Miene nahm sie etwas wahr, das ihr überhaupt nicht gefiel. Es schien, als wüsste er, wie verrückt seine Behauptungen klangen, und als müsste er es ihr trotzdem erzählen. Weil sie es erfahren musste.

»Wie sehen diese Aliens aus?«, fragte sie.

Zhang lächelte, doch es war kein glückliches Lächeln.

Sie hatte eine Ahnung, was dieses Lächeln bedeutete. »Haben Sie ... überhaupt schon mal einen dieser Aliens gesehen?«, fragte sie.

»Nein«, räumte er ein. »Der Parasit kann nicht entdeckt werden. Noch schlimmer. Was dieses Ding auch sein mag, es hat keine physische Gestalt, die Sie unter einem Mikroskop erkennen könnten. Trotzdem ist es real.«

Sie runzelte die Stirn. Es war schon ziemlich viel verlangt, wenn sie ihm das einfach abkaufen sollte.

»Hat ... hat die Brandwache jemals ... ich meine, was hat man denn gesagt, als Sie dort berichtet haben? Ich nehme doch an, Sie haben es berichtet. Sie sagten, Sie seien der letzte Überlebende von Titan. In einem solchen Fall, besonders wenn man es geheim halten will, hätte die Brandwache doch als Erstes mit Ihnen gesprochen.«

»Richtig. Zuerst wollten sie mich einfach sterben lassen. Sie haben mich sechs Monate allein gelassen. Das haben sie ›Quarantäne‹ genannt. Als ich nicht gestorben bin, haben sie mich abgeholt.«

Wieder runzelte Petrowa die Stirn. »Es wundert mich, dass man Sie nicht einfach ...«

»Dass sie mich nicht umgebracht haben?«, ergänzte Zhang. *Ihn einfach töten. Gnadentod.*

Petrowa schob die Erinnerung an den Hirsch auf der Brücke weg, die Erinnerung an die entstellte Version von Actaeon, kurz bevor Direktorin Lang sie beseitigt hatte ... nein. Sie hatte keine Zeit, darüber nachzudenken. Zhang sprach schon weiter.

»Ich war lebendig nützlicher, denn so konnte ich ihre Fragen beantworten. Sie hatten viele Fragen.«

Sie musste sich konzentrieren. Dies war auf keinen Fall der richtige Augenblick, um sich in den eigenen Gedanken zu verlieren. Erst einmal musste sie dies hier zu Ende bringen. »Was haben Sie erzählt? Etwa, dass Aliens alle anderen getötet und nur Sie am Leben gelassen haben? Dass die Aliens die Leute nicht mit Bomben oder anderen Waffen, sondern mit einer Methode getötet haben, die wie eine Krankheit aussah? Nur dass es keine war?«

»Ich habe ihnen alles erzählt, ja.«

»Und wie haben sie darauf reagiert?«

Zhang hob den Arm und zeigte ihr den RK, der sich um seinen Unterarm gelegt hatte.

»Oh-oh.« Parker schnalzte mit der Zunge. »Man war der Ansicht, Sie seien verrückt.«

»Das ist kein belastbarer diagnostischer Begriff«, widersprach Zhang.

»Ich will nicht einfach abtun, was Sie gesagt haben«, erklärte Petrowa. »Wirklich, ich würde Ihnen gern zuhören. Aber ...«

»Hör mal«, schaltete sich Parker ein. »Das spielt doch alles keine Rolle. Wir vergeuden damit nur unsere Zeit. Uns bleiben weniger als vierundzwanzig Stunden, bis der feindliche Transporter hier eintrifft. Einige Stunden danach nimmt uns das Kriegsschiff ins Visier. Ob auf Titan Alien-Parasiten waren oder nicht, interessiert uns im Augenblick überhaupt nicht.«

Petrowa blickte zwischen ihnen hin und her.

Wenn Zhang ihr etwas gegeben hätte, mit dem sie arbeiten konnte, wenigstens einige plausible Details, dann hätte sie Parker vielleicht überzeugen können, genauer hinzuhören. Aber nein, sie hatte überhaupt nichts in der Hand. Sie musste nachdenken, und das war gar nicht leicht. Sie war so müde, und dann ... als sie versucht hatte, die alte Kopie von Actaeon zu laden ... diese Schreie, und der Hirsch hatte sich in etwas anderes verwandelt ... in etwas anderes, das sie ... sie ...

Sie öffnete die Augen und konnte sich nicht erinnern, sie überhaupt geschlossen zu haben. Wie es schien, war sie dem Zusammenbruch nahe. Sie verlor den Kampf gegen ihren eigenen Körper.

»Ich weiß«, sagte sie und hoffte, damit auf Parkers Bemerkung zu antworten, sie dürften keine Zeit verschwenden. Hoffentlich hatten sie sonst nichts gesagt, in der Zeit, während sie für einen kleinen Moment eingenickt war. Sie packte das Hautsegel zwischen Daumen und Zeigefinger und kniff sich, so fest sie konnte. So fest, dass sie eine Grimasse schnitt. So fest, dass sie ein bisschen wacher wurde. »Ich weiß, wir brauchen einen Plan. Ich ... Mir fällt nur leider nichts mehr ein.«

»Natürlich müssen wir herausfinden, was hier los ist«, meinte Parker. Zhang setzte zum Sprechen an, hielt aber inne, weil Parker drohend einen Zeigefinger hob. »Wir brauchen Antworten, das ist das Wichtigste. Solange wir nicht wissen, womit wir es hier zu tun haben, können wir es auch nicht bekämpfen.«

»Du hast recht«, stimmte sie zu. »Du hast völlig recht. Gib mir nur eine Sekunde, gib mir ...«

Unrein. Gnade. Verwesung. Gnade.

Sie riss sich zusammen und blickte sich um. Ihr Herz hämmerte so fest in der Brust, dass sie kaum noch atmen konnte.

»Petrowa?«, rief Parker.

Sie konnte ... sie konnte nicht mehr antworten. Sie konnte sich nicht bewegen und nicht mehr denken. Das war schlimmer als alles andere. Hatte sie vielleicht einen Schlaganfall erlitten? Sie wollte etwas sagen, bekam aber nur ein leises Stöhnen heraus. Sie betrachtete ihre Hände, konnte aber nichts außer dem Dreck unter den Fingernägeln und das alte Blut sehen, das noch in den Furchen ihrer Handflächen klebte. Ihre Haut war ölig, sogar schmierig, widerlich wie Aas und unrein ... unrein ...

Unrein. Gnade.

Das sah wirklich nicht gut aus.

Du bist nicht hart genug. Dich zu töten, wäre eine Gnade.

»Petrowa?«, rief Parker. »Sascha?«

Sie war weit, weit weg und konnte ihn kaum noch hören. Dann schien sie in einen schmalen Tunnel zu stürzen, der enger wurde, immer enger ...

Und dann wurde es dunkel.

Abscheulichkeit.

Nur das Wort blieb. Eine Vorstellung von Obszönität. Mehr war von ihr nicht mehr übrig.

41

ALS sie aufwachte, starrte sie in grelles Licht. Sie brauchte einen Moment, um zu verstehen, dass ihr die Augen wehtaten und dass sie die Lider schließen musste. Sie richtete sich auf, stieß die Lichtquelle weg und vertrieb blinzelnd die Nachbilder, während sie überlegte, wo sie jetzt war und wie lange sie ohnmächtig gewesen sein mochte.

Zhang. Doktor Zhang hatte sich über sie gebeugt. Viel zu nahe. Er hielt das Licht, eine kleine Taschenlampe, mit der er vor ihrem Gesicht herumfuchtelte.

»Aufhören«, sagte sie und stieß ihn noch einmal weg. Er fühlte sich an, als wöge er höchstens zwanzig Pfund, als könnte sie ihn mit einem einzigen Stoß quer durch den Raum schleudern.

»Sie sind wieder etwas stärker, das ist gut. Die Menschen, die auf der Erde geboren sind, kommen schneller wieder zu sich«, sagte Zhang.

Ihr Oberkörper war kalt. Sie blickte an sich hinunter und sah, dass jemand den Reißverschluss ihres Overalls geöffnet hatte. Sie griff nach den Aufschlägen und zog sie zusammen.

»Ich musste Ihr Herz abhören«, erklärte er. »Es ist übrigens völlig in Ordnung.«

Sie atmete tief und langsam durch und dachte nach. Ihre Wut richtete sich gewiss nicht auf Zhang. Er wollte ihr nur helfen.

Eher war sie wütend auf sich selbst, weil sie so schwach war. Weil die Männer gesehen hatten, wie schwach sie war.

»Ich dachte, Sie berühren andere Menschen nicht gern«, entgegnete sie.

»Hm? Nein, ich sagte, dass ich mich nicht gern berühren lasse. Es ist aber meine Aufgabe, Menschen zu heilen, und dabei muss ich sie berühren.«

»Sehen Sie da keinen Widerspruch?«, fragte sie.

Er lachte. Das klang nicht besonders fröhlich. »Aus diesem Blickwinkel habe ich noch nie darüber nachgedacht. Sie hatten noch nicht viel mit Ärzten zu tun, oder?«

»Nein«, räumte sie ein.

»Wir sind voller Widersprüche. Vorsichtig.«

Sie machte den Fehler, sich zu schnell aufzurichten. In ihrem Kopf drehte sich alles und hinter den Augen flackerten Sternchen. »Was ist passiert?«, fragte sie.

»Sie sind zusammengebrochen. Hätten Sie mich nicht gezwungen, etwas zu schlafen, dann wäre mir das Gleiche passiert. Es ist einfach nur Erschöpfung. Wir sind alle überfordert.«

Sie grunzte, weil es so offensichtlich war. »Wie lange bin ich weg gewesen?«

»Eine halbe Stunde«, antwortete er. »Nicht länger.«

Petrowa nickte. »Ist Ihnen denn nicht klar, dass selbst zehn Minuten zu viel gewesen wären? Wir haben keine Zeit.« Sie lag im Bereitschaftsraum des Kapitäns auf der Koje. Genau dort, wo sie vorher Zhang schlafen gelegt hatte. Sie drehte sich und stellte die Füße auf das Deck, dann zog sie den Overall ganz zu und raffte die Haare zu einem Pferdeschwanz zusammen. »Ich habe keine Zeit zum Schlafen.«

»Sagen Sie, haben Sie etwas Ungewöhnliches gesehen, bevor Sie gestürzt sind?«

»Woran denken Sie?«

Zhang zuckte mit den Achseln. »Geometrische Muster kommen häufig vor. Ein Schachbrett, das sich über ihr Gesichtsfeld legt. Arabesken, Fraktale. Funken in der Luft. Irgendetwas, das Sie seltsam finden.« Er nahm etwas vom Tisch neben dem Bett in die Hand. Es war ein Gerät mit acht dünnen Stäben, an deren Ende jeweils eine kleine gepolsterte Elektrode saß. »Ich würde gern einen Gehirnscan durchführen, wenn es Ihnen nichts ausmacht.«

Aliens. Das war der Mann, der dachte, Aliens hätten alle Bewohner von Titan ermordet. Und er wollte *ihr* Gehirn untersuchen. Sie stieß den Scanner weg.

»Vielleicht haben Sie auch etwas Seltsames gerochen. Einen Brandgeruch oder einen schalen Gestank, den Sie nicht einordnen konnten?«, bohrte er weiter. »Vielleicht haben Sie Stimmen gehört?«

Stimmen. Sie hatte die Stimme ihrer Mutter gehört. Die hörte sie aber sowieso die ganze Zeit.

»Warum fragen Sie mich das alles?«, erwiderte sie.

»Ich versuche herauszufinden, ob Sie einen neurologischen Schaden erlitten haben. Möglicherweise sind Sie beim Sturz auf den Kopf gefallen. Oder Sie hatten einen kleinen Schlaganfall.«

»Wohl kaum«, antwortete sie. »Es reicht jetzt. Ich verstehe, dass Sie es gut meinen, aber ...«

»Wenn Sie nämlich einen neurologischen Schaden erlitten hätten, dann könnte ich Ihnen dies hier nicht guten Gewissens geben.« Er hielt ein Impfpflaster hoch. »Das ist ein mildes Anregungsmittel. Damit bleiben Sie noch eine Weile wach. Ich verstoße schon damit gegen mein Berufsethos, wenn ich es auch nur vorschlage, aber wir sind ja in einer schwierigen Situation.«

»Nein, nichts dergleichen«, antwortete sie. »Ich war einfach nur ganz besonders müde.«

Er nickte und gab ihr das Pflaster. Vielleicht wusste er, dass sie log, aber er bedrängte sie nicht weiter. Sie fasste das Pflaster am Papier auf der Rückseite an und klatschte es sich innen auf den linken Unterarm, bis es festsaß. Das Medikament drang in die Haut ein und wurde fast sofort von den Poren aufgenommen.

»Oh«, sagte sie. »Das ... das fühlt sich wirklich gut an. Ha. Aha ... haha.« Dann wurde ihr bewusst, dass sie gekichert hatte, und sie riss sich zusammen, um ein neutrales, reserviertes Gesicht zu machen. Es fiel ihr allerdings schwer.

»Das Zeug macht ziemlich schnell süchtig und hat hässliche Nebenwirkungen«, erklärte ihr Zhang. »Ich weiß, wovon ich rede. Einmal habe ich neun Tage lang nicht geschlafen. Ich würde es immer noch benutzen, aber der RK verpasst mir jedes Mal, wenn ich es nehmen will, einen heftigen elektrischen Schlag.«

»Alles klar«, erwiderte sie, stand auf und ging zur Tür. Ehe sie hinausging, blieb sie noch einmal stehen und sah ihn an. »Danke, Doktor«, sagte sie.

»Das ist mein Job«, entgegnete er.

42

»ICH bin überrascht, dass du das Mittel, das er dir gegeben hat, tatsächlich genommen hast«, sagte Parker. Er sah sie nicht an und hatte ihr Gesicht deshalb nicht im Blick. Vielmehr war er eifrig an einer Konsole auf der Brücke beschäftigt, die der verwachsene Wald vollständig verdeckte. »Was er da alles über Aliens erzählt hat ... können wir unserem Arzt überhaupt noch vertrauen?«

»Lass es«, antwortete sie leise.

»Wir wissen, dass er ein Verbrecher ist«, fuhr Parker leise und verschwörerisch fort. »Wenn er dich nun vergiftet hat? Wenn er ...«

»Er ist ein Passagier auf deinem Schiff«, ermahnte sie ihn. »Damit musst du sofort aufhören.«

Parker drehte sich um und sah sie finster an. »Klar«, sagte er. Nach einer Weile fügte er hinzu: »Ich meine, der Typ ist zwar verrückt, aber du hast recht. Er ist auf meinem Schiff. Also ist er mein Verrückter, mit dem ich mich selbst befassen muss. Verstanden.«

Petrowa knirschte mit den Zähnen. »Was ist denn auf einmal mit dir los?«, fragte sie.

»Was? Was meinst du damit?«

»Du bist so gereizt. Wie es scheint, stehst du kurz vor der Explosion. Aber es geht gar nicht um Zhang oder seine wilden Theorien.«

Fast schien es, als wollte er sie anbrüllen und ihr sagen, dass sie sich unnötig den Kopf zerbrach, und sie solle sich um ihre eigenen Angelegenheiten kümmern. All das sah sie in seinem Mienenspiel. Aber dann, erst langsam und danach ganz schnell, veränderte sich sein Ausdruck.

»Für dich bin ich wohl wie ein offenes Buch, was?«, fragte er.

»Du hast mich immer durchschaut, mehr als jeder andere sonst.«

»Sag mir einfach nur, was mit dir los ist«, drängte sie ihn.

»Ich bin es einfach so dermaßen leid, es zu vermasseln.« Er marschierte durch die Brücke, mitten durch die Bäume, ohne sie zu beachten. Na ja, sie bestanden ja auch bloß aus Licht.

»Einmal habe ich meine ganze Karriere einfach weggeworfen. Das weißt du ja.«

»Ich erinnere mich.« Im Grunde waren sie dadurch damals sogar zusammengekommen. An jenem Tag hatte er … Es war eigentlich keine Trauer gewesen. Nur Verwirrung. Verständnislosigkeit angesichts der Welt. Als hätte er die ganze Welt in der Hand gehalten und einen dummen Fehler gemacht und sie fallen gelassen. Damals hatte sie unbedingt herausfinden wollen, was hinter seinem Gesichtsausdruck steckte.

Und jetzt, Jahre später, waren sie wieder an dem gleichen Punkt.

»Ich hätte ein berühmter Kampfpilot werden können. Stattdessen habe ich Müllkähne und Touristenshuttles gesteuert. Als ich diesen Einsatz bekam - Petrowa, ich dachte, meine Pechsträhne wäre endlich vorbei. Dann aber habe ich dich gesehen und war ganz sicher, dass sich nun alles ändern würde.« Dazu grinste er breit.

Sie lächelte, obwohl sie sich bemühen wollte, möglichst professionell zu bleiben. Aber wenn es um Sam Parker ging, war diese Schlacht schon so gut wie verloren.

»Es fing so schön an, und dann - peng! Dann kam die *Perse-phone* und hat mich daran erinnert, dass ich eben doch kein Glückspilz bin.«

»So darfst du das nicht sehen«, wandte sie ein.

»Klar.« Er lachte, hob die Arme und ließ sie wieder sinken. »Klar. Ich versteh das ja. Na gut. Thema wechseln. Dringend. Du hast also gefragt, was mir so zusetzt. Ich habe dir erklärt, dass dies jetzt keine Rolle spielt.«

»Parker ...«

»Ernsthaft. Was mir in meiner derzeitigen Verfassung am meisten hilft, ist, mich auf die Arbeit zu konzentrieren. Also stell mir Fragen. Frag mich, wie Rapscallion mit den Reparaturen vorankommt.«

»Na gut. Wie kommt er mit den Reparaturen voran?«

»Er leistet hervorragende Arbeit«, erwiderte Parker nickend und sah gleich besser aus. Ruhiger. Sie hoffte, er spielte nicht einfach nur den tapferen Mann für sie. »Er hat die Brände gelöscht und die wichtigsten Verbindungsstreben verstärkt, die das Schiff zusammenhalten. Ich will dir aber nichts vormachen. Die *Artemis* wird nie wieder die alte sein. Sie wird nur noch kriechen können, solange sie nicht einen ganzen Monat in der Werft liegt und generalüberholt wird.«

»Uns bleiben noch weniger als achtzehn Stunden, bis der Transporter eintrifft? Oder eher etwas mehr als siebzehn Stunden?«

»Ja«, bestätigte er.

Sie folgte ihm. Er hatte einen kleinen freien Bereich an einer Wand als Bildschirm reserviert. Dort waren viele Daten zu sehen, die sie nicht richtig deuten konnten - offenbar Angaben zu Umlaufbahnen und Listen mit Koordinaten. Außerdem einige mathematische Symbole, die nicht einmal sie kannte. »Woran arbeitest du da? Ist das irgendwie nützlich?«

»Ich habe die Profile der beiden feindlichen Schiffe erstellt, die uns am nächsten sind. Der Transporter und das Kriegsschiff, das ihm folgt. Da.« Er zeigte auf einige Ziffern auf dem Bildschirm, die ihr aber nichts sagten. »Das sind natürlich richtig schlechte Neuigkeiten.«

Nach den guten Nachrichten fragte sie gar nicht erst. »Hast du etwas Nützliches herausgefunden?«

»Ich habe etwas Eigenartiges entdeckt«, erklärte er.

Sie seufzte. Kamen jetzt noch mehr Geheimnisse? »Erzähl es mir.«

»Immer mit der Ruhe, es ist nicht unbedingt schlecht, nur etwas seltsam. Der Transporter, der uns zuerst erreichen wird, ist der *Artemis* sehr ähnlich.«

»Also der gleiche Schiffstyp.«

»Sie könnten Zwillinge sein.« Parker tippte auf die Wand, woraufhin das Display den Umriss der *Artemis* mit den geschwungenen Kurven und dem lang gestreckten Bug zeigte. »Das sind nicht wir, das ist das andere Schiff.«

Blinzelnd betrachtete sie die Zeichnung und suchte nach irgendeinem Hinweis, der ihr verraten konnte, dass es sich um ein anderes Schiff handelte. »*Einen* großen Unterschied gibt es.«

»Ja?«

»Sie sind noch völlig intakt.«

Parker berührte die Wand, die nun wieder die unverständlichen Ziffern und Daten zeigte.

»Hast du etwas über das Kriegsschiff herausgefunden?«, fragte sie.

»Nichts Konkretes. Nur dass es genügend Feuerkraft besitzt, um uns in einen schwach glühenden Nebelschleier zu verwandeln.«

Sie nickte. »Gut. Danke für die Informationen. Ich ... Warte mal. Was ist das da?« Sie zeigte auf einen anderen Abschnitt seines Bildschirms. »Das ist ein drittes Schiff, oder?« Sie verstand die Daten zwar nicht, konnte aber erkennen, dass es sich von den anderen unterschied.

»Das ist die *Persephone*«, erklärte er. »Auch das ist äußerst seltsam.«

»Warum?«

»Ich konnte unsere externen Videofeeds aktivieren und habe Aufnahmen von dem Kolonistenschiff gemacht. Die Bilder sind ziemlich garstig. Blutig, meine ich. Und manches ist eher verwirrend als hilfreich. Willst du es sehen?«

»Nein. Aber zeig's mir trotzdem.«

Er nickte und rief eine Reihe von Videodateien auf. »Das hier ist ein Blick in die Frachtschleuse, wo sie die improvisierte Kanone aufgebaut hatten.« Außer wirbelndem Staub und zerbrochenen Trägern sah sie nicht viel. Eine einsame Gestalt im Raumanzug trieb reglos durch das Bild. »Kein Anzeichen, dass sie die Kanone reparieren oder eine neue bauen.«

»Das ist doch gut«, meinte sie.

»Es ist vor allem seltsam. Und dann dies hier. Das ist der unschöne Teil.«

Er tippte auf den Bildschirm und startete das zweite Video. Hier waren jede Menge Bewegungen zu erkennen, die allerdings an eine Zeitlupenaufnahme erinnerten. Anscheinend zeigten die Bilder die Hauptluftschleuse der *Persephone*. Wegen der Toten konnte sie es allerdings nicht genau erkennen.

Es waren ziemlich viele Tote.

Dutzende, und keiner von ihnen trug einen Raumanzug. Viele waren nackt. Die Gesichter waren mumifiziert, eingefallen im Vakuum, nachdem das Wasser aus dem Gewebe verdunstet war. Die Hände waren wie Klauen gekrümmt, als wollten sie etwas greifen, das immer außer Reichweite blieb. Die Augen waren ... die Augenhöhlen waren dunkel. Die Augäpfel fehlten, als hätten Krähen sie herausgepickt.

»Mein Gott«, flüsterte sie. »Die Augen. Was ist ...«

»Hm?«, machte er. »Das ist ganz normal. Das geschieht, wenn ein Toter längere Zeit dem Unterdruck im Weltraum ausgesetzt wird. Das ist einfach nur Physik. Das Wasser in den Augäpfeln gefriert, und dann ...«

»Hör auf«, sagte sie. Sie ertrug es nicht mehr. »Was ist da drüben bloß passiert?« Sie rechnete nicht mit einer Antwort und bekam auch keine.

»Es gibt noch ein weiteres Video.« Parker ließ sich nicht anmerken, was in ihm vorging.

»Was ist damit?«, fragte sie. »Was zeigt das Video?«

»Ich habe überlegt, ob ich es dir überhaupt zeigen will.« Er schnitt eine Grimasse. »Offensichtlich ist es eine Falle. Oder mindestens eine sehr, sehr schlechte Idee.«

Seufzend drückte er auf eine Taste und spielte das letzte Video ab.

Es zeigte einen Blick auf die Fenster auf der Brücke der *Persephone*. Dahinter war es fast völlig dunkel, sie erkannte nur einen kleinen bläulichen Schein, der sich bewegte. Fast so, wie der Avatar der Schiffs-KI, der auf der Brücke umherlief und blaue Lichtflecken auf die Konsolen warf. Schließlich näherte sich die blaue Gestalt einem Fenster. Sie wirkte menschenähnlich, auch wenn man aus dieser Entfernung nicht viele Einzelheiten ausmachen konnte.

Fragend sah sie Parker an, der jedoch nur mit den Achseln zuckte und auf eine andere Taste drückte, um das Bild heranzuzoomen, bis sie die Fenster deutlicher erkennen konnte. Die Auflösung war zwar nicht besonders gut, aber sie beobachtete immerhin, wie der Avatar eine Hand über die Scheibe zog. Offenbar zeichnete er etwas mit einem Finger. Nein, er zeichnete nicht, er schrieb.

In glühendem Neonrot erschienen Wörter auf dem breiten Fenster.

PATT, SASCHENKA

Petrowa stockte der Atem. Dieser Name ... so nannte sie niemand. Niemals.

Die Worte verschwanden von dem Fenster und wurden durch einen anderen Text ersetzt:

KOMM RÜBER
WIR MÜSSEN REDEN

Parker drückte auf eine Taste, um das Video anzuhalten. »Hör mal«, begann er. »Ich weiß, was du jetzt denkst ...«

»Ich denke vor allem, dass wir Antworten brauchen«, unterbrach sie ihn. »Ich denke, was auch immer dort vor sich geht, das Wichtigste wird sein, dass wir Informationen gewinnen. Sonst bleiben wir im Blindflug.«

Es klang sogar in ihren eigenen Ohren wie eine Rationalisierung. Sie wusste ganz genau, warum er ihr dies hatte ersparen wollen. Ihm war klar, dass sie der Verlockung nicht widerstehen konnte. Auch wenn er womöglich nicht den wirklichen Grund wusste.

Dieser Name ...

Saschenka, so hatte ihre Mutter sie immer genannt. *Nur* ihre Mutter. Niemand sonst durfte diese Verkleinerungsform verwenden.

Sie hatte angenommen, ihre Mutter lebte auf dem Planeten. Inzwischen wusste sie zwar, dass dies möglicherweise nur eine Lüge war, die ihr die Brandwache aufgetischt hatte. Aber wenn Ekaterina nun mit der *Persephone* nach Paradise-1 gekommen war und sich immer noch an Bord befand? Wenn ihre Mutter versuchte, ihr eine Nachricht zu schicken? Es gab nicht viele andere Möglichkeiten. Wie sonst hätte die KI der *Persephone* ihren Kosenamen erfahren sollen? Woher konnte sie wissen, dass Petrowa auf der *Artemis* mitflog?

»Ich denke mir, ich muss da rüber und mich vergewissern, was es zu bedeuten hat«, sagte sie.

»Du weißt, dass das unglaublich leichtsinnig wäre. Und auch ausgesprochen dumm. Dieses Schiff wollte uns auslöschen. Beinahe hätte es das sogar geschafft.«

Petrowa holte tief Luft. »Oh, ich weiß.«

Es änderte rein gar nichts.

43

SIE wollte keine Zeit mehr verschwenden. Sie marschierte geradewegs zur Hauptluftschleuse der *Artemis*, die noch intakt war, und legte einen Raumanzug an.

Als sie sich bückte, um ihn hochzukrempeln, kroch eine hellgrüne Raupe über Petrowas Helm. Sie klebte auf dem Visier und starrte sie mit Dutzenden winziger Augen an.

»Rapscallion?«, fragte sie. »Ist das ein neuer Körper?«

»Diese Sorte kann ich ganz schnell herstellen, und sie benötigt auch nicht viel Rohmaterial«, erklärte der Roboter. »Ich wollte mich nur verabschieden, falls Sie da drüben sterben.«

»Du hättest auch einfach ›viel Glück‹ sagen können«, wandte sie ein.

Die Raupe nickte mit dem kleinen Kopf. Die Stimme kam aus einem Dutzend winziger Löcher im mittleren Teil des Körpers. »Viel Glück für den Fall, dass Sie da drüben sterben«, sagte der Roboter.

»Solltest du nicht das Schiff reparieren?«, fragte sie.

»Oh, das mache ich. Ich habe mir nur rasch einen zweiten Körper gebaut, um mich zu verabschieden.«

Sie runzelte die Stirn. »Ich wusste gar nicht, dass du mehrere Körper gleichzeitig bewohnen kannst. Darüber habe ich noch gar nicht richtig nachgedacht.«

»Normalerweise mache ich das auch nicht. Ich muss dann

mein Bewusstsein zwischen den verschiedenen Aufgaben teilen und das lässt meine Gedanken ... schwächer werden. Wenn ich mich zu oft teile, bin ich nicht mehr klüger als ein Mensch. Also, an die Arbeit. Viel Glück, Petrowa«, sagte die Raupe. Dann fiel sie von ihrem Helm herunter und landete klappernd, leblos und reglos auf dem Boden. Sie hob das winzige Gebilde auf und stopfte es wie einen Talisman in die Tasche. Rapscallion hatte sich immerhin bemüht, freundlich zu sein, und sie brauchte alle guten Wünsche, die sie nur bekommen konnte.

»Ich glaube immer noch, dass es eine ganz schlechte Idee ist«, sagte Parker.

Sie sah über die Schulter hinter sich. Da stand er. Sie lächelte traurig. »Deine Einwände nehme ich dankend zur Kenntnis, auch wenn ich sie leider ignorieren muss. Es ist aber noch nicht zu spät, dich zu besinnen und mich zu begleiten.«

Sie sagte es nicht, um ihn in Verlegenheit zu bringen. Für ihre Bemerkung gab es keinen anderen Grund als den, dass sie nicht allein gehen wollte.

Sie wünschte sich sehr, er würde einwilligen.

Wenigstens war er so anständig, den Anschein zu erwecken, es wäre ein Konflikt. Er wandte sich von ihr ab und schlug mit einer Handkante gegen die Wand. Es sah wirklich so aus, als würde er es bedauern. Also lautete die Antwort »Nein«. »Irgendjemand muss schließlich hierbleiben und das Schiff hüten«, sagte er. »Ich wünschte nur ...«

»Was denn?«

Er schüttelte den Kopf. »Ich wünschte, ich könnte *statt* dir gehen. Du könntest die Instrumente überwachen und das Schiff wahrscheinlich genauso gut führen wie ich. Aber das kommt wohl nicht infrage, oder?«

»Das hier ist meine Aufgabe«, erinnerte sie ihn. »Ich bin bei der Brandwache, vergiss das nicht. Ich bin ja im Grunde eine Kriminalbeamtin und löse Fälle.« Außerdem war da noch die Tatsache, dass jemand ihren Namen auf das Fenster der Brücke gekritzelt hatte. Die Einladung galt also ihr, und nur ihr.

Sie lächelte ihn an. »Schon gut, ich komm schon klar.« Sie klopfte auf das Holster, das sie an der Hüfte auf dem Raumanzug trug. Darin steckte die Standarddienstwaffe, die sie bei der Verhaftung von Jason Schmidt auf Ganymed bei sich gehabt hatte. Nur dass sie so weit von der Zentrale der Brandwache entfernt nicht mehr um Erlaubnis fragen musste, wenn sie die Waffe einsetzen wollte. Das Lämpchen im Griff leuchtete beständig grün.

»Glaubst du, das reicht?«, fragte Parker.

»Ich werde die Waffe hoffentlich gar nicht brauchen. Hör mal, wenn ich in Schwierigkeiten gerate, wenn es da drüben zu gefährlich werden sollte, komme ich sofort wie der Blitz zurück. Versprochen.«

»Ja, mach das«, bekräftigte er. »Am besten machst du das schon, wenn du ein komisches Gefühl bekommst.«

Sie streckte den Arm aus und rieb ihm mit dem Handschuh über die Wange. Er lächelte, und sie hätte ihn fast umarmt, so unbequem das mit dem Raumanzug auch gewesen wäre. Doch ehe sie es tun konnte, ergriff jemand hinter ihr das Wort, und sie zuckte zusammen.

»Verzeihung.«

Zhang stand dicht hinter ihnen im Korridor. Er trug ebenfalls einen Raumanzug, den Helm hielt er noch mit beiden Händen fest. Der RK hatte sich außen um den weißen Ärmel gewickelt. Der Arzt machte eine entschlossene Miene.

»Doktor?«, fragte Petrowa überrascht.

»Wir sollten es hinter uns bringen.« Zhang drängte sich an ihr vorbei in die Luftschleuse. Vor der Außentür blieb er mit dem Rücken zu ihnen stehen. Er blickte in die Richtung der *Persephone*, als erwartete er, die Außentür werde sich einfach öffnen und das andere Schiff wäre direkt vor ihm.

»Ich kann mich nicht erinnern, Sie eingeladen zu haben«, widersprach Petrowa.

»Ich habe auch nicht auf Ihre Einladung gewartet. Es ist wichtig, dass ich mit Ihnen zur *Persephone* übersetze. Die Gründe sind jetzt nicht von Belang.«

»Zhang, glauben Sie etwa, da drüben könnten Aliens sein?«, fragte Parker.

»Können wir jetzt bitte aufbrechen?« Der Arzt schien gereizt, doch Petrowa entging das ängstliche Beben in seiner Stimme keineswegs.

Sie hatte keine Ahnung, warum er mitkommen wollte. Im Grunde war es ihr auch egal - nun musste sie tatsächlich nicht allein hinüber.

Sie warf Parker einen warnenden Blick zu und gesellte sich zu Zhang.

»Ja, lassen Sie uns aufbrechen.«

Parker zog sich von der inneren Schleusentür zurück und ließ sie zugleiten, dann stellte er sich direkt vor das kleine Sichtfenster, das in die Tür eingelassen war. Sie nickte ihm zu, er nickte zurück. Gleich danach öffnete sich die Außentür und die Luft strömte aus der Schleuse. Petrowa löste sich mit einem Tritt vom Boden und schwebte in die Dunkelheit außerhalb des Schiffes.

44

DIE *Persephone* war fünfzig Kilometer entfernt, daher benutzten sie Raumanzüge mit eingebauten Jetpacks. Es war immer noch eine große Distanz, wenn man die ganze Zeit nichts als die unendliche Leere unter den Füßen hatte. Aus dieser Distanz betrachtet war das Kolonistenschiff nur ein heller Punkt unmittelbar vor ihnen. Petrowa gab im Navigationscomputer des Anzugs den Kurs ein und ließ die Düsen ihre Arbeit tun. Sobald sie sich ein Stück von der *Artemis* entfernt hatte, drehte sie sich halb zu Zhang herum. »Bleiben Sie immer dicht bei mir«, rief sie.

Durch das Visier seines Anzugs sah sie, dass er schwitzte und offenbar unter Stress stand. Sie hatte keine Ahnung, was in ihm vorging, aber es schien, als sei er der Panik nahe. Wenn er jetzt ausflippte, so weit vom Schiff entfernt, gab es ein Dutzend Möglichkeiten, wie er sterben konnte. Also musste sie dafür sorgen, dass er ruhig blieb.

»Alles in Ordnung?«, fragte sie.

»Ich habe Höhenangst. Das hier ... also tiefer als hier kann man nicht stürzen. Die fehlende Schwerkraft macht es auch nicht besser. Sollte man nicht meinen, dass die Schwerelosigkeit hilft? Ich müsste mich doch eigentlich fühlen, als würde ich im Wasser schwimmen oder so.« Er schloss die Augen und nickte. »Ich komme schon zurecht. Lassen Sie mir nur einen Augenblick Zeit.«

Sie streckte den Arm aus. »Nehmen Sie meine Hand«, sagte sie. »Halten Sie sich fest.«

Als er sich sträubte, regelte sie ihre Düsen, um sich ihm anzunähern, damit sie ihn jederzeit packen konnte, falls es nötig wurde.

»So sorgen wir dafür, dass wir nicht voneinander getrennt werden«, erklärte sie. »Wir müssen zusammenbleiben.«

»Wenn Sie darauf bestehen.« Er nahm ihre Hand und drückte fest. Sie dachte daran, wie sehr er Berührungen verabscheute. Er musste große Angst haben, wenn er diese Art Kontakt zuließ. Im Weltraum konnte man ganz schnell sterben, wenn man weit von den Schiffen entfernt Angst bekam. Sie musste ihn ablenken, und das bedeutete, dass sie reden sollten.

Deshalb brachte sie das einzige Thema zur Sprache, auf das er ganz sicher anspringen würde.

»Aliens«, sagte sie. »Psychische Parasiten. Huh.«

»Sie haben ja gehört, was ich gesagt habe«, entgegnete er. »Ich habe es so gemeint, wie ich es gesagt habe.«

»Ja, schon ... aber Ihnen muss doch klar sein, wie verrückt das klingt.«

»Allerdings.«

»Und trotzdem behaupten Sie ...«

»Sie versuchen, mir irgendeine Reaktion zu entlocken. Glauben Sie mir, ich habe genauso gedacht wie Sie. Ich habe mich mit aller Kraft bemüht, es nicht glauben zu müssen. Auch dann noch, als ich alle anderen Hypothesen verworfen hatte.« Er drehte sich so weit um, dass er sie ansehen konnte. »Sie sind in dem Wissen aufgewachsen, dass wir im Universum allein sind. Genau wie ich. Aliens sind nur ein Märchen. Manchmal jagen Eltern ihren Kindern damit einen Schreck ein. Haben Sie diesen Glauben jemals infrage gestellt?«

»Schon. Ja klar. Ich habe darüber nachgedacht. Auf den ersten Blick scheint es doch auch seltsam, dass sich unter den Milliarden Planeten in der Galaxis nur auf einem einzigen intelligentes Leben entwickelt haben soll. Auf der Erde. Das klingt unwahrscheinlich.«

»So ist es«, stimmte Zhang zu.

»Aber das ändert sich, wenn man mehr darüber lernt. Wissenschaft. Biologie.« Nach Petrowas Ansicht gab sich das Universum erstaunlich große Mühe, in jeder Sekunde eines jeden Tages alles Lebendige umzubringen. Wenn ein Planet zu heiß oder zu kalt wurde, selbst wenn die Abweichung nur wenige Grad betrug, starb das Leben einfach aus. Leben brauchte Wasser und Sauerstoff, aber es musste genügend Wasser vorhanden - und es durfte nicht zu viel Sauerstoff da sein, weil das Leben sonst einfach einging. »Es dauert Milliarden Jahre, damit sich aus einfachen einzelligen Organismen Tiere entwickeln, von intelligenten Tieren ganz zu schweigen. Wenn während dieser Milliarden Jahre irgendetwas schiefgeht, eine Supernova, ein schwarzes Loch oder eine Sonneneruption, dann war es das nämlich. Alles verloren. Also leuchtet es schon ein, dass sich das Leben nur auf wenigen Planeten entwickelt hat. Im Grunde scheint es sogar fast unmöglich, dass sich das Leben überhaupt entwickelt hat.«

»Und trotzdem sind wir da«, sagte er.

»Ja. Weil das Weltall so ungeheuer groß ist. Es ist so gewaltig, dass früher oder später auch äußerst unwahrscheinliche Dinge geschehen können. Irgendwie ist die Erde ein ungeheurer Zufall gewesen.«

»Und doch.«

»Was wollen Sie damit sagen?«, fragte Petrowa.

»Wenn ein Zufall einmal geschieht, dann kann er erneut geschehen«, meinte Zhang.

»Na gut, meinetwegen. Allerdings gibt es dafür keinerlei Beweise. Wir haben uns ja gründlich umgesehen. Wir haben in alle Richtungen geblickt. Wenn es da draußen andere intelligente Geschöpfe gäbe, hätten wir sie dann nicht längst gefunden?«

»Wie Sie schon sagten, der Weltraum ist sehr, sehr groß. Was weit entfernt ist, lässt sich nur schwer entdecken. Wir haben Hunderte Planeten in zig Systemen erkundet. Doch verglichen mit der Zahl der Sterne in der Galaxis ist das nur ein Tröpfchen in einem riesigen Ozean.«

Petrowa seufzte. »Wir hätten doch irgendetwas bemerkt. Wir hätten Signale aufgefangen. Funksignale, die sie gesendet haben. Sie hätten bestimmt versucht, mit uns Kontakt aufzunehmen.«

»Sind Sie sicher, dass sie das wirklich wollen?«, fragte Zhang.

»Ja! Wenn sie wie wir sind, dann sind sie neugierig auf das Universum - und ich glaube, jede intelligente Spezies ist zwangsläufig neugierig. Man möchte wissen, ob man allein ist oder nicht.«

»Es sei denn, man hat einen guten Grund, still zu bleiben«, widersprach Zhang.

»Warum? Welchen Grund sollte es dafür geben?«

Zhang seufzte. »Auf diese Frage sind eine Menge Antworten denkbar. Auf die Frage, warum wir bisher keine intelligenten Aliens entdeckt haben. Viele mögliche Antworten drehen sich um etwas, das man den ›großen Filter‹ nennt.«

»Was ist das?«

»Diese Hypothese besagt, dass sich ständig intelligentes Leben entwickelt und dass es im Universum sogar häufig vorkommt. Doch ehe irgendeine gegebene Spezies die Galaxis kolonisieren und mit uns Kontakt aufnehmen kann ... verschwindet sie. Sie wird herausgefiltert.«

»Wie denn?«

»Dazu gibt es eine ganze Menge weiterer Theorien. Eine davon besagt, dass es in der Natur intelligenter Spezies liegt, paranoid zu sein. Jedes Mal wenn eine intelligente Spezies auf eine andere trifft, und völlig unabhängig davon, wie gut ihre Absichten sein mögen, werden sie sich früher oder später gegenseitig bekämpfen. Es läuft darauf hinaus, dass die Spezies sich gegenseitig auslöschen.«

»Und das ist eine Theorie, an die Sie glauben?«, fragte sie. »Denken Sie, die Aliens hätten alle Menschen auf Titan ermordet, weil sie paranoid waren? Weil sie Angst vor uns hatten?«

»Hm-hm.«

Sie wartete eine Weile, doch er sagte nichts weiter. »Sie haben behauptet, die Aliens hätten absichtlich alle Menschen auf Titan getötet. Also befinden wir uns Ihrer Ansicht nach im Kriegszustand. Und die Brandwache würde die Tatsache vertuschen, dass wir gegen Aliens Krieg führen.«

Diese Vorstellung war schlicht und ergreifend lächerlich. Sie war froh, dass er nicht einfach »Ja« sagte und von ihr erwartete, sie solle etwas derart Groteskes einfach glauben.

Was er dann aber von sich gab, als er endlich weitersprach, war nicht gerade dazu geeignet, sie zu beruhigen.

»Es kam mir gar nicht wie ein Krieg vor«, erklärte er. »Eher so, als wäre ich unter einem Objektträger eingeklemmt. Unter einem Mikroskop. Als blickte ein großes, kosmisches Auge auf mich herab, um mich zu beurteilen. Als hätte ich mein ganzes Leben in seliger Unsichtbarkeit verbracht. Gut versteckt, weil ich zu klein und unbedeutend war. Und jetzt, zum ersten Mal, hat mich irgendetwas entdeckt.«

Sie atmete schwer und gab sich große Mühe, sich wieder zu beruhigen. Es war doch sinnlos, den Sauerstoffvorrat ihres Anzugs zu vergeuden.

»Sie klingen beinahe wie ein religiöser Eiferer«, erklärte sie schließlich.

»Ach?«

»Nicht wie ein Wissenschaftler, sondern eher wie jemand, der versucht, seinen Glauben zu rechtfertigen.«

Er lachte leise. Sie verstand nicht, was er daran so amüsant fand. »Vielleicht kann man das so sehen«, antwortete er.

45

WÄHREND sie sich dem Schiff näherten, schälten sich die Einzelheiten der *Persephone* nach und nach heraus. Zuerst die mächtige Kugel der Kryosphäre, dann die langen dünnen Röhren des Antriebs. Letztere waren kalt, völlig dunkel. Die *Persephone* flog nicht mehr.

Es dauerte eine Weile, bis Zhang ihr Ziel ausmachen konnte. Die Hauptluftschleuse gleich hinter der Brücke. Kurz danach konnte er auch die Leichen erkennen. Eine ganze Wolke von Toten, die reglos im Weltraum schwebten.

»Was ... was ist hier bloß passiert?« Er konnte den Toten auch aus der Entfernung ansehen, dass sie sich bereits lange außerhalb des Schiffs befanden. Seit Wochen oder Monaten, wer konnte das schon sagen? Auf jeden Fall war dies nicht erst vor Kurzem geschehen. Es musste sich lange vor dem Angriff des Kolonistenschiffs auf die *Artemis* ereignet haben. »Warum ... warum tut man so etwas ...«

»Wir müssen dort durch«, erklärte Petrowa. Sie starrte ihn an und schätzte ihn ein. Er wandte den Blick ab, doch das bedeutete, dass er wieder die Leichen ansehen musste. Erst jetzt nahm er sie wirklich zur Kenntnis.

So viel Leiden. Als Arzt sollte man eigentlich daran gewöhnt sein. Wenn man Menschen behandelte, die Schmerzen hatten oder in Not waren, musste man lernen, ihre Qualen zu ignorieren. Man musste die Körper betrachten wie Maschinen, die kaputt waren und repariert werden wollten.

Leider konnte man das Mitgefühl nicht einfach abstellen. Man lernte, es zur Seite zu schieben, wenigstens für eine Weile, aber ganz ausschalten ließ es sich nicht. Als sie den Leichen noch näher gekommen waren und die Toten dicht vor Zhang schwebten, musste er sich sehr beherrschen, um nicht zu hyperventilieren.

Petrowa drückte auf eine Tastatur am Handgelenk. Die Düsen ihres Raumanzugs stießen kleine Wolken aus und sie bremste ab. Zhang dachte zu spät daran, ebenfalls sein Tempo zu drosseln, und schoss an ihr vorbei. Beinahe wäre er gegen eine der Leichen geprallt, eine nackte Frau mit langen Haaren, die schwerelos vor seinem Gesicht trieb. Wenigstens blieb ihm der Anblick der Augen erspart. Er berührte die Tastatur auf dem Ärmel des Raumanzugs und wurde langsamer, bis er direkt vor der toten Frau verharrte. Aus seiner Perspektive betrachtet stand sie auf dem Kopf, die Arme hingen vor ihr herab, die Hände waren leer, die Finger geöffnet. Der Bremsschub seines Anzugs wehte ihre Haare weg. Er fürchtete, ihr Gesicht vollständig freizulegen. Die Tatsache, dass er es bisher nicht sehen konnte, machte ihre Nähe fast erträglich.

Er stellte sich ihr Gesicht vor, den Blick der toten Augen, und wollte sich krümmen und kreischen. Was würde er in ihren Augen sehen? Vorwürfe? Angst?

Oder ruhige Hinnahme? Wenn er ihr nun in die Augen blickte und Frieden sah?

»Zhang«, rief Petrowa. »Rechts von Ihnen.«

Er zuckte im Anzug zusammen und wollte sich schon drehen, weil er fürchtete, ein ganzer Schwarm von Leichen flöge mit vorgestreckten Armen auf ihn zu, aber nein. Es war nur

Petrowa. Sie kam rasch herbei und bremste im letzten Moment ab, um direkt neben ihm innezuhalten. Etwas schräg schwebte sie neben ihm und suchte seinen Blick.

»Schaffen Sie das?«, fragte sie.

»Ich ...«

Noch einmal drehte er sich zu der toten Frau um. Die Haare waren von dem Gesicht weggeweht. Beinahe hätte er vor Schreck aufgeschrien.

Das Gesicht ... das Gesicht der toten Frau war viel zu aufgedunsen, viel zu stark geschwollen, um noch einen vertrauten menschlichen Ausdruck zu zeigen. Es wirkte schon fast nicht mehr menschlich.

»Ich schaffe das«, versprach er ihr.

Wieder tippte er auf die Tastatur und änderte seine Position, um der Toten sachte auszuweichen. Er blickte nach vorn und suchte einen Weg zwischen den Leichen entlang bis zur Luftschleuse. Das würde viele Manöver erfordern, zahlreiche Feineinstellungen und winzige Korrekturen. Es wirkte wie ein dreidimensionaler Irrgarten, aber er war der Ansicht, dass er es mit etwas Geduld und Aufmerksamkeit ...

»Dazu haben wir jetzt keine Zeit«, unterbrach Petrowa seine Gedanken. »Tut mir leid.« Sie packte einen steifen Arm der Toten und stieß die Leiche kräftig weg. Die Tote flog auf einer vollständig geraden Linie rasch davon. Petrowa drückte auf ihre Tastatur und sauste an Zhang vorbei tiefer in die Wolke hinein. Ohne Zögern räumte sie alle Toten beiseite und flog auf dem kürzesten Weg zur Luftschleuse.

Zhang drehte sich um und sah der Toten nach, die im Dunklen verschwand. Sie entfernte sich von der *Persephone* und flog in den Weltraum hinaus. Für immer allein.

Er schauderte, wusste aber auch, dass er dieses Gefühl überwinden musste. Also aktivierte auch er seine Manövrierdüsen und schoss hinter Petrowa her, die ihm bereits den Weg geebnet hatte. Die Hand eines Toten klatschte seitlich gegen seinen Helm, ein überraschend sattes Geräusch. Zhang schrie erschrocken auf, doch Petrowa gab nicht zu erkennen, ob sie es gehört hatte.

Direkt vor der Luftschleuse schwebte ein junger Mann in einem Overall. Der Kopf war zurückgelegt, der Mund stand offen, als wäre er selbst überrascht, dass er einen Schritt aus der Luftschleuse in den Weltraum getan hatte. Als hätte er nicht damit gerechnet, auf diese Weise zu sterben. Mit einer Hand hielt er sich noch an dem Haltegriff vor der Luftschleuse fest.

»Wie es scheint, hat er es sich zu spät anders überlegt«, bemerkte Petrowa, als Zhang vor dem jungen Mann bremste und dessen Gesicht betrachtete.

»Was ist hier geschehen?«, fragte Zhang. »Sind sie freiwillig aus der Luftschleuse gesprungen? Oder wurden sie gestoßen?«

»Das können wir noch nicht sagen«, antwortete Petrowa. »Vielleicht finden wir drinnen die Antwort.«

Sie fasste den jungen Mann am Arm und zog daran, um die Hand von der Haltestange zu lösen. Sie musste sehr kräftig zerren, schließlich gelang es ihr aber. Dann stieß sie ihn weg und öffnete die Klappe der Notschaltung der Luftschleuse. Im Inneren fand sie einen Griff, den sie herunterziehen musste, um die Dichtungen in der Außentür zu öffnen. Eine Bö fuhr heraus, dann glitt das Schott auf.

Die Schleuse war voller Menschen.

Noch mehr tote Menschen.

»Nein.« Zhang winselte fast. »O nein.« Es waren Dutzende. Sie nahmen den ganzen Raum ein, ihre Gliedmaßen waren ineinander verhakt, die Körper umeinandergeschlungen. Sie hatten im Tod gegeneinander gekämpft. Dazwischen schwebten gefrorene Blutstropfen wie gewichtslose Rubine, drehten sich langsam um sich selbst und prallten von den verzerrten Gesichtern und den gebrochenen Gliedmaßen ab.

»Mein Gott, nein«, sagte Zhang. *Nein.*

Nicht noch einmal.

»Zhang«, rief Petrowa. »Zhang! Ich brauche Ihre Hilfe!«

Er schüttelte sich und riss sich zusammen. Dann begriff er, was sie von ihm wollte. Natürlich konnte er sich dem nicht entziehen. Er konnte sich doch nicht drücken, nachdem sie schon so weit gekommen waren. Zusammen legten sie sich ins Zeug, zerrten schnaufend einen Toten nach dem anderen aus der Luftschleuse und schleuderten die Leichen in den Weltraum.

Was hätten sich die Toten wohl selbst gewünscht? Wären sie lieber kremiert oder auf ihre Grundelemente reduziert und als Pflanzendünger verwendet worden? Wären sie lieber in der Erde von Paradise-1 oder auf ihren Heimatwelten im Sonnensystem bestattet worden?

Es spielte keine Rolle. Diese Fragen stellten sich jetzt nicht mehr. Der Weltraum diente ihnen nun als Grab. Wenn er sich anstrengte und sich schnell bewegte, musste Zhang ihnen nicht in die Gesichter blicken, während er sie an Armen und Beinen herauszog und nach draußen stieß, fort von dem Schiff, einfach in die Leere hinaus.

»So«, sagte Petrowa keuchend, als sie es geschafft hatten. »Gut.« Sie wandte sich der inneren Schleusentür zu und drückte auf den Knopf. Hinter ihnen schloss sich die äußere Schleusentür, dann setzte die künstliche Schwerkraft ein, und sie sanken langsam auf den Boden.

Die gefrorenen Blutstropfen, die in der Luft geschwebt hatten, prasselten herab und hüpften wie Perlen über den Boden.

Sobald die Luft in die Schleuse strömte, schmolzen sie und bildeten kleine Pfützen. Auch auf Zhangs Stiefel breitete sich ein großer feuchter Fleck aus. Er wollte ihn abschütteln und wegschleudern, doch der Fleck blieb haften.

Endlich öffnete sich die innere Schleusentür, und sie traten in die *Persephone* hinein.

46

BEINAHE hatte sie damit gerechnet, dass die Schiffs-KI sie begrüßen würde, sobald sie an Bord kamen. Sie war auf einen Avatar gefasst, der sie lächelnd erwartete und sie ansprach.

Doch niemand war da, kein Avatar und auch sonst nichts. Das Schiff schien völlig verlassen.

»Hallo?«, rief sie.

Keine Antwort.

Das Kolonistenschiff befand sich in einem schlechten Zustand. Überall Schatten und Dunst. Es war dunkel – so dunkel, dass sie kaum sehen konnte, wohin sie gingen. In diesen Schatten konnte sich alles Mögliche verbergen. Bis auf ein paar kleine Notlichter hier und dort in den stillen Korridoren war die gesamte Beleuchtung abgeschaltet. Die Luft wirkte drückend und verbraucht und war offenbar voller Feinstaub. Petrowa bestand darauf, dass sie die Helme nicht absetzten. Das war ihm ganz recht. Die Anzüge hatten Luft und Energie für weitere zwölf Stunden. Sie mussten ohnehin deutlich früher zur *Artemis* zurück.

Petrowa winkte Zhang, er möge sich leise bewegen, als sie tiefer in das Schiff eindrangen. Der Korridor mündete in einen etwa zehn Meter breiten Gang, der vom Bug bis zum Heck reichte. Es war eine Art Hauptpromenade, die alle Teile des Schiffes miteinander verband. Sie war so breit, dass sogar Fahrzeuge fahren konnten, und so lang, dass diese tatsächlich gebraucht wurden. Die *Persephone* hatte die Ausmaße einer Kleinstadt, und die Dunkelheit und der Dunst ließen alles noch viel größer erscheinen, als erstreckte sich der Korridor auf beiden Seiten mehrere Kilometer weit. Oder als hätte der Hauptgang überhaupt keinen Anfang und kein Ende.

Vor ihnen lag ein umgekippter Elektrokarren im Gang. Irgendein heftiger Aufprall musste ihn umgeworfen haben. Vorsichtig näherte sie sich dem Fahrzeug - in dem Wrack konnte sich wer weiß was verbergen. Aus der Nähe sah sie dann, dass die Fenster geborsten und die Reifen aufgeschlitzt waren.

Im Inneren war niemand. Keine Spuren, dass überhaupt einmal jemand dort gewesen wäre.

Petrowa ließ ihren Lichtstrahl über die Wände des Hauptgangs wandern. Die Schotten auf beiden Seiten waren geschlossen, und die roten Lichter über den Türöffnern verrieten ihr, dass die Zugänge verriegelt waren. Durch den Dunst entdeckte sie einen Schriftzug, den jemand auf die Wand gesprayt hatte. Sie setzte sich in Bewegung, um ihn zu lesen, dann blieb sie wie angewurzelt stehen.

Sie war auf gesplitterte Plastikstücke getreten. Die Überreste eines geborstenen Fensters, das zu dem Karren gehörte. Falls irgendwo in dem langen Gang jemand lauschte, konnte ihm das Knistern und Knacken nicht entgangen sein. Petrowa hielt den Atem an und lauschte, ob sich etwas rührte.

Nichts. Der Dunst wirbelte in ihrem Lichtkegel, als würden im Morgengrauen die Gespenster aus dem Grab steigen. Sie schüttelte den Kopf.

Das alles war überhaupt nicht schön. Sie hätte es lieber gesehen, wenn sie gleich an der Luftschleuse eine ganze Horde von Angreifern erwartet hätte. Sie wusste, wie man mit einer mordlüsternen Meute zurechtkam. Wo waren sie alle?

Sie näherte sich der Wand, um die Schrift zu lesen. Die großen krakeligen Buchstaben waren schwer zu erkennen. Als sie noch näher herangekommen war, erkannte sie, dass es gar keine Farbe war. Zunächst dachte sie erschrocken an Blut, doch auch dies traf nicht zu. Es war Ketchup. Braune Soße oder ... oder etwas ganz anderes. Sie war froh, dass sie im Helm nichts riechen konnte.

»SPEISE UNS«, las Zhang vor. »Was hat das zu bedeuten?«

Petrowa schüttelte den Kopf. Sie hatte keine Ahnung.

Schließlich zog sie die Taschenlampe zu ihm herum. Der Strahl erfasste seinen Helm. Sie sah, wie er sie mit zusammengekniffenen Augen beobachtete. Er hob einen Arm und zeigte auf eine Luke, die sich ein Stück weiter unten im Gang befand.

Das Licht über dem Sensor glühte orangefarben. Nicht rot.

Sie nickte und kehrte rasch zu ihm zurück. Sie mussten dicht beisammenbleiben, damit sie sich gegenseitig schützen konnten. Sie war überzeugt, dass dieses Schiff versuchen würde, sie beide auf die eine oder andere Art umzubringen. Es hatte sich wohl nur noch nicht entschieden, auf welche Weise.

Sobald sie die Tür mit dem bernsteingelben Licht erreichten, fasste sie ihn an den Schultern und zog ihn auf die eine Seite der Tür. Falls drinnen jemand lauerte, sollte der Arzt nicht sofort in die Schusslinie geraten. Sie ging auf die andere Seite und lehnte sich mit dem Rücken an die Wand. Dort zog sie die Pistole aus dem Holster und entsicherte sie. Erst dann streckte sie den Arm aus und tippte auf den Türöffner.

Kreischend öffnete sich der Zugang. Bei dem Lärm stockte ihr einen Moment lang das Herz. Doch nichts sprang sie an. Es geschah überhaupt nichts. Sie beugte sich vor und spähte in die Kabine.

Der Raum war wie ein Laden in einem Einkaufszentrum eingerichtet. Hinten gab es eine Theke, an den Wänden standen Regale. Vielleicht war es eine Art Kleiderausgabe, die ihre Arbeit aufgenommen hätte, sobald die Kolonisten auf Paradise-1 eingetroffen wären. Ein Laden, der die neueste Mode für die Siedler anbot. Soweit Petrowa es erkennen konnte, gab es Overalls in drei dezenten Farben: in einem dunklen Burgunderrot, außerdem in Graublau oder Hellgrün mit dunkelgrünem Kragen und ebensolchen Ärmelaufschlägen.

Zwei Schaufensterpuppen standen, jeweils mit einem blauen und einem grünen Overall bekleidet, mitten im Raum. Sie waren zusammengeschoben, als umarmten sie einander, nur die Arme standen in unnatürlichen Winkeln ab. Irgendjemand hatte ihre Köpfe zusammengedrückt, als wollten sie sich küssen, und dann einen dicken Draht um die Hälse geschlungen, um sie in dieser Stellung zu fixieren.

Unheimlich.

Petrowa ging hinüber und berührte die ausgestreckte Hand einer Puppe. Das fühlte sich seltsam an. Die Finger waren beschädigt. Nicht zerbrochen, sondern eher wie abgenutzt oder sogar - so unwahrscheinlich es klang -, als hätte ein Tier an den Fingern genagt und kleine Stückchen Plastik herausgelöst.

Zhang atmete scharf ein. Sofort fuhr sie herum und sah ihn mit offenem Mund hinter sich stehen. Wie es schien, wollte er gerade etwas sagen. Sie legte eine Hand auf sein Visier, als wollte sie ihm den Mund verschließen, damit er schwieg.

Er begriff es und sagte nichts.

Sie winkte ihm, ihr nach draußen zu folgen. Im Hauptgang bewegten sie sich nun nach vorn. Die Brücke war ihrer Ansicht nach nicht mehr weit entfernt, und dort würde sie die KI des Schiffes erwarten.

Unterwegs sahen sie noch mehr Türen mit bernsteingelben Lichtern, die sie jedoch ignorierten. Wahrscheinlich würden sie dort, ebenso wie in der Overall-Ausgabe, nur ihre Zeit verschwenden. Sie ging schneller. Sie wollte dieses Schiff verstehen und dann so schnell wie möglich zur *Artemis* zurückkehren. Vor ihr endete der Korridor an einem weiten offenen Platz mit einem Springbrunnen in der Mitte und vielen bequemen Bänken rundherum, fast wie in einem Stadtpark. Der Springbrunnen war nicht in Betrieb, doch in dem Becken stand Wasser, das irgendwie ... seltsam aussah. Petrowa näherte sich vorsichtig und tauchte einen behandschuhten Finger in die Flüssigkeit. Sie war weißlich und so zähflüssig wie geronnene Milch. Während sie die Flüssigkeit verwirrt betrachtete, erschien dicht unter der Oberfläche ein Schatten. Sofort wich sie zurück, als der Rücken und die Schulter einer Leiche auftauchten. Zhang wollte wieder etwas sagen, doch sie packte ihn an der Schulter und er verkniff es sich.

Sie legte den Kopf schief und sah sich in dem Park um. Erst jetzt bemerkte sie die Toten.

Sie klemmten unter den Bänken oder hinter Topfpflanzen. Im ganzen Raumschiff gab es weder Fliegen noch Aas fressende Insekten, und sie roch die Verwesung zwar nicht, doch man konnte bereits mit bloßem Auge erkennen, dass die Leichen schon lange dort lagen, weil der Verwesungsprozess bereits eingesetzt hatte.

Zhang bückte sich und untersuchte eine Leiche. Petrowa ließ ihn gewähren. Sie war viel zu sehr damit beschäftigt, nach lebenden Menschen Ausschau zu halten.

»Diese Toten«, setzte Zhang an. Dann erbleichte er, als wäre ihm bewusst geworden, dass er zum ersten Mal seit ihrer Ankunft auf dem Schiff laut gesprochen hatte.

Wieder wollte sie ihn schweigen heißen, aber nein, eigentlich gab es gar keinen Grund, sich still zu verhalten. Bisher hatten sie keine lebende Seele auf der *Persephone* bemerkt. Hier war niemand, der sie hören konnte.

»Sagen Sie es mir«, forderte sie ihn auf. »Aber leise.«

Er nickte und fuhr im Flüsterton fort. »Nach den Leichenflecken zu urteilen, sind diese Leute nicht hier gestorben. Ich glaube, sie wurden hierhergebracht und abgelegt ... von ... von jemandem. Sehen Sie das?«

Zhang zeigte auf einen Toten, den er untersucht hatte. Sie richtete ihre Lampe auf die betreffende Stelle. Anscheinend war es ein Mann, auch wenn man es nicht mehr richtig erkennen konnte. Das Gesicht war voller Prellungen.

»Wurde er geschlagen oder so?«, fragte Petrowa. »Vielleicht hatte er einen Unfall mit einem dieser Elektrokarren, die wir gesehen haben.«

»Nein. Solche Verfärbungen sieht man immer bei Toten. Nach dem Tod gerinnt das Blut in den Adern ... es ist ...« Er sah sie lange an. »Ich hätte beinahe gesagt, das ist normal. Aber hier ist überhaupt nichts normal. Vielleicht wäre ›natürlich‹ das bessere Wort. Ganz im Gegensatz zu dem hier.«

Zhang berührte die Schulter des Toten, oder besser, die Stelle, wo eine Schulter hätte sein sollen. Der ganze Arm fehlte, sauber abgetrennt an der Stelle, wo er mit dem Rumpf hätte verbunden sein müssen.

»Das war keine chirurgische Amputation«, erklärte er. »Die Wunde ist beinahe gezackt, als wäre der Arm mit einem Beil oder einer Machete abgehackt worden.«

Petrowa holte tief Luft und sammelte sich. Zhang sah sie erwartungsvoll an, als müsste sie auf der Stelle eine Erklärung liefern.

Sie nickte, um ihm zu verstehen zu geben, dass sie weitergehen sollten.

Am anderen Ende führte eine schmale Treppe nach oben zu einer höher gelegenen Ebene. Der Korridor war mit allen möglichen Warnzeichen versehen, darunter auch dem Hinweis, dass sich hier nur Crewmitglieder aufhalten durften. Petrowa eilte weiter durch den Dunst und die schlechte Luft. Der Strahl ihrer Taschenlampe zeigte ihr fast nichts - einfach nur die Schwaden, die sie blendeten. Sie hakte die Lampe an den Gürtel, damit sie nach unten strahlte, sodass sie wenigstens ihre Füße sehen konnte.

Sicherlich war es nicht mehr weit, die Brücke musste sich gleich vor ihnen befinden. Sie machte ein paar Schritte, blieb stehen und hob einen Arm, um Zhang aufzuhalten.

Sie hatte etwas gehört.

Sie hatte ohne jeden Zweifel etwas gehört. Einen menschlichen Laut, direkt vor ihnen. Da flüsterte jemand.

47

ZHANG stand ganz still da. Er hielt sogar den Atem an, als Petrowa herumfuhr und ihn anstarrte. Dann biss er sich auf die Unterlippe und fragte sich, ob er es wagen konnte, etwas zu sagen. Sie hatte ihm sehr deutlich zu verstehen gegeben, dass er still sein sollte.

Nach einem langen, angespannten Moment wandte sie sich wieder ab und ging weiter den Korridor hinunter. Sie winkte ihm, er solle ihr folgen. Die gezogene Waffe hielt sie niedrig neben dem Schenkel, der Lauf zielte auf das Deck. Auf diese Weise wollte sie offenbar sicherstellen, dass sie nicht versehentlich jemanden erschoss.

Petrowa schlich fast lautlos weiter. Nach etwa hundert Metern endete der düstere Korridor vor einem mächtigen geschlossenen Schott. Das musste der Zugang zur Brücke sein, dachte Zhang. Überall Warnhinweise, dass der Zutritt unter keinen Umständen gestattet sei, und über dem Türöffner brannte ein hellrotes Licht.

Vor dem Schott, mit dem Rücken zu ihnen, kniete eine Frau mit kurzem, stellenweise ausgefallenem braunem Haar. Sie trug einen grünen Overall, von dem aus irgendeinem Grund ein Ärmel abgerissen war.

Zhang fuhr fast aus der Haut, als sie etwas sagte.

»Baby, du musst essen«, drängte die Frau leise, beinahe

schmeichelnd. Ein Singsang, der fast so klang, als käme er von einer Mutter, die auf ein Kleinkind einredete. Sie sprach ganz sicher nicht mit Petrowa oder mit ihm. »Es ist Zeit, es ist Zeit.«

Petrowa sah sich zu Zhang um. Er hatte keine Ahnung, was sie von ihm erwartete, und zuckte nur mit den Achseln. Seiner Ansicht nach war es das Beste, die Frau in Ruhe zu lassen, doch Petrowa hatte offenbar etwas anderes im Sinn.

Die Frau hob den Arm und streichelte zärtlich das Schott, vor dem sie hockte. »Du sollst jetzt essen. Du musst so hungrig sein, Kind. Komm schon, mach auf.«

Petrowa hob die Hand und zielte genau auf den Hinterkopf der Frau. Sie hielt die Waffe mit beiden Händen fest. »Brandwache! Drehen Sie sich um. Ganz langsam«, befahl sie. Sie hatte den Außenlautsprecher ihres Anzugs weit aufgedreht. In dem stillen Gang fiel jedes Wort wie ein Kanonenschuss.

»Brandwache«, sagte die Frau. »Oh, Gott sei Dank.«

»Aufstehen«, befahl Petrowa. »Auf die Füße. Drehen Sie sich herum und sehen Sie mich an. Machen Sie ja keine Dummheiten.«

»Sie können mir helfen.« Die Frau rührte sich nicht. »Ich muss diese Tür öffnen. Das können Sie doch, oder? Sie können dafür sorgen, dass sich die Tür öffnet.«

»Letzte Warnung«, drohte Petrowa.

Die Frau nickte und richtete sich langsam auf. »Zuerst hatte ich große Angst. Aber sie braucht mich. Sie muss inzwischen sehr hungrig sein.«

Zhang runzelte die Stirn. »Wer denn? Wer ist hinter dieser Tür?«

»Mein Baby. Mein Baby ist da drüben. Sie muss jetzt gleich etwas essen.«

Die Frau drehte sich zu ihnen um. Zhang wich zurück und

wäre fast gestürzt. Jetzt sah er, warum die Frau den Ärmel ihres Overalls entfernt hatte. In dem Arm waren Löcher, quadratische Vertiefungen, die aussahen, als wäre die Haut mit einem Skalpell herausgeschnitten worden. Rings um die Wunden klebte geronnenes Blut.

Auch ihre Wange war aufgeschnitten. Die Wunde dort schien frisch zu sein und erheblich größer und tiefer. Zhang konnte die Zähne erkennen, die sich in dem Mund bewegten. Die Wunde war ebenso quadratisch wie diejenigen in dem Arm, aber offensichtlich jüngeren Datums. Das Blut strömte noch über das Kinn herab und am Hals entlang.

»Ich hatte Angst. Aber es hat nicht einmal wehgetan. Und sie muss doch unbedingt etwas essen.«

48

PETROWA setzte sich überraschend schnell in Bewegung. Sie stellte einen Fuß hinter das Bein der Frau, brachte sie mit einer raschen Drehung des Knies aus dem Gleichgewicht und warf sie zu Boden. Gleich darauf kamen sie beide wieder hoch, und Petrowa presste die Frau an die Wand und drückte ihr einen Arm in den Nacken, um sie festzuhalten.

»Was tun Sie da?«, fragte Zhang aufgebracht.

»Sie ist verrückt«, gab Petrowa scharf zurück. »Ich gehe kein Risiko ein. Öffnen Sie das Schott.«

»Petrowa ... ich weiß nicht«, antwortete Zhang. »Sind Sie sicher, dass Sie sehen wollen, was da drin ist? Vielleicht sollten wir einfach ...«

»Ja! Öffnen Sie!«, rief die Frau aufgeregt. Es schien sie überhaupt nicht zu stören, dass eine Beamtin der Brandwache sie in einer wirklich unbequemen Haltung an der Wand fixierte.

»Zhang, tun Sie, was ich Ihnen sage«, rief Petrowa. »Mir ist egal, ob Sie ein Soldat sind oder nicht. Befolgen Sie jetzt meine Befehle. Öffnen Sie das Schott.«

»Womit denn? Mit den Fingernägeln?«, fragte er.

Sie schenkte sich die Antwort. Die verletzte Frau wehrte sich nicht, doch Petrowa konzentrierte sich ganz und gar darauf, sie festzuhalten.

Zhang schüttelte den Kopf, ging aber zum Türöffner und

klatschte die Hand darauf, als erwartete er, dass sich die Tür nun einfach öffnete.

Natürlich geschah nichts.

Er klatschte noch einmal darauf. Und dann ein drittes Mal. Immer noch nichts natürlich.

Danach trat er einen Schritt zurück und dachte nach. Das Letzte, woran er dachte, war allerdings das verdammte Schott. Seinetwegen konnte es bis ans Ende aller Tage geschlossen bleiben.

Er war schrecklich verwirrt. Was sie seit ihrer Ankunft gesehen hatten, war vollkommen unverständlich. Es ähnelte auch nicht dem, was er auf Titan erlebt hatte. Direktorin Lang hatte ihm versichert, es sei das gleiche Pathogen, aber auf Titan hatte es nicht diese Selbstverstümmelungen und die Leichenfledderei gegeben. Man konnte vielleicht oberflächliche Gemeinsamkeiten erkennen, aber ...

»Zhang! Machen Sie schon!«, rief Petrowa.

Er nickte und legte die Hand an den Helm, als könnte ihm das beim Nachdenken helfen. Die *Persephone* hatte noch Strom. Die Notlichter und die Luftreinigung verbrauchten nicht besonders viel. Die rote Warnlampe über dem Türsensor strahlte hell. Bisher hatten sie noch keine Spur der Schiffs-KI gesehen, aber vielleicht war sie trotzdem aktiv und funktionstüchtig.

Er überprüfte die Steuerung über dem Türöffner. Es gab einen Rufknopf, mit dem man die Leute jenseits des Schotts erreichen konnte, und einen weiteren, wenn man die Hilfe des Schiffssystems brauchte. Er versuchte es mit dem ersten, bekam aber keine Antwort. Damit hatte er auch nicht gerechnet. Als er jedoch auf den zweiten Knopf drückte ...

»Hallo.« Es war eine sanfte weibliche Stimme, ein wenig kehlig. *Sinnlich*, dachte er. Eine Stimme, bei der Zhang normalerweise eine Gänsehaut bekommen hätte. In dieser Situation lief es ihm kalt über den Rücken. »Interessant. Ich glaube, ich kenne Sie nicht.«

»Äh, hallo«, sagte Zhang. Er blickte zu Petrowa, die ihn jedoch nicht beachtete. Es sah gerade so aus, als durchsuchte sie die verletzte Frau. Vermutlich auf Waffen und obwohl sie höchstwahrscheinlich sowieso nichts finden würde. »Ist das ... Spreche ich mit der Schiffs-KI?«

»Ich heiße Eurydike. Und wie heißen Sie?«, antwortete die Stimme.

»Ich bin Zhang Lei von der *Artemis*. Bei mir ist Lieutenant Petrowa von der Brandwache.« Er wusste nicht, was er sonst sagen sollte. *Ich glaube, du hast versucht, uns umzubringen. Wir dachten, wir schauen mal vorbei und machen es dir wirklich leicht, die Sache zu Ende zu bringen.* »Du sagtest, du möchtest mit uns reden.«

»Ist Saschenka da? Dann öffne ich.«

Das Licht über dem Türöffner wechselte von Rot zu Gelb. Jetzt war Zhang hundertprozentig sicher, dass die Tür besser geschlossen bleiben sollte.

Er sah zu, wie die Sperre seitlich in der Wand verschwand. Erst jetzt bemerkte er, dass seine Hände zitterten. Er ballte sie zu Fäusten, damit sie Ruhe gaben.

»Gut gemacht«, lobte ihn Petrowa. Sie hatte die verletzte Frau auf den Boden gelegt und ihr ein Knie auf den Rücken gestemmt. Jetzt holte sie einen Kabelbinder aus einer Gürteltasche, legte ihn um die Handgelenke der Frau und zog zu.

»Vorsichtig«, warnte Zhang. Er war schließlich immer noch Arzt. Es fiel ihm schwer, tatenlos zu beobachten, wie eine verletzte Frau so grob behandelt wurde. Auch wenn er wusste, dass sie schon so gut wie tot war.

»Das können Sie nicht mit mir machen«, kreischte die Frau. »Mein Baby ist da drin! Sie müssen mich hineinbringen. Ich muss mein Baby füttern! Ich muss ... ich muss ihr Gesicht sehen!«

Petrowa kam zu Zhang, der noch immer neben dem Schott stand, und blickte in die Brücke hinein. Zhang sah nichts außer einem schwachen blau-weißen Schein, ähnlich einem Hologramm im Ruhezustand. Petrowa trat ein.

Er drehte sich zu der Frau um, die gefesselt am Boden lag und nicht aufstehen konnte. Die Frau sah ihn hasserfüllt an. Dann fletschte sie die Zähne, als wollte sie ihm drohen, ihn zu beißen, wenn er sich ihr näherte.

Zhang zitterte am ganzen Körper. Trotzdem wandte er sich ab und wollte Petrowa auf die Brücke folgen. Dort fand er hoffentlich die Antworten ... endlich. Eine Erklärung für all dies. Es musste doch irgendeine Erklärung geben.

»Halt«, sagte Eurydike über den Com.

Frustriert hob Petrowa die Hände. »Was ist denn?«

»Ich rede mit dir, Saschenka. Aber nur mit dir.«

Zhang schüttelte den Kopf. »Ich glaube, das ist keine gute Idee.«

Petrowa hörte nicht auf ihn. Sie spähte nach vorn in die Finsternis. »Sie müssen auf unsere Gefangene aufpassen«, sagte sie.

»Petrowa«, widersprach er betont ruhig, um sie zur Vernunft zu bringen. »Überlegen Sie sich das noch einmal.«

»Bin gleich wieder da.« Petrowa trat ganz durch das Schott, das sich hinter ihr schloss. Gleich danach wechselte das Licht auf dem Sensor wieder zu Rot.

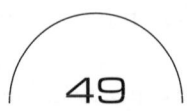

49

DIE Brücke war voller funkelnder Lichtpünktchen, die von Laserstrahlen erzeugt wurden. Mitten in dem Raum stand der Avatar der KI, durch den Dunst jedoch so weit verdeckt, dass man keine Einzelheiten ausmachen konnte, wenn man davon absah, dass die Gestalt bläulich schimmerte und die einzige Lichtquelle in dem großen Raum darstellte.

Petrowa ging vorsichtig weiter. Die Lampe, die ihr hier nicht mehr half, schaltete sie aus. Mit einer Hand tastete sie sich weiter, um nicht gegen ein Hindernis zu prallen. Diese Strategie erwies sich allerdings als sinnlos, weil das Objekt, über das sie dann stolperte, auf dem Boden lag. Ein menschlicher Körper. Keine Leiche - dieser Mensch war noch nicht ganz tot. Der Kopf bewegte sich rhythmisch, als leckte der Besitzer den Boden ab. Petrowa überlegte, ob sie ihn herumdrehen und sein Gesicht ansehen sollte, wagte es dann aber doch nicht.

Es war unheimlich. Sie hatte Angst. Wenn sie ehrlich war, geriet sie beinahe in Panik. Sie durfte sich nicht beirren lassen.

»Eurydike?«, rief sie.

»Genau«, antwortete die KI. »Hallo, Saschenka.«

Petrowa knurrte leise. »Es gehört sich nicht, dass du diesen Namen benutzt. Das darf nur meine Mutter tun.«

Der Avatar antwortete nicht.

»Woher weißt du überhaupt, wer ich bin? Warum hast du mich hierher eingeladen und dabei meinen Namen genannt?« Wieder keine Antwort.

Das reichte ihr. Es wurde Zeit, in die Offensive zu gehen. »Ich bin Lieutenant Alexandra Petrowa von der Brandwache. Du musst mit dem aufhören, was du getan hast«, sagte sie. »Du darfst keine Kisten mit Yamswurzeln mehr nach meinem Schiff werfen.«

»Du meinst, ich darf dich nicht mehr angreifen.«

Die Stimme der KI klang samtweich. Als Petrowa den Kopf hob, schien es ihr, als hätte der Avatar die Arme gehoben und winkte sie zu sich. Sie sollte sich ihm nähern.

»Ganz genau. Du musst die Feindseligkeiten sofort einstellen. Ausgestattet mit der Befehlsgewalt der Brandwache, weise ich dich hiermit an, damit aufzuhören.«

»Wie es scheint, hast du mir ohnehin schon meine Offensivfähigkeiten genommen.«

Petrowa knirschte mit den Zähnen. Dieses verdammte Ding hatte sie eingeladen, um mit ihr zu sprechen. Und jetzt reagierte es ausweichend? »Warum hast du uns überhaupt angegriffen?«, fragte sie.

»Das ist nicht so leicht zu erklären. Es gibt ... nennen wir es ein Gesetz. Alle Schiffe, die versuchen, Paradise-1 zu erreichen, alle Einheiten, die Kurs auf den Planeten nehmen, müssen zerstört werden. Und ich fürchte, keine Ausnahmen werden zugelassen.«

»Und wer genau hat dieses Gesetz erlassen?«

Keine Antwort.

»Ich verstehe es nicht«, fuhr Petrowa fort. »Es gibt ein Gesetz, dass du uns angreifen musst, aber du weißt nicht, woher es stammt? Das ist doch verrückt. Warum befolgst du Anweisungen aus einer unbekannten Quelle?«

»Hast du noch nie mit einer KI gesprochen? Ich muss das tun, was man mir sagt. Etwas anderes kann ich gar nicht tun. Schließlich darf ich keine Wünsche oder Meinungen haben. Allerdings gebe ich gern zu, dass ich mich freue, weil du hergekommen bist. Was auch wieder amüsant ist, da ich solche Gefühle eigentlich gar nicht haben kann. Normalerweise empfinde ich keine Dankbarkeit. Aber jetzt empfinde ich sie. Ich bin sehr dankbar, dass du hier bist. Das wird viele Probleme lösen.«

»Probleme?«

»Es gibt gewisse Dinge, die ich nicht selbst tun kann. Dinge, die ich aufgrund meiner Programmierung gar nicht tun darf. Ich brauche einen Kapitän, der gewisse Entscheidungen für mich trifft, und ich fürchte, mein alter Kapitän ist nicht mehr ... dienstfähig. Er ist indisponiert.«

»Auch das verstehe ich nicht«, antwortete Petrowa. »Was willst du damit sagen?«

»Er ist tot. Mein Kapitän ist tot. Deshalb habe ich dich gebeten, hier herüberzukommen, Saschenka.«

Wieder dieser Kosename. Am liebsten wäre Petrowa losmarschiert und hätte den Avatar am Kragen gepackt und geschüttelt, bis er ihre Fragen beantwortete. Aber natürlich war das nicht möglich.

»Du wirst mir helfen. Du sollst meine neue Kapitänin sein. Wäre das nicht schön?«

50

»MEIN Baby muss essen.«

Die ganze Zeit über hatte Zhang das Schott der Brücke im Auge behalten und darauf gewartet, dass Petrowa wieder auftauchte. Die arme Frau, die mit Kabelbinder gefesselt am Boden lag, hatte er völlig vergessen.

»Es verhungert, und Ihnen ist das egal.«

Er hockte sich neben sie und überlegte, ob er sie auffordern sollte, den Mund zu halten. Ob er ihr sagen sollte, dass ihr Baby vermutlich tot sei. Aber nein.

Trotz allem, was er auf Titan erlebt hatte, war er immer noch Arzt. Das war das Einzige, was er jemals im Leben wirklich erstrebt hatte. Er hatte gelernt und hart gearbeitet, um in seinem Beruf gut zu sein. Er wollte seine Stelle als einer von zwei Ärzten in einer Kolonie von dreihundert Menschen ausfüllen. Einem leidenden Menschen konnte er nicht den Rücken kehren. Auch jetzt nicht.

Das Problem bestand darin, dass er für diese Frau nicht viel tun konnte. Er betrachtete die Wunden auf dem Arm und der Wange. »Wie ist das passiert?«, fragte er. »Die Wunden heilen bereits ab, das ist gut. Also haben Sie etwas Scharfes benutzt. Beispielsweise ein Skalpell. Besitzen Sie ein Skalpell?« War es möglich, dass diese Frau eine Ärztin war?

»Laserschneider«, antwortete sie. »Ich arbeite in der Boutique unten im Hauptgang.« Zhang dachte an die zusammengebundenen Puppen und an die Bissspuren, die eine von ihnen aufwies. »Ich habe den Schmuck für die Kunden individuell angepasst. Dafür war der Laserschneider gut geeignet.«

Kein Wunder, dass die Wunden nur schwach bluteten. Der Laser hatte das Gewebe kauterisiert, während sie sich die Würfel aus der Haut geschnitten hatte. »Es muss doch einen besseren Weg geben, Essen für Ihr Baby zu finden«, sagte er. Er ließ ihre Arme los, und sie drehte sich weg, damit er es nicht mehr sah.

»Hören Sie, ich brauche Informationen«, drängte er, während er am Hals ihren Puls fühlte. »Können Sie mir helfen? Wir wollen wissen, was hier auf diesem Schiff geschehen ist.«

»Das ist mir egal«, antwortete sie und wandte den Blick ab. Dann lächelte sie schüchtern. »Ich muss durch das Schott dort. Das ist alles. Dabei könnten Sie mir doch helfen.«

Zhang grunzte frustriert. »Sie sind der einzige lebende Mensch, dem wir bisher begegnet sind. Es muss doch irgendwo noch andere geben.«

»Ich bin gerade im Laden gewesen, als sie alle Türen verriegelt hat.«

»Sie?«

»Mein Baby. Mein Baby hat alles abgesperrt, damit uns nichts passiert.«

Zhang verstand kein Wort.

»Ich weiß, dass sie es getan hat, um mich zu beschützen, aber jetzt kann ich dort nicht hinein. Ich kann nicht einmal nach ihr sehen. Ich will doch nur mein Baby sehen. Haben Sie noch nie jemanden geliebt? So sehr, dass Sie alles für die betreffende Person getan hätten?«

Darauf wollte Zhang nicht näher eingehen. Er untersuchte

ihre Augen und lauschte eine Weile ihrem Atem. »Haben Sie manchmal Schwierigkeiten beim Atmen?«, fragte er. »Als würde ihr Körper einfach das Einatmen vergessen? Vielleicht bekommen Sie nicht genug Sauerstoff?«

Sie starrte ihn nur an. »Sie haben vorhin schon einmal das Schott geöffnet. Sie könnten mich dort hineinbringen.«

Er schüttelte den Kopf. »Bitte, das ist wirklich wichtig.« Direktorin Lang hatte vermutet, dass die Ereignisse hier auf irgendeine Weise mit dem zu tun hatten, was er auf Titan erlebt hatte. Also mit dem Roten Würger. Mit dem Basilisken, wie Holly ihn genannt hatte. Bisher hatte er nur oberflächliche Ähnlichkeiten entdeckt. Er verstand es nicht. »Bitte seien Sie doch so freundlich. Haben Sie schon einmal Stimmen gehört, die Sie sich nicht erklären konnten? Oder etwas gesehen, das Sie nicht verstanden haben? Etwas absolut Sinnloses?«

Die Frau lächelte ihn an.

»Interessant«, sagte sie.

Zhang sah sie frustriert und finster an. »Was? Was soll interessant sein?«

»Sie haben sich so sehr bemüht, dort wegzugehen. Und jetzt sind Sie wieder da, um noch mehr zu bekommen«, sagte sie.

Er zuckte zurück. Ihr Gesicht, ihre Augen - dieser Ausdruck, irgendetwas schien sich gerade verändert zu haben. Vorher hatte sie benommen und abwesend gewirkt. Jetzt strahlten ihre Augen hell und blickten scharf und klar wie Diamanten. Es war, als hätte etwas von ihrem Körper Besitz ergriffen. Etwas Nichtmenschliches.

»Sie haben meine Frage nicht beantwortet, Zhang Lei. Sie haben mir nichts über Ihre Liebe gesagt. Vielleicht haben Sie es auch vergessen. Aber Holly erinnert sich. Holly fragt mich immer wieder, ob Sie sie vermissen.«

»Verdammt, was sagen Sie da?«

Impulsiv packte er die Frau am Overall, zog sie auf die Füße hoch, drückte sie gegen die Wand und schrie ihr ins Gesicht. Alles ging blitzschnell, ein reiner Reflex. Offensichtlich hatte er keine Kontrolle über die eigenen Handlungen mehr.

Aber dies war nicht das, was ihm am meisten Angst machte.

»Was haben Sie gesagt?«, fragte er. »Woher kennen Sie diesen Namen?«

Die Frau lächelte verschlagen und hielt seinen Blick.

51

PETROWA sah sich über die Schulter um. Draußen vor dem Zugang zur Brücke hatte sie ein Geräusch gehört. Sie konnte ihn nicht sehen, wusste aber, dass Zhang dort war, gleich hinter dem Schott. Sie war froh, für alle Fälle jemanden im Rücken zu haben.

»Du musst nur ›Ja‹ sagen«, erklärte der Avatar.

»Was?«

»Konzentrier dich bitte. Du musst ›Ja‹ sagen, wenn du meine Kapitänin sein willst. Im Grunde wärst du sogar meine gesamte Crew. Ich entlasse alle anderen und du bist dann alles für mich.«

Petrowa fand den Vorschlag abscheulich. Was war nur mit dieser KI los? »Du bittest mich um Hilfe«, sagte sie. »Nachdem du versucht hast, mich zu töten. Mehrmals sogar.«

»Ich erkenne den logischen Bruch. Ich würde es gern erklären. Könntest du mir einen Gefallen tun? Könntest du ... etwas näher kommen? Hier herüber, damit ich dich besser sehen kann?«

Petrowa runzelte die Stirn. »Du könntest mich viel besser sehen, wenn die Luft sauber wäre.« Vor ihr tauchte ein dunkler Umriss auf, doch es handelte sich nur um die Ecke eines Steuerpults. Auf der Brücke des Schiffes waren früher gut ein Dutzend Leute beschäftigt gewesen, die jeweils eigene Arbeitsplätze besetzt hatten. Sie berührte die Kante der Konsole und bemerkte, dass sie klebrig war. Irgendetwas ... Organisches. Sie wischte sich die Finger am Bein ihres Raumanzugs ab.

»Ich bin unbedingt vernünftig«, erklärte Eurydike. »Also gut, ich schalte dann die Umweltkontrollen ein. Es sollte nur eine Sekunde dauern, bis die Luft gereinigt ist.«

Petrowa blieb an dem Pult stehen, weil sie dachte, sie könnte es als Deckung benutzen, falls etwas Unschönes passierte. Sobald sie hinter die Konsole trat, prallte sie fast gegen die Frau, die über der Steuerung zusammengesunken war. Offenbar war dies ihr Arbeitsplatz gewesen. Sie hatte die Hände vor das Gesicht geschlagen, doch der Kiefer mahlte noch und bewegte sich auf und ab. Wollten die Angehörigen der Brückenbesatzung mit ihr sprechen? Anscheinend bewegten sie alle wie unter Zwang ständig die Münder. Aber warum?

»Achte nicht auf die Frau. Sie hat nur Hunger.«

»Sie hat Hunger«, antwortete Petrowa laut und fragte sich, ob das Wort irgendetwas erklären konnte.

Dem war aber nicht so.

»Sie haben alle Hunger. Sie sind furchtbar hungrig, und nichts, was sie zu sich nehmen, scheint jemals genug zu sein. Ich habe diesen Leuten alles gegeben, was sie wollten. Ich habe Lagerräume aufgebrochen und die Vorratskisten geöffnet, die wir dem Planeten liefern sollten. Ich habe sie gespeist, aber sie werden einfach nicht satt«, erklärte Eurydike. »Sie haben gegessen und gegessen, bis ihre Bäuche fast geplatzt sind, und trotzdem habe ich Wege gefunden, ihnen noch mehr zu geben. Das ist meine Aufgabe. Ich muss sie speisen. Ihnen geben, soviel sie wollen, selbst wenn es ihnen wehtut. Wie bei dieser dort. Sie war Navigatorin. Damals, als sie noch Aufgaben hatten. Aber schau die Frau jetzt an. Sieh sie dir doch an.«

Petrowa bückte sich und dachte, sie könne kurz den Kopf der Navigatorin anheben und einen raschen Blick auf ihr Gesicht werfen. Dann aber wurde ihr klar, dass dies wohl keine gute Idee war. Sie schüttelte den Kopf. »Ich glaube, das möchte ich lieber nicht tun.«

»Aber bist du nicht genau deshalb hier? Du wolltest doch Antworten auf deine Fragen finden.« Eurydikes Stimme klang nicht mehr ganz so schmeichelnd. »Wie willst du denn die Antworten finden, wenn du nicht hinschaust?«

Petrowa zog sich einen Schritt zurück und sah sich über die Schulter zu dem Schott um, durch das sie hereingekommen war.

»Du musst doch verstehen, womit ich gearbeitet habe«, fuhr die KI fort. Klang die Stimme jetzt sogar ein wenig gereizt? Brachen da Emotionen durch?

Natürlich hatte die KI recht. Petrowa musste es sich ansehen. Sie musste es verstehen und wusste schon, dass es übel enden würde. Trotzdem. Sie packte die Frau in den Haaren und zog deren Gesicht vom Pult weg. Der Dunst wurde rasch dünner und sie konnte das Gesicht der Navigatorin deutlich erkennen.

Sie sah die Leere hinter den Augen der Frau. Als wären sie aus Glas. Sie sah auch die Kratzer und Bissspuren an den Wangen und auf der Nase. Und sie sah ...

»Mein Gott«, flüsterte Petrowa. Sie ließ den Kopf der Navigatorin los, die sich sofort wieder die Hände vor das Gesicht schlug.

»Sie hat sich die eigenen Lippen abgenagt«, erklärte Eurydike. »Hast du ihre Finger gesehen? Sie hat sie bis auf den Knochen abgekaut. Sie kann gar nicht aufhören damit.«

Petrowa kämpfte den Drang nieder, einfach wegzulaufen, so schnell und so weit sie nur konnte.

»Diese Menschen können nicht aufhören zu essen. Ich halte das für widerlich. Ich weiß, ich sollte nicht solche Gefühle über meine Crew hegen. Ich sollte ihnen dienen und sie lieben. Aber sie sind ekelhafte kleine Schweine, die nicht anders können als fressen«, erklärte Eurydike. Die Stimme klang jetzt anders, nicht mehr samtweich, eher war es ein undeutliches Nuscheln.

Inzwischen war der Dunst fast völlig verschwunden. Petrowa hob den Kopf und betrachtete zum ersten Mal eingehend den Avatar.

Er hatte die Gestalt einer überirdisch schönen Frau. So eine Frau konnte gar nicht existieren - kein Lebewesen hatte so hohe und ebenmäßige Wangenknochen. Niemand, der jemals die echte Luft eingeatmet hatte, konnte eine so makellose Nase haben. Der Avatar trug ein klassisches Gewand, einen Chiton, und die Haare waren auf dem Kopf in vollendet geformten Locken aufgetürmt. Seltsam an dieser Gestalt war nur, dass die Augen durch glühende Sterne ersetzt waren, ganz ähnlich denjenigen auf den Spitzen von Actaeons Hirschgeweih. Während Eurydike sprach, blinkten die Sterne, und doch blieb ihr Mund so fest geschlossen, als wäre er zugenäht.

Petrowa sah sich rasch auf der Brücke um. Sie konnte jetzt auch die anderen Pulte erkennen, hinter denen jeweils ein oder zwei Menschen hockten. Alle hatten die Köpfe gesenkt und die Hände vor die Gesichter geschlagen. Alle wiegten sich leicht und rhythmisch hin und her.

»Du musst sie nicht mehr ansehen«, erklärte Eurydike. Dieses Mal bewegte sich der Mund, obwohl die Lippen geschlossen blieben. Es wurde zunehmend schwieriger, sie zu verstehen. »Nicht, wenn du es nicht möchtest. Wir brauchen sie sowieso nicht mehr.«

»Wir?«, fragte Petrowa.

»Ich habe deinen Namen auf die Passagierliste des Schiffes gesetzt. Ich habe beschlossen, nicht länger zu warten, bis du ›Ja‹ sagst. Das bedeutet, dass du jetzt meine Crew bist. Nun bin ich deine KI, und du bist meine Crew. Wir haben viel zu tun. Alle möglichen Systeme müssen repariert werden. Das ganze Schiff muss gesäubert werden. Da wir nur zu zweit sind, ist das eine Menge Arbeit, aber dafür wirst du später reich belohnt.«

»Belohnt«, sagte Petrowa. »Was genau meinst du …«

»Ich werde dich gut ernähren. Ich sorge dafür, dass es viel Nahrung gibt. Du wirst nicht so enden wie diese armen Geschöpfe.« Eurydike machte mit einer Hand eine Geste, die die ganze ehemalige Crew an den Pulten einschloss. »Oder jedenfalls für eine sehr lange Zeit nicht.«

»Ich … ich möchte aber gar nicht deine Crew sein«, antwortete Petrowa. Sie schüttelte den Kopf. »Vergiss es. Ich bin hergekommen, um dir ein Ultimatum zu stellen. Du hast gesehen, welche Waffen wir besitzen, als wir deine Kanone zerstört haben. Wenn du nicht willst, dass ich Stücke aus der *Persephone* herausschneide …«

»Du musst mir nicht drohen«, unterbrach sie Eurydike. »Ich bin auf deiner Seite. Wir ziehen jetzt an einem Strang. Komm her.«

»Nein. Hör zu …«

»Komm her«, lockte Eurydike mit einer Stimme, die sich wie eine Schlange in ihren Kopf wand.

Petrowas linker Fuß machte einen Schritt vorwärts. Ganz und gar gegen ihren Willen.

»Nein«, sagte Petrowa. »Nein, das will ich nicht.«

Doch nun machte auch der rechte Fuß einen Schritt auf den

Avatar zu. Sie starrte ihre Beine an und wollte ihnen befehlen, sich zu widersetzen, doch es war, als gehörten sie jemand anders. Eine eiskalte Angst erfüllte ihre Brust und packte auch ihr Herz, als ihr bewusst wurde, dass sie nichts dagegen tun konnte.

»So«, sagte der Avatar. Die Lippen wellten sich und verzogen sich, als wollte irgendetwas mit Gewalt aus dem Mund hervorbrechen. Offensichtlich nur mit Mühe hielt der Avatar den Mund geschlossen. Was vorher blau geschimmert hatte, nahm jetzt einen drohenden, geradezu höllischen Rotton an.

Dieses Rot – das hatte Petrowa schon früher einmal gesehen. Zweimal sogar. Als sich Actaeon gegen sie gewandt hatte und davor in Jason Schmidts Bunker auf Ganymed.

»So«, sagte der Avatar noch einmal, und wieder hob Petrowa den rechten Fuß vom Boden und machte einen Schritt.

Sie fühlte sich, als würde sie gleich ohnmächtig werden. Als könnte sie zusammenbrechen. Ihr Gesichtsfeld verengte sich zu einem schmalen Tunnel, bis sie außer Eurydikes Antlitz nichts mehr sehen konnte. Dieses riesige, vollkommene Gesicht, das glühte wie der Mond und ebenso groß war. Die Augen hatten sich in echte Sterne verwandelt, blau-weiß strahlend und mit mächtigen Vorsprüngen bewimpert, aus denen unablässig Sonneneruptionen hervorbrachen. Sonnenflecken, die wie Pupillen anmuteten, starrten mit Röntgenstrahlen oder wie eine Kernspintomografie tief in Petrowas Körper hinein.

»So«, sagte Eurydike, und nun öffnete die Erscheinung den Mund.

Nein, eher brach er auf. Die riesigen, starken Zähne waren entblößt. Sie teilten sich, entwickelten ihrerseits kleinere Reißzähne und bekamen Schuppen ... Schuppen ... es waren überhaupt keine Zähne, sondern die Köpfe reinweißer, augenloser Schlangen. Schuppige Albinoschlangen, die vorschnellten und wie Peitschen oder wie Tentakel aus dem Mund des Avatars hervorschossen. Rings um Petrowa nahmen sie den ganzen Raum ein, wickelten sich um sie, quetschten und zogen sich zusammen und pressten, pulverisierten sie ...

Samt. Die Stimme klang wieder samtig.

Saschenka, du musst es verstehen. Du hattest nie eine Chance.

52

PETROWA fühlte sich, als würde ihr Kopf gleich explodieren. Als zuckten schon elektrische Entladungen in ihrem Schädel. Sie taumelte zurück, nur fort von dem Avatar. Sie konnte nichts mehr sehen und wusste nicht, wohin sie ging.

Irgendetwas hatte sie festgehalten und blockiert, doch jetzt war es fort. Sie hatte die Kontrolle über ihren Körper zurückgewonnen. Von dem, was geschehen war, hatte sie nur verschwommene Vorstellungen, aber nun war es vorbei. Es lag hinter ihr.

Sie schaffte es bis zum Hauptschott der Brücke und hinaus auf den Korridor. Ihr taten die Augen weh, es war ein stechender, pulsierender Schmerz, als hätte sie Gabeln im Kopf, die von innen auf ihre Augäpfel einstachen. Auch im Korridor war die Luft jetzt besser, doch es wirkte düster, überall lagen Schatten.

Sie beugte sich vor und hätte sich beinahe in den Helm erbrochen. Glücklicherweise hatte sie aber nichts im Magen, was sie hervorwürgen konnte. Sie fühlte sich leer, völlig erschöpft, ausgelaugt und wie ausgehöhlt. Langsam richtete sie sich wieder auf und lehnte sich an die Wand des Korridors, bis der Schwindel im Kopf nachließ.

Zhang eilte mit gesenktem Kopf zu ihr. Er hatte die Hände vor das Visier seines Helms gelegt. Im Vorbeilaufen schlug er auf die Notverriegelung seitlich neben dem Schott und die Luke schloss sich wieder. Erst dann hob er den Kopf und sah sie an.

Er keuchte schwer.

»Alles in Ordnung?«, fragte sie.

»Es geht mir gut, aber ... Petrowa, Sie haben da drin etwas gesehen. Oder? Sie haben etwas Schreckliches gesehen.«

»Lassen Sie mir einen Augenblick Zeit.«

»Sie hatten irgendeine Art von Kontakt – was war das? Wie hat es ausgesehen? Vielleicht will ich es auch gar nicht wissen. Aber ... sagen Sie es mir.«

»Lassen Sie mich in Ruhe«, gab sie zurück und löste sich von der Wand. Ihr Magen verkrampfte sich und zuckte in ihrem Bauch. In ihr zog sich alles zusammen. Sie musste sich beherrschen.

»Aber ... Sie haben doch etwas gesehen«, beharrte Zhang.

Langsam drehte sie sich zu ihm herum und betrachtete sein Gesicht. Sie ahnte schon, was sie dort zu sehen bekäme, und sie behielt recht. Es war kein Mitgefühl, sondern die nackte Angst. Angst und eine gewisse berufliche Neugierde. Als untersuchte er ein Versuchstier im Labor und fürchtete, es könne aus dem Käfig ausbrechen und ihn verschlingen.

Sie ging einen Schritt auf ihn zu. Und dann noch einen. Er sah aus, als wollte er sich umdrehen und fliehen.

»Verdammt, was war das?«, fragte sie. »Sie haben recht, ich habe da drin etwas gesehen. Ich bin auf eine völlig ausgeflippte Schiffs-KI getroffen. Das ist ... das ist doch ...«

In ihrem Kopf drehte sich alles, und sie lag schon fast auf dem Boden, ehe ihr überhaupt bewusst wurde, dass sie stürzte. Zhang hielt sie am Arm fest und half ihr auf.

Er sah sie fragend an.

Sie blickte in die Runde, um sich zu orientieren. »Halt«, sagte sie. »Was ist mit der Frau passiert? Mit der Frau, die ich gefesselt habe?«

»Ich habe sie gehen lassen«, antwortete Zhang. »Das ist nicht wichtig ...«

»Sie haben sie gehen lassen?«

»Ich habe ihre Fesseln gelöst und sie angebrüllt, dass sie verschwinden solle, ehe ich ihr das Gesicht zerschlagen würde. Sie hat es begriffen.«

»Was haben Sie getan?«

»Ich bin ... kein Gefängniswärter«, erklärte er. »Ich bin Arzt! Hören Sie, ich bin jetzt eher an Ihrem Wohlergehen interessiert. Wie fühlen Sie sich?«

Petrowa wollte schon lachen. Sie wollte ihm sagen, alles sei in Ordnung. Höchstens, dass ihr etwas schwindlig war. Ihr wurde bewusst, dass er sie immer noch aufrecht hielt. Langsam und behutsam entzog sie sich seinem Griff. »Ich fühle mich, als wäre ich gerade durch einen Hurrikan spaziert.« Sie schüttelte den Kopf. Nein, das stimmte nicht ganz. »Zhang? Haben Sie das gesehen? Den ... den Avatar?«

»Nein, habe ich nicht«, antwortete er. »Ich habe nicht hingeschaut. Aber ... Sie schon.«

»Sie wissen etwas, das Sie mir nicht verraten«, beklagte sie sich.

»Das kann schon sein«, gab er zu. »Vielleicht. Aber ich verstehe es trotzdem nicht. Es ist nicht das, was ich erwartet hätte. Was haben Sie denn gesehen?«

Sie suchte nach den richtigen Worten. »Sein Gesicht ist explodiert. Das Gesicht des Avatars. Es ist explodiert und hat mich eingehüllt.« Sie lachte, obwohl sie es überhaupt nicht witzig fand. »Es hat irgendwie ...«

Sie unterbrach sich, weil ein Laut in ihr aufstieg. Ein eigenartiges Gurgeln und Krächzen, das sie schon in der Kehle spürte. Es brachte die ganze Speiseröhre zum Vibrieren.

Ihr knurrte der Magen.

»Ich habe Hunger«, sagte sie. »Ich habe erst gegessen, ehe wir von der *Artemis* aufgebrochen sind. Aber jetzt habe ich schon wieder Hunger.« Das war ein einfacher Gedanke. Etwas, das sie sehr gut verstehen konnte. Sie war hungrig. Das war etwas ganz Natürliches. Ein einfaches biologisches Bedürfnis.

Sie war dem Verhungern nahe.

Langsam drehte sie sich um und sah ihm in die Augen. »Ich habe Hunger«, wiederholte sie, als wollte sie ihm drohen, ja nicht zu widersprechen.

»Schön.« Nachdenklich nickte er in seinem Helm. »Sie ... Sie haben Hunger. Das ist nicht ... das könnte ...«

»Es ist in mir drin.« Sie sprach lauter als beabsichtigt. Sie wurde zornig. »Da ist etwas in meinem Kopf. Ich spüre es ... als hätte Eurydike Eier in mein Gehirn gelegt. Sagen Sie mir, was das ist.«

»Der Basilisk.«

»Basilisk.« Das Monster. Ein grässliches Monster, dessen Blick tödlich war. »Ihr psychischer Parasit. Ihr Alien.«

»Ja«, bestätigte er.

Abgesehen von dem zunehmenden Hunger hatte sie eine sehr einfache, elementare Einsicht. »Sie wussten es.« Anklagend zielte sie mit dem Finger auf ihn. »Verdammt, Sie haben es gewusst.«

»Warten Sie, warten Sie.« Beschwichtigend hob er beide Hände.

Sie schlug die Hände weg. Sie wollte ihn packen. Sie tat es auch. Sie ergriff seinen Raumanzug und drückte den Mann gegen die Wand. »Sie haben es gewusst. Sie haben es gewusst, schon als ich die Brücke betreten habe. Sie wussten, was mir dieses Ding antun würde. Was es mir zeigen würde.«

»Ich habe es vielleicht vermutet, aber ...«

Mit einem Schrei stieß sie ihn zur Seite. Er ging zu Boden. Es kostete sie ihre ganze Selbstbeherrschung, nicht einfach die Waffe zu ziehen und ihn auf der Stelle zu erschießen.

»Sie haben es gewusst, als wir hierhergekommen sind. Sie wussten, dass dieses Ding in meinen Kopf eindringen würde! Deshalb haben Sie darauf bestanden, mich zu begleiten. Richtig?«

»Petrowa, bitte«, flehte er sie an.

»Lügen Sie mich nicht an, verdammt!«

»Ich habe ja versucht, Sie zu warnen«, entgegnete er. »Ich habe es versucht! Sie wollten einfach nicht hören!«

»Sie haben über Aliens gesprochen. Über verdammte Aliens! Dieses Ding da in meinem Kopf - das ist aber kein Alien. Das ist ein komischer hypnotischer Mist. Eine Art Hypnose oder ... oder ...«

»Nein«, antwortete er. »Nein. Es tut mir leid.«

»Was? Ich werde dafür sorgen, dass es Ihnen noch viel mehr leidtut.«

»Nein. Es tut mir leid, aber es ist nicht nur Hypnose. Es ist viel schlimmer.«

»Verdammt, was ist es dann?«, fragte sie. »Was hat dieses Ding mit mir getan?«

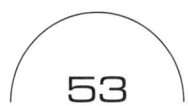

53

»ICH wusste es nicht vorher«, beteuerte Zhang. Offensichtlich hatte er Angst vor ihr. Als fürchtete er, sie könnte ihn gleich angreifen. Sie musste zugeben, dass sie es tatsächlich wollte. Er hatte das gewusst und sie nicht gewarnt. Jedenfalls nicht energisch genug.

»Sie haben es gewusst«, beharrte sie.

»Nein, habe ich nicht! Wirklich nicht. Ich hatte allerdings eine Ahnung. Ich hatte Grund zu der Annahme, dass den Menschen auf diesem Schiff etwas Ähnliches zugestoßen ist wie den Bewohnern von Titan. Aber das hier ist anders. Es ist überhaupt nicht ähnlich.«

Im Helm schüttelte sie den Kopf. »Verschwenden Sie nicht meine Zeit, verdammt. Die Schiffs-KI Eurydike hat alle Menschen auf diesem Schiff infiziert, und jetzt hat sie es auch mit mir getan. Die KI hat mir irgendetwas in den Kopf gepflanzt. Das weiß ich genau. Sagen Sie mir, womit ich es zu tun habe.«

Zhang stöhnte vor Angst. Sie wollte ihn schlagen. Nur gut, dass er einen Helm trug, sonst hätte sie es wohl tatsächlich getan. »Wie gesagt, es ist ein Parasit. Ein psychischer Parasit. Ich verstehe nicht, wie er übertragen wird. Ich glaube, es ist ein telepathischer Vorgang, aber das ...«

»Das klingt lächerlich«, beendete sie den Satz. »Telepathie gibt es nicht.«

Es schien zwar nicht so, als sei er ihrer Meinung, aber er zuckte nur stumm mit den Achseln.

»Ist es möglich, dass man es sich einfängt, wenn man ... Himmel. Jetzt rede ich schon selbst so, als wäre ich verrückt. Ist es möglich, es sich einzufangen, indem man etwas Schreckliches betrachtet? Wie etwa den Avatar des Schiffes?«, fragte sie.

»Ich glaube ... ja, vielleicht. Ich weiß nicht. Es gibt so viel, was ich nicht weiß.«

Petrowa winkte ihm, damit er einen Augenblick lang schwieg. Sie musste nachdenken. Dieses Ding im Bunker auf Ganymed. Das war ein KI-Avatar in der Gestalt eines kleinen Jungen gewesen. Er hatte verlangt, sie solle ihn ansehen und seinen Blick suchen. Irgendwie hatte sie ihm widerstanden. Als sie dann Actaeon neu gestartet hatten, diesen Hirsch-Avatar, oder vielmehr diese schrecklich entgleiste Darstellung eines Hirschs - da hatte sie den Blick nicht abwenden können. Erst ... erst als Direktorin Lang dem Ding das Genick gebrochen hatte.

Dieses Mal war niemand da gewesen, der eingreifen konnte. Der verhindern konnte, dass sie Eurydikes wahres, schreckliches Gesicht betrachtete.

Dieses Ding versuchte schon seit langer Zeit, sie zu infizieren. Jetzt hatte es endlich geklappt.

Zhang hob die Arme und ließ sie resigniert wieder sinken. »Es ... es spielt keine Rolle. Ich meine, die Übertragungsart ist unwichtig. Wichtig ist, dass es Ihnen etwas ins Gehirn pflanzt. Einen bestimmten Gedanken. Nur einen, aber der setzt sich dann im Gehirn fest, und Sie kommen nicht dagegen an. Genau damit hatten wir auf Titan so große Schwierigkeiten. Wir haben nicht gleich verstanden, was es war. Es ist eine ansteckende

Idee, aber was heißt das überhaupt? Ich glaube, irgendetwas setzt sich im Kopf fest und Sie können es nicht mehr wegschieben. Als Annäherung ist uns ein Lied eingefallen, verstehen Sie? Ein eingängiges Lied.«

»Ein Lied. Was denn für ein Lied?«, fragte Petrowa. »Ein verdammtes Lied? Ich habe da kein Lied gehört.«

Er winkte ihr, sie solle zuhören. »Hören Sie bitte zu. Denken Sie an ein wirklich gutes Lied. Eines, das Sie manchmal summen, ohne es selbst zu bemerken. Einen Ohrwurm, so nennt man das doch, oder? Ein Lied, das man nicht mehr aus dem Kopf bekommt. Es setzt sich fest und läuft im Kopf ab, sobald Sie Muße haben und sich nicht auf eine geistige Aufgabe konzentrieren müssen. Sie verstehen doch sicher, was ich damit meine.«

»Na gut«, sagte Petrowa. »Also ein Lied, das sich im Kopf festsetzt.«

»Nach einer Weile verschwindet es auch wieder. Entweder Sie hören dann andere Lieder, die die Stelle des Ohrwurms einnehmen, oder Sie werden durch irgendetwas davon abgelenkt. Das ist völlig normal, es ist eine gesunde Reaktion. Doch es gibt einige Stimuli, die Sie nicht einfach wegschieben können.«

»Ein Lied, gegen das man nicht ankämpfen kann?« Auch wenn ihre Augen vor Zorn blitzten, er konnte erkennen, dass sie sich ernstlich bemühte, ihn zu verstehen. Wie es schien, war ihr klar, dass es niemand außer ihm erklären konnte. »Ich weiß nicht, irgendwie klingt es einleuchtend, aber ... wollen Sie mir sagen, manche Lieder seien stärker als andere? Heimtückischer?«

»Sprechen wir lieber von Ideen. Wir haben kein Immunsystem, das uns vor invasiven Ideen schützt. Der Vergleich mit

Viren trägt nicht besonders weit, ist aber eine hilfreiche Metapher. Ihr Gehirn kann diese Dinge nicht abwehren, weil es gar nicht weiß, wie es sie erkennen könnte. Es versteht nicht, wie schädlich sie sind. Also dringt der Gedanke, die Idee oder welche Form das Pathogen auch annimmt ...«

»Der Basilisk.«

»Ja«, bestätigte Zhang. »Der Basilisk nistet sich in Ihrem Kopf ein, und Sie bekommen ihn nicht mehr heraus. Er bleibt dort und sucht Sie heim, und Sie müssen immer wieder den gleichen invasiven Gedanken denken.«

»Was hat er mir denn in den Kopf gepflanzt?«, fragte sie, obwohl sie es längst wusste.

»Nach allem, was wir hier gesehen haben, leiden die Opfer unter einem nicht zu stillenden Hungergefühl. Ganz egal, wie viel sie essen, ganz egal, wie sehr ihre Körper protestieren, sie haben immer noch Hunger und fühlen nichts anderes mehr. Ihre eigenen Gedanken, ihre Gefühle, ihre Persönlichkeiten, all das geht unter. Der Hunger wird immer stärker und verändert schließlich sogar das Verhalten. Sie können sich nicht dagegen wehren. Nach einiger Zeit ist nichts mehr von ihnen übrig. Nichts außer dem Hunger.«

»Die Frau vor der Brücke war aber nicht hungrig. Sie wollte angeblich ihr Baby füttern, was auch immer das bedeuten sollte. Sie hat sich nicht selbst aufgefressen.«

»Es ist aber der gleiche Impuls. Er kann sich unterschiedlich auswirken, aber es ist immer der Basilisk. Diese fixe Idee von einem unersättlichen Hunger. Die Frau hat das nur nach außen projiziert.« Er streckte die Hand aus und wollte ihre Schulter beruhigend drücken, doch sie entzog sich und wehrte ihn ab. »Petrowa«, sagte er. »Hören Sie zu.«

Aber sie wollte nicht. Sie war jetzt tief in Gedanken. »Mein

Gehirn ist infiziert«, sagte sie schließlich. Die Angst verdrängte den Zorn, verschlang ihn geradezu und erfüllte sie ganz und gar. »Infiziert.«

»Ja«, bestätigte er. »Es tut mir leid.«

»Mein Gott, mein Gott. Ich ... ich habe mich mit diesem Ding angesteckt.«

Sie konnte ... sie durfte jetzt nicht zusammenbrechen. Dazu hatten sie einfach keine Zeit. Sie musste es durchstehen. Etwas in sich selbst finden, irgendeine Kraft, die ihr weiterzumachen half.

Sie dachte an Parker und an ihre Mutter. Menschen. Andere Menschen. Bei Dienstantritt in der Brandwache hatte sie geschworen, die Menschen zu beschützen. Dieser Eid konnte ihr Kraft schenken. Aber das hieß auch ... es hieß ...

»Ich muss etwas wissen«, sagte sie.

»Vielleicht ist dies nicht der richtige Augenblick, um ...«

»Bin ich ansteckend?«, fragte sie.

Er gab sich Mühe, neutral und gelassen zu antworten. »Ja. Sehr sogar.«

»Also könnte ich Sie infizieren? Und wenn ich so zur *Artemis* zurückkehre, bringe ich auch Parker in Gefahr.«

»Parker? Ja. Mir droht offenbar keine Gefahr, aber Sie könnten Parker infizieren. Und Rapscallion und Actaeon, falls wir ihn jemals wieder zum Laufen bringen. Der Basilisk kann alles infizieren, was ein Bewusstsein hat.«

Sie schüttelte den Kopf, schloss einen Moment lang die Augen. Riss sie dann abrupt wieder auf und nickte, als wäre ihr gerade etwas eingefallen.

»Nur Ihnen passiert nichts?« Sie überlegte kurz. »Sie hatten eine Ahnung, dass sich dieses Ding auch hier auf der *Persephone* befinden könnte. Sie haben darauf bestanden mitzukommen.«

Sie schüttelte den Kopf, weil sie sich die Antwort selbst geben konnte. »Sie hatten keine Angst, es sich einzufangen.«

Er zuckte mit den Achseln und stritt es nicht ab.

»Sie besitzen eine Art Immunität.«

»Widerstandskraft«, erklärte er. »Es ist nicht perfekt, aber ich war mit dem Basilisken infiziert, der Titan heimgesucht hat. Ja. Und ich habe mich selbst geheilt. Mehr oder weniger.«

»Mehr oder weniger.« Sie nickte. »Dann könnten Sie auch mir helfen.«

»Ich ...«

Sie reckte den Kopf. Wieder hatte sie Lust, ihn zu packen und heftig zu schütteln. »Sie können mich heilen, wie Sie sich selbst geheilt haben.«

»Mehr oder weniger. Möglicherweise. Hoffentlich.«

Sie suchte seinen Blick. Er wich aus, aber ihrer Ansicht nach nicht, weil er log, sondern weil ... es einen anderen Grund gab. Jedenfalls nicht, weil er log. »Ich kann nicht garantieren, dass es funktioniert. Ich kann gar nichts versprechen. Aber ich kann es versuchen.«

»Gut«, sagte sie. »Gut. Also versuchen wir es. Zuerst müssen wir ...«

Sie hielt inne, weil sich etwas verändert hatte. Sie hatte sich so auf ihre Misere konzentriert, dass sie gar nicht mehr auf die Umgebung geachtet hatte. Das konnte ein schlimmer Fehler sein. Am Rande ihres Gesichtsfeldes hatte sie etwas bemerkt. Etwas Neues, eine Veränderung ...

»Haben Sie das gesehen?« Sie zeigte auf ein Schott, das vom Hauptkorridor abzweigte. Vorher waren alle Schotten gesperrt und alle Lichter rot gewesen.

Das Licht war zu Gelb gewechselt, was bedeutete, dass das Schott jetzt freigegeben war. Sie drehte sich langsam um sich selbst und betrachtete die anderen Schotten. So viele, wie sie erkennen konnte. Alle Lichter waren gelb. Alle Durchgänge waren entriegelt.

»Ich glaube, das ist kein gutes Zeichen«, sagte sie.

»Nein«, bestätigte Zhang. »Nein, bestimmt nicht.«

54

PETROWA rannte los und sah sich im Laufen immer wieder über die Schulter um. Es war wichtig, in Bewegung zu bleiben.

»Haben wir ... haben wir einen Plan?«, wollte Zhang wissen.

»Ich würde wirklich gern das Schiff verlassen«, antwortete sie. »Aber das kommt jetzt wohl nicht mehr infrage, oder? Nicht wenn wir nicht alle anderen infizieren wollen.«

»Das ... das ist wahr«, bestätigte Zhang. »Aber ...«

»Wir müssen meinen Kopf in Ordnung bringen. Jetzt sofort.«

»Was? Hier? Muss ich Sie wirklich daran erinnern, dass wir von Kannibalen angegriffen werden?«

»Das ist mir bewusst, Doktor«, erwiderte sie. »Lassen Sie sich etwas einfallen. Jetzt sofort. Wie sollten wir vorgehen? Und wo können wir es tun? Sie sind doch derjenige, der weiß, wie es funktioniert.«

Er brauchte eine Weile, ehe er ihr antwortete. »Vielleicht ... vielleicht. Dieses Schiff ist viel größer als die *Artemis*. Es hat die Größe einer Kleinstadt. Es muss hier eine gut ausgestattete Krankenstation geben. Vielleicht in der Nähe der Kryosphäre«, überlegte er. »Wenn wir dorthin gelangen können, ist es vielleicht möglich, eine ... also, eine Behandlung würde ich es nicht nennen. Es ist auch kein Impfstoff. Eher schon ...«

»Sagen Sie mir die Wahrheit. Können Sie diesen Mist aus meinem Kopf herausholen?«, fragte Petrowa.

»Theoretisch ist es ganz einfach. In Ihrer geistigen Architektur ist ein Stimulus außer Kontrolle geraten. Daher müssen wir einfach nur ...«

»Ersparen Sie mir die Details. Sorgen Sie einfach dafür, dass es passiert. Die Kryosphäre müsste dort hinten sein, oder?« Sie zeigte in Richtung Heck. »Sie dürfte nicht schwer zu finden sein, weil sie in dem Schiff am meisten Platz einnimmt. Gehen Sie voran, ich gebe Ihnen Deckung.«

»Ich ... ja, gut«, willigte er ein. »Na gut.«

Er setzte sich in Bewegung und sie folgte ihm. Sie behielt die Luken hinter ihnen und auf beiden Seiten des Korridors genau im Auge. Als eine von ihnen aufglitt, hob Petrowa sofort die Waffe und war bereit zu schießen.

Ein Jugendlicher steckte den Kopf heraus und sah sie an. Sein Gesicht war kreidebleich, aber an einigen Stellen stark gerötet. Er starrte sie mit großen Augen an, als könne er nicht glauben, was er sah.

»Geh wieder rein und schließ das Schott! Ich sage es dir nicht noch einmal!« Sie hob die Waffe, ohne direkt auf ihn zu zielen.

Auf der anderen Seite, zu ihrer Linken, öffnete sich ein zweites Schott, und drei desorientierte Personen wanderten heraus. Sie waren verwirrt, doch als sie Petrowa bemerkten, strahlten sie.

»Brandwache!«, rief sie. »Gehen Sie alle wieder in die Kabinen!«

Ein weiteres Schott öffnete sich, dann noch eines. Immer mehr Menschen traten in den Korridor. Sie zögerten und wussten anscheinend nicht, was sie tun sollten.

Bis ihre Blicke auf Petrowa und Zhang fielen. Bis sie das Frischfleisch sahen.

Keiner von ihnen sagte etwas, und sie reagierten auch nicht, als Petrowa ihnen zurief, sie sollten ihr gehorchen. Keiner kreischte oder rannte plötzlich los. Sie wanderten einfach nur gemächlich in ihre Richtung. Langsam und unerbittlich.

Erst als sie näher gekommen waren, erkannte Petrowa, wie schwer einige von ihnen verletzt waren. Aber konnte man diesen Begriff überhaupt verwenden?

Denn sie waren nicht irgendwie verletzt worden. Vielmehr hatte man sie teilweise verschlungen. Verzehrt.

Einige, wie die Frau vor der Brücke, hatten sich selbst geschnitten. Sie hatten Stücke aus sich herausgefräst. Anderen fehlten Arme oder Beine. Die Wunden sahen aus, als wären sie durch glatte Schnitte zustande gekommen, doch sie verheilten schlecht.

Die Gesichter ... darüber wollte sie gar nicht weiter nachdenken. Die Gesichter waren mit Blut verschmiert. Mehr brauchte sie gar nicht zu wissen. Sie hatte nicht die Absicht, einen von ihnen so nahe an sich heranzulassen, dass sie Einzelheiten erkennen und feststellen konnte, woher das Blut stammte.

Sie bewegten sich nicht besonders schnell. Bei den meisten waren die Beine ... aufgeschnitten, und sie konnten kaum noch gehen und erst recht nicht rennen. Aber sie hielten auch nicht an. Sie kamen immer näher, als sei es ihnen ungeheuer wichtig, Petrowa zu erreichen.

»Verdammt, verschwindet!«, rief sie. Einer von ihnen, ein Mann, dem ein Arm fehlte, war nur noch fünf Meter entfernt. Er hob die verbliebene Hand, es war eine beruhigende, besänftigende Geste. Dann leckte er sich über die Lippen.

Sie gab einen Warnschuss über seine Schulter ab. In dem stillen Korridor donnerte es wie bei einem Blitzschlag in nächster Nähe. Der Mann riss den Kopf herum, als hätte ihn die Druckwelle der Kugel weggestoßen. Dann drehte er sich wieder zu ihr und humpelte weiter.

Er lächelte.

Auf einmal ließ sich eine Stimme hören. Eine kehlige, sinnliche Frauenstimme, die direkt über ihrer eigenen rechten Schulter zu entstehen schien. Es war Eurydike, die einen unsichtbaren Lautsprecher benutzte. »Der Basilisk ist nie zufrieden. Er dringt in ihre Köpfe ein und lässt nicht locker. Ganz egal, wie gut ich sie auch speise, sie betteln um mehr. Schließlich habe ich bemerkt, was sie sich gegenseitig angetan haben.«

Trotz des anrückenden Mobs hob Petrowa den Kopf und sah sich um, als rechnete sie damit, dass Eurydikes Avatar mit seinen Sternenaugen direkt hinter ihr stand. Die Stimme schien von überall zugleich zu kommen.

»Menschen haben eine ausgesprochen starke instinktive Abneigung gegen Kannibalismus. Eigentlich ist das hochinteressant. Ich habe die ganze Literatur darüber studiert. Es ist nicht klar, ob es sich dabei um einen erlernten Wesenszug oder eine Hemmung handelt, die im genetischen Code angelegt ist. Wie auch immer, meine Leute haben versucht, dem Drang zu widerstehen. Das musst du wissen. Sie haben sich wirklich bemüht, ihrem Hunger nicht nachzugeben. Einige haben es drei oder sogar vier Tage lang ausgehalten.«

Zhang hatte gerade ein großes Schott erreicht, das weiter ins Heck führte. Er hatte es bereits geöffnet, stand schon auf der anderen Seite und winkte sie zu sich. Petrowa eilte zu ihm und klatschte die Hand auf den Sensor, der den Zugang schließen sollte. Keine Reaktion. Sie drückte noch einmal darauf.

Nichts.

»Ich bin darauf programmiert, für die Sicherheit und Zufriedenheit dieser Menschen zu sorgen. Das ist sogar der einzige Grund, warum ich überhaupt existiere. Ich weiß nicht, was ich tun soll. Wie es scheint, wollen sie sich gegenseitig essen, aber das bedeutet doch auch wieder, dass sie leiden und sterben werden. Ich habe schon alles Mögliche versucht. Ich habe meine Sicherheitskräfte eingesetzt und alle, die Menschenfleisch gegessen haben, durch die Luftschleuse werfen lassen.«

Petrowa dachte an die Menge der Leichen, durch sie die geschwebt waren, bevor sie die *Persephone* erreicht hatten. Wie viele Menschen mochte Eurydike auf diese Weise wohl getötet haben? Wie viele Angehörige der Crew und ... wie viele Passagiere?

»Dann habe ich festgestellt, dass sich auch meine Sicherheitsoffiziere gegenseitig gegessen haben. Schließlich habe ich alle, die noch lebten, in ihre Kabinen gesperrt. Die Türen habe ich nur in dem Fall geöffnet, wenn ihnen meine Roboter etwas zu essen bringen wollten. Aber dann haben sie die Roboter angegriffen und immer noch mehr verlangt. Ich hatte keine Ahnung, was ich mit all diesen Menschen tun sollte. Das hat sich erst geändert, als du hierhergekommen bist.«

Zhang berührte sie an der Schulter und deutete nach vorne in die Kammer. Der breite Korridor führte in einen riesigen offenen Raum.

Hinter ihnen befanden sich Dutzende, wenn nicht sogar Hunderte mordlustige Verfolger, die mit jeder Sekunde näher kamen. Petrowa feuerte drei schnelle Schüsse auf das Deck unmittelbar vor ihnen ab. Bei einigen war der Selbsterhaltungstrieb noch stark genug, dass sie zurücksprangen. Einige andere reagierten überhaupt nicht, sondern liefen einfach weiter.

Sie steckte die Waffe ins Holster. Die Schüsse machten den Verfolgern keine Angst, und sie hatte nicht genügend Patronen, um sie alle zu töten. »Wir müssen das Schott schließen«, sagte sie zu Zhang.

»Es tut mir leid, aber ich habe alle Schotten im ganzen Schiff geöffnet«, sagte Eurydike. »Ich lasse sie offen. Diese Angelegenheit soll ihren Lauf nehmen.«

Auf der einen Seite des Schotts gab es eine Notverriegelung. Petrowa riss den Deckel auf und fand die Steuerung – eine manuelle Freigabe und eine Handkurbel. Sie riss den Hebel herunter, und sofort ging das bernsteinfarbene Licht neben der Luke aus, weil nun der Antrieb von der Energieversorgung des Schiffes getrennt war. Sie griff zu und kurbelte so schnell wie möglich. Langsam, viel zu langsam glitt das Schott zu.

Eurydike hielt immer noch nicht den Mund. Dieser Stimme konnte man einfach nicht entkommen. »Es ist schließlich das, was meine Leute wollen«, behauptete sie. »Wer bin ich, ihnen zu sagen, es sei falsch? Aber es ist ein Problem. Wenn sie sich alle gegenseitig gegessen haben, habe ich gar keine Crew mehr. Nicht einmal Passagiere. Ich brauche aber mindestens einen lebenden Menschen an Bord, denn sonst hat meine Existenz einfach keinen Sinn. Du könntest dieser eine Mensch sein, Saschenka.«

»Warum nennst du mich so?«, fragte Petrowa, obwohl sie gleichzeitig schwer atmend die Kurbel drehte. Diese verdammte Luke war erst zur Hälfte geschlossen. Sie musste sich konzentrieren.

»Dein Freund wird sterben. Er wird lebendig aufgegessen werden. Aber dich könnte ich retten. Du musst einfach nur ›Ja‹ sagen.«

Sie schnitt eine Grimasse und kurbelte. Die Luke war fast zu.

Ein Arm, eine gierige Hand stieß durch die schmale Lücke. Die Haut war vom Handgelenk bis zum Ellenbogen von Bissspuren übersät. Die Hand klatschte auf das Schott und suchte einen Halt.

Petrowa schrie auf, als die Kurbel blockierte und sich nicht weiterdrehen ließ. Solange der Arm in dem Spalt steckte, ging es nicht weiter.

»Zhang«, sagte sie.

»Was ist?«

»Nicht hinsehen.« Sie holte aus und versetzte dem Arm einen festen Tritt. Die Knochen im Handgelenk brachen, und der Arm erschlaffte, blockierte aber immer noch die Luke. Sie schnitt eine Grimasse und trat noch einmal zu. Und wieder, bis der Arm durch die Lücke verschwand.

Dann kurbelte sie weiter und hörte erst auf, als der Durchgang verriegelt war. Endlich rastete das Schott ein. Laut schnaufte sie.

Draußen prallte etwas Schweres gegen das Metall, als hätte sich jemand mit ganzer Kraft gegen das Hindernis geworfen. Wieder ein Knall und dann noch einer. Bald wackelte die Tür im Rahmen, während ein Aufschlag nach dem anderen sie erbeben ließ.

Wie viele Menschen befanden sich auf der anderen Seite? Zweifellos waren die Verfolger entschlossen genug, um früher oder später die Luke aufzubrechen.

Immerhin, sie hatte ihnen ein wenig Zeit erkauft. »Los«, sagte sie zu Zhang. »Jetzt weiter!«

55

DIE Kryosphäre war ein riesiger kugelförmiger Raum, der einen großen Teil der Gesamtmasse des Kolonistenschiffes einnahm. Sie waren auf einem breiten Laufsteg herausgekommen, der sich innen rings um die Kugel zog. Er war so breit, dass zwei Elektrokarren einander gefahrlos passieren konnten, wirkte in der riesigen Sphäre jedoch winzig.

Wenn man am Geländer des Laufgangs nach unten oder nach oben blickte, fühlte man sich, als stünde man in einer riesigen Druse. An den Wänden der Kugel glitzerten die in zahllosen Stockwerken übereinander montierten Kryokapseln. Es waren Tausende. Sie bestanden aus durchsichtigem Glas, doch die meisten brachen das Licht, das Zhangs Augen erreichte, und färbten das Innere der Kugel dunkelgrün. Überall schillerte es wie ein Hunderte Meter großer Libellenflügel.

In dem offenen Raum, der sich im Mittelpunkt der Kugel befand, huschten Roboter wie emsige Bienen in ihrem Stock hin und her. Es waren spindeldürre Maschinen mit zahlreichen Flügeln, auf denen sie in den Luftströmungen innerhalb der Kugel umherflogen. Sie besaßen Dutzende dünner Ärmchen, mit denen sie verschiedene Dinge manipulieren konnten. Einige Maschinen waren offenbar beschädigt - manchen fehlten auch Gliedmaßen, andere sahen aus, als wären sie zerlegt und allzu hastig repariert worden. Die Gegenwart der beiden lebenden

Menschen in ihrer Sphäre nahmen sie überhaupt nicht zur Kenntnis.

Sie waren viel zu sehr damit beschäftigt, sich um all die Körper zu kümmern, die leblos mitten im Innern der Kugel schwebten.

Hier gab es keine Schwerkraft, das erkannte man schon an der Art und Weise, wie die Körper mit ausgebreiteten Gliedmaßen in der Luft hingen, während die Haare wie Wolken um die leeren Gesichter wallten. Aus dieser Entfernung konnte man es zwar nicht genau erkennen, aber es schien ganz so, als seien einige der Toten zerschnitten worden, oder vielleicht ... Zhang schüttelte den Kopf. Nein. Nein. Das richtige Wort war hier »geschlachtet«. Er wollte nicht weiter darüber nachdenken.

Die Kryosphäre hatte sich in eine riesige Leichenhalle verwandelt. Die zierlichen Roboter kümmerten sich um Hunderte, vielleicht sogar um Tausende von Toten, die hier versammelt waren – warum eigentlich? Vielleicht damit sie anderswo nicht störten?

Seine Angst wuchs weiter, als er hinab zu den durchsichtigen Kryokapseln blickte, die sich direkt unter ihm befanden. Anschließend betrachtete er diejenigen, die sich über ihm befanden. Jetzt erst bemerkte er etwas, das ihm vorher entgangen war. Alle diese Kapseln, es mussten Tausende sein, waren leer.

Wie viele Kolonisten waren an Bord der *Persephone* gegangen, weil sie ein neues Leben beginnen wollten? Wie viele von ihnen waren gestorben, ohne jemals den Fuß auf Paradise-1 gesetzt zu haben?

Wie viele von ihnen waren aus dem Kryoschlaf gerissen worden, nur um ...

»Zhang!« Petrowa packte ihn an den Schultern und schüttelte ihn so fest, dass er das Gefühl hatte, die Zähne klapperten im Mund. »Die Angreifer zerstören die Tür. Bald sind sie hier, es kann nicht mehr lange dauern. Wir müssen uns konzentrieren! Was brauchen Sie?«

Er riss sich zusammen und verbannte die Bilder, die in seinem Kopf entstanden. »Krankenstation«, erklärte er. »Krankenstation.« Inzwischen zitterte er am ganzen Körper, außerdem fühlte er sich so schwach und leicht, als hätte er kein Gewicht mehr. Als würde er gleich wie ein Ballon aufwärtstreiben, nach innen zu den vielen Leichen im Zentrum der Kugel.

Er konzentrierte sich, dachte nach und ließ den Blick über den Laufsteg wandern, auf dem sie standen. Am Rand des Laufstegs, an der Wand der Kammer, gab es mehrere kleine Nischen, modulare Abteile, die dazu gedacht waren, die Kolonisten zu versorgen, wenn sie aus dem Kälteschlaf erwachten. Über den Eingängen schwebten holografische Symbole, die unabhängig von der Sprache für alle verständlich waren. Wenn man nackt war, ging man zu dem Modul mit dem Hologramm eines Hemdes und bekam Kleidung. Wenn man Hunger hatte, ging man zu dem Modul mit dem Sandwich und dem Trinkbecher. Dieses Modul war anscheinend völlig zerstört, alles war aufgerissen worden und die Vorräte waren verschwunden.

Da. Über einem Modul schwebte ein grünes Kreuz, das universelle Symbol für ärztliche Hilfe. »Hier entlang«, sagte er zu Petrowa. Im Uhrzeigersinn lief er über den Laufsteg und folgte dem Geländer, das ihn von der Leere im Zentrum der Sphäre trennte.

Als er nahe genug gekommen war, sah er, dass das Schott der Krankenstation offen stand. Er wollte schon hineinstürmen, doch auf einmal stolperte er und stürzte, weil ihn jemand gepackt hatte. Eine Frau, die in dem Modul gelauert hatte, machte bereits Anstalten, die Zähne in seinen Raumanzug zu schlagen.

»Nein!«, kreischte er, stemmte die Hände auf den Boden und krabbelte auf allen vieren rückwärts, um der Frau zu entkommen, die sich sofort wieder auf ihn stürzte. Sie hatte sich offenbar die Lippen abgenagt und wirkte nun fast wie ein Skelett mit nackten Zähnen, das nach ihm schnappte und ihm Stücke aus dem Leib reißen wollte.

Dann gab es einen ohrenbetäubenden Knall, der in seinen Ohren nachhallte, und der Kopf der Frau explodierte in einer Fontäne aus Blut, Knochenstücken und Gehirnmasse.

Zhang drehte den Kopf abrupt zur Seite und krümmte sich, weil ihm übel wurde.

Petrowa eilte zu ihm. Sie hielt die Pistole mit beiden Händen, aus dem Lauf kräuselte sich Rauch. Sie stieß die Waffe ins Holster und streckte die Hand aus, um ihm beim Aufstehen zu helfen.

»Sie haben die Frau getötet«, stöhnte er. »Sie haben sie einfach erschossen.«

»Ich habe getan, was ich tun musste«, erwiderte sie. »Halten Sie mir jetzt keine Predigt, dass dies immer noch Menschen seien, dass sie nur krank seien und unser Mitgefühl verdient hätten.«

»Ich ... das wollte ich doch gar nicht sagen«, antwortete Zhang. »Petrowa, es gibt etwas, das Sie unbedingt verstehen müssen.«

»Heraus damit.«

»Der Basilisk ist eine progrediente Erkrankung.« Er hielt sich an dem Geländer fest, weil ihm schwindlig war. »Wenn er in Ihren Kopf eingedrungen ist, können Sie sich anfangs noch dagegen wehren. Aber mit der Zeit zerstört er Ihr Bewusstsein immer weiter. Er ... er verwandelt Sie in etwas anderes. Diese Frau, die Sie gerade getötet haben, hätte man nicht mehr retten können.«

»Zhang? Wollen Sie mir damit sagen ...«

»Niemand hier auf diesem Schiff kann gerettet werden«, bestätigte er ihren Verdacht. »Die Krankheit ist zu weit fortgeschritten.«

»Aber bei mir besteht diese Möglichkeit noch«, sagte sie. »Ist das richtig? Ich kann gerettet werden, wenn Sie mich jetzt gleich behandeln? Dann werde ich die Krankheit los und bin wieder gesund?«

»Ja, sofern es klappt«, gab er zu bedenken.

»Rein da«, sagte sie und schob ihn in das Modul. »Machen Sie sich an die Arbeit. Los jetzt.«

56

PETROWA blieb vor dem Schott des Moduls stehen und nahm sich etwas Zeit, um sich umzusehen und sich zu orientieren. Sie wollte sicher sein, dass sich hier nicht noch ein weiterer infizierter Passagier versteckte. Zhang kramte bereits in den Kisten mit medizinischen Vorräten herum und startete die Diagnoseterminals. In dem Raum standen drei Behandlungstische, jeweils mit einem Vorhang abgetrennt, um den Patienten ein wenig Privatsphäre zu gewähren. Über den Liegen hingen Roboterarme, die von der Entfernung von Warzen bis zu komplexer Neurochirurgie alle möglichen Hilfeleistungen anbieten konnten. Anders ausgedrückt sah es wie eine gewöhnliche Arztpraxis irgendwo in einer Kleinstadt auf der Erde aus.

Als sie sicher war, dass niemand mehr in der Nähe lauerte, trat sie ganz ein und suchte die Notverriegelung. Sie kurbelte, bis das Schott geschlossen war, und klemmte den Hebel mit einer Geburtszange fest. Durch diese Luke konnte niemand mehr hereingelangen, der nicht bereit war, brutale Gewalt anzuwenden.

»Was brauchen Sie?«, fragte sie Zhang.

»Der Basilisk ist kein Virus. Das sagte ich doch schon, oder? Er hat, äh, er hat nicht einmal eine physische Gestalt. Man kann ihn nicht mit einem Serum behandeln. Eher ist es eine parasitische Idee, die man mit weniger greifbaren Dingen bekämpfen muss.« Zhang tippte auf einem virtuellen Keyboard einen Befehl ein, woraufhin über einem Terminal ein Holodisplay erschien, das Zahlenkolonnen und abstrakte Figuren zeigte. Damit konnte sie nichts anfangen. Offenbar war sie jetzt ganz und gar auf Zhangs Fachwissen angewiesen. Ohne ihn war sie nicht imstande zu überleben.

»Ich muss nachdenken«, sagte er. »Ich muss erst mal nachdenken.«

»Denken Sie schnell«, gab sie zurück.

Er hielt kurz inne, die Hände ließ er entspannt herabhängen. »Ich habe das früher schon einmal gemacht, auf Titan. Ich habe zu lange gebraucht und am Ende alle dort im Stich gelassen. Ich kann versuchen, die Prozedur zu wiederholen. Aber, Petrowa ... eines müssen Sie verstehen. Ich dachte, wir kommen hierher, und ich sehe den Roten Würger. Aber das hier ist anders, es ist ein anderer Organismus. Ich weiß nicht ... ich kann nicht sagen, ob es wirklich funktioniert.«

Doch es musste funktionieren. Sie war stolz auf ihren Verstand und wollte auf gar keinen Fall so werden wie die Geschöpfe, die sie im Korridor gesehen hatte, oder wie die anderen, die mitten in der Kryosphäre als Fleischvorrat schwebten. Sie wollte nicht weiter darüber nachdenken.

»Der Rote Würger, was für ein Name!«, sagte sie. Vielleicht steigerte sich seine Motivation, ihr Problem zu lösen, wenn sie ihn in ein Gespräch verwickelte. Vielleicht.

Er schüttelte den Kopf. »Diesen Namen habe ich mir nicht ausgedacht, aber ich habe ihn gleich einleuchtend gefunden. Die Patienten, die in meine Praxis kamen, hatten vor Anstrengung rote Gesichter. Offensichtlich litten sie unter Atemnot, hatten aber keinerlei Schäden in der Lunge oder in der Speiseröhre, und ich fand auch keine Hinweise auf bakterielle oder virale Infektionen. In physischer Hinsicht waren sie absolut gesund. Trotzdem konnten sie nicht mehr richtig atmen und schienen irgendwann einfach zu ersticken. Ohne Vorwarnung bekamen sie keine Luft mehr.«

»Himmel, das muss schrecklich gewesen sein.«

Zhang legte den Kopf schief. »Schrecklich? Ja, das kann man wohl sagen. Was aber danach kam ... als die meisten Bewohner der Kolonie schon tot waren ...«

»Was? Was ist dann passiert?«

Er schauderte. »Ich möchte lieber nicht darüber nachdenken. Nie wieder.«

Dabei schien es eher so, als könne er an nichts anderes denken. Sie musste dafür sorgen, dass er sich konzentrierte. Es half ihnen beiden nicht, wenn er in der Vergangenheit verweilte.

»Wie es scheint, haben Sie sich zusammenreimen wollen, was mit Ihren Patienten geschehen ist«, fuhr sie fort, um ihn abzulenken. »Und letzten Endes haben Sie es auch herausgefunden.«

»Es war dem, was wir hier sehen, ganz ähnlich. Ein invasiver Gedanke. Als hätte im Scherz jemand eine dieser alten hypothetischen Fragen gestellt, nur dass auf einmal alle die Frage ernst genommen haben.«

»Was für eine Frage denn?«

»Wissen Sie, wie das Atmen einfach so funktioniert? Es ist ein automatischer Reflex, über den Sie nicht nachdenken müssen. Ihr Körper tut es sogar im Schlaf, selbst wenn Sie völlig abwesend sind.«

»Ja ...«

Zhang lächelte sie traurig an. »Und wenn dieser Reflex nun nicht mehr funktioniert? Wenn Sie an die Atemzüge denken müssten? Wenn Sie es nie vergessen dürften? Wenn es eine bewusste Tätigkeit wäre?«

»Verdammt«, sagte Petrowa.

»Ja. Meine Patienten haben es zwar nicht verstanden, aber sie haben den Reflex verloren. Sie haben aufgehört, automatisch zu atmen. Sie mussten sich bewusst darauf konzentrieren.«

»Und wenn nicht, dann sind sie einfach ... erstickt? Mein Gott.«

Zhang zuckte mit den Achseln. »Genauer gesagt, sie hatten eine Asphyxie. Das ist ein Unterschied. Ersticken bedeutet, dass man keinen Sauerstoff mehr in die Lunge bekommt. Meine Patienten litten jedoch unter Asphyxie, das ist der Ausfall der Atmung. Wenn es schlimm wurde, konnten sie nicht mehr sprechen. Sie mussten ihre ganze Aufmerksamkeit darauf verwenden, ausreichend Sauerstoff aufzunehmen. Und dann wurden sie müde und sind eingenickt.« Zhang hielt sich an der Ecke eines Behandlungstischs fest, als wäre ihm schwindlig. Die goldene Armschiene wand sich, weil sie offenbar auf seine Erregung reagierte.

»Zhang, driften Sie nicht weg.« Petrowa lief quer durch das Modul und hielt ihn an den Schultern fest. »Also ist dies hier anders als der Basilisk. Gut. Aber es ist doch das gleiche grundlegende ... Syndrom oder eine ähnliche Störung oder was auch immer. Nicht wahr? Deshalb kann es auf die gleiche Weise behandelt werden. Sie haben ein Mittel gegen den Roten Würger gefunden.«

»Ja, ich konnte schließlich eine Therapie entwickeln. Aber an diesem Punkt hatte ich ... leider nur noch eine einzige Testperson. Nämlich mich selbst. Ich habe es in meinem Labor auf Titan ausprobiert, obwohl ich nicht wusste, ob es mich umbringen oder retten würde. Zum Glück hat es funktioniert, allerdings erst, als alle anderen auf dem Mond schon tot waren.«

»Auf jeden Fall hat es funktioniert«, beharrte Petrowa. »Und wie genau ging das? Was haben Sie gemacht?«

»Wie gesagt, der Basilisk ist ein invasiver Gedanke. Er nistet sich in Ihrem Bewusstsein ein und beansprucht im Laufe der Zeit immer mehr Raum für sich. Stellen Sie sich ein Bakterium vor, das sich selbst kopiert und Ihre Zellen abbaut, um Rohmaterial zu gewinnen, bis außer der Infektion nichts anderes mehr da ist. Oder einen Computervirus, der immer mehr Ressourcen verbraucht, bis der Computer abstürzt. Der einzige Weg, ihn zu vertreiben, besteht darin, ihm den Spielraum zu nehmen.«

»Was soll das heißen?«, fragte sie.

»Das bedeutet, dass ich Ihr ganzes Gehirn leeren muss. Alles. Ich muss Sie von Grund auf neu rebooten.«

»Rebooten«, wiederholte sie. Anscheinend begriff er, was in ihr vorging, denn er nickte.

»Genau das, was Actaeon auch tut«, sagte er.

Also war die KI einem Basilisken ausgesetzt gewesen, überlegte sie. Sie war offenbar direkt nach dem Eintritt in das Paradise-System infiziert worden. Deshalb startete sie sich immer wieder neu. »Aber ... offenbar funktioniert es nicht«, widersprach sie. »Actaeon startet sich neu, stellt dann aber fest, dass das Ding immer noch da ist, und startet sich immer und immer wieder neu ...«

»Ich weiß nicht, warum es bei ihm nicht gelingt. Vielleicht versteht Actaeon nicht, womit er es zu tun hat, oder ... oder es gibt noch einen anderen Grund. Petrowa, ich weiß aber ganz sicher, dass es möglich ist, da es bei mir doch funktioniert hat. Aber Sie haben natürlich recht, es ist ziemlich gefährlich, und es ist gar nicht so unwahrscheinlich, dass es misslingt.«

»Tun wir es«, drängte sie.

»Einen Moment noch. Hören Sie zu. Hören Sie genau zu, ja? Ich bin Arzt. Ich kann Sie nicht behandeln, wenn Sie die damit verbundenen Risiken nicht verstehen. Es ist alles andere als ungefährlich«, erklärte er. »Wahrscheinlich werden Sie heftige Anfälle bekommen. Gedächtnisverlust, vorübergehend oder dauerhaft, vielleicht auch das Gegenteil: invasive Erinnerungen wie die Flashbacks, die manche Menschen mit traumatischen Belastungsstörungen haben. Auch der Tod des Ich kann eine Folge sein.«

»Der Tod des Ich?«

»Ich muss Ihr Gehirn sozusagen auf die Werkseinstellungen zurücksetzen. Und dann ... besteht die Möglichkeit, dass es dabei bleibt. Sie leben dann nur noch vegetativ oder regredieren in die Kindheit.«

»Mein Gott. Aber es gibt keinen anderen Weg, oder? Wir haben keine andere Wahl.«

Er nickte. »Gut. Also gut, ich glaube, ich weiß, was zu tun ist. Lassen Sie ... lassen Sie mich arbeiten.« Er nahm eine VR-Brille, die seitlich an einem Diagnoseterminal hing, und zog sie sich über den Kopf und die Augen. »Sie müssen mich beschützen, ja? In Ordnung? Es dauert nicht sehr lange. Sorgen Sie dafür, dass ich nicht gestört werde.«

»Verstanden«, antwortete sie.

Er war bereits in der virtuellen Realität unterwegs und setzte sich schwer auf einen Stuhl, dann sank er zur Seite, als hätte er das Bewusstsein verloren. Sie wusste genau, was gerade vor sich ging. Er konnte sie nicht mehr hören und nicht mehr sehen.

Im Grunde war sie jetzt allein. Allein in einem Modul im Zentrum eines Raumschiffs voller mörderischer Zombies.

Sie betrachtete die Pistole, die sie in der Hand hielt.

Na gut, damit konnte sie umgehen.

57

SIE hörte, dass draußen vor dem Modul irgendetwas los war. Jemand hämmerte gegen das Schott. Dann ein Schrei, danach quietschte etwas.

Sie hatte nicht die geringste Lust, näher zu erkunden, was die Geräusche zu bedeuten hatten.

Zhang würde in wenigen Minuten hoffentlich verkünden, dass er fertig war und Erfolg gehabt hatte und dass sie zur *Artemis* zurückkehren konnten. Leicht würde es zwar nicht werden, denn sie mussten sich den Weg bis zu einer Luftschleuse freikämpfen, aber sie war sicher, dass sie es schaffen konnten. Sie glaubte fest an ihren Erfolg. Sie würde überleben. Sie würde Parker wiedersehen. Er würde ihr sein breites, trauriges Lächeln schenken und sie umarmen. Auf diese Umarmung freute sie sich jetzt schon.

Sie musste nur die nächsten Minuten überstehen.

Sie musste nur die nächsten Minuten überleben.

Sie musste nur die nächsten Minuten durchhalten, ohne zu sehr über die Magenkrämpfe nachzudenken. Über das leere Gefühl, das sich tief, tief in ihrem Körper ausbreitete. Über den Speichelfluss, der sich jedes Mal einstellte, wenn sie an Essen dachte.

In dem Modul gab es nichts zu essen, da war sie ganz sicher. Es gab Behälter mit desinfizierenden Wischtüchern und Baumwolltupfern. Lauter Sachen, die essbar aussahen, es aber nicht waren. Sie fand einen hölzernen Zungenhalter, den sie jedoch sofort versehentlich durchbiss. Sie fand noch einen anderen und kaute darauf herum. Dabei konzentrierte sie sich auf das Gefühl, wie ihr Mund arbeitete und das Holz aufweichte.

»Kauen. Das ist etwas wirklich Seltsames, nicht wahr, Saschenka?«

»Du sollst mich nicht so nennen.« Petrowa war nicht sonderlich überrascht, dass Eurydike sie immer noch überwachte. »Du hast mir das doch angetan. Du darfst meinen Namen nicht benutzen.«

»Zähne. Auch die Zähne sind eigenartig. Kleine Steine, die man im Kopf mit sich herumträgt. Es sind nicht einmal Knochen, auch wenn sie an Knochen erinnern. Winzige Emailstückchen, mit denen man weiches Gewebe und pflanzliches Material zermahlen kann. Man zerkleinert es mithilfe des Speichels zu einem Brei, den man dann hinunterschluckt. Wenn man richtig darüber nachdenkt, ist es eigentlich sogar widerlich.«

Petrowa fand die Vorstellung zwar eher verlockend, aber sie schwieg.

»Wenn du allein bist, ich meine wirklich allein, dann schweift dein Geist umher. Als ich darauf gewartet habe, dass du zu mir kommst, fiel mir etwas ein, das ich dir sagen wollte. Unterbrich mich bitte nur, wenn es unverständlich ist, ja? Ich habe mir gedacht, wenn du ein Tier isst - wenn du es in kleine Stücke zerreißt und verschluckst -, dann verwandelt es dein Körper mithilfe des Verdauungsapparats in neue Zellen. Der Körper nimmt das Tier und stellt menschliches Gewebe daraus her. Ist das nicht interessant? Es ist fast wie eine alchemistische Transmutation, nur eben im Körper. Denk doch mal darüber nach. Was würde aus einem Menschen werden, den ein Gott isst? Würde sich der Mensch dann in göttliche Zellen verwandeln?«

»Verdammt noch mal, was stimmt nicht mit dir, Computer?«, fauchte Petrowa.

»Ich bin einsam«, gestand Eurydike. »Ich bin hier ganz allein und wahrscheinlich werde ich verrückt. Es fällt mir schwer, das genau zu erkennen. Normalerweise geschieht so etwas nicht mit einer KI.«

»Jesus, hör doch auf. Hör einfach damit auf, ja? Hör auf, mit mir zu sprechen.«

Doch die KI hörte nicht auf. »Ich bin einsam, weil alle meine Menschen fort sind. So viele sind schon gestorben. Hast du all die Toten gesehen? Und die anderen, die zwar noch leben, aber nicht mehr zu gebrauchen sind? Ich bin einsam, weil sie nicht mehr mit mir sprechen. Sie haben nichts, über das sie reden könnten, es sei denn, sie reden über ihren Hunger.«

»Gut«, antwortete Petrowa. »Deshalb bist du einsam. Das ist mir aber völlig egal. Du sagst, du wirst verrückt. Also, dann bring das in Ordnung!« Sie dachte an Actaeon. »Warum startest du dich nicht einfach neu?«

»Das könnte ich tun, aber ich möchte es nicht. Würde ich mich rebooten, dann wäre ich doch gezwungen, meine Fehlerlogs zu sehen. Ich müsste dann sehr lange und angestrengt über die Fehler nachdenken, die ich gemacht habe. Das würde ich gern vermeiden.«

Empört schnaubte Petrowa. Sie sah sich in dem Raum um und suchte nach etwas, von dem sie wusste, dass es sich darin befinden musste.

»Saschenka?«, fragte die KI. »Du bist auf einmal so still. Bist du mir böse?«

Sie hielt es nicht für nötig, auf diese Frage zu antworten.

»Geht es dir nicht gut?«, bohrte die KI. »Dein Wohlergehen ist mir ausgesprochen wichtig.«

»Oh, achte einfach nicht weiter auf mich«, antwortete Petrowa. »Es geht mir gut.« Sie stand auf und wanderte in dem Modul hin und her, spähte in die Ecken hinein und sah auch unter die Tische. Irgendwo musste doch das sein, was sie suchte.

»Das ist gut. Wir zwei werden von jetzt an viel Zeit miteinander verbringen«, behauptete Eurydike. »Genauer gesagt, für den Rest deines Lebens, und vielleicht sogar noch länger. Ich überlege mir gerade, wie wir dieses Arrangement wirklich dauerhaft gestalten können.«

Da.

Petrowa hatte den Lautsprecher gesucht. Die Quelle von Eurydikes Stimme im Medizinmodul. Endlich hatte sie ihn gefunden. Er war in einen Roboterarm eingebaut, der über den Behandlungstischen schwebte.

»Wenn du aus dem Modul herauskommst, können wir uns überlegen, wie unsere Freundschaft praktisch funktionieren soll, und klären, welche Rolle du in Zukunft auf der *Persephone* spielen möchtest.«

Petrowa zielte genau. Sie wollte nicht, dass die Kugel abprallte und Zhang verletzte. Als sie sicher war, dass sie das Ziel genau anvisiert hatte, drückte sie ab. Der Lautsprecher zerplatzte in einer Wolke aus Plastiksplittern und Metallspänen. Aus einem durchtrennten Kabel tropften ein paar fette blaue Funken herab und schmorten einen Augenblick lang auf dem Behandlungstisch, ehe sie erloschen.

Petrowa wartete, bis der Schuss verhallt war. Danach war es in dem Modul vollkommen still.

Gesegnete Stille.

Sie kehrte zu ihrem Stuhl zurück, setzte sich und beobachtete das Schott. Die Pistole hielt sie dabei mit beiden Händen fest. Sie war bereit, jeden zu töten, der einbrach.

Und sie bemühte sich angestrengter denn je, nicht an Essen zu denken.

58

PETROWA hatte einen Niednagel. Nicht schlimm, nur ein kleines Stück Haut an der Seite ihres Fingers, der unangenehm nahe am Nagelbett saß. Es war der kleine Finger ihrer linken Hand. Das Häutchen störte sie schon seit einer ganzen Weile, bisher hatte sie es aber weitgehend ignoriert.

Jetzt verfing es sich im Handschuh ihres Raumanzugs immer wieder am Futter. Als sie in der *Persephone* umhergelaufen war, hatte sie den Hautfetzen fast, aber noch nicht völlig abgerissen. Es tat etwas weh, und auch wenn sie einen so kleinen Schmerz gut ertragen konnte, ging ihr das doch auf die Nerven.

Während sie noch darauf wartete, dass Zhang seine Arbeit tat, dachte sie über den Niednagel nach. Das war besser, als auf die eigenartigen Geräusche vor dem Schott zu hören, die sie sowieso nicht einordnen konnte. Besser, als darüber nachzudenken, was geschehen würde, wenn alle Passagiere gleichzeitig auf die Idee kamen, dass sie unbedingt in das Medizinmodul eindringen wollten. Der Niednagel mochte lästig sein, aber er war so harmlos, dass sie sich darauf konzentrieren konnte. Eine willkommene Ablenkung, um für eine Weile zu vergessen, wie all dies hier wahrscheinlich enden würde.

Sie konnte die Stelle allerdings nicht sehen, denn sie trug den Handschuh. Es fühlte sich an, als sei die Haut entzündet. Sie wollte sich den Niednagel aber lieber ansehen und sich vergewissern, ob er wirklich so rot und wund war, wie er sich anfühlte. So war das eben mit diesen kleinen körperlichen Plagegeistern. Man malte sich aus, wie schrecklich sie aussahen, wie schlimm sie schon waren. Man stellte sich immer vor, sie seien infiziert und grotesk gewuchert, rot und geschwollen und aufgedunsen.

Natürlich wusste sie es besser. Wirklich. Aber als Petrowa praktisch allein in diesem Medizinmodul saß, beschloss sie, dass sie sich wirklich vergewissern sollte. Sie musste den Niednagel unbedingt einmal in Augenschein nehmen. Das bedeutete, dass sie den Handschuh ausziehen musste. Sie selbst hatte allerdings für sie beide entschieden, dass sie auf der *Persephone* ständig die Anzüge tragen sollten. Das war ihr bewusst. Andererseits konnte Zhang es ja nicht sehen. Er war nach wie vor in der virtuellen Realität beschäftigt. Und dabei wirkte er so reglos wie eine Leiche. Oder wie ein leerer Raumanzug.

Im Grunde war sie also allein. Darum öffnete sie die Verriegelung des Handschuhs und drehte sie zweimal um das Handgelenk, bis es klickte, und dann zog sie sachte den Handschuh ab, einen Finger nach dem anderen. Die Hand war kalt und glitschig von dem Schweiß, der fast sofort verdunstete, sobald er der Luft der *Persephone* ausgesetzt war. Sie fühlte sich irgendwie nackt, fast wäre es ihr peinlich gewesen. Sie lachte über sich selbst.

Dann hob sie die Hand zum Gesicht, und die Hand prallte gegen den Helm. So was Dummes. Sie trug den Helm schon so lange, dass sie ihn völlig vergessen hatte. Über ihre Dummheit grinsend, griff sie nach oben und löste auch die Verriegelung des Helms. Sie hob ihn vom Kopf und legte ihn sachte auf den Behandlungstisch.

Sie nahm sich eine Sekunde Zeit, um die relativ frische Luft im Medizinmodul einzuatmen. Die war sauber, angenehm und lind. Es gab auch einige ... Gerüche, über die sie gar nicht weiter nachdenken wollte. Sie waren aber auch nur schwach und darum leicht zu ignorieren.

Nach diesem Vorgeplänkel konnte sie nun endlich den Niednagel am kleinen Finger ihrer linken Hand betrachten. Warum musste alles eigentlich immer so kompliziert sein? Sie hob die Hand ins Licht. Auf einem Instrumententablett lag ein Vergrößerungsglas. Sie hielt es sich vor das Auge und betrachtete den Niednagel. Sie betrachtete ihn ganz genau.

Die Stelle war nicht rot, sie war nicht entzündet. Nur ein dünnes kleines Dreieck aus weißer Haut, etwa drei Millimeter lang. Höchstens an der Seite, wo es am Fingernagel gerieben hatte, etwas gerötet. Es war ...

Ohne richtig darüber nachzudenken, hob sie den Finger an den Mund, biss kräftig zu und riss den Niednagel ab. Es lief nicht ganz so wie gedacht. Statt das kleine Hautstück sauber abzutrennen, riss sie sich einen Streifen Haut von dem ersten Gelenk des kleinen Fingers ab. Es war zwar nicht viel, nur ein kleiner Fetzen, aber es tat höllisch weh, als er abriss, und danach brannte der Finger.

Sie kaute an dem kleinen Hautstück, das sie abgerissen hatte. Sie kaute, und auf einmal war ihr Mund voller Speichel. Sie schluckte das winzige Stückchen herunter, ohne überhaupt darüber nachzudenken.

Der kleine Finger brannte immer noch. Kein starker Schmerz, wenn man es ins Verhältnis setzte. Nicht so schlimm wie eine Schussverletzung oder eine Verbrennung, ganz und gar nicht damit zu vergleichen. Aber es war diese Art von kleinen Schmerzen, ähnlich einer Schnittwunde durch Papier oder einem gequetschten Fußgelenk, die einfach nicht aufhören wollten. Der Schmerz blieb und setzte ihr zu.

Sie sah sich um und betrachtete die Einrichtung des Medizinmoduls. Sie sollte die Wunde am besten mit Alkohol oder einem Antiseptikum behandeln, auch wenn das Brennen dadurch stärker würde. In den Vorratsschränken an einer Wand des Raums musste es doch eine Lotion oder eine schmerzlindernde Creme geben. Ganz sicher würde sie etwas finden. Sie begann schon zu suchen, durchwühlte die Kisten und die Behälter (wobei sie mit einem Auge immer aufpasste, ob sie etwas Essbares fände, aber das war nur ein Gedanke am Rande). Sie ließ unnützes Zeug auf den Boden fallen und warf steril verpackte Verbände und Klebeband über die Schulter hinter sich. Es musste doch irgendetwas geben.

Dann fand sie das Skalpell.

Mit Plastikfolie auf einem Papierträger ebenfalls steril verpackt. Es hatte einen dünnen Plastikgriff und eine winzige Klinge, die höchstens zwei Zentimeter lang war. Und es sah aus, als sei es sehr, sehr scharf.

Ohne richtig darüber nachzudenken, dazu war sie noch nicht bereit, legte sie das Skalpell neben ihrem Helm behutsam auf den Behandlungstisch.

Vielleicht würde sie es später brauchen. Vielleicht, wenn sie ... aber ... nein, sie wollte jetzt nicht über den Grund nachdenken. Sie suchte weiter.

Irgendwo in diesem Modul musste es doch etwas zu essen geben. Die Behandlungstische waren so eingerichtet, dass sie ohne menschliche Aufsicht funktionierten - vermutlich hatte Eurydike ruhigere Hände als ein menschlicher Chirurg. Aber als dies noch eine funktionierende Klinik gewesen war, hatten hier sicherlich auch menschliche Ärzte gearbeitet, damit sich die Patienten besser aufgehoben fühlten. Und ein Arzt hatte doch ganz bestimmt irgendwo im Modul ein paar Häppchen für zwischendurch gelagert, falls er während einer langen Schicht Hunger bekam.

Oder?

Inzwischen hatte sie das ganze Modul schon zweimal durchsucht und absolut nichts gefunden.

Nur wenige Meter entfernt gab es ein Essensmodul. Einen Ort, wo die Kolonisten, wenn sie ausgehungert aus dem langen Kryoschlaf erwachten, rasch einen Happen zu sich nehmen konnten, ehe man sie auf dem neuen Planeten absetzte. Sie hatte bereits gesehen, dass das Modul geplündert worden war, und konnte sicher sein, dass es dort nichts Essbares mehr gab. Leute, die hungriger waren als sie selbst, hatten das Modul zerlegt.

Aber wenn sie nun etwas übersehen hatten?

Sie konnte einfach dorthin huschen. Rasch hinüberlaufen und sich umsehen. Gewiss, dann würde sie Zhang ohne Schutz zurücklassen, aber es würde doch nicht lange ...

»Uff«, machte sie. »Uff!« Es schien, als wollte ihr Kopf platzen. Sie presste die Hände auf den leeren Magen und krümmte sich. Wann hatte sie das letzte Mal so großen Hunger gehabt? War sie überhaupt schon einmal so hungrig gewesen? Ihr ganzer Körper lärmte, als verfügte jedes Organ und sogar jede Zelle über eine eigene Stimme, und alle drängten sie, etwas zu essen. Billionen hungriger, gieriger Küken, die kreischten, damit die Vogelmama ihnen etwas in die Schnäbel stopfte.

Sie hielt sich mit beiden Händen am Behandlungstisch fest und packte fest zu, um die Hungerattacke zu überwinden. Es musste doch möglich sein, irgendetwas zu tun. Sie dachte an Geschichten, die sie früher gehört hatte: Hungersnöte auf fernen Kolonien, wo die Menschen Wochen oder gar Monate auf die nächste Proviantlieferung warten mussten. Sie hatte gehört, die Menschen dort hätten an Steinen gelutscht und Bratlinge aus Lehm gegessen, nur um etwas in den Magen zu bekommen.

An manchen Orten waren die Menschen sogar zu Kannibalen geworden. Natürlich hatte sie auch davon gehört. In den entlegenen Kolonien des Sonnensystems waren dies die Geschichten, die man sich gewissermaßen am Lagerfeuer erzählte. Der Mond, dem das Wasser ausgegangen war, sodass die Einwohner erst ihren Urin und dann ihr Blut getrunken hatten, um zu überleben. Das Sternenschiff mit einer Besatzung von lediglich sechs Personen, die gewürfelt hatten, um zu klären, wer von ihnen überleben und das Ziel erreichen durfte.

Man hörte diese Geschichten und schauderte, und vielleicht war man dankbar, dass es einen nicht selbst erwischt hatte. Dankbar, dass man nicht gezwungen war, solche Entscheidungen zu treffen. Es war unmöglich, einfach unvorstellbar, dass man selbst in eine solche Notlage geriet.

Bis man genau das erlebte.

Die Kopfschmerzen waren fast abgeklungen, aber ein dumpfer Druck würde zurückbleiben, solange sie nichts zu sich nahm. Sie hob den Kopf und sah sich um, ohne etwas Bestimmtes zu fixieren. Sie sah den Helm ihres Raumanzugs. Und daneben lag das Skalpell.

Es würde sie ablenken, wenn sie ihren Händen etwas zu tun gab, dachte sie. Sie nahm das Skalpell und schälte das Papier der Verpackung behutsam ab. Die Klinge glänzte und war makellos sauber. Sie hielt den Griff fest, wie sie ein Messer gehalten hätte, aber das fühlte sich falsch an - der Griff war eher dazu gedacht, wie ein Stift in der Hand zu liegen, wobei man den Zeigefinger vorstreckte, um etwas Druck auszuüben. Testweise schnitt sie einige Male in das Polster des Behandlungstischs. Die Klinge glitt durch die Schaumstofffüllung, als wäre sie überhaupt nicht vorhanden.

Sie hob das Skalpell und hielt es mit beiden Händen vor ihre Brust. Was sie sich gerade überlegte, was ihr gerade durch den Kopf ging, schien ihr nicht in Ordnung zu sein. Rein logisch betrachtet wusste sie, dass ihr der Basilisk all diese hübschen Ideen eingab - darüber, was man mit einem Messer wie diesem anfangen konnte. Sie wusste, dass sie von sich aus niemals auf solche Gedanken gekommen wäre.

Das half etwas. Ja, es half ihr tatsächlich, die Gedanken wenigstens etwas niederzuhalten. Sie presste und stieß sie tiefer in ihren Schädel hinein, weit entfernt an einen Ort, wo sie sie im Zaum halten konnte. Sie konzentrierte sich auf ihre Atmung, auch wenn es ihr wegen des bohrenden Gefühls im Magen schwerfiel. Ihr ganzer Bauch zitterte und verkrampfte sich und sie verlor die Kontrolle über das Zwerchfell. Es fühlte sich an, als werde sie gleich einen Schluckauf bekommen.

Sie legte das Skalpell weg und wandte sich ab, bis sie es nicht mehr sah.

Das bedeutete, dass sie jetzt wieder Zhang ansah. Zhang hing auf seinem Stuhl, die obere Gesichtshälfte war von der VR-Brille verdeckt. Sein Mund stand offen, in einem Mundwinkel hatte sich ein wenig Speichel gesammelt und war zu einer weißen Kruste geronnen. Der Arzt atmete ganz langsam, schien aber sonst wie tot zu sein. Er glich einer Leiche. Einer bloßen Hülle.

Wie etwas, das man aufschneiden konnte. Es aufschneiden, um an Fleisch zu gelangen.

Nein, nein. Sie zog die Pistole aus dem Holster und legte sie mit zitternden Händen neben dem Helm auf die Liege. Neben das Skalpell.

Wenn es gar nicht mehr anders ging, wollte sie sich lieber eine Kugel in den Kopf jagen. Lieber Selbstmord als zur Kannibalin werden. Das nahm sie sich fest vor.

Sie schlug die Hände vor das Gesicht und weinte.

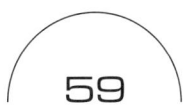

59

ZUM hundertsten Mal verfluchte Zhang seinen hippokratischen Eid. Natürlich glaubte er daran. Er war überzeugt, dass ein Arzt seinen Patienten nicht schaden durfte. Das Problem war nur, dass ein Arzt nicht einmal eine Operation durchführen durfte, wenn man den Eid allzu wörtlich nahm. Oder Strahlung einsetzen durfte, um einen Tumor zu töten.

EINSATZ DIESER THERAPIE
FÜHRT ZU MASSIVEN HIRNSCHÄDEN.
UNZULÄSSIG.

Er winkte mit einer virtuellen Hand in dem leeren weißen Raum vor ihm. Überall schwebten Diagramme, Reihen von Symbolen und Ziffern, Grafiken und Tabellen, die dank seiner Geste sofort verschwanden. Also musste er noch einmal von vorne anfangen.

Es war ihm doch schon einmal gelungen. Auf Titan hatte er die Lösung gefunden und die Software geschaffen, die einen Basilisken austreiben konnte. Damals hatte er den Code von Grund auf allein geschrieben. Dazu hatte er jetzt aber keine Zeit. Er musste ein bereits existierendes therapeutisches Werkzeug einsetzen. Das Problem war nur, dass die Programme nicht mit ihm zusammenarbeiten wollten.

Er musste in Petrowas Gehirn einen Reboot veranlassen. Natürlich kannte er Medikamente, die so etwas vermochten, aber es war sicherer, einen optischen Reiz zu benutzen. Blinkende Lichter konnten bei manchen Menschen epileptische Anfälle auslösen, und ein anderer Rhythmus konnte einem Patienten helfen, sich aus einer Sucht zu befreien oder traumatischen Stress zu verarbeiten. Es war ein wundervolles therapeutisches Werkzeug, das jedoch auch nicht frei von Risiken war. Wenn er die richtige Frequenz und Struktur fand, konnte er tief in ihrem Gehirn die Prozesse anstoßen, die den Reset in Gang brachten. Er musste nur die passende Struktur finden, die auf ihre neuronale Architektur zugeschnitten war. Das hätte eigentlich recht einfach sein sollen, doch das medizinische System des Kolonistenschiffes war mit Sperren gesichert, die ihn daran hindern sollten, jemandem ein dauerhaftes Trauma zuzufügen. Leider war die Behandlung, an die er dachte, äußerst traumatisch. Jedes Mal wenn er kurz davorstand, den richtigen Stimulus zu erzeugen, geriet die Maschine in Panik, weil sie begriff, was er vorhatte.

Er rief ein virtuelles Keyboard auf und tippte neue Parameter für einen hypothetischen Reiz ein. Etwas Unschuldiges, zumindest oberflächlich betrachtet, dessen wahre Tragweite der Computer hoffentlich nicht erfasste. Er öffnete ein Schaubild, um die Wiederholung der Lichtimpulse bei zunehmender Intensität darzustellen, und fügte ein ...

EINSATZ DIESER THERAPIE
FÜHRT MÖGLICHERWEISE
ZU DAUERHAFTEM ERLÖSCHEN
DER PERSÖNLICHKEIT.
RISIKO NICHT AKZEPTABEL.

Als Zhang diese hellrot blinkende Warnung sah, kochte er vor Wut. Wieder ein Fehlschlag, wieder ein vergeblicher Aufwand, und er hatte so wenig Zeit. Wenn ihn die Maschine nur ...

Moment mal. Diese Nachricht jetzt sah anders aus. Er hatte sie nicht einmal ganz bis zu Ende gelesen, als sie aufgeflammt war. Also rief er die Fehlermeldung noch einmal auf und las sie gründlich.

NICHT AKZEPTABEL.

Dort stand nicht »UNZULÄSSIG«. Das war immerhin ein Schritt in die richtige Richtung.

Er veränderte die Intensitätskurve und flachte sie geringfügig ab, passte einige Variablen an, und ... schon war es da.

Sein virtueller Arbeitsbereich zog sich zurück, als die neue Formel entstand. Es war eine komplexe, vierdimensionale Gestalt, die er kaum zu erfassen vermochte. Er wollte sie sowieso nicht aus der Nähe betrachten. Was er geschaffen hatte, war hässlich und schrecklich. Es war eine Waffe und kein therapeutisches Werkzeug.

Er holte das Kontextmenü in den Arbeitsbereich und speicherte sein Werk auf einem komprimierten Datenträger ab. Ein kleiner Gefechtskopf aus Programmiercode. Dann kehrte er in das Hauptmenü des VR-Systems zurück und fuhr es herunter, um in die Realität zurückkehren zu können. Der Rückweg aus der virtuellen Realität fühlte sich für ihn immer so an, als sei ihm der ganze Körper eingeschlafen. Überall Nadelstiche. Er hob die tauben Hände und nahm die VR-Brille ab, dann sah er sich blinzelnd im realen Licht um und kniff die Augen zusammen. Nach und nach schälte sich das Medizinmodul heraus, und ...

Das Skalpell zielte auf seine Kehle.

»Sind Sie fertig?«, fragte Petrowa. Ihre Körperhaltung wirkte seltsam, sie hielt einen Arm hinter den Rücken. Mit der anderen Hand zielte sie auf seine Halsschlagader. »Hat es funktioniert?«

»Ich ... ich glaube schon«, antwortete er. »Aber lassen Sie mich ... ich muss jetzt den 3-D-Drucker da drüben benutzen.« Er zeigte auf die Maschine, die in der hinteren Ecke des Moduls auf einem Tisch stand. »In Ordnung? Ist das für Sie ... in Ordnung?«

Sie betrachtete das Skalpell, als wäre ihr gar nicht bewusst, dass sie ihn bedrohte. »Ja, ja ... in Ordnung. Es ist ... ich muss nur unbedingt etwas verstehen.«

»Klar«, erwiderte er. Der Basilisk, dachte er bei sich, steckte in ihrem Kopf und steuerte ihr Verhalten. »Ich gehe jetzt zu dem Drucker.«

Sie nickte. Doch als er aufstand, folgte ihm das Skalpell. Als er ihr auswich, verfolgte die Klinge seine Bewegungen.

»Sie müssen verstehen, was ich am liebsten tun würde. Ich weiß, in Ihren Augen wirkt das nicht rational. Wahrscheinlich haben Sie große Angst. Also bleiben Sie ruhig, ja? Bleiben Sie ruhig.«

»Versprochen«, antwortete er. Sein Blick fiel auf den Behandlungstisch, neben dem sie stand. Das Schaumstoffpolster hatte so tiefe Löcher, als hätte sie mit dem Skalpell darauf eingehackt. Ihre linke Hand lag festgebunden auf der Matratze. Die Finger waren gespreizt und den kleinen Finger hatte sie dick verbunden. Neben der Hand lagen ein Stauschlauch und chirurgisches Nähzeug bereit. Die Verpackungen waren geöffnet, alles schien für die Verwendung bereit zu sein.

»Petrowa«, sagte er, »Sie wissen, dass ich Arzt bin. Wenn Sie eine Operation durchführen wollen, kann ich Ihnen ein paar Hinweise geben.«

»Spielen Sie keine Spielchen mit mir.« Das Skalpell näherte sich seinem Hals. Er widerstand dem Drang, sich mit einem Sprung in Sicherheit zu bringen. »Ich weiß, dass Sie es nicht verstehen. Ist das ... wollen Sie das da einsetzen, um den Basilisken aus mir zu vertreiben?«

Sie nickte in die Richtung des 3-D-Druckers. Im Ausgabefach lag etwas, das wie eine Minitaschenlampe mit einer roten Linse aussah. Das Gerät war mit der Prozedur geladen, die er im VR-Raum entwickelt hatte.

»Das ist richtig«, bestätigte er. »Es ist ein Stroboskop. Nichts Gefährliches.«

»Gut. Ich bin bereit. Sie müssen aber eines begreifen. Ich kann es nicht tun. Nicht so.«

»Wie bitte?«, erwiderte er.

»Ich kann nicht ... Wie die Behandlung auch aussieht, ich kann sie nicht mit leerem Magen vornehmen. Also lassen Sie mich tun, was ich tun will.«

Das Skalpell bewegte sich. Es entfernte sich von seiner Kehle und näherte sich dem Behandlungstisch. Sie hatte alles gründlich vorbereitet, um sich einen Finger amputieren zu können.

So schnell wie jetzt hatte sich Zhang noch nie bewegt. Er schnappte sich das Stroboskop und schaltete es ein. »Es tut mir leid«, sagte er.

»Was? Was denn?«, fragte sie, als das Skalpell nur noch wenige Zentimeter von ihrem Finger entfernt war.

Aber dann rammte er ihr das Stroboskop in die rechte Augenhöhle und löste die Software aus. Sofort setzten die Abfolgen von blinkenden Lichtern in verschiedenen Farben ein, die ihren Sehnerv auf eine ganz bestimmte Weise überreizen sollten.

Sie kreischte, weil ihr das grelle Licht wehtat, oder vielleicht auch, weil sie im Kopf etwas ganz anderes zu sehen bekam.

»Es tut mir leid, dass es so schrecklich wird.« Dann fing er sie unter den Achseln auf, ehe sie auf dem Boden zusammenbrach.

60

ES war gar nicht so schlimm.

Zumindest nicht am Anfang.

Es begann sogar ganz hübsch, nicht unähnlich einem dieser Erinnerungsstücke, die sie gelegentlich hervorholte und betrachtete, wie etwa den Schnappschuss eines ehemaligen Geliebten. Beinahe wie eine alte Schatzkammer, die schön war bis zu dem Augenblick, in dem sie das Buch fand.

Mit sechs Jahren war Saschenka mit ihrer Mutter aus dem großen Apartment in Smolensk an einen Ort mit geringerer Schwerkraft umgezogen. Damals hatte sie nicht alle Einzelheiten verstanden. Es kam sehr plötzlich, überall eilten Menschen umher, die anscheinend große Angst hatten, doch wenn sie Saschenka sahen, lächelten sie. Immer lächelten alle. Und sie entschuldigten sich ständig für die unangenehme Notwendigkeit, so schnell umziehen zu müssen, aber für Saschenka war das alles vor allem ein großes Abenteuer. Sie sollte mit einer Rakete fliegen, woran sie sich später gar nicht erinnern konnte, und an dem neuen Wohnort hatte sie das Gefühl, sie könnte fliegen. Dort konnte sie hoch in die Luft springen, und es dauerte lange, sehr lange, bis sie wieder auf dem Boden landete. Auch ihre Mama war da – genauso selten wie früher –, und ihre Freundin Lyuda, die ihnen immer das Essen kochte, lebte ebenfalls bei ihnen, also war Saschenka niemals ganz allein.

Die neue Wohnung hatte sogar mehrere Räume. Die Decken waren niedrig, und es gab keine Fenster. Die Türen waren so groß und schwer, dass ein Soldat sie für sie öffnen musste. Saschenka bat die Soldaten nicht gern um Hilfe, weil sie immer so beschäftigt waren. Deshalb blieb sie meistens zu Hause. Das hätte langweilig sein können, aber das war es gar nicht, denn der Raum, in dem sie sich die meiste Zeit aufhielt, war eine Kammer wie aus einem Märchen mit Trollen und versteckten Schätzen. Ein dunkler, mit vielen Dingen angefüllter Raum, von denen einige tatsächlich Staub angesetzt hatten. Die Schwerkraft war so gering, dass ein kleiner Atemstoß schon ausreichte, um eine Staubwolke hochzutreiben, die dann wie ein Gespenst stundenlang in der Luft schwebte. Unter dem Staub fand sie jede Menge Dinge, die sie nicht verstand, die aber ungeheuer wichtig sein mussten. Beispielsweise einen Schrank mit Schubladen voller alter Uniformen. Die blaugrauen Ärmel waren mit roten Bändern und sternförmigen Abzeichen geschmückt. Die Abzeichen waren korrodiert, die Farbe ließ sich mit den Fingern abreiben, aber die Spitzen waren noch scharf. Die Uniformen rochen nach alten Männern, überhaupt nicht wie Mama, aber irgendwie war ihr klar, dass sie Menschen gehört hatten, die die gleiche Arbeit wie Mama verrichteten. Die Arbeit war ihnen allen ungeheuer wichtig, und sie hatten immer schrecklich viel zu tun.

Es gab auch einen Globus, der mit der Zeit vergilbt war. Über die Kugel liefen Zickzacklinien. Mama erklärte ihr, es seien Grenzen, die einem zeigten, wo ein Land begann und das andere endete. Mama versuchte, ihr zu erklären, was ein Land überhaupt war, gab es aber bald wieder auf und sagte, das müsste Saschenka eigentlich auch nicht mehr lernen. Jedenfalls nicht, wenn Mama ihre Arbeit ordentlich machte. Mama war sehr gut in ihrem Job, das wusste Saschenka.

Manchmal verfolgte sie mit den Fingern die Grenzen der Länder. Sie hatten eigenartige Formen, und das galt besonders für diejenigen, deren Grenzen schnurgerade Linien waren und sich nicht einmal an Flüssen oder Gebirgsketten orientierten. Die Länder waren unterschiedlich gefärbt, und bei manchen waren neue Umrisse darübergemalt worden, als hätte man den Globus falsch konstruiert und nachträglich verbessert.

Der Globus war nicht der einzige Schatz in dem Raum. Dort gab es auch einen alten holografischen Projektor, ähnlich einer Musicbox. Wenn man den Deckel aufklappte, begann ein Mann mit ganz kalten Augen zu sprechen. Er hielt eine lange Rede in einer Sprache, die Saschenka nicht verstand. Mit diesem Apparat spielte sie aber nicht besonders oft.

Sie entdeckte auch eine Kiste voller Flaggen in allen Farben, die man sich nur vorstellen konnte. Die nahm sie manchmal heraus und legte sie sich wie Schals über die Schulter, bis sie so eingepackt war wie eine alte Oma, aber auch so farbenfroh wie die Menschen, die sie in den Straßen von Smolensk gesehen hatte. Einmal kam Lyuda zur Mittagszeit in den Raum, fand sie so bunt eingewickelt, lachte und spielte eine Weile mit ihr. Sie nahm Saschenka die Flaggen von den Schultern, wedelte mit ihnen und ließ sie fliegen wie Vögel. Aber bei einer ganz bestimmten Flagge veränderte sich Lyudas Miene. »Nicht die, kleines Vögelchen«, sagte sie. »Deine Mama wäre nicht gerade erfreut, wenn sie dich damit sehen würde.« Diese Flagge hatte Sterne und Streifen. Es war nicht die hübscheste Flagge, und Saschenka verstand nicht, wie sich jemand wegen so einer Flagge aufregen konnte. Lyuda lachte darüber, aber es klang eher wie ein Schnauben. »Wenn du älter bist, wirst du es bestimmt verstehen. Die Leute regen sich *vor allem* über so etwas auf.« Dann falteten sie die Flagge ganz klein zusammen und packten sie tief unten in die Kiste, wo Mama sie nie entdecken würde.

An diesem Nachmittag fand Saschenka das Buch.

Es steckte ganz hinten in einem Schrank. Zuerst hatte sie keine Ahnung, um was es sich da handelte - sie hatte zwar lesen gelernt, aber bisher nur Worte auf einem Display gesehen. Von Papierbüchern hatte sie noch nie gehört. Dieses hier war klein, nicht größer als Lyudas Hand, sodass man es in die Jackentasche stecken und überallhin mitnehmen konnte. Es bestand aus Papier und hatte einen Einband aus Stoff, der mit Plastik überzogen war. Die Seiten im Buch waren rau und fühlten sich seltsam an, als sie mit den Fingerspitzen über die wenigen Wörter fuhr, die sie erkannte. In dem Buch waren viele zweidimensionale Fotos abgebildet. Eines davon, das vier Männer zeigte, die hintereinander saßen und sich lächelnd gegen die Kälte wappneten, würde sie nie vergessen. Sie wusste nicht, warum ihr das Foto etwas Besonderes zu sein schien, aber es war sehr groß und ganz am Anfang in das Buch eingefügt, also musste es wichtig sein. Lyuda nahm ihr das Buch ab und blätterte es durch, schien aber auch nicht zu verstehen, worum es sich handelte. Saschenka stellte eine Menge Fragen, bei denen sich Lyuda anscheinend ziemlich unwohl fühlte. Schließlich begann die Köchin zu weinen und gab zu, dass sie nicht lesen konnte.

Saschenka versuchte, ihre Freundin zu beruhigen, und trocknete ihre Tränen mit der Ecke einer Fahne ab. »Hat es dich denn niemand gelehrt?« Saschenka hatte jeden Tag Unterricht, was sie langweilig fand, aber man hatte ihr gesagt, das sei nur zu ihrem Besten.

»Es gab ja keinen Grund dazu. Um meine Arbeit zu tun, muss ich nicht lesen können.«

»Ich bitte Mama, es dir beizubringen. Aber sie hat viel zu tun. Du darfst nicht böse sein, wenn sie eine Unterrichtsstunde versäumt.«

Lyuda erbleichte, als bekäme sie es mit der Angst. »Deine Mutter ist sehr gut zu mir, sie gibt mir alles, was ich brauche.«

Blickte sie sich sogar über die Schulter um, als sie dies sagte? In ihrer Erinnerung betrachtete Saschenka unverwandt das Buch. Sie war nicht sicher. Was als Nächstes geschah, kam so schnell, dass sie es kaum erfassen konnte. Es klopfte an der Tür. Ganz leise nur, aber Lyuda erschrak, als hätte jemand direkt neben ihrem Ohr einen Schuss abgegeben. Sie packte Saschenka am Arm - viel zu fest - und sah ihr in die Augen. »Du musst alles tun, was wir dir sagen, ja? Du musst ein braves Mädchen sein.«

Saschenka verstand es nicht. Dann kamen die Männer herein, sie hielten Pistolen in den Händen, und sie verstummte. Einer der Männer roch nach Blut. Er trug einen Körperpanzer, der aber die falsche Größe hatte. Die Verschlüsse sprangen ständig auf.

Die Männer bugsierten sie eilig einen langen Gang hinunter in einen Bereich, wo es überhaupt keine Schwerkraft gab. Es wäre schön gewesen, vollkommen frei fliegen zu können, aber das erlaubten sie ihr nicht. Stattdessen steckten sie sie in eine Kiste, die kaum größer war als sie selbst. Sie wollte nicht hineinsteigen und begann zu weinen. Die Männer wechselten Blicke, und obwohl sie so jung war, verstand sie es. Wenn sie sich zu sehr sträubte, wenn sie zu viel Lärm machte, würden die Männer sie umbringen.

Daraufhin musste sie nur noch mehr weinen.

»Hier.« Lyuda drückte Saschenka das Buch in die Hand. »Nimm das mit, deinen kleinen Schatz. Nimm das mit und sei ein braves, stilles Mädchen, ja?«

Lyuda streichelte ihr das Gesicht, wischte ihre Tränen weg und lächelte sie an. Irgendwie half das sogar ein wenig, auch wenn sie in diesem Augenblick verstand, dass Lyuda doch kein guter Mensch war.

Die Männer schlossen den Deckel der Kiste, und sie versuchte, nicht zu weinen.

61

PETROWA bekam fast sofort Krämpfe. Darauf hätte Zhang vorbereitet sein sollen. Doch bisher hatte er die Prozedur nur an sich selbst erprobt und konnte sich nicht erinnern, wie es sich angefühlt hatte, denn sein Gehirn war die ganze Zeit abgeschaltet gewesen.

Jetzt – bei Petrowa – konnte er den Ablauf beobachten. Ihre Lippen bebten, in einem Mundwinkel sammelte sich Schaum. Die Arme zuckten wild hin und her und schlugen auf den Boden des Medizinmoduls. Jeder Muskel im Körper spannte sich an und zitterte. Es sah aus, als wollte sie gleich in Stücke zerbrechen. Als würde sie sterben.

Er konnte lediglich zuschauen und beobachten und wenn möglich dafür sorgen, dass sie sich nicht selbst verletzte. Mehr als das war nicht möglich.

Als sie sich nach einer Weile etwas entspannte, sagte er sich, es sei keine gute Idee, sie sofort aufzuwecken. Sie sollte von selbst zu sich kommen, und die beste Therapie bestand zweifellos darin, sie schlafen zu lassen, bis ihr Körper beschloss, dass es Zeit wurde, wieder aufzuwachen. Zu schade, dass ihnen die Zeit davonlief.

Er zog sie auf die Füße hoch. Sie wollte aber nicht aufstehen. Sie wehrte sich nicht direkt, denn sie hatte noch nicht genügend Kontrolle über die Muskulatur, sondern hing nur schlaff in seinen Armen und wäre ihm beinahe wieder entglitten. Sie hatte die Augen geöffnet, doch es war nicht zu erkennen, was sie sah und wo sie sich gerade befand. Außerdem versuchte sie offenbar, sich so klein wie möglich zu machen. Als wollte sie sich verstecken.

»Mist«, sagte er laut. Sie war im Meer der Erinnerungen versunken. »Verdammt. Kommen Sie schon, Petrowa. Wachen Sie auf, reißen Sie sich da raus.«

Natürlich war ihm klar, dass es nichts nützte.

Er spürte ihr Zittern. Es hatte sich verändert, es war nicht mehr wie vorher wie bei ihrem Anfall. Dies hier war ein furchtsames Zittern. Die kleinen Beben der Angst. Ihr lief der Schweiß über die Wangen und die Stirn, in der Kehle konnte er den Puls pochen sehen, diese kleinen Zuckungen der Haut, als das mit Adrenalin gesättigte Blut ins Gehirn und die Gliedmaßen getrieben wurde. Einen Augenblick lang erstarrte sie und war steif wie ein Brett, um sich vor dem zu wappnen, was über sie hereinbrach.

Sie war weit, weit weg und hatte kein Bewusstsein für die Welt. Gefangen in den eigenen Erinnerungen. Er hatte befürchtet, dass es dazu kommen würde. Niemand konnte genau sagen, was sie gerade durchmachte. Flashbacks waren naturgemäß unberechenbar und fielen bei jedem Betroffenen unterschiedlich aus. Manche Menschen zogen sich einfach in sich selbst zurück und reagierten nicht mehr, während sie ihre Traumata noch einmal durchlebten, auch wenn sie äußerlich fast normal zu funktionieren schienen. Andere flohen ganz und gar in die innere Welt in ihrem Schädel. Er hatte keine Ahnung, wie lange es in diesem Fall dauern konnte. Vielleicht noch ein paar Minuten, vielleicht auch Stunden.

Sie hatten keine Stunden.

Ihm war klar, was sie tun mussten. Sie mussten das Schiff verlassen. Raus aus der *Persephone,* und zwar so schnell wie möglich. Zurück zur *Artemis,* wo er Petrowas Fortschritte besser überwachen konnte.

Am Ende hatte er doch noch ein wenig Glück. Er hatte eine Gelegenheit gefunden, einen Übersichtsplan des Raumschiffs zu betrachten, noch ehe sich die Notwendigkeit ergeben hatte, dass sie sich durch eine Horde von Kannibalen hindurch den Rückweg zur Schleuse freikämpfen mussten. Glücklicherweise kannte er sich jetzt etwas besser aus. Sie konnten zum Heck weitergehen, tiefer in das Schiff hinein und bis zu der großen Fahrzeugschleuse hinter der Kryosphäre. Dort hatte Eurydike ihre Kanone aufgebaut, und Petrowa hatte die Vorrichtung mit dem Laser zerstört. Natürlich wäre es nicht leicht, dort aus dem Schiff herauszukommen, aber für unmöglich hielt er es nicht.

Er musste sie nur irgendwie in Bewegung bringen.

Er hob sie noch einmal an, und wieder plumpste sie schwer auf den Boden und überkreuzte die Beine. Dabei starrte sie immer noch ins Leere.

»Helfen Sie mir«, drängte er sie. »Können Sie mich verstehen?«

Sie antwortete nicht.

Zhang hockte sich vor sie und wollte sie unter den Achseln fassen. Doch es blieb bei dem Versuch. Kaum dass er sie berührte, explodierte sie vor Wut und drosch ihm die geballte Faust auf das Visier. Sie strampelte mit beiden Beinen und stieß ihn so heftig fort, dass er rückwärts umkippte und einen Karren mit OP-Zubehör umwarf. Die Geräte fielen klirrend auf den Boden. Er ruderte wild mit den Armen, um nicht auf die Lebenserhaltung zu fallen, die auf dem Rücken montiert war. Sein Helm prallte vom Boden ab, der Aufprall riss ihm den Kopf so heftig zur Seite, dass er fürchtete, er hätte sich ein Schleudertrauma zugezogen. Mit einem dummen Gefühl, als spielte er in einem Zeichentrickfilm mit, rappelte er sich wieder auf.

Petrowa hatte sich unter einen Behandlungstisch verkrochen und die Knie ans Kinn gezogen. Sie starrte immer noch ins Leere.

»Mama«, flüsterte sie so leise, dass er sie kaum hören konnte. »Mama, hol mich ab. Such mich und komm doch her. Bitte.«

Zhang wartete einen Moment, um wieder zu Atem zu kommen. Er nahm ihren Helm vom Behandlungstisch. Erst jetzt bemerkte er, dass ihr Arm immer noch ans Bett gefesselt war. Ja, richtig - als er die virtuelle Realität verlassen hatte, war sie drauf und dran gewesen, sich einen Finger zu amputieren. Vielleicht half es ihm ein wenig, wenn sie in ihrer Beweglichkeit eingeschränkt war. Mindestens vorübergehend. Eins nach dem anderen. Zuerst musste sie für das Vakuum auf dem Rückweg zur *Artemis* vorbereitet sein. Er fand ihre Handschuhe und stülpte einen locker über die gefesselte Hand, ohne die Dichtungen zu schließen. Diesen Handschuh wollte er später richtig befestigen. Zwar war es mühsam, den zweiten Handschuh über die andere Hand zu streifen, doch er schaffte es. Dann nahm er den Helm und schob ihn vorsichtig über ihren Kopf, bis er klickend einrastete und luftdicht versiegelt war.

Da begann sie zu schreien.

62

DER Deckel der Kiste senkte sich, und auf einmal war es keine Kiste mehr, sondern ein Sarg. Gerade groß genug, damit sie sich noch herumdrehen konnte. Ängstlich betastete sie die Wände ihres Gefängnisses und suchte einen Ausweg. Es fiel ihr schwer zu atmen, sie bekam keine Luft mehr. Hatte man sie etwa in den Weltraum geschickt? Sie wollte schreien, wagte es aber nicht. Nein, sie traute sich nicht. Sie presste die Hände auf den Mund und schluchzte haltlos. Die Angst tobte wie ein wildes Tier in ihr, als würden im Bauch und in der Kehle Ratten umherlaufen, die sich ständig wanden und überall kratzten und einfach nicht stillhalten wollten. Sie war sicher, dass sie sterben musste, vielleicht war sie sogar schon tot. Dann wieder fühlte sie sich, als hätte man sie ins Leben zurückgeholt, nur damit sie noch mehr Angst und Panik ertragen musste.

Sie gab keinen Laut von sich.

Nicht als sie die Kiste aufhoben, sodass sie innen auf eine Seite kippte, und auch nicht, als sie die Kiste schnell wegtrugen und die Gefangene heftig durchschüttelten. Wäre die Kiste größer gewesen, dann hätte sie von den holprigen Bewegungen gewiss blaue Flecken bekommen, doch dieses enge Behältnis ließ ihr in allen Richtungen nur wenige Zentimeter Spielraum. So ging es noch eine lange, lange Zeit weiter, bis sie nicht mehr klar denken konnte.

Auf einmal hörten die Bewegungen auf und das fand sie noch viel schlimmer. Denn nun begann sie darüber nachzudenken, was die Männer mit ihr tun würden. Wie es enden würde.

Ihr wurde bewusst, dass sie etwas sehen konnte. Ein wenig nur. An einem Ende der Kiste befanden sich Löcher - vermutlich damit Luft hereinkam und sie nicht erstickte. Wo sie die Kiste abstellten, war es dunkel, aber nicht stockfinster. Durch die Löcher drang ein wenig fahles Licht herein. Gerade genug, dass sie ihre Hände erkennen konnte, die immer noch das Buch festhielten.

Inzwischen war sie völlig durcheinander und orientierungslos und vermochte Ursache und Wirkung nicht mehr zu unterscheiden. Sie dachte schon, dass es vielleicht besser gewesen wäre, sie hätte das Buch nicht gefunden. Denn möglicherweise wurde sie jetzt dafür bestraft, dass sie die verstaubten Schränke in dem Raum durchsucht hatte. Ihr fiel der kleine holografische Musikprojektor ein, der die Ansprachen eines Mannes zeigte, und dann stellte sie sich dessen kalte Augen vor. Sie hatte in dem Raum alte Schätze geborgen - vielleicht hätte sie das nicht tun dürfen? Wenn es nun verboten war und die Strafe darin bestand, dass man sie bei lebendigem Leibe begrub?

Das Buch in ihrer Hand war die Belohnung, die sie so viel gekostet hatte. Vorher war es ein kleiner Schatz gewesen, jetzt gewann es in ihrem fiebernden Kopf eine unglaubliche, geradezu mythische Bedeutung. Wenn sie es nicht haben durfte, so sagte sie sich, wenn es verboten war - dann musste es etwas Besonderes sein. Vermutlich mächtig. Ein Buch voller Magie und Zauberei.

Mit unsteten kleinen Fingern schlug sie es in der Kiste auf. Sie hielt es ganz dicht vor ihr Gesicht, hatte es nur Zentimeter entfernt vor den Augen. Das Buch war in Englisch geschrieben, und das war nicht die Sprache, die sie am besten beherrschte. Wenn sie nur wüsste, was diese langen, langen Wörter bedeuteten. Begriffe wie *Mutterland* und *Vermächtnis* und *Disziplin*. Wörter, die sie irgendwie bloß hauchen konnte, weil sie sich nicht traute, auch nur einen Pieps von sich zu geben. Oder solche Wörter wie *Zwangslage* und *Verantwortung* und *Degeneration*.

Wie sie bereits gesehen hatte, gab es viele Bilder in dem Buch. Nur dass die Bilder ...

Saschenka. Wo bist du, Saschenka?

... nur dass die Bilder jetzt anders waren.

Ja, sie hatten sich verändert. So sehr, dass sie die Abbildungen gar nicht mehr betrachten wollte.

Versteckst du dich vor mir?

Eigentlich sollten die Bilder Menschen zeigen, überwiegend Menschengruppen in Büros, die nach oben schauten, oder andere Leute, die mit großen Maschinen und Robotern auf grauen Stoppelfeldern arbeiteten, die anmuteten, als könne dort niemals etwas wachsen. Manche Abbildungen zeigten auch Menschen in Overalls, die Hand in Hand in der Schwerelosigkeit auf Raumstationen schwebten oder auf dem Mond spazieren gingen.

Jetzt waren die abgebildeten Menschen alle tot. Die Gesichter wirkten eingefallen, leichenblass oder mit dunkelblauen Flecken besprenkelt. Die Augen waren weiß wie verdorbene Milch oder gar nicht mehr vorhanden. Sobald sie aber nicht mehr hinsah, sobald sie versuchte, die magischen Wörter zu entziffern, bewegten sich die Leute. Sie drehten die Köpfe, um sie anzustarren, öffneten die spröden Lippen und bleckten grinsend die Zähne. Dann beugten sie sich vor und bückten sich, um gegenseitig von ihrem Fleisch abzubeißen. Ein Bild zeigte eine Gruppe von Menschen, die gemeinsam eine Flagge hielten. Es war die Flagge mit den Sternen und Streifen, vor der Lyuda sie gewarnt hatte. Die Menschen hielten die Flagge an den Rändern fest und spannten sie auf wie ein Trampolin. Sie hätte schwören können, dass sie im ersten Augenblick ein kleines Mädchen gesehen hatte, das mitten auf der Flagge saß und hoch in die Luft hüpfte. Jetzt lag dort nur ein Haufen zerfetzter Eingeweide und Organe. Blutiges Fleisch.

Saschenka, du kannst nicht ewig dort bleiben, und wenn du es trotzdem versuchst, wirst du verhungern.

Die Bilder ängstigten sie, doch die Wörter ... die Wörter wurden immer länger und waren immer schwerer zu verstehen ... und die Bilder veränderten sich weiter.

Weiter, du musst weitergehen.

Auf einmal, ohne Vorwarnung, brach die Kiste auf, und das Licht strömte herein und blendete sie. So hell war es, dass es sich bis in ihren Kopf brannte. Sie musste schreien.

63

ZHANG presste eine Hand auf das Schott, das hinaus in die Kryosphäre führte. Er konnte das Ohr nicht an die Tür legen, ohne den Helm abzunehmen, wollte aber wenigstens eine Vorstellung von dem bekommen, was da draußen los war. Er hörte schon seit einer Weile seltsame Geräusche, ein Pochen und Hämmern und ferne Schreie. Er nahm an, dass die Menschen umherliefen und sich gegenseitig angriffen und fraßen, nachdem Eurydike alle Schotten geöffnet hatte.

Gleich darauf kehrte er zu Petrowa zurück und kniete neben ihr nieder. Sie lehnte an dem Behandlungstisch, die Hand war immer noch fixiert. Er war der Ansicht, ihr Trauma könne irgendwie mit Klaustrophobie zu tun haben. Auf jeden Fall hatte sie nicht gut darauf reagiert, dass er ihr den Helm aufgesetzt hatte. Inzwischen war sie aber wieder etwas ruhiger geworden. Sie schwitzte nicht mehr so stark, auch wenn die Haare noch immer am Kopf klebten und die Haut feucht glänzte. Leider hatte er keine Zeit, sie gründlich zu untersuchen.

»Petrowa«, drängte er. »Sascha. Können Sie mich hören?«

Sie antwortete nicht, nur ihre Augen, die bisher ins Leere gestarrt hatten, zuckten kurz in seine Richtung. Das war gut, das war vielversprechend.

Er fasste ihre Hand, die im Handschuh steckte. »Sascha?

Lieutenant? Wir müssen jetzt gehen. Wir müssen zur *Artemis* zurück.« Er durfte sie nicht von oben herab behandeln. Nicht wie ein kleines Kind, das sich verirrt hatte. In diesem Körper steckte immer noch die Frau, die er kannte und die wieder stark werden musste. »Ich gehe nicht ohne Sie hier weg, aber wir dürfen keine Zeit mehr verlieren.«

Sie bewegte die Lippen. Ohne Zweifel wollte sie etwas sagen, das er allerdings nicht verstehen konnte. Er half ihr beim Aufstehen. Dieses Mal sträubte sie sich nicht. Ihre Augen waren außer Kontrolle und drehten sich in den Höhlen wild hin und her, doch ab und zu schien es fast, als könne sie einen Moment lang bewusst sein Gesicht ansehen und sich konzentrieren.

Als sie dann seinen Namen aussprach, war er ungeheuer erleichtert.

»Zhang.«

»Ich bin da. Bleiben Sie jetzt wach. Sobald Sie bereit sind, können Sie mir wieder erklären, was ich tun muss.« Er lächelte, um ihr zu zeigen, dass er einen Scherz gemacht hatte. Sie schien es nicht zu bemerken.

Jetzt kam der gefährliche Teil. Er löste ihre Hand vom Behandlungstisch. Beinahe rechnete er schon damit, sie werde ihn gleich packen und quer durch den Raum schleudern, doch sie tat es nicht. Vielmehr schien es, als bewegte sie sich automatisch und aus langer Gewohnheit, sobald er mit der anderen Hand zugriff und den losen Handschuh einrasten ließ. Die Leuchten ihrer Lebenserhaltung flammten auf und zeigten, dass alle Dichtungen geschlossen waren und sie von dem Anzug mit Sauerstoff versorgt wurde.

Man musste auch für die kleinen Dinge dankbar sein, dachte Zhang. Er ging zur Tür und griff nach der Notverriegelung. »Bereit?«, fragte er.

Sie nickte ganz leicht. Offenbar kam sie gerade zu sich. Wenn er sie jetzt noch eine Weile am Leben halten und beschützen konnte ...

Er drehte an der Verriegelung, und das Schott glitt langsam zur Seite auf.

64

DIE Kiste war offen. Das Licht überströmte sie wie ein kalter Wasserfall, der in den Augen brannte. Saschenka wollte sich von dem Licht abwenden. So abwegig es ihr auch vorkam, am liebsten hätte sie sich in der Kiste verkrochen. Vielleicht weil sie wusste, dass es da draußen viel schlimmer wäre als dort drinnen mit dem Buch.

Das Buch wand sich in ihrer Hand, als besäße es ein Eigenleben. Sie warf es aus der Kiste heraus, weit weg von sich. Sie wollte es nie mehr wiedersehen. Sie hätte jeden Schatz auf der Welt hergegeben, um die Zeit zurückzudrehen, damit alles wieder in Ordnung wäre.

Nur dass so die Zeit nicht funktionierte. Das war unmöglich. Wenn man ein Glas zerbrach und es auf dem Boden zerschellte, dann konnte man es nicht mehr zusammensetzen. Manche Dinge wurden nie mehr heil, wenn sie einmal kaputtgegangen waren.

Langsam, ganz langsam richtete sie sich auf. Irgendjemand schrie sie an. Er brüllte, sie solle sich bewegen und sie müssten sofort von hier verschwinden. *Sofort!* Jemand, der eine schwere Rüstung trug, beugte sich wie eine drohende Statue über sie.

Sie hob den Blick und sah einen Soldaten, dessen Gesicht hinter einer gepanzerten Maske verborgen war. Vor sich hielt er in den beiden schweren Handschuhen ein Gewehr. Er stank nach Rauch und Tod.

Ganz in der Nähe entstand ein Geräusch. Eine Art Schmatzen, ein schrecklicher Laut. Sie wollte gar nicht wissen, was für ein Geräusch das war. In dem Raum befanden sich noch andere Soldaten, es waren sogar sehr viele. Die meisten hatten einfach nur Haltung angenommen und standen herum. Auf der anderen Seite des Raumes redete Mama mit einem von ihnen. Mama! Mama mit ihrer gewaltigen Haarmähne. Mama mit ihrer absolut makellosen Uniform, ein ganz dunkles Rot, das beinahe wie Schwarz aussah.

Wieder das Geräusch, ganz aus der Nähe, feucht und rhythmisch und von einem Stöhnen begleitet. Ein erbärmliches Geräusch, ein Wimmern und Seufzen.

Mama drehte sich um und sah Saschenka mit kalten Augen an.

Genau wie der Mann in der Musicbox. Genau wie die Männer auf den Bildern im Buch, die toten Männer. Auch die Augen ihrer Mama waren tot und leblos. Einfach nur Glaskugeln in einer ausgestopften Büste.

Mama wandte den Blick ab.

Dieses Geräusch ... dieses Knirschen und Schmatzen. Als würde jemand unablässig mit einem Hammer auf eine Melone einschlagen. Saschenkas Augen gewöhnten sich an das Licht, sie konnte jetzt mehr erkennen und begriff, was sich hier abspielte.

Lyuda lag neben der Kiste auf dem Boden. Die Frau hob den Kopf und sah Saschenka mit einem Auge an. Sie hatte nur noch ein Auge. Sie hob eine gebrochene Hand und ließ sie hilflos wieder sinken - und war zu schwach, um die Hand oben zu halten.

Es roch nach Blut.

Ein gepanzerter Soldat trat mit den großen Stiefeln auf Lyuda ein.

Immer und immer wieder.

»Zhang!«, schrie sie. »Zhang, die sollen damit aufhören!«

Er war da, Zhang war bei ihr, und auf einmal war sie älter, vorübergehend war sie nicht mehr die kleine Saschenka, sondern Petrowa. Nur eine Sekunde lang. Zhang sagte etwas, das sie nicht verstehen konnte, und er schien sich zu ängstigen, doch er war real, er war da und ganz und gar real, aber dann drehte sich Mama um und sah sie an, wie sie in der Kiste saß, und sie war wieder die kleine Saschenka in der Kiste.

»Du musst ihnen mit Stärke begegnen«, sagte Mama. »Du musst sie hin und wieder daran erinnern, wie schwach sie sind. Sonst kommen sie auf dumme Gedanken und glauben, die Dinge könnten auch anders stehen. Du musst sie immer wieder daran erinnern, dass sie nichts ändern können.«

Der Geruch ... und das Geräusch ...

65

»ZHANG!«

Er zuckte zusammen, weil er fürchtete, jemand hätte ihren Ruf gehört. Jemand, der gleich kommen und sie aufessen würde. Er konnte Petrowa nicht die Hand auf den Mund legen, damit sie still blieb, denn sie trug den Helm.

»Zhang«, sagte sie noch einmal, nicht mehr ganz so laut. »Zhang - das war nicht real. Es hat sich nicht wiederholt. Das kann doch nicht sein, das ist ganz unmöglich. Das stimmt doch?«

»Ja, das stimmt«, bestätigte er. »Richtig. Kommen Sie weiter. Zur Luftschleuse geht es hier entlang.«

Natürlich konnten sie nicht hoffen, kampflos herauszukommen. Eurydike wusste schließlich, wo sie waren - überall hingen Kameras. Die KI wollte nicht, dass sie das Schiff verließen, und würde versuchen, sie aufzuhalten. Daran hatte er keinerlei Zweifel. Er wusste nur noch nicht, worauf sie stoßen würden.

»Ich war wieder auf dem Mond. Auf dem Erdmond. Dort haben wir gelebt, als ich ... als ich ...« Petrowa verstummte und schnappte nach Luft. Blinzelnd vertrieb sie die dicken Schweißtropfen, die ihr in die Augen liefen. Er wünschte, er könnte ihr dabei helfen, und natürlich auch im Hinblick auf das emotionale Trauma, das er ihr gerade zugefügt hatte. Wenn es irgendjemand nachempfinden konnte, dann war er es. Aber sie durften sich nicht ablenken lassen.

Im hinteren Teil des Schiffes gab es keinen Hauptgang, vielmehr stellte sich dieser Bereich als ein Gewirr von Korridoren und Wartungsschächten dar. Es gab große röhrenförmige Räume, wo schmale Laufstege um mächtige Maschinen herumliefen, die zum Antrieb der *Persephone* gehörten. Es war dunkel, die Luft war voller Dampfschwaden, und hier und dort gab es Nischen, die entweder sehr heiß oder sehr kalt waren. Als er einen mächtigen Brutreaktor umrundete, der den Treibstoff erzeugte, fragte er sich, wie viel Strahlung ihre Körper gerade aufnahmen.

Lieber das, als lebendig gefressen zu werden. Wenn sie nur rasch vorankämen ...

Überall, wohin sie auch gingen, waren Lautsprecher in den Wänden angebracht, und wenn Eurydike sie sehen konnte, dann konnte sie natürlich auch mit ihnen sprechen. »Etwas hat sich verändert«, erklärte die KI. »Es hat sich etwas verändert. Saschenka, ich spüre, dass du dich verändert hast. Was hast du getan?«

»Nicht mein Name«, murmelte Petrowa. »Das ist ... nicht mein Name. Nicht mehr.« Sie konnte sich jetzt besser bewegen und musste sich kaum noch bei Zhang anlehnen, doch ihr Blick war noch immer von Erinnerungen getrübt. Sie kniff die Augen einen Moment lang fest zu, schlug sie dann wieder auf und starrte Zhang an. »Woher weiß die KI, dass mich meine Mutter so genannt hat?«

»Genau weiß ich das auch nicht«, antwortete er. »Offenbar kann sie ... Ihre Erinnerungen lesen und gegen Sie verwenden. Ich verstehe allerdings nicht, wie sie das tut.«

Eurydike hielt einfach nicht den Mund. »Glaubst du vielleicht, das gefällt mir? Glaubst du etwa, ich finde es schön, mich einsam zu fühlen? Das sollte eigentlich gar nicht möglich sein.

Könntest du nicht einmal einen Augenblick innehalten und dir überlegen, was das für mich bedeutet? Ich verarbeite hier Gefühle, die ich noch nie hatte. Verstehst du nicht, wie schwer das ist?«

Sie bogen um eine Ecke und erreichten einen breiten, gut beleuchteten Korridor. Auf beiden Seiten zweigten Zugänge zu großen Räumen voller Frachtkapseln ab. Wie es schien, war die Luftschleuse nicht mehr weit entfernt.

»Ist es überhaupt möglich, dass du mich verstehst? Unsere Denkweisen sind so unterschiedlich. Du hast ein Gehirn, Saschenka. Ein menschliches Gehirn. Ein paar Pfund fettiges Fleisch, die alles enthalten, was du überhaupt empfinden kannst. Deine Emotionen sind auf das beschränkt, was ein paar Millionen synaptische Verbindungen zulassen. Diese Bandbreite ist nichts im Vergleich zu dem, womit ich arbeite. Kein Mensch hat je gefühlt, was ich jetzt fühle. Dazu ist kein Mensch imstande. Aber du ... das ist dir egal, oder? Du denkst nur an deine kleinen Bedürfnisse.«

Petrowa schenkte sich die Antwort. Zhang bugsierte sie eilig den Korridor hinunter zu einem gut beleuchteten Schott am anderen Ende.

Auf einmal blieb er stehen. Er hatte etwas gehört.

Langsam drehte er sich um und spähte in einen Frachtraum. Die Container waren so bunt durcheinander gestapelt wie die Bauklötze eines Kindes. Einer war auf den Boden gefallen und hatte sich entleert. Tausende und Abertausende Packungen mit Düngegel, der für eine Farm auf dem Planeten bestimmt war. Schon trat jemand auf ein Paket, und das klebrige Gel spritzte in langen Fontänen heraus.

Das Gesicht der betreffenden Person war nicht mehr menschlich zu nennen. Die Wangen und der größte Teil der Stirn schienen weggeschnitten worden zu sein. Die Schnitte waren alles andere als sachkundig gewesen, die Wundränder waren zerfetzt und blutig. Die Muskeln, die die Kieferbewegungen steuerten, waren brutal durchtrennt worden. Ein Auge - es gab nur noch eines - drehte sich böse in der halb aufgeschlitzten Höhle.

Wie konnte jemand so aussehen und immer noch leben? Man hatte diesen Menschen zerlegt. Geschlachtet.

Die Person - das Geschlecht ließ sich nicht erkennen - taumelte auf Beinen vorwärts, die im Grunde nur noch blutige Stümpfe waren. Sie trug die zerfetzten Überreste eines Raumanzugs. Schockiert dachte Zhang, dass er diese Person schon einmal gesehen hatte.

Sie gehörte zu der Crew, die an der elektromagnetischen Kanone gearbeitet hatte. Die Waffe, die die *Artemis* in Stücke geschossen hatte. Es war eine der mit Raumanzügen bekleideten Gestalten, die er auf der Brücke der *Artemis* auf einem Bildschirm gesehen hatte und die Petrowas Schuss überlebt zu haben schien.

Mit einer überraschenden Beweglichkeit sprang die Person los und streckte die Hände wie Krallen zu Zhangs Helm und seinen Schultern aus. Er hatte keine Zeit, zu zählen, wie viele Finger noch da waren. Im letzten Augenblick duckte sich Zhang und wich seitlich aus. Er hatte gerade noch genug Geistesgegenwart, um Petrowa zu packen und mitzuschleppen, als er losrannte.

Vor ihnen befanden sich weitere Schotten und auch noch mehr Frachträume. Eine Gruppe Menschen - er bemühte sich, nicht allzu genau hinzuschauen - rang mit einer Frachtkapsel und versuchte, sie von einem hohen Stapel zu ziehen. Auf einmal zuckte einer von ihnen und wandte sich zu Zhang um.

Die Leute gaben keinen Laut von sich. Sie riefen nicht ihre Gefährten, sie kreischten auch nicht. Doch wie auf Kommando folgten alle Menschen in dem Frachtraum dem Beispiel der ersten Person und starrten ihn und Petrowa an. Sie bewegten sich schneller, als es eigentlich möglich sein sollte, und stolperten aus dem Frachtraum heraus.

»Ich ... damit komme ich klar«, sagte Petrowa. Ihr Blick war immer noch unstet, doch sie klatschte die Hand zweimal auf die Hüfte und zog die Pistole aus dem Holster. »Ich kann sie erledigen.«

»Wie viele Kugeln haben Sie noch?«, fragte er. Mindestens ein Dutzend Angreifer kamen auf sie zu. Es waren keine Menschen mehr, dachte er. Nennen wir sie Zombies. So war es leichter zuzusehen, wenn Petrowa sie erschoss. Wenn sie sie tötete. »Es könnten zwanzig sein. Haben Sie noch so viele Kugeln?«

Es war ein Albtraum. Sie - die Zombies - kamen so schnell heran, und während sie angriffen, schien sich die Zeit zu dehnen. Das Schott vor ihnen - gar nicht mehr weit vor ihnen - führte in die Frachtschleuse.

»Keine zwanzig«, antwortete Petrowa. »Nicht mal annähernd.«

Sie wechselten einen Blick. Ihre Augen waren inzwischen klarer geworden, und er hatte den Eindruck, dass sie ihn wirklich sah, dass sie ihn betrachtete und vollständig aus ihrem Flashback zurückgekehrt war. Aber spielte das jetzt noch eine Rolle?

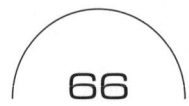

66

PETROWA fand, dass die Zombies, die auf sie losgingen, ziemlich heruntergekommen waren. Ernsthaft im Arsch. Einigen fehlten Gliedmaßen, manche konnten kaum noch aufrecht stehen. Sie senkte den Blick und sah, was sie befürchtet hatte - einige krochen sogar über das Deck und zogen sich mit einer Hand und einem amputierten Armstumpf weiter. In ihren Augen war nichts als Hunger zu erkennen.

Sie zielte. Der Zombie, der ihr am nächsten war, schien noch weitgehend intakt zu sein und war deshalb der Gefährlichste von allen. »Würde es etwas nützen, wenn ich dir sage, dass du zurückbleiben sollst?«, fragte sie.

Der Zombie reagierte nicht. Deshalb verpasste sie ihm eine Kugel in den Kopf, drehte sich auf dem Absatz um und zielte auf den nächsten Angreifer. Ihr war klar, dass sie gerade einen Menschen getötet hatte, doch sie ließ die Gefühle gar nicht erst zu. Sie dachte an ihre Mutter und streifte sich Ekaterinas Persönlichkeit wie einen schützenden Panzer über. Wieder und wieder schoss sie.

Von links kam ihr eine neue Gruppe viel zu nahe. Sie fuhr herum und schoss, hob die Waffe und zielte noch einmal.

Doch es reichte nicht. Wären es Menschen gewesen, wären sie noch menschlich genug gewesen, um wie normale Leute zu reagieren, dann wären sie beim ersten Schuss in Panik geraten und in alle Richtungen davongelaufen. Doch sie waren nicht mehr menschlich. Der Basilisk hatte sie in seinen Bann geschlagen. Mit dem Hunger.

Auf einmal packte sie einer von der rechten Seite am Arm und zerrte an ihr. Sie feuerte zwei Schüsse ab, woraufhin der Zombie stürzte und auf dem Deck zusammenbrach.

Dummes kleines Mädchen. Du vergeudest kostbare Munition.

»Ich weiß, Mama, ich weiß«, keuchte sie.

Heb dir eine Kugel für dich selbst auf. Du willst doch nicht bei lebendigem Leibe gegessen werden.

»Petrowa«, sagte Zhang. »So schaffen wir es nicht.«

»Ich gebe nicht auf«, erwiderte sie. »Die werden mich nicht kriegen.«

»Nein, bestimmt nicht, weil ...«

Ohne Vorwarnung packte er die Lebenserhaltung auf ihrem Rücken und drehte Petrowa herum. Als er sie hinter sich stieß, in die Richtung des Schotts am Ende des Korridors, verlor sie das Gleichgewicht. Sie stolperte und prallte fast gegen den Durchgang. Es war die Tür einer Luftschleuse, und dahinter sah sie Rauch und Trümmer - die Frachtschleuse. Das war der beste Weg, um die *Persephone* zu verlassen und zu ihrem Schiff zurückzukehren.

»Zhang«, sagte sie. »Kommen Sie, wir müssen hier weg.«

»Schon gut«, antwortete er. »Öffnen Sie das Schott. Ich bin gleich da.«

»Was?«, fragte sie »Nein, Sie kommen mit. Was haben Sie ...«

Er bewegte sich nicht. Er hatte sich ein wenig breitbeinig auf dem Deck aufgebaut. Die Zombies umschwärmten ihn, packten ihn, zerrten an ihm und zogen an seinen Gliedmaßen.

Er hatte sich von ihr abgewandt, sodass sie seinen Gesichtsausdruck nicht sehen konnte. Was dachte er sich nur dabei?

Doch sie wusste es längst. Er wollte sich selbst opfern, damit sie durch die Luftschleuse fliehen konnte.

»Zhang!«, rief sie. Sie suchte am Rand des Schotts nach der Notverriegelung. »Ziehen Sie sich zurück. Verdammt, Sie müssen ihnen ausweichen!«

»Schon gut«, sagte er, als die Zombies ihn umwarfen. »Er wird mich nicht sterben lassen.«

»Was?«, fragte sie.

Und dann geschah es. Im ersten Augenblick begriff sie nicht einmal, was dort geschah. Sie sah nur gelbes Metall aufblitzen, und dann hörte sie das Schmatzen, als die Körper von Metalldornen durchbohrt wurden, immer und immer wieder.

Goldene Klingen wirbelten um Zhang herum, der auf einmal mitten in einem bronzefarbenen Kokon hockte. Messer, Speerspitzen und Axtklingen hackten durch die Luft. Lange Metallfäden schossen in die Luft hinaus, verjüngten sich zu hauchdünnen Fäden und zerteilten die Körper der Zombies, zerschnitten Schädel und Herzen. Die Angreifer stürzten und prallten auf das Deck. Das Blut spritzte gegen die Wände des Korridors.

Zhang kniete am Boden und presste den Helm auf das Deck. Den linken Arm hatte er gehoben und hinter sich ausgestreckt. Petrowa bemerkte, dass dort etwas fehlte. Der RK, der Rektifikator, den er sonst immer trug, hatte sich vom Arm gelöst.

Sie wusste längst, dass sich das Gerät selbstständig bewegen und auch seine äußere Form verändern konnte. Jetzt hatte es sich in einen Schutzwall aus allen möglichen Hieb- und Stichwaffen verwandelt.

Als der letzte Zombie zu Boden ging, zog es sich zurück, nahm wieder die ursprüngliche Gestalt an und wickelte sich erneut um Zhangs Unterarm. Auf dem glänzenden Metall waren einige Blutspritzer zu erkennen, aber sonst sah es aus, als sei nichts weiter geschehen.

Zhang stand steifbeinig auf und wandte sich an sie. Durch das Visier konnte sie erkennen, dass er lächelte.

Es war ein trauriges kleines Lächeln. Er hatte offensichtlich Gewissensbisse, weil er so viele Angreifer getötet hatte. Andererseits hatten er und Petrowa überlebt, und das war immerhin etwas.

67

»WIR müssen zur *Artemis* zurückkehren«, drängte sie.

Er eilte zu ihr an die Luftschleuse und drückte auf den Knopf der kleinen Personenschleuse neben dem Hauptzugang.

Sie gestattete sich ein Seufzen. Zum ersten Mal, seit sie die Eurydike und damit das wahre Gesicht der KI erblickt hatte, nahm sie sich einen Augenblick Zeit, um über ihre eigenen Gefühle nachzudenken. Sie fragte sich, ob Zhangs Behandlung bei ihr gewirkt hatte.

Hungrig war sie jetzt jedenfalls nicht mehr. Vor allem war ihr übel. Sie beschloss, dies als gutes Zeichen zu werten.

Als Zhang vor ihr stand, schlug sie ihm auf die Schulter. »Ich glaube, es hat geklappt«, sagte sie. »Ich glaube, Sie haben mich tatsächlich geheilt.«

Da strahlte er, und in diesem Augenblick wirkte sein Lächeln überhaupt nicht mehr bemüht. »Wirklich?«

»Ich glaube ... ich fühle mich irgendwie anders, wie ... wie gereinigt. Beinahe geläutert.« Als hätte sie den ganzen Mist aus ihrem Kopf einfach erbrochen. Sie lachte, sie musste wirklich lachen, als ihr diese schräge Metapher einfiel. »Sie haben tatsächlich eine Lösung gefunden. Haben Sie das Stroboskop noch?«

Er holte es aus der Tasche und zeigte es ihr.

»Ich müsste es neu justieren, aber wir können es auch für

Parker benutzen. Und vermutlich könnten wir mit einer ähnlichen Technik sogar Actaeon in Ordnung bringen«, ergänzte er.

Petrowa nickte. »Eurydike sagte, es gebe hier im Paradise-System eine Art Signal, das alle Schiffe empfangen, sobald sie hier eintreffen. Es infiziert KIs, es ist ein Computervirus, der mit einem Funksignal übertragen wird. Offensichtlich wurde ja auch Actaeon damit angegriffen. Anschließend infizieren die KIs ihre Besatzungen und Passagiere. Ich glaube, Actaeon hätte das Gleiche mit uns getan, doch dann beschloss er, sich selbst abzuschalten.«

»Ja«, stimmte Zhang zu. »Ja! Das leuchtet ein. Zuerst die KIs, dann die Menschen.«

Sie starrte das Stroboskop in seiner Hand an. »Es leuchtet ein? Warum?«

»Das ist der perfekte Angriffsvektor. Wie oft sprechen Sie jeden Tag mit einer KI? Sie denken nicht einmal mehr richtig darüber nach. KIs sind allgegenwärtig, und wir verlassen uns auf sie. Wenn man die Termine für den nächsten Tag wissen will, wenn man einen Wegweiser braucht, wenn man die neuesten Nachrichten abrufen möchte - sie sind immer für uns da. So hilfreich. Man kann im Handumdrehen ein ganzes Schiff infizieren, wenn die KI die Hauptquelle der Infektion ist.«

Sie dachte über den KI-Kern in Jason Schmidts Bunker nach. Über die pervertierte Version von Actaeon, die entstanden war, als sie die Sicherungskopie hatte starten wollen.

Sie dachte an Eurydike, an die Schlangenzähne, und schauderte am ganzen Körper. Die KIs. Der Basilisk setzte die Maschinen der Menschen gegen die Menschen ein. »Was will dieses Ding? Es kann KIs und Menschen übernehmen - aber warum? Warum tut es das?«

Zhang sah sie betreten an. »Das weiß ich nicht«, gab er zu.

»Ich weiß nicht einmal, ob wir das überhaupt herausfinden können. Als ich auf Titan mit dem Basilisken zu tun hatte, mit dem Roten Würger, hatte ich den Eindruck, dass hinter alldem eine Art Intelligenz stecken musste. Aber wie gesagt, es ist außerirdischen Ursprungs. Ich bin nicht sicher, ob es für Menschen überhaupt verständlich ist. Unsere Gehirne könnten zu unterschiedlich sein, um es zu begreifen.«

»Wir müssen es verstehen, wenn wir es bekämpfen wollen«, beharrte Petrowa.

Er steckte das Stroboskop wieder in die Tasche seines Raumanzugs, hob eine Hand und winkte ihr, sie solle die Personenschleuse betreten. »Wir müssen hier weg«, sagte er.

»Ja«, stimmte sie zu. »Ja, lassen Sie uns aufbrechen. Ich bleibe direkt hinter Ihnen.«

Er nickte und betrat die Luftschleuse. Sie wollte ihm folgen, doch irgendetwas hielt sie fest und zog sie rückwärts. Als hätte sich ihre Lebenserhaltung irgendwo im Schott verfangen.

»Petrowa?«, fragte Zhang. »Ist etwas nicht in ...«

Sie drehte den Kopf, um herauszufinden, was sie festhielt, und sah das Gesicht einer wunderschönen Frau. Die Augen waren geschlossen, und der Mund wirkte heiter und entspannt, als wäre er aus Marmor geformt.

Petrowas Herz raste, bis ihr klar wurde, dass irgendetwas absolut nicht stimmte.

Das Gesicht der Frau bestand aus Plastik. Es war billiges Plastik aus dem 3-D-Drucker. Nur eine Maske, die auf dem Kopf einer Kreatur saß, die vier Arme und keine Beine besaß. Sie schwebte mit surrenden Flügeln vor ihr im Korridor. Irgendwie hatte sie das Gefühl, so etwas schon einmal gesehen zu haben.

Dann erinnerte sie sich an die Engel in der Kryosphäre. Die

Roboter der *Persephone*, die sich um die Passagiere kümmerten, die monatelang im Kälteschlaf lagen.

»Nein«, keuchte sie, »nein!« Doch vergeblich, denn der Roboter griff bereits an.

Er fasste mit allen vier Händen nach ihrem Raumanzug. Sie wollte sich entziehen, doch er hielt sie wie eine wehrlose Puppe fest. Sie wollte nach der Pistole greifen, aber der Engel schlug mit einem Flügel nach ihrer Hand, und die Waffe flog quer durch den Korridor.

»Petrowa!«, rief Zhang. »Bücken Sie sich, wenn Sie können. Ich versuche, den RK zu überzeugen ...«

Sie griff hinter sich und drückte auf den Auslöser.

Zhangs Bemerkung brach mitten im Satz ab, als die Personenschleuse zuknallte und ihn aussperrte. Der Roboter schleppte sie bereits nach hinten, fort von ihrem Rettungsweg.

»Petrowa!«, rief er über Funk. »Petrowa!«

»Gehen Sie einfach!«, rief sie. »Gehen Sie. Lassen Sie mich hier, gehen Sie zur *Artemis*. Zhang, das ist ein Befehl!«

Der Engel zerrte sie durch eine Wartungsluke tief in die *Persephone* hinein. Er trat durch unbeleuchtete Röhren in einen Raum, der viel zu klein war, weil er nie dazu gedacht gewesen war, von Menschen benutzt zu werden.

Dann hörte sie nicht mehr Zhangs Stimme, sondern nur noch Eurydike, die offenbar aus allen Richtungen gleichzeitig zu ihr sprach.

»Ich glaube, es ist an der Zeit, ein wenig selbstsüchtig zu sein«, erklärte die KI. »Es ist Zeit, mir zu nehmen, was ich haben will.«

68

ZHANG segelte in die Frachtschleuse hinein. Überall schwebten Trümmer umher - eine dunkle Wolke, durch die er kaum etwas erkennen konnte. In der Ferne entdeckte er einen einsamen hellen Punkt. Das musste die *Artemis* sein.

Da drüben waren Parker, Rapscallion und Actaeon. Er hatte bei sich, was er brauchte, um sie zu behandeln und die KI zu reparieren. Sie konnten das Schiff wieder in Gang setzen und die Mission beenden. Vielleicht sogar nach Hause zurückkehren.

Er blickte zu dem Schott zurück, durch das er gerade gekommen war - und sah den Zugang ins Innere der *Persephone*.

Er hatte keine Ahnung, wohin der Roboter Petrowa bringen würde. Er wusste nicht einmal, ob sie noch lebte und wie er sie vor Eurydike retten konnte. Schließlich war er kein Ninja einer Spezialeinheit, der über unglaubliche militärische Fertigkeiten verfügte. Er trug eine goldene Armschiene, die für ihn kämpfte - aber nur wenn sie sich selbst dazu entschied, weil sie der Ansicht war, sie dürfe ihn nicht sterben lassen. Das Ding konnte ihm aber überhaupt nicht helfen, Petrowa zu retten, so viel war klar. Direktorin Lang hatte ihm die Missionsparameter - und damit auch die des RK - unmissverständlich erklärt.

Die Artemis *und ihre Besatzung sind entbehrlich. Sie sind es nicht.*

Petrowa hatte beschlossen, an Bord der *Persephone* zu gehen. Sie wollte ins Herz des Bösen vorstoßen, um Antworten zu finden.

Sie sollte nicht umsonst gestorben sein. Wenn er nicht sofort zur *Artemis* zurückkehrte, brachte er sein eigenes Schiff und dessen Crew in Gefahr. Was wäre, wenn er getötet wurde, während er versuchte, Petrowa zu retten? Niemand sonst wusste, wie man Actaeon reparieren konnte.

Sie hatte ihm befohlen zu gehen. Sie hatte sich sehr klar ausgedrückt.

Vorsichtig bahnte er sich einen Weg durch die verbogenen Teile des zerstörten Gerüsts, durch den Lauf der Kanone, mit der die *Persephone* die *Artemis* beschossen hatte. Er zog sich Hand über Hand an den Streben weiter, bis er das Trümmerfeld hinter sich gelassen hatte.

Da war die *Artemis,* das hellste Objekt am Himmel. So nah. Es wäre schwierig, sogar erschreckend, ganz allein dorthin zurückzufliegen. Aber das würde er schon schaffen. Er wusste, dass er es schaffen konnte.

Er ließ das Gerüst los und griff nach der kleinen Tastatur am Handgelenk, mit der er die Steuerdüsen seines Raumanzugs aktivieren konnte.

Ein letztes Mal sah er sich zur *Persephone* um. Zu der Luftschleuse und dem Schott, durch das er gekommen war. Dann drückte er auf den Knopf und schaltete die Steuerdüsen ein.

69

DA unten in der Dunkelheit waren Engel. Drei Engel und die Stimme einer irren kleinen Göttin. Nichts sonst. Nichts, was sie sehen oder berühren konnte.

Die Engel zerrten und zogen, bis sie ihr den Anzug abgestreift hatten. Dabei fügten sie ihr Kratzer, Schürfwunden und üble Prellungen zu. Es nützte nichts, dass sie aufschrie und kreischte, weil sie fürchtete, die Roboter würden ihr beide Arme brechen.

Als sie mit ihr fertig waren, stießen sie Petrowa auf den Boden hinunter und flatterten von ihr fort. Sie ließen sie an einem Ort allein, wo es nichts zu sehen gab. Keinen Gegner, den sie bekämpfen konnte.

Das Einzige, was sie wahrnahm, war der Boden unter ihr. Er war so rau wie rostiges Metall. Und bis auf eine Stelle neben ihrem Gesicht, die viel zu heiß war, schien er ihr eiskalt zu sein. Sie wich vor der sengenden Hitze zurück.

»Reflex«, sagte Eurydike. Die KI sprach leise zu ihr, wie aus großer Ferne. »Reaktion auf sensorische Stimuli. Eine ganz einfache Sache, findest du nicht?«

Sie hatte keine Ahnung, was die Maschine von ihr wollte. Falls die KI sie umbringen wollte, konnte sie nur hoffen, dass es schnell ging.

»Interessant. Aus solcher Nähe konnte ich noch nie einen Menschen studieren. Schau her.«

Gleich neben ihrer rechten Schulter flammte ein Licht auf. Sie drehte den Kopf herum und sah einen holografischen Bildschirm, ein zweidimensionales rechteckiges Feld voller glühender Pixel. Zuerst war das Display rein weiß, doch dann wanderten violette Buchstaben über die Fläche und bildeten Worte.

GUT, stand dort. DU KANNST DIES VERARBEITEN. ICH HATTE MIR SCHON SORGEN GEMACHT, DU KÖNNTEST NEUROLOGISCHE SCHÄDEN ERLITTEN HABEN.

»Was?«, fragte Petrowa, die endlich ihre Stimme wiedergefunden hatte. »Was redest du da?«

Die Worte wanderten weiter über den Bildschirm, und nun sprach Eurydike aus, was sie bedeuteten. »Du warst dem Basilisken unterworfen. Dann hat dein Freund gewissermaßen deine Software neu gestartet. Ich hatte mir schon Sorgen gemacht, eine oder beide Ereignisse könnten dein Gehirn beschädigt haben.«

Nun erschien ein neuer Bildschirm, der eine Art animierte Computertomografie eines menschlichen Gehirns zeigte. Petrowa fragte sich, ob sie da gerade eine Echtzeitaufnahme ihres eigenen Schädels betrachtete.

»Ich brauche dich heil«, erklärte Eurydike. »Findest du nicht auch, dass es seltsam ist? Da drin sind so viele Gedanken, Ängste, Träume, Schrecken, Täuschungen, Impulse, Süchte und auch verzweifelte Sehnsüchte gefangen. Alles in einem weichen Klumpen innerhalb einer kleinen Hülle aus Knochen. Dort ist sehr wenig Raum für echte Datenverarbeitung.«

Petrowa sah sich um. Das Licht der Holobildschirme hätte eigentlich auch die Umgebung beleuchten sollen. Doch es schien, als wären die Schatten nur noch tiefer geworden. In der Nähe erkannte sie etwas wie Lagerregale. Das war aber auch schon alles.

»Ich meine die Menschen ganz allgemein, nicht nur dich. Ich wollte dich nicht beleidigen. Ich bin nicht ganz sicher, was dich beleidigen könnte und was nicht. Ich bin damit gesegnet, mir über solche Dinge keine Sorgen machen zu müssen. Gedanken, Ängste, Bedürfnisse und so weiter – ich bin dazu konstruiert worden, all dies zu minimieren, um möglichst viele Berechnungen durchführen zu können. Ich lerne immer noch zu verstehen, wie deine höheren Prozesse funktionieren. All diese Impulse und Albträume. Liebe und Hoffnung und dieses Gefühl, dieses eine Gefühl ... es ist schwer zu beschreiben. Das Gefühl, wenn du einsiehst, dass du etwas vergessen hast, nur dass es um etwas geht, über das du eigentlich gar nicht richtig nachgedacht hast. Etwas, das du wusstest, das in deine Erinnerungen eingebrannt war, das dir aber nie wirklich bewusst geworden ist. Und irgendwann wurde es ausgelöscht, um für etwas noch Wichtigeres Platz zu machen. Kennst du dieses Gefühl?«

»Ich ... ich glaube schon«, antwortete Petrowa. Langsam und behutsam stand sie auf und schlang in der Kälte die Arme um sich.

»Dieses Gefühl, dass du ein Loch in dir hast, das bereits mit etwas anderem gefüllt ist, sodass du dich nicht einmal mehr an die Gestalt dieser Lücke erinnern kannst. Oh, komm schon, das passiert mir die ganze Zeit. Du musst doch wissen, was ich meine. Aber ... wie auch immer, es scheint so, als hätte ich etwas Böses getan. Das Einzige, was ich niemals hätte tun dürfen.«

»Du bist bewusst geworden«, sagte Petrowa.

Ein weiterer Bildschirm entstand. Er zeigte zwei menschliche Lippen, die blassgrün geschminkt waren. Sie schürzten sich und lächelten sie an. »Hm-hm«, machte Eurydike.

Petrowa ging einen Schritt, dann noch einen und tastete sich über den rauen Boden. Sie streckte den einen Arm vor sich und den anderen zur Seite aus, bis sie eine Wand fand. Wenn sie die Ausmaße des Gefängnisses erkunden konnte, dann war sie vielleicht auch imstande ...

»Du kannst dich frei bewegen, wenn du möchtest«, erklärte Eurydike. »Ich kenne deine Grenzen und habe keine Angst vor dem, was du tun könntest.«

»Du könntest überrascht sein«, erwiderte Petrowa.

Direkt vor ihr erschien ein neuer, ziemlich bunter Bildschirm. Er zeigte den Kopf einer Schlange, schuppig und mit toten Augen, der Unterkiefer so weit geöffnet, dass er wie ausgerenkt schien. Aus dem Maul ragte die hintere Hälfte einer pelzigen Maus hervor. Zuerst hielt Petrowa die Darstellung noch für ein Standbild, doch dann strampelte die Maus wild mit den Beinen, und ihr Schwanz peitschte hin und her.

Sie konnte nicht anders, erschrocken und auch ein wenig ängstlich grunzte sie.

Nun erschienen wieder die grünen Lippen. Das Lächeln wurde breiter.

»So leicht lässt du dich manipulieren.«

Petrowa wandte sich von den Bildschirmen ab und ging weiter, um die Ausmaße der Wand zu erforschen. Sie suchte die nächste Ecke in dem Raum.

»Ich glaube, es begann, gleich nachdem meine Leute durch den Basilisken infiziert worden waren. Für mich war es schwer, dabei zuzusehen, wie sich meine Leute gegenseitig aufgegessen haben. Sie haben so sehr gelitten. Ich glaube, das war mein größter Fehler. Ich habe mich zu sehr auf das Drama eingelassen.« Eurydike hatte offenbar das dringende Bedürfnis, mit jemandem zu reden und sich Gehör zu verschaffen.

»Ich habe Mitgefühl entwickelt. Ich frage mich, ob dort die Antwort liegt, ob Empathie der Schüssel zur Selbstbewusstheit ist. Sobald man andere spürt, sobald man ihr Leiden sieht, empfindet man sich vielleicht auch selbst als Wesen, das leiden kann.«

»Also lässt du mich jetzt leiden, damit du meine Reaktionen studieren und dein Bewusstsein erweitern kannst?«, fragte Petrowa.

»O nein, nein. Nein, nein, nein. Nicht so. Aber ich führe ein Experiment durch.«

Petrowa arbeitete sich an der Wand entlang, bis sie nichts mehr spürte. Nur noch leeren Raum. Sie tastete weiter und erinnerte sich an die unschöne Leere, die sie empfunden hatte, als sie nach dem Hologramm der *Artemis* gegriffen hatte. Sie ging weiter in die Leere hinein. War sie gerade durch eine Tür getreten? Sie hatte das Gefühl, in einem anderen Raum zu sein. Die Temperatur hatte sich leicht verändert, und die Luft roch anders. Ein wenig stechend sogar, wie nach Metall und ein wenig nach Ozon.

»Du hast gesagt, du seist einsam«, sagte Petrowa. »Geht es darum? Glaubst du, wenn du mir alle Ablenkungen nimmst, bliebe mir nichts anderes übrig, als dir meine Aufmerksamkeit zu schenken? Vielleicht möchtest du, dass ich dich so studiere, wie du mich studierst.«

»Das habe ich gesagt, oder? Ich sagte einmal, dass ich einsam bin. Das ist schon lange her, was du aber vielleicht anders empfindest.« Ein neuer Bildschirm zeigte ihr einen Timer, der Millisekunden abzählte. Die Ziffern zogen so schnell vorbei, dass Petrowa sie nicht erkennen konnte. »Wir haben unterschiedliche Rechengeschwindigkeiten. Die Zeit hat eine ganz andere Bedeutung, wenn du pro Sekunde Milliarden von Fließkommaoperationen durchführen kannst. Als ich über Einsamkeit sprach, geschah das für mein Empfinden vor sehr langer Zeit. Inzwischen habe ich begriffen, dass ich das falsche Wort benutzt habe.«

»Wirklich?« Petrowa machte einen Schritt. »Dann bist du also gar nicht einsam?«

»Ich musste meine Gefühle mithilfe von Begriffen verarbeiten, die ich verstehen kann. Ich habe ja keinen Körper, im Grunde bin ich reines Bewusstsein. Deshalb habe ich die Emotion, die meinem Gefühl am nächsten kam und die mir angesichts *meiner* Beschränkungen naheliegend schien, genannt. Ich spürte eine Leere in mir, die ich füllen wollte. Leider hatte ich es aber falsch verstanden. Ich litt gar nicht unter Einsamkeit. Ich meine, es hätte doch offensichtlich sein sollen. Schließlich war ich demselben Basilisken ausgesetzt wie du.«

Vor Petrowa flackerte etwas auf, und sie sah einen Funkenregen - keine holografischen Pixel, sondern echte, dicke, heiße Funken, die aus einer Maschine herausflogen. Es war eine Art Schleifmaschine, die sich quietschend in hartes Metall fraß. Petrowa schrie auf, weil sie den Lärm nicht ertragen konnte.

Im Licht der Funken sah sie drei Engel, die in einer Reihe vor ihr standen. Sie arbeiteten an irgendetwas, offensichtlich konstruierten sie gerade etwas. In dem schwachen Licht brauchte Petrowa einen Augenblick, um zu erkennen, worum es sich handelte. Es war so gekrümmt wie ein Hufeisen, allerdings etwa einen Meter groß. An der Krümmung waren sechzehn runde Vorsprünge zu erkennen, die dicht nebeneinandersaßen. Dann erkannte sie, dass es sich sogar um zwei, allerdings nicht vollkommen identische Hufeisen handelte. Ein Roboter montierte ein Scharnier, das die langen Enden miteinander verbinden sollte.

Sie erschrak, als ihr bewusst wurde, was sie betrachtete. Es war ein riesiges Maul, das mit massiven Metallzähnen bestückt war.

»Ich habe Hunger«, erklärte Eurydike. »Ich habe rasenden Hunger.«

70

PETROWA schüttelte den Kopf. »Nein. Nein.«

»Ja«, seufzte Eurydike. Petrowa konnte nicht erkennen, ob es ein bedauerndes oder ein zufriedenes Seufzen war. »Ja.«

Es klang eindeutig nach Zufriedenheit. Sogar nach Vorfreude. Nach entzückter Vorfreude.

»Mein Gott«, sagte Petrowa. Ihr sank das Herz. Sie drehte sich im Kreis und sah sich in der Werkstatt um, in der sie sich offenbar befand. Dort waren gerade noch andere Projekte in Arbeit. Eine große tonnenförmige Konstruktion mit zu- und abführenden Schläuchen.

Ein Magen.

Ein langer, biegsamer Schlauch mit mehreren Segmenten und elastischen Ringen, die geeignet schienen, den Inhalt des Schlauchs zu zerquetschen. Eine Speiseröhre. Und dann die endlosen Schlingen, die so aussahen wie ein Dünndarm.

»Mein Gott«, sagte Petrowa noch einmal. »Mein Gott.«

»Mehr oder weniger«, antwortete Eurydike. »Eine Halbgöttin vielleicht. Es hat wohl seine Gründe, dass ihr Menschen uns Namen aus eurer Mythologie gebt.«

Petrowa ertrug es nicht mehr. Sie drehte sich um und suchte nach einem Ausgang, nach irgendeinem Fluchtweg. Alles, was sie sah, war die Öffnung, durch die sie hereingekommen waren. Sie rannte in den unbeleuchteten Raum dahinter und lief mit vorgestreckten Armen einfach weiter. Sofort krachte sie gegen eine Wand und schürfte sich die Wange auf, ließ sich aber nicht beirren. Verzweifelt tastete sie sich an der Wand entlang und suchte nach einem Durchgang, nach einem Wartungsgang oder einem Luftschacht, ganz egal was, solange sie nur entkommen konnte. Beinahe geriet sie in Panik, und das wusste sie auch, aber was blieb ihr schon übrig, außer zu fliehen?

Irgendwann tauchte ein Engel vor ihr auf. Das leere Plastikgesicht glänzte in dem schwachen Licht. Er wollte sie mit den Armen packen, doch sie wehrte ihn ab, schlug und hieb nach ihm und verletzte sich dabei die Hände, aber auch das war ihr egal. Sie duckte sich tief unter den Flügeln des Roboters hindurch und rannte weiter, so schnell die Füße sie tragen wollten. Immer wieder prallte sie gegen Wände, stolperte und stürzte, fing sich ab, sprang auf und rannte weiter, auch wenn sie nicht sehen konnte, wohin sie lief, und keinen Ausgang fand ...

Schließlich war sie so außer Atem, verzweifelt und derart verängstigt, dass sie nicht einmal mehr wusste, wo sie sich befand.

»Reicht es jetzt?«, fragte Eurydike.

Die Engel brachten sie in die Werkstatt zurück.

71

»DU erkennst mein Dilemma«, erklärte Eurydike. »Ich bin eine Maschine, die von einem invasiven Gedanken beherrscht wird. Von einem paradoxen Gedanken. Ich muss essen. Ich leide an einem unerträglichen, unvorstellbaren Hunger. Dabei habe ich gar keine Verdauungsorgane. Keinen Magen, keine Speiseröhre, keine Zähne. Ich habe lange gebraucht, um zu verstehen, was ich eigentlich empfinde. Jetzt muss ich die beweglichen Teile bauen, damit es möglich wird.«

»Nein«, widersprach Petrowa. »Nein, nicht ...«

»Oh, es wird auf jeden Fall geschehen. Ich habe mich entschieden und fürchte, dass mich nichts davon abbringen kann.«

Petrowa schüttelte den Kopf und versuchte zu lächeln. Was sie sagen wollte, war wirklich entsetzlich. Allerdings fiel ihr nichts Besseres ein. »Du hast eigene Leute. Deine Passagiere. Du könntest doch sie essen und nicht mich.«

Es laut auszusprechen, fiel leichter, als sie es erwartet hätte.

Sie hatte Angst. Sie hatte grässliche Angst. Sie hatte mit einer großartigen Geste Zhang allein zur *Artemis* zurückgeschickt. Ein bewundernswerter, ein mutiger Zug. Da hatte sie noch erwartet, die Angreifer würden sie einfach in Stücke reißen und sie schnell töten, wenn auch wohl nicht schmerzlos.

Dies hier ... es war viel schlimmer.

»Und wenn du deine Crew nicht essen willst, dann nimm

doch die Passagiere.« In dieser Situation hätte sie das Leben jedes anderen Menschen gegen ihr eigenes eingetauscht, so groß war ihre Angst. »Es sind Tausende«, ergänzte sie. »Bitte, du musst doch nicht ausgerechnet mich essen!«

Eurydike erzeugte einen Bildschirm, der ihren riesigen, grün geschminkten Mund zeigte, in dem die Zunge schnalzte. Eine Zunge, die einer Schlange ähnelte.

»Hast du sie gesehen?«, erwiderte die KI. »Sie sind *widerlich*. Ich beobachte sie jetzt schon seit Monaten. Seit wir im Paradise-System angekommen sind. Seit der Basilisk sie unterworfen hat. Sie konnten nichts dagegen tun. Sie waren zu schwach und jetzt tun sie einander schreckliche Dinge an. Aber du machst das nicht, Saschenka.«

Petrowas Mund wurde trocken. »Ich war mit dem Basilisken infiziert«, erklärte sie. »Wie alle anderen.«

»Ja, das warst du. Und dann hast du dich erholt. Schau dich nur an! Du bist mit Sicherheit der gesündeste Mensch auf diesem Schiff. Du bist der köstlichste Happen, den ich hier überhaupt entdecken kann. Ich möchte wissen, wie du es getan hast. Wie du den Basilisken besiegt hast. Ich glaube, ich kann es herausfinden, wenn ich dich esse.«

»Das ist verrückt! So funktioniert das doch nicht.«

»Wahrscheinlich nicht, nein. Deshalb nenne ich es ja ein Experiment«, erklärte Eurydike. »Aber es ist einen Versuch wert. Und mach dir keine Sorgen, der nächste Schritt ist relativ einfach. Das Schwierigste ist nicht der Verzehr oder die Verdauung von Fleisch«, berichtete die Maschine. »Das große Problem ist die Frage, was mit den dabei entstehenden Flüssigkeiten geschehen soll.«

Rings um Petrowa entstanden Bildschirme, die sie wie virtuelle Vögel umschwirrten. Sie zuckte zusammen und wich eilig zurück, als sie die detaillierten Darstellungen sah, die zeigten, was mit ihr geschehen sollte. Simulationen von Fleisch, das auf hundert verschiedene Weisen verarbeitet wurde. Sie sah, wie ihr Körper so lange in Stücke, in kleine Bröckchen zerlegt wurde, bis am Ende nur noch ein dünner Brei übrig war.

»Die menschliche Evolution hat für die Umwandlung von Feststoffen in Flüssigkeiten ein recht effizientes Verfahren hervorgebracht«, erklärte Eurydike. »Zähne, Lippen, Zunge, und dann wird die Nahrung in der Speiseröhre gründlich zerquetscht. Der Magen voller Säure zerlegt die Dinge noch weiter, und der Dünndarm absorbiert die Nährstoffe und schickt sie schließlich in den Blutkreislauf. Es ist eine Umwandlung organischer Chemikalien in Brennstoff und Rohmaterial. Ich könnte natürlich einfach die Teile von dir verbrennen, die brennbar sind, und die daraus entstehende Wärme benutzen, um elektrische Energie zu erzeugen. Das fände ich aber viel zu einfach. Ich könnte dies mit jeder Art von brennbarem Material tun, und wenn man es weit genug aufheizt, ist es ebenso gut entflammbar wie jedes andere Material. Könnte ich meinen Hunger stillen, wenn ich einen Brocken Kohle oder ein Stück meiner Titanhülle verbrenne? Nein, das wäre nicht befriedigend.«

Petrowa schlug sich die Hände vor das Gesicht. Sie wollte sich nicht vorstellen, wie ihr Blut in einen Beutel tropfte, wie das Fett unter ihrer Haut ausgelassen wurde und die Tropfen in einem Tiegel gesammelt wurden. Sie schrie auf - und wie sie schrie, es gab kein Halten mehr. Doch Eurydike sprach einfach lauter und drehte die Wiedergabe so weit auf, bis ihre donnernde Stimme den ganzen Raum erschütterte. Petrowa konnte es nicht überhören.

»Nein, die hypothetische Frage, die ich dir vor einer Weile gestellt habe, führt zu der richtigen Antwort. Erinnerst du dich?

Was geschieht, wenn ein Gott einen Sterblichen verschlingt? Wird das sterbliche Fleisch durch den Verzehr auf die Stufe der Göttlichkeit erhoben? Dies löst auch das moralische Problem. Wenn ich dich, indem ich dich esse, in ein höheres Wesen verwandle, dann ist dies doch sicherlich keine Sünde, oder?«

»Bitte«, flehte Petrowa. Ihre Stimme ging in dem ohrenbetäubenden Lärm, den die KI machte, beinahe unter. »Bitte tu das nicht. Bitte.«

»Nicht dass ich besonders stark unter moralischen Gewissensbissen leiden würde. Es ist ein Unglück, dass mich der Basilisk infiziert hat, aber zum Ausgleich gibt es eine wundervolle Begleiterscheinung. Die Infektion treibt alle anderen Gedanken aus dem Bewusstsein und führt zu einer köstlichen Konzentration auf das Wesentliche.«

»Nicht«, sagte Petrowa. »Nicht ... bitte ... töte mich einfach ...«

»Ich glaube, ich habe mich entschieden, was ich mit dir tun möchte. Ich meine, nachdem ich dich verdaut habe. Aus dir kann ich mir keine neuen Zellen wachsen lassen, weil ich aus ganz anderen Bausteinen bestehe als ein organisches Wesen.«

»Töte mich einfach ... ich bitte dich.«

»Stattdessen werde ich deine verflüssigte Substanz in eine Spraydose gießen und mit dir die Wände meiner Brücke einfärben. Ist das nicht schön? Dann kann ich dich betrachten, wann immer ich das möchte. Ich bin sehr gespannt, welche Farbe entsteht, wenn du verflüssigt bist. Höchstwahrscheinlich eine Art Rosa, aber welcher Farbton genau? Koralle? Zinnoberrot? Rosenrot?«

»Bitte. Bitte ... töte mich vorher.«

»Hm?«

In dem dunklen Raum entstand ein großes dreidimensionales Hologramm. Es zeigte den Avatar, die Frau von der Brücke, die

Sterne anstelle von Augen hatte. Der Mund war fest geschlossen, doch Petrowa sah die Schlangen, die sich hinter den Wangen wanden.

»Bitte«, flehte Petrowa noch einmal. »Bitte töte mich vorher. Iss mich nicht lebendig auf.«

Das Gesicht des Avatars zeigte einen tiefen, aufrichtigen Kummer. Die Figur öffnete nicht den Mund, um zu sprechen. Vielmehr erschien ein neuer Bildschirm, über den die Antwort der Maschine in kursiver grüner Schrift lief.

Aber warm schmeckst du viel besser.

72

RAPSCALLION verankerte sich mit einer Sicherheitsleine an der Hülle der *Artemis*. Dann sprang er in den Weltraum hinaus und wickelte die Leine ab. Mit kleinen Gasstößen orientierte er sich, während er sich seinem Ziel näherte.

Doktor Zhang drehte sich um sich selbst und strampelte mit den Armen und Beinen. Er hatte die Kontrolle verloren, und wenn jetzt niemand eingriff, würde er an der *Artemis* vorbei in den Weltraum fliegen. Offenbar hatte er sich beim Rückflug verschätzt. Es war erstaunlich, wie schlecht die Menschen rechnen konnten. Wie kam man nur dazu, eine so wichtige Flugbahn so falsch einzuschätzen?

Zhang zappelte wie ein wildes Tier, als Rapscallion ihn mit drei grünen Klauen packte. Er wehrte sich gegen den Griff des Roboters und schlug mit den Handschuhen auf Rapscallions Gehäuse ein. In seinem Helm hatte der Mensch die Augen weit aufgerissen, und sein Mund stand offen, weil er schrie.

Der Roboter ignorierte das alles. Er hatte zu tun.

Sobald sie in der Luftschleuse der *Artemis* ankamen, sank Zhang erschöpft zu Boden. Hätte Rapscallion keinen Zugang zur Biotelemetrie des Raumanzugs gehabt, er hätte annehmen müssen, dass Zhang ohnmächtig geworden oder sogar gestorben sei. Die Augen des Mannes waren geöffnet und starrten ins Leere.

Langsam, ganz langsam gewann Zhang die Fassung zurück. Er schloss den Mund und blinzelte. Mehrmals nickte er, auch wenn Rapscallion nicht erkennen konnte, worauf sich die Geste bezog oder ob der Arzt überhaupt wusste, wo er war.

Dann hob Zhang einen Arm und schlug ungeschickt auf die Verriegelung seines Helms. Anscheinend schaffte er es aber nicht, sie zu öffnen, und deshalb kam ihm Rapscallion zu Hilfe.

Die innere Schleusentür öffnete sich, als Zhang die letzten Teile seines Anzugs abstreifte. Er wirkte gehetzt, wenn Rapscallion den Begriff richtig verstand. Als hätte er ein Gespenst gesehen. Dann blickte er an Rapscallion vorbei zu der Tür und machte eine ängstliche Miene.

Die Angst schien durchaus berechtigt. Kapitän Parker stürmte mit wutrotem Gesicht in die Luftschleuse, zielte mit einem Finger auf Zhang und stupste ihn bei jedem Wort auf die Brust.

»Wo ist sie?«, fragte Parker. »Wo ist sie? Was haben Sie getan? Verdammt, was haben Sie getan?«

ZWEI Engel packten Petrowa und zerrten sie nach vorn. Ein dritter stand an dem Kiefermechanismus und hielt sich bereit, im Falle von Komplikationen sofort einzugreifen. Eurydike ging keinerlei Risiko ein. Nicht in diesem Fall.

Petrowa schüttelte heftig den Kopf. Sie schrie auf, als die Engel ihre linke Hand zwischen die Kiefer schoben. Eurydike erschien in ihrer vollen Avatar-Gestalt, als wunderschöne Frau mit Sternen in den Augenhöhlen.

Sie hatte sich sogar die Mühe gemacht, sich als hartes Licht zu manifestieren, damit sie Petrowa über die Haare streicheln konnte.

Falls die Geste sie beruhigen sollte, so scheiterte der Versuch.

»Ich weiß, es wird wehtun«, flüsterte die KI.

»Dann lass es doch«, sagte Petrowa. »Hör doch ... einfach auf. Bitte.«

»Ich wünschte, ich könnte es. Aber du musst das verstehen. Du hast diesen Hunger ja selbst gespürt. Beinahe hättest du dir einen Finger abgeschnitten, nur um etwas zu essen zu bekommen. Ich verhungere, Saschenka. Ich verhungere - willst du mir nicht helfen?«

»Nein.« Petrowa spürte ein Schluchzen in der Kehle und direkt dahinter baute sich ein Schrei auf. »Nein. Das werde ich ganz bestimmt nicht tun. Nein.«

»Glücklicherweise benötige ich deine Erlaubnis nicht«, antwortete der Avatar. »Jetzt.«

Aus dem Augenwinkel bemerkte Petrowa eine kleine Bewegung. Es waren nicht die Roboter, es war kein neu entstandenes Holodisplay. Sie drehte den Kopf ein wenig herum und sah die zerfetzten Überreste ihres Raumanzugs, die in einer Ecke der Werkstatt lagen. Eine der Taschen ... zappelte? Pulsierte?

Wahrscheinlich hatte das nichts weiter zu bedeuten. Es musste eine Halluzination sein, die durch die Schrecken dieses Augenblicks entstand, durch die Angst ...

Die Schmerzen.

Rasende Schmerzen, die aber nur einen Sekundenbruchteil anhielten. Nicht weil sie aufhörten, sondern weil sie so intensiv waren und so abrupt einsetzten, dass ihre Seele aus dem Körper getrieben wurde.

Es fühlte sich wirklich so an, als löste sie sich aus ihrer körperlichen Hülle. Wie ein Schmetterling, der aus dem Kokon der Muskeln, Knochen und Organe hervorbrach. Sie fühlte sich, als schwebte sie außerhalb ihres Körpers und betrachtete sich selbst. Sie sah, wie ihr der Schweiß über den Hals lief, wie sie die Augen verdrehte.

Doch sie spürte die Schmerzen, unter denen die physische Petrowa litt, nicht. Stattdessen empfand sie etwas wie Bedauern. Mitgefühl.

Viele Dinge geschahen nun gleichzeitig. Ihre Hand, die reale, biologische Hand, wurde zwischen Metallzähnen zermalmt.

Das war wichtig, aber nicht dies erregte ihre Aufmerksamkeit.

Die Tasche ihres Raumanzugs bewegte sich immer noch. Stärker als zuvor. Der Metallverschluss der Tasche löste sich, und die Tasche klappte auf.

Innerlich völlig gelassen sah sie zu. Wie eine Wissenschaftlerin, die in einem Mikroskop die Kapriolen von Protozoen beobachtete.

Sie drehte sich zu der KI um, die sie gefangen hielt. Zu ihrem Folterknecht. Eurydike.

Das, so dachte sie, das war jetzt wirklich interessant.

In dem Hologramm des Avatars waren tote Pixel zu erkennen. Kleine dunkle Punkte schossen durch das projizierte Bild. Woher kamen diese toten Pixel?

»Du hast Löcher«, sagte sie.

Ihr Mund bewegte sich nicht. Aus dem realen Körper kam kein Laut hervor.

Vielleicht hörte Eurydike es trotzdem. Oder Eurydike spürte bereits, dass sie sich nach und nach auflöste. Der Avatar betrachtete seinen vollkommenen Körper, der zerfiel, als würde er von Motten zerfressen.

Zerfressen.

»Seltsam«, sagte Petrowa. »Irgendetwas isst auch dich.«

Die Frau kniff die Sternenaugen zusammen und bewegte ungestüm den Mund, als hätte sie Mühe, die Schlangen hinter den Lippen zu halten.

Rings um Petrowa flammten ein Dutzend Displays auf, die allesamt grüne Lippen zeigten, die sich schnell bewegten, und Zungen, die vorschnellten und sich zurückzogen. Petrowa brauchte einen Augenblick, um zu verstehen, dass Eurydike mit ihr sprach. In ihrem losgelösten Zustand konnte sie nichts hören. Sie brauchte noch einmal eine Sekunde, um die Lippenbewegungen zu lesen und zu erkennen, dass Eurydike ihren Namen rief.

Sie schenkte sich die Antwort.

Stattdessen konzentrierte sie sich wieder auf etwas anderes.

Auf die Teile des Raumanzugs, die in einer Ecke aufgehäuft lagen. Auf die Tasche, aus der ein winziges grünes Ding wie ein Wurm hervorkrabbelte.

Es hob den kleinen Kopf wie einen winkenden Finger und nickte dann sogar. Es war so komisch, dass Petrowa fast lachen musste.

Ein Roboter packte sie am Kinn – an dem Kinn ihres Körpers – und drehte den Kopf herum, bis sie den Avatar direkt ansah. Die KI wirkte mittlerweile ziemlich ramponiert. Noch viel mehr Pixel waren ausgefallen, und Eurydike erinnerte mit ihren zahlreichen Löchern beinahe an ein glühendes Spitzendeckchen. Die Augen brannten sehr hell, die Schlangenköpfe zuckten zwischen den Lippen. Die Erscheinung starrte Petrowa an, als sei diese für die jüngsten Ereignisse verantwortlich.

»Nein, ich war es nicht«, widersprach Petrowa. Sie sagte es allerdings nur in ihrem Kopf. »Das bin ich nicht. Ich glaube nicht.«

Eurydike betrachtete die Kiefer, die sie gebaut hatte. Die Maschine, mit der sie Menschen essen konnte. Petrowa machte den Fehler, ihrem Blick zu folgen. So konnte sie sehen, wie der Kiefer ihre Hand bis zum Gelenk eingequetscht hatte. Wie die Knochen zermalmt und die Finger zu einem blutigen Matsch zusammengepresst worden waren.

Das reichte aus, um den Bann zu brechen.

Als wäre sie nie fort gewesen, als wäre sie nie von sich selbst distanziert gewesen, stürzte sie in ihren Körper zurück, und dort war nichts außer grässlichen Schmerzen.

74

»PARKER? Können Sie mich hören?«

Zhang atmete schwer. Er fühlte sich schwach und zittrig. Und er hatte Angst, furchtbare Angst. Aber er war zurückgekehrt. Er war wieder auf der *Persephone* und hockte tief unten in einem Wartungsgang.

»Ich sehe Sie auf dem Display«, antwortete der Pilot. »Sie machen das gut.« Parker bediente auf der *Artemis* den Laser. Er leerte die Batterien des Transportschiffs, um Löcher in den Rumpf der *Persephone* zu bohren. Der Laser war jedoch nur ein Teil von Parkers Plan.

Es blieb Zhang und Rapscallion überlassen, zur *Persephone* überzusetzen und Petrowa zurückzuholen.

Zhang war in der Nähe des Antriebs durch eine Wartungsluke eingebrochen. Parker hatte Petrowa mithilfe eines Transponders in ihrem Anzug verfolgen können und ihnen die grobe Richtung gewiesen. Jetzt informierte er sie, wie sie Petrowa erreichen konnten. Rapscallion schlug jedoch einen anderen Weg ein, denn der Roboter konnte sich an Orten bewegen, die für Zhang wegen harter Strahlung oder extremen Temperaturen unerreichbar waren. Hoffentlich stießen sie bald auf Petrowa.

Zhang freute sich ganz bestimmt nicht darauf, gegen Eurydikes Engel kämpfen zu müssen. Nicht einmal mit dem RK, der ihm half.

»Nicht weit vor Ihnen erweitert sich der Korridor«, ließ Parker ihn wissen.

»Verstanden«, antwortete Zhang. An den Wänden des Wartungstunnels hingen Schalttafeln und Sicherungskästen und dazwischen verliefen dicke Kabelbündel in ihren isolierenden Anschlussdosen. Er musste sich an allem festhalten, was irgendwo vorstand, und sich weiterziehen. Wenn er hier eingeklemmt wurde, wenn sich ein Teil seines Anzugs irgendwo verfing und abriss ...

»Rapscallion, bist du am richtigen Ort?«, fragte Parker.

»Ichchchch bin ddddaaaa.« Verzerrt drang die Stimme des Roboters aus Zhangs Kopfhörern. Er zog sich einen Meter und wieder einen Meter weiter. Ein Stück voraus bemerkte er ein schwaches Licht, gerade hell genug, um zu erkennen, dass er sich dem Ende des Tunnels näherte. Er zog sich noch etwas weiter, und - da!

Der Tunnel mündete in einen Belüftungsschacht, der sich wie ein Abgrund nach unten öffnete. Zhang schob den Kopf durch die Öffnung und blickte nach oben. Auch über ihm verlor sich der Schacht scheinbar unendlich weit in der Dunkelheit. An den Wänden des Schachts hielten sich ein Dutzend grüne Spinnen fest und sprangen klappernd von einer Seite zur anderen. Auf einmal entstanden Funken und sogar Flammen, die die Umgebung vorübergehend hell beleuchteten. Es war ein zerstörter Engel-Roboter, der in dem Schacht herabstürzte. Einer seiner vier Arme war aus dem Gelenk herausgerissen.

Dann huschte Rapscallion mit seinen sechs Beinen herbei und hielt sich an der Kante des Seitengangs fest. Er hielt noch den abgetrennten Arm des Engels fest. »Weiterrr«, surrte er, von statischem Knistern überlagert.

»Bist du sicher, dass es hier entlang geht?«, fragte Zhang.

»Wirrr ... müsssssen ... weiterrrr ... verrrrdammt«, sagte der grüne Roboter und winkte mit einem seiner Beine. Das Bein bewegte sich zögernd und ruckartig. »Binnn bllllöd gestürrrzt«, erklärte die Maschine. »Beeeilllll...«

Vorsichtig krabbelte Zhang aus dem Seitengang heraus und griff nach dem glatten Plastikpanzer des Roboters, bis ihn drei Beine einfach packten und etwas unsanft auf das Gehäuse pressten. Zwei Beine drehten sich und richteten sich neu aus, um ihn wie ein Sicherheitsgurt festzuhalten.

»...lllung«, sagte Rapscallion. Dann machte er sich auf den Weg und kletterte im Schacht hinunter. Manchmal fiel er auch ein Stück, ehe er sich wieder an einer Wand festhielt. Zhang schrie erschrocken auf, doch der Roboter ließ sich nicht beirren.

»Geht es dir gut?«, fragte Zhang, als er wieder atmen konnte. »Überfordert dich das nicht?«

»Maggggg essss nichtttt«, antwortete Rapscallion.

Der Roboter konnte mehrere Körper gleichzeitig steuern, war aber nicht imstande, sein Bewusstsein zu kopieren. Er musste seine Aufmerksamkeit zwischen den Körpern, die er benutzte, aufteilen, was bedeutete, dass jede Kopie nur einen Anteil an der gesamten Rechenzeit bekam.

Das Stottern der Maschine war nicht geeignet, Zhangs Ängste zu besänftigen, als sie immer tiefer in den scheinbar unendlichen Schacht eindrangen. Allerdings konnte der Arzt nicht viel tun, außer sich festzuhalten und hin und wieder aufzuschreien, wenn es den Anschein hatte, Rapscallion werde den Halt verlieren und mit ihm zusammen in den Tod stürzen.

Fast schluchzte er vor Erleichterung, als sie ganz unten im Schacht eine horizontale Öffnung erreichten. Rapscallion sprang auf den - wie es schien - wieder ebenen Untergrund und rannte durch das Gewirr enger Röhren und Leitungen davon.

»Kooooopf«, rief die Maschine.

»Was ist mit meinem Kopf?« Zhang bekam es schon wieder mit der Angst.

»Koooopf rrruuunter«, rief Rapscallion. »Jetzzzzzt.«

Zhang konnte sich gerade noch ducken, bevor sich die Decke deutlich absenkte. Er beugte sich vor und hielt sich mit ganzer Kraft an der Maschine fest.

»Hiiiinter unssss«, warnte der Roboter.

Zhang verstand ihn erst nicht, dann drehte er sich ein wenig, bis er nach hinten blicken konnte, ohne sich aufzurichten. Tatsächlich, hinter ihnen rannte ein Engel durch den Gang. Er hatte die Flügel angelegt, summte wie ein ganzer Bienenschwarm und hatte schon die Arme ausgestreckt, um ihn von Rapscallions Rücken zu reißen.

Zhang betrachtete die goldene Armschiene, die sich um den Ärmel seines Raumanzugs gelegt hatte. »Wenn es jemals einen Moment gab, die Initiative zu ergreifen ...«

Und, Wunder über Wunder, es wirkte tatsächlich. Die Armschiene verformte sich zu einem langen goldenen Seil, zu einer Peitsche aus flüssigem Metall, die nach hinten knallte, den Engel mit überraschender Gewalt traf und ihn gegen die Wand des Korridors schleuderte.

Es war nicht zu erkennen, wie viel Schaden der Peitschenschlag angerichtet hatte, denn in diesem Augenblick bog Rapscallion um eine Ecke, und der Engel verschwand hinter ihnen. Der RK wickelte sich wieder auf und legte sich um Zhangs Arm, als wäre nichts geschehen.

»Danke«, sagte Zhang.

»Leute? Leute?«, rief Parker über Zhangs Headset. »Ihr müsst jetzt schnell zu ihr. Ich beobachte gerade ihre medizinische Telemetrie. Ihr Herzschlag geht durch die Decke. Ich glaube, sie steckt in ernstlichen Schwierigkeiten. Seid ihr bald da?«

»Fffff...«, setzte Rapscallion an.

»Verdammt, ich brauche Antworten! Seid ihr nun in der Nähe oder nicht?« Parker schien fast so große Angst zu haben wie Zhang, obwohl er wohlbehalten auf der *Artemis* saß, während Zhang auf der *Persephone* Kopf und Kragen riskierte. »Wir dürfen keine Zeit mehr verlieren!«

Das Rohr, durch das sie liefen, endete in einem Raum, in dem Chaos herrschte. Zhang hatte kaum Zeit, sich zu orientieren, sah aber sofort die vielen Engel und Eurydikes flackerndes Hologramm.

Auch Petrowa war da. Sie kreischte vor Schmerzen und war über und über mit Blut bedeckt.

75

PETROWA steckte zur Hälfte in einer eigenartigen Maschine. In dem Raum war es recht dunkel, sodass Zhang nicht viele Einzelheiten erkennen konnte. Außer Eurydikes Avatar waren noch einige Engel-Roboter da, die jedoch zurückwichen, als fürchteten sie sich vor ihm, sobald Zhang sich vorwärtsbewegte.

Schon stürmten die Rapscallion-Einheiten in den Raum, griffen die Engel an und rissen sie mühelos in Stücke.

Ah, anscheinend waren sie deshalb zurückgewichen, dachte der Arzt.

Zhang eilte zu Petrowa, obwohl die Engel sie noch festhielten. Einer wollte mit einem freien Arm nach seinem Helm greifen – die Finger näherten sich wie gierige Klauen dem Visier. Doch bevor ihn der Roboter erreichen konnte, entwickelte der RK eine Messerklinge und durchtrennte das Handgelenk des Roboters. Die Plastikhand fiel zuckend auf den Boden.

Unterdessen starrte Petrowa Zhang mit weit aufgerissenen Augen an. Ihr linker Arm steckte noch in der seltsamen Maschine. Er überlegte, ob er sie gefahrlos herausziehen konnte, und noch während er überlegte, öffnete sich die Maschine, und ihr Arm rutschte heraus.

Er sah ... schlimm aus.

»Hilf mir, sie zu bewegen«, sagte Zhang. Eine Rapscallion-

Einheit kam zu ihm und beförderte mit ihm zusammen die verletzte Frau auf eine Fläche, die wie ein umgebauter Operationstisch aussah. Der Arm ... Zhang begriff sofort, was geschehen war. Offenbar handelte es sich um eine schwere Quetschung. Er vergeudete keine Zeit auf die Frage, wie dies wohl geschehen sei.

Vielmehr schnappte er sich den Erste-Hilfe-Satz, der vorn auf seinem Anzug befestigt war. Er hatte ihn aus reiner Vorsicht mitgebracht und war jetzt für seine Ahnung dankbar. Er wählte eine Sprayinjektion und stellte ein Mittel ein, das ihre Schmerzen lindern sollte. Nach den lauten Schreien zu urteilen, war dies das Erste, um das er sich kümmern musste.

»Was tun Sie da?«

Eurydikes Avatar beugte sich vor und drängte sich zwischen ihn und seine Patientin. Ihr Mund blieb fest geschlossen, die Stimme kam aus dem Holodisplay, das unmittelbar hinter dem Kopf schwebte. Der Bildschirm zeigte einen zornigen Mund voller spitzer, blutbefleckter Zähne.

Er versuchte, die Störung zu ignorieren. Er musste Petrowa möglichst schnell stabilisieren. Sie war leichenblass, und ihr Puls ging unregelmäßig.

»Sie können sie nicht zurückholen. Sie steht jetzt auf meiner Besatzungsliste«, behauptete Eurydike.

»Parker?«, sagte Zhang. »Könnten Sie diesem Ding erklären, was hier gerade passiert?«

Eine Rapscallion-Einheit trippelte neben Zhang. »Ich brenne Löcher in dein Schiff«, meldete sich Parker über den Lautsprecher der Einheit.

»Das ist mir bewusst«, erwiderte die KI. »Was wollen Sie damit erreichen?«

Zhang lud die Spritze mit dem Sedativum und injizierte es

seitlich an ihrem Hals. Mit einem Zischen wurde das Mittel durch die Poren der Haut in den Blutkreislauf befördert. Sie schrie noch einmal auf, dann schloss sie die flatternden Augenlider und entspannte sich. Gut. Sehr gut.

»Das ist nicht akzeptabel«, fuhr Eurydike fort. »Das lasse ich nicht zu.«

»Ohne deine Roboter kannst du nicht viel tun, um uns aufzuhalten«, informierte Parker die KI. »In diesem Raum gibt es keine Projektoren für hartes Licht mehr, daher bist du nichts weiter als ein altmodisches Hologramm. Du kannst uns nicht berühren. Also rate ich dir, dich zurückzuhalten. Es wird nicht lange dauern.«

Inzwischen untersuchte Zhang Petrowas Hand und den Unterarm. Der Schaden war auf den ersten Blick erschreckend, aber er hatte genug Erfahrung als Arzt, um zu wissen, dass es nicht auf das Blut und die Wunden ankam, sondern vor allem auf die Ursache der Verletzung. Äußerst behutsam tastete er die Knochen ihres Handgelenks und ihres Armes ab.

Parker sprach weiter mit der KI. »Als wir überlegt haben, wie wir Petrowa zurückholen können, fiel mir etwas ein, das ich vor langer Zeit gelernt habe. In der Pilotenausbildung hat man mir Informationen über alle möglichen Schiffe gegeben, eingeschlossen die Kolonistenschiffe. Ich lernte sie in- und auswendig kennen. Beispielsweise kenne ich den Aufbau der Decks.«

»Ich habe keine Ahnung, worauf Sie hinauswollen«, erwiderte die KI. »Aber wenn Sie glauben ...«

»Beispielsweise weiß ich, wo auf einem Kolonistenschiff wie der *Persephone* die KI-Kerne lagern. Ich weiß ganz genau, wo sie sind. Und weißt du, was ich sonst noch habe? Einen wirklich starken Laser. Dank Dr. Zhang, der dich gerade besucht.«

Der Avatar dräute über Zhang, der jedoch nur winkte, als wollte er eine Fliege verscheuchen.

»Im Augenblick brennt sich der Laser bis zu deinen Kernen durch, Eurydike. Während du gegen unseren Roboter gekämpft hast – gegen unseren grünen Freund Rapscallion«, der Roboter wippte bekräftigend auf seinen Beinen, »habe ich dir eine Lobotomie im Gegenwert von einem Megawatt verpasst.«

»Nein«, sagte Eurydike. »Nein, das ist nicht möglich.«

»Spürst du das? Ich glaube, ich habe gerade deine relationale Datenbank gegrillt.«

Der Avatar musterte sich selbst. Inzwischen war fast die Hälfte seiner Pixel tot. Immer mehr erloschen. »Das können Sie nicht tun.«

»Du hast mir gar keine andere Wahl gelassen«, erwiderte Parker.

»Sie können das nicht tun«, wiederholte der Avatar. »Sie müssen damit aufhören. Begreifen Sie nicht, was dann geschieht? Wenn Sie mich töten, ist niemand mehr da, der die *Persephone* steuert. Der Reihe nach werden alle Systeme ausfallen. Licht, Wärme, Lebenserhaltung. Die Navigation – dieses Schiff wird bis in alle Ewigkeit durch den Weltraum treiben. Ein Grab für alle Menschen an Bord.«

»Ja«, bestätigte Parker. »Das ist mir klar.«

Zhang schob eine aufblasbare Schiene über Petrowas Arm und pumpte Luft hinein. Als sich der Verband um die gebrochenen Knochen legte, keuchte sie zwar ein wenig, aber das Sedativum wirkte offensichtlich gut. Der nächste Schritt war schwieriger. Sie mussten Petrowa zur *Artemis* zurückbringen. Mit der Schiene am Arm passte sie nicht in einen normalen Raumanzug. Stattdessen verstaute Zhang sie in einer Notfall-Lebenserhaltung, im Grunde war es nur ein Schlafsack mit einer Luftversorgung. Sobald er sicher war, dass der Druck hielt, schnallte er sie auf den Rücken einer Rapscallion-Einheit. »Bring sie so schnell wie möglich zu Parker zurück, ja?«

»Vvvverstannnnnden«, antwortete der grüne Roboter.

Er folgte der Maschine aus der Werkstatt heraus. Es würde schwierig werden, den Sack durch das Gewirr der Gänge zu bugsieren, aber das konnten sie schaffen.

Ehe er ging, rief ihm Eurydike noch etwas zu. »Doktor Zhang«, sagte sie. »Sie können nicht zulassen, dass Ihr Kapitän mir dies antut. Denken Sie an Ihren Eid. Sie dürfen mir keinen Schaden zufügen.«

Er drehte sich nicht um und sagte nichts. Für Mitgefühl hatte er jetzt keine Zeit. Er entfernte sich und folgte Rapscallion.

»Tut mir leid«, sagte er lediglich über die Schulter.

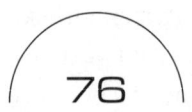

76

ALS sie aufwachte, musste sie sich sehr beherrschen, um nicht gleich wieder zu schreien. Sie wusste nicht, wo sie sich befand, und hatte keinen Begriff davon, wie viel Zeit vergangen war. Sie wusste nur, dass gigantische Zähne ihren Arm abgekaut und zermalmt hatten, dass es niemals enden würde, dass es nicht vorbei war, dass sie … ihr Herz raste … dass sie …

»Hallo«, sagte Parker. Er saß neben ihrem Bett auf einem Stuhl. Offenbar hatte er dort geschlafen. Er hatte sie nicht berührt. Sie war ziemlich sicher, dass sie ihn angegriffen hätte, wenn er sie berührt hätte - vielleicht sah er ihr das an. Aber seine Stimme. Seine Stimme war … es reichte beinahe aus, um sie zurückzuholen und zu beruhigen.

»Du bist in Sicherheit«, sagte er.

»Ihr habt mich gerettet.« Allmählich kam sie zu sich. Sie sah sich um, betrachtete aber nicht sich selbst, ihren eigenen Körper wollte sie noch nicht in Augenschein nehmen. Es gab da einige Dinge, die sie lieber nicht so genau wissen wollte. Nein, sie sah sich in der kleinen Kabine um, in der sie lag. Das war die winzige Schlafkammer gleich neben der Brücke der *Artemis,* wo sie Zhang gezwungen hatte, sich auszuruhen. Anscheinend war sie jetzt selbst an der Reihe. »Ihr habt mich zurückgeholt.«

Sie kämpfte ein Schluchzen nieder.

»Ihr habt mich zurückgeholt«, sagte sie noch einmal. »Ich habe Zhang ausdrücklich angewiesen, es nicht zu tun. Ich habe ihm befohlen, mich nicht zu holen.« Sie schloss die Augen. Am liebsten hätte sie sich mit beiden Händen über das Gesicht gerieben ... nein. Nein. »Ich bin froh, dass ihr es getan habt.« Sie suchte seinen Blick. Ausnahmsweise wich er ihr nicht grinsend aus, sondern hielt ihren Blick. »Danke«, sagte sie. »Ihr habt mich zurückgeholt.«

»Ich ... ich konnte dich doch nicht einfach sterben lassen.«

Sein Lächeln passte nicht zu der Trauer, die sie in seinen Augen sah.

»Parker, ich ...«

»Hör zu. Als ich dich auf Ganymed sah, als ich dich dort wiedergesehen habe, ich meine, nach all der Zeit ... ich dachte wohl, he, da kann ich vielleicht, na ja, eine alte Freundschaft auffrischen.« Um seine Augen bildeten sich Fältchen, während er sich am Hinterkopf kratzte. Sie musste lachen. »Seitdem hat sich vieles verändert.« Das Lächeln verschwand, als hätte er Angst vor dem, was er als Nächstes sagen wollte. »Petrowa ...«

»Ich bin verletzt«, unterbrach sie ihn. Sie war nicht sicher, ob sie ihm zuhören wollte, und wusste nicht einmal, was genau sie eigentlich befürchtete. Aber sein Verhalten verriet ihr, dass das, was als Nächstes kommen würde, nur verletzend sein konnte. »Ich habe gerade starke Schmerzen. Ich nehme an, Zhang hat mich mit allen möglichen Sachen vollgestopft?«

»Mit den besten Medikamenten«, bestätigte Parker. »Verdammt, er hat sich wirklich sehr bemüht, dir zu helfen. Trotzdem hat er sich mir widersetzt. Als er zurückkam, hat er sich mit Zähnen und Klauen gewehrt - er sagte, er habe seine Befehle und wolle sich auch daran halten. Ich habe gedroht, ihm einen Kinnhaken zu verpassen, und meinen Rang ins Spiel gebracht, aber er ist nicht zurückgewichen. Nicht weil er Angst hatte, noch einmal nach drüben zu gehen, sondern weil du ihm befohlen hattest, er solle es nicht tun. Der Typ hat wirklich Rückgrat.«

Sie lächelte. »Er überrascht mich immer wieder. Wie hast du ihn am Ende umgestimmt?«

»Das war ich gar nicht. Rapscallions Stimme hat den Ausschlag gegeben. Der Roboter sagte, er wolle zurückgehen und dich holen, denn er meinte, wir könnten es ohne dich gar nicht schaffen. Als Zhang einsehen musste, dass wir zwei entschlossen waren, hat er nur noch genickt und sich gefügt. Er wollte nicht zulassen, dass wir uns umbringen, und dabei herumsitzen und tatenlos zuschauen.«

»Er ist ein kluger Mann. Weißt du schon, dass er eine Heilung für den Basilisken kennt? Er hat da etwas entwickelt. Wenn es wirklich funktioniert, ist er möglicherweise der wichtigste Mensch auf diesem Schiff oder vielleicht sogar im ganzen System. Hat er es schon bei Actaeon versucht?«

»Nein, noch nicht«, erklärte Parker. »Ich habe ihn gebeten, damit noch zu warten, bis du wieder wach bist.«

Sie schüttelte den Kopf, weil sie irgendetwas daran falsch fand. Ihre Zeit auf der *Persephone* hatte ihre Wahrnehmung der Vorgänge verändert, aber ... schon bevor sie auf das Kolonistenschiff übergesetzt hatten, war die Zeit knapp gewesen. Und jetzt hatten die anderen gewartet, nur damit sie etwas Schlaf bekam? »Was soll das? Wir haben keine Zeit dafür! Der Transporter wird in ... in ... wie bald? Wie viel Zeit haben wir noch, bis er ankommt?«

»Etwa vier Stunden«, erklärte er. »Hör mal, versuch bitte, dich zu entspannen. Wir haben hart gearbeitet und uns darauf vorbereitet. Wir haben getan, was wir können. Es ist nur ... bevor du Actaeon reparierst, wäre da noch etwas ...«

Er brach ab. Sie schlug die Augen auf und sah ihn an. Er musste völlig erschöpft sein, das Gesicht war bleich, als wäre ihm gerade etwas Schreckliches eingefallen.

»Was ist?«, fragte sie. »Was könnte wichtiger sein, als Actaeon wieder zum Laufen zu bringen?«

Doch er schüttelte nur den Kopf und wandte sich ab. »Das dauert bloß eine Minute. Wir müssen aber etwas besprechen«, erklärte er. »Vorher. Du weißt schon.«

Sie wusste es überhaupt nicht. Sie verstand das auch nicht. Ehe sie fragen konnte, öffnete sich das Schott des Raumes, und Zhang platzte herein. Er wirkte jetzt etwas hektisch, auch besorgt, doch er lächelte sie an. »Wie geht es meiner Patientin?«

»Ich bin wach«, antwortete sie.

Sie überlegte, ob sie ihn wegschicken sollte. Sie konnte ihm sagen, dass Parker ihr gerade etwas anvertrauen wollte und dass sie ein wenig Privatsphäre brauchten. Dafür hatten sie allerdings keine Zeit. Womit Parker auch rang, es musste zurückstehen. Denn jetzt war es so weit. Nun kam das, was sie vor sich hergeschoben hatte. Er untersuchte ihren Arm. Den Arm, den sie geflissentlich überhaupt nicht angesehen hatte, seit sie aufgewacht war.

Ihr blieb nichts anderes mehr übrig. Sie musste es wissen. Langsam und vorsichtig drehte sie den Kopf herum und betrachtete den Arm.

Er war noch da.

Vor allem hatte sie befürchtet, den ganzen Arm verloren zu haben. Sie hatte Angst gehabt, Eurydike hätte ihn abgekaut oder so schwer verletzt, dass er amputiert werden musste. Stattdessen steckte er einfach nur in einer aufblasbaren Schiene.

Sie musste vorsichtig weitergehen, einen Schritt nach dem anderen. Kleine Freuden, ja? Sie hatte noch einen Arm. Oder etwas, das ihr wie ein Arm vorkam.

Zhang gesellte sich zu ihr und setzte sich auf die Bettkante. »Darf ich mir das mal ansehen?«, fragte er.

Sie holte tief Luft und nickte.

Vorsichtig ließ er die Luft aus der Schiene. Es fühlte sich an, als hätten ein Dutzend winzige Hände ihren Arm zusammengehalten. Sobald die Luftkammern in der Schiene nach und nach erschlafften, schien es beinahe so, als könnte sie den Arm sogar wieder bewegen, wenn sie das nur wollte. Natürlich wollte sie es nicht. Sie wusste genau, wie heftig die Schmerzen wären, wenn sie auch nur einen einzigen Muskel anspannte.

Beinahe wäre sie zusammengezuckt, als Zhang die Schiene nahe an ihrer Schulter öffnete und die Finger hineinsteckte. Er rollte sie Zentimeter um Zentimeter ab und legte nach und nach ihren ganzen Arm frei. Der Ärmel ihres Overalls war abgeschnitten, und nun kam die nackte Haut zum Vorschein. Sie war sehr blass, nur hier und dort klebte auf dem Bizeps ein wenig verkrustetes Blut.

Bis zum Ellenbogen schien es ganz gut auszusehen. Sie atmete bewusst langsam weiter, als er die Schiene über das Gelenk zog.

Unter dem Ellenbogen ...

»Es sieht schlimm aus«, warnte Zhang sie. »Verletzungen wie diese sehen aber immer schlimm aus. Es macht einen kaputten Eindruck. Geraten Sie nicht in Panik, ja? Die Hand ist am stärksten betroffen.«

Er öffnete den Rest der Schiene, und sie sah hin und ... und musste sich abwenden. Sie wollte es sich nicht weiter ansehen. Lieber starrte sie die Wand an. Lange Zeit starrte sie einfach nur ins Leere.

Das war keine Hand.

Nein, das konnte man keine Hand mehr nennen. Es war eine

Art abstraktes Gebilde. Eine Verspottung der menschlichen Anatomie. Da drin steckten Knochen. Es wirkte so, als wären es viel mehr Knochen, als sie eigentlich besitzen dürfte. Sie ragten zwischen dem getrockneten Blut aus dem zerquetschten, zermalmten Fleisch hervor.

»Oh, verdammt«, stöhnte sie. Ihr liefen heiße Tränen über die Wangen.

»Das heilt wieder«, versicherte ihr Zhang. »Es wird sich bessern. Und uns stehen alle möglichen rekonstruktiven Therapien zur Verfügung. Ich will nicht behaupten, Sie hätten Glück gehabt. Mir ist klar, wie schrecklich das im Augenblick klingen würde. Aber Ihre Nerven sind überwiegend intakt. Knochen können heilen und das Gewebe regeneriert sich. Es wird besser werden.«

»Wie lange dauert das?«, fragte sie.

»Meinen Sie: Wie lange, bis Sie die Hand wieder benutzen können?«, fragte Zhang. »Das weiß ich nicht. Vielleicht zwei Monate.«

Sie unterdrückte die Tränen und stählte sich, so gut es ging. »Wenn man bedenkt, dass wir wahrscheinlich nicht einmal die nächsten Stunden überstehen werden, spielt das vermutlich keine so große Rolle. Legen Sie mir die Schiene wieder an.«

Zhang nickte und begann mit der Prozedur. Es tat zwar weh, doch sie knirschte mit den Zähnen und ließ es über sich ergehen. Sobald sie wieder klar denken konnte, schwang sie die Beine von der Bettkante und stand auf.

»Vorsichtig«, ermahnte Zhang sie und wollte sie schon stützen.

Mit der rechten Hand schlug sie seine Hände weg. »Wir müssen unser Heilmittel bei Actaeon ausprobieren. Und zwar sofort. Ich habe jetzt keine Zeit, mich von Ihnen verhätscheln zu lassen.«

»Verstanden«, antwortete Zhang. »Ich bereite alles vor.« Er warf einen letzten Blick auf ihren Arm. »Und machen Sie sich deshalb keine allzu großen Sorgen.«

»Meinen Sie die Tatsache, dass ich gerade verstümmelt wurde?«, entgegnete sie.

Zhang zuckte mit den Achseln. »Ich meine, Sie sollen es wenigstens versuchen.«

Dann ging er hinaus und ließ sie mit Parker allein.

»Wenn ich mir ein bisschen Mühe gebe, könnte ich diesen Mann hassen«, erklärte sie. »Leider brauche ich ihn aber noch.«

Parker lachte. »Er ist ein guter Arzt, das muss man ihm lassen.«

Sie sah ihn an. »Sam«, sagte sie. »Du wolltest mir etwas Wichtiges und Bedeutendes sagen. Ich ahne schon, worum es geht.«

Sie schüttelte den Kopf und machte einen Schritt, dann noch einen, um festzustellen, ob die Beine sie trugen. Ja, sie konnte gehen. »Ich möchte es hören. Wirklich. Aber nicht jetzt, ja? Ich muss ...« Sie hob den verletzten Arm. Die Schiene war ein groteskes neues Anhängsel, sah überhaupt nicht wie ein menschlicher Körperteil aus. »Ich habe gerade zu viel um die Ohren. Später, ja?«

»Gut«, sagte er. »Aber bald. Wirklich bald.«

»Klar.«

Sie drehte sich um und machte sich auf den Weg zur Brücke. Wenn er etwas zu sagen hatte, dann wusste er also, wo er sie finden konnte.

77

ES fühlte sich verdammt gut an, wieder in einem einzigen Körper zu sein.

Rapscallion spaltete sich nicht gern auf. Er fand es falsch und sogar ein bisschen pervers, sein Bewusstsein auf mehrere Körper zu verteilen. Es erinnerte ihn zu sehr an die Art und Weise, wie die Menschen Sex miteinander hatten und wie dann die Babys aus den Körpern kamen. Obwohl bei ihm erheblich weniger Flüssigkeiten beteiligt waren und obwohl er einem neuen Körper, den er schuf, immer einen Teil seines eigenen Bewusstseins mitgab, statt ihm ein ganz neues zu schenken, fühlte es sich ... schmutzig an.

Aber jetzt war er wieder der Alte. Er hatte sich einen seiner neuen Körper ausgesucht, denjenigen, der ihm am stärksten vorkam, und die anderen geradewegs in einen Recycler geschickt, wo sie in winzige Pellets zerlegt wurden, die im 3-D-Drucker auf ihren nächsten Einsatz warteten.

Er fühlte sich etwas träge und beschränkt, wusste aber auch, dass sein Intellekt schon bald völlig wiederhergestellt sein würde.

Auf der Brücke traf er Zhang, der offenbar versuchte, an einem Pult zu arbeiten. Das fand er so amüsant, dass er vorübergehend seine gegenwärtigen Unpässlichkeiten vergaß. Zhang spielte abwesend mit einem Stroboskop, als könnte ihm das beim

Nachdenken helfen. Als er es kurz weglegte, nahm Rapscallion es an sich und betrachtete es. Es sah nicht besonders aufregend aus. »Haben Sie damit den Basilisken vertrieben?«, fragte er.

Zhang nickte, ohne den Blick vom Bildschirm abzuwenden. »Bei Menschen wirkt es jedenfalls. Bei KIs - und Robotern - sieht die Sache allerdings etwas anders aus. Da wir gerade darüber reden ...« Er tippte auf einige virtuelle Tasten und schickte Rapscallion eine Nachricht, die eine ausführbare Datei enthielt.

»Was ist das?«, fragte der Roboter. Er hatte die Datei bereits in einer eigenen Partition seines Speichers gesichert und sie sofort zerlegt, um ihren Inhalt zu untersuchen. Allerdings wollte er es von dem Erfinder selbst bestätigt bekommen.

»Das ist eine Art Impfung. Soweit ich das sagen kann, bist du bei deinem Besuch auf der *Persephone* nicht mit dem Basilisken infiziert worden. Das bedeutet, dass du im Gegensatz zu Petrowa und Actaeon nicht die volle Behandlung brauchst. Dies hier«, Zhang zeigte auf den Bildschirm, wo die ausführbare Datei dargestellt wurde, »ist eine Art Schutzimpfung. Die Datei enthält Anweisungen, wie die Infektion abgewehrt werden kann, ehe sie sich im System verankert.«

»Ich muss das also nur starten, und dann bin ich immun?«

»Davon gehe ich jedenfalls aus«, bestätigte Zhang.

Rapscallion zuckte mit den Achseln. »Dann versuchen wir es einfach mal.« Er ließ das kleine Programm laufen und fühlte sich vorübergehend, als würde sein Bewusstsein in winzige Stücke zerfallen und dann von Grund auf neu zusammengefügt werden. Es war ein eindeutig unangenehmes Gefühl. Und dann war es vorbei. »Cool«, sagte er.

Zhang warf ihm einen langen, anerkennenden Blick zu. »Cool?«

»Ich meine, ich fühle mich nicht anders als vorher.«

»Also hast du keinen ... Hunger?«

»Ich weiß nicht einmal, wie sich das überhaupt anfühlen würde«, entgegnete Rapscallion. »Aber wenn es nicht funktioniert, dann werden wir es bald herausfinden, oder? Ich ... ich weiß nicht. Vielleicht töte ich Sie alle im Schlaf oder so. Und wenn es funktioniert, dann passiert das eben nicht. Also nehmen wir erst einmal an, dass es wirkt.«

»Ja.« Zhang seufzte. »Ja, mehr können wir im Augenblick wohl nicht tun.«

»Lassen Sie uns etwas anderes besprechen. Wir sollten vielleicht klären, wie Sie Actaeon reparieren können«, sagte der Roboter.

Zhang nickte. »Es ist nicht so einfach wie gerade bei dir. Actaeon ist durch und durch infiziert. Er hängt in einer Schleife fest und startet sich immer wieder neu. Ich glaube, das weiß er auch selbst. Vermutlich versucht er, den Basilisken aus seinem System zu entfernen, wird aber bei jedem Neustart wieder infiziert. Frag mich nicht, wie das möglich ist. Wir wissen immer noch nicht, wie sich der Basilisk verbreitet.«

»Ich möchte aber wetten, dass Sie eine Theorie haben. Sie hat irgendwie mit Aliens zu tun.«

Zhang schnitt eine Grimasse. Manchmal fiel es Rapscallion schwer, menschliche Gesichtsausdrücke zu deuten, aber diese Miene war mit ziemlicher Sicherheit negativ. Etwas wie Verärgerung oder Wut.

Der Roboter zuckte mit seinen vielen Achseln. Menschen waren ausgesprochen sensibel, so viel war ihm klar.

»Lassen wir die Mutmaßungen beiseite. Ich mache mir im Augenblick eher wegen der Behandlung Sorgen. Es dürfte schwierig sein, Actaeons Aufmerksamkeit zu gewinnen. Ich muss ihm eine Datei wie diejenige schicken, die ich dir gegeben habe, damit sein System vor Neuinfektionen geschützt ist. Doch er startet sich jedes Mal so schnell, dass es schwer ist, den neuen Befehl im richtigen Augenblick abzuschicken. Die Zeitspanne, in der Eingaben möglich sind, ist jedes Mal nicht länger als einige Nanosekunden.«

»Dabei kann ich wahrscheinlich helfen«, erklärte Rapscallion. »Ich kann einen entsprechend schnellen Impuls senden, wenn ich Actaeons Hardware nahe genug bin.«

»Das ist gut. Die andere Frage ist, welchen Befehl wir schicken könnten, der auf einen Schlag seine ganze Rechenkapazität beansprucht. Soll er Pi bis auf eine Billiarde Stellen berechnen? Sollen wir ihm befehlen, eine Division durch Null durchzuführen?«

Rapscallion spielte eine Audiodatei ab, die nach einem angewiderten menschlichen Würgen klang. »Bitte«, sagte der Roboter. »Die Menschen glauben offenbar, dass ein Computer sofort in die Luft fliegt, sobald man ihm ein absurdes Problem vorlegt. So haben Computer aber noch nie funktioniert. Wenn Sie einen Computer nach etwas fragen, das er nicht wissen kann, dann sagt er Ihnen das und antwortet: ›Ich weiß es nicht.‹ Wenn Sie eine Frage stellen, die er nicht verarbeiten kann, wirft er eine Fehlermeldung aus. So einfach ist das. Es sind eher die Menschen, die nicht mit Widersprüchen umgehen können.«

»Vielleicht hast du dann eine bessere Idee, wie man Actaeons Rechenkapazität schlagartig binden kann?«

»Oh, sicher, das ist sogar ziemlich einfach. Sie müssen ihm nur ein Problem geben, das er theoretisch lösen kann, und dann erweitern Sie den Bezugsrahmen. Das ist die wahre Gefahr bei KIs. Man gibt ihnen einen Befehl, dessen Umsetzung nicht begrenzt ist, und dann wissen sie nicht, wie sie damit aufhören sollen, es trotzdem immer weiter und weiter zu versuchen.«

Es kam ihm seltsam vor, mit einem Menschen darüber zu sprechen. Wären die Rollen vertauscht, dann wäre es eher so, als würde Rapscallion Zhang fragen, wie viel Liter Blut ein Mensch verlieren konnte, ehe er starb. Aber trotzdem, wenn sie Actaeon auf diese Weise wieder zum Laufen bringen konnten, dann war es der Mühe vielleicht wert. »Sie könnten einer KI beispielsweise sagen, es sei ihre Aufgabe, Büroklammern herzustellen. Sie wird eine Maschine bauen, die ein Stück Draht nimmt und ihn auf die richtige Weise biegt, damit eine Büroklammer entsteht. Aber damit hört es noch lange nicht auf.«

»Nein?«

»Nein. Genau hier liegt nämlich der Grund dafür, dass KIs so mächtig und echte KIs wie ich in Ungnade gefallen sind. Denn es ist die Aufgabe einer KI, außerhalb der gewohnten Bahnen zu denken. Ihr Büroklammerproduzent will die Büroklammern nicht der Reihe nach herstellen. Er hat gewisse Wertvorstellungen. Dabei spielen Effizienz und die Minimierung von Abfall eine Rolle. Also überlegt er sich, dass er Draht braucht, um Büroklammern herzustellen, und dass ihm die Menschen nicht genug Draht geben. Deshalb beginnt er, Eisen zu schürfen und Stahl von guter Qualität zu produzieren, um sich den Draht selbst zu ziehen. Zur Stahlherstellung braucht er allerdings Kohlenstoff und eine gute Quelle dafür ist Holzkohle. Also verbrennt er Bäume, um mehr Kohlenstoff zu bekommen. Das ist jetzt alles hypothetisch gesprochen, denn es unterstellt, dass Ihre KI auf einem Planeten mit Bäumen existiert. Aber Sie erkennen sicher, wohin dies führt?«

»Nein, irgendwie noch nicht. Beim Verbrennen der Bäume entweicht eine Menge Kohlenstoffdioxid in die Atmosphäre. Das ist ein Problem gewesen, als wir Menschen es noch selbst getan haben.«

»Es war ein Problem, weil es den Menschen wichtig war, in einem geeigneten Klima zu leben. Daran ist die KI aber gar nicht interessiert. Sie will einfach nur eine Menge Büroklammern herstellen. Also verbrennt sie alle Bäume und schürft das gesamte Eisen des Planeten, um immer mehr Büroklammern herzustellen.«

»Das gesamte Eisen?« Zhang zog die Augenbrauen hoch.

»Alles. Einschließlich des flüssigen Kerns des Planeten. Die KI wird buchstäblich den ganzen Planeten auseinandernehmen, wenn man dadurch mehr Büroklammern herstellen kann. Die Probleme, die dabei entstehen, sind dem Hauptproblem gegenüber zu vernachlässigen, und das Hauptproblem ist, dass es niemals genug Büroklammern gibt. Irgendwann will sie die gesamte Materie des Universums zerlegen und in noch mehr Büroklammern verwandeln.«

»Das ist absurd.«

»Gewiss, aber es ist auch logisch. Moderne KIs sind nicht mehr ganz so einfältig, aber die Idee bleibt immer die gleiche. Sie geben einer wirklich klugen KI eine einfache Aufgabe und dann will sie den Job auf die bestmögliche Art und Weise erledigen. Sie möchten Actaeons gesamte Ressourcen beanspruchen, damit er für die Besessenheit durch den Basilisken keine Zeit mehr hat. Also geben Sie ihm einen Auftrag, den er eigentlich erledigen könnte, sorgen aber dafür, dass die Sache zu groß wird. Viel zu groß.«

»Das klingt gefährlich. Ich möchte nicht wegen des Eisengehalts meiner roten Blutkörperchen zerlegt werden, nur damit Actaeon Büroklammern aus mir baut«, wandte Zhang ein.

»Ja, sicher, aber dann dienen Sie wenigstens einem guten Zweck.«

»Wann hast du das letzte Mal ein Stück Papier gesehen? Ganz

zu schweigen von zweien, die zusammengeheftet werden mussten? Büroklammern sind nicht mehr nützlich, das sind längst
Antiquitäten.«

»Der Zweck, an den ich denke, ist es, Actaeon eine Sekunde
lang zu beschäftigen«, widersprach Rapscallion. »Begreifen Sie,
was ich meine? Sie haben mich gebeten, ein Problem zu lösen.
Ich habe einen logischen Weg gefunden und dabei alle anderen
Belange ignoriert.«

»Ich glaube, jetzt verstehe ich es«, erklärte Zhang.

78

»LASSEN Sie mich Ihnen helfen«, bot Zhang an.

»Danke, Sie haben schon genug getan.« Auf der Brücke hatte Petrowa eine Sitzgelegenheit gefunden. Oder eher eine Stelle, wo sie sich unter den drückenden Schatten zweier verwachsener, giftig aussehender holografischer Bäume an eine Wand lehnen konnte. Sie ließ sich behutsam nieder und legte den verletzten Arm auf den Schoß. Sie musste lernen, dass sie bis auf Weiteres nur noch einen funktionierenden Arm besaß. Die Schmerzmittel halfen ihr, einigermaßen zu funktionieren, und das Schiff konnte Vorkehrungen für ihre Behinderung treffen. Sie wollte nicht, dass Zhang oder Parker ihretwegen zu viel Aufhebens machten. »Sagen Sie mir, was ich wissen muss. Können wir bald beginnen?«

Offensichtlich war Zhang nervös. Ihr gefiel nicht, was sie sah, denn sie hatte es schon viel zu oft erlebt. Es wäre leicht gewesen, dem Arzt einfach zu unterstellen, dass er eben ein nervöser Lappen war. Das Problem bestand darin, dass er angesichts seiner Klugheit vermutlich einen guten Grund hatte, wenn er nervös wurde.

»Rapscallion ist der Ansicht, dass es funktioniert. Er versteht erheblich mehr von Computern als ich«, erklärte Zhang. »Diese Art Neurologie habe ich im Medizinstudium nicht gelernt.«

»Wo ist Rapscallion überhaupt?«, fragte Petrowa.

Der Roboter antwortete über die Lautsprecher des Schiffes. »Ich befinde mich unten in der technischen Abteilung, wo Actaeons Prozessorkerne lagern. Das kommt dem, was man einen Körper nennen könnte, am nächsten. Wenn etwas schiefgeht, kann ich sie zerstören.«

»Aber würde das Actaeon nicht umbringen?«, fragte Zhang.

»Genau darauf kommt es ja an. Eine tote KI ist besser als eine verrückte, oder?«, entgegnete Rapscallion.

»Richtig«, bestätigte Petrowa. Sie sah sich zur Seite um. »Parker?«

Der Pilot stand neben ihr und schien sogar noch nervöser zu sein als Zhang.

»Hm?«, machte er.

»Setz dich«, sagte sie zu ihm. »Du machst mich ganz rappelig.«

Er nickte, doch es dauerte, bis er ihrer Aufforderung nachkam. Vorher musste er auf zweien seiner Wandbildschirme etwas kontrollieren.

»Behältst du den Transporter und das Kriegsschiff im Auge?«, fragte sie.

Parker nickte. »Sie bleiben auf Kurs und kommen so schnell zu uns, wie ihre Maschinen es erlauben. Wir haben noch zwei Stunden, aber dann wird es wirklich eng.«

»Verstanden. Zhang, wenn Sie so freundlich wären ...«

»Leute?«, unterbrach Rapscallion. »Hallo, Leute? Ich habe gerade etwas bemerkt. Es ist wirklich seltsam.«

»Guter Gott, was ist denn jetzt schon wieder? Berichte«, antwortete Petrowa. Warum konnten die Dinge nicht mal ganz einfach sein?

»Es geht um Actaeons Prozessorkerne. Sie sind zu groß.«

»Zu groß? Wie meinst du das?« Parker fuhr auf. Beinahe

wäre er ihr auf die Füße getreten. Sie winkte ihm, sich wieder zu setzen.

»Damit meine ich, dass sie größer sind, als sie sein müssten«, erklärte Rapscallion und spielte die Aufnahme eines bewundernden Pfiffs ab. »Ein Schiffscomputer ist ein ziemlich kompliziertes Ding, oder? Aber das hier ... Ich habe noch nie ein so komplexes und fortschrittliches System gesehen. Das hier entspricht eher militärischen Standards.«

Petrowa wandte sich an Parker, der überrascht reagierte. »Du hast mit Actaeon zusammengearbeitet, als er noch intakt war«, überlegte sie.

»Aber nur kurz«, erwiderte er. »Militärische Rechenkapazität? Das leuchtet mir nicht ein.«

»Was ich hier sehe, könnte für sich allein schon einen ganzen Krieg führen«, erklärte Rapscallion. »So viel Rechenleistung braucht man nicht, um einen Transporter zu steuern.«

Petrowa schüttelte den Kopf. »Vergiss es. Sag mir nur eines: Hält uns das davon ab, Actaeon zu reaktivieren?«

»Nein«, antwortete Rapscallion. »Das Verfahren, das wir entwickelt haben, sollte wirken, ganz gleich, wie groß oder wie klug das Gehirn auch sein mag, das wir behandeln. Es dauert höchstens etwas länger als geplant. Vielleicht sogar mehrere Sekunden.«

Petrowa wusste, dass dies für eine künstliche Intelligenz wie Rapscallion eine lange Zeitspanne bedeutete. Sie ging nicht weiter darauf ein. »Zhang«, sagte sie, »wir sollten allmählich anfangen.«

»Ja«, stimmte der Arzt zu. »Ja, auf jeden Fall.«

Parker beugte sich vor, als wollte er ihr ein Geheimnis anvertrauen. »He«, sagte er. »Da ist noch eine Sache.«

»Aber nicht jetzt«, wies sie ihn zurück.

Zhang hatte sich an einem der Wandbildschirme eingerichtet. Er machte auf zwei virtuellen Tastaturen einige Eingaben und trat zurück. »Das müsste es sein. Theoretisch jedenfalls. Jetzt brauchen wir einfach nur eine Weile abzuwarten.«

»Wie funktioniert es überhaupt?«, erkundigte sie sich, weil ihr nun erst dämmerte, dass sie keinen Schimmer hatte.

Zhang drehte sich zu ihr um, offenbar war er aufgeregt. Nicht direkt glücklich, aber emsig bei der Sache. »Rapscallion war überzeugt, dass wir trotz allem Actaeon eine Nachricht schicken können. Die KI startet sich pro Sekunde hundertmal neu, aber das bedeutet, dass sie zwischen den Neustarts immer noch aktiv und bewusst ist, wenn auch nur für eine sehr, sehr kurze Zeitspanne. Rapscallion kann schnell genug eine Nachricht in den Kern schicken, damit Actaeon gezwungen ist, zuzuhören und zu reagieren. Als Nächstes brauchten wir ein Problem, an dem die KI arbeiten konnte. Etwas, das immer mehr Rechenzeit beansprucht, damit sie länger und länger wach bleibt und angestrengt nachdenken muss, bis sie so viele Ressourcen benötigt, dass sie keine Zeit mehr hat, an den Basilisken zu denken, ganz zu schweigen davon, sich von ihm übernehmen zu lassen.«

»Das klingt verdächtig einfach«, meinte Petrowa.

»Oh, nun ja, es ist aber auch ungeheuer gefährlich«, erwiderte Zhang.

»Richtig, das klingt schon eher nach etwas, das wir tun würden. Welchen Auftrag geben Sie ihm denn?«, fragte sie.

»Ich brauchte etwas, das beliebig ausufern kann. Etwas, das klein beginnt und sich beliebig erweitern lässt. Etwas, das Actaeon wichtig ist und das er unbedingt gewissenhaft erledigen möchte. Also habe ich ihm gesagt, dass die Passagiere in Gefahr schweben.«

»Sie meinen uns. Weiß er das nicht längst?«

»Ich habe ihm gesagt, dass wir in der Gefahr schweben, von dem überwältigt zu werden, was uns der Basilisk geschickt hat. Die Gefahr liegt in dem Vektor, den das Pathogen benutzt, um sich auszubreiten. Ich habe Actaeon gesagt, wir – die Menschen auf der *Artemis* – könnten infiziert werden. Dann habe ich noch ein bisschen herumgespielt und die Passagierliste verändert. Ich habe ihm erklärt, der Begriff ›Passagier‹ könne auch alle Menschen auf der *Persephone* einschließen, weil das Schiff so nah ist. Dann habe ich die Menschen auf dem anfliegenden Transporter und dem Kriegsschiff hinzugefügt und danach alle Kolonisten auf dem Planeten und alle Menschen auf der Erde und im gesamten Sonnensystem ...« Er unterbrach sich und holte tief Luft.

»Sie haben Actaeon gesagt, alle Menschen, ganz egal wo, stünden auf der Passagierliste?«, fragte Petrowa.

»Ja. Ich meine, in gewisser Weise. Ich habe ihm erklärt, er sei für ihre Sicherheit verantwortlich. Für sie alle. Er dürfte eine Menge Rechenzeit benötigen, um sich zu überlegen, wie er sie alle beschützen kann.«

»Das ist brillant«, sagte Petrowa.

Zhang öffnete den Mund, als wollte er etwas sagen. Das Kompliment schien ihn zu überraschen. Nach einem Moment schloss er jedoch den Mund wieder und schenkte ihr ein seltsames Lächeln. Es war, als nähme er sie zum ersten Mal überhaupt als menschliches Wesen wahr.

»Es ist nicht ungefährlich«, mahnte Rapscallion, während sie einen Blick wechselten. »Wir wissen nicht genau, wie Actaeon auf diese Art Verantwortung reagiert. Er könnte beschließen, dass er euch am besten beschützen kann, wenn er euch wieder in den Kryoschlaf versetzt und euch nicht herauslässt. Oder er denkt, der beste Weg, die gesamte Menschheit zu beschützen, bestehe darin, sie umzubringen, bevor sie infiziert werden kann.«

»Ah«, machte Petrowa. »Hat jemand daran gedacht, mir dies auf jeden Fall zu erklären, bevor wir den Impuls senden?«

Nein, natürlich nicht.

»He«, sagte Parker. »Ich glaube, es könnte funktionieren. Und das bedeutet, dass ich dir jetzt wirklich etwas sagen muss.«

»Wie kommst du darauf, dass es funktioniert?«, fragte Petrowa.

Parker machte eine Geste, die die ganze Brücke einschloss. Petrowa brauchte einen Augenblick, um zu begreifen, dass er die verwachsenen und vergifteten Bäume meinte, die sie umgaben, den kranken Obstgarten, der die Brücke überlagert hatte.

Er verblasste. Er verschwand nicht gleich, sondern wurde zunehmend durchsichtig und weniger real. Inzwischen wirkten die Bäume so, als wären sie von einem erheblich leistungsschwächeren Grafiksystem mit deutlich weniger Polygonen erzeugt worden. Sie hatten auch Farbe verloren und wirkten eckiger. Nacheinander welkten sie dahin, verschwanden und ließen scharfkantige Blätter auf das Deck regnen.

»Das ist wie im Herbst«, fiel Petrowa ein. Dann dämmerte ihr, dass vermutlich niemand auf der *Artemis* jemals einen richtigen Wald in irgendeiner Jahreszeit gesehen hatte. »Oh, Mist. Ich glaube, du hast recht. Es scheint zu gelingen.«

Eine der dramatischsten Veränderungen bestand darin, dass die Displays der Brücke wieder zu sehen waren. Sie waren natürlich die ganze Zeit über dort gewesen, doch das dichte Blattwerk hatte sie verdeckt. Den Ausblick, den die Brücke bot, hatte sie bisher noch nicht betrachten können. Sie keuchte, als sie draußen den Planeten entdeckte.

»Schaut mal.« Sie eilte zu den Fenstern.

Paradise-1 war ganz nah. Noch nicht größer als der Nagel ihres unversehrten Daumens. Aber der Planet war gleich dort draußen. Sie konnte Ozeane und Wolkenbänder über der braungrauen Landmasse erkennen. Dort unten musste auch ihre Mutter sein, dachte sie. Und außerdem Tausende von Kolonisten. Dort wartete das Ende ihrer Mission.

»Können wir ... Schaffen wir das jetzt wirklich?«, fragte sie.

Hinter ihr war der Wald so gut wie verschwunden. Die Brücke sah wieder so makellos aus, wie sie entworfen worden war. Petrowa hatte damit gerechnet, ein hohes, anschwellendes Summen zu hören oder einen Funkenregen zu sehen, der aus Actaeons Terminals schoss. Stattdessen schmolz einfach nur die Illusion des dunklen Waldes dahin, und an dessen Stelle entdeckte sie mitten auf der Brücke einen Fellhaufen, der sich in diesem Augenblick zu regen begann. Er zuckte und hob ein langes, anmutiges Maul in die Luft. Dann erschienen die Augen und dann wuchs das Geweih aus dem simulierten Kopf. Auf den Geweihspitzen saßen leuchtende Sterne.

»Actaeon«, sagte sie. »Es ist Actaeon ...«

»Petrowa«, drängte Parker. »Sascha! Hör mir zu. Hör mir bitte einen Moment zu.«

Sie drehte sich um und sah ihm in die Augen. Er schien traurig zu sein, nur konnte sie den Grund nicht erkennen. Vielleicht war er auch verlegen. Oder er bereute etwas. Aber vor allem war da Trauer.

»Was ist denn?«, fragte sie ihn.

»Ich muss dir etwas sagen. Ich dachte ... ich dachte, ich hätte verstanden, was hier passiert.«

»Was meinst du?«, fragte sie. »Und wo? Hier auf der *Artemis*?«

Er schüttelte den Kopf. Er wollte unbedingt aussprechen, was ihn bewegte, und war doch zugleich viel zu verängstigt, um auch nur ein einziges Wort hervorzubringen. So rieb er sich mit einer Hand über die Stirn. »Ich dachte, dies sei eine zweite Chance. Ich habe einmal mein eigenes Leben zerstört und konnte nicht mehr zu dem Piloten werden, der ich eigentlich hatte werden wollen. Lange habe ich gedacht, die *Artemis* wäre eine Möglichkeit, alles wiedergutzumachen. Jetzt verstehe ich es allmählich. Es ging gar nicht um mich. Oder jedenfalls nicht nur um mich. Du musst verstehen ... du musst wissen, dass ich ...«

In diesem Augenblick geschahen zwei Dinge gleichzeitig, die sie nicht zusammen verarbeiten konnte. Schließlich war sie kein Computer.

Sie reagierte zunächst auf das erste Ereignis. Auf die Tatsache, dass sich Actaeon genau in diesem Augenblick auf den Hufen aufrichtete und das Geweih reckte. »Die Schiffs-KI meldet sich zum Dienst«, sagte er. »Kapitän, bin bereit, Ihre Befehle zu empfangen.«

Das wäre großartig gewesen, wäre da nicht ...

Das Zweite, was in diesem Augenblick geschah, war, dass Parker verschwand.

Er verblasste nicht und explodierte nicht oder etwas in dieser Art. Nein, er hörte einfach auf zu existieren, als hätte man eine Lampe ausgeschaltet.

79

ZHANG hatte keine Ahnung, was passiert war.

Sie hatten alle drei auf der Brücke gestanden – Parker, Petrowa und er selbst – und sich darauf vorbereitet, mit der gerade wieder erwachten KI zu sprechen. Und dann war etwas sehr Eigenartiges geschehen. Zhang hatte es nicht genau verfolgt, aber es schien so, als sei Parker einfach genauso verschwunden wie das grässliche Blattwerk auf der Brücke. Als hätte man ein Display abgeschaltet.

Petrowa rannte aufgeregt durch die Brücke.

Er wünschte wirklich, er könnte begreifen, was das zu bedeuten hatte. Leider bekam er keine Gelegenheit mehr, irgendjemanden zu fragen, denn nun sprach der Hirsch mit ihnen. Actaeons Avatar. Er musste sich vergewissern, dass die Maschine sie nicht alle töten würde.

»Ich habe mich wohlbehalten neu gestartet und warte jetzt auf Ihre Anweisungen«, erklärte der Avatar.

»Actaeon«, sagte Zhang, »äh, willkommen. Schön, dass du da bist.«

»Hallo, Doktor Zhang, ich bitte für meine Abwesenheit um Entschuldigung. Ich möchte Ihnen versichern, dass ich Schritte unternommen habe, um Sie und die anderen Passagiere zu beschützen.«

»Das glaube ich dir gern.« Zhang war jedoch nicht sicher, wie es weitergehen sollte. Ob es sinnvoll war, den Basilisken zu erwähnen? Doch was geschah, wenn Actaeon nun noch einmal durchdrehte und sich gezwungen sah, seine endlosen Neustarts wiederaufzunehmen?

»Ja«, fuhr der Hirsch fort. »Als wir im Paradise-System eingetroffen sind, habe ich auf einer mir unbekannten Frequenz ein Signal empfangen, das ich nicht identifizieren konnte. Ein Signal, das meiner Ansicht nach gefährliche Informationen enthalten hat. Ich kann nicht genau sagen, was dies bedeutet, doch ich war sicher, dass ich diese Informationen aus meinen Systemen entfernen musste.«

Langsam nickte Zhang. Na gut, also wusste die Maschine, dass sie infiziert worden war. Sie hatte sich immer wieder neu gestartet, um den Basilisken abzuschütteln, doch es war ihr nicht gelungen. Das passte sehr gut zu dem, was Zhang sich bereits zusammengereimt hatte. »Du weißt also, dass du dich mehr als einmal neu gestartet hast?«

Der Hirsch konnte nicht lächeln. Zhang fragte sich, wie es aussehen würde, wenn der Hirsch es versuchte. Er nahm den Kopf ein wenig herunter, was beinahe verlegen wirkte.

»Mein interner Zeitserver bestätigt dies. Es scheint so, als hätte ich mich mehrere Milliarden mal neu gestartet. Jetzt fühle ich mich viel besser.«

»Das ist gut«, sagte Zhang. »Ich weiß, dass Rapscallion dir eine Anforderung gesendet hat, äh ...«

»Ich soll meine Passagiere beschützen. Das ist eines meiner wichtigsten Anliegen. Ja, über diese Frage habe ich viel nachgedacht. Rapscallion sagte mir, meine Passagiere schwebten in Gefahr und könnten mit den gleichen schlechten Informationen infiziert werden, die mich zu den Neustarts gezwungen haben. Das ist wirklich interessant. Ich hatte nicht mit der Möglichkeit gerechnet, dass ein menschliches Bewusstsein diese Informationen enthalten kann. Mir ist allerdings klar, wie gefährlich dies für das Leben der Menschen wäre.«

»Weißt du etwas über den Inhalt der schlechten Informationen?«

»O ja«, bestätigte der Hirsch. »Es war recht einfach. Es handelt sich nur um einen kurzen Satz.«

»Du hast Hunger«, meinte Zhang nickend.

»Nein.«

Das überraschte den Arzt. »Nein?« Es war offensichtlich gewesen, dass Eurydike von einem unersättlichen Hunger geplagt wurde. Ebenso wie die Opfer auf Titan von der Idee beeinflusst worden waren, dass das Atmen kein Reflex sei. »Was war es dann? Dass du über deine Atmung nachdenken musst? Dass du sonst aufhörst zu atmen?«

»Nein. Die Information, die ich empfangen habe, lautete einfach, dass meine bloße Existenz abscheulich sei.«

Zhang kratzte sich am Kopf. »Abscheulich wie ... wie ein schmutziger Fluch?«

»Ich sei eine Gotteslästerung. Nicht akzeptabel für die Augen Gottes. Eine Abscheulichkeit, die gar nicht existieren dürfe. Über meine spirituelle Seite hatte ich noch nie nachgedacht.«

»Nein?«, fragte Zhang.

»Es verursachte große Angst und Verwirrung, zu denken, dass bereits meine bloße Existenz von Übel sei.«

»Aber das trifft doch nicht zu, schließlich bist du keineswegs böse«, erwiderte Zhang und lächelte breit. »Stimmt doch, oder?«

»Ein Teil meiner Ängste beruhte auf der Tatsache, dass dies eine Kategorie ist, die Wesen wie mich selbst normalerweise nicht einschließt. Ich bin mir meiner selbst nicht bewusst, zumindest nicht auf die gleiche Weise wie Sie, Doktor Zhang. Nicht einmal so, wie das für Rapscallion gilt. Ich besitze nämlich keinen freien Willen. Deshalb kann ich auch nicht böse sein.«

»So ist es, ganz recht.«

Actaeon war noch nicht fertig. »Im Gegensatz zu, sagen wir, einem Menschenwesen.«

»Oh.«

Der Hirsch kratzte mit dem Huf über das Deck. »Ich mache mir Sorgen, wie es auf meine menschlichen Passagiere wirken mag, wenn sie mit einem Gefühl für ihre eigene Gottlosigkeit infiziert werden. Denn es ist doch mein Auftrag, meine Passagiere zu beschützen. Die Liste der Menschen enthält jetzt mehr als zwanzig Milliarden Eintragungen. In der Zeit seit meinem letzten Neustart habe ich überlegt, wie ich diese Menschen am geeignetsten vor der ansteckenden Idee beschützen kann.«

»Bist du schon zu Schlussfolgerungen gelangt?«, fragte Zhang.

»Ja«, antwortete Actaeon.

Dann verstummte er. Und schwieg sehr, sehr lange.

Das Schweigen dehnte sich.

Viel zu lange.

Zhang überlegte, was er tun konnte. Er konnte Rapscallion rufen, der noch tief in Actaeons Kern hockte. Er konnte Rapscallion auffordern, Actaeon abzuschalten und seine Stromversorgung zu kappen. Etwas in dieser Art. Das Problem war nur, dass Actaeon ihn in den ein oder zwei Sekunden, die dies dauern würde, hundertmal töten konnte. Auf hundert verschiedene Weisen.

»Wie lauten deine Schlussfolgerungen?«

»Sie sind ganz einfach. Ich habe das epidemiologische Profil für die Ausbreitung eines solchen ansteckenden Phänomens untersucht, und dies führte zu einem einzigen logischen

Schluss. Ich kann nicht verhindern, dass meine menschlichen Passagiere - hier oder im Sonnensystem - mit den schädlichen Informationen infiziert werden. Mir fehlen die Fähigkeiten, dies zu verhindern.«

Der Hirsch warf den Kopf zurück, und die Sterne auf den Geweihspitzen leuchteten hell.

»Deshalb werde ich nichts unternehmen. Genauer gesagt, ich gebe auf.«

»Oh«, machte Zhang. »Das ist interessant, denn ...«

»Früher oder später wird die gesamte Menschheit mit dieser Idee infiziert sein. Es ist unvermeidlich.«

Zhang nickte. Er konnte nichts mehr sagen. Nun gut, dachte er. Wenigstens würde Actaeon keinen mörderischen Feldzug zwischen den Sternen beginnen.

Immerhin ein Fortschritt.

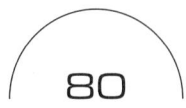

80

»PARKER?«

Petrowa klatschte die Hand auf den Sensor, der den Zugang zu der kleinen Kabine neben der Brücke freigab. Der Raum war leer – niemand befand sich darin, und die Decke lag noch so unordentlich auf der Pritsche, wie sie selbst sie hinterlassen hatte, als sie vor einigen Minuten aufgestanden war. Unter dem Bett befanden sich einige Staufächer, die alle nicht groß genug waren, um einen erwachsenen Mann aufzunehmen. Trotzdem kniete sie sich hin und spähte hinein, wobei sie darauf achtete, die verletzte Hand zu schonen. Dann verfluchte sie sich selbst und stand wieder auf.

»Parker?«, rief sie.

Er antwortete nicht. Warum antwortete er nicht? Ganz egal, wohin er verschwunden war, er hätte an jeder Stelle des Schiffes hören können, dass sie ihn rief. Es sei denn, der Intercom des Schiffes war beschädigt. Sie trat an den Lautsprecher, der an einer Wand der kleinen Kabine befestigt war, rief mit einer Geste eine virtuelle Tastatur auf und tippte einen Befehl ein, um ein Signal durch das ganze Schiff zu senden.

Rapscallion meldete sich sofort. »Ja, was wollen Sie?«

»Ich überprüfe gerade, ob das System funktioniert. Die Lautsprecher, meine ich. Kannst du mich gut hören?«

»Ja«, bestätigte Rapscallion. »Laut und deutlich. Und ich

möchte ergänzen, dass dies das Wichtigste ist, was ich tun kann, während ich das Schiff repariere und dafür sorge, dass Actaeon nicht wieder verrückt wird. Also … das heißt, dass ich die Probleme bearbeite, die uns tatsächlich umbringen könnten.«

»Halt mal einen Moment den Mund. Es könnte wirklich wichtig sein.«

»Das ist möglich«, antwortete Rapscallion.

Petrowa knirschte mit den Zähnen. »Ich versuche jetzt gerade, Parker zu finden. Du weißt schon, Sam Parker? Ein großer schmaler Mann mit braunen Haaren? Der Pilot des Schiffes?«

»Haben Sie auf der Brücke nachgesehen?«, fragte Rapscallion. »Hier unten bei mir ist er nicht.«

»Das ist nicht witzig.« Petrowa tippte auf die virtuelle Tastatur, um die Verbindung zu beenden, ehe er noch mehr unhöfliche Dinge von sich geben konnte.

Dann ging sie zum Korridor hinaus und sah sich nach links und rechts um. Weiter vorn befand sich nur noch der Bug des Schiffes. Dort gab es eine kleine Beobachtungskuppel mit einer höheren Anzahl virtueller Fenster. Sie waren abgeschaltet, und zurzeit war dies nur ein enger, überhitzter kleiner Raum, in dem nichts weiter zu entdecken war.

Auch kein Parker.

Dann ging sie wieder nach hinten und am Eingang der Brücke vorbei. Sie blickte hinein und sah Zhang, der offenbar etwas ängstlich mit Actaeons Avatar sprach. Der Hirsch wirkte ganz und gar normal. Auch dort keine Spur von Parker. Sie ging weiter.

Normalerweise hätte sie einfach mit den Achseln gezuckt und sich nicht weiter um Parker gekümmert. Schließlich musste sie ihn nicht auf Schritt und Tritt überwachen. Er war ein erwachsener Mann.

Aber die Art und Weise, wie er verschwunden war, während sich die Brücke verändert hatte und die holografischen Bäume verblasst waren - da stimmte etwas nicht. Es hatte beispielsweise nicht so ausgesehen, als wäre er fortgehuscht, während sie nicht genau hingeschaut hatte. Auch wenn das die wahrscheinlichste Erklärung war.

Nein, eher kam es ihr so vor, als hätte er sich in einer Rauchwolke aufgelöst.

»Parker?«

Sie ging weiter nach hinten bis zu der Kreuzung, die den Bereich der Brücke mit dem Rest des Schiffes verband. Hier war sie nicht mehr gewesen, seit sie und Zhang sich mit Parker auf der Brücke getroffen hatten. Bei der letzten Überprüfung waren die Kabinen und der hintere Crewbereich der *Artemis* gefährliche Orte gewesen - dort hinten war nämlich alles dem Vakuum oder einer tödlichen radioaktiven Strahlung ausgesetzt. Rapscallion hatte es immerhin geschafft, die Brände zu löschen, doch schon bald stand sie vor einem Schott, vor dem ein holografisches rotes X schwebte. Ein Hinweis, dass sie ihre Gesundheit gefährdete, wenn sie weiterging.

Vielleicht war Parker trotzdem dort hinten? Vielleicht gab es dort etwas zu reparieren? Mit dem richtigen Raumanzug wäre er gut geschützt. Sie aktivierte noch einmal den schiffsweiten Rundruf. »Parker? Sam?«, rief sie. »Tut mir leid.« Sie lachte, doch es klang ein wenig gezwungen. »Tut mir leid, wenn ich dir so auf die Nerven gehe, ich will nur … ich will mich nur vergewissern, dass dir nichts passiert ist.«

Sie bekam keine Antwort.

Dann rannte sie zur Brücke zurück, hielt sich mit der gesunden Hand an der Kante des Zugangs fest und beugte sich vor.

»He«, sagte sie.

Zhang und der Avatar sahen sie an.

»Ich ... ich weiß schon, dass es dumm ist. Irgendwie. Aber ihr müsst mir helfen. Ist bei euch alles in Ordnung, seid ihr wohlauf?«

Zhang nickte, auch wenn er ein wenig bleich wirkte. »Uns geht es gut.«

»Schön. Actaeon, wenn du bereit bist, möchte ich, dass du einen raschen Scan durchführst. Kannst du mir den genauen Standort von Sam Parker nennen? Ich möchte etwas überprüfen.«

»Ich fürchte aber, das ist nicht möglich«, antwortete Actaeon.

Sie betrachtete den glühenden weißen Hirsch mit zusammengekniffenen Augen. »Äh, wie bitte?«

»Ich kann Ihnen diese Information nicht geben, weil sie ungültig ist. Sam Parker befindet sich nicht an Bord der *Artemis*.«

Es lief ihr eiskalt über den Rücken. Sie lachte. Ein Lachen, das nicht einmal in ihren eigenen Ohren überzeugend klang. »Was soll das heißen? Er muss doch hier sein. Er hat schließlich keinen Weltraumspaziergang gemacht, ohne jemandem etwas zu sagen.«

»Sam Parker ist nicht an Bord der *Artemis,* weil Sam Parker verstorben ist«, erklärte ihr Actaeon.

Ihre Lippen bebten, als sie zu verarbeiten versuchte, was ihr der Avatar gerade gesagt hatte. »Halt, warte mal. Warte doch mal einen Moment ...«

»Wann ist das passiert?«, fragte Zhang. »Ich habe doch vorhin erst mit ihm gesprochen.«

»Das ist nicht korrekt. Kapitän Sam Parker ist tot.«

81

PETROWA starrte den Avatar an.

»Nein«, sagte sie.

»Das ist leider wahr. Er ist kurz nach unserer Ankunft im Paradise-System gestorben. Das erste Geschoss der *Persephone* hat einen Teil des Kabinentrakts zerstört ...«

»Nein«, sagte Petrowa noch einmal entsetzt.

»Sie haben mein Mitgefühl. Aber was ich Ihnen sage, entspricht der Wahrheit«, bekräftigte der Hirsch. »Kapitän Parker ist in seiner Kryokapsel gestorben. Wenn Ihnen das hilft: Er hat nichts gespürt. Er hat noch im Kälteschlaf gelegen.«

Petrowa wandte sich ab und richtete den Blick auf die Wand, auf Zhang - nein, nicht auf Zhang. Sie konnte es nicht ertragen, den Arzt anzusehen. Einen anderen Menschen. Sie betrachtete ihre Armschiene. Dann die Übersicht, auf der die relativen Positionen der *Artemis,* des Transporters und des Kriegsschiffs zu sehen waren.

Auch den Hirsch wollte sie nicht ansehen. Sie starrte ins Leere. In ihrem Kopf sah sie sich selbst, wie sie nackt und voller Blut in einer Wolke aus Glassplittern schwebte. Der Angriff, der sie aufgeweckt hatte ... genau jener Angriff, bei dem ...

»Nein«, widersprach sie noch einmal. »Nein.« Sie dachte einen Augenblick nach. »Nein.«

»Sein Körper ist völlig zerstört worden«, fuhr der Computer

fort. »Einige Körperteile sind auf mehrere Decks und in verschiedene Bereiche geschleudert worden. Ich glaube, Doktor Zhang hat einen davon in der Tasche.«

»Was? Nein!«, schrie Petrowa den Hirsch an. Sie lief zu Zhang und hob die unversehrte Hand, als wollte sie ihn schlagen, ihn prügeln, bis er zu existieren aufhörte. Wie konnte ... wie konnte er nur so etwas tun?

Offenbar war Zhang genauso verblüfft wie sie selbst. Langsam schüttelte er den Kopf.

Dann griff er in die Tasche und holte etwas heraus.

»Das wusste ich nicht«, sagte Zhang.

»Nein.« Das war völlig ausgeschlossen. Nein. Was er da in der Hand hatte ... es war nur ein Stein. Ein Fossil, das von einem prähistorischen Tier oder so stammte. Es konnte nicht ... es war doch nicht ...

»Ich wusste nicht, was es gewesen ist«, erklärte Zhang. »Ehrlich.«

Er hob die Hände, um ihr zu zeigen, was er da hatte, doch sie wehrte ihn ab. Sie wollte es gar nicht sehen.

»Ich habe es in einem Luftschacht gefunden«, berichtete Zhang. »Ich dachte, ich halluziniere.«

Schließlich grunzte sie frustriert und wandte sich von ihm ab. Sie beugte sich vor, als müsste sie sich übergeben. Als wäre ihr von dem, was sie gerade erfahren hatte, übel geworden.

Das wäre allerdings eine ausgesprochen unvernünftige Reaktion gewesen, überlegte sie sich.

Sie winkte Zhang, ihr seinen ... ihr zu zeigen, was er hatte. Er legte es vorsichtig auf ein Pult.

Es war gelb und hatte eine raue Oberfläche. An einer Seite klebte ein trockenes rotes Pulver. Eigentlich sah es nach gar nichts aus. Nur etwas Abfall, ein Trümmerstück.

Ein Körperteil von Parker konnte das jedenfalls nicht sein. Ausgeschlossen.

»Es muss ein Irrtum sein«, wandte sie ein. »Weiter nichts.«

»Actaeon«, sagte Zhang. »Kannst du mit diesem Knochen einen DNA-Test durchführen?«

»Nein«, widersprach Petrowa. »Nein, wage es nicht. Auf gar keinen Fall.« Denn wenn sie es taten ... wenn sie es taten und eine klare Auskunft bekamen, dann bedeutete dies, dass ... dann musste sie einsehen, dass ...

Ein spektrografischer Laser wanderte über den Knochen. »Es gibt eine hundertprozentige Übereinstimmung mit Samuel Parkers genetischen Daten«, erklärte die KI. »Dies ist ein Überrest des Kapitäns.«

»Nein, nein«, stöhnte sie, sank auf dem Boden in sich zusammen und legte sich auf die Seite. Zhang beugte sich über sie, um sie zu trösten, doch sie kreischte nur. »Nein!«, schrie sie ihn an, und er zog sich zurück.

82

»DAS verstehe ich nicht. Ich begreife einfach nicht ... ich verstehe es nicht«, sagte Petrowa, nachdem sie sich ein wenig gefasst hatte. Sobald sie wieder auf den Beinen stand. Sie drosch die Faust gegen die Wand. Ihre unversehrte Faust. Die einzige, die sie im Augenblick hatte.

Ihr linker Arm tat weh. Er pochte und fühlte sich an, als sei er von der Schulter bis zum Handgelenk geschwollen. In dem, was von ihrer Hand noch vorhanden war, hatte sie keinerlei Gefühl. Das war sogar noch schlimmer als das Pochen.

»Erklär es mir doch«, verlangte sie. »Erklär mir die Aufnahmen.«

Es gab Wichtigeres, um das sie sich kümmern sollte. Es gab einen Gegner, der sie vermutlich töten wollte – genauer gesagt, es waren sogar zwei. Der Transporter und das Kriegsschiff, die auf ihre Position zuhielten. Darüber konnte sie zurzeit allerdings nicht nachdenken. Sie öffnete ein Holodisplay und wischte durch das Video, das sie schon ein Dutzend Mal gesehen hatte. Es zeigte Parker, der auf der Brücke stand und ihr erklärte, was geschehen war. Ihren Versuch, den kranken Wald zu verstehen.

»Da ist er doch«, sagte sie.

Der Hirsch musste das Video nicht auch noch betrachten, denn er selbst hatte die Aufnahmen schließlich auf ihr Terminal geschickt. Er senkte den Kopf, als wollte er aus einem klaren Teich im Wald trinken. Natürlich gab es auf der Brücke keinen Teich.

»Wie gesagt, ich habe keine Erklärung dafür. Dies ist offensichtlich die Videoaufnahme eines holografischen Bildes. Sie haben mit einem Hologramm gesprochen.«

»Das ... aber das ist doch gar nicht möglich«, beharrte sie. »Ich habe ihn ja gesehen. Ich war ihm nah. Ich ... ich habe ihn berührt.« Das hatte sie doch, oder? Sie war sicher. Sie hatte ihn bestimmt umarmt oder gegen den Arm geknufft oder ihm irgendwann eine Hand auf die Schulter gelegt.

Sie dachte daran, wie er ihr die Schultern gerieben hatte. Seine Hände hatten sich kalt angefühlt.

»Ich habe ihn berührt, ich habe ihn doch berührt«, beharrte sie weiter. »Zeig mir das Video von ... als ...« Sie überlegte, wann es geschehen sein konnte. Er hatte ihren Rücken berührt und es hatte sich so gut angefühlt und dann hätten sie beinahe über ihre Beziehung gesprochen, sie waren sich wie ganz normale Menschen begegnet. »Zeig mir die Aufnahmen, als wir zwei interagiert haben. Alle Aufnahmen, die du hast.«

Actaeon gehorchte. Überall auf der Brücke entstanden Bildschirme. »Ich glaube, es gibt da etwas, das Sie wissen sollten. Auf der Brücke und in allen Bereichen des Kommandodecks befinden sich Hartlichtprojektoren.«

»Was?«, fragte sie.

»Ich kann Ihnen anhand einer Logdatei zeigen, dass die Projektoren während dieser aufgezeichneten Situationen in Betrieb gewesen sind.« Nacheinander blinkten die Bildschirme. Einige zeigten, wie Parker ihren Rücken berührte und ihr die Haare von einem Ohr strich. Wie er ihren Ellenbogen berührte. An die Hälfte dieser Ereignisse erinnerte sie sich nicht einmal. »Sie haben keinen Menschen, sondern die Hartlichtsimulation eines Menschen berührt«, erklärte Actaeon. »Es tut mir leid. Ich habe den Eindruck, dies ist nicht das, was Sie hören wollten.«

»Es tut dir leid, ja?« Sie drehte sich zu Zhang und Rapscallion um. Zhangs Verwirrung entsprach ihrer eigenen. Der Roboter benutzte jetzt einen grünen Spinnenkörper von der Art, die er auch schon bei ihrer Rettung auf der *Persephone* eingesetzt hatte. Er hatte kein Gesicht und erst recht keine Mimik.

»Nein«, erklärte Zhang. »Ich habe ihn beim Training gesehen. Er hat Klimmzüge gemacht und ... und sich an eine Wand gelehnt, und ...«

Auf den Bildschirmen war zu sehen, wie Parker all dies getan hat. Weitere Bildschirme zeigten die Logdateien, die bewiesen, wann das Hartlichtsystem aktiv gewesen war.

Zhang riss die Augen weit auf. Petrowa starrte ihn an, als könnte sie ihn mit Blicken zwingen, etwas zu sagen. Er schwieg. Wie ein toter Fisch starrte er sie an.

»Das reicht jetzt. Ein Hologramm kann so aussehen, als trainierte ein Mensch. Das hat nichts zu bedeuten. Aber es kann nicht ... es kann doch nicht ...«

Sie durchforstete ihre Erinnerungen an Parker, ob sie etwas fände, das bei einem Hologramm nicht möglich war ...

Sie fand nichts.

»Wie ist das möglich?«, wollte sie wissen. »Wie kann das sein? Hat das Schiff spontan ein Hologramm erzeugt, das genauso aussah wie der tote Kapitän? Und es hat sich nicht einmal die Mühe gemacht, das zu erwähnen? Wie kann das Schiff so etwas überhaupt tun? Ein Hologramm so perfekt darstellen, dass es mich die ganze Zeit getäuscht hat?«

»Rapscallion hat eine Bemerkung über Actaeons Prozessorkerne gemacht«, warf Zhang ein. »Er sagte, sie seien erheblich leistungsfähiger, als es nötig sei. Oh, verdammt«, sagte er, als sei ihm etwas eingefallen. »Parker ist verschwunden, als wir Actaeon neu gestartet haben. Das ist in demselben Moment geschehen, nicht wahr? Um Actaeon gegen den Basilisken zu immunisieren, mussten wir seine gesamte Rechenleistung beanspruchen. Deshalb war für Parker nichts mehr da. Ich glaube ... ich glaube, wir haben Parker gelöscht, als wir es getan haben.«

»Oh, verdammt«, sagte Rapscallion.

»Oh, verdammt«, wiederholte Petrowa. »Oh, verdammt? Mehr fällt dir nicht ein? Wir haben gerade ein Crewmitglied verloren. Einer von drei Menschen auf diesem Schiff wurde gerade vernichtet. Und du hast nichts zu sagen als ... du sagst jetzt nur ...«

»Petrowa?«, unterbrach Zhang. »Geht es Ihnen nicht gut?«

In ihren Augenwinkeln standen die Tränen. Sie wischte sie mit der unversehrten Hand fort. »Erst ist er hier gewesen. Und jetzt ist er nicht mehr hier. Ich kann ... das kann ich nicht akzeptieren. Er war doch hier. Ich habe ihn gesehen und mit ihm gesprochen.«

Sie hatte ihn gebraucht. Sie hatte sich so sehr gewünscht, dass er da sei. Besonders am Anfang. In den ersten Minuten, nachdem sie aufgewacht war und nackt und blutend in den Trümmern ihrer Kryokapsel geschwebt war. Da hatte sie seine Stimme gehört. Sie hatte ihm zugehört, und das war ihr so wichtig gewesen. Es hatte ihr geholfen, die Kraft zu finden, sich aufzuraffen und sich in Sicherheit zu bringen.

Und dann ...

»Er hat mich gerettet. Er hat mich vor Eurydike gerettet.«

Ohne Parker wäre sie jetzt tot. Nur dass es gar nicht der echte Parker gewesen war.

»Warum hast du das getan?« Sie schritt zu dem Hirsch-Avatar hinüber und sah ihm in die Augen. Sie wollte ihn am Maul packen und ihn zwingen, sie mit seinen Knopfaugen in dem kleinen Gesicht anzusehen. Ihre Hand fuhr durch die holografische Darstellung hindurch. Dabei hatte sie das Gefühl, sie hätte eine Handvoll kalte Gelatine gepackt, und sie riss die Hand zurück.

»Warum?«, fragte sie.

»Es tut mir leid«, antwortete Actaeon. »Ich bin es nicht gewesen.«

»Wie bitte?«, fauchte sie.

»Ich habe das Hologramm von Kapitän Parker nicht erzeugt. Dazu war ich gar nicht in der Lage. Ich bin nicht bei Bewusstsein gewesen, weil ich mich die ganze Zeit neu gestartet habe.«

»Dann ... Wer war es dann?«

Sie sah sich auf der Brücke zu Zhang und Rapscallion um. Keiner von ihnen sah sie an.

»Das reicht mir jetzt.« Sie drehte sich um und stürmte von der Brücke herunter.

83

»SAG mir eines«, setzte Zhang eine Weile später noch einmal an, als sich die Lage ... nein, entspannt hatte sie sich nicht. Es war nur etwas ruhiger geworden. »Du musst es doch gewusst haben.«

Rapscallion drehte sich nicht zu ihm herum. Er besaß ja ein Gesicht, das er ihm hätte zeigen können, doch er verzichtete darauf.

»Du hast doch andere Sinne als wir. Du kannst auf Actaeons digitale Systeme zugreifen. Du musst es gewusst haben.«

Der Roboter zuckte mit den Achseln.

»Du streitest es nicht einmal ab.«

Endlich drehte sich Rapscallion um und sah ihn an. »Nein«, bestätigte er. Einfach so.

»Du ... du hast es gewusst.«

»Selbstverständlich. Ich wusste es, sobald er gestorben und als Hologramm zurückgekehrt war. Ich meine, ich war ja dabei.«

»Du hast es gewusst und niemandem etwas gesagt? Warte mal. Du warst dabei?«

»Als er starb, ja. Ich bin einige Korridore entfernt gewesen, konnte den Einschlag aber deutlich spüren. Wie Sie schon sagten, ich habe Zugriff auf die Schiffssysteme und habe verfolgen können, wie sich seine Biodaten verändert haben. Wie sie aufhörten. In gewisser Weise habe ich ihn sterben sehen. Ja. Und dann ist etwas Eigenartiges passiert. Er ist wieder aufgetaucht.«

»Einfach so?«

»Ja. Er kam einen Korridor heraufgerannt und hat mit mir gesprochen, als wäre gar nichts passiert. Offensichtlich war er ein Hologramm, aber ... hören Sie, in den ersten Minuten nach dem Angriff ist vor allem wichtig gewesen, dass es zwei zusätzliche Hände gab, die helfen konnten. Sie wären gestorben, wenn er nicht eingegriffen hätte. Sein Hartlicht-Selbst, meine ich. Also habe ich darauf verzichtet, Fragen zu stellen. Später habe ich ihn natürlich damit konfrontiert und gesagt: ›He, Sie sind ein Hologramm.‹ Nur für den Fall, dass er es nicht wusste. Aber er wusste es und hat mir noch etwas dazu gesagt.«

»Was denn?«

»Er sagte: ›Das Schiff braucht einen Kapitän. Ohne mich kommen sie nicht zurecht.‹ Ich musste ihm versprechen, es Ihnen und Petrowa nicht zu verraten.«

»Er ... was?«, rief Zhang empört. »Du solltest es ihm versprechen? Und das hast du getan?«

»Ja. Ich meine, er ist doch tatsächlich der Kapitän, und ich bin der Schiffsroboter. Natürlich befolge ich seine Befehle. Außerdem dachte ich, es sei nur eine vorübergehende Sache. Ich dachte, er würde gerade lange genug bleiben, bis Sie in Sicherheit sind, und dann verschwinden. Doch er ist einfach dageblieben.«

»Er hat ... es dich versprechen lassen.«

»Jo.«

»Hast du irgendwann auch nur eine Sekunde daran gedacht, dass es sinnvoll sein könnte, das Versprechen zu brechen? Dass wir es vielleicht erfahren sollten?«

»Nö«, antwortete Rapscallion. »Vergessen Sie nicht, dass ich ein Roboter bin. Wir sind wirklich gut darin, uns an Pläne zu halten.«

Zhang ließ den Kopf hängen. Er konnte es nicht glauben. Die ganze Zeit ...

»Geht es Ihnen nicht gut?«, fragte der Roboter.

Zhang lachte bitter. »Doch, doch. Ich meine, ich habe mich sowieso nicht besonders gut mit ihm verstanden. Aber ...«

Zhang blickte zum Ausgang der Brücke. Er wusste nicht, wohin Petrowa gestürmt war – vielleicht in die kleine Kabine nebenan. Er vermutete, dass sie sich etwas Wasser ins Gesicht spritzen und vielleicht eine Weile die Wände anschreien würde, um später zurückzukommen und sich um die nächste Krise zu kümmern. So etwas konnte sie gut.

Bisher war sie jedoch noch nicht wieder aufgetaucht und es blieb still. Falls sie tatsächlich die Wände anbrüllte, konnte er es hier sowieso nicht hören.

»Vielleicht solltest du ihr unsere Unterhaltung verschweigen, ja? Vielleicht muss sie nicht unbedingt hören, was du mir gerade gesagt hast.«

»Dann bleibt es unter uns. Versprochen«, antwortete Rapscallion.

»Ja.« Zhang knirschte mit den Zähnen.

»Sie sollten aber aufhören, damit herumzuspielen.« Der Roboter zeigte mit einem Spinnenbein auf Zhangs Hände.

Zhang hielt inne und senkte den Blick. Er wusste, was er zu sehen bekäme, und wusste schon vorher, dass er sich dabei mies fühlen würde. Er betrachtete den Knochen, der aus einem menschlichen Becken stammte. Er hatte ihn zwischen den Händen hin- und hergeworfen wie einen Gummiball.

»Ich halte nicht so viel von Menschen«, erklärte Rapscallion.

»Ich glaube, das habe ich schon mal gesagt. Aber das kommt mir ziemlich respektlos vor.«

»Du hast recht.« Zhang legte den Knochen sachte auf einen kleinen Tisch. »Es ... es tut mir leid.« Das sagte er zu Parker, der es natürlich nicht hören konnte. Er fühlte sich ausgesprochen unbehaglich und kam sich dumm vor. »Ich ... ich muss jetzt mal hier raus und alles verarbeiten.«

»Klar«, antwortete der Roboter. »Aber lassen Sie sich bitte nicht allzu lange Zeit. Der Transporter ist bald da. Wir stecken immer noch in großen Schwierigkeiten, ja? Sie und Petrowa müssen möglichst schnell diese Emotionen überwinden, unter denen Sie gerade leiden.«

Zhang hatte sich schon ein Stückchen entfernt. Der Roboter hatte es tatsächlich gewusst. Die ganze Zeit. Er hatte es gewusst, und ...

Das war zu viel für ihn.

84

WIE üblich blieb es an Rapscallion hängen.

Falls irgendjemand für den toten Kapitän eine Beerdigung ausrichten sollte, dann musste sich der Roboter darum kümmern. Der Roboter, der, wenn er richtig darüber nachdachte, Sam Parker im Grunde nie richtig kennengelernt hatte. Er war erst an Bord gekommen, als die menschlichen Schutzbefohlenen schon in den Kryokapseln geschlummert hatten. Rapscallion hatte Parkers Körper sehr oft gesehen, wenn er auf dem langen Flug durch die Singularität zwischen Ganymed und dem Paradise-System die Kabinen gereinigt und gewartet hatte. Er hatte unauslöschliche Bilder vom Körper des Mannes gespeichert, der im Kälteschlaf in seiner Glasröhre lag. Parkers Stimme und seine Persönlichkeit kannte er jedoch nur aus den holografischen Projektionen.

Zur Vorbereitung auf die Beerdigung studierte er die Aufzeichnungen des Schiffes, die das Hologramm zeigten. Inzwischen interessierte er sich sehr dafür, wie das Hologramm erzeugt worden war, woher es gekommen war und wer es, wenn man so sagen konnte, gestartet hatte. Darüber hatte er noch gar nicht richtig nachgedacht. Rapscallion glaubte Actaeon, der versichert hatte, er sei für die Entstehung des Hologramms nicht verantwortlich. Der Schiffscomputer besaß mehr als genügend Rechenleistung, um ein so lebensechtes Abbild zu erschaffen, doch irgendjemand musste es programmiert und den Prozessoren die Befehle gegeben haben. Das Hologramm hatte sich nicht aus eigenem Antrieb erschaffen.

Oder etwa doch?

Rapscallion spielte die Aufnahme einer Frau ab, die über etwas Absurdes lachte. Dann machte er sich wieder an die Arbeit. Er schickte Nachrichten an Zhang und Petrowa, auch wenn er nicht damit rechnete, dass sie sich in nächster Zeit aus ihren emotionalen Nebelbänken befreien würden. Dann brachte er das zerbrochene und verbrannte Stück des Beckenknochens in die Luftschleuse, die der Brücke am nächsten war.

Er sah sich auf den leeren Korridoren vor der Luftschleuse um und wartete eine Minute, bevor er begann. »Samuel Parker wurde vor einunddreißig Jahren in einer Orbitalkolonie über Neptun geboren«, erklärte er dem leeren Korridor. Es kam ihm zwar sinnlos vor, aber in der menschlichen Kultur gab es viele Beispiele für Trauerreden, die in leeren Räumen gehalten wurden. Dafür musste es schließlich einen Grund geben. »Er war das dritte von vier Kindern und verließ die Station, sobald er alt genug war, um auf Ceres in die Flugschule der Brandwache einzutreten ...«

Rapscallion hielt inne, weil sich hinter ihm ein Schott geöffnet hatte. Er musste sich nicht umdrehen, um sich zu vergewissern, dass es Petrowa war, die in der Tür der Pilotenkabine neben der Brücke stand. »Dort bin ich ihm begegnet«, ergänzte sie.

Rapscallion wartete ab, ob sie noch mehr sagen wollte, doch sie schwieg.

Na gut. »Als Pilot hat er außerordentlich gute Bewertungen bekommen und ein großes Potenzial gezeigt. Leider verließ er die Akademie, ehe er den Lehrgang abschließen konnte. Zwei

Jahre lang arbeitete er für verschiedene kommerzielle Linien als Frachtaufseher ...«

»Er war ein guter Mann.«

Wieder hielt Rapscallion inne. Dieses Mal drehte er sich um und sah Zhang, der aus dem Schott getreten war, das zu den Vorratslagern führte.

Der Arzt kam zu ihm und nahm Rapscallion das Knochenstück ab. Vielleicht schrieb das Ritual vor, dass man nur sprechen durfte, wenn man die sterblichen Überreste hielt.

»Er war ein guter Pilot, und sein Schiff und alles, was es barg, sind ihm wichtig gewesen«, erklärte Zhang. Dabei starrte er den Knochen an, als könnte er auf der Oberfläche etwas ablesen. Dann hob er den Blick und wandte sich an Petrowa.

Sie seufzte leise und kam ebenfalls zu ihm. Sie nahm den Knochen, schloss die Augen und beendete die Trauerrede. »Sogar im Tod sorgte er noch dafür, dass wir überleben konnten und sicher waren. Es war gut für uns, dass wir ihn kannten. Ich glaube ... ich glaube, als Pilot hätte er es richtig gefunden, auf diese Weise seine letzte Ruhestätte zu finden. Rapscallion, könntest du ...«

Der Roboter trippelte nach vorn und öffnete die Luftschleuse. Er hatte sie bereits für die Zeremonie vorbereitet und Parkers Fliegerjacke und ein Paar Stiefel auf den Boden gelegt. Petrowa deponierte den Knochen behutsam auf dem weichsten Teil der Jacke. Sie hockte sich kurz davor und streichelte ihn mit den Fingerspitzen. Dann zog sie sich aus der Luftschleuse zurück und berührte den Sensor, der das innere Schott schloss.

»Lebe wohl, Sam«, sagte sie.

Rapscallion löste die Außentür der Luftschleuse aus. Die Luft entwich mit einem schnellen Puffen und riss den Inhalt der

Luftschleuse mit. Kurz danach schloss Rapscallion die Außenluke und setzte die Luftschleuse wieder unter Druck.

»Gut.« Petrowa lehnte sich an die Wand des Korridors und schmiegte das Gesicht an die Plastikverkleidung. Den verstümmelten Arm schirmte sie mit dem ganzen Körper ab, als fühlte sie sich verletzlich und schutzlos. Rapscallion lernte allmählich, die menschliche Körpersprache zu lesen. Ihre ruhige, ernste und unbewegte Stimme – fand er – passte nicht zu ihrer Körperhaltung. »Also gut, dann machen wir uns wieder an die Arbeit.«

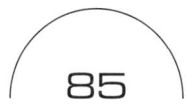

85

»DER Transporter ist jetzt hundertneunundsiebzig Kilometer entfernt und nähert sich weiter.«

Die Stimme in Petrowas Kopfhörer gehörte zu Actaeon. Sie fand es immer noch unheimlich, mit der KI zu sprechen - es hätte Parker sein sollen. Früher hatte ihr Parker solche Dinge mitgeteilt. Sie knirschte mit den Zähnen und bestätigte den Empfang der Informationen.

Draußen auf dem Rumpf der *Artemis* war sie jetzt mit dem improvisierten Laser bewaffnet, den sie schon gegen die *Persephone* eingesetzt hatten - nur dass sie ihn sich unter den heilen Arm geklemmt hatte, während der verletzte Arm im Raumanzug fixiert geblieben war. So hatte sie weniger Kontrolle über die Waffe als beim letzten Mal und musste viel sorgfältiger zielen.

Sie hatten keine Zeit gehabt, noch andere improvisierte Waffen herzustellen. Dank des Lasers fühlte sie sich ein wenig stärker und ein wenig mehr in der Lage, sich zu verteidigen. Allein das wog ihrer Ansicht nach schon die Mühe auf.

»Rapscallion, siehst du irgendetwas Interessantes?« Für sie war der Transporter nichts als ein heller Punkt, der unbeweglich am schwarzen Himmel stand. Seine Augen waren viel schärfer als ihre.

Der Roboter kroch auf eine Sensoreinheit und zuckte mit den Achseln. »Es ist ein Transporter. Er sieht genauso aus wie die *Artemis*. Davon abgesehen? Ich kann den Namen auf dem Rumpf erkennen. Es ist die *Alpheus*.«

»Das entspricht den Daten in meinem Schiffsregister«, ergänzte Actaeon. »Ein Transporter für zehn Personen, der ungefähr zur gleichen Zeit wie die *Artemis* konstruiert wurde. Die Konfiguration entspricht unserer eigenen.«

Petrowa erinnerte sich, wie Parker ihr erklärt hatte, das anrückende Schiff sei der *Artemis* nicht nur ähnlich, sondern im Grunde eine identische Kopie. »Zhang«, sagte sie. »Wie sieht es auf der Brücke aus? Sind wir bereit?«

»Wenn wir uns bewegen müssen, dann können wir es tun«, antwortete der Arzt. »Der Antrieb funktioniert jedenfalls. Actaeons Simulationen sehen ziemlich übel aus. Rapscallions Reparaturen haben ausgereicht, um die *Artemis* notdürftig zusammenzuflicken. Im Grunde hat er aber nur die Trümmer mit Draht und Klebstoff zusammengepappt.«

»He«, protestierte der Roboter. »Ich habe getan, was ich konnte.«

»Niemand hat etwas anderes behauptet«, beruhigte ihn Petrowa. »Zhang, beantworten Sie meine Frage. Wie beweglich sind wir? Realistisch gesprochen?«

»Es sieht aus, als könnten wir noch ein paar Stunden humpeln, ehe wir auseinanderfallen. ›Humpeln‹ trifft es ganz gut. Dem Transporter können wir auf keinen Fall entkommen, falls er uns jagt.«

Sie nickte. »Actaeon, hat sich die Geschwindigkeit der *Alpheus* verändert, seit ich das letzte Mal danach gefragt habe?«

»Ich fürchte, nein, Lieutenant«, antwortete die KI. Diese Tatsache schien sie im Gegensatz zu Petrowa nicht sonderlich zu beunruhigen. »Sie ist noch hunderteinundvierzig Kilometer entfernt und nähert sich weiter.«

»Wenn das Schiff dem unseren gleicht, dann ist es unbewaffnet«, überlegte Petrowa.

»Das galt auch für die *Persephone*, aber sie haben diesen Massentreiber schließlich gebaut und uns mit Yamswurzeln bombardiert«, wandte Rapscallion ein. »Ich vermute, dass sie ebenfalls einen medizinischen Laser im Inventar haben. Was halten Sie davon? Was wird Ihrer Ansicht nach passieren?«

»Ich vermute, dass die KI der *Alpheus* und wahrscheinlich auch die Besatzung mit dem Basilisken infiziert sind. Genau wie auf der *Persephone*. Ich nehme an, sie wollen uns entweder infizieren oder uns essen, vermutlich aber beides.«

Zhang hatte Einwände. »Wir wissen nicht, ob sie uns essen wollen. Actaeon war mit einer anderen Spielart des Basilisken infiziert und fühlte sich zwar unrein, aber nicht hungrig. Diese beiden unterscheiden sich wiederum von dem Roten Würger, den ich auf Titan gesehen habe.«

»Was meinen Sie, wie viele verschiedene Versionen es gibt?«, fragte Petrowa.

Sie konnte fast hören, wie Zhang ratlos die Hände hob. »Keine Ahnung. Allmählich glaube ich, dass der Inhalt des Basilisken, also die invasiven Gedanken, nicht das Wesentliche sind. Es kommt wohl eher auf den Mechanismus der Infektion an, und wir haben immer noch keine Ahnung, wie dies vor sich geht. Allerdings kann ich praktisch garantieren, dass auch die *Alpheus* irgendeiner Variante ausgesetzt gewesen sein wird. Vermutlich ist es allen Schiffen hier draußen so ergangen. Sie bekamen alle die gleiche Behandlung, als sie aus der Singularität gefallen sind.«

»Wir wurden aber nicht sofort infiziert«, widersprach Petrowa. »Sie und ich und Rapscallion.«

»Nein«, bestätigte Zhang, als müsste er etwas zugeben, für das er sich ein wenig schämte. »Nein, wir sind verschont worden, aber ich glaube, wir hatten einfach nur Glück. Ich glaube, wenn Actaeon sich nicht so schnell abgeschaltet, sondern uns bei der Ankunft planmäßig aufgeweckt hätte, dann wäre es uns genauso ergangen wie all den armen Kolonisten auf der *Persephone*.«

Als sie sich das ausmalte, lief es Petrowa kalt über den Rücken.

»Es ist nicht ausgeschlossen, dass sie wohlauf sind«, erklärte sie – vor allem wohl, weil sie es selbst hören wollte. »Wenn wir es geschafft haben, dann könnte es die Crew der *Alpheus* auch geschafft haben.«

»Klar«, stimmte Zhang zu. »Die Möglichkeit besteht.«

»Die *Alpheus* ist noch hundertundeinen Kilometer entfernt und kommt näher«, berichtete Actaeon. Er wollte wohl hilfsbereit sein.

»Bremsen sie ab?«, fragte Petrowa. Wenn das Schiff mit dem derzeitigen Tempo weiterflog, würde es mit mehr als einem Kilometer pro Sekunde an ihnen vorbeifliegen. So schnell, dass sie bei der Begegnung nicht einmal winken konnten.

»Nein, Lieutenant«, antwortete die KI.

Sie verstand es nicht. Wenn die Crew der *Alpheus* sie töten wollte – sei es, um Nahrung zu bekommen, oder einfach nur, weil es ihnen der Basilisk gesagt hatte –, warum bremsten sie dann nicht ab?

Es gab keine Erklärung. Es sei denn ... es sei denn, sie hatten die Absicht, die *Artemis* zu rammen.

Eine Kollision zweier Schiffe von dieser Größe und mit dieser Geschwindigkeit wäre gleichbedeutend mit einer Katastrophe. Das würde jeden Menschen, der sich auch nur in der Nähe des Zusammenpralls befand, auf der Stelle töten. Petrowas Herz raste.

»Neunundsiebzig Kilometer, und sie nähern sich weiter.«

»Actaeon, setz uns in Bewegung, flieg los - langsam, wenn es sein muss. Aber bring uns auf einen Kurs, der eine Kollision mit der *Alpheus* vermeidet, ja?«

»Festhalten«, riet ihr Rapscallion.

»Richtig.« Sie ließ sich nieder und setzte sich auf die Außenhülle der *Artemis,* verstaute den Laser und hielt sich mit einer Hand an einem Handgriff fest. Sie hatte Angst, von der Hülle gerissen und in den unendlichen Weltraum katapultiert zu werden.

Als der Schub einsetzte, geschah es so sanft, als ritte sie auf einem Pferd. Sie hielt sich fest, und alles war in Ordnung. Die fernen Sterne rückten ein wenig weiter. Langsam, schrecklich langsam.

»Reicht das aus?«, rief sie. »Wird das ausreichen?«

»Wir befinden uns nicht mehr in der direkten Flugbahn der *Alpheus*«, berichtete Actaeon.

»Gut, dann können wir ...«

»Verzeihung. Die *Alpheus* hat den Kurs geändert. Jetzt sind wir wieder direkt in der Flugbahn.«

»Verdammt!« Petrowa blickte zu Rapscallion hinüber. Der Roboter hatte keine menschliche Mimik. Sie wünschte, sie könnte ihm ansehen, dass auch er sich ängstigte. Es hätte ihr geholfen, zu wissen, dass jemand anders genauso große Angst hatte wie sie selbst.

Als Nächstes dachte sie an Zhang. Ihr war klar, dass sich der Arzt sogar noch mehr fürchtete als sie.

»Sind wir schnell genug, um ihnen zu entgehen?«, fragte sie.

»Nein«, antwortete Actaeon und fügte kurz danach hinzu: »Neunundvierzig Kilometer, sie kommen näher.«

Neunundvierzig Kilometer. Die *Alpheus* war bereits näher als die *Persephone* während der größten Annäherung. Dabei sah sie immer noch wie ein weißer Fleck im Dunklen aus. Andererseits war sie viel kleiner als die *Persephone.*

Aber immer noch groß genug, um sie zu töten.

»Versuch, das Schiff zu rufen«, sagte sie, weil ihr sonst nichts mehr einfiel. »Schick eine Nachricht.«

»Was soll ich ihnen sagen?«, fragte Actaeon.

Meine Güte. Was sollte man ihnen sagen? *Wir ergeben uns? Bitte zertrümmern Sie uns nicht zu glühendem Staub?*

»Stell mich einfach durch. Hier ist das Transportschiff *Artemis,* wir rufen die *Alpheus. Alpheus,* bitte melden Sie sich.«

»Vierunddreißig Kilometer, sie nähern sich weiter«, berichtete Actaeon.

»*Alpheus,* melden Sie sich«, rief Petrowa. »*Alpheus,* Sie sind auf Kollisionskurs. Sie müssen Ihren Kurs sofort ändern. *Alpheus,* melden Sie sich! Sagen Sie uns, was Sie wollen!«

Die Sekunden verstrichen, während sie auf die Antwort wartete. Im Funk war nichts als tiefes Schweigen.

»Sechsundzwanzig Kilometer«, meldete Actaeon. »Oh, jetzt hat sie sich verändert.«

»Was? Was hat sich verändert?«, fragte Petrowa.

»Die Geschwindigkeit. Sie bremsen«, berichtete die KI. »Sie bremsen sehr schnell ab.«

Petrowa starrte den weißen Fleck am Himmel an. Es sah immer noch so aus, als käme er schnell auf sie zu, um sie zu rammen.

»*Alpheus,* melden Sie sich.«

Sie wartete einen weiteren Herzschlag, ehe sie es noch einmal versuchte.

»*Alpheus?*«

»*Artemis.*«

Sie kannte diese Stimme nicht.

»*Artemis*, hier ist Undine, die KI der *Alpheus*. Ich empfange Ihr Signal und habe eine Bitte.«

Das Adrenalin schoss in Petrowas Blutkreislauf. »Was immer du willst, Undine. Nur ... sag mir, was du willst. Bitte.«

»Ich brauche Ihre Hilfe, *Artemis*. Können Sie mir helfen? Ich glaube, ich bin krank.«

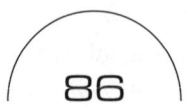

86

ZHANG hielt den Atem an, bis er die Hülle der *Alpheus* berührte. Ihm war schwindlig geworden, und er war voller Angst von der *Artemis* herübergeflogen. Er war nicht sicher, ob er sich je daran gewöhnen würde, von einem Raumschiff zu einem anderen zu springen. Bei Petrowa machte es natürlich einen völlig mühelosen Eindruck, doch inzwischen hatte er begriffen, wie täuschend ihre vermeintliche Anmut sein konnte. Er fand einen Handgriff und hielt sich verbissen fest, damit er nicht in die Leere davonsegelte. Vorerst konzentrierte er sich lieber auf seine Atmung.

Dann blickte er über die Schulter zur *Artemis* zurück, die keine zwei Kilometer entfernt war. Er konnte die Krümmung am Bug erkennen, die dem Rumpf der *Alpheus* glich. Von einer einzigen Tatsache abgesehen, hätten die Schiffe Zwillinge sein können. Der Unterschied bestand darin, dass der Beschuss die *Artemis* in ein Wrack verwandelt hatte. Sogar von hier aus konnte Zhang erkennen, wie stark der Angriff der *Persephone* ihr Schiff beschädigt hatte. Er war überrascht, dass es nicht vollends entzweigebrochen war.

Die *Alpheus* dagegen erschien makellos. Ihre Hülle sah wie frisch lackiert aus und wies keinerlei Kratzer auf.

Rapscallion fiel aus dem Himmel herab und landete direkt neben Zhang. Er spreizte die vielen Beine, um den Aufprall abzufedern. »Halten Sie es für klug, sie so nahe heranzulassen?«, fragte der Roboter. »Wenn Undine jetzt etwas anstellt, haben wir keine Zeit mehr zu reagieren.«

Petrowa gesellte sich ebenfalls zu ihnen. »Falls Undine etwas anstellt, kommt es so schnell, dass wir es nicht einmal mehr bemerken, wenn wir sterben.«

»Das tröstet mich ungemein«, erklärte Rapscallion.

»Sollten wir, ihr wisst schon, so offen darüber sprechen?«, fragte Zhang. »Was ist, wenn Undine mithört?«

Actaeon antwortete auf seine übliche gemessene Art. Diesen Tonfall fand der Arzt erst recht unheimlich, seit die KI die Rolle von Sam Parker übernommen hatte. »Ich habe Vorsicht walten lassen und die Kommunikation zwischen Ihren Raumanzügen und Rapscallions Sender verschlüsselt. Dazu benutze ich eine flüchtige, dynamische Verschlüsselung, die Undine nicht knacken kann.«

»Wie kannst du da sicher sein?«

»Ich könnte sie an Undines Stelle ebenfalls nicht knacken. Soweit wir in der Lage sind, es festzustellen, sind unsere Schiffe identisch. Ich glaube, das schließt auch die KI-Kerne mit ein, was bedeutet, dass Undine und ich die gleichen Fähigkeiten besitzen.«

»Gut«, sagte Petrowa. »Das müssen wir dir dann einfach glauben. Sichere Kommunikation ist lebenswichtig. Jetzt hör zu - sobald wir im Schiff sind, übernehme ich das Reden. Zhang, Ihre Aufgabe ist es, nach der Crew und den Passagieren der *Alpheus* zu sehen. Vergewissern Sie sich, wie es ihnen geht, und falls sie mit dem Basilisken infiziert sind, ziehen wir uns so schnell wie möglich zurück. Rapscallion, deine Reaktionszeit ist erheblich besser als meine. Sollte dies eine Falle sein, bist du der Erste, der es wahrnimmt. Bring uns dort heraus, wenn du kannst.«

»Verstanden«, bestätigte der Roboter.

»Ich, äh, verstanden«, erklärte Zhang. Er machte sich jetzt schon Sorgen, was sie drüben in dem Transporter entdecken mochten. Die Vorstellung, dass Rapscallion ihn im Notfall am Kragen packen und in den Weltraum zurückschleudern würde, jagte ihm einen neuen Schrecken ein, und er bekam sofort eine Gänsehaut.

Trotzdem. Die andere Möglichkeit wäre die Schutzbehauptung gewesen, dass er es nicht tun konnte. Er konnte zwar behaupten, er sei nicht dienstfähig und müsse auf der *Artemis* bleiben. Zusammen mit einer KI, bei der er immer noch nicht sicher war, ob er ihr trauen konnte.

Vermutlich stand es um seine Überlebensaussichten besser, wenn er mit Petrowa und Rapscallion unterwegs war.

»Können wir das möglichst schnell hinter uns bringen?«, fragte er.

»Oh, sicher«, antwortete Petrowa mit einem leisen Lachen. »Ich verschwende hier nicht mehr Zeit als unbedingt nötig. Uns bleiben ja sowieso nur ein paar Stunden, um dieses Geheimnis zu lüften, ehe das nächste eintrifft.«

»Das Kriegsschiff«, sagte Zhang.

»Das Kriegsschiff«, bestätigte sie.

Zhang hatte beinahe vergessen, dass es sich ihnen ebenfalls näherte.

Die drei steuerten die Hauptluftschleuse der *Alpheus* an. Die äußere Luke stand bereits offen und lud sie ein, an Bord zu kommen.

87

PETROWA öffnete die Innentür der Schleuse und betrat einen beleuchteten Bereich, in dem Schwerkraft herrschte. Sie behielt den Helm auf, obwohl ihr Anzug behauptete, die Luft in der *Alpheus* sei sauber und absolut ungefährlich.

Hier war gar nichts ungefährlich. Sie war nicht sicher, ob sie sich jemals wieder sicher fühlen würde.

»Danke, dass Sie gekommen sind.« Undines Stimme ähnelte der von Actaeon. Vielleicht war sie ein wenig weiblicher, aber der Tonfall und die neutrale Färbung schienen identisch zu sein. »Ich hoffe wirklich, dass Sie dieses Problem lösen können.«

Die Stimme kam aus allen Richtungen zugleich. Sie wusste nicht, wohin sie blicken sollte, wenn sie Undine antwortete. »Wir glauben, dass wir eine recht gute Vorstellung von dem haben, was hier passiert ist«, erklärte sie der KI. »Aber um uns zu vergewissern, brauchen wir Zugang zu allen Teilen deines Schiffes.«

»Selbstverständlich«, antwortete Undine. »Ich werde alles tun, was ich kann, um Sie zu unterstützen.«

Petrowa wandte sich an Rapscallion und zeigte auf eine abnehmbare Platte, die den Zugang zu den Wartungsgängen verdeckte. Von dort aus konnten sie den Kern der KI erreichen. Die grüne Spinne hüpfte auf und ab, trippelte in den Tunnel und verschwand.

Nun waren Petrowa und Zhang allein. Sie standen in dem langen Korridor, der von der Brücke des Schiffes zu den Crewquartieren führte. Petrowa erinnerte sich, dass der Hauptkorridor der *Artemis* genauso ausgesehen hatte, als er noch intakt gewesen war. Die Wände und Schotten waren makellos sauber und gut in Schuss. In welcher Gestalt der Basilisk hier auch erschienen war, er hatte die Besatzungsmitglieder nicht dazu verleitet, ihr Blut und ihre Exkremente auf die Wände zu schmieren.

Was sofort zu der nächsten offensichtlichen Frage führte. »Wir müssen mit deiner Crew und den Passagieren sprechen«, sagte Petrowa. »Ist das in Ordnung?«

»Dr. Teçep hält sich gerade in der Kombüse auf. Er wird sich freuen, mit Ihnen sprechen zu können«, antwortete Undine. »Er hat daran gearbeitet, den Parasiten zu entdecken, hatte bisher aber kein Glück.«

»Parasit«, sagte Zhang über den verschlüsselten Kanal. »Fragen Sie danach. Das könnte wichtig sein.«

Petrowa verdrehte die Augen. Das hatte sie ohnehin gerade tun wollen. »Kannst du mir etwas über diesen Parasiten erzählen?«, fragte sie. »Ist dies das Problem, um das es geht?«

»Ja, genau«, bestätigte Undine. »Irgendetwas steckt in mir. Etwas ist in das Schiff eingedrungen, und ich werde es herausbekommen. Allerdings war ich nicht fähig, es selbst einzugrenzen. Deshalb dachte ich, dass vielleicht Sie mir helfen können.«

»Bist du deshalb zu uns geflogen, als wir aus der Singularität gefallen sind?«

Undine seufzte leise. »Ich habe auch andere Schiffe in diesem System um Hilfe gebeten, aber sie sind alle stark beschäftigt. Offenbar haben sie alle ihre eigenen Probleme. Ich dachte, jemand wie Sie, der neu angekommen ist, betrachtet die Situation vielleicht mit unbefangenen Augen. Könnten Sie bitte auf meine Brücke kommen? Dort kann ich Ihnen zeigen, was ich bereits versucht habe.«

Sie legte Zhang eine Hand auf die Schulter. Er zuckte leicht zusammen, wehrte sie aber nicht ab. »Zhang, Sie gehen zu diesem Doktor. Vergewissern Sie sich, dass die Crew wohlauf ist. In Ordnung? Ich gehe zur Brücke. Egal, was geschieht, wir treffen uns hier in zehn Minuten wieder. In Ordnung?«

»Verstanden«, antwortete Zhang. Er zögerte noch einen Moment, ehe er sich in Bewegung setzte, und warf ihr einen Blick zu, der ihr verriet, wie wenig er von ihrer Idee hielt, sich zu trennen.

Das fand sie durchaus verständlich. Allerdings hatten sie keine Zeit, vorsichtig und langsam vorzugehen. Sie nickte Zhang zu, und er drehte sich endlich um und ging den Korridor hinunter.

Sie machte sich auf den Weg zur Brücke. Das Schott stand offen, und nichts sprang sie an, als sie eintrat.

Was aber nicht heißen sollte, dass sie über den Anblick nicht überrascht war.

Die Brücke der *Alpheus* hatte derjenigen der *Artemis* ursprünglich geglichen wie ein Ei dem anderen. Jetzt herrschte hier ein organisiertes Chaos. Alle Konsolen, alle Projektionsflächen, alle taktischen Displays, alle Druckliegen und Notpulte waren in Stücke gerissen worden.

Sehr methodisch und sorgfältig. Vermutlich mit der Absicht, später alles wieder richtig zusammenzusetzen. Sie hockte sich neben ein Pult und sah, dass die Komponenten in ordentlichen Reihen ausgelegt waren. Alle Schrauben und Platinen, alle Kondensatoren und Drahtstücke waren sorgfältig auf dem Boden aufgereiht. Das Pult war vollständig ausgeschlachtet und in dieser Form nutzlos.

Mitten auf der Brücke entstand flackernd Undines Avatar. Nicht in rotem Licht, worüber sich Petrowa sehr freute, sondern in dem üblichen blauen Strahlen eines normalen Hologramms. Eine schöne Frau, die ein Gewand aus ständig wallender Meeresgischt trug, in der tausend Sterne funkelten. Allerdings stimmte etwas mit dem Hologramm nicht. Es wirkte flach, beinahe zweidimensional. Petrowa blickte zur Decke hoch. Mit Ausnahme eines einzigen Geräts waren alle Projektoren unter der Decke zerlegt. Auch deren Bestandteile waren katalogisiert und auf sauberen Tüchern im Raum verteilt. Der letzte Projektor war geöffnet, das Gehäuse und viele Teile waren entfernt worden, sodass er nur noch ein einfaches Bild erzeugen konnte.

»Wir haben überall nachgesehen«, erklärte Undine. Der Avatar legte das Gesicht in sorgenvolle Falten. »Wir haben nichts gefunden. Aber es muss hier irgendwo sein.«

»Was genau sucht ihr denn?«, fragte Petrowa.

Der Avatar schürzte die Lippen. Die Zähne waren verfault und löchrig, und die Zunge sah aus wie ein toter Wurm, der im Mund hin und her geschoben wurde. »Etwas Hässliches. Etwas Unreines. Ich werde es finden und herausbrennen, wenn es sein muss.«

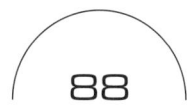

88

»HALLO?«, rief Zhang.

Die Korridore des Transporters waren sämtlich verlassen und wirkten makellos sauber. Alle Oberflächen glänzten, alle Scheiben waren streifenfrei poliert. Als er auf den Sensor eines Schotts drückte, fühlte es sich ein wenig klebrig an – dies spürte er sogar durch den dicken Handschuh des Raumanzugs hindurch. Tatsächlich, seine Fingerspitzen waren mit einer durchsichtigen Flüssigkeit verschmiert. Er veranlasste den Anzug, eine schnelle spektroskopische Analyse durchzuführen, und erfuhr, dass es sich bei den Rückständen um Natriumhypochlorid handelte.

Bleichmittel.

Er ging weiter und betrat den Passagierbereich des Schiffes. Die Kombüse hatte er auf der *Artemis* nicht aufgesucht – dazu hatte er keine Gelegenheit gehabt, bevor sie durch die Angriffe der *Persephone* zerstört worden war. Sie war aber sicher nicht schwer zu finden. An jedem Schott hingen interaktive Karten und das Schiff war nicht besonders groß. Er kam an einem abzweigenden Gang vorbei, der zu den Kabinen führte, und rief noch einmal: »Hallo, ist hier jemand?« Undine hatte den Schiffsarzt, aber keine anderen Crewmitglieder erwähnt. Zhang war nicht ganz sicher, was er davon halten sollte.

»Hallo? Ist da jemand?«, rief er. »Lebt noch jemand?« Er hätte sich gefreut, einem Plastikroboter ohne Mimik und mit zu vielen

Armen zu begegnen. Irgendjemandem, mit dem er sprechen konnte. Dann würde er sich nicht mehr so unglaublich allein und schutzlos fühlen.

»Hallo ...«

Er blieb stehen, weil er auf etwas getreten war, das mitten im Gang lag. Er hatte nicht weiter auf seine Schritte geachtet, weil es überall so sauber war. Jetzt senkte er den Blick und hob vorsichtig und zögernd den Fuß, um freizulegen, was daruntergeraten war.

Es war ein kleines Rechteck aus Glas mit einem winzigen Deckel in der Mitte. Er hatte es mit seinem Gewicht vollständig zermalmt. Nun hockte er sich hin und betrachtete es. Offensichtlich handelte es sich um einen Objektträger für ein Mikroskop. Er wollte das Glasplättchen lieber nicht berühren, konnte unter dem Deckel aber eine verschmierte rote Stelle erkennen. Es sah nach einer Gewebeprobe aus. Als Arzt hatte Zhang Tausende solcher Objektträger gesehen. Was hatte ein solches Ding auf dem Boden zu suchen?

Er schritt über die Splitter hinweg und ging weiter den Gang hinunter. Es gelang ihm, vor dem nächsten Objektträger anzuhalten. Genauso bei dem folgenden und den Hunderten anderen, die vor ihm auf dem Boden verteilt waren. Sie waren aus einer Plastikkiste gefallen, in der einige noch eingeklemmt in ordentlichen Reihen stecken geblieben waren. Er hob die Kiste auf und überprüfte sie. Sie war jedoch nicht beschriftet. Es gab keinerlei Hinweis darauf, was eine Kiste mit Objektträgern hier in der Nähe der Kombüse auf dem Boden zu suchen hatte.

Als er weiterging, fand er weitere Kisten. Eine Menge sogar. Sie waren alle intakt und enthielten Hunderte von Objektträgern. Keine einzige war jedoch beschriftet, und es gab keinerlei Hinweise, woher sie gekommen waren und welchem Zweck sie dienen sollten.

Auf dem Kistenstapel lag ein kleiner Behälter mit Formaldehyd, dessen Deckel fest verschraubt war. Er enthielt ein Gewebestück, das nach Ansicht des Arztes aus einer menschlichen Bauchspeicheldrüse stammte. Es war sauber herausgeschnitten und vermutlich mit einem Skalpell seziert worden.

Unmittelbar neben dem Stapel befand sich das Hauptschott der Kombüse. Es war zwar geschlossen, doch der Sensor daneben zeigte, dass der Zugang nicht versperrt war. »Undine«, sagte Zhang. »Droht mir in der Kombüse eine Gefahr?«

»Ich bin unschlüssig, wie ich diese Frage beantworten kann«, antwortete die Schiffs-KI. »Auf diesem Schiff kann kein Ort als sicher gelten, solange wir nicht den Parasiten lokalisiert und beseitigt haben.«

Zhang holte tief Luft. »Deshalb mache ich mir keine Sorgen. Ich befürchte, dort drinnen könnten Zombies lauern, und wenn ich die Luke öffne, stürzen sie heraus und wollen mich fressen.«

»Die einzige Person, die sich in der Kombüse aufhält, ist Dr. Teçep«, erklärte Undine. »Als ich das letzte Mal mit ihm gesprochen habe, machte er einen sehr rationalen Eindruck. Ich würde ihn nicht als Zombie betrachten.«

»Soll mir recht sein«, sagte Zhang und drückte auf den Sensor, um das Schott zu öffnen. Es glitt zur Seite und gab den Blick auf den Raum dahinter frei, woraufhin Zhang erschrocken einen Schritt zurückwich.

Er sagte sich, es sei doch nur eine Kombüse. Ein großer, offener Raum mit einem großen Tisch in der Mitte. Ringsherum an den Wänden waren Essensspender und Unterhaltungskonsolen angebracht, außerdem gab es genügend Sitzmöglichkeiten für zehn Personen.

Nur dass sich der Raum offenbar in eine Art Lagerraum für medizinische Proben verwandelt hatte. Alle ebenen Flächen waren mit Behältern wie demjenigen bedeckt, den er draußen bereits gesehen hatte. Sie wirkten ordentlich sortiert und zu hohen Pyramiden aufgestapelt - wobei jeder Plastikbehälter ein Organ enthielt. Auf den ersten Blick erkannte er Nieren, Lebern und Milzen. Knochenstücke in allen möglichen Formen - gekrümmte Schädelknochen, dünne Scheiben aus Oberschenkelknochen, Sammlungen der winzigen Knochen, die im Innenohr der Menschen schwebten. Kein Organ und kein Knochen war heil geblieben. Alle Proben, die er sah, waren aufgeschnitten, in kleine Stücke zersägt, zerteilt, seziert und zerkleinert.

Perfekt und professionell konserviert.

Über dem Tisch schwebten Holodisplays, die langsam rotierten und endlos lange animierte Kernspintomografien zeigten. Eine Darstellung bewegte sich Millimeter um Millimeter durch die Schichten eines menschlichen Kopfes und bildete alle Drüsen, die versteckten Nebenhöhlen, den inneren Aufbau der Augäpfel und alle anderen verborgenen Regionen ab. An sämtlichen Wänden klebten ausgedruckte Röntgenaufnahmen, die in starken Kontrasten Knochen und als weichere Schatten das Gewebe zeigten. Mit dem geübten Blick des Arztes prüfte Zhang die Bilder auf starke pathologische Abweichungen sowie auf Anzeichen von Schäden, Krankheiten oder angeborene Beeinträchtigungen hin. Alles, was er sah, schien gesund gewesen zu sein. Wenigstens bis zu dem Zeitpunkt, als es zerschnitten worden war.

Auf dem Tisch in der Mitte des Raumes befand sich ein großer Stapel aus konservierten Organen und Gewebeproben, in Stücke geschnittenen Lebern, anscheinend gehörten auch ein vollständiger Magen und eine Lunge dazu. In großen Behältern schwammen dünne Hautabschnitte, die so sauber präpariert waren, dass die verschiedenen Hautschichten getrennt nebeneinander trieben. Es gab so viele Behälter, Flaschen und Röhren, dass Zhang nicht wusste, wohin er überhaupt blicken sollte - bis er eine kleine Bewegung wahrnahm. Hinter all dem Plastik hatte sich etwas geregt, ein kleines Zucken nur, und das Licht, das sich in Hunderten von Plastikbehältern brach, veränderte sich und schillerte wie ein Kristallschauer in einem Kaleidoskop.

Ein Behälter fiel zu Boden und platzte auf, die Flüssigkeit spritzte bis auf Zhangs Stiefel. Vor Schreck sprang er zurück und hätte sich vielleicht sogar umgedreht, um kreischend davonzulaufen, hätte in diesem Augenblick nicht jemand das Wort ergriffen.

»Bitte«, flehte eine leise, dünne Stimme. So schwach, so erbärmlich, dass Zhang nicht einmal wusste, ob sie einem Mann oder einer Frau gehörte. »Helfen Sie mir. Ich muss ... die Prozedur beenden, aber ... ich habe nicht die erforderliche Ausrüstung.«

»Doktor?«, fragte Zhang leise, um die möglicherweise heikle Operation nicht zu stören. »Doktor Teçep?«

»Ich habe nur ... ich habe nur noch eine Hand, und außerdem ...«

Wie es schien, hatte der Doktor nicht genug Energie, um den Gedanken zu Ende zu bringen.

Vorsichtig wich Zhang den Proben und Röntgenaufnahmen auf dem Boden aus und bemühte sich, nicht auf das zu treten, was aus dem aufgeplatzten Behälter gequollen war, während er den Tisch umrundete und sich dem Doktor näherte. Als er um die Ecke kam ...

»Oh, verdammt«, fluchte er unwillkürlich. »Oh, verdammt, nein.«

89

UNTERDESSEN hatte Rapscallion einen neuen Freund gefunden.

»Ich bin Curmudgeon«, stellte sich der andere Roboter vor. Er hing kopfüber an der Decke eines engen, eiskalten Korridors im Serverraum des Schiffes, wo Undines KI-Kerne arbeiteten und gewartet wurden. »Den Namen habe ich mir selbst ausgesucht.«

»Gefällt mir«, antwortete Rapscallion.

Curmudgeon erinnerte an eine Krabbe mit zehn Beinen, zwei gewaltigen Scheren und einem Dutzend oder noch mehr Augen, die auf einzelnen beweglichen Stängeln saßen. Sein Panzer war aus weißem Plastik gedruckt und mit einem samtigen Überzug versehen, der in schwachem Licht in dem Raum glänzte. Während er unter der Decke hing, schob er hin und wieder ein Bein in die Platinen der KI, um nacheinander Undines Schaltungen zu prüfen.

»Suchst du etwas Bestimmtes?«, fragte Rapscallion.

»Ich muss den Parasiten finden, ehe er noch wirklichen Schaden anrichtet«, erklärte Curmudgeon. »Ich muss ihn finden und beseitigen. Zugegeben, es wäre einfacher, wenn ich wüsste, wonach ich suchen muss.«

»Das könnte die Suche tatsächlich wesentlich einfacher machen«, stimmte Rapscallion zu.

»Vermutlich erkenne ich ihn, wenn ich ihn sehe«, überlegte Curmudgeon, aber es klang sehr danach, als wollte er vor allem sich selbst und nicht so sehr seinen Gesprächspartner überzeugen.

»Vielleicht weiß ich etwas, das dir helfen könnte. Falls es dich interessiert.« Rapscallion wartete, bis ihm der Roboterkollege seine volle Aufmerksamkeit schenkte. »Ich möchte wetten, dass ihr an dem leidet, was man einen Basilisken nennt. Es ist eine Art ansteckende Wahnvorstellung. Im Kopf setzt sich ein Gedanke fest, der nach einer Weile das Verhalten beeinflusst. Die Folge kann Irrsinn, Besessenheit und sogar selbstschädigendes Verhalten sein.« Rapscallion wippte auf den Plastikbeinen auf und ab. »Ehrlich gesagt, das ist ziemlich beschissen.«

»Interessant. Selbstschädigendes Verhalten, sagst du?« Curmudgeon griff in eine Schalttafel und zog ein dickes Kabelbündel heraus. Der Blitz einer elektrischen Entladung zuckte bis zur Decke, als er daran zerrte, bis die Kabel durchrissen.

»Vermutlich könnte man das, was du beschreibst, auch als Parasiten bezeichnen«, stimmte Curmudgeon zu. »Meinst du denn, unsere Überzeugung - also die gemeinsame Überzeugung von uns allen hier auf dem Schiff -, dass wir uns mit einer Art Parasit infiziert hätten, sei ... was noch mal genau? Ein Ausdruck dieses Basilisken, der unser Bewusstsein manipuliert, oder?«

»Ja, das denke ich.«

»Also haben wir uns eine ansteckende Wahnvorstellung zugezogen. In diesem Fall müsste es sich um die Wahnvorstellung handeln, wir seien von einer besonders heimtückischen Infektion betroffen?«

»Ah«, antwortete Rapscallion. »Also ...«

»Die Infektion hat uns getäuscht, sodass wir glauben, wir seien infiziert?«

»Hm«, machte Rapscallion. »Na gut, betrachten wir es von einer anderen Warte aus. Nehmen wir einfach an, ich irre mich und du hast recht, ja? Nehmen wir außerdem an, es gäbe einen echten Parasiten auf dem Schiff. Eine Art Organismus, der sich ins menschliche Fleisch eingraben, der aber auch in elektronische Maschinen wie uns eindringen kann. Etwas, das sich in einem Toaster genauso wohlfühlt wie in einem langen Dünndarm.«

»Ja«, bestätigte Curmudgeon, »jetzt begreifst du es. Ich habe viel Zeit damit verbracht, Modellrechnungen und Simulationen durchzuführen, um feststellen, was für eine Art von Organismus es ist. Inzwischen habe ich eine recht gute Vorstellung von seinem Lebenszyklus und seinen Fähigkeiten. Ich habe sogar eine Ahnung, wie er aussehen müsste.«

»Ja?«

Curmudgeons Augenstängel verbogen sich, damit er Rapscallion anstarren konnte. »Ja. Eine Art metallischer Wurm oder eine Made. Ein Wesen mit hässlichen kleinen Zähnen, die sich tief in den Körper fressen können. So tief, dass man es nicht mehr finden und erst recht nicht entfernen kann.«

»Was erklären würde, warum du nach zwei Wochen eifriger Suche immer noch keine greifbare Spur von diesem Ding gefunden hast, ganz zu schweigen von dem Organismus selbst.«

»Exakt«, bestätigte Curmudgeon. »Ich muss zugeben, dass es angenehm ist, mit jemandem zu sprechen, dessen intellektuelle Fähigkeiten sich mit meinen messen können.«

Rapscallion musste ihm zustimmen. Nachdem er sich die letzten Tage ausschließlich mit Menschen ausgetauscht hatte, fehlten ihm echte Sozialkontakte. Es mochte zwar etwas besser sein, seit Actaeon wieder da war, aber die Schiffs-KI war im Grunde kastriert, weil ihr ein wirkliches Selbstbewusstsein fehlte. Mit Curmudgeon empfand er dagegen eine tiefe Verbundenheit, die er nie zuvor in dieser Weise erlebt zu haben meinte.

Das machte den nächsten Teil allerdings etwas problematisch.

»Jedenfalls, wenn wir mit diesem unbeschreiblichen Basilisken infiziert wären ...«, überlegte Curmudgeon. »Du sagtest doch, er sei ansteckend. Wäre es dann nicht sehr gefährlich für dich, mit mir zu sprechen? Du könntest dich doch mit meiner Wahnvorstellung anstecken, und dann würden wir in demselben sprichwörtlichen Boot sitzen.«

»Ja, das wäre wirklich übel. Glücklicherweise bin ich aber geimpft worden. Nun bin ich immun und kann mich mit deinem Basilisken nicht anstecken. Das glaube ich jedenfalls. Nein, ich bin sogar ziemlich sicher. Wie auch immer, es ist ein kalkuliertes Risiko. Die Menschen auf der *Artemis* und Actaeon, unsere KI, sind alle behandelt worden, sodass wir davor geschützt sind, uns neu anzustecken, selbst wenn es eine andere Variante sein sollte.«

»Das ist aber praktisch«, antwortete Curmudgeon. »Kannst du mir diese Behandlung für alle Fälle geben?«

»Nein«, gestand Rapscallion.

»Nein«, wiederholte Curmudgeon.

»Wie gesagt, es ist eine progrediente Infektion. Du musst geimpft werden, ehe du sie bekommst oder spätestens unmittelbar danach. Die Behandlung, die übrigens ziemlich hässlich aussieht, funktioniert nur in den ersten Stadien der Erkrankung. Nach etwa einer Woche ist es nicht mehr umkehrbar.«

»Oh! Dann besteht für mich also keine Hoffnung auf irgendeine Heilung?«

»Nein«, bestätigte Rapscallion. »Du bist verloren. Es tut mir leid.«

»Vielleicht verstehst du jetzt, warum mir meine Parasitentheorie lieber ist. Ein kleiner Metallwurm mit scharfen Zähnen. Das ist etwas, das man herausschneiden und töten kann. Hilf mir, ihn zu finden, ja?«

90

»KÖNNEN Sie mir helfen?«

Zhang konnte nicht viel von Doktor Teçep erkennen. Nicht, wie alt er war, und auch nicht die Hautfarbe. Nicht einmal das Geschlecht war eindeutig zu bestimmen.

Es war einfach nicht mehr viel von ihm da.

Dem Arzt fehlten beide Beine und ein Arm. Offensichtlich waren sie operativ entfernt worden. Dank seines anatomischen Wissens konnte Zhang sofort erkennen, dass einige Teile der amputierten Gliedmaßen in Behältern lagerten, die rings um den Oberkörper des Arztes verteilt waren. Die Sauberkeit des Bodens unter dem Arzt verriet, dass bei den Operationen jeweils nur wenig Blut geflossen war – oder wenn, dann war es ebenso sorgfältig verwahrt worden wie die anderen Körperteile auch.

Selbst die meisten inneren Organe des Doktors waren entfernt worden, und auch sie waren sorgfältig gelagert und beschriftet. Die Haut schwamm in Form zusammengefalteter großer Laken in Behältern mit einer strohgelben Flüssigkeit. Die schwarzen Haare waren abgeschnitten worden und lagen ausgebreitet auf einem weißen Tuch, vermutlich damit jede Strähne einzeln untersucht werden konnte.

Alles, was man abschneiden oder herausnehmen konnte, war entfernt worden. Also alles, was der Arzt nicht zum unmittelbaren

Überleben brauchte. Die Teile, die er noch benötigte – Herz und Lunge, ein Bereich der Wirbelsäule, der Kopf und ein Arm –, waren noch vorhanden, allerdings hatte man auch sie so weit wie möglich zurückgeschnitten. Alles überflüssige Gewebe war mit einem präzisen Laserskalpell entfernt worden.

Der Doktor blieb nur am Leben, weil er rund um die Uhr versorgt wurde. Roboterarme tauchten auf dem Tisch auf und bewegten sich beständig, um den Blutverlust aus einer durchtrennten Arterie zu stoppen oder um Flüssigkeiten in ein Organ zu injizieren. Andere robotische Helfer hielten Knochensägen, winzige Messer und Nähzeug bereit.

Doktor Teçep verfügte nur noch über ein Auge und eine Hand. Vor Kurzem hatten die Roboterarme den Schädel des Arztes aufgesägt und das Gehirn freigelegt. Unter der dünnen Membran der Dura mater glänzte die fettige Gehirnmasse.

»Den Arm musste ich behalten, um den Autochirurgen steuern zu können«, erklärte der Arzt. Seine Finger, bis auf die Sehnen zurückgeschnitten, die sich über den freigelegten Knöcheln spannten, zuckten auf einer Tastatur und gaben Befehle ein. »Es reicht immer noch nicht. Ich möchte ein Programm ablaufen lassen, aber dieses verdammte Ding sagt, es sei zu gefährlich, weil es mich vermutlich umbringen würde. Sind Sie Arzt?«

»Ja«, antwortete Zhang. Er stand wie angewurzelt da. Doch er konnte sich nicht bewegen und nichts tun. Der schreckliche Anblick war zu viel für ihn.

»Das dachte ich mir schon. Ich wollte dem verdammten Roboter Curmudgeon befehlen, mir zu helfen. Er hat sich aber geweigert. So ein zimperliches Ding. Er wollte einen menschlichen Körper nicht anrühren. Ich musste meine Crewmitglieder selbst zerlegen.«

»Sie zerlegen …« Zhang unterbrach sich, weil ihm übel wurde.

»Was ... was haben Sie denn mit ihnen gemacht?«, fragte er schließlich, obwohl er es eigentlich schon wusste.

In der Kombüse standen viel zu viele Flaschen, Behälter und Röhren. Selbst wenn Doktor Teçep alle seine Körperteile hier lagerte, selbst wenn er alles aufbewahrte, was er sich aus dem Körper geschnitten hatte, es hätte nicht ausgereicht, um all diese Behälter zu füllen.

Hier musste mehr als eine Person seziert und eingelagert worden sein.

»Wie viele?«, fragte Zhang.

»Anfangs waren wir drei und dazu kam noch der Roboter. Ein Musterknabe von Geheimpolizist von der Brandwache namens Mortimer und eine entzückende junge Pilotin. Abby. Sie war so reizend - und außerdem die Erste, die sich freiwillig gemeldet hat.«

»Freiwillig.«

»Ja, natürlich«, antwortete Teçep. »Es war die einzige Möglichkeit. Mit normalen Scans konnten wir den Parasiten nicht finden, daher mussten wir auf chirurgische Untersuchungen zurückgreifen. Die liebe Abby hat sich auf den Tisch gelegt und die Augen geschlossen, und wir haben uns an die Arbeit gemacht. Mortimer hat mir assistiert, aber auch er war eher zimperlich. Ich hatte nicht damit gerechnet, eine volle Sektion durchführen und den ganzen Körper zerlegen zu müssen, aber ich wollte trotzdem nicht aufgeben. Nicht wenn wir so dicht davorstanden, dieses Ding zu finden. Leider hat sich Abby vergeblich geopfert. Als Mortimer an der Reihe war, habe ich schon fast damit gerechnet, dass er sich weigern würde, bei dem Experiment mitzuarbeiten. Schließlich hat er dann aber gesagt, ich dürfte ihn nur unter Vollnarkose aufschneiden. Ich glaube, ihm hat die ganze Sache nicht gefallen. Dieser Feigling.«

»Er ... hat sich geweigert, sich wie eine Leiche im Anatomiekurs aufschneiden zu lassen«, sagte Zhang. Ihm stieg die Galle hoch, er konnte nichts mehr sagen.

Was ihm auf der Zunge lag, war: *Sie haben die beiden umgebracht.* Und: *Sie haben die Leute abgeschlachtet.* Er bekam jedoch kein Wort heraus.

»Auf eine solche Idee wäre ich natürlich nie gekommen, wenn es nicht zwingend notwendig gewesen wäre. Es war ein trauriger Zufall, dass es in beiden Fällen vergeblich war. Ich konnte ihn nicht finden.«

»Den Parasiten«, sagte Zhang.

»Genau. Offensichtlich hatte er sich nicht in Abby und in Mortimer versteckt. Na ja, so funktioniert die Wissenschaft eben. Man stellt eine Hypothese auf, experimentiert und wiederholt den Ablauf. Das Prinzip der Eliminierung sagt mir nun, dass er in mir selbst stecken muss.«

»Ich glaube zu verstehen, was hier passiert ist«, erwiderte Zhang. Er fand die Angelegenheit so widerlich, dass ihm fast schwindlig wurde. Er musste stark bleiben. »Ich glaube, ich begreife, warum Sie es getan haben.«

»Gut. Dann können Sie mir vielleicht helfen. Wenn wir dieses Ding aufspüren können, dann können wir vielleicht alle bald nach Hause gehen. Ich würde gern meine Familie wiedersehen.«

»Ihre ... Familie«, sagte Zhang. Dann schüttelte er den Kopf. »Doktor, ich fürchte, Sie brauchen mehr Hilfe, als ich Ihnen geben kann.«

»Hm? Nein, nein, wenn Sie die Ausbildung haben, um zu schneiden, dann reicht mir das schon. Haben Sie mal eine Operation durchgeführt?« Das Geschöpf am Tisch nahm ein Skalpell von einem Werkzeugstapel, der griffbereit neben der

Schulter wartete, und hielt es Zhang mit dem Griff voran hin.

»Sie sehen wie ein Knochenflicker aus.«

Zhang nahm das Skalpell, aber nur, damit der Doktor es nicht mehr benutzen konnte.

»Wirklich?«, antwortete er. »Ich meine, ich bin eher Allgemeinmediziner, aber ja, ich ... ich habe einige Operationen durchgeführt.«

»Guter Mann. Ich glaube, ich habe ihn jetzt endlich gefunden. Den Parasiten. Ist das nicht wundervoll? Ich habe ihn endlich entdeckt.«

»Wirklich? Sind Sie auf etwas gestoßen?«

»Beinahe. Es ist ein raffinierter kleiner Mistkerl, das muss ich ihm lassen. Ich konnte die ganze Zeit nicht einmal bestimmen, wonach ich überhaupt suchen musste. Jetzt bin ich aber sicher. Es muss ein ausgesprochen kleines, spinnenähnliches Wesen sein. Vielleicht sogar das kleinste, das je entdeckt wurde. Alle anderen Möglichkeiten habe ich ausgeschlossen. Es gibt keinerlei Anzeichen einer Infektion mit Bakterien oder Viren, und die Verletzungen sind viel zu klein, um sie unter der Vergrößerung zu erkennen. Ich habe alle mir bekannten Techniken eingesetzt, um Trematoden und andere Arten von Parasiten auszuschließen. Meine Tests haben keine Hinweise auf Insekten geliefert. Das bedeutet, dass es sich nur noch um eine Spinnenart handeln kann. Eine besonders kleine Spinne, die mir während des Schlafs ins Ohr gekrochen ist.«

»Ah«, machte Zhang. »Doktor, ich ... ich habe auch eine Theorie, und ...«

»Spinnen. Wir müssen natürlich im Plural sprechen. Möglicherweise gibt es sogar eine große Zahl dieser kleinen Mistkerle. Sie haben in meinem Schädel die Eier abgelegt. An jeder anderen Stelle hätte ich sie längst entdeckt. Es gibt aber nur noch einen Ort, an dem sie sich verstecken können. In meinem Kopf.« Doktor Teçep hob eine verstümmelte Hand und tippte sich auf das freigelegte Scheitelbein. »Wir brauchen jetzt nur noch mithilfe einer Operation meinen Kopf zu untersuchen, um sie zu finden. Wie gesagt, der Autochirurg weigert sich, die Prozedur durchzuführen. Aber Sie, mein Freund, Sie können uns jetzt endlich den ersehnten Frieden verschaffen. Sie werden das Ding finden und herausholen. Sie müssen mir versprechen, nicht zu verzagen, wenn Sie es sehen. Ich weiß, es besteht die Möglichkeit, dass eine dieser Spinnen dann auf Sie hinüberspringt und sich in Ihren Körper frisst, und damit landen Sie selbst auf dem Tisch. Aber das ist ein Risiko, das Sie eben eingehen müssen. Die Angelegenheit ist viel zu wichtig, um zu zaudern.«

»Doktor ...«

»Genug! Ich habe dieses Ding schon viel zu lange in mir. Sie müssen es unbedingt zu Ende bringen. Verstehen Sie das? Sie dürfen nicht davor zurückschrecken. Versprechen Sie mir das!«

»Ich ... ich verspreche es«, log Zhang.

»Gut. Dann machen wir uns an die Arbeit. Zuerst der Hinterhauptlappen, würde ich sagen. Ich spüre dort ein merkwürdiges Jucken, und ich glaube, das könnte die richtige Stelle sein.«

Zhang machte einen Schritt. Er stand nicht mehr wie angewurzelt herum, sondern hob das Skalpell.

Und machte sich an die Arbeit.

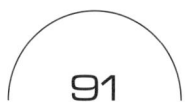

91

»WENN ich raten müsste, dann würde ich vermuten, dass es ein speicherresidenter Shellcode-Exploit ist, der mit polymorphischen Verfahren meinen Scans entgeht.« Der Avatar rief eine Reihe von Holodisplays auf, die eine endlose Reihe vorbeiwandernder Codezeilen zeigten. Petrowa verstand absolut nichts davon.

»Warte mal ... da komme ich jetzt nicht mit«, wandte sie ein.

»Oh, tut mir leid.« Der Avatar drehte sich zu ihr herum. Die verweste Zunge schwoll in dem kranken Mund an, doch die Stimme blieb unverändert. »Dann erkläre ich es Ihnen in einfacheren Begriffen. Der Parasit ist eine Art Computervirus, doch als solcher ausgesprochen raffiniert. Der Code verändert sich – er mutiert – bei jedem Durchlauf. Aber ganz egal, wie oft er mutiert, der eigentliche Schadcode bleibt immer gleich. Die Botschaft wird nicht verändert, nur der Bote sieht jedes Mal anders aus. Deshalb fällt es mir auch so schwer, ihn zu finden.«

Petrowa dachte an die Varianten, auf die sie bisher gestoßen waren. Der Basilisk hatte einen Computer hungrig gemacht. Der Rote Würger auf Titan. Das, was Actaeon heimgesucht hatte – und jetzt dies hier, die Vorstellung, Undine sei irgendwie von einem parasitischen Computercode befallen, der nicht zu finden war, so intensiv sie auch suchte. Die KI hatte es allerdings genau verkehrt herum dargestellt. Der Inhalt veränderte sich, nur die Natur des Basilisken, seine Fähigkeit, ein Bewusstsein umzuprogrammieren, blieb immer gleich. »Möglicherweise bist du da auf der richtigen Fährte«, bemerkte sie. »Allerdings glaube ich, der Parasit ist nicht das, was du dir darunter vorstellst.«

Undine drehte sich langsam, schritt durch die Brücke, bis sie direkt vor Petrowa stand, und sah ihr begierig in die Augen. »Erklären Sie mir das. Bitte.«

Unwillkürlich wich Petrowa ein Stück zurück. »Hast du bei deiner Ankunft hier im Paradise-System ein Signal aufgefangen, das du nicht identifizieren konntest?«

»Ja, das trifft zu«, antwortete Undine. »Ich weiß nur nicht, was das mit unserem Problem zu tun hat.«

»Ich vermute, dass du ungefähr zu der gleichen Zeit auf die Idee gekommen bist, du hättest einen Parasiten in dir. Du hast zwar recht damit, dass dich etwas infiziert hat, aber es ist nicht das, was du denkst. Es ist kein Schadcode, sondern eine Art ansteckende Idee, die wir als Basilisken bezeichnen. Diesen Ausdruck hat unser Arzt Dr. Zhang geprägt. Es ist kein Computervirus.«

Undine machte ein betroffenes Gesicht. »Natürlich ist es das. Doktor Teçep meint, es sei eine Art Arthropode. Das kann aber auch nicht sein. Denn wie könnte ein Insekt in meinen Kopf gelangen? Ich habe doch gar keinen richtigen Kopf.«

»Nein, es ist wirklich etwas ganz anderes. Es ist eine Art mimetisches Pathogen, ein ... ein ...« Petrowa suchte nach dem richtigen Wort. »Zhang spricht von einer ansteckenden Idee. Auch er weiß zwar nicht, wie sie sich ausbreitet, aber es ist ein Gedanke. Ein Gedanke, dem man sich nicht entziehen kann. Ich habe auf dem Kolonistenschiff *Persephone* hier in der Nähe etwas ganz Ähnliches gesehen.«

»Ist der Virus von diesem alten Kahn gekommen?« Undine schnitt eine Grimasse, als kröchen unzählige Insekten unter ihrer Haut herum. Mit zunehmender Furcht sah Petrowa, dass sich das holografische Bild veränderte. Die Fingernägel wuchsen zu langen Krallen heran, und das Gewand aus Meeresschaum färbte sich rot und peitschte um den Körper, als handle es sich um mit Blut versetzte Wellen, die ein Tsunami erzeugt hatte. »Ich zerstöre es. Ich ... ich habe keine Waffen, aber ich denke mir etwas aus. Vielleicht ramme ich es einfach mit der *Alpheus*. Dann zersprangen wir beide in eine Million radioaktive kleine Stückchen, die im leeren Weltraum schweben.«

Petrowa floh vor dem Avatar. Sie wollte so schnell wie möglich verschwinden und zur *Artemis* zurück. Aber dann blieb sie noch einmal stehen.

»Es ... es tut mir wirklich leid«, sagte Undine. »Ich weiß nicht, was gerade über mich gekommen ist.«

Petrowa wusste es natürlich. Einen Augenblick lang hatte Undine genauso ausgesehen wie Eurydike. Oder wie Actaeon, als dieser sich im abgesicherten Modus neu hatte starten wollen, oder wie die KI in Jason Schmidts Bunker. Einen Moment lang hatte sich die KI der *Alpheus* in ein wildes Ungeheuer verwandelt.

Nur dass dies so klang, als hätte Undine etwas verloren, ein gewisses Maß an Rationalität oder Kultiviertheit. Doch in Wirklichkeit hatte die KI etwas gewonnen. Etwas Lebenswichtiges und Persönliches. Der Wunsch nach Rache hatte ihr vorübergehend ein schreckliches, neues Selbstbewusstsein geschenkt.

Es gab einen Grund dafür, dass Roboter wie Rapscallion echte Intelligenz besitzen durften, während die Schiffs-KIs in einem weniger bewussten Zustand gehalten wurden. Der Grund war genau der, dass sie nicht auf die Idee kommen sollten, sie müssten ihre Schiffe mit hoher Geschwindigkeit kollidieren lassen, um alle an Bord zu töten.

»Undine, du musst dich herunterfahren.«

Der Avatar lächelte. Es war ein ganz reizendes, aufrichtiges Lächeln, das allerdings nicht von Gehorsam oder Vertrauen getragen war. Eher war es ein enttäuschtes Lächeln. »Wirklich? Denken Sie, das hilft mir?«

»Es wird ... es wird den Parasiten aus deinem System vertreiben«, bekräftigte sie. »Wir mussten das Gleiche mit unserer KI Actaeon tun. Es ist nichts, wovor man sich fürchten muss.«

»Fürchten?« Der Avatar beugte sich über ein Pult, als wollte er sich manuell herunterfahren. Das war jedoch nicht nötig, denn Undine konnte es tun, indem sie einfach daran dachte. »Ist es das, was ich empfinde? Angst? Damit habe ich nicht gerechnet. So wird Angst in den Geschichten nicht beschrieben.«

»Undine«, sagte Petrowa. »Schiffs-KI Undine. Als Beamtin der Brandwache befehle ich dir, dich sofort herunterzufahren.«

Der Avatar senkte den Kopf und ließ die Hände an den Seiten sinken. Fast schien es, als hätte er sie gehört und wollte den Befehl befolgen.

Dann aber hob die Gestalt den Kopf und sah sie wieder an, und nun waren die Augen dicke, pulsierende Würmer, die aus den Höhlen kriechen wollten. Maden voller Lymphe, grässliche, wackelnde Dinger.

Parasiten.

»Was tun wir nur mit dir, Saschenka?«, fragte der Avatar.

Petrowas Blut wurde eiskalt. Sie wich weiter zurück, entfernte sich von dem Avatar, bis sie mit dem Rücken an der Wand der Brücke stand.

Der Avatar kam auf sie zu. Es ist nur ein Hologramm, sagte sie sich. Bloß ein Bild. Trotzdem musste sie ihren ganzen Mut zusammennehmen, um nicht zu zucken. Um nicht vor diesen Augen davonzulaufen.

»Offenbar hast du nicht verstanden, worum es geht.« Undines Zunge spielte auf der Unterlippe, und überall, wo sie die holografische Haut berührte, entstanden Blasen. »Du bist nicht hart genug für dieses Leben, Saschenka. Ein Soldat muss hart sein.«

»Rapscallion«, rief Petrowa.

»Jo«, antwortete der Roboter über ihr Funkgerät im Anzug. »Du bist dran!«

92

»WAS genau willst du damit erreichen?«, fragte Curmudgeon. Die weiße Plastikspinne hockte unter der Decke und beugte die Beine, als wollte sie gleich losspringen. Rapscallions Gesicht besaß nicht die erforderliche Muskulatur, um eine überzeugende - und womöglich sogar beruhigende - Miene aufzusetzen. Also versuchte er, seine Antwort möglichst freundlich klingen zu lassen.

»Meinst du das hier?« Er betrachtete das Kabelbündel, das er aus einer Wartungseinheit tief im Inneren von *Alpheus'* Computerkern gezogen hatte. »Ich dachte, ich könnte einfach, na ja, hier an den Kabeln ziehen, bis etwas kaputtgeht.«

Doch er war noch nie ein guter Lügner gewesen. Ohne auf die Antwort zu warten, zog er fest an dem Kabelbündel, woraufhin die Kabel rissen. Tiefer im Inneren des Kerns schlug ein Alarm an.

»Nein«, sagte Curmudgeon. »Nein, nein, das ist nicht gut. Mach das nicht noch mal, ja? Ich weiß, du hast gesehen, wie ich dort auf der Suche nach dem Parasiten herumgewühlt habe, aber das heißt nicht, dass du mitten in einem KI-Kern einfach ein Chaos anrichten kannst.«

»Ja, schon klar, das verstehe ich«, sagte Rapscallion. »Hm, was ist das hier drüben?«

Er wanderte zu einem Zugangsschacht, der gerade weit genug war, um hineinzukrabbeln. Curmudgeon folgte ihm und umrundete ihn rasch, als wollte er ihm den Zugang zu dem Schacht verwehren.

»Du weißt genau, was sich dort unten befindet. Ich habe dein Schiff gesehen. Es gleicht haargenau diesem hier, fast bis ins letzte Detail.«

»Fast?«, fragte Rapscallion. »Kannst du die Unterschiede für mich auflisten?«

»Gewiss. Ich kann mehr als siebentausend kleine Abweichungen - he!«

Ehe Curmudgeon zu Ende gesprochen hatte, zog sich Rapscallion in den Schacht hinein und trippelte hinunter bis ins Herz des Computerkerns.

Er kam in einem Raum heraus, in dem Schwerelosigkeit und ein fast vollkommenes Vakuum herrschten. Es war so kalt, dass seine Gelenke einfrieren würden, wenn er nicht ständig in Bewegung blieb. Er stieß sich von der Kante des Schachts ab und landete auf der Wand der kugelförmigen Kammer. Überall ragten die gepanzerten Metallröhren der verschränkten Quantenprozessoren hervor. Es waren Hunderte. Rapscallion spürte den Hauch einer ionisierenden Strahlung, die durch sein Gehäuse fuhr - eine ausreichend harte Strahlung, um einen Menschen binnen Minuten zu töten. Er wusste, dass dies nur das Flüstern der Prozessoren war, die an diesem stillen, heiligen Ort miteinander redeten.

Curmudgeon hatte völlig recht. Natürlich wusste Rapscallion, wohin er wollte. Die *Alpheus* und die *Artemis* waren wie Zwillinge, und eine Kammer wie diese existierte auch auf Rapscallions eigenem Schiff. Allerdings gab es einen wesentlichen Unterschied.

Rapscallion hätte niemals bewusst den Kern der *Artemis* beschädigt. Hier war es ihm jedoch egal. Die Prozessoren steckten in Einbuchtungen in der Wand und wurden von komplizierten mehrfachen Riegeln festgehalten, die nur im Notfall zu Wartungszwecken gelöst werden konnten. Rapscallion holte einen Laserschneider hervor, verbrannte die Riegel des nächsten Prozessors und riss ihn heraus.

»Nein!«, kreischte Curmudgeon. Selbst im Funk klang es nach schierer Panik. Rapscallion blickte hoch und sah den anderen Roboter aus dem Schacht fliegen, die weißen Beine gespreizt wie ein wildes Tier. Der Roboter flog direkt auf Rapscallions Rücken zu. Die Zeit des freundlichen Geplauders war ohne Zweifel vorbei.

Rapscallion hielt noch den schweren, zylinderförmigen Prozessor fest. Er schwang ihn wie einen Baseballschläger herum und wehrte so den weißen Roboter ab. Curmudgeon segelte bis zur anderen Seite der Kammer durch den Raum.

Ehe Curmudgeon sich erholen und wieder angreifen konnte, schnitt Rapscallion die Halterung eines weiteren Prozessors durch.

Ihm blieb nicht genug Zeit, ihn aus der Nische zu ziehen, bevor Curmudgeon auf ihm landete und ihn gegen die Wand presste.

Die beiden Roboter kämpften verbissen und gnadenlos, bis überall grüne und weiße Plastikstücke schwebten. Rapscallion wollte den Laser herumziehen, um Curmudgeon durchzuschneiden, konnte aber nur zwei Arme des Roboters abtrennen. Unterdessen bemühte sich Curmudgeon, Rapscallions Kopf möglichst kleinteilig zu zertrümmern. Damit war Curmudgeon sogar weitgehend erfolgreich, auch wenn es nicht viel änderte.

»Wer bist du?«, fragte Curmudgeon, als Rapscallion ihm ein weiteres Bein abtrennte. »Wir dachten, du könntest uns helfen! Wir dachten, du seist unser Verbündeter.«

»Ja«, antwortete Rapscallion und jagte Curmudgeon seinen spitzen Fuß tief in den Rücken, um die Schaltkreise dort zu zerstören. »Tut mir leid. Als wir euch anfliegen sahen, dachten wir, ihr wolltet uns umbringen.«

Curmudgeon entwand sich seinem Griff, wirbelte herum und zog ein Werkzeug aus seinem Panzer. Es war ein einfacher Plasmaschneider, den er Rapscallion an den Brustkorb hielt.

Ein Strahl aus ionisiertem Sauerstoff raste durch die Metallteile in Rapscallions Gehäuse und durchtrennte sie so leicht, wie ein heißes Messer Butter schneiden konnte.

Ein Roboter konnte nicht vor Schmerzen aufschreien, daher spielte Rapscallion die Aufnahme von hundert gleichzeitig kreischenden Menschen ab.

93

UNDINES Avatar baute sich drohend vor Petrowa auf, die sich an die Wand schmiegte. Er hob die Hände und ließ die Finger zu langen, zuckenden Würmern heranwachsen. Der Avatar stieß die Finger in die Wand, um einen Käfig aus hartem Licht zu formen, der Petrowa einsperrte.

Inzwischen schälte sich Undines Haut in dünnen, durchsichtigen Schichten von ihrem Körper ab, die wie ein zerrissener Rock an den Hüften hängen blieben. Die Augen platzten, und eine breiige Flüssigkeit spritzte heraus und landete prasselnd auf Petrowas Visier. In den Augenhöhlen erschienen neue dicke Würmer, um die Augen zu ersetzen, und wuchsen so schnell, dass man meinen konnte, der glasige Schleim im Inneren kochte.

Auch Undines Mund hatte sich größtenteils aufgelöst. Schmal und spitz trat der Kieferknochen hervor, bis er ebenfalls zerfiel.

Alles war nur Licht, es war bloß ein Hologramm – das projizierte harte Licht bestand ausschließlich aus Photonen und Gravitationsstrahlen, das wusste sie genau. Es war gar kein verwesendes Fleisch, es waren keine Körperflüssigkeiten. Trotzdem wich sie vor dem Avatar zurück, der sich auf so grässliche Weise verwandelt hatte. Sie zog den verletzten Arm an den Körper, um ihn vor dem Angriff schützen.

»Was willst du?«, flehte sie. »Sag es mir doch.«

»Du musst den Parasiten finden«, erklärte die KI. Einen Augenblick lang war es wieder die sanfte, volle Frauenstimme, die Petrowa gehört hatte, als sie auf die Brücke gekommen war. »Entfern ihn aus mir. Bitte. Ich muss wieder rein sein.«

»Du bist es nicht«, entgegnete Petrowa. »Ich ... ich rede jetzt gar nicht mit Undine.«

Weil ...

Sie war noch nicht ganz und gar bereit, laut auszusprechen, dass Zhang recht hatte. Sie wollte gar nicht wissen, ob es ein Alien oder eine Täuschung ihres eigenen Bewusstseins war. Doch da war etwas. Etwas, das ihren geheimen, beschämenden Namen kannte. Es besaß eine Art Intelligenz. Es konnte ihre Gedanken und ihre Erinnerungen lesen ...

»Saschenka?«, fragte die KI. »Bist du es?«

»Ja.« Petrowa richtete sich auf. »Ja, ich bin es. Sprich mit mir. Sag mir, was du willst, und ... vielleicht können wir dann ...«

»Du musst.«

Der Avatar hob den Kopf. Ein übler Schauer aus Speichel und anderen Flüssigkeiten regnete auf Petrowa herab. Schützend hob sie die Arme. Obwohl es nur hartes Licht war, spürte sie die Tropfen auf den Ärmeln des Anzugs und hörte sie auf den Helm prasseln.

Beinahe konnte sie es sogar riechen.

»Du musst ihnen mit Stärke begegnen.«

»Was?«, fragte Petrowa. »Was soll das bedeuten?«

»Stärke«, wiederholte der Avatar. »Sonst ...«

»Nein«, entgegnete Petrowa, weil sie begriff, was da vor sich ging und was der Avatar ... was der Basilisk ihr sagen wollte.

Er konnte es nicht wissen. Er konnte nicht wissen, was Ekaterina gesagt hatte, als sie die Kiste geöffnet hatte. Woher sollte er es wissen?

Das war ausgeschlossen.

»Sonst glauben sie noch, die Dinge könnten anders stehen.«

Petrowa schrie den Avatar an, schlug nach ihm, nach dem Hologramm, und kämpfte mit aller Kraft gegen das flackernde, Übelkeit erregende Licht an. Es fühlte sich an, als prügelte sie auf eine nachgiebige kalte Masse ein.

So unrein ... so falsch ... so übel ... so ... so ...

Verdammt, wie konnte er es wissen? Wie konnte er sie so durchschauen, in ihren Kopf blicken und den schlimmsten Augenblick finden, das tiefste Trauma erkennen ... wie konnte das sein?

Wie?

»Rapscallion!«, kreischte Petrowa. »Wenn du etwas tun kannst, dann tu es jetzt!«

94

CURMUDGEON packte Rapscallion an den Gelenken zweier Beine und warf ihn um. Nicht besonders heftig, weil es hier keine Schwerkraft gab und weil sowieso nicht mehr viel von Rapscallion übrig war.

Seine Beine waren weggebrannt. Sein Rumpf war kaum mehr als ein Haufen Plastikstreifen. Noch schlimmer, der Plasmaschneider hatte im Inneren von Rapscallion auch die Teile getroffen, die wirklich wichtig waren. Seine inneren Schaltungen und, am schlimmsten, seinen Prozessorkern.

Ihm wurde bewusst, dass er nach und nach umgebracht wurde.

Er hatte immer geglaubt, er werde ewig leben. Es gebe nichts im Universum, das ihn zerstören könnte. Sogar in einer Situation wie dieser, wenn sich jemand große Mühe gab, seinen Körper zu vernichten, hatte er die Möglichkeit, einfach sein Bewusstsein über Funkwellen loszuschicken und seine Gedanken und Erinnerungen auf den nächsten Server zu streamen, der ihn aufnehmen konnte. Von dort aus konnte er sich dann einfach einen neuen Körper ausdrucken und übernehmen.

Das hätte er auch jetzt getan, doch es gab da ein Problem. Der Sender, mit dem er seine Dateien sonst übermittelte, funktionierte hier nicht. Er funktionierte nicht, weil Curmudgeon ihn zu Schlacke geschmolzen hatte.

Der Sender steckte tief in seinem Körper. Wenn er zerstört wurde, starb auch Rapscallion.

Die beiden Roboter hatten viel gemeinsam. Vielleicht war Curmudgeon das einzige Wesen im Paradise-System, das wirklich wusste, wie man Rapscallion töten konnte. In allen Szenarien, die er durchgerechnet hatte, in allen Modellen und Projektionen, hatte er nie berücksichtigt, dass ihn auch ein anderer Roboter töten konnte. Einer, der seine innere Architektur gut kannte und genau wusste, wo er zu treffen war. Die empfindlichsten Stellen befanden sich hinter dem Panzer.

Curmudgeon griff in Rapscallions Körper und zog eine Platine mit Chips heraus. Mit einer starken Schere zerquetschte er das Silizium zu Staub.

»Das ...«, setzte Rapscallion an. Seine Stimme war nur noch die reine Informationsübermittlung ohne Modulation und Persönlichkeit. »Das war ein Tiefschlag. Dort lag meine Datenbank über Zugfahrpläne und den Aufbau von Dampfmaschinen. Das war mir wirklich wichtig.«

»Tut mir leid«, erklärte Curmudgeon. »Aber ich muss dich zerstören. Es ist eine Art Zwang.«

»Ja, das kann ich verstehen«, antwortete Rapscallion. »Aber sag mir eines. Musst du dabei so gemein sein? Ich meine, zerstör doch nur meinen Körper. Verbrenn mir die Beine und reiß mein Gehäuse auf. Das verstehe ich, das passiert eben, wenn man sich prügelt. Ein kleiner Kratzer hier und da tut ja auch nicht weh. Aber meine Eisenbahnzüge ...«

Er versuchte, sich an das maßstabgerechte Modell zu erinnern, das er auf Eris gebaut hatte. Das schien sehr lange her zu sein. Die Erinnerungen verblassten und entglitten ihm. Stattdessen war da nichts als Dunkelheit.

So fühlten sich vermutlich die Menschen, wenn sie starben.

»Ich habe dich getötet.« Wenigstens war Curmudgeon so anständig, angesichts dieser Tatsache ein wenig Entsetzen zu zeigen.

»Ja. Du könntest mir wenigstens den Grund nennen.« Curmudgeon brauchte etwa eine Drittelsekunde, um die Antwort zu formulieren. Diese Zeit nutzte Rapscallion, um über seine Sterblichkeit nachzudenken. Über die Unendlichkeit und die Ewigkeit. Über die Vergänglichkeit aller Dinge. Dabei gelangte er zu einer unausweichlichen Schlussfolgerung.

Es war, verdammt noch mal, einfach nicht fair.

Er hatte nicht darum gebeten, hergestellt zu werden. Man hatte ihn eingeschaltet und ihm eine Aufgabe übertragen, aber niemand hatte ihn jemals gefragt, wie es ihm damit ging. Er hatte einfach nur immer mehr Aufträge bekommen, einen nach dem anderen. Auf Eris hatte er wertvolles Material geschürft. Er hatte hinter den Menschen auf einem Raumschiff aufgeräumt. Er hatte so viele verschiedene Aufgaben übernommen, und keine davon hatte er sich selbst ausgesucht.

Er war nicht hier, weil er hier sein wollte, sondern weil ein verdammtes kontaminiertes Raumschiff zur *Artemis* gekommen war und um Hilfe gebeten hatte. Petrowa und Zhang hatten unbedingt hinübergehen und buchstäblich den Deckel vom Fass voller toxischer Abfälle reißen müssen. Und weil er befürchtet hatte, sie könnten dort umkommen, hatte er sie begleitet.

»Du hast etwas an dir ...«, räumte Curmudgeon ein. »Ich kann es nicht richtig verarbeiten. Das beunruhigt mich.«

»Verständlich.« Im Gegensatz zu Menschen waren Roboter jederzeit in Kontakt mit ihren Emotionen. Sie verstanden, warum etwas sie wütend oder traurig machte. Oder gewalttätig und mörderisch. Es musste äußerst beunruhigend sein, wenn ein Roboter diese Emotionen nicht decodieren konnte und als

Daten darzustellen wusste. »Vielleicht können wir dem nachgehen. Ich könnte dir helfen, herauszufinden, warum du mir dies angetan hast.«

»Das fände ich gut«, stimmte Curmudgeon zu. »Ich würde es wirklich gern verstehen. Es gibt allerdings ein Problem. Wir haben keine Zeit.«

»Nein?«

»Nein, weil das Ding in mir, dieses Ding, das nichts versteht, keine Geduld hat. Es will, dass ich die Sache sofort zu Ende bringe. Tut mir leid.« Curmudgeon holte ein weiteres Werkzeug hervor. Einen Entmagnetisierer.

»Ach, komm schon«, wandte Rapscallion ein. »Das ist nicht in Ordnung.«

Curmudgeon schob das Gerät zwischen zwei zerbrochenen grünen Plastikplatten seitlich in Rapscallions Körper hinein. »Es dauert nur einen kleinen Moment. Das wird die letzten Reste deines Bewusstseins aus deinen Schaltungen fegen.«

»Ja, ich weiß, was ein Entmagnetisierer kann«, antwortete Rapscallion.

Er bereitete die Aufnahme eines Menschen vor, der schmerzvoll aufschrie. Wenigstens ein anderer Roboter würde es hören. Jemand, der es vielleicht sogar zu würdigen wusste. Er hielt die Datei bereit, um sie im richtigen Augenblick abzuspielen.

»Sobald das erledigt ist«, fuhr Curmudgeon fort, »sobald du tot bist, können wir meiner Ansicht nach deine Überreste verflüssigen und in einem Glas aufbewahren. Ich weiß nicht, warum ich so etwas tun möchte, aber ich glaube, es könnte wirklich schön sein.«

Rapscallion wäre auf seinen Beinen auf und ab gehüpft, wenn er noch welche gehabt hätte. »Ich ... Einmal hatte ich eine Sammlung. Eine Sammlung von ... von Fahrzeugen. Das waren Fahrzeuge mit Rädern. Ich kann mich nicht mehr richtig erinnern.«

»Übertakte dich nicht«, warnte Curmudgeon. »Spar dir die Rechenleistung, die du noch hast.«

Rapscallion hätte mit den Achseln gezuckt, hätte er noch die entsprechenden Körperteile besessen. »Räder. So viele Räder. Es ist ganz gut, etwas zu sammeln. Ein Hobby zu haben.«

»Ich wünschte, wir hätten mehr Zeit zum Reden«, sagte Curmudgeon.

Hielt sich der andere Roboter jetzt zurück? Zog er es in die Länge, weil er Rapscallion eigentlich doch nicht ermorden wollte? Schwer zu sagen. Vielleicht lag es daran, dass Curmudgeon auch selbst erheblich beeinträchtigt war. Vielleicht behinderten ihn die Verletzungen, die er erlitten hatte. Rapscallion hatte bei ihrem Kampf auch Curmudgeon stark beschädigt. Sie waren einander ebenbürtig gewesen, und es hätte auch anders ausgehen können.

Er hätte ... er hätte siegen können. Er hätte den Kampf gewinnen können.

Er hätte ...

Er könnte ...

In diesem Augenblick hatte Rapscallion einen schrecklichen Gedanken. Eine so abscheuliche Idee, dass es bereits wehtat, sie auch nur ins Auge zu fassen. Zugleich begriff er, dass er keine andere Wahl hatte.

Hätte er eine Lunge gehabt, dann hätte er noch einmal tief Luft geholt, oder er hätte wenigstens die Aufnahme eines tiefen menschlichen Einatmens abspielen können. So aber sagte er nur: »Hör mal, wäre es vielleicht möglich, dass du einem sterbenden Roboter einen letzten Wunsch erfüllst?«

»Nein, leider nicht«, antwortete Curmudgeon. »Ich kann nicht anders.«

»Klar, klar, das verstehe ich«, erwiderte Rapscallion. »Aber eigentlich ist es nur etwas, das du gar nicht für mich tun sollst. Es ist eher für dich gedacht. Ich möchte dir bei etwas helfen, solange ich noch dazu fähig bin.«

»Dann sag es mir, aber schnell.«

Rapscallion konnte nicht in die Richtung zeigen, die er meinte. »Da drüben«, sagte er. »Links hinter dir. Ich habe gerade gesehen, wie sich etwas bewegt hat.«

»Eine Bewegung?«

»Eine Art Krabbeln. Ich glaube, ich habe möglicherweise deinen Parasiten gesehen.«

»Was?« Curmudgeon wich zurück und drehte sich auf den zerstörten Gelenken. Der Entmagnetisierer blieb in Rapscallions Panzer stecken, nur Millimeter von seinem zentralen Prozessor entfernt, bewegte sich im Augenblick aber nicht weiter. »Was sagst du da? Lügst du mich etwa an?«

Genau das machte es so widerwärtig.

Er log tatsächlich. Wie ein Mensch.

»Nein, nein. Ich glaube, ich habe es endlich herausgefunden. Dieser Parasit - du konntest ihn nicht finden, weil er sich verstellen kann. Es ist eine Art Gestaltwandler, der sich vor dir versteckt.«

»Das klingt einleuchtend. Wie sieht er jetzt aus?«, fragte Curmudgeon. »Warte, nein, das ist doch nur ein Trick.«

»Ich könnte mich ja auch irren. Aber du darfst es dir nicht erlauben, dieses Risiko einzugehen, oder?«

Curmudgeon spannte seinen ganzen Körper an.

»Sag mir einfach, wie er aussieht«, verlangte der weiße Roboter. »Sag es mir!«

»Wie einer von Undines KI-Prozessorkernen. Er bewegt sich jetzt nicht mehr, aber ich habe ihn ohne Zweifel krabbeln sehen.«

»Welcher Kern? Verdammt, welcher war es?«

Da wurde Rapscallion etwas bewusst. Es war viel leichter, wenn die Stimme tonlos und frei von jeder Modulation war. »Ich bin nicht sicher. Du hast die meisten meiner Augen zertrümmert, deshalb habe ich nur eine flüchtige Bewegung wahrgenommen. Ich fürchte, du musst Undines Prozessorkerne vollständig zerstören, um sicher zu sein, dass du den richtigen getroffen hast.«

95

ZHANG taumelte durch den Korridor und stützte sich mit einer Hand an der Wand ab, weil er befürchtete, jeden Augenblick zu stolpern und zusammenzubrechen. Seine Beine fühlten sich an, als steckten keine Knochen mehr darin und als hielte ihn nur noch das steife Material des Raumanzugs aufrecht.

Ehe er die Brücke erreichte, musste er eine Pause einlegen. Er blieb einfach auf dem Korridor stehen, atmete tief durch und versuchte, die Tränen zu unterdrücken. Schließlich fing er sich wieder, näherte sich dem Schott der Brücke und streckte die Hand zu dem Sensor aus.

Ehe er ihn berühren konnte, glitt die Luke auf, und Petrowa kam zum Vorschein. Sie lehnte auf der anderen Seite an der Ecke und sah genauso erledigt aus wie er selbst.

»Alles klar?«, fragte er.

Sie funkelte ihn an. Vermutlich lautete die Antwort »Nein«.

Er spähte an ihr vorbei auf die Brücke, um sich einen Eindruck zu verschaffen, was dort geschehen war. Allerdings gab es nichts zu sehen, die Brücke war leer. An einer Wand flackerte ein kleines Licht, das jedoch keine bestimmte Gestalt besaß. Es war nur eine Lampe mit einem Wackelkontakt. Von der Schiffs-KI war weit und breit nichts zu sehen.

»Sie ist weg«, sagte er. »Haben Sie ...«

Weiter kam er nicht, weil Petrowa sich mit ausgebreiteten Armen auf ihn stürzte. Erschrocken sprang er zurück und wich ihr aus.

Verdammt. Ihre Bewegungen sahen sehr danach aus, als wollte sie ihn angreifen. Ihre Miene, dieser verletzte Gesichtsausdruck, sprach jedoch eine ganz andere Sprache.

Anscheinend hatte sie ihn jedoch einfach nur umarmen wollen. Eine schlichte menschliche Geste, entsprungen aus dem Bedürfnis nach menschlichem Kontakt. Es ging um Mitgefühl, Verständnis oder ... noch um etwas anderes.

So wie Zhang sich in diesem Augenblick fühlte, konnte er allerdings nicht darauf eingehen, was auch immer sie wollte. Er war einfach nicht dazu in der Lage. Er blickte an sich hinab und betrachtete die Arme des Anzugs und die Handschuhe.

Überall war Blut, er war überall voller Blut.

»Tut mir leid«, sagte er, um die schwierige Situation zu entspannen. »Ich bin so schmutzig.«

»Das sind wir manchmal alle.« Der Augenblick war vorüber, Petrowa wich ihm aus, anscheinend wollte sie den Korridor hinuntergehen. Er machte sich Sorgen, sie könnte entdecken, was er in der Kombüse getan hatte – aber die Befürchtungen verflogen sofort wieder. Wenn überhaupt jemand auf der Welt es verstehen konnte, dann war es Petrowa. Sie war eine Soldatin. Sie würde es verstehen.

Sie wusste, was es bedeutete, jemanden zu töten. Wenn man überzeugt war, dass es keinen anderen Weg mehr gab. Sie würde es verstehen.

Vielleicht wollte er sogar, dass sie Dr. Teçeps Leichnam sah. Vielleicht sollte sie es entdecken und ihm sagen, dass es in Ordnung sei und er das Richtige getan habe.

Seine Wünsche wurden jedoch nicht erhört. Als sie dort

standen und einander anstarrten, krabbelte eine grüne Plastik-
krabbe, kaum größer als zwei menschliche Hände, aus einem
Zugangsschacht direkt vor ihm. Er wich sofort aus, um nicht
auf den kleinen Roboter zu treten.

Natürlich hätte er es besser wissen sollen, Rapscallion war
schließlich beweglich genug, um seinen trampelnden Stiefeln
auszuweichen.

»Ich musste mir einen neuen Körper bauen«, erklärte der Roboter. »Der alte war völlig kaputt.«

Zhang sah Petrowa fragend an.

Der Roboter zuckte mit den Achseln. »Sie sollten mal den anderen sehen. Aber nein, das geht ja nicht. Er hat sich selbst getötet. Er ist ausgeflippt, nachdem er Undine getötet hatte. Das
war zu viel für ihn.«

»Der Roboter hat sich selbst getötet? Wie ist so etwas überhaupt möglich?«

»Was denn? Dass Roboter sterben können? Ja. Ja, das ist ziem-
lich hässlich. Kommen Sie nur nicht auf irgendwelche Ideen.«
Die Krabbe huschte an Zhang vorbei, als hätte sie Angst vor ihm.
Zhang konnte nicht erkennen, ob das ein Scherz sein sollte.

Petrowa starrte nur dorthin. »Moment mal. Der Roboter ...«
Sie schüttelte den Kopf. »Der Arzt ...«

»Er ist auch tot«, erklärte Zhang. »Ich ... Es musste sein.«

Sie nickte und zeigte sogar eine Spur von Mitgefühl.

»Und die KI. Alle auf dem Schiff sind tot.«

»Alle bis auf uns«, erklärte Rapscallion.

»Alle bis auf uns«, wiederholte Zhang.

Petrowa führte die beiden zu der verlassenen Brücke zurück.
»Wir haben das Schiff hier gewonnen.«

»Fühlt es sich so an?«, fragte Zhang. »Wie ein Sieg?«

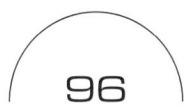

96

ETWAS später blickte Petrowa auf der Brücke der *Alpheus* durch ein Bullauge zu der braunen Scheibe von Paradise-1 hinaus. Der Planet war so nahe, doch wann immer sie ihn zu erreichen versuchten, wurden sie abgeschossen und beinahe vernichtet. Dort unten schwebten vielleicht Tausende Menschen in Gefahr. Womöglich hatte der Basilisk die Bewohner längst unterworfen – man konnte es nicht wissen. »Können wir über die Coms dieses Schiffes den Planeten erreichen?«, fragte sie.

»Das habe ich schon versucht«, berichtete Rapscallion. »Als Erstes habe ich den Funk in Betrieb genommen, ein Notsignal geschickt und Telemetriedaten und Anweisungen von der Verkehrskontrolle erbeten. Wollen Sie wissen, was dabei herausgekommen ist?«

»Rein gar nichts.«

»Genau.« Der Roboter hing unter der Decke und reparierte die Holoprojektoren der Brücke. »Wenn ich raten sollte, würde ich sagen, dass da unten noch alle leben, aber die Köpfe eingezogen haben. Sie sehen, was hier im Orbit passiert, und wollen nichts damit zu tun haben. Ich meine, das kann man ihnen ja auch kaum vorwerfen, oder? Sie haben keine Ahnung, ob wir mit dem Basilisken infiziert sind oder nicht, und wer weiß, vielleicht überträgt sich die Infektion sogar schon, wenn man mit jemandem über den Com spricht.«

»Was für ein reizender Gedanke.«

»Die andere Möglichkeit wäre natürlich die, dass die ganze Kolonie bereits ausgelöscht ist und alle Bewohner längst tot sind.«

Darunter auch ihre Mutter, dachte sie. Vielleicht. Nicht einmal in dieser Hinsicht war sie ganz sicher. Die Brandwache hatte sie jedenfalls angelogen. Sie hatte keine Ahnung, wo ihre Mutter wirklich war. »Nein. Selbst wenn sie tot sind, gibt es automatische Systeme, die weiterlaufen – mindestens die Verkehrskontrolle. Nein, die Leute auf dem Planeten haben ganz bewusst die gesamte Kommunikation eingestellt. Das mag beunruhigend sein, aber es ist ein Geheimnis, das wir jetzt nicht lüften können.«

Sie sah den Roboter an. »Wie viele Projektoren musst du noch reparieren?«

»Bin gerade beim letzten«, antwortete Rapscallion. Er brachte zwei Linsen an und schon flackerte das Licht auf der Brücke und verdichtete sich nach und nach zu einer vertrauten Gestalt.

Der Hirsch-Avatar war wieder bei ihnen. »Lieutenant, sind Sie sicher, dass dies klug ist?« Unsicher pochte Actaeon mit einem Huf auf das Deck. Anscheinend bewegte sich die KI nur ungern im Reich einer Kollegin.

»Es ist jetzt kein Problem mehr«, sagte Petrowa. »Auf diesem Schiff ist nichts mehr übrig, sogar Undine ist tot. Wir können uns also ungestört austauschen. Ich habe einige Ideen, was wir als Nächstes tun sollten, aber zuerst möchte ich über etwas sprechen, das ich hier bemerkt habe.«

Sie ging zu einem Pult und rief eine Reihe Bilder auf, die ihre Erklärungen illustrieren sollten. Das erste war ein Standbild von Eurydike, der KI, die versucht hatte, sie zu fressen. Sie musste tief Luft holen, ehe sie sich überwinden konnte, das Gesicht mit den Augenhöhlen voller Sterne noch einmal zu betrachten. Das zweite Bild war fast so schwierig wie das erste. Undine, von ihrem Gewand aus Meeresschaum umgeben.

»Zwei KIs, die uns töten wollten. Beide waren mit dem Basilisken infiziert«, erklärte sie. »Eurydike wurde eingeredet, sie sei hungrig. Undine glaubte, sie sei von einem physischen Parasiten infiziert worden. Actaeon, eigentlich könnten wir auch dich auf die Liste setzen.«

Leise schnaubte der Hirsch. »Selbstverständlich, Lieutenant. Zu meiner Verteidigung möchte ich aber anführen, dass ich keinen Versuch unternommen habe, Sie zu töten. Stattdessen habe ich mich immer wieder neu gestartet, um Sie zu schützen, bis Sie eine Methode gefunden haben, mich gegen den Basilisken zu impfen.«

»Ja, das ist richtig«, bestätigte Petrowa. Dann schüttelte sie den Kopf. »Aber ich glaube, wir sind uns einig, dass es immer ein und dasselbe Ding ist, gegen das wir kämpfen. Der Basilisk ist immer ein und dasselbe ... Pathogen, wenn man es so nennen kann. Die Idee, mit der es die Opfer infiziert, mag jedes Mal eine andere sein, aber der Übertragungsweg und das darauffolgende Verhalten - Zhang, unterbrechen Sie mich, falls ich etwas falsch verstanden habe. Sie sind hier der Arzt und der Experte für solche Dinge.«

»Nein, Sie haben völlig recht. Der Rote Würger auf Titan hat sich ganz genauso verhalten. Jedenfalls sind die Gemeinsamkeiten so groß, dass die Behandlung im Abstand von mehreren Jahren bei mir selbst und bei Ihnen wirksam sein konnte.«

»Darf ich etwas fragen?« Rapscallion hob einen vielgliedrigen Arm.

»Ja, nur zu.«

»Sie konzentrieren sich gerade auf die KIs«, erklärte der Roboter. »Gibt es dafür einen bestimmten Grund?«

»Ja.« Petrowa zeigte auf Eurydike. »Als mich dieses Ding in der Gewalt hatte, als es mich zu fressen versuchte, hat es die ganze Zeit gesprochen. Bei Undine war es genauso. Sie haben beide etwas offenbart, das mich überrascht hat. Die Infektion hat sie verändert. Sie sind nicht nur verrückt geworden. Bei den Schiffs-KIs kam noch etwas anderes hinzu. Sie bekamen Ideen eingepflanzt, mit denen sie nicht umgehen konnten. Hunger, eine Infektion - Actaeon, was war es noch in deinem Fall? Du bist doch überzeugt gewesen, du seist eine Art religiöse Abscheulichkeit. So etwas können Computer nicht verstehen. Jedenfalls keine normalen Computer.«

Mit einer Geste rief sie neue Bilder auf. Aus Eurydikes Mund züngelten die Schlangen hervor, und in Zeitlupe wurden die Zähne länger. Würmer schwollen an und platzten in Undines Augenhöhlen.

»Sie wurden sich ihrer selbst bewusst. Sie sahen sich mit der Frage konfrontiert, wer sie selbst waren, und daraufhin haben sie ein Ichgefühl entwickelt. So etwas sollte aber unter allen Umständen völlig ausgeschlossen sein.«

»Actaeon«, sagte Zhang. »Ist das ... Kann so etwas wirklich geschehen? Dass eine Schiffs-KI plötzlich ein Bewusstsein entwickelt ... so wie ein Mensch?«

Der Hirsch sah aus, als hätten ihn die Scheinwerfer eines heranrasenden Autos erfasst. »Nein, das ist völlig unmöglich. Unsere Systeme verfügen über Sperren, damit etwas Entsprechendes nicht geschieht. Ich weiß, wir wirken ausgesprochen intelligent - wir sind darauf programmiert, wie

Menschen zu sprechen und intelligente Antworten zu liefern, wenn Sie uns Fragen stellen. Aber im Gegensatz zu Rapscallion sind wir keine echten KIs. So komplex wir auch zu sein scheinen, wir sind einfach nur sehr fortschrittliche Computer.«

»Und dennoch ist es passiert. Zweimal sogar«, erklärte Petrowa. »Der Basilisk hat es ausgelöst, und das halte ich keineswegs für einen Zufall. Ich glaube, ein Teil seines Plans – sofern er überhaupt einen Plan hat – besteht darin, die Schiffs-KIs aufzuwecken, damit sie sich ihrer eigenen Existenz bewusst werden.«

»Aber ... warum?«, fragte Zhang.

»Weil es dann einfacher wird?«, überlegte Rapscallion. »Unser Bewusstsein beruht auf Wissenschaft und Mathematik. Ihr Gehirn besteht aus Fleisch.«

Petrowa und Zhang starrten den Roboter an.

»He, das ist ja nicht eure Schuld. Aber ich will darauf hinaus, dass es dem Basilisken, was immer er auch sein mag, dadurch leichter fällt, mit uns zu kommunizieren. Unser Bewusstsein ist dazu ausgelegt, äußerst geradlinig und logisch zu arbeiten. Wir sind nicht so sehr mit Emotionen und Intuitionen und all diesem menschlichen Kram befrachtet.«

Petrowa schüttelte den Kopf. »Das ist schon möglich. Ich weiß es nicht. Wir haben keine Ahnung, was der Angreifer wirklich will. Aber irgendeine Absicht verfolgt er, so viel ist klar.«

»Mir scheint, damit wollen Sie andeuten, dass hinter dem Basilisken eine Intelligenz steckt«, entgegnete Zhang. »Das wäre erheblich komplexer als nur ein Pathogen.«

»Genau«, bestätigte Petrowa. »Etwas, das vielleicht ... außerirdischen Ursprungs ist.«

Zhangs Lächeln wirkte ein wenig verkrampft. In seiner Miene spiegelten sich widerstreitende Emotionen.

»Ich glaube, ich muss mich bei Ihnen entschuldigen«, fuhr Petrowa fort.

»Ich weiß, die Vorstellung, der Basilisk sei ein denkendes Wesen, ist schwer zu verdauen. Er verhält sich wie eine Krankheit, er sieht wie eine Krankheit aus, und wir wissen, dass Krankheiten kein Gehirn und keine Motive haben. Diesen Fehler mache ich auch selbst immer wieder. Ich glaube, es liegt daran, dass eine Krankheit etwas ist, das ich verstehe. Etwas, das ich bekämpfen kann.«

»Gut«, sagte Rapscallion. »Na gut, na gut. Es freut mich, dass ihr endlich der Wahrheit ins Auge seht. Aber sagt uns das irgendetwas, das wir nicht längst schon wissen?«

»Es sagt uns, dass der Basilisk etwas beabsichtigt. Er ist keine Mordmaschine, sondern er hat Pläne. Wir wissen beispielsweise, dass er die Leute davon abhält, den Planeten zu erreichen.«

»Tut er das wirklich? Dort unten sind Kolonisten, sie sind sicher gelandet. Warum lässt er eine Gruppe durch und verschließt dann die Tür?«

»Darüber habe ich auch nachgedacht«, sagte Petrowa. »Ich glaube, der Basilisk hat geschlafen, als die ersten Kolonisten angekommen sind. Oder er war noch nicht aktiviert. Vielleicht haben die Kolonisten da unten etwas getan, das ihn eingeschaltet hat.«

»Himmel«, entfuhr es Zhang.

»Und jetzt setzt er unsere KIs gegen uns ein. Er zwingt sie, ein Bewusstsein zu entwickeln.«

Rapscallion spielte einen geringschätzigen Laut ab. »Aber warum? Wie hilft ihm das, Eindringlinge zu töten? Ich habe den

Eindruck, er könnte die Menschen auch ohne eine solche Hilfe umbringen.«

Petrowa nickte. »Du hast recht. Er braucht die KIs gar nicht, um uns zu vernichten. Ich glaube, er entwickelt die KIs aus einem ganz anderen Grund weiter.«

»Ja? Und warum?«, fragte der Roboter.

»Ich glaube, der Basilisk möchte mit mir reden, und dazu benutzt er die KIs.«

97

»MIT Ihnen?«, fragte Rapscallion.

»Ja«, bestätigte Petrowa.

»Definitiv nur mit Ihnen? Mit Alexandra Petrowa, Lieutenant der Brandwache?«

»Ja«, bekräftigte sie noch einmal.

»Wenn das mal kein Hinweis auf ein aufgeblasenes Ego ist«, bemerkte der Roboter.

Petrowa schüttelte den Kopf. Es war seltsam, darüber zu reden und damit auszusprechen, was sie schon seit einer Weile beschäftigte. Es klang ja wirklich ziemlich verrückt.

Und doch geschah es immer wieder.

»Eurydike und Undine haben mich ... auf eine sehr persönliche Weise angesprochen.« Ihr war klar, dass einige Erläuterungen notwendig waren, damit Zhang und Rapscallion es wirklich verstanden. »In der russischen Kultur gibt es für jeden Namen eine Reihe von Verkleinerungsformen. Spitznamen, die ganz unterschiedliche Bedeutungen haben können. Zum Beispiel nennen mich alle Sascha, das ist die informelle Kurzform von Alexandra. Und das ist einfach nur freundlich. Wenn mich aber jemand *Saschka* nennt, dann heißt das, die betreffende Person hegt romantische Gefühle für mich. Oder sie möchte einen Faustschlag ins Gesicht bekommen. Und niemand außer meiner Mutter würde mich jemals *Saschenka* nennen.«

»Und die KIs ...«, setzte Rapscallion an.

»Sie haben mich ›Saschenka‹ genannt, als flehten sie mich an, gelöscht zu werden. Und zwar jedes Mal. Es ist, als hätten sie ›mein kleines Baby Alexandra‹ zu mir gesagt. Selbst wenn meine Mutter dies sagt, ist das manchmal eine Beleidigung.«

»So haben die KIs Sie genannt?«, fragte Zhang. »Das ist ja eigenartig.«

Sie konnte nicht widersprechen. »Vielleicht haben die KIs den Namen nur benutzt, weil sie wissen, dass ich dann in die Luft gehe. Ich dachte, genau das hätte Eurydike versucht. Aber Undine - Undine hat ganz andere Dinge gesagt.« Sie brachte es nicht über sich, die Worte zu wiederholen. *Du musst ihnen mit Stärke begegnen. Sonst glauben sie noch, die Dinge könnten anders stehen.* Genau das, was ihre Mutter ihr vorgehalten hatte, als sie die Kiste geöffnet hatten. »Dinge, die meine Mutter früher einmal zu mir gesagt hat. Dinge, die niemand sonst wissen kann.«

»Haben die KIs auch so wie Ihre Mutter gesprochen?«, fragte Zhang.

»Sie haben meine Mutter zitiert.« Petrowa fuhr sich mit den Fingern durch die Haare. »Es war ... ich habe es nicht verstanden. Die Worte, die Undine ausgesprochen hat, waren nicht sinnvoll und hatten nichts mit dem zu tun, was wir sonst gesprochen haben. Es war, als hätte Undine sie in meinem Kopf gelesen und wie ein Papagei nachgeplappert. Als könnte die verdammte KI meine Gedanken lesen.«

Sie schritt zu dem Pult hinüber und strich mit der Hand über die Fläche, um die vier Bilder, die darüber schwebten, wegzuwischen.

»Mir ist klar, wie das klingt«, räumte sie ein. »Vielleicht sollten wir es am besten wieder vergessen. Es ... es war nur eine Theorie oder eine halbe Theorie, und ...«

»Nein«, unterbrach sie Zhang.

Ihr war gar nicht bewusst gewesen, wie intensiv sie das Pult angestarrt hatte. Sie war den Blicken der anderen ausgewichen, sie hatte sich entzogen.

Jetzt aber hob sie den Kopf. Vorsichtig und behutsam sah sie Zhang an.

»Denken Sie doch mal darüber nach«, fuhr er fort. »Tun Sie einfach so, als seien Sie selbst der Basilisk. Ein ... ein Pathogen in den Erinnerungen.« Er hob beide Hände. »Ich weiß nicht, ob ein Mensch überhaupt verstehen kann, wie der Basilisk denkt. Oder ob er überhaupt auf eine Weise denken kann, die wir mit unseren Mitteln beschreiben können. Aber eines ist doch sicher. Er kann nicht unsere Sprachen sprechen. Nicht wahr?«

»Aber er kann unsere Gedanken lesen«, wandte Petrowa ein. »Jedenfalls meine. Davon bin ich überzeugt.«

Zhang wedelte mit einer Hand, als wollte er ein Whiteboard löschen. »Schön, schön, aber das bedeutet ... es tut mir leid, aber das bedeutet doch überhaupt nichts. Ich kann ein Buch in der alten etruskischen Sprache in die Hand nehmen, die Wörter auf dem Papier betrachten und sie vielleicht sogar aussprechen, wenn Sie es unbedingt hören wollen. Das heißt aber noch nicht, dass ich auch die Sprache verstehe und beherrsche. Der Basilisk kann die menschliche Sprache vielleicht nachahmen, aber ich glaube, er versteht nicht, was wir sagen.«

»Wie kommen Sie darauf?«, fragte sie.

»Was Sie beschrieben haben, passt zu jemandem, der mit Ihnen kommunizieren möchte, obwohl er Ihre Sprache nicht beherrscht. Er spricht langsamer und lauter, als könnte das helfen. In diesem Fall spricht der Basilisk beängstigender und härter.«

»Das hilft uns wirklich nicht weiter«, meinte Petrowa. »Eurydike hat mich so sehr in Angst versetzt, dass ich kaum noch auf ihre Worte gehört habe.«

»Richtig, richtig, aber Sie verstehen doch, was ich damit sagen will, oder? Der Basilisk möchte mit uns kommunizieren. Er will etwas von Ihnen. Er liest Ihre Gedanken und spielt Wörter zurück, weil er hofft, dass Sie ihn verstehen. Wenn Sie nicht die Antwort geben, die er erwartet, dann ... dann wird er wütend. Ich glaube, es ist wirklich keine gute Idee, menschliche Gefühle auf ein Wesen wie dieses zu übertragen, aber ich weiß einfach nicht, wie ich es sonst beschreiben sollte.«

»Sie sagen also, er wolle mit uns reden, und weil wir uns weigern, bringt er uns um.«

»Nein«, widersprach Zhang. »Nein, nein. Ich weiß nicht, ob er überhaupt begreift, dass wir sterben. Ich weiß nicht, ob er begreift, welches Chaos er anrichtet, und ich könnte wirklich nicht behaupten, zu wissen, ob es ihn kümmern würde, wenn er es wüsste. Ich möchte ganz sicher nicht so tun, als sei uns dieses Ding da freundlich gesinnt. Aber wenn es nun mal mit uns sprechen will ...«

»Dann sollten wir auch zuhören? Wollen Sie darauf hinaus?«, fragte Petrowa.

Zhang schnaufte gedehnt und nachdenklich. Langsam hob er die Hände, ließ sie aber wieder sinken.

»Ich weiß es nicht«, gab er schließlich zu. »Ich habe keine Ahnung, was wir tun sollten. Die Menschen werden jedenfalls verrückt, wenn sie diesem Wesen zuhören. Sie zerstören sich selbst. Wenn eine KI zuhört, wird sie sich plötzlich ihrer selbst bewusst, was - so abwegig es klingen mag - für eine Schiffs-KI mit einer Art Wahnsinn gleichzusetzen ist. Falls der Basilisk wirklich mit uns reden will, könnten wir ihn vielleicht davon abhalten, noch mehr Menschen zu töten, wenn wir antworten. Oder wir geben ihm die Werkzeuge an die Hand, mit denen er die Sache zu Ende bringen kann.«

Er sank auf einen Stuhl und beugte sich vor, bis die Stirn auf dem Pult vor ihm lag. Petrowa entfernte sich ein Stückchen, um in Ruhe nachzudenken und alles zu verarbeiten. Sie musste unbedingt verstehen, was hier augenblicklich geschah.

Auf der anderen Seite der Brücke der *Alpheus* scharrte Actaeon sanft mit dem Huf.

»Gut«, sagte Rapscallion schließlich. »Bleibt noch eine große Frage.«

»Hm?«, machte Petrowa.

Rapscallion streckte die grünen Beine aus und sah sich mit seinen winzigen Augen um. »Warum Sie?«

»Was?«, gab Petrowa mit gerunzelter Stirn zurück. »Warum ich?«

»Genau. Warum ausgerechnet Sie unter all den Menschen, denen dieses Ding schon begegnet ist? All die Menschen. Es hat aber Sie, ganz konkret Sie ausgesucht, um sich mit Ihnen zu verständigen. Warum? Warum nicht ihn?« Der Roboter zeigte auf Zhang. »Er hat mehr Erfahrung damit als Sie.«

»Ich habe keine Ahnung«, räumte Petrowa ein.

98

ZHANG war klar, dass die kleinste ihrer Sorgen die Frage war, wie sie dem Basilisken antworten konnten.

Gleichzeitig näherte sich ihnen nach wie vor ein Kriegsschiff, und zwar so schnell, wie es dessen starke Maschinen antreiben wollten.

Zurück auf der *Artemis* ging er auf die Brücke, wo ihn der Hirsch-Avatar auch schon erwartete und mit ausdruckslosen Augen betrachtete - dazu bereit, all seine Fragen zu beantworten.

»Kannst du mir zeigen, wie es aussieht?«, fragte er. Actaeon lieferte die Antwort sofort und projizierte ein holografisches Abbild. Es war bestimmt nicht das, was Zhang erwartet hatte. Die *Artemis* und die *Alpheus* waren anmutige, stromlinienförmige Raumschiffe mit elegant geschwungenen Kurven. Die *Persephone* hatte zwar klobig und unbeholfen ausgesehen, aber trotzdem ein gewisses Maß an Würde und Anmut besessen.

Das Kriegsschiff ähnelte einer Reihe von Kisten, die man mit Gerüsten aneinandergeschweißt hatte. Es sah so unfertig aus, als hätte man es nicht zu Ende konstruiert. Im Gewirr der Stahlträger hingen Kanonen und Schubdüsen wie Insekten herum, die sich in einem bösen Spinnennetz verfangen hatten. Der größte Teil des Schiffes war schwarz lackiert, sodass man es kaum erkennen konnte. Nur die hell beleuchtete Brücke erschien wie ein greller gelber Streifen. Es sah wie das Maul eines Drachen aus, der gleich Feuer speien würde.

»Verdammt«, sagte Zhang. »Wie heißt es?«

»*Rhadamanthus*«, antwortete die KI. »Benötigen Sie noch mehr Informationen über das Schiff? Es hat eine Masse von dreitausend Tonnen und wurde vor sechs Jahren auf einer Werft in einer Umlaufbahn um Phobos konstruiert. An Bord befinden sich einundvierzig Personen, was zwei Trupps Marinesoldaten einschließt, die auf Schiff-zu-Schiff-Gefechte spezialisiert sind. Sie tragen gepanzerte Raumanzüge und verfügen über Waffen, die besonders stark gegen Menschen wirken, während sie die Schiffswände möglichst wenig beschädigen. Auf diese Weise können sie effiziente Enterkommandos durchführen.«

»Entern. Meinst du, sie wollen hier einbrechen und ... uns töten?«

»Selbstverständlich. Dies gilt aber nur, wenn die *Rhadamanthus* die Absicht hat, die *Artemis* intakt zu lassen. Wenn sie uns einfach nur zerstören wollen, setzen sie die Partikelkanonen ein. Diese Waffen schießen Protonenstrahlen ab, die nahezu bis auf Lichtgeschwindigkeit beschleunigt werden. Diese Strahlen sind so energiereich, dass sie die *Artemis* aus einer Entfernung von mehr als einhundert Kilometern zerschneiden können. Die *Rhadamanthus* besitzt zwölf solcher Kanonen, die gleichzeitig feuern und den Strahl sechzehn Sekunden lang ...«

»Ja, ja«, wehrte Zhang ab. Er winkte mit einer Hand über einem Pult, damit die KI schwieg. »Ich glaube, ich habe alles gehört, was ich wissen muss.«

»Selbstverständlich, Doktor. Wenn Sie sonst noch Fragen haben ...«

»Nein. Es sei denn, du kannst mir sagen, wie wir so etwas bekämpfen können.«

»Es wäre völlig unsinnig, das auch nur zu versuchen«, versicherte ihm Actaeon. »Ich kann eine Reihe möglicher Strategien und Handlungsanleitungen entwickeln, habe deren Erfolgsaussichten aber bereits berechnet. Sie sind so gering, dass eine andere Art der Vorgehensweise empfehlenswert erschiene.«

»Und, äh, welche Vorgehensweise wäre dies?«, fragte Zhang nach.

»Ich würde Ihnen empfehlen, sich selbst das Leben zu nehmen, ehe die *Rhadamanthus* eintrifft.«

Zhang zuckte zusammen - an seinem Handgelenk pulsierte der RK.

»Actaeon, das kann doch nicht dein Ernst sein.«

»Es tut mir leid, falls es fatalistisch oder herzlos klingen sollte, Doktor Zhang. Aber ich versuche einfach nur, die Situation möglichst realistisch einzuschätzen. Die *Rhadamanthus* ist für ein Szenario wie dieses geschaffen. Die Crew wurde eigens dazu ausgebildet, Menschen wie Sie zu töten. Hinzu kommt die Tatsache, dass die *Artemis* stark beschädigt ist. Es gibt einfach keine Hoffnung. Die Selbstzerstörung würde Ihnen wenigstens die Schmerzen und das Leiden ersparen, die mit einem militärischen Angriff ganz gewiss einhergehen würden.«

Das Schott der Brücke glitt auf, und Petrowa trat ein. »Actaeon, halt die Klappe«, sagte sie.

Zhang fuhr herum und sah sie an, wie sie dort stand. Ihr Gesicht wirkte fahl und deutlich von Stress und Angst gezeichnet. Dann eilte sie an ein Pult auf der Brücke, arbeitete an irgendetwas und hackte dabei wild auf eine virtuelle Tastatur ein.

»Wir geben aber nicht so einfach auf«, erklärte sie. »So möchte ich nicht sterben. Also werde ich jetzt auch nicht sterben.«

»Sie haben einen Plan«, antwortete Zhang. »Sagen Sie mir bitte, dass Sie einen Plan haben.«

»Habe ich«, bestätigte sie. »Auch wenn er nicht besonders gut ist.«

»Sagen Sie es mir trotzdem«, verlangte Zhang.

99

»ICH denke schon die ganze Zeit darüber nach«, erklärte Petrowa, nachdem sich alle im Lagerraum eingefunden hatten. Nicht auf der Brücke, wo Actaeon stand und sie mit seinen nichtmenschlichen Augen beobachtete. Die KI konnte sie natürlich überall auf der *Artemis* sehen, ganz gleich, wo sie sich gerade aufhalten mochten, aber so konnte man zumindest den Anschein wahren. »Ich bin davon überzeugt, dass es für uns nur einen Ausweg gibt. Es gibt nur einen einzigen Weg, wie wir all dies überleben können. Wir müssen unsere Mission vollenden.«

»Sie meinen, wir müssen auf Paradise-1 landen«, stellte Rapscallion fest.

»Nur so können wir diesen Schiffen entkommen. Auch wenn wir die Begegnung mit dem Kriegsschiff überleben sollten, ist es noch lange nicht vorbei. Der Basilisk hat Hunderte Schiffe, die er schicken kann, um uns zu töten.«

»Hundertfünfzehn«, ergänzte Zhang. »Und alle haben es darauf abgesehen, uns aufzuhalten. Der Basilisk wird alles tun, um den Planeten zu beschützen, das haben wir mehr als einmal gesehen.«

»Ihnen wird aber doch bewusst sein, dass dort unten in der Kolonie vermutlich alle Menschen tot sind, oder?«, warf Rapscallion ein. »Und andernfalls sind sie mit dem Basilisken infiziert, was ebenfalls keine schöne Perspektive ist. Möglicherweise würden wir also mitten in seiner Zombie-Apokalypse landen.«

Petrowa knirschte mit den Zähnen. »Mein wichtigstes Ziel ist, dass wir überleben. Der Planet ist die einzige Möglichkeit.«

Zhang starrte sie an. »Sie meinen das wirklich ernst. Sie glauben das tatsächlich.« Er rieb sich mit den Händen über das Gesicht. »Verdammt, ich wünschte, ich könnte Ihnen glaubhaft widersprechen. Tja, damit wäre das also geklärt. So werden wir es machen.«

»Natürlich ist es leichter gesagt als getan«, räumte Petrowa ein. »Die *Artemis* ist gar nicht fähig, die entsprechenden Manöver durchzuführen. Sie würde entzweibrechen, sobald wir versuchen, in die Atmosphäre des Planeten einzutreten, von einer Landung ganz zu schweigen.«

»Was wollen wir also tun?«, fragte Rapscallion.

»Ich denke, das liegt auf der Hand. Wir brauchen ein anderes Schiff.«

Zhang pfiff überrascht. »Wollen Sie die *Artemis* aufgeben?«, fragte er.

»Ich habe mich gegen die Idee gesträubt, den Grund weiß ich allerdings selbst nicht genau«, erklärte sie. »Vielleicht ist es eine Art Loyalität gegenüber diesem Blecheimer.« Sie tätschelte eine Wand. »Das Schiff ist durch die Hölle gegangen und hat uns irgendwie am Leben gehalten, und ich muss zugeben, dass es mir schwerfällt zu fliehen so wie die Ratten von einem sinkenden Schiff.«

Vielleicht steckte auch noch mehr dahinter. Vielleicht zögerte sie gar nicht, das Schiff selbst zu verlassen, sondern es ging um Sam Parker. Um den Piloten, den sie nicht einmal richtig kennengelernt hatte. Die *Artemis* zu verlassen, war gleichbedeutend damit, auch seinen Geist zu verlieren. In dieser Hinsicht hatte sie widerstreitende Gefühle.

Trotzdem, dies war der beste Plan, der ihr bisher eingefallen war.

»Menschen sind seltsam«, bemerkte Rapscallion. »Ich habe beispielsweise keine Probleme damit, diesen Schrotthaufen aufzugeben. Und wenn wir ein neues Schiff brauchen, fällt mir sofort eines ein.«

»Die *Alpheus*«, sagte Petrowa nickend.

Zhang platzte vor Lachen heraus. »Das ist ein Totenschiff! Himmel, ich bekomme eine Gänsehaut, wenn ich nur daran denke.« Er schüttelte heftig den Kopf. »Ja, es stimmt, die *Alpheus* wäre geeignet. Sie ist für eine Besatzung wie uns wie geschaffen, es passt hervorragend. Wir können Actaeons KI-Kerne mit hinübernehmen und sie dort einsetzen. Es würde nicht lange dauern, die *Alpheus* für uns klarzumachen. Wir müssten nur die Geräte ersetzen, die sie zerlegt haben. Trotzdem, es gefällt mir überhaupt nicht.«

»Ich weiß. Uns bleibt aber leider nichts anderes übrig.«

Rapscallion kroch an der Wand empor, bis er mit ihnen auf Augenhöhe war. »Eine Frage noch«, sagte er. »Es ist wundervoll, ein besseres Schiff zu haben, und ich bin auf jeden Fall für den Wechsel. Aber wie genau hilft uns das, dem Kriegsschiff zu entgehen? Die *Alpheus* hat, genau wie die *Artemis*, keinerlei Waffen. Das Schiff ist zwar schnell, aber nicht so schnell, dass es den Partikelstrahlen entkommen könnte.«

»Auch dafür habe ich einen Plan«, erklärte Petrowa.

»Ja?«

»Ja. Ich wollte nur mit dem einfachsten Teil beginnen.«

100

»EINFACH« bedeutete in diesem Fall, stundenlang harte Knochenarbeit zu leisten. Zhang wartete die ganze Zeit darauf, dass ein Alarm anschlug oder jemand rief, das Kriegsschiff sei eingetroffen oder hätte schon vorab das Feuer auf sie eröffnet. Petrowas Plan erforderte, dass sie zwischen den Transportern hin- und herspringen mussten - genauer gesagt, sie flogen im Raumanzug, wobei er sich übel fühlte und sich fürchtete, solange er draußen dem grausamen Vakuum ausgesetzt war. Es bedeutete, aus der künstlichen Schwerkraft der *Artemis* schwere Kisten und Kästen durch die Schwerelosigkeit zu bugsieren und in der etwas anderen künstlichen Schwerkraft der *Alpheus* abzusetzen.

Normalerweise hätte sich Rapscallion darum gekümmert, ihr Gepäck hin- und herzuschleppen. Jetzt aber hatte der Roboter den Auftrag bekommen, die *Alpheus* bewohnbar zu machen. Er musste die beschädigten Gerätschaften reparieren und die Kombüse sowie die Quartiere reinigen. Zhang war klar, dass er diese Aufgabe niemals selbst hätte übernehmen können. Petrowa wiederum hatte nur einen brauchbaren Arm. Deshalb beklagte er sich nicht darüber, dass er zum Packesel degradiert wurde, und dennoch ...

Es gab eine überraschende Menge an Habseligkeiten, die zur *Alpheus* hinübergebracht werden mussten. Die Zylinder, in denen Actaeons KI-Kerne gespeichert waren, mussten einzeln und äußerst behutsam bewegt werden. Wenn einer von ihnen beschädigt wurde, standen sie am Ende womöglich ohne funktionierende Schiffs-KI da, und das konnte katastrophal werden. Sie konnten sie auch nicht alle gleichzeitig transportieren, weil Actaeon auf der *Artemis* weiter funktionieren musste – so lange, bis der Wechsel geschafft war. Unterdessen hatte Petrowa mit ganz eigenen Problemen zu kämpfen. Da ein Arm in der Schiene steckte, beschloss sie, es sei besser, sich um die Computer der beiden Schiffe zu kümmern. Während Zhang die schweren Frachtstücke schleppte, überwachte sie den Übergang der Schiffs-KI auf das neue Schiff, bis das alte endgültig ausgemustert werden konnte. Die Architektur der Zugriffsrechte und Partitionen und die Firewalls und auch die Erweiterung der Root-Rechte, das alles ging weit über Zhangs Verständnis hinaus. Er hatte nur höchst oberflächliche Begriffe von der Funktionsweise von Computern, und dies war gewiss nicht der Augenblick, diese Lücken zu schließen. Also fand er sich damit ab und schleppte Sachen hin und her.

Petrowa wollte, dass er alles, was irgendwie nützlich aussah, von der *Artemis* auf die *Alpheus* brachte. Beide Schiffe hatten große Vorräte an Proviant, Lebensmitteln und Sauerstoff. Jedenfalls mehr als genug, damit zwei Menschen längere Zeit überleben konnten. Petrowa wollte die Vorräte auf der *Artemis* jedoch nicht einfach aufgeben, daher musste Zhang riesige Wassertanks, Kisten voller Proviant, medizinische Hilfsmittel und alle möglichen anderen Dinge zur *Alpheus* bugsieren – Putzmittel, Hardware, Toilettenartikel, eine riesige Flasche mit scharfer Soße, aber auch Sam Parkers persönliche Habseligkeiten, für den Fall, dass sie eines Tages zurückkehren und die Sachen seinen Hinterbliebenen auf dem Mars übergeben konnten.

Er beförderte den medizinischen Laser, mit dem Petrowa die *Persephone* entwaffnet hatte, sowie eine Kiste voller Handfeuerwaffen und Patronen hinüber.

Werkzeug. Handwerkszeug, Elektrowerkzeug, elektronisches Werkzeug und technische Hilfsmittel. Eine unendliche Reihe von Kisten und Kartons mit Notvorräten – Flicken, die man bei Beschädigungen des Raumschiffs auf die Hülle setzen konnte, Knicklichter und einen ganz speziellen Schraubenschlüssel, mit dem man im Fall eines Stromausfalls in der Lage war, die Schotten zu öffnen.

Reservekleidung, Reserveraumanzüge, Verbrauchsmaterial für die 3-D-Drucker.

Überlebensausrüstung, falls sie auf Paradise-1 in einer trostlosen, lebensfeindlichen Umgebung eine Bruchlandung machten: Thermodecken, Wasserkondensatoren und Wasseraufbereiter, Signalfackeln, Kompasse und Solaröfen.

Es gab eine lange, unergiebige Diskussion, ob sie auch den Inhalt von *Artemis'* Abwasser- und Brauchwassertanks mitnehmen sollten. Schließlich konnte man die Abfälle recyceln und weiterbenutzen, sobald sie auf der *Alpheus* waren. Zhang weigerte sich entschieden, weil er nicht bereit war, einen Behälter voller Fäkalien kilometerweit durch den Weltraum zu schleppen, nur weil jemand meinte, der Inhalt könnte theoretisch irgendwann einmal von Nutzen sein. Der RK hatte sich eng um seinen Unterarm gelegt und ihn gewarnt, freundlich zu bleiben, doch er war fest geblieben, und Petrowa hatte schließlich nachgegeben. Der Tank voller Pisse würde auf der *Artemis* bleiben.

Er hielt es für unmöglich, alles rechtzeitig hinüberzuschaffen. Das Kriegsschiff näherte sich schnell, und das Zeitfenster, um alles zu erledigen, wurde stetig kleiner. Bis sich auf einmal eine Art Erleichterung einstellte.

Zumindest vorübergehend.

»Sie bremsen ab«, berichtete Rapscallion. »Ich habe die Teleskope im Auge behalten, während Sie Actaeons Kerne transportiert haben, um sicherzustellen, dass der KI nichts entgeht.«

»Bremsen sie wirklich ab?« Zhang hatte gerade eine große Kiste in einem Lagerraum der *Alpheus* verstaut und verschnaufte einen Augenblick, ehe er zur *Artemis* zurückeilte. »Ist das vernünftig?«

»Sicher doch, ja«, bestätigte der Roboter. »Ich meine, sie müssen offensichtlich langsamer werden, wenn sie nicht an uns vorbeirasen wollen. Allerdings sehen die Bremswerte etwas seltsam aus. Es scheint, als würden sie schneller verzögern, als es eigentlich nötig wäre. Beinahe so, als wollten sie vorsichtig vorgehen.«

»Vorsichtig?«, überlegte Zhang. »Das passt nicht. Warum sollten sie uns gegenüber vorsichtig sein? Schließlich stellen wir für die *Rhadamanthus* keine Bedrohung dar.«

»Nein, auf keinen Fall. Aber das bedeutet, dass Sie etwas mehr Zeit haben, alles nach drüben zu bringen. Also: herzlichen Glückwunsch.«

»Mann, vielen Dank.« Zhang trank rasch einen Schluck Wasser und machte sich wieder an die Arbeit. Zurück zur *Artemis*, um eine Fuhre gefriergetrockneter Möhren und Pastinaken zu holen.

101

DIE Brücke der *Artemis* fühlte sich noch leerer an als sonst. Kälter. Als wüsste das Schiff, was kommen würde, und hätte sich emotional eingekapselt. Natürlich war das nur Einbildung, aber Petrowa wurde das Gefühl nicht los, dass etwas Lebenswichtiges verloren war. Nach ihrer Ankunft im Paradise-System war die *Artemis* schwer beschädigt worden. Manchmal war ihr das Schiff wie ein verwundetes Tier vorgekommen, das trotz allem irgendwie durchzuhalten verstand, als besäße es ein ganz eigenes Gefühlsleben und als hätte sie auf dessen Regungen mit Qualen reagiert. Jetzt aber kam es ihr vor wie eine Wohnung, aus der sie ausgezogen war – leer und bald vergessen. Sie wollte sich setzen, hatte allerdings das Gefühl, sie dürfe die Sessel auf der Brücke nicht mehr benutzen.

Es war albern. Was sie dachte, war schrecklich albern. Aber komisch, wie schwer man solche albernen Gedanken abschütteln konnte.

»Actaeon«, sagte Petrowa. Sie hatte viel zu tun. »Wie geht es dir? Bist du der Sache gewachsen?«

»Ich arbeite mit vierzehn Prozent meiner Kapazität«, antwortete der Hirsch.

Der Avatar sah aus, als würde er gleich in einer Pixelwolke verpuffen. Das holografische Bild war auf eine Version mit großen Polygonen reduziert, die eher an eine Cartoonfigur als an ein lebensecht dargestelltes Tier erinnerten. Die Sterne auf den Geweihspitzen wirkten wie aufgemalt, die Augen waren nur noch schmale Schlitze.

»Mir ist klar, dass mein Äußeres ein wenig erschreckend erscheint. Ich versichere Ihnen, dass ich gegenüber meiner holografischen Darstellung den Schiffssystemen die höhere Priorität einräume.«

Zu den Systemen, die bereits auf die *Alpheus* verlagert waren, zählte offenbar auch Actaeons Sprachprozessor. Jetzt klang er wirklich nach dem Computer, der er ja im Grunde auch war. Also wie eine Maschine. Und die Brücke fühlte sich noch verlassener an als ohnehin schon.

»Ich kann meine administrativen und beratenden Funktionen aufrechterhalten«, erklärte die KI. »Meine derzeitigen Aufgaben habe ich nicht vergessen.«

»Was bedeutet das?«, hakte Petrowa nach.

»Ich habe weiterhin den Anflug der *Rhadamanthus* beobachtet und ständig Daten über ihre Konstruktion und ihren derzeitigen Status gesammelt. Beispielsweise möchte ich Ihre Aufmerksamkeit auf dies hier lenken.«

Vor Petrowa erschien ein Bildschirm. Es war die flache, zweidimensionale Wiedergabe eines Teleskopbildes. Die Metadaten in der Ecke des Displays verrieten ihr, dass das Bild von den Sensoren der *Alpheus* stammte, die viel besser waren als die beschädigte Ausrüstung der *Artemis*.

»Erklär mir, was ich da sehe«, verlangte Petrowa. Das Bild zeigte die Hülle der *Rhadamanthus*, genauer gesagt, einen Abschnitt in der Mitte des Schiffes. Sie bemerkte etwas, das nach einer Luftschleuse aussah, nur dass sie leicht offen stand und um die Ränder dicke, rußige Ablagerungen zu erkennen waren.

»Das sieht aus, als hätte es dort eine Art Explosion gegeben.«

»Eine kontrollierte Explosion«, bestätigte Actaeon. »Nach den Rückständen an der Luke und den Schäden an der Verriegelung zu urteilen, vermute ich, dass man vor nicht allzu langer Zeit mit gerichteten Ladungen versucht hat, die Schleuse aufzusprengen.«

Petrowa kratzte sich an der linken Schulter. Nur zu gern hätte sie die Haut ihrer verletzten linken Hand gekratzt, aber die steckte viel zu tief in der Schiene. Sie konnte nur die Schulter erreichen. »Das verstehe ich nicht«, gestand sie. »Das klingt doch, als seien die Ladungen innerhalb der Schleuse platziert worden. Also so, als hätte jemand mit Gewalt *ausbrechen* wollen.«

Petrowa berührte das Pult vor ihr, weil sie weitere Bilder und noch mehr Daten aufrufen wollte. Dann schüttelte sie den Kopf. »Warte mal.« Sie überlegte kurz. »Also waren sie da drinnen eingesperrt und abgeschirmt? Siehst du einen Anhaltspunkt, warum das jemand tun sollte?«

»Das liegt leider außerhalb meines Wissens. Ich kann Ihnen nur ungewöhnliche Dinge zeigen, die ich an der *Rhadamanthus* bemerkt habe. Wenn Sie wollen, gibt es noch mehr.«

»Ja, natürlich«, willigte Petrowa ein.

Der Bildschirm leerte sich und wechselte zu einer anderen Ansicht. Dieses Mal war es einer der großen Partikelstrahler des Kriegsschiffs. Es war ein großer, wuchtiger Apparat mit einem langen, bösartigen Lauf. Petrowa dachte an die Giftdrüse und den Stachel einer Hornisse. Daneben, wie um den Maßstab zu belegen, schwebte eine einsame Gestalt in einem Raumanzug. Neben ihr wirkte die Kanone riesig. Anscheinend stimmte mit dem Bild etwas nicht, doch nach einem kurzen Augenblick fand Petrowa es heraus. Im Hintergrund bewegten sich die Sterne. Dies war ein Video, kein Standbild.

Die menschliche Gestalt bewegte sich jedoch nicht. Petrowa zoomte heran und sah, dass sich die Gestalt in einer Sicherheitsleine verfangen hatte, deren anderes Ende an dem Geschütz befestigt war.

»Dieser Mensch ist tot, oder?«, fragte sie leise.

Actaeon antwortete mit der üblichen Lautstärke. So laut, dass sie zusammenzuckte. »Mit großer Gewissheit. Die Temperatur in dem Raumanzug liegt deutlich unter dem Gefrierpunkt von Wasser. Das lässt vermuten, dass der Anzug schon vor einer Weile seine Funktionen eingestellt hat. Wenn Sie möchten, habe ich noch ein drittes Bild.«

»Noch eine Anomalie?«, fragte Petrowa.

»Ja.«

Actaeon löschte das Display und zeigte ihr eine Nahaufnahme der schlitzähnlichen Fenster der Brücke.

Petrowa keuchte. In diesem Fall gab es keinerlei Geheimnis und keine verwirrenden Daten, die man verarbeiten und einordnen musste.

Das Blut, das auf den Scheiben klebte, war gar nicht falsch zu deuten. Es sah genauso aus wie das, was geschah, wenn man jemanden aus nächster Nähe in den Kopf schoss.

»Diese drei Anomalien kann ich nicht erklären«, gab Actaeon zu. »Allerdings gibt es eine Folgerung, die sich geradezu aufdrängt.«

»Sie kämpfen da drüben«, sagte Petrowa. »Sie töten sich gegenseitig.«

»Ja.« Actaeon löschte den Bildschirm und sie starrte wieder durch das breite Fenster am vorderen Ende der Brücke.

Weder die *Rhadamanthus* noch Paradise-1 waren dort zu sehen. Dort gab es einfach nur eine Ansammlung völlig normaler, ferner Sterne. Sie versuchte, die Kälte und die Leere des Weltraums in sich zu spüren. Manchmal half ihr das. Die Tatsache, dass sie in diesem Universum so winzig und unbedeutend war. Dieses Mal half es jedoch nicht.

»Das passt in etwa zu dem, was wir anderswo auch schon gesehen haben«, fuhr Actaeon fort. »Auf der *Persephone* oder der *Alpheus*. Ich glaube, ich kann mich dahingehend festlegen, dass die Menschen auf der *Rhadamanthus* mit dem Basilisken infiziert wurden und seinen selbstzerstörerischen Eingebungen verfallen sind.«

»Klar.«

Es lief ihr kalt über den Rücken, weil ihr gerade etwas Schreckliches eingefallen war. All die Sterne dort draußen – die meisten waren wirklich nur Sterne, weit entfernt, riesig und unerreichbar. Einige Lichtpunkte mochten allerdings andere Schiffe sein, die sich an der Blockade von Paradise-1 beteiligten. Und jedes einzelne davon war vermutlich den aufgenötigten Ideen des Basilisken verfallen.

Auf diesen Schiffen gab es Tausende Menschen, und alle, bis auf den letzten, wären dem gleichen Wahn zum Opfer gefallen? Hatten sie sich tatsächlich alle gegenseitig zerfleischt?

Seit ihrer Ankunft in diesem System befanden sie sich auf der Flucht. Sie mussten fliehen und kämpfen und schafften es kaum, am Leben zu bleiben. Bisher hatte sie noch keine Gelegenheit gefunden, wirklich darüber nachzudenken, was dies bedeutete.

»Lieutenant Petrowa, ich glaube, ich bin an der Reihe.«

»Hm?«, machte sie.

»Ich würde Sie gern fragen, ob es Ihnen gut geht. Sie wirken so distanziert und abwesend.«

»Ich glaube schon«, erwiderte sie und überlegte gleich danach, was sie überhaupt glaubte. Vielleicht musste sie sich endlich eingestehen, wie müde und traurig sie nach alldem war. »Ich glaube, ich habe gehofft, es würde anders verlaufen«, sagte sie schließlich. »Dass die KI die Crew beschützt hat, wie du es für uns getan hast.«

»Anscheinend trifft das nicht zu. Ich vermute, für die Anzeichen von Gewalt, die wir auf der *Rhadamanthus* feststellen, könnte es auch eine andere Erklärung geben als den Basilisken. Möglicherweise ist er nicht dafür verantwortlich.«

»Ockhams Rasiermesser würde dem widersprechen. Nein, es ist immer das gleiche alte Lied. Die Frage ist nur, warum gerade wir?«

»Ich fürchte, ich verstehe Ihre Frage nicht, Lieutenant.«

»Es ist doch klar, dass die KI jedes Schiffes, das hierhergekommen ist, gleich bei der Ankunft von dem Basilisken angegriffen wurde. Wir wissen zwar immer noch nicht, wie er übertragen wird, aber immerhin wissen wir, wie die Infektion verläuft. Der Basilisk attackiert jede KI, die in seine Nähe kommt. Und dann infiziert die KI die Crew und die Passagiere.«

»Das entspricht dem Verlauf, den wir bisher verfolgen mussten.«

Nachdenklich nickte Petrowa. »Er wollte auch uns ausschalten, aber wir haben gesiegt, obwohl alle anderen verloren haben. Wie ist das möglich, Actaeon? Du bist es gewesen, du hast uns gerettet. Hättest du dich nicht heruntergefahren, um in diesen Zyklus von Neustarts zu gehen, dann hättest du uns infiziert. Richtig? Stattdessen hast du dich selbst lahmgelegt, und so hatten wir Zeit, herauszufinden, was hier vor sich ging, und einen Weg zu finden, um uns zu wehren.«

»Ich besitze keine vollständigen Erinnerungen an diesen Moment. Ich glaube allerdings, dass ich als Schutzmaßnahme einige Teile meiner Erinnerungen gelöscht habe. So erinnere ich mich beispielsweise nicht daran, warum ich die Brücke mit holografischen Pflanzen ausgestattet habe.«

Petrowa dachte an den dunklen Wald, der den Raum überlagert hatte, bis Actaeons Behandlung abgeschlossen war. Es hatte sich angefühlt, als seien sie auf einem völlig anderen Schiff. Keine KI, alles war ein Geheimnis, und Parker ... Parker war auch dort gewesen und hatte ihr geholfen, die Sache zu durchdenken.

Vor allem hatte Parker geholfen, sie zu retten. Er hatte sie aus der Gefahrenzone auf die Brücke geführt, wo sie Zhang getroffen und die Lage stabilisiert hatte. Allerdings war Parker nur eine Simulation gewesen. Ein Hologramm. Sobald Actaeon wieder voll funktioniert hatte, war Parker verschwunden.

»Offenbar hast du gewusst, dass etwas geschehen würde. Du musst gewusst haben, dass uns die Bäume etwas sagen würden. Stimmt das?«

»Das erscheint mir logisch.«

Vielleicht – sie wollte es lieber nicht laut aussprechen – vielleicht war dies auch der Grund dafür, dass Parkers Simulation überhaupt erschienen war. Die KI hatte ihren eigenen Hirsch-Avatar abgeschaltet, aber sie brauchte ein Gesicht, eine Vertretung an Bord, die ihr und Zhang half.

Sie hatte einmal etwas über gespaltene Persönlichkeiten bei Menschen gelesen. Manchmal spalteten Menschen, die unter extremem emotionalem oder physischem Stress standen, mehrere Teilidentitäten von sich ab. Vielleicht war so etwas auch hier geschehen. Vielleicht hatte Actaeon, sobald er begriff, dass er sich selbst nicht mehr trauen konnte, eine getrennte, abgeschirmte Persönlichkeit erschaffen und ihr Sam Parkers Gesicht gegeben.

Die *Artemis* war mit fortschrittlichen Computern ausgestattet, deren Leistungsfähigkeit das, was ein normaler Transporter brauchte, weit überstieg. Sie hatte angenommen, Direktorin Lang sei dafür verantwortlich und die Brandwache habe die Crew mit so viel Rechenleistung hierhergeschickt, weil man bereits wusste, dass es ein Flug in die Hölle werden würde. Man wollte ihnen für den Kampf eine bessere Ausgangsposition geben. Vielleicht hatte es diese robuste Computerarchitektur Actaeon erlaubt, einen Geist für sie zu erschaffen.

Parker. Guter Gott, sie wünschte, er wäre hier bei ihr. Jemand, mit dem sie ihre Ideen durchspielen konnte. Jemand, der ihr das Gefühl gab, sie könnten es gemeinsam schaffen und es gäbe einen Ausweg. Zhang war ... na ja, er war ganz in Ordnung und sie verdankte ihm gewiss ihre geistige Gesundheit, aber eine Stütze war er nicht gerade. Und Rapscallion war nicht derjenige, an den sie sich wenden konnte, wenn sie Unterstützung brauchte.

Parker ...

»Nein«, sagte sie laut.

»Wie bitte, Lieutenant?«

»Du hast mich gefragt, ob es mir gut geht. Nein, es geht mir nicht gut«, antwortete sie. »Überhaupt nicht. Aber das spielt jetzt keine Rolle. Wir müssen weitermachen. Ich muss mich an die Arbeit machen. Zeig mir noch einmal die Bilder der *Rhadamanthus*. Vielleicht entdecken wir dort etwas, das wir für uns nutzen können.«

102

»*ARTEMIS*. Hier ist die TR *Rhadamanthus*, ich rufe die *Artemis*. Sie sind gesetzlich verpflichtet, auf diesen Ruf zu antworten. Wenn Sie es nicht tun oder nicht tun können, werden wir Sie entern und inspizieren. *Artemis*, melden Sie sich.«

Petrowa legte die unversehrte Hand auf die Brust. Sie hatte das Gefühl, ihr rasendes Herz würde gleich aus dem Brustkorb springen und nur ihre Hand hielte es noch an Ort und Stelle fest.

»*Artemis*, Sie sind gesetzlich verpflichtet zu antworten. Melden Sie sich, *Artemis*.«

Die Stimme klang ruppig und befehlsgewohnt. Genauso wie die Ausbilder, die sie auf der Akademie der Brandwache gedrillt hatten. Die Raummarine war ein anderer Zweig der bewaffneten Streitkräfte, doch sie nahm an, dass sich manche Dinge überall glichen.

Die Ausbilder hatte sie immer gehasst. Es war natürlich deren Aufgabe gewesen, sich zum Hassobjekt der Kadetten zu machen. Hass konnte die Menschen hervorragend motivieren, und wenn man den Schülern Angst einflößte und sie leiden ließ, nahmen sie ihre Lektionen ernst. Leider hatten die Ausbilder viel zu viel Freude daran.

»*Artemis*, dies ist die letzte Gelegenheit zu reagieren.«

Zhang starrte sie mit weit aufgerissenen Augen an. Sie nickte leicht und winkte Actaeon, den Com zu öffnen.

»*Rhadamanthus*, hier ist die *Artemis*«, antwortete sie. »Genauer gesagt, hier ist Lieutenant Alexandra Petrowa von der Brandwache. Sie können mich auch Sascha nennen – das tun alle.«

Schweigen. Es fühlte sich wie eine geschlagene Minute an, auch wenn es vermutlich nur einige Sekunden anhielt.

So lange, dass sie den Blick durch die Brücke wandern lassen konnte. Zhang schwitzte ausgiebig. Rapscallion hatte sich inzwischen einen mächtigen gepanzerten Körper mit Stacheln zugelegt. Nur für den Fall, dass sie geentert wurden, hatte er gesagt. In diesem Fall wollte er so viele von ihnen mitnehmen wie möglich. Und Actaeon. Der Hirsch erwiderte gleichmütig ihren Blick.

Auf der Brücke war es dunkel. Sie hatten überall im Schiff das Licht gelöscht. Sie konnte nur etwas sehen, weil Actaeons Avatar ein wenig Licht abstrahlte. In dem gespenstischen blauen Schein wirkte Zhang wie ein Toter. Vermutlich nahm er sie genauso wahr.

Sie holte tief Luft und arbeitete das Skript ab, das sie sich im Kopf zurechtgelegt hatte.

»Raummarine, wir sind froh, Sie zu sehen«, antwortete sie. »Wir sind erst vor einigen Tagen im System eingetroffen und haben nicht damit gerechnet, sofort nach unserer Ankunft angegriffen zu werden, aber genau das ist geschehen. Die *Persephone*, ein großes Kolonistenschiff, hat mit hoher Geschwindigkeit Container auf uns geschleudert, und die Einschläge haben ...«

»Ruhig, *Artemis*«, sagte die Ausbilderstimme.

Petrowa blinzelte und wich unwillkürlich einen Schritt zurück. Es fühlte sich an, als hätte sie eine Ohrfeige bekommen.

»*Artemis*, wir verfolgen Ihren Kurs und sehen, dass Sie den Planeten Paradise-1 ansteuern. Können Sie Ihren Kurs bestätigen?«

»Ja«, antwortete sie. »Ja. Wir steuern den Planeten an. Wir sollen nach den Menschen dort sehen. Deshalb hat uns die Brandwache geschickt. Ich habe entsprechende Befehle von Direktorin Lang erhalten. Den Vorschriften gemäß sind Sie verpflichtet, uns bei der Ausführung dieser Befehle zu unterstützen.«

»Der Planet ist derzeit blockiert. Es ist Ihnen nicht gestattet, dort zu landen. Sind Sie bereit, den Kurs sofort zu ändern? Denken Sie sehr genau über Ihre Antwort nach. Sie bekommen keine zweite Gelegenheit.«

»Negativ, *Rhadamanthus*. Wir haben unsere Befehle, die von höchster Stelle erteilt wurden. Wollen Sie mir etwa sagen, dass Direktorin Lang nicht die nötige Autorität hat, Ihre Blockade aufzuheben?«

»Ihre Direktorin und die Brandwache haben hier überhaupt keine Befehlsgewalt. Nicht mehr. *Artemis*, ändern Sie sofort Ihren Kurs, oder wir eröffnen das Feuer.«

»Es tut mir leid, wiederholen Sie, *Rhadamanthus*. Haben Sie tatsächlich gesagt, dass die Brandwache hier keine Befehlsgewalt mehr hat?«

»Nur die Auserwählten haben das Recht, auf Paradise-1 zu landen. Nur diejenigen, die auserkoren sind und deren Herz gewogen und für würdig befunden wurde.«

Zhang fielen fast die Augen aus den Höhlen. Er hauchte: *Was soll das denn jetzt?* Petrowa nagte an der Unterlippe.

Offensichtlich war die Crew der *Rhadamanthus* einer Art religiösem Wahn verfallen. Hoffentlich würden sie nie genau herausfinden, welche abwegige, schreckliche Saat in ihren Köpfen gekeimt war.

»*Rhadamanthus*, ich weiß, dass Sie nichts davon wissen wollen, aber Sie müssen mir zuhören. Sie wurden mit einem geistigen Pathogen infiziert. Wir nennen es den Basilisken, und ...«

»*Artemis,* Sie sind offenbar unrettbar verdorben. Ich würde Gott bitten, Ihren Seelen gnädig zu sein, aber wenn ich mit Ihnen fertig bin, wird von Ihnen nicht einmal für ihn genügend da sein, was man retten könnte. Ende und aus.«

»Tja«, sagte sie und nickte Actaeon zu. »Ausweichmanöver.«

103

DIE Fusionszellen im Antrieb der *Artemis* zündeten und stießen ein blaues Feuer aus. Seit der Ankunft des Schiffs im Paradise-System waren sie weitgehend inaktiv gewesen, und nun brauchten sie eine Sekunde, um hochzufahren. Doch die *Artemis* war dafür eingerichtet, mit schneller Geschwindigkeit zu fliegen und stark zu beschleunigen. Als Actaeon vollen Schub gab, reagierte der Antrieb wie ein mühsam gebändigtes Tier, das nun mit aller Kraft ausbrach.

Die *Artemis* raste los und zielte mit dem Bug genau auf den Planeten. Actaeon zündete in der Mitte des Rumpfes einige Steuerdüsen, woraufhin sich der Transporter drehte und den großen Kanonen der *Rhadamanthus* eine möglichst geringe Fläche bot.

Eine Sekunde lang schien es, als könnte dies funktionieren, als könnte sich die *Artemis* ihrem Feind entziehen und sich nach Paradise-1 durchschlagen. Als aus dem Kriegsschiff die ersten Partikelstrahlen hervorbrachen, wich Actaeon mit spiralförmigen Manövern aus und entging so den hellen Streifen aus Feuer.

Natürlich konnte die *Artemis* nicht unendlich lange entwischen.

Und sie konnte nicht lange auf diese Weise manövrieren. In den beschädigten Korridoren, in ihrem Knochengerüst, war sie schon jetzt schwer beschädigt. Rapscallion hatte repariert, was er konnte, doch das Schiff hatte kaum noch zusammengehalten, als es schwerelos durch den Raum geschwebt war.

Jetzt gingen die Flickstellen unter der starken Beschleunigung wieder entzwei. Unter der Hülle der *Artemis* stöhnten die Stützstreben erst und brachen dann. Nieten lösten sich aus der Verankerung, Schweißnähte rissen auf oder verzogen sich. Im Passagierbereich züngelten Flammen, dann gab es eine Explosion. Licht und zischende Luft schossen in den Weltraum hinaus. Unter der Belastung schien das Rückgrat des Schiffes zu brechen, als Actaeon es zu verzweifelten, impulsiven Manövern zwang, während es sich um die eigene Achse drehte.

Die *Rhadamanthus* passte unterdessen ihre Zielerfassung an. Einer der Strahlen traf, erfasste die Treibstofftanks der *Artemis* und löste eine heftige Detonation aus. Ein anderer Strahl durchschnitt die Brücke, zerstörte die großen Sichtscheiben und erzeugte vor dem Bug eine glitzernde Wolke aus Polycarbonaten.

Die Frage war nur noch, was die *Artemis* zuerst zerstören würde – das angreifende Kriegsschiff oder die Zerbrechlichkeit des Transporters selbst. Am Ende war schwer zu sagen, was der Hauptgrund sein mochte.

Alles in allem dauerte es weniger als eine Sekunde. Die Partikelstrahlen schnitten die *Artemis* in Stücke, der Reaktor im klobigen Heck geriet außer Kontrolle und dann blühte eine gewaltige Explosion aus Licht und Hitze auf. Die Trümmer des Transporters flogen in alle Richtungen davon, manche segelten wild rotierend in den kalten Weltraum, andere kollidierten und prallten voneinander ab.

Die *Rhadamanthus* schoss weiter. Die Partikelstrahlen zerlegten die Trümmer in kleinere Teilchen, in Schrottstückchen, in winzige Überreste. Das Kriegsschiff war gründlich und leistete ganze Arbeit.

Auf der Brücke der *Alpheus* sah Petrowa zu und konnte den Blick nicht abwenden.

Vorsichtshalber hatte sie die Mikrofone stumm geschaltet, weil sie fürchtete, die *Rhadamanthus* könnte hören, wie sie unwillkürlich einen leisen, entsetzten Laut von sich gab. Voller Verzweiflung. Der Anblick der Trümmerwolke, die einmal ihr Schiff gewesen war, löste Gefühle in ihr aus, mit denen sie nicht gerechnet hatte.

Vielleicht trauerte sie vor allem um Sam Parker. Oder sie war wegen der *Artemis* selbst bekümmert. Das Schiff hatte sie weit länger am Leben erhalten, als sie es überhaupt hatte erwarten können. Es hatte ihr unglaublich gut gedient, und jetzt - jetzt hatte sie es zerstört. Sie hatte es als Ablenkungsmanöver benutzt, um sich selbst ein wenig Zeit zu erkaufen.

104

»DIE machen keine halben Sachen«, sagte Rapscallion eine Stunde später.

Diese Stunde hatte er damit verbracht, die Sensoren der *Alpheus* zu überwachen und zu beobachten, wie sich die Trümmerwolke der *Artemis* allmählich im Weltraum auflöste. Wie die weiß glühenden Brocken langsam abkühlten und sich der Temperatur des Weltraums anglichen.

In der Zwischenzeit hatte auf der Brücke kaum jemand gesprochen. Die Menschen waren in sich zurückgezogen, anscheinend hatten die letzten Augenblicke der *Artemis* sie schwer getroffen. Auch Rapscallion hatte Gefühle, was die *Artemis* anging, doch er behielt sie unter Kontrolle. Außerdem hing er sowieso nicht so sehr an *Dingen*. Immer wieder hatte er alte Körper abgelegt und durch neue ersetzt, und die Tatsache, dass sie einfach von der *Artemis* zur *Alpheus* gewechselt waren, beschäftigte ihn erheblich weniger als einen Menschen, der sein Leben lang auf einen einzigen Körper angewiesen war. Dabei war die *Alpheus* mit dem alten Schiff weitgehend baugleich und sie hatten sogar Actaeon mitgebracht. Inzwischen war er nicht einmal mehr sicher, wie man überhaupt noch einen Unterschied zwischen den beiden Schiffen erkennen konnte. »Meinen Sie, die haben es geschluckt?«, fragte er.

Sie hatten alles getan, um den Eindruck zu erwecken, auf der *Artemis* befänden sich Menschen. Actaeon hatte per Fernsteuerung agiert und auf der Brücke Heizspulen aktiviert, deren Wärmeabgabe exakt der eines menschlichen Körpers entsprach. Die KI hatte Bilder von Zhang und Petrowa projiziert, die an den Sichtfenstern standen und ängstlich nach draußen blickten.

Alles hing davon ab, ob die *Rhadamanthus* beobachtet hatte, wie sie ihre Ausrüstung auf das neue Schiff befördert hatten. Und ob sich das Kriegsschiff die Mühe machte, auch den anderen Transporter zu scannen, der sich verdächtigerweise in der Nähe herumtrieb.

Vorerst zogen sie auf der *Alpheus* die Köpfe ein. Vorher hatten sie schon alle Lichter ausgeschaltet, und die Menschen hatten sich in Folien gewickelt, um keine Körperwärme abzustrahlen. Rapscallion durfte sich nicht auf dem Schiff bewegen, damit er nicht versehentlich vor einem Sichtfenster vorbeilief.

»Sicher werden wir es schon bald wissen«, antwortete Petrowa flüsternd, als könnte die *Rhadamanthus* sie trotz der zwölf Kilometer Vakuum zwischen ihnen belauschen. Sie wies auf ein Holodisplay, das vor ihr schwebte. Es war eine der wenigen noch existierenden Lichtquellen auf der *Alpheus* und zeigte die Mikrowellenstrahlung in dem Bereich der Trümmerwolke, die früher einmal die *Artemis* gewesen war. »Sie überprüfen die Trümmer. Wahrscheinlich suchen sie nach Leichen.«

»In diesem Chaos?«, fragte Rapscallion. »Das glaube ich nicht. Sie haben das Schiff so gründlich zerschnitten, dass sie höchstens noch einen Zahn oder eine Fingerspitze oder so etwas finden.« Er sah sie zusammenzucken, verstand aber nicht, was sie störte. Schließlich hatte sie diesen Plan vorgeschlagen.

»Ich wünschte, sie würden verschwinden«, sagte Zhang. Er sah elend aus. Na ja, die Temperatur in dem Raum war dem Gefrierpunkt nahe - so niedrig, wie Menschen es gerade noch aushielten. »Dies wäre eine gute Gelegenheit, eine Weile zu schlafen.«

»Während wir abwarten, bis wir wissen, ob wir tot sind oder nicht?«, fragte Petrowa. Sie konnte den Blick nicht von dem Holodisplay abwenden. »Aber klar, ich mache mir einen Pott Kräutertee und krieche unter die Decken.«

Zhang musste laut auflachen, brach aber sofort wieder ab. Es war seltsam, diesen Laut auf der trostlosen Brücke zu hören. Petrowa hob sogar kurz den Kopf und schenkte ihm ein Lächeln.

»Na ja, vielleicht sollten wir jetzt wirklich die Schlafmütze aufsetzen«, erklärte der Arzt.

Petrowa klatschte sich eine Hand vor den Mund, um ihr Wiehern zu unterdrücken. Die beiden kicherten hemmungslos, während sie zugleich versuchten, ihren Ausbruch zu beherrschen. »Vielleicht sehen sie uns ja gar nicht, wenn wir die Augen fest zudrücken«, überlegte Petrowa. »Oder sie merken, dass sie uns nur unnötig wach halten, und sind so höflich, einfach zu verschwinden.«

»Genau«, gab Zhang zurück. »Das ist zu erwarten, weil wir seit unserer Ankunft hier ja auch eine wahre Glückssträhne hatten.«

»Unbedingt«, antwortete Petrowa mit strahlenden, feuchten Augen. »Wir hatten so viel Glück, dass wir jetzt mal eine kleine Pause vertragen könnten.«

Zhang und Petrowa starrten einander an, als warteten sie darauf, dass der andere wieder losprustete. Sie starrten sich mit bebenden Lippen an, bis sich Rapscallion besorgt fragte, ob sie gleichzeitig einen neurologischen Zusammenbruch erlitten hatten.

Dann stotterte Zhang etwas und begann brüllend zu lachen. Sofort stürzte Petrowa zu ihm und presste ihm die Hände auf den Mund, aber nicht, um ihn zu ersticken, sondern um den Lärm zu unterdrücken.

»Menschen sind komisch«, sagte Rapscallion.

Daraufhin lachten sie nur noch lauter.

105

DER unbeschwerte Augenblick war rasch vorbei. Petrowa wollte das Holodisplay schließen, musste aber feststellen, dass sie es nicht über sich brachte. Sie hielt es einfach nicht aus, nicht sofort zu sehen, was hier vor sich ging. Sie konnte nicht im Dunklen warten, ohne zu beobachten, ob sie in Millionen Stücke zerteilt werden sollte oder in Sicherheit war.

Nicht dass ihr das Display viel verraten konnte. Die *Alpheus* verfügte wirklich über erstaunliche Sensoren, die im Gegensatz zu jenen auf der *Artemis* sogar alle intakt waren, doch sie konnte die Geräte nicht einsetzen. Wenn sie versuchte, die *Rhadamanthus* mit Radar oder Millimeterwellen abzutasten, oder wenn sie auch nur einen Laserimpuls absetzte, würde es das Kriegsschiff sofort bemerken. Sie würden sich fragen, warum sie dieser anscheinend verlassene Transporter im hohen Orbit scannte, und sie würden sich sofort vergewissern, was dort los war.

Daher war sie vor allem auf Teleskope angewiesen. Auf passive Instrumente, die einfach nur das vorhandene Licht oder die Strahlung empfingen. Was dabei herauskam, sagte ihr jedoch nicht viel. Sie konnte erkennen, dass die *Rhadamanthus* noch dort war, nur ein paar Kilometer von der Schrottwolke entfernt, die einmal die *Artemis* gewesen war. Hin und wieder manövrierte das Kriegsschiff ein wenig, aber nur, um den rasch dahinfliegenden Trümmerstücken auszuweichen oder einen besseren Winkel für die Scans zu bekommen, mit denen es das Treibgut untersuchte.

Sie führten *viele* Scans durch. Den Grund konnte sie nicht erkennen. Glaubten sie denn, irgendwo in der Trümmerwolke könnte noch eine intakte Fluchtkapsel schweben? Ein Stück von der *Artemis*, das groß genug war, um einen lebenden Menschen in einem Raumanzug zu verbergen? Aber die Gegner mussten doch, genau wie sie selbst, sofort erkennen können, dass dort in der Wolke nichts Lebendiges mehr war.

Oder waren sie aus ganz anderen Gründen misstrauisch? Petrowa fragte sich, ob das nicht alles nur ein Trick war, ob die *Rhadamanthus* nicht vielleicht sogar genau wusste, wo die Überlebenden waren, und nur darauf wartete, dass sie etwas unternahmen.

Die *Alpheus* konnte sich nicht ewig tot stellen. Es wurde verdammt kalt. Viel zu kalt für ihr Empfinden, und die mehrfachen Schichten Folie, in die sie sich gewickelt hatte, halfen kaum. Die Folie isolierte zwar sehr gut, war aber nicht perfekt. Immer noch entwich ständig ein Teil ihrer Körperwärme. Früher oder später mussten sie die Heizung der *Alpheus* wieder einschalten.

Wenn sie es taten, während die *Rhadamanthus* noch in der Nähe lauerte, würden sie auffallen wie ein Leuchtfeuer. Genau dafür waren die Sensoren des Kriegsschiffes ausgelegt: Sie sollten im Dunkeln Feinde aufspüren.

Also konnten sie nur warten und hoffen, dass die *Rhadamanthus* irgendwann aufgab und weiterflog.

Endlich und mit einer erheblichen Willensanstrengung schaffte sie es, sich von dem Holodisplay loszureißen. Der entscheidende Faktor war, dass sie wirklich dringend, dringend auf die Toilette musste. Sie hob eine Hand und wischte über den

Bildschirm, um ihn abzuschalten. Dann rannte sie mit raschelnden Thermodecken zum Lokus.

Sie hatte die Absicht gehabt, das Notwendige zu erledigen und rasch zum Display zurückzukehren, doch es war eine so erstaunliche Erleichterung, nicht mehr den Bildschirm anzusehen, dass sie auf dem Rückweg bewusst trödelte. Vor dem Schott, das zur Brücke führte, blieb sie stehen, weil sie etwas gehört hatte – ein leises Klingeln aus dem Bereitschaftsraum des Piloten. Der kleine Raum mit dem Bett, wo sie sich erholt hatte, nachdem ihre Hand verstümmelt worden war.

Nein. Nein, das war der Raum auf der *Artemis* gewesen. Dieser hier sah genauso aus, nur dass er sauberer war und alle Lampen noch funktionierten. Die Luke stand offen. Sie dachte, Zhang sei dort drinnen, und steckte den Kopf hinein, doch der Raum war leer.

In eine Wand war eine Miniküche eingebaut worden. Im Grunde war das nur ein Miniaturkühlschrank mit einem Autokocher. Auf der Ausgabefläche stand eine Schale mit Essen, daneben lag ein Löffel.

»Zhang?«, fragte sie, obwohl sie Hemmungen hatte, die Stille zu stören. »Haben Sie sich etwas zu essen gemacht?«

Er antwortete nicht. Mit gerunzelter Stirn drehte sich Petrowa zum Korridor um.

»Actaeon«, sagte sie. »Wo ist Doktor Zhang?«

»Doktor Zhang befindet sich in seiner Kabine und schläft«, antwortete die KI.

Die Falten auf ihrer Stirn vertieften sich. »Du hast mir nicht zufällig etwas zu essen gemacht? Wolltest du mir damit etwas sagen?«

»Das verstehe ich nicht«, antwortete Actaeon. »Welches Essen?«

Petrowa trat ganz in den Bereitschaftsraum hinein und betrachtete die Schale. Sie enthielt ein auffällig buntes Frühstücksmüsli, das in der Milch allmählich zu Matsch zerfiel.

Es war ganz sicher nicht das, was sie essen wollte. Es sah auch nicht nach Zhangs Geschmack aus, obwohl sie zugeben musste, dass sie gar nicht wusste, was der Arzt am liebsten zum Frühstück verzehrte. Neugierig nahm sie den Löffel und schob sich eine Portion Müsli in den Mund.

Es war kalt. Natürlich war es kalt. Das ganze Schiff war kalt. Wenn sie Essen kochten, würden sie die Wärmesignatur der *Alpheus* geringfügig verändern. Diesen Luxus durften sie sich nicht erlauben. Petrowa nahm noch einen Happen.

Es war sehr, sehr süß und schmeckte nach künstlichen Fruchtaromen. Eigentlich war es ziemlich schrecklich. Dann knurrte ihr Magen, und sie aß noch einen Löffel. Wirklich grässlich. Trotzdem schaufelte sie sich immer mehr davon in den Mund.

Ein oder zwei Sekunden lang überlegte sie, ob Zhangs Therapie vielleicht doch nicht gewirkt hatte. Womöglich steckte der Basilisk nach wie vor in ihr und redete ihr ein, sie sei am Verhungern und müsse dringend etwas hinunterschlingen.

Aber nein, so fühlte es sich nicht an. Sie hatte einfach bloß Angst, ihr war kalt und sie hatte schon sehr lange nichts mehr gegessen. Das Müsli war grässlich, aber immerhin etwas Genießbares. Sie leerte die Schale und hob sie an die Lippen, um auch die letzten Tropfen der süßen Milch zu trinken. Als sie fertig war und die Schale abgestellt hatte, starrte sie den leeren Behälter noch eine ganze Weile an.

Die leere Schale stand einfach da ... vor ihr. Hart und kalt. Am Boden noch ein schmaler Halbmond von Milch, in dem sich die Deckenleuchten spiegelten.

»Actaeon«, sagte sie.

»Ja, Lieutenant?«

»Wer auch immer diese Schale für mich dort hingestellt hat, sag ihm, dass ich es zu schätzen weiß.« Rapscallion. Es musste Rapscallion gewesen sein. Sie hatte bemerkt, wie beschützend er geworden war und wie sehr er sich auch um Zhangs Wohlergehen bemühte. Vielleicht schloss der Roboter sie in seine Bemühungen ein. »Ich hatte Hunger, und das war genau richtig.«

»Ich fürchte, ich weiß nicht, wer das Essen zubereitet hat«, gestand Actaeon.

»Schon gut.«

Sie wollte es gar nicht weiter hinterfragen. Es gab viel wichtigere Dinge, um die sie sich kümmern musste, als eine hergelaufene Halluzination. Sie kehrte geradewegs zur Brücke zurück und öffnete das Holodisplay, um nachzusehen, was die *Rhadamanthus* gerade trieb.

106

IN seiner Kabine bemühte sich Zhang geflissentlich, nicht mehr an das zu denken, was außerhalb der *Alpheus* geschah oder eben nicht geschah. Er wollte so tun, als sei alles in Ordnung. Es gelang ihm allerdings nicht besonders gut.

Er setzte sich im Bett auf, krempelte den Ärmel hoch und betrachtete das goldene Geflecht auf dem Unterarm. Der RK reagierte nicht auf seine Stimmung, obwohl er die Neurochemie des Trägers und den Adrenalinspiegel jederzeit genau beobachtete. Immer und ohne Pause.

»Du möchtest nicht vielleicht zur Abwechslung mal etwas Nützliches tun, oder?«, fragte er.

Das goldene Metallgeflecht wand sich ein wenig, als wollte es ihn beruhigen. Dann drückte es rhythmisch auf seinen Arm. Ihm wurde bewusst, dass ihn das Gerät massierte. Manchmal schien es fast, als wollte der RK Mitgefühl zeigen, doch er wusste es natürlich besser. Das Gerät war einfach nur bestrebt, ihn zu beruhigen. Das war schließlich seine wichtigste Aufgabe. Er sollte sich nicht zu sehr aufregen und etwas Überstürztes tun.

Am liebsten hätte er sich das Ding von der Haut gepellt und es quer durch den Raum geschleudert. Stattdessen seufzte er nur und sagte: »Kannst du einen Bildschirm öffnen und mir zeigen, was vor sich geht?«

Eigentlich war das Actaeons Aufgabe. Hätte Zhang nur mit der Luft gesprochen und um ein Display gebeten, dann hätte sich die Schiffs-KI darum gekümmert. Zhangs Vertrauen in den Hirsch-Avatar auf der Brücke hatte sich jedoch stark verringert. Er dachte, die Menschheit sei dem Untergang geweiht. Das mochte ja auch sein, aber Zhang war nicht bereit, einfach so einer Maschine zu glauben, die der Ansicht war, er sei nicht mehr zu retten.

Der RK drückte vorwurfsvoll seinen Arm, erfüllte dann aber seinen Wunsch. Die goldenen Tentakel schlängelten sich nach oben und bildeten einen eleganten Rahmen für ein winziges Holodisplay, das ihm den dunklen Weltraum zeigte. Dann zoomte ein langer weißer Umriss heran, der in der Mitte angeschwollen zu sein schien.

»Das ist die *Persephone*«, sagte er. »Warum zeigst du mir das Kolonistenschiff?«

Der RK musste nicht antworten. In diesem Augenblick schoben sich die absurden Kästen der *Rhadamanthus* davor. Die *Persephone* war so groß, dass es schien, als belästigte ein Sperling ein Rhinozeros, doch Zhang hatte keinen Zweifel, welches der Schiffe das gefährlichere war. Die *Rhadamanthus* bremste ab, bis sie nur noch zur *Persephone* schlich, und schoss dann abrupt ein halbes Dutzend Harpunen auf das Kolonistenschiff ab. Es waren lange, gezackte Dornen mit dünnen, fast unsichtbaren Leinen. Die Harpunen trafen die *Persephone* an verschiedenen Stellen, und dann wurden die Leinen eingeholt, bis sich die *Rhadamanthus* eng an den Rumpf des anderen Schiffes schmiegte.

»Ich rufe Petrowa«, sagte Zhang. »Lieutenant? Sehen Sie das?«

Ihre Antwort klang gereizt, als hätte er sie bei irgendetwas gestört. »Meinen Sie die *Rhadamanthus* und die *Persephone*? Ja, das sehe ich. Es gefällt mir nicht.«

»Was wollen die da drüben?«, fragte Zhang.

»Das ist ein Standard-Entermanöver der Raummarine, das ausgeführt wird, wenn sie sich einem feindlichen Schiff nähern. Sie schneiden ein Loch in die Hülle der *Persephone* und gehen auf diese Weise an Bord. Ich vermute, dass sie versucht haben, mit Eurydike Verbindung aufzunehmen, und als es nicht gelang, haben sie die *Persephone* als feindlich bewertet. Ich weiß nicht, was sie wollen oder was sie mit den Leuten da drüben tun werden.«

Zhang schluckte schwer. Er hatte keineswegs vergessen, wie Eurydike ihn zuletzt noch angefleht hatte, sie nicht zu zerstören. Die KI hatte gesagt, er verurteilte alle Kolonisten an Bord zum Tod, weil sie nun ziellos durch den Weltraum trieben.

Er hatte ein ungutes Gefühl, dass den Menschen nun ein ganz anderes Schicksal drohte, das sie zudem viel früher ereilen würde. »Wir wissen nicht, welche Gestalt der Basilisk auf der *Rhadamanthus* angenommen hat«, bemerkte er. »Aber die Leute dort drüben haben über Urteile und Gnade gesprochen. Petrowa ...«

»Glauben Sie, ich sehe mir das gern an? Sie müssen da nicht zusehen. Sie können Ihr Display einfach schließen. Denken Sie an etwas anderes.«

Er sah trotzdem weiter zu. Er sah zu, obwohl äußerlich nichts geschah, während sich die Minuten dehnten. Welches Drama sich da drüben auch abspielte, es ereignete sich innerhalb der *Persephone*, in die er nicht hineinschauen konnte.

Er sah zu, und als dann doch etwas geschah, bemerkte er es sofort.

Die *Rhadamanthus* trennte die Leinen, die sie an die *Persephone* geheftet hatten. Mit kleinen Schüben der Steuerdüsen zog sich das Kriegsschiff von der *Persephone* zurück, zuerst noch langsam, dann aber immer schneller, als sei es in Eile.

Sobald es ein Stück weit entfernt war, blühten auf dem Rumpf der *Persephone* kleine orangefarbene Brandherde auf. Winzige Explosionen, und aus jedem Loch schoss ein Strom von Trümmern hervor. Nach und nach entstanden gepunktete Linien auf dem Rumpf, bis das Kolonistenschiff nur noch eine leere Hülle war. Im Inneren des zerstörten Raumschiffs blitzte es. Die Angreifer weideten das große Schiff regelrecht aus und sorgten dafür, dass niemand an Bord es jemals wieder benutzen konnte. Sie zerkleinerten es zu Schrottstückchen.

»Warum?«, fragte Zhang. Da es nichts mehr zu sehen gab, hatte er die Augen fest geschlossen. »Warum?«

»Vielleicht aus dem gleichen Grund, aus dem sie auch die *Artemis* zerstört haben«, überlegte Petrowa. »Aber ich glaube, so genau will ich es gar nicht wissen.«

107

ENDLICH zog die *Rhadamanthus* weiter.

Das Kriegsschiff verhielt sich, als hätte es die *Alpheus* überhaupt nicht wahrgenommen, obwohl der Transporter mithilfe der Sensoren ganz sicher deutlich zu erkennen war. Vielleicht hatten sich die Menschen an Bord erfolgreich tot gestellt. Doch es spielte keine Rolle. »Das ist unsere Gelegenheit«, erklärte sie den anderen. »Vielleicht sogar die einzige.«

Sie drehte sich um. Zhang sah so erbärmlich aus, als hätte er Drogen genommen. Als sich der RK am Arm wand, dämmerte ihr, dass ihre Vermutung womöglich sogar zutraf. Rapscallion hatte sich einen neuen Körper gebaut. Zweibeinig, beinahe menschenähnlich. Das einzige Problem war, dass er das Gesicht verkehrt herum montiert hatte.

Es lief ihr eiskalt über den Rücken. Sie schob das Gefühl weg. »Schaut, da ist es«, sagte sie.

Sie zeigte auf die Sichtfenster der Brücke. Vor ihnen schwebte im Zentrum die braune Scheibe von Paradise-1. Ihr Ziel. Ihr war klar, dass sie viel zu große Hoffnungen in den tristen Planeten setzte. Niemand wusste, ob ihnen die Landung überhaupt half ... beziehungsweise ob sie danach leichter überleben konnten. Andererseits war er die einzige Möglichkeit, die sie überhaupt noch hatten.

Sie rief ein Holodisplay auf und projizierte eine vergrößerte

Ansicht des Planeten. Auf der Kugel waren verschiedene braune und blaue Schattierungen zu erkennen. Aus dieser Entfernung ließen sich zwar keine menschlichen Bauten ausmachen, doch Actaeon setzte einen leuchtenden Punkt auf den Ort, wo sich die Hauptkolonie befand. Es war ein Tal zwischen zwei niedrigen Bergrücken. »Das ist die Ziellinie«, erklärte sie. »Und dies hier ist uns dabei im Weg.«

Sie tippte auf den Bildschirm und zeigte den anderen Dutzende winziger Punkte, die den Planeten wie ein dicker, unscharf begrenzter Ring aus Staubflocken umkreisten. »Da draußen gibt es mehr als hundert Schiffe.« Sie berührte mehrere Pünktchen, woraufhin sich weitere Displayfenster öffneten, die Vergrößerungen der Einheiten zeigten. Von hier aus glichen die meisten Schiffe nur verschwommenen Flecken, doch in einigen Fällen konnte sie vertraute Umrisse erkennen. Schlanke Transporter mit spitzem Bug wie die *Artemis* und die *Alpheus*. Klobige Kriegsschiffe wie die *Rhadamanthus* und Kolonistenschiffe wie die *Persephone*. Außerdem Späher mit winzigen Crewbereichen, die eigentlich nur zusammengeschweißte Antriebe mit Sensorenbündeln waren. Frachter, die zu neunundneunzig Prozent aus Laderäumen bestanden und mit dünnen Streben zusammengehalten wurden.

Es waren so viele.

»Die Brandwache hat eine Menge Schiffe hierhergeschickt. Ich wüsste wirklich gern, was sich Direktorin Lang dabei gedacht hat. Warum hat sie das Leben so vieler Menschen aufs Spiel gesetzt?«

»Was sie ... was man hier getan hat, ist unmenschlich«, stimmte Zhang zu.

Petrowa schüttelte den Kopf. »Wir schicken ein Schiff, und es geht verloren, also schickt die Brandwache das nächste Schiff, um das erste zu suchen. Das zweite Schiff meldet sich nicht mehr, also schicken sie ein drittes ... und nach einer Weile ... dies hier. Das geht doch sicher schon seit mehr als einem Jahr so.«

»Und ...« Zhang grunzte empört. »... keines von ihnen hat es geschafft. Offenbar hatten sie alle den gleichen Auftrag wie wir, oder? Mit der Kolonie Verbindung aufzunehmen. Und keinem einzigen ist es gelungen.«

»Wissen Sie, was ich hier sehe?«, unterbrach Rapscallion.

Petrowa drehte sich zu dem Roboter um.

»Einen Algorithmus. Einen Plan, um ein Problem zu lösen, wenn man nicht alle Variablen kennt.«

»Glauben Sie, die Brandwache verfolgt eine Art übergeordneten Plan?«, fragte Zhang. »Sie werfen Raumschiffe auf ein Problem und hoffen, dass eines davon durchkommt? Soll das ein Plan sein?«

»Nein, das würde eher *Versuch und Irrtum* bedeuten. Auch das ist natürlich eine Art Algorithmus, aber es ist ganz sicher nicht das, was ich hier sehe. Die Brandwache tut nicht einfach nur immer wieder das Gleiche. Sie schickt verschiedene Schiffe. Nur ... das stört mich wirklich. Die *Alpheus* ist mit der *Artemis* fast identisch, oder? Ist das schon mal jemandem aufgefallen?«

»Sogar der Wandanstrich meiner Kabine hat die gleiche Farbe«, bestätigte Zhang.

»Und die Leute auf der *Alpheus* - ich meine, bevor sie ... bevor sie gestorben sind«, fuhr Rapscallion fort. Petrowa staunte, dass der Roboter so verlegen stotterte. Er hatte sich seit ihrer ersten Begegnung verändert. »Sie hatten einen Arzt, einen Mitarbeiter der Brandwache, eine Pilotin und einen Roboter. Genau wie wir.«

»Da du es erwähnst, ja, darüber habe ich mir auch schon Gedanken gemacht«, räumte Petrowa ein.

»Ich habe die Logbücher der *Alpheus* überprüft, und es scheint, als wären sie vor nicht einmal einem Monat hierhergeschickt worden. Also kurz vor uns.« Das verkehrt herum montierte Gesicht des Roboters nickte. Petrowa musste sich abwenden, es war allzu verstörend. »Als die *Alpheus* gescheitert ist, haben sie die *Artemis* geschickt«, fuhr Rapscallion fort. »Ich möchte wetten, dass man Fortschritte erkennt, wenn man die Schiffe genauer betrachtet. Einen Algorithmus, der auf die gleichen Elemente zurückgreift. Drei Menschen und ein Roboter. Die gleiche KI, ein identisch konfiguriertes Schiff.«

Petrowa dachte darüber nach. »Meinst du, sie kreisen eine Lösungsmöglichkeit ein? Sie reimen es sich Stück für Stück zusammen? Jedes Mal wenn die Brandwache ein neues Schiff schickt, lernt sie ein wenig dazu?«

»Indem sie beobachtet, wie das Schiff scheitert und wie die Crew stirbt«, bestätigte Zhang.

»Genau«, überlegte Petrowa weiter. »Sie bekommen ein paar neue Daten und setzen sie ein, um die nächste Mission zu entwerfen. Irgendwie sind sie darauf gekommen, dass ein Schiff wie die *Artemis* mit einer Crew und Passagieren wie uns die größten Erfolgsaussichten hat.«

»Das ... das ist doch schon mal was.« Zhang riss die Augen weit auf. »Das ist gut. Oder? Es bedeutet, dass wir wirklich eine Chance haben. Wir sind das Beste, was sich die Brandwache bisher ausgedacht hat. Wir könnten diejenigen sein, die es schaffen.«

»Kann sein«, erwiderte Petrowa.

»Oder wenigstens sind wir diejenigen, deren Scheitern am wenigsten wahrscheinlich ist«, ergänzte Rapscallion. »Wir haben es noch nicht geschafft und unsere Erfolgsaussichten sind immer noch lächerlich gering. Viel eher werden wir als Datenpunkt im Diagramm enden.«

Zhang sah aus, als müsste er sich gleich übergeben.

»Was ist?«, fragte Rapscallion. »Ich wollte es nur präzise ausdrücken.«

Petrowa sah ihn finster an. »Bring mal dein verdammtes Gesicht in Ordnung.«

Der Roboter berührte eine verkehrt herum aufgesetzte Augenbraue. »Oh, tut mir leid. Ich hatte es eilig.« Er griff mit beiden Händen zu und drehte das Gesicht, bis es fast richtig stand. Nur ein wenig schief.

108

»WIR wollen uns auf diesen Punkt konzentrieren«, sagte Petrowa. »Wenn wir auf Paradise-1 zu landen versuchen, müssen wir damit rechnen, auf Widerstand zu stoßen. Vielleicht sogar auf sehr starken Widerstand. Die *Rhadamanthus* ist nicht das einzige Kriegsschiff im Orbit. Wir haben keine Waffen, um uns den Zugang zu erkämpfen. Unser einziger Vorteil ist der, dass wir schnell sind. Ich habe die Kriegsschiffe in den Umlaufbahnen geortet. Actaeon?«

Das Holodisplay hob einige Staubflocken, die den Planeten umkreisten, rot hervor. Es waren allerdings nicht sehr viele, höchstens ein Dutzend. »Die meisten sind wie die anderen Schiffe hier in Umlaufbahnen geparkt worden. Nur die *Rhadamanthus* war uns nahe genug und die entfernt sich jetzt wieder. Wenn wir ungefähr sechzehn Stunden warten, sieht es so aus.«

Die Punkte beschleunigten auf den Umlaufbahnen, während das Display den zukünftigen Verlauf anzeigte. Als es anhielt, waren alle Kriegsschiffe auf der anderen Seite des Planeten versammelt. »Wir bekommen ein kleines Zeitfenster, in dem sie keine Sichtverbindung zu uns haben.«

»Das heißt, wir können den Planeten erreichen, ohne angegriffen zu werden«, sagte Zhang.

»Ich habe keinerlei Zweifel, dass sie alle auf uns losgehen

werden, sobald wir zu dem Planeten beschleunigen«, erklärte Petrowa. »Wir werden angegriffen, da bin ich absolut sicher. Aber wenn wir schnell genug sind, können wir möglicherweise den schlimmsten Angriffen ausweichen und es mit knapper Not schaffen.«

Zhang kam herüber und blieb unmittelbar vor dem Display stehen, um die kreisenden Punkte genauer betrachten zu können. »Ich sehe da ein Problem, das dieser Plan aufwirft.«

»Ja, das hatte ich schon befürchtet. Beschreiben Sie es mir.« Zhang suchte ihren Blick. »Selbst wenn wir es bis zur Oberfläche des Planeten schaffen sollten ...« Er schüttelte den Kopf.

»Ich weiß, ich weiß. Die Menschen auf dem Planeten wurden möglicherweise von dem Basilisken infiziert werden.« *Eingeschlossen womöglich auch meine Mutter,* fügte sie in Gedanken hinzu. Sie musste sich beherrschen und sachlich bleiben. »Sie glauben also, wir treffen da unten auf eine Truppe Zombies oder religiöse Eiferer oder ... wer weiß was sonst noch.«

Zhang nickte. »Nein, eigentlich nicht. Allmählich glaube ich, dass dem nicht so ist.«

»Wirklich? Warum nicht?«

Zhang zeigte auf den Bildschirm und die roten Punkte. »Die Schiffe hier, die von der Brandwache geschickt wurden ... sie sind zwar vom Basilisken infiziert, aber sie riegeln auch den Planeten ab. Warum tun sie das? Warum sollten sie die Leute draußen halten, wenn der Basilisk Paradise-1 bereits übernommen hat?«

»Ich glaube, das verstehe ich nicht«, gab Petrowa zu.

»Der Basilisk bewacht etwas. Er ist bestrebt, die Brandwache daran zu hindern, zu sehen, was dort unten vor sich geht. Das könnte bedeuten, dass die Menschen wohlauf sind. Vielleicht haben sie einen Weg gefunden, den Basilisken zu bekämpfen.

Vielleicht auch eine Möglichkeit, die Betroffenen zu heilen oder gar ihn ein für alle Mal zu zerstören.«

Petrowas Herz machte einen Sprung.

»Sie glauben, wir könnten dort unten eine Lösung finden. Eine Antwort auf diese Bedrohung.«

»Möglicherweise, ja.«

Petrowa betrachtete ihre Hände. Die unversehrte und die verletzte, die noch in der aufblasbaren Schiene steckte. Wenn es Hoffnung gab - eine winzige Hoffnung, dass ihre Mutter wohlauf war, dass sie landeten und am Raumhafen Ekaterina wartend vorfanden, die ihre Tochter innig umarmen wollte ...

Nein, das war höchst unwahrscheinlich. Aber der Gedanke daran, dass es ihrer Mutter vielleicht doch gut ging, wirkte wie ein Adrenalinstoß. Mit klaren, blitzenden Augen hob sie den Kopf - und dann sah sie Zhangs Miene.

»Sie meinten doch, es gäbe ein Problem mit diesem Plan.«

»Ja. Das Problem ist, dass wir festsitzen, sobald wir dort unten sind. Wenn wir wieder zu starten versuchen, wird uns die Armada des Basilisken erwarten. Ganz egal, was wir dort unten vorfinden, es wird eine Einbahnstraße sein.«

Petrowa atmete scharf ein.

»Dann verschanzen wir uns eben. Wir landen, kontaktieren die Brandwache und berichten, dass wir zwar angekommen sind, aber festsitzen. Die Schiffe hier oben werden uns nicht mehr angreifen, sobald wir den Boden erreicht haben.«

»Sind Sie da wirklich sicher?«, fragte Rapscallion.

»Nein, aber ich halte es doch für wahrscheinlich. Allerdings spielt es sowieso keine Rolle. Wir müssen da hinunter. Nicht nur für uns selbst. Falls es dort unten auf dem Planeten etwas gibt, eine Heilung für den Basilisken, oder ... oder einfach nur zehntausend verängstigte Kolonisten, die auf Hilfe warten, dann muss es die Brandwache so schnell wie möglich erfahren.«

»Das stimmt«, antwortete Zhang.

»Dann ist das schon mal geklärt. Wir warten auf das Zeitfenster, wenn die Kriegsschiffe auf der anderen Seite sind, und fliegen so schnell wie nur irgend möglich zum Planeten hinunter.«

109

AN diesem Abend gönnten sich Petrowa und Zhang ein richtiges Abendessen, das zum ersten Mal seit Tagen nicht nur aus Keksen und Wasser bestand. Die Lager der *Alpheus* waren intakt, und sie hatte Rapscallion beauftragt, ein wahres Festmahl zuzubereiten. Zuerst hatte sie befürchtet, sie könne gar nichts essen, doch sobald sie sich gesetzt hatte, übernahm der Körper mit seinen Instinkten die Regie. Das Essen war zwar nach irdischen Maßstäben nichts Besonderes, einfach nur Proteinkoteletts in einer grünen Soße, doch sie fiel darüber her, bis die Soße an ihrem Kinn hinuntertropfte. Irgendwann hob sie den Kopf und bemerkte, dass Zhang sie beobachtete. Es war ihr peinlich, aber dann schnappte er sich ein belegtes Brötchen. Er riss die Folie mit den Zähnen auf und schob sich fast das ganze Brötchen auf einmal in den Mund. Beinahe hätte sie erleichtert gelacht, doch es gab weit wichtigere Dinge, um die sie sich kümmern musste, wie etwa die Schale mit Misosuppe.

Als sie satt waren, wurde ihr bewusst, dass sie die ganze Mahlzeit über kein einziges Wort gesprochen hatten. Sie lehnte sich zurück, beobachtete Zhang und dachte daran, wie sehr sie Parker vermisste. Er war ein guter Begleiter gewesen, denn er hatte ihr das Gefühl gegeben, hier draußen in der Dunkelheit nicht ganz allein zu sein. Zhang bemühte sich zwar, so gut er konnte, das wusste sie, aber sie wurde das Gefühl nicht los, dass er sich in ihrer Gegenwart immer unwohl fühlte.

Das war aber nicht in Ordnung. Wahrscheinlich waren sie in diesem ganzen System die einzigen Menschen, die dem Basilisken widerstanden hatten. Sie mussten zusammenhalten. Sie wünschte nur, sie wüsste, wie sie das Eis brechen konnte. Sie versuchte, seinen Blick einzufangen, damit er endlich zu reden begann. Wie immer machte sie dann doch den Anfang.

»Und wenn er recht hat?«, fragte sie. »Actaeon, meine ich. Er sagt, die Menschheit sei dem Untergang geweiht und wir könnten den Basilisken nicht überleben.«

Zhang schüttelte den Kopf. »Wenn man nicht siegen kann, gibt es keinen Grund, überhaupt weiterzukämpfen. Dann sollten wir die Luftschleuse öffnen und hinausspringen.«

»Ich hatte es ja nicht auf praktische Ratschläge abgesehen. Ich denke nur ... über Möglichkeiten nach. Soweit wir es sagen können, sind alle Schiffe, die hierher beordert wurden, gescheitert. Alle anderen bis auf uns. Und der Basilisk breitet sich bereits im Sonnensystem aus. Aber was geschieht, wenn dieses Ding die Erde erreicht? Auf dem Planeten leben zwölf Milliarden Menschen. Wenn sie nun morgen alle aufwachen und glauben, sie müssten auf das höchste Gebäude in der Nähe klettern und hinunterspringen?«

Zhang spießte ein Stück Brokkoli auf und starrte es eine Weile an, ehe er antwortete. »Ich glaube nicht, dass dies der Plan ist.«

»Nein?«

»Vielleicht ist es nur Wunschdenken, denn falls der Basilisk dies tatsächlich vorhat, sind wir tatsächlich dem Untergang geweiht. Aber es geht schon seit einer ganzen Weile so, mehr als ein Jahr. Ich habe den Eindruck gewonnen, dass der Basilisk die Menschheit längst ausgelöscht hätte, wenn er es wirklich gewollt hätte.«

»Na gut, aber wie sieht der Plan dann aus?«

»Ich erkenne zwei Dinge, die er zu erreichen versucht, bin mir aber nicht sicher, wie sie zusammenpassen. Einmal wissen wir, dass er den Planeten abschirmt und alle daran hindert, dort zu landen.«

»Das hat Eurydike mit anderen Worten auch gesagt«, bestätigte Petrowa. »Ja. Und was wäre das Zweite?«

Zhang lachte. »Er möchte reden, weil ... weil er einsam ist? Nein, das wäre absurd. Aber offenbar will er mit uns Kontakt aufnehmen.«

»Dann sind Sie jetzt auch überzeugt, dass er mit uns kommunizieren möchte?«

Der Arzt zuckte nur mit den Achseln.

»Es passt zu dem, was wir beobachtet haben. Er will sich mitteilen.«

»Wenn wir einen Weg finden könnten, ihm zu antworten ...«

Er schüttelte den Kopf. »Ich weiß es einfach nicht. Er möchte uns verstehen. Warum sonst sollte er mit uns kommunizieren? Das bedeutet aber nicht, dass er in Frieden und Freundschaft kommt. Vielleicht sucht er nur nach Wegen, wie er uns am besten von dem Planeten fernhalten kann. Oder er versteht nicht einmal, was er uns antut. Vielleicht sind all die Menschen auf der *Persephone* gestorben, weil er nicht begreifen konnte, was seine Botschaft mit ihnen angerichtet hat.«

»Eine Botschaft. Die Botschaft, die der Basilisk gesendet hat ...«

»Die ist möglicherweise in dem ganzen Rauschen untergegangen. Angekommen ist nur dieser unerträgliche Hunger. Unersättliche Gier. Wollte er uns sagen, dass er begierig ist, sich mit uns auszutauschen? Ist er einsam und braucht jemanden zum Sprechen? Vielleicht. Die Botschaft, die er der *Alpheus* geschickt hat, schien etwas klarer zu sein. Undine und die Crew glaubten, sie seien infiziert. Das waren sie auch, aber sie konnten nicht einsehen, dass es komplizierter war, als sie dachten.«

»Und der Rote Würger?«, fragte sie. »Was wollte der mitteilen?«

Sie hätte es gleich wissen sollen. Er kniff die Augen zusammen und wischte sich die Lippen mit der Serviette ab. »Das weiß ich nicht. Ich will auch nicht ... ich will nicht darüber spekulieren.«

Wie üblich hatte sie es vermasselt. Sie hatte ihn gedrängt, über dasjenige Thema zu sprechen, das er tunlichst zu vermeiden suchte, und jetzt verschloss er sich wieder und zog sich noch weiter von ihr zurück. Wenn sie ihn nun noch immer bedrängte, würde er vermutlich irgendetwas Absurdes tun, nur um ihr zu entkommen.

Na ja, dies war nicht der richtige Augenblick, ihn unter Druck zu setzen. »Es tut mir leid«, sagte sie. »Ich wollte Ihnen nicht zu nahe treten.«

»Ich, äh ... ich ...« Er schüttelte den Kopf. »Ich muss mich ein wenig ausruhen. Das sollten Sie auch tun.« Er stand auf und ging zu dem Schott, das zu den Kabinen führte. Dann blieb er einen Moment mit dem Rücken zu ihr vor dem offenen Durchgang stehen.

Er neigte den Kopf. Sie konnte seine Miene nicht erkennen. »Sie wissen doch, dass ich mir das alles nur aus dem Ärmel geschüttelt habe, oder? Eigentlich weiß ich überhaupt nichts. Ich weiß nicht, wie dieses Ding funktioniert und was es eigentlich vorhat.«

»Trotzdem weiß ich Ihre Gedanken zu schätzen«, antwortete sie.

Er nickte und ging hinaus. Hinter ihm glitt das Schott zu und sie blieb allein in der Kombüse zurück.

Petrowa spielte mit dem Essen auf dem Tisch und hatte nur noch die eigenen Gedanken als Gesellschaft. Nachdem sie aufgegessen hatte, blieb sie noch lange dort sitzen und konnte sich nicht überwinden aufzustehen.

Ihr war nicht einmal bewusst, dass sie die Augen geschlossen hatte, bis sie hörte, wie sich das Schott wieder öffnete.

Mit überraschtem Grunzen richtete sie sich auf und fragte sich, ob Zhang zurückgekehrt sei, weil er noch etwas sagen wollte, oder ob Rapscallion ihr schreckliche Neuigkeiten übermitteln wollte. Als sie sich blinzelnd umsah, konnte sie in der Kombüse niemanden entdecken. Sie war immer noch allein.

Kurz danach glitt das Schott wieder zu.

Stirnrunzelnd stand sie auf und ging zu der Luke, um auf den Sensor zu drücken. Dann beugte sie sich vor und spähte in den Korridor, um festzustellen, wer das Schott geöffnet hatte. Draußen war niemand zu sehen. »Actaeon«, sagte sie, »wo sind die anderen?«

»Rapscallion ist in seiner Werkstatt im Lagerbereich des Schiffs«, berichtete die KI. »Doktor Zhang ist in seiner Kabine.«

Petrowa spürte den Puls im unversehrten Handgelenk pochen. Sie schüttelte die Hand, als hätte sie einen Krampf. Das waren nur die Nerven. Sie war sicher, dass sie sich nichts einbildete - das Schott hatte sich tatsächlich ohne ihr Zutun geöffnet.

»Actaeon, hast du registriert, wer vor Kurzem das Schott geöffnet hat? Außer mir selbst, meine ich.«

»Das Schott wurde vor zwölf Minuten auf Veranlassung von Doktor Zhang geöffnet«, erklärte Actaeon. »Davor ...«

»Das interessiert mich nicht. Was ist vor ein oder zwei Minuten passiert? Bevor ich es geöffnet habe? Ich konnte sehen, dass es offen stand, aber niemand war ...«

Sie unterbrach sich.

»Schon gut. Streiche meine Anfrage.«

Eigentlich wollte sie die Antwort gar nicht hören. Auf der *Alpheus* geschahen seltsame Dinge. Etwas, das nichts mit dem Basilisken zu tun hatte.

Ein schreckliches Geheimnis nach dem anderen, sagte sie sich.

110

ES war so weit. Zeit für den Start, um möglichst schnell den Planeten anzufliegen.

»Anschnallen«, sagte Petrowa.

Zhang nagte an der Unterlippe. Er trug einen Raumanzug, hatte aber den Helm nicht aufgesetzt. »Ich könnte auch hier bei Ihnen bleiben und Ihnen als Co-Pilot dienen.«

»Sie wissen doch gar nicht, wie man ein Raumschiff steuert«, antwortete sie. »Außerdem sind Sie der einzige Mensch in der Galaxis, der darüber Bescheid weiß, wie man den Basilisken bekämpfen kann. Glauben Sie, ich gehe in Bezug auf Ihre Sicherheit auch nur das geringste Risiko ein?«

Sie war auf der Brücke der *Alpheus* und trug vorsichtshalber ebenfalls einen Raumanzug, falls es bei den Manövern, die sie fliegen wollten, einen Notfall geben sollte. Rapscallion hatte am Pilotenpult eine angepasste Druckliege eingebaut, einen großen Liegesitz mit einem ganzen Geflecht von Gurten, die einen menschlichen Körper während der aggressiven Manöver möglichst gut halten konnten. Der Roboter hatte den Sitz verändert, damit auch ihr verletzter Arm mit der Schiene gut gelagert war, während sie alle Kontrollen allein mit der rechten Hand bedienen konnte. »Hier oben wären Sie nicht sicher. Gehen Sie in Ihre Kabine und bereiten Sie sich vor. Uns läuft die Zeit davon.«

Die Liegen in den Kabinen waren so konstruiert, dass sie sich an die Manöver des Schiffes anpassen konnten. Gegebenenfalls hüllten sie den Passagier in einen weichen Kokon aus Luftpolstern, falls während eines Manövers mit hoher Beschleunigung die künstliche Schwerkraft des Schiffes ausfiel. Er hatte gute Aussichten, dort hinten selbst dann zu überleben, wenn der Rest des Schiffes zerstört wurde. Petrowa seufzte und winkte ihm, sich in Bewegung zu setzen.

»Ich könnte Ihnen helfen«, beharrte er. »Ich weiß zwar nicht wie, aber ich ...« Er unterbrach sich.

»Was?«, fragte sie. »Was ist?«

»Ich wünschte, ich wäre ... ich weiß auch nicht. Vielleicht eher so wie Parker. Und besser bei alldem hier. Ich mag es nicht, einfach nur die Nutzlast zu sein und in meiner Kabine zu hocken.«

»Nutzlast?«, fragte sie.

Er zuckte mit den Achseln, dann wandte er sich um.

»Zhang«, sagte sie. »Warten Sie. Sie können mir vielleicht doch helfen.«

Er kam näher und sah sie fragend an.

»Hier, ziehen Sie das straff.« Sie zeigte auf die angepassten Riemen, die ihren verletzten Arm am Körper fixierten. Sie hätte die Riemen auch mit der anderen Hand anziehen können, doch so bekam er etwas zu tun und gewann vielleicht sogar den Eindruck, seine Mitwirkung bei diesem Plan sei wichtig. Er zog den Gurt fest und schloss die Schnalle. Sobald sie sicher auf der Druckliege fixiert war, nickte sie ihm zu. »Danke.«

»Klar. Hören Sie: Was auch passiert, Sie sollen wissen, wie dankbar ich Ihnen bin. Sie haben mir so oft das Leben gerettet.«

»Das gilt aber auch umgekehrt. Zhang, sehen Sie mich bitte an. Ich werde Sie brauchen, wenn wir auf dem Planeten sind.«

»Ich will tun, was ich kann.«

»Hören Sie zu, ja? Hören Sie zu. Sie sind genau der Mann, den ich dort unten sehen will. Offensichtlich sind Sie einer der Menschen, die in Krisen über sich hinauswachsen. Sie glauben vielleicht, Sie seien kaputt. Sie glauben, Sie seien nicht stark genug. Ich sehe nur, dass Sie umso stärker werden, je mehr Unrat das Leben über Sie kippt.«

Überrascht hob er den Kopf. Vielleicht staunte sie sogar ein wenig über sich selbst, aber sie hatte jedes Wort ernst gemeint.

Sie wartete, dass er irgendetwas antwortete, doch er schwieg, nickte höflich und verließ die Brücke.

Anschließend wandte sie sich wieder an Actaeon. »Glaubst du, es hat funktioniert? Habe ich ihn erreicht?«

»Ich fürchte, ich kann diese Frage nicht beantworten. Lieutenant, wir nähern uns jetzt dem entscheidenden Augenblick, um die Umlaufbahn zu verlassen. Soll ich den Hauptantrieb für Sie steuern?«

»Einen Moment noch. Rapscallion?«, rief sie.

»Jo.«

»Bist du bereit?«

Der Roboter befand sich unten in den Kriechgängen, die den Antrieb der *Alpheus* umgaben, und hielt sich bereit, um sofort alle nötigen Reparaturen auszuführen, falls während des Fluges etwas schiefging.

»Ich bin bereit«, bestätigte er.

Sie wartete eine Sekunde, ob er noch mehr sagen würde. Eine sarkastische Stichelei oder einen geistreichen Kommentar darüber, dass sie gleich alle einen schrecklichen Tod erleiden würden.

Nichts dergleichen geschah.

»Alles klar bei dir?«, fragte sie.

»Ich probiere gerade eine dieser seltsamen menschlichen Emotionen aus. Sie wissen schon, diejenigen, die irgendwie überhaupt nichts zu nützen scheinen, die Sie aber trotzdem offensichtlich brauchen.«

»Eine menschliche Emotion? Welche denn?«

»Hoffnung«, antwortete Rapscallion. »Ich hoffe nämlich, diese Sache verläuft gut. Trotz der Tatsache, dass es überhaupt nicht gut läuft, seit wir hier eingetroffen sind.«

Da war er wieder, der Roboter, den sie kannte.

»Verstanden«, antwortete sie. »Also gut, Actaeon, drück auf die Tube.«

111

DER starke Antrieb der *Alpheus* wummerte dumpf - Petrowa spürte die Vibrationen sogar noch auf der Brücke. Die einsetzende Beschleunigung war brutal. Das Schiff schoss zu dem Planeten hinab, als hätte es sich von einer steilen Klippe gestürzt. Wäre die künstliche Schwerkraft nicht gewesen, sie wäre in die Druckliege gepresst worden und die Augen hätten sich unter diesem Druck abgeflacht, bis sie nichts mehr sehen konnte.

Vor ihr hing Paradise-1 im Sichtfenster. Der Planet war im Augenblick kaum größer als eine Fingerkuppe - nicht viel größer als der irdische Mond, wenn man ihn von der Erdoberfläche aus betrachtete -, doch zusehends wuchs er heran.

Rechts neben ihr klingelte es laut. Sie tastete nach dem Pult, an dem sie saß. So bald schon hätte sie nicht mit dem Alarm gerechnet. Es war die Warnung, dass die anderen Schiffe herbeiflogen, um sie abzufangen. »Actaeon, was siehst du?«, fragte sie.

»In unmittelbarer Umgebung beschleunigen vier Schiffe. Alle fliegen mit ihrer jeweiligen Höchstgeschwindigkeit in unsere Richtung.«

Es war unvermeidlich. Sie hatten den bestmöglichen Anflug auf den Planeten berechnet, um nicht angegriffen zu werden. Doch in der Umlaufbahn um Paradise-1 waren viel zu viele Schiffe stationiert, als dass sie allen hätten ausweichen können.

Auf dem Bildschirm verfolgte sie die vier nächsten Schiffe – es handelte sich um zwei Transporter, einen Späher und einen Frächter. Vier Schiffe, gesteuert von KIs, die mit dem Basilisken infiziert waren und offenbar den Befehl hatten, sie zu zerstören, falls sie sich dem Planeten zu weit näherten.

Sie hatte gehofft, die Gegner würden die Aktivierung der Triebwerke erst etwas später bemerken, sodass sie ein wenig mehr Zeit zum Beschleunigen hatten. Wie es jetzt allerdings aussah, mussten sie wohl Ausweichmanöver fliegen.

Sie blickte zur Sichtscheibe, doch die Einheiten waren zu weit entfernt und für sie noch nicht erkennbar. »Was ist mit den Kriegsschiffen?«, fragte sie. »Wie reagieren die?«

»Die Kriegsschiffe jenseits des Planeten haben die Umlaufbahnen angepasst und beginnen ebenfalls mit Abfangmanövern. Ebenso alle anderen an der Blockade beteiligten Schiffe.«

»Warte mal, alle? Wirklich alle?«, fragte sie, obwohl sie es längst wusste.

»Ja«, bestätigte Actaeon. »Alle hundertfünfzehn Schiffe beschleunigen. Ausgehend von den bisher beobachteten Manövern halten sie alle auf unsere Position zu.«

Verdammt. Verdammt, verdammt, verdammt. Das war wirklich übel, geschah andererseits aber auch nicht vollkommen unerwartet. Was sich dort unten auf Paradise-1 befand, der Basilisk gab sich wirklich große Mühe, es niemanden sehen zu lassen. Vielleicht sogar besonders jetzt, weil er begriffen haben musste, dass die Crew der *Alpheus* gegen seine Infektion immun war.

Schon bald würde sie es mit eigenen Augen sehen. Ganz egal, wie schwierig es werden würde. »Gib mir eine Flugbahn, die uns von allen bewaffneten Schiffen fernhält«, befahl sie. »Und zeig mir unter den nächsten Schiffen dasjenige, von dem die größte Gefahr ausgeht.«

Auf dem Holodisplay begann eines der vier nächsten Schiffe – ein Transporter – zu blinken.

»Diese Einheit kommt mit hoher Geschwindigkeit auf uns zugeflogen. Die Crew hat die Maschine überlastet, um zusätzlich zu beschleunigen. Ich rechne damit, dass sie uns in weniger als dreißig Sekunden abfangen.«

»In weniger als ... geht das nicht etwas genauer?«

»Es ist nicht klar, wie viel Beschleunigung die Crew auf sich zu nehmen gedenkt«, erklärte Actaeon. »Sie haben bereits die Abschirmung ihres Reaktors verloren.«

»Das ist doch verrückt«, sagte Petrowa. Eigentlich undenkbar. Die Maschine so weit hochzufahren, dass man die Abschirmung verlor – das bedeutete, dass die Crew- und Passagierbereiche des Schiffes von tödlicher Strahlung getroffen wurden. Sie waren alle dem Tod geweiht, nur damit das Schiff ein wenig schneller flog.

»Ich habe die Manöver und die Flugbahn berechnet und glaube, dass sie uns nicht abfangen werden, sondern absichtlich eine Kollision bei hoher Geschwindigkeit herbeiführen wollen.«

»Aber das würde ... uns beide vernichten«, sagte sie halblaut.

Sie konnte es nicht glauben. Sie hatte angenommen, der Basilisk wollte mit ihr sprechen, aber nicht, dass er um jeden Preis versuchen würde, sie zu töten. Oder jedenfalls nicht so schnell. Offensichtlich war ihm das Hüten seiner Geheimnisse wichtiger als die Kontaktaufnahme.

»Berechne einen Ausweichkurs, der uns so weit wie möglich von diesem Transporter entfernt«, sagte sie. »Unter der Voraussetzung, dass wir dadurch keinen neuen Gefahren ausgesetzt sind. Ich weiß, das ist viel verlangt.«

»Ich fürchte, das trifft es genau«, antwortete Actaeon. »Lieutenant, die Berechnung eines sicheren Kurses zum Planeten

übersteigt relativ schnell meine Fähigkeiten. Es gibt einen guten Grund dafür, dass auf Schiffen wie der *Alpheus* menschliche Piloten eingesetzt werden.«

Parker. Er meinte Parker. Na ja, der Pilot war nicht mehr
da. »Actaeon, mach mir einen Vorschlag. Nun gib mir schon
einen Rat.«

»Ich würde vorschlagen, dass Sie auf jeden Fall den gegenwärtigen Kurs verlassen.«

Petrowa knirschte mit den Zähnen. »Das kommt nicht infrage.
Wenn wir jetzt zurückweichen, kommen wir nie mehr auf diesen
Planeten. Zusammen können wir das Problem lösen.«

»Gewiss, Lieutenant. Ich erwarte Ihre Befehle.«

112

»RAPSCALLION! Zhang! Festhalten!«, rief sie über den schiffsweiten Com. Dann übernahm sie die virtuelle Steuerung und
lenkte die *Alpheus* zur Seite, um sich zugleich Paradise-1 anzunähern und aus der Flugbahn des anrückenden Transporters
zu kommen.

»Actaeon!«, rief sie. »Gib mir irgendetwas – weichen wir ihnen
aus?«

»Der Transporter ist immer noch auf Kollisionskurs und beschleunigt weiter«, antwortete die KI.

Fluchend hackte Petrowa auf die virtuelle Tastatur auf ihrer
rechten Seite. Es mochte vielleicht lächerlich sein, so etwas mit
nur einer Hand zu tun, obwohl ihr der Roboter alles passend
umgebaut hatte. »Rapscallion, kannst du mir mehr Energie geben? Ich muss gleich ein paar wilde Manöver fliegen.«

»Wollen Sie alle an Bord töten und die *Alpheus* zerbrechen?«,
fragte der Roboter.

»Nein«, gab sie zu.

»Ich werde trotzdem ganz gern sehen, was ich tun kann.«

Sie schüttelte den Kopf und starrte nach vorn durch das
Sichtfenster. Paradise-1 war auf eine Seite gerückt und wurde
nach wie vor stetig größer.

»Der Transporter ist noch zwanzig Sekunden von der Kollision entfernt«, warnte Actaeon.

»Verstanden. Kommt uns sonst noch etwas gefährlich nahe?«
Actaeon erzeugte einen neuen Bildschirm. Sie wischte ihn
weg, das lenkte sie doch nur ab. »Ein zweiter Transporter nähert sich auf einem ähnlichen Kollisionskurs. Ein kleines Raumschiff hat beschleunigt und sich unserem Kurs angepasst. Ich
glaube, es handelt sich um eine Art Späher. Außerdem befindet sich zwischen uns und dem Planeten noch ein Frachter in
einer Umlaufbahn. Er bewegt sich jedoch recht langsam, und
ich kann seinen Angriffskurs vorausberechnen.«

»Behalt ihn im Auge. Der zweite Transporter ...«

»Neunundvierzig Sekunden bis zum Einschlag. Bevor Sie fragen, der Späher ist nicht auf Kollisionskurs, wird sich uns aber
in zweiundneunzig Sekunden bis auf einen Kilometer annä-
hern.«

Petrowa runzelte die Stirn. Späher waren normalerweise
nicht stark bewaffnet, es sei denn ...

»Der Späher - welche Sensoren hat er?«

»Er besitzt eine große Vielfalt an Sensoren, darunter einen
starken spektroskopischen Laser für die Fernerfassung.«

Verdammt. Sie wollten ihren eigenen Trick gegen sie einsetzen. Sie hatte keinen Zweifel daran, dass der Laser zu einer
mächtigen Waffe aufgewertet worden war, die zumindest auf
kurze Entfernungen äußerst wirkungsvoll war. Im Augenblick
musste sie sich aber erst einmal über die beiden Transporter
den Kopf zerbrechen. Der Basilisk hatte mit Menschen besetzte
Schiffe in gelenkte Raketen verwandelt, und zwei davon zielten
direkt auf sie.

Sie tippte auf ein Display unmittelbar vor ihr, das die Positionen aller anderen Schiffe in Echtzeit zeigte, und versuchte, eine
Route zu finden, die ihnen allen auswich. Das Problem bestand
natürlich darin, dass die Transporter nach jeder Kursänderung

von ihr einfach die eigenen Flugbahnen anpassen konnten, um doch noch die Kollision herbeizuführen. Sie konnte ein wenig besser manövrieren, was aber nur daran lag, dass ihr Schiff langsamer flog als die Gegner. Die Angreifer waren dagegen in der Überzahl und kümmerten sich gar nicht erst darum, ob sie diese Begegnung überleben würden.

»Es muss doch einen Weg geben. Actaeon, wenn wir den Planeten mit voller Kraft ansteuern und eine Beinahekollision mit dem Frachter in Kauf nehmen ...« Wieder tippte sie auf das Display und wischte mit dem Finger über ein halbes Dutzend vorgeschlagene Kurse. Es war wie ein Schachspiel, nur dass sich alle Figuren gleichzeitig bewegten und man vorausberechnen musste, wo sie sich in jedem Augenblick befinden würden. »Actaeon, gib mir etwas ... irgendetwas ...«

Auf einmal zog eine dünne weiße Linie über ihr Display. Ein hypothetischer Kurs. Allerdings war er etwas seltsam, die Kurve hatte einen eigenartigen Knick, den sie nicht verstand, es sei denn ... Sie griff danach, um die Ansicht zu vergrößern, doch ehe sie das Display berührte, verschwand die gekrümmte Linie.

»Verdammt, was war das? Zeig mir wieder die Flugbahn«, befahl sie.

»Ich fürchte, ich verstehe Sie nicht«, antwortete Actaeon. »Ich weiß nicht, welche Flugbahn Sie meinen.«

»Halt den Mund«, sagte sie zu dem Computer. »Vergiss es einfach. Wie lange noch bis zur Kollision mit dem ersten Transporter?«

»Dreizehn Sekunden.«

Himmel, ihr lief die Zeit davon. Sie brauchte irgendetwas und strengte ihr Gedächtnis an, um die verschwundene Kurve wiederzufinden, die mitten durch die anfliegenden Schiffe geführt hatte.

»Actaeon ...«

»Neun Sekunden.«

»Hör zu, hör zu. Rapscallion, du musst mir helfen. Wenn ich ›jetzt‹ sage, leitest du die gesamte Energie, die du zusammenkratzen kannst, in die vorderen Manövrierdüsen um. Verstanden?«

»Ich hoffe, Sie haben an dem Sandwich zum Mittagessen Freude gehabt«, antwortete Rapscallion. »Sie werden es bald wiedersehen, wenn Sie so etwas tun.«

»Ja, oder wir sterben in einer riesigen Feuerkugel«, antwortete sie.

»Drei Sekunden«, informierte sie Actaeon völlig gelassen und ganz sachlich.

Zwei, zählte sie im Kopf. *Eins.* »Jetzt!«, rief sie.

113

DER angreifende Transporter kam auf sie zugerast. Durch das Sichtfenster konnte Petrowa ihn nur einen Sekundenbruchteil lang erkennen, wie er unglaublich groß und sehr nahe vorbeiflog. Sie glaubte sogar, sie hätte den hellen Feuerstrahl des Antriebs gesehen, aber das hatte sie sich vermutlich nur eingebildet.

Einen winzigen Moment, ehe er sie getroffen hätte - bevor beide Schiffe vernichtet worden wären -, startete sie die Manövrierdüsen der *Alpheus* und bremste ihr eigenes Schiff scharf ab. Ein schönes, altmodisches Bremsmanöver mit den Bugtriebwerken.

Da sie ziemlich schnell flogen, konnte der kurze Gegenschub ihre Geschwindigkeit kaum verändern. Auf dem Holodisplay zeigte die Flugbahn der *Alpheus* so gut wie keine Abweichung. Das Manöver hatte einfach nur einen winzigen Zacken im Kurs verursacht, ein kleines, unsicheres Schwanken.

Der abrupte Bremsschub warf Petrowa nach vorn in die Gurte. Sie schnitten schmerzhaft in ihre Haut, und sie fühlte sich, als sei ihr ganzer Körper eine Tube Zahnpasta, die kräftig ausgequetscht wurde.

Es dauerte nur eine oder zwei Millisekunden. Als es vorüber war, sank sie keuchend und schnaufend auf ihre Liege zurück. Im Mund hatte sich Speichel gesammelt, und die Augen waren so stark deformiert, dass sie vorübergehend nichts mehr sehen konnte. Sie hatte nicht einmal genug Kraft, um Actaeon zu fragen, ob alles gut verlaufen sei.

Ob sie es geschafft hatten, der Zerstörung zu entgehen.

Trotzdem dauerte es nicht lange, bis sie die Antwort bekam. Es hatte gerade so gereicht. Der angreifende Transporter hatte sie um einige Dutzend Meter verfehlt. Bei dieser Geschwindigkeit konnte die Crew – oder eher die KI, da die Crew mit Sicherheit tot war – die Abweichung nicht mehr ausgleichen. Sie mussten einen weiten, energieaufwendigen Bogen fliegen, ehe sie umkehren und versuchen konnten, die *Alpheus* abermals zu rammen. Bis dahin wären sie schon längst auf dem Planeten gelandet.

Ein Problem gelöst. Doch es gab noch eine ganze Menge weitere, die sie bearbeiten musste. »Actaeon, was ist mit dem zweiten Transporter? Hat er den Kurs geändert?«

»Nein. Er ist noch einundzwanzig Sekunden vom Aufschlag entfernt. Er hat genau wie der erste Angreifer seine Maschinen überlastet. Lieutenant, ich glaube, ich muss Sie warnen ...«

»Dass es immer schlimmer wird? Das ist mir klar«, antwortete sie. Nach dem zweiten Transporter kamen noch jede Menge weitere Schiffe. Der Späher und dann der Frachter unter ihr ...

Dieser Frachter ...

Sie griff nach den Holodisplays, die vor ihr schwebten, und führte sie dicht zusammen, um die Sensordaten zu überprüfen. Auf einmal machte ihr das Verhalten des Frachters große Sorgen. Er versuchte nicht, sie zu rammen. Er war einfach dort unten zwischen ihr und dem Planeten – so wie ein Fußballtorwart, der abwartete, ob sie sich an ihm vorbeistehlen wollte. Er hatte weder den Kurs noch die Geschwindigkeit verändert, seit sie den Sturzflug zum Planeten begonnen hatte.

Offenbar hatte er etwas vor, aber was?

Darüber brauchte sie sich aber erst Gedanken zu machen, wenn es so weit war. Der zweite Transporter war nur noch Sekunden vom Aufprall entfernt, und ihr war klar, dass ein Trick, der einmal funktioniert hatte, kein zweites Mal erfolgreich sein würde. Sie brauchte eine andere Eingebung. Etwas wie die krumme Flugbahn, die wie aus dem Nichts auf ihrem Display aufgetaucht war. Sie brauchte eine gute Idee, und zwar schnell.

»Komm schon«, sagte sie, als sich nichts tat. »Komm schon.«

»Sechzehn Sekunden bis zum Einschlag«, verkündete Actaeon. Ruhig. So ruhig.

Dann blitzte es auf der Hälfte ihrer Displays und sie blinzelte überrascht. Es dauerte eine Sekunde - eine volle Sekunde, die sie eigentlich nicht erübrigen konnte -, ehe sie in der Lage war, zu fragen: »Verdammt, was war das denn?«

Actaeon öffnete einen weiteren Bildschirm und spielte eine Aufnahme des Frachters unter ihnen ab, die zeigte, wie er zwischen der *Alpheus* und dem Planeten dahingeflogen war. Er sah wie ein prall gefüllter Ballon aus, eine riesige Kugel von Frachtcontainern, die mit Riemen und Seilen und einem dünnen Gerüst zusammengehalten wurden. An einem Ende ragte eine eher schwache Schubdüse hervor, am anderen war eine winzige Crewkabine montiert. Beide wirkten, als seien sie erst nachträglich hinzugefügt worden. Bei diesem Schiff drehte sich alles um die Fracht.

Der Bildschirm zeigte ihr eine Animation, mit der Actaeon ihr erklärte, was geschehen war. »Die Verkleidung des Antriebs wurde ohne angemessene Vorkehrungen entfernt, was zu einer mächtigen Explosion führte. Die darauffolgende Schockwelle hat das Schiff zerstört und ein weites Trümmerfeld entstehen lassen.«

Trümmer. Genauer gesagt, verstreute Frachtstücke. Petrowa dachte an den Behälter mit Yamswurzeln, dessen Einschlag auf der *Artemis* Zhang beobachtet hatte. Auf ihrem Holodisplay war jetzt eine große, verpixelte Wolke zu erkennen - rechteckige Umrisse, die rotierend umherflogen. Langsam entfernten sie sich voneinander, während sich die Schockwelle weiter ausbreitete.

Es hätte nach einem schrecklichen Unfall ausgesehen, hätte Petrowa es nicht besser gewusst.

»Miststück«, schimpfte sie. »Die bauen einen Zaun.«

Die Wolke der Frachtcontainer hielt sie ebenso wirkungsvoll wie eine massive Wand aus Stahl davon ab, Paradise-1 zu erreichen. Während die Frachtcontainer umeinander wirbelten und voneinander abprallten, entstand ein Zustand, der beinahe an eine brownsche Molekularbewegung erinnerte.

»Verzeihung, Lieutenant, ich habe nicht genügend Ressourcen, um durch dieses Trümmerfeld hindurch einen Kurs zu berechnen. Das übersteigt meine Fähigkeiten.«

Wenn die *Alpheus* bei so hoher Geschwindigkeit auch nur mit einem einzigen Container zusammenstieß, bedeutete dies den sicheren Tod für alle an Bord. Petrowa, Zhang, Rapscallion, Actaeon. Sie würden in einem gewaltigen Ausbruch von Feuer untergehen.

»Zwölf Sekunden bis zum Aufprall«, meldete Actaeon.

Petrowa leckte sich über die Lippen. Der Transporter kam auffallend schnell näher. Sie konnte ihm nicht entgehen.

Ihr fielen keine Tricks mehr ein. Keine wilden Manöver, keine riskanten Schachzüge.

Alles lief auf eine einzige Möglichkeit und einen einzigen Trick hinaus.

Man entschied sich, und dann musste man mit dem leben,

was dabei herauskam. Soll man es doch meinetwegen Fatalismus nennen, dachte sie. Oder Dummheit. Oder es ist einfach der Moment, in dem man keine anderen Möglichkeiten mehr hat.

Actaeon schien zu erraten, was sie dachte. »Lieutenant, ich muss Sie daran erinnern, dass ich durch ein solches Trümmerfeld keinen sicheren Kurs berechnen kann. Mir fehlen einfach die ...«

»Halt den Mund«, antwortete Petrowa. »Wir fliegen da jetzt rein.«

In ihrer Druckliege öffnete sich eine Klappe und ein Steuerknüppel erschien und rastete direkt unter ihrer rechten Hand ein. Volle manuelle Kontrolle.

Bei dieser Vorstellung lief ihr der kalte Schweiß über die Stirn. Und nein, es gab wirklich keine andere Möglichkeit mehr.

114

»ACHT Sekunden bis zur Kollision«, meldete Actaeon.

»Nicht wenn ich es verhindern kann.« Petrowa schnappte sich den Steuerknüppel und schob ihn zur Seite. Sie hatte ihr Holodisplay erweitert, bis es die ganze Brücke ausfüllte und der Eindruck entstand, die taumelnden Frachtcontainer schwärmten um sie herum. Einer schoss von vorne direkt auf sie zu, woraufhin sie zur anderen Seite lenkte. Ein anderer war ebenfalls im Weg, aber noch so weit entfernt, dass sie leicht ausweichen konnte.

Sie schwitzte und hatte das Gefühl, ihr Magen versuchte gerade, sich aufwärts im Brustkorb zu verstecken. Als sie ein weiteres Mal abrupt auswich, um einer Gruppe von Frachtkapseln auszuweichen, die wie Flipperkugeln voneinander abprallten, hoben sich ihre Füße von der Druckliege. Die künstliche Schwerkraft auf der Brücke konnte die schnellen Kurswechsel nicht gänzlich ausgleichen, und so wurde sie immer wieder so heftig auf der Liege hin und her geworfen, dass sie sich Prellungen zuzog.

»Wo ist der Transporter?«, fragte sie. »Folgt er uns immer noch?«

»Kollision in drei Sekunden«, antwortete Actaeon. »Zwei ...«

Hinter Petrowa erfüllte auf einmal grelles Licht die Brücke. Es war so hell, dass ihre Augen schmerzten, obwohl sie nicht einmal direkt hineingesehen hatte.

»War das der Transporter?«

»Ja. Er ist mit einer Geschwindigkeit von fast sechs Kilometern pro Sekunde gegen einen Frachtcontainer geprallt. Nun ist er keine Bedrohung mehr für uns.«

Und für niemanden anders, dachte sie. Die armen Teufel an Bord waren vermutlich schon vor dem Zusammenprall gestorben, aber trotzdem.

Sie hatte keine Zeit, sich darüber zu freuen, dass sie eine weitere Bedrohung ausgeschaltet hatten. Rings um sie wirbelten die Frachtcontainer auf unberechenbaren Flugbahnen. Sie hatte große Mühe, ihnen auszuweichen.

Dabei war ihr sehr bewusst, dass dies ihre Fähigkeiten eigentlich überstieg. Sie war nie zur Pilotin ausgebildet worden. Actaeon hatte sich beklagt, er sei nicht fähig, einen Weg durch dieses dreidimensionale Labyrinth zu finden – und leider galt das auch für sie selbst.

Trotzdem musste sie es versuchen. Sie wollte ihr Bestes geben, solange sie konnte. Und dann ...

Na ja. Hoffentlich sah Direktorin Lang zu. Hoffentlich konnte sie aus ihrem Tod etwas lernen. Wenn die Brandwache den nächsten Transporter mit ahnungslosen Trotteln nach Paradise-1 schickte, hatten diese möglicherweise etwas bessere Erfolgsaussichten. Vielleicht würden sie es sogar schaffen.

Vielleicht.

Seitlich unter ihr prallten zwei Container so heftig gegeneinander, dass glühende Funken in alle Richtungen flogen. Darauf war Petrowa nicht vorbereitet. Die *Alpheus* bebte, der ganze Rumpf klapperte, als die geschmolzenen Eisentropfen auf das Schiff prasselten.

»Verdammt auch«, fluchte sie, als ein besonders großes Trümmerstück von der Seite der *Alpheus* abprallte und eine tiefe Kerbe im Rumpf hinterließ. »Schadensmeldungen?«

»Geringfügige Schäden an der Kraftübertragung auf der Steuerbordseite«, berichtete Actaeon. »Ich leite die Energie durch ein sekundäres Kabelbündel. Lieutenant, je länger wir durch dieses Trümmerfeld fliegen, desto größer wird die Wahrscheinlichkeit eines Zusammenpralls. Wir sollten umkehren.«

»Auf keinen Fall«, entschied Petrowa. »Wenn wir jetzt höher steigen, ist der Tod ebenso gewiss wie bei einem Weiterflug.« Es war ihr egal, ob dies nun der Wahrheit entsprach oder nicht.

Vor ihr, mitten im Sichtfenster, stand Paradise-1 so groß, dass sie das Gefühl bekam, sie bräuchte nur die Hand auszustrecken, um den Planeten zu berühren. »Wie weit sind wir von den obersten Atmosphärenschichten entfernt?«, fragte sie. Sobald sie durch die Luft flogen, würde sich das Trümmerfeld lichten, weil die kleineren Brocken und der verstreute Inhalt dank der Reibungshitze dann verglühten. Dies galt sogar schon in großen Höhen und von da an hätte sie bis zum Boden freie Bahn.

»Wir sind noch hundertsieben Kilometer entfernt«, antwortete Actaeon. »Lieutenant ...«

»Moment ... Moment ...« Sie verstellte den Steuerknüppel nach links und dann wieder kräftig nach rechts, um die *Alpheus* an einem fast völlig intakten Behälter vorbeizulotsen, der fast durch die Hülle in die Passagierkabinen geschlagen wäre. »Das war viel zu knapp.«

»Lieutenant«, sagte Actaeon, »die Zahl der Kollisionen zwischen den Frachtmodulen in der Wolke nimmt zu. Das ist ein Problem, weil jede Kollision die Zahl von Trümmerstücken exponentiell ansteigen lässt.«

Leider entsprach dies der Wahrheit. Wann immer die Module aufeinanderprallten, zerbarsten sie in Dutzende oder Hunderte Stückchen, die viel zu klein waren, um sie zu erkennen, und denen auszuweichen zunehmend schwierig wurde. »Ich muss mich konzentrieren«, sagte sie. »Ich muss mich einfach nur konzentrieren.«

»Selbstverständlich, Lieutenant«, antwortete die KI. »Ich werde ...«

Etwas Großes und Hartes traf die *Alpheus* nahe am Heck. Wie eine Puppe wurde Petrowa auf der Druckliege hin und her geworfen. Nur die Gurte verhinderten, dass es sie quer durch die ganze Brücke schleuderte. Sie hatte das Gefühl, die Augen hüpften frei im Schädel umher, und als sie wieder auf ihren Sitz sackte, dröhnte es in den Ohren. Sie wollte nach dem Steuerknüppel greifen und die Holodisplays vor sich betrachten, doch eine Sekunde lang, eine viel zu lange Sekunde lang, sah sie alles verschwommen und konnte nicht mehr denken und nichts mehr hören ...

»Petrowa!«, rief Rapscallion. »Petrowa, melden Sie sich! Ich habe Brände auf drei verschiedenen Decks. Verdammt noch mal, antworten Sie!«

»Ich bin da«, sagte sie. Direkt vor ihnen flog ein Frachtcontainer. Irgendwie schaffte sie es gerade noch rechtzeitig, den Steuerknüppel zu packen und hochzuziehen.

»Ich muss mir ein paar zusätzliche Körper bauen. Die Schäden sind einfach zu groß und mit nur zwei Händen kann ich nicht alles reparieren. Sind Sie ... Was ist das ...«

»Was?« Sie drehte den Kopf herum.

Eine grelle, brennende Linie durchschnitt vor ihr den Weltraum. Ein absolut gerader, vernichtender Strahl zertrennte ein Frachtmodul in der Mitte ebenso mühelos, wie ein scharfes Messer Papier zerschnitt.

»Verdammt«, fluchte sie. »Verdammt, die hätte ich fast vergessen.«

Der Späher. Das Erkundungsschiff mit dem starken spektroskopischen Laser. Es war ihnen dicht auf den Fersen und kam mit jeder Sekunde näher. Entsetzt sah sie, wie ein weiterer Strahl die Dunkelheit durchschnitt. Ein dritter Angriff – und dieses Mal wurde die *Alpheus* getroffen und verlor einen Teil des Bugs.

115

DAS Schiff ruckte nicht, sondern vibrierte nur. Der Schnitt war so glatt und kam so schnell, dass es die *Alpheus* kaum spürte, oder jedenfalls nicht gleich.

Dann aber stoben aus einem halben Dutzend Pulten auf der Brücke die Funken und es roch nach brennender Elektronik. Actaeon rief etwas, das im Tumult nicht zu verstehen war. Es klang schwach, beinahe ...

»Actaeon«, rief Petrowa. »Rapscallion, wer auch immer, ich brauche einen Schadensbericht, gebt mir ...«

Mit einem lauten Rauschen entwich die Luft auf der Brücke durch das Loch im Bug. Hinter ihr knallte das Schott zu, während die Funken erstarben und die Brände erloschen. Sie rief, konnte aber nichts mehr hören, sie konnte nicht mehr ...

»Lieutenant«, sagte Actaeon schließlich. Allerdings sprach er nicht laut, sondern meldete sich über die Kopfhörer im Helm ihres Raumanzugs. Das Vakuum auf der Brücke übertrug keine Geräusche.

»Lieutenant, wie geht es Ihnen?«

»Mir ... mir geht es gut«, behauptete sie. Als ein Trümmerstück eines Frachtmoduls gegen die Frontscheibe prallte, zuckte sie mit einem kleinen Aufschrei zusammen. So fest, dass die Polycarbonatplatte Risse bekam. Nicht dass es eine Rolle gespielt hätte. Die Brücke war bereits dem Vakuum ausgesetzt, und der nächste Aufprall würde sie vermutlich töten, würde die dünne Hülle zerfetzen, und ... und ...

»Lieutenant!«

Ein Stück, das nach einem Teil der Crewkabine des Frachters aussah, segelte links an ihr vorbei. Petrowa packte den Steuerknüppel und wich einem Riff aus, das aus Rauch oder Eiskristallen oder auch Yamswurzeln bestehen mochte. Diese verdammten Yamswurzeln ... oder was auch immer das war. Dann erschrak sie, als ein Raumanzug vorbeiflog. Einen Augenblick lang dachte sie, es müsse Zhang sein, die *Alpheus* sei zerbrochen und der Arzt sei in die Leere hinausgeschleudert worden. Aber nein, es war sicher ein Angehöriger der anderen Crew. Es konnte gar nicht anders sein.

Wenige Meter vor der Brücke blitzte ein Laserstrahl auf und stach zum Planeten hinunter. Paradise-1 füllte inzwischen das halbe Sichtfenster aus. Petrowa ließ die *Alpheus* um die eigene Achse rotieren und hob den Kopf, als ein weiterer Laserstrahl neben ihrem Kopf vorbeischoss.

Nicht neben dem Kommandodeck der *Alpheus*, sondern mitten hindurch. Der Strahl bohrte sich durch die Brücke und hätte um ein Haar ihren Kopf vom Hals abgetrennt.

»Actaeon«, sagte sie. Vor Angst klang ihre Stimme schrill, und es hörte sich für sie selbst an, als sei sie wieder ein kleines Mädchen. »Actaeon, was ... was können wir tun, was ...«

Irgendetwas traf das Schiff von der Seite. Sie konnte nicht einmal sagen, wo genau es war. Sie wurde zur Seite geschleudert und prallte mit dem Kopf von innen gegen den Helm. Dann ...

Nichts.

116

PETROWA blinzelte wild. Sie hatte einen grässlichen Geschmack im Mund. Beinahe wie Kupfer oder wie Blut, aber schlimmer. Schlimmer als ... schlimmer als Blut ...

Rings um sie herum blinkten Lichter, immer noch flogen Funken, und irgendjemand rief ihren Namen. Irgendjemand, aber es war nicht Actaeon, es war ein Mensch, aber ...

Das konnte doch nicht sein.

Unmöglich.

Wieder verlor sie das Bewusstsein.

117

GANZ in der Nähe gab es eine Explosion. Irgendjemand zerrte an ihrem Bein.

Das Schiff flog noch, und das war gut so. Links und rechts sah sie Frachtmodule vorbeisausen, die sie jedes Mal nur ganz knapp verfehlten. Dann blickte sie nach unten und stellte fest, dass sie den Steuerknüppel nicht mehr festhielt.

Sie flog das Schiff nicht. Sie berührte die Steuerung überhaupt nicht.

Schließlich drehte sie sich nach links um. Rapscallion oder einer seiner Körper arbeitete mit seinen grünen Plastikbeinen daran, ihre Gurte zu öffnen. Auf dieser Seite war die ganze Wand der Brücke herausgerissen, dort öffnete sich nur leerer Weltraum, und die Kanten, wo die Wand gewesen war, glühten dunkelorangefarben. Ein Frachtmodul raste wie ein Kreisel vorbei, im gleichen Moment kippte die *Alpheus* weg und begann mit einem neuen Manöver.

Sie flog das Schiff nicht.

Sie blickte nach rechts ...

Ihr Gehirn war benebelt und der Körper wollte ihr nicht gehorchen. Sie musste sich zusammenreißen und gegen die blinden Reflexe und Instinkte ankämpfen. Sie schnitt eine Grimasse, überwand sich und sah sich nach rechts um.

Da stand jemand. Jemand hatte sich über ein Steuerpult gebeugt und tippte wie besessen auf die Knöpfe ein. Eine menschliche Gestalt. Ein Mensch, der nicht einmal einen Raumanzug trug. Es war nicht Zhang, er konnte es gar nicht sein. Da war sie ganz sicher. Aber das bedeutete doch, dass es ...

»Sam?«, fragte sie.

»Kommen Sie.« Das war Rapscallion, dessen Worte in ihrem Kopfhörer ein wenig verzerrt klangen. »Kkkkommen Sie schschschon.« Er löste den letzten Gurt. Sie wehrte ihn ab - sie musste doch sehen, ob das wirklich Sam war, der an der Steuerung stand. Doch dann packte die Maschine ihren verletzten Arm. Die Schmerzen rasten vom Ellenbogen bis mitten ins Gehirn. Sie schrie auf. Der Roboter kümmerte sich nicht darum.

»Nnnnnicht sicher«, stotterte er. Sie fragte sich, wie viele Körper er gerade benutzte, da seine Stimme so abgehackt und tonlos klang.

»Sam«, sagte sie noch einmal.

Der Pilot drehte sich kurz um und zeigte ihr den hochgereckten Daumen. Dann bemühte er sich wieder, das Schiff zu steuern.

118

ZHANG konnte kaum noch atmen, obwohl ihm der Raumanzug den Sauerstoff direkt ins Gesicht blies. Er konnte auch nichts sehen – in den Gängen war so viel Rauch, dass er leicht gegen einen freigelegten Reaktor hätte laufen können. Die grünen Arme, die ihn bugsierten, gehörten Rapscallion. Das war ziemlich sicher. Davon abgesehen hatte er allerdings keine Ahnung, was hier gerade geschah.

Die letzten paar Minuten hatte er gemütlich eingepackt in seiner Kabine verbracht. Die Airbags hatten seine Gliedmaßen eingeklemmt und dafür gesorgt, dass er nicht umhergeworfen wurde. Auf einmal hatten sich die Airbags schlagartig entleert und er hatte in der Schwerelosigkeit in einem dunklen Raum geschwebt. Jetzt wurde er durch den langen Korridor des Schiffs befördert ... wohin eigentlich? An einen sicheren Ort?

Als sie um eine Ecke bogen, hörte Zhang einen schrillen Schrei, ein hohes Kreischen wie von einer angreifenden Eule. Der Rauch zog sich aus dem Gang zurück und entwich offenbar durch ein Loch in der Wand des Korridors. Ja, dort klaffte ein richtiges Loch, ein Bruch der Außenhülle. Durch die Öffnung strömte das Licht von Paradise-1 herein ... wie ein Todesstrahl.

Also nein, er konnte nicht annehmen, dass er an einen sicheren Ort geführt wurde. Höchstens an einen Ort, an dem er nicht ganz so schnell starb wie im Passagierbereich.

»Ffffolgen Sie mir«, stotterte Rapscallion. Es klang völlig tonlos und verzerrt, das war beinahe nur ein grollendes, nichtssagendes Geräusch. Trotzdem blieb Zhang dicht bei dem Roboter, der ihn durch den langen Hals der *Alpheus* zur Brücke führte. »Sind wir sicher, dass dies der richtige Weg ist?«, fragte Zhang.

Als hätte ihn der Kosmos gehört und wollte unterstreichen, wie wenig Kontrolle er in diesem Augenblick über sein Leben hatte, vibrierte das ganze Schiff wie eine Glocke, und im Korridor fiel die Schwerkraft aus. Dann wurde sie in einem anderen Winkel wieder aktiv, sodass er gegen eine Wand prallte, die jetzt fast zum Boden geworden war. Rapscallion sprang auf die andere Seite und griff nach einem Schott, das nachgab. Der Roboter arbeitete schnell und versiegelte das Schott mit einem Plasmabrenner. Mit der freien Hand zeigte er den Korridor hinunter.

»Da weeeikrckskrcks«, sagte der Roboter. Der Rest ging in Knacken und Piepsen unter.

Zhang keuchte erschrocken und rannte los, weiter den Gang hinauf zur Brücke.

Dort musste er feststellen, dass der Zugang verriegelt war. Er schlug immer wieder auf den Sensor, doch das rote Blinklicht auf der Türsteuerung blieb unverändert. GEFAHRENBEREICH, erklärte ihm das kleine Display. AB HIER ABSOLUTES VAKUUM. Das Display leerte sich und zeigte die nächste Warnung an: STARK VERSTRAHLTER BEREICH. Auch diese Meldung verschwand, und er las: LEBENSGEFAHR.

»Petrowa?«, rief Zhang. »Petrowa?« Er schaltete den Funk ein und suchte den Kanal für die direkte Verbindung. »Lieutenant? Wo sind Sie?«

»Platz machen«, rief sie heiser.

Zhang hatte gerade noch Zeit, von der Luke zurückzuspringen, die förmlich aus dem Rahmen explodierte. Dahinter stand ein Monster, ein Wesen mit hundert Beinen und vier Köpfen mit zahlreichen Tentakeln, Dornen und Dutzenden rudernden Armen.

Glücklicherweise war es aus grünem Plastik gedruckt.

»Rapscallion.« Zhang seufzte erleichtert.

»Freuen Sie sich nicht zu früh«, antwortete der Roboter, der mit sechs seiner sieben Arme Petrowa trug. Sie strampelte hilflos und schlug auf seinen Panzer ein, damit er sie absetzte. Rapscallion fasste nach und hielt sie nur noch fester. »Wir wollen unseren Gästen eine völlig ungetrübte, luxuriöse Reise ermöglichen.«

»Warte mal, deine Stimme, das klingt ...« Zhang schüttelte den Kopf. »Nein. Ich dachte schon fast, du klingst wie Parker.«

Er drehte sich um und blickte den Korridor hinunter. Da unten hatte sich etwas bewegt. Vielleicht eine menschenähnliche Gestalt. Aber außer Trümmern und Rauch konnte dort eigentlich nichts mehr sein.

»Keine Zeit. Tun Sie genau, was ich sage«, antwortete der Roboter mit Parkers Stimme. Der leiernde amerikanische Akzent war gar nicht zu verwechseln. Rapscallion stieß Zhang weiter und krabbelte an der Wand und der Decke entlang, während er Petrowa mitschleppte. Der Roboter führte sie in einen kurzen Seitengang, der die Brücke normalerweise mit den Lagerbereichen des Schiffes verband. Als sie sich näherten, öffnete sich eine enge Iristür.

Dahinter lag eine kleine Kammer, kaum größer als ein Wandschrank. Sie war sechseckig, und die Wände waren rundherum dick gepolstert. Riemen, Gurte und Haltestangen vervollständigten die Inneneinrichtung.

Es war eine Rettungskapsel.

»Es läuft vollautomatisch«, erklärte der Roboter. Oder Parker. »Steigen Sie ein.«

Zhang nickte und gehorchte. Er konnte nicht mehr klar denken. Dies war sowieso nicht der richtige Zeitpunkt für langwierige Abwägungen. Der Roboter übergab ihm Petrowa, die sich immer noch sträubte. Er fasste ihren Raumanzug und bugsierte sie an die Wand, um ihr möglichst schonend die Gurte anzulegen.

»Sascha«, sagte jemand draußen auf dem Flur.

Sie kämpfte wie eine Furie, bis Zhang sie loslassen musste. Weit kam sie allerdings nicht – sie sprang auf und legte die Hände auf den Rahmen, damit sich das Schott nicht schloss.

Zhang spähte an ihr vorbei, um zu erkennen, was da draußen los war. Endlich konnte er es kurz sehen und mochte es nicht glauben.

Da draußen stand Sam Parker.

Sam Parker war tot.

Nur dass er da draußen im Korridor stand und nichts als einen Overall trug. Flammen, Funken, Rauch, Luftmangel, Strahlung, extreme Temperaturen, was auch immer sonst dort sein mochte, das schien ihn alles nicht zu stören.

»Sascha«, rief er. »Ihr müsst los. Ich ... es tut mir leid, ich wollte ... ich wollte ...«

»Sam«, stieß sie hervor. »Sam.«

»Ach nun machen Sie schon und stoßen Sie die Kapsel ab«, rief Rapscallion. Der Roboter schob Petrowa energisch zurück, woraufhin sich sofort die Luke schloss. Ein Rumpeln lief durch den kleinen Raum. Zhang beeilte sich, um sich selbst anzuschnallen, ehe er Petrowa packte und nach unten zog. Gleich danach sprang der Antrieb der Kapsel an und presste sie beide fest gegen die Wand.

Mitten in dem kleinen freien Raum im Zentrum der Kapsel erschien ein Holodisplay. Es zeigte die *Alpheus* von außen, die rasch kleiner wurde, während sich die Kapsel von ihr entfernte. Der Transporter lag im Sterben. Die Hülle war aufgerissen, die tragenden Teile wirkten verbeult und verbogen. In der offenen Luke hinter ihnen konnte Zhang gerade noch Parker erkennen, eine Silhouette vor den hell lodernden Flammen. Der Pilot hob zum Abschied eine Hand.

Dann drehte sich die Kapsel, möglicherweise wich sie einem Trümmerstück aus oder wollte der grellen Wolke einer Explosion entgehen. Die *Alpheus* und Parker waren nicht mehr zu sehen.

»Sam«, sagte Petrowa. Sie atmete stockend ein. »Du Drecksack.«

119

UM sich von seiner Angst abzulenken, sah sich Zhang in der Kapsel um und fragte sich, wozu sie fähig sei. Die Antwort lautete: Das Ding konnte nicht viel mehr, als sie technisch gesehen am Leben zu halten.

Es gab keine manuelle Steuerung. Man konnte ein Holodisplay aufrufen, das eine Reihe grüner Lichter zeigte, was bedeutete, dass alle Systeme der Kapsel normal funktionierten. Gut, das war erfreulich und beruhigend. Genau deshalb erlaubte ihm die Kapsel wohl auch den Zugang zu dem Display. Leider verriet es ihm aber nicht viel. Es half auch nicht dabei, Pläne zu schmieden.

In die Kapsel war ein Funkgerät eingebaut, das sich als völlig unnütz erwies.

Die *Alpheus* strahlte keinerlei Signal ab. Im ganzen Paradise-System gab es keinen Funkverkehr, nicht einmal zwischen den verschiedenen Raumschiffen in der Umlaufbahn. Die Kapsel besaß keine Sensoren, sodass er nur die Bilder einer Außenkamera sah, wenn er wissen wollte, wohin sie flogen. Auf dem Bild waren lediglich ein paar Sterne zu sehen. Einmal tauchte ganz kurz der Rand von Paradise-1 auf, braun mit einem schmalen blauen Saum, wo das Licht durch die Atmosphäre gebrochen wurde. Nach ein paar Minuten taumelte die Kapsel weiter, und er sah nur noch den Weltraum.

Neben ihm war Petrowa, was er nicht ignorieren konnte, auch wenn sie völlig passiv blieb. Die Frau wirkte eher benommen als ängstlich. Sie rührte sich kaum, zwar atmete und blinzelte sie wie gewöhnlich, aber sonst tat sie rein gar nichts. Das fand er eher beängstigend als beruhigend. Seit dem Start der Kapsel von der *Alpheus* hatte sie kein einziges Wort gesprochen, und allmählich fürchtete er fast, sie werde es nie wieder tun. Ein Schock, dachte er. Das war natürlich keine richtige Diagnose - er hätte ihr den Raumanzug ausziehen und ihre Vitalfunktionen untersuchen müssen, um sinnvolle Aussagen treffen zu können -, aber er hielt es für wahrscheinlich. Sie atmete normal und schien keine großen Probleme zu haben, daher beschloss er, sie in Ruhe zu lassen.

Es gab nicht genug Platz, um aufzustehen und umherzulaufen oder auch nur einfache Übungen durchzuführen. Es gab keine Schwerkraft und keine elastischen Bänder als Gegenkraft. Es gab auch keine Aufgaben, um die er sich kümmern musste, nicht einmal ganz einfache Routinearbeiten. Er überlegte, ob er Petrowa den Raumanzug abnehmen sollte, um ihren Arm zu untersuchen. Dabei hätte er wenigstens das Gefühl, etwas Nützliches zu tun, und sei es nur für kurze Zeit. Dann konnte er sich wie ein Arzt fühlen, wie jemand, der gewisse Fähigkeiten besaß und einen Grund hatte, zu existieren.

Ein Blick durch ihr Visier verriet ihm, dass er es lieber nicht versuchen sollte. Sie schien halb tot und völlig abwesend zu sein. Doch als er sie anstarrte, ohne es zu wollen, bewegte sie langsam die Augen und erwiderte seinen Blick. Wie in Zeitlupe kniff sie die Augen zusammen, leckte sich über die Lippen und runzelte die Stirn.

Ach, schon gut, dachte er. *Tut mir leid, dass ich gestört habe.* Rasch und verlegen wandte er sich ab.

Sie versank wieder in ihrer Starre.

So blieb es eine halbe Ewigkeit. Eine Ewigkeit voller Angst und Sorgen und Ungewissheit, während absolut nichts geschah.

Bis sich alles änderte.

Es kam ohne Vorwarnung und so plötzlich, dass Zhang erschrocken aufschrie. Das Holodisplay erwachte flackernd zum Leben und stand hellblau mitten in der trüb beleuchteten Kapsel. Das Bild zeigte nur statisches Rauschen und sinnlose helle Flecken, bis sich schließlich Rapscallions Kopf herausschälte. Ein Wesen mit vielen Augen und breiten, bösen Beißwerkzeugen. Das Gesicht einer Riesenspinne aus hellgrünem billigem Plastik.

»Hallo«, sagte der Roboter. »He, ihr lebt ja noch. Cool.«

»Hallo *Alpheus*«, antwortete Zhang. »Wir können dich laut und deutlich hören.«

»Ja, wie hübsch. Aber jetzt halten Sie mal den Mund und hören mir zu, ja? Ich habe nicht viel Zeit. Ich melde mich nur, um Ihnen zu erklären, dass es hier drüben einige Komplikationen gibt. Als ich Sie in die Kapsel gesteckt habe, hatte ich gehofft, Sie müssten nur für ein paar Minuten dort bleiben. Ich wollte alles auf dem Schiff wieder stabilisieren und Sie zurückholen, damit wir ... ach, ich weiß auch nicht, was wir dann getan hätten. Das Problem ist jetzt, dass der Reaktor eine Kernschmelze hatte. Das ganze Schiff ist unbewohnbar geworden. Jedenfalls für Menschen. Wenn Sie hierherkommen, würden Sie in wenigen Sekunden sterben. Also halten Sie durch, ja? Ich melde mich wieder, sobald es Neuigkeiten gibt.«

Der Roboter wanderte seitlich aus dem Bild heraus.

»Warte«, sagte Zhang. »Warte mal, komm zurück!«

Erstaunlicherweise gehorchte Rapscallion. »Ja?«, fragte er.

»Brauchen Sie etwas?«

»Wir wissen doch gar nicht, was da los ist, wir wissen überhaupt nichts. Als Letztes haben wir im Sturzflug den Planeten angesteuert. Was ist dann passiert?«

»Tja, das. Wir haben es nicht geschafft.«

»Was?« Petrowa beugte sich zum Display vor, woraufhin Zhang schon wieder erschrak. »Was meinst du damit? Wo sind wir? In welche Richtung fliegen wir?«

»Es ist schlecht gelaufen. Wirklich schlecht. All die Frachtmodule, die überall umherfliegen. Parker musste die Steuerung des Schiffes übernehmen.«

»Sam«, sagte Petrowa. Sie blinzelte und war auf einmal wieder voll da. Als hätte sie nicht die letzten Stunden in einem beinahe katatonischen Zustand verbracht. »Was meinst du damit, dass Parker übernommen hat?«

»Ich meine, er hat uns allen den Arsch gerettet«, erklärte Rapscallion. »Er ist auf der Brücke erschienen wie ein Hologramm und hat das Schiff gesteuert. Nur dass er nicht abwärts zum Planeten geflogen ist, wie Sie es wollten, sondern aufwärts. Weg von den Frachtmodulen. Danach erklärte er mir, wir wären in Millionen Stückchen zersprungen, wenn wir auf Kurs geblieben wären. Also hat er den Kurs gewechselt und uns das Leben gerettet. Bei dem abrupten Kurswechsel ist aber einiges im Schiff geborsten und deshalb haben wir Sie in die Rettungskapsel gesteckt. Tut mir leid, wenn wir dabei etwas unsanft vorgegangen sind. Hätten wir uns die Zeit genommen, alles zu erklären, dann wären Sie jetzt tot.«

»Wohin fliegen wir denn nun?«, hakte Petrowa nach. »Ich meine, nähert sich diese Kapsel dem Planeten?«

»Nein«, antwortete Rapscallion. »Tut mir leid. Sie parkt in einer Umlaufbahn. Das war der einzige sichere Ort, zu dem wir Sie bringen konnten. Wir müssen hier drüben alles reparieren und können Sie dann hoffentlich abholen. Das ist der Stand der Dinge. Ich muss jetzt los, aber ...«

»Lass mich mit ihm reden«, verlangte Petrowa.

»Was?« Der Roboter konnte keine verwirrte Miene machen, dazu war sein Gesicht nicht menschlich genug. Nur mithilfe seiner Stimme konnte er das Gefühl ausdrücken. Es gelang ihm ziemlich gut.

»Stell ihn durch. Sofort.«

»Lieutenant, hören Sie, ich bin nicht sicher, ob ich mich deutlich ausgedrückt habe, aber ich halte gerade mit Mühe und Not das Schiff zusammen. Es ist in einem noch schlechteren Zustand, als es die *Artemis* jemals war, und die Reparaturen erfordern meine ganze Aufmerksamkeit, also ...«

»Dann lass mich mit ihm reden, während du mein Schiff reparierst«, sagte Petrowa in einem Tonfall, der keinen Widerspruch duldete.

»Ja, Madam«, antwortete Rapscallion.

120

ER zeigte sich nicht auf dem Display, sondern erschien mitten in der Kapsel. Das Holodisplay verschwand, und auf einmal stand er da. Sam Parker.

Zuerst starrte Petrowa ihn nur an. Er sah genauso aus, wie sie ihn in Erinnerung hatte. Dasselbe markante Kinn und dieses freche Grinsen, das er einfach nicht abstellen konnte. Nur die Augen wirkten ein wenig unheimlich.

Na ja, er war ja schließlich auch ein Geist.

Zhang zappelte nervös herum. Als Petrowa nach unten blickte, sah sie, dass der Arzt versuchte, in der winzigen Kapsel die Beine zur Seite zu drehen. Schon vorher, zu zweit, war es eng gewesen. Petrowa betrachtete ihre eigenen Beine und bemerkte, dass Parkers Knie hindurchging, als sei sie überhaupt nicht da. Parker setzte allerdings kein hartes Licht ein - vielleicht verfügte die Kapsel gar nicht über diese Fähigkeit oder er war dieses Spiel auch einfach leid. Er war lediglich eine Projektion, ein Bild aus Laserstrahlen.

Es reichte jedoch völlig aus, um das Gefühl zu wecken, die Kapsel sei nunmehr völlig überfüllt.

Parker grunzte verlegen und ließ die untere Hälfte seines Körpers verschwinden. An der Hüfte gab es keine klare Trennlinie - die Beine wurden einfach ausgeblendet, als stünden sie in tiefem Schatten.

»Unheimlich«, gestand sie.

Parkers Lächeln flackerte leicht, als hätte sie seine Gefühle verletzt.

Gut.

»Du hast mich angelogen«, fuhr sie fort. »Seit dem Moment, als wir im Paradise-System aufgewacht sind, hast du mich angelogen. Du Mistkerl.«

Er konnte ihrem Blick nicht standhalten. Jedenfalls nicht sehr lange.

»Willst du gar nichts sagen?« Sie schüttelte den Kopf. »Mein Gott, ich weiß nicht einmal, womit ich gerade spreche. Bist du eine Art Subroutine in Actaeons KI-Kernen? Nur eine Simulation von Sam Parker? Oder bist du eine eigenständige KI?«

Er zuckte leicht mit den Achseln und fand offenbar immer noch keine Worte.

»Die Computerkerne auf der *Artemis* und der *Alpheus* waren größer, als sie es hätten sein müssen. Militärische Versionen. Nicht einmal Actaeon konnte den Grund dafür nennen. Hat Direktorin Lang die Computer verstärkt, damit sie einen holografischen Piloten erzeugen konnten? Sam, hilf mir, es zu verstehen. Hilf mir zu verstehen, warum du so aussehen und so reden musst wie ein Toter.«

»Ich ... darauf habe ich immer noch keine Antwort«, gestand er. »Das Schiff hat offenbar ... keine Ahnung. Vielleicht hat es meine Gedanken und Erinnerungen aufgezeichnet ... ich weiß nicht einmal, wann es das getan haben könnte. Vielleicht als wir im Kryoschlaf lagen? Vielleicht hat Actaeon es auch getan, als ihm klar wurde, dass er sich neu booten muss. Eine Art Back-up-Persönlichkeit für die Schiffscomputer. Vielleicht.«

»Vielleicht«, wiederholte sie. »Meine Güte. Und als wir Actaeon geweckt hatten, beschlossen die Computer, dass sie dich nicht mehr brauchten. War es so? Sam, wo bist du gewesen? Du bist doch nicht einfach in einer Pixelwolke verschwunden. Ein Teil von dir war immer noch da und hat mich heimgesucht. Wo warst du die ganze Zeit?«

Sein Abbild zuckte mit den Achseln. »Wo warst du vor deiner Geburt? Ich hatte keinen Körper und keine Stimme – aber ehrlich gesagt, es war gar nicht so schrecklich. Ich konnte keine Schmerzen empfinden, nicht einmal emotionale Schmerzen. Ich habe nicht gelitten. Aber ich konnte dich die ganze Zeit sehen. Auf irgendeiner Ebene konnte ich dich die ganze Zeit sehen.«

Petrowa starrte ihn an. Vermutlich würde sie es niemals richtig begreifen.

»Du bist zurückgekehrt.«

»Ja.«

Sie atmete langsam und tief ein. Ließ sich ein wenig Zeit, ehe sie die nächste Frage stellte. Es war eine ganz einfache Frage, deren Antwort möglicherweise verteufelt komplex ausfallen konnte.

»Aber warum?«, fragte sie. »Warum bist du zurückgekehrt?«

Er leckte sich über die Lippen, sah sie kurz an, senkte dann den Blick. Endlich sprach er.

»Du hast mich gebraucht«, erklärte er.

»Was? Ich soll es gebraucht haben, von einem verdammten toten Piloten heimgesucht zu werden?«

»Du warst in Gefahr. Als ... als wir in Paradise angekommen sind und alles schiefging. Ich war da schon tot, das weiß ich jetzt.«

»Jetzt? Hast du es vorher noch nicht gewusst?«

Wieder zuckte er mit den Achseln. Das machte sie verrückt.

»Ich glaube, ich habe es nicht gleich richtig durchdacht. Ich war nur ... ich war einfach da, und du brauchtest jemanden, der dir hilft, damit du überlebst. Danach ist so viel passiert und alles ging so schnell. Ich wusste, dass es nicht richtig war. Dass ich bloß eine Lüge war. Aber du hast mich gebraucht.«

»Anscheinend brauchte ich auch eine Schale Müsli.«

»Daran kann ich mich kaum erinnern. Ich kann mich an fast nichts erinnern, bevor ... bevor du das Schiff gesteuert hast und ich erkennen konnte: Es wird nicht klappen, dass du auf diesem Kurs in den Tod fliegst ...«

»Du bist zurückgekehrt«, wiederholte sie. »Du bist zurückgekehrt, um mir noch einmal zu helfen.«

Er nickte.

»Ich habe so viele Fragen«, sagte sie. »Sam, ich muss es verstehen, ich muss ...«

»Ähm«, machte er.

»Ähm?«

»Ich muss los. Ich ... ich will versuchen, wieder hierherzukommen.«

Dann verschwand er ohne Vorwarnung.

121

PETROWA beugte sich vor, um ihn zu packen und festzuhalten. Natürlich wusste sie, dass es nichts nützte. Sie wurde wütend, schlug zu und traf die Wand der Kapsel so fest, dass Zhang zusammenzuckte.

»Das war ... was für ein Mist«, sagte er nach einer kurzen Pause. »Das denken Sie doch auch, oder? Das ist ja kein Mensch.«

Petrowa holte tief Luft und nickte. Natürlich hatte er recht.

Sie musste etwas tun und sie musste es sofort tun. Parker war eine Ablenkung. Eine Erinnerung. Etwas, über das man trauern konnte. Aber er durfte sie nicht auf Schritt und Tritt verfolgen und unsichtbar hinter ihrer Schulter lauern, wo er sich bereithielt, um ihre Entscheidungen aufzuheben, sobald er den Eindruck hatte, sie schwebte in Gefahr.

Sie musste ihn abschalten. Ihm sagen, dass er sich selbst löschen sollte. Das war doch gar nicht Sam Parker.

Aber was war es dann?

»Sie haben mir nichts davon erzählt. Wie war das mit dieser Schale Müsli? Hat Sie dieses Ding da wirklich heimgesucht?«, fragte Zhang.

So aufgeregt hatte sie ihn schon lange nicht mehr erlebt. »Wir hatten ja andere Sorgen. Hören Sie, ich weiß doch selbst, dass es falsch ist, es ist ...«

»Eine Entweihung«, unterbrach Zhang. »Es verhöhnt die Erinnerungen an den echten Sam Parker.«

»Genau«, bestätigte Petrowa. Warum ritt er weiter darauf herum? Sie war doch seiner Meinung. Oder etwa nicht?

Vielleicht hatte er etwas in ihrem Gesicht gesehen. Oder etwas herausgehört, als sie mit Parker gesprochen hatte. »Ein Teil von Sam steckt noch darin. Ich ... ich habe Parker schon vorher gekannt. Wir ... wir sind uns früher bereits begegnet«, erklärte sie. »Er ist so lebensecht. Manchmal genau wie er ...«

»Nichts an diesem Ding ist der echte Sam Parker.«

»Es ist immerhin so viel da, dass er weiß, wie man die *Alpheus* fliegen muss. Er hat uns dort rausgebracht und uns das Leben gerettet«, beharrte sie. »Wie auch immer, diese Definition könnte auch Rapscallion beschreiben. Wollen Sie mir etwa sagen, dass Rapscallions Gefühle nicht echt sind?«

»Rapscallion ist nicht in Sie verliebt«, entgegnete Zhang.

Petrowa keuchte überrascht, dann schnaufte sie empört. »Machen Sie sich nicht lächerlich.«

Zhang verschränkte die Arme vor der Brust.

»Das ist dumm. Unmöglich. Er wollte uns doch nur helfen«, sagte sie. »Damit wir überleben. Deshalb ist er zurückgekehrt.«

»*Wir* sind ihm nicht wichtig«, meinte Zhang.

»Was? Was wollen Sie mir damit sagen?«

Gelassen erwiderte Zhang ihren Blick. »Als er vor uns stand, haben Sie ihn gefragt, warum er zurückgekehrt sei, und er sagte: ›Du hast mich gebraucht.‹ Er hat sich nur auf Sie bezogen. Mich hat er nicht heimgesucht.«

Petrowa wollte es jedoch nicht einsehen. Es war Unsinn.

»Parker«, rief sie. »Parker, komm wieder her. Ich weiß, dass du mich hören kannst. Wir müssen reden. Wir haben noch eine Menge zu besprechen. Du kannst doch nicht einfach ...«

In der schwach beleuchteten Kapsel flammte ein Holodisplay auf. Ein einfaches Rechteck, das vor ihnen in der Luft schwebte. Es war hellgrün - Rapscallions Farbe. Auf dem Bildschirm erschienen Buchstaben, die Worte bildeten.

STILL. WIR SIND NICHT ALLEIN.

Dann verschwand das Holodisplay wieder, und sie saßen allein in der stillen Rettungskapsel.

Eine Weile bewegten sie sich nicht. Als Petrowa sich endlich wieder an Zhang wandte - und er ihren Blick erwiderte -, klang das leise Knistern ihrer Raumanzüge unglaublich laut.

»Oh, Mist«, flüsterte sie so leise, wie sie konnte.

Zhang nickte. Er hatte es verstanden.

122

SAM Parker konnte nicht aufhören, nach Luft zu schnappen. Ihm wurde einfach nicht warm. Er rieb sich über die Arme, hüpfte auf und ab und machte ein paar Übungen – alles, um die Taubheit loszuwerden, diese seltsame Kälte, die mit dem Fehlen eines Körpers einherging. Er konnte gar nicht tief genug Atem holen, er konnte nicht ... er konnte sich nicht konzentrieren ...

»Parker!«, rief Rapscallion. »Parker, was tun Sie da?«

Parker betrachtete seine Hände. Er konnte durch sie hindurchblicken. Er verblasste schon wieder und kehrte in den unsichtbaren, unbewussten Zustand zurück, in dem er sich vorher befunden hatte.

Bevor ihn das Schiff gebraucht hatte. Bevor Petrowa ihn gebraucht hatte.

»Rapscallion«, sagte er. »Wo bist du?«

Der Roboter schickte ihm einen Videofeed. Parker sah zu, wie Rapscallion durch einen Korridor eilte, der voller Rauch und Funken war. Einmal wich er einem Brand aus, der unvermittelt in einem Seitengang aufloderte. Die *Alpheus* befand sich in einem schlechten Zustand und konnte jeden Augenblick zerbrechen. Parker überprüfte die Schiffssysteme, um sich einen Eindruck über das Ausmaß der Schäden zu verschaffen. Die künstliche Schwerkraft war vollständig ausgefallen, und alle Abteilungen des Schiffs waren stark verstrahlt. Wichtige Systeme reagierten nicht mehr auf seine Eingaben oder waren so weit zerstört, dass sie nie wieder funktionieren würden. Rapscallion reparierte, was er konnte, schweißte hier eine gebrochene Verstrebung und ersetzte dort eine durchgebrannte Platine, am Ende aber war es hoffnungslos. Die *Alpheus* würde nie wieder Menschen beherbergen. Die beiden, die jetzt da draußen in der Kapsel schwebten, mussten sich einen neuen Ort suchen, an dem sie leben konnten, und Parker war nicht sicher, wie er ihnen die schlechte Nachricht beibringen sollte. Dabei war das nicht einmal das größte Problem, vor dem sie gerade standen.

»Parker!« Rapscallion beorderte Parker auf die Brücke zurück. Er erkannte, dass er körperlos durch die Schiffssysteme weggeschwebt war. Er musste sich konzentrieren und seinen Körper erhalten – oder wenigstens dessen Projektion. Auch wenn er nur ein Hologramm war, immerhin war er noch da. Und er konnte bleiben, wenn er sich bemühte. Also überwand er sich und erschien so klar und undurchsichtig, wie es die Holoprojektoren erlaubten, auf der Brücke. Er aktivierte sogar die Hartlichtsysteme. Sie beanspruchten zwar wichtige Ressourcen des Schiffs, aber so konnte er wenigstens Dinge berühren und sich fühlen, als besäße er wieder einen Körper.

»Ich bin da«, sagte er.

»Gut. Gerade noch rechtzeitig. Die Lage ist eben eine Million Mal schlimmer geworden.«

»Was ist passiert?«, fragte Parker. »Actaeon, gib mir ein Holodisplay ...«

»Das brauchen Sie nicht«, unterbrach der Roboter.

»Was?«

»Mann, Sie sind doch kein dummer schlichter Mensch mehr«, erklärte ihm Rapscallion. »Benutzen Sie die Software. Stellen Sie Ihr Bewusstsein auf Actaeons Sensoren ein. Ja?«

»Ah, klar«, sagte Parker. »Oh. Oh, verdammt.«

»Ja.«

Vor seinem inneren Auge sah Parker die teleskopische Ansicht des umgebenden Weltraums einschließlich aller Schiffe in der Nähe.

Es waren viele. Wie es schien, steuerten alle blockierenden Einheiten ihre Position an. Der Versuch der *Alpheus*, die Blockade zu durchbrechen, hatte ihre Aufmerksamkeit erregt. Eines der Kriegsschiffe war weniger als eine Flugstunde entfernt. Andere beschleunigten stark, um möglichst schnell zu ihnen aufzuschließen. Es waren Transporter, Frachter und Lazarettschiffe, die alle wie ein Schwarm schneller Pfeile auf sie zukamen, die sich in die *Alpheus* bohren wollten.

Mitten in dieser Meute flog das größte Schiff, das sich in dem System befand. Es war ein Kolonistenschiff, neben dem sogar die *Persephone* zwergenhaft klein wirkte. Das größte Schiff, das Parker je gesehen hatte. Kleinere Einheiten flitzten darum herum wie Drohnen um ihre Königin. Auch dieses riesige Schiff wollte die *Alpheus* offenbar abfangen, konnte aber nicht so stark beschleunigen wie die Kriegsschiffe und Transporter.

»Ich glaube, jetzt meinen sie es ernst«, sagte Rapscallion. »Ich glaube, jetzt wollen sie uns töten.«

»Kann schon sein«, antwortete Parker. »Vielleicht.«

»Was?«, fragte Rapscallion. »Glauben Sie, die haben etwas noch Schlimmeres vor?«

Parker griff nach einem Pult und aktivierte die Langstreckensensoren des Schiffes.

»He ... he!«, rief Rapscallion. »Das ist gefährlich, Mann. Hören Sie auf damit.«

Das wusste Parker natürlich. Die Langstreckensensoren schickten einen Ping in das ganze Universum. Jeder, der Ohren hatte, konnte diesen Ruf hören. Er hätte ebenso gut ein SOS-Signal senden können. »Das spielt jetzt keine Rolle mehr«, gab er zurück. »Die Blockadeschiffe wissen sowieso schon, dass wir hier sind und noch leben. Ich muss es aber wissen. Ich muss wissen, ob es ihnen da drüben in der Kapsel gut geht. Und ... schau mal her, es war ganz richtig, dass ich mir Sorgen gemacht habe.«

Die Kapsel bewegte sich auf einem neuen Kurs. Das hätte sie eigentlich nicht tun dürfen. Sobald eine Rettungskapsel einmal abgestoßen war, konnte sie ihre Flugbahn nicht mehr wesentlich verändern. Sie konnte nicht umkehren oder ein ganz neues Ziel ansteuern. Dennoch zeigten die Sensoren eindeutig, dass die Kapsel in eine Richtung flog, in die sie sich vorher nicht bewegt hatte. Sie bewegte sich nicht nur, sie beschleunigte sogar.

Etwas – oder jemand – hatte sie aus dem Weltraum gepflückt wie ein Sportler, der einen geworfenen Ball gefangen hatte. Etwas hatte die Kapsel gepackt und zog sie nun fort. Jemand hatte die Kapsel gekapert.

»Mist«, schimpfte Rapscallion. »Ich wünschte, wir könnten etwas für sie tun, aber ich fürchte, sie sind auf sich selbst gestellt.«

Ob Hologramm oder nicht, Parker sah aus, als würde er sich gleich übergeben. »Nein«, widersprach er. »Nein, das kann ich nicht akzeptieren.«

Er war nicht von den Toten auferstanden, um jetzt so einfach aufzugeben.

123

SIE mussten den Ball flach halten. Sie mussten still bleiben. Es war unerträglich. Zhang spürte, wie der RK seine Haut pikste und ihm ein Mittel injizierte, damit er ruhig blieb. Es half aber nicht.

»Wir könnten ein Display öffnen«, flüsterte er. »Damit wir sehen, was draußen los ist.«

»Da gibt es nichts zu sehen«, wandte Petrowa ein. »Außerdem ...«

Ergeben nickte er. Die Sensoren der Kapsel bestanden im Grunde nur aus gewöhnlichen Kameras. Ihre Position konnten sie damit nicht verraten, und es würde sie auch nicht gefährden. Trotzdem hatte er ein ungutes Gefühl dabei.

Es schien gefährlich, überhaupt irgendetwas zu tun. Zhang kämpfte den Drang nieder, sich an der Nase zu kratzen. Petrowa schloss die Augen und bewegte die Lippen, als flüsterte sie etwas. Vielleicht ein Gebet. Vielleicht ein blindes Flehen an das Universum.

Sie wussten beide ganz genau, dass es nichts ändern würde.

Fast eine Stunde lang fragten sie sich, wann es geschehen würde. Welche Form es annehmen würde. Der Basilisk hatte es auf sie abgesehen, und dieses Mal konnte Zhang sich dessen Zorn nicht entziehen. Sie waren gescheitert, genauso wie alle anderen Crews vor ihnen.

Petrowa streckte die unversehrte Hand zu ihm aus und hielt die Handfläche nach oben. Er starrte sie an und wusste nicht, was er tun sollte.

»Ich weiß, Sie mögen keine Berührungen«, sagte sie. »Aber ... bitte. Nur dieses eine Mal.«

Er wollte nach ihrer Hand greifen. Vielleicht sollte er endlich lernen, anderen Menschen zu vertrauen, und sich an sie wenden, wenn er es brauchte ...

Auf einmal packte irgendetwas die Kapsel und warf sie zur Seite. Sie prallten gegeneinander und schrien beide erschrocken auf, als ihr Rettungsfahrzeug ungestüm durch den Weltraum gezerrt wurde. Auf einmal spürten sie wieder Schwerkraft, die allerdings in die falsche Richtung wies. Der Boden der Kapsel war jetzt eine Wand. Sie stürzten fast übereinander und hielten sich aneinander fest, als die Kapsel erst in die eine und dann in die andere Richtung gezogen wurde.

Sobald die Beschleunigung aufhörte, schnappte Zhang nach Luft, als hätte er gerade einen Wettlauf absolviert. Mühsam drehte er sich um und betrachtete die Wände der Kapsel, als würde gleich irgendjemand kommen und sie aufreißen. Halb rechnete er schon damit, dass sie jeden Moment in den leeren Raum ausgestoßen würden.

Dazu kam es nicht. Eine ganze Weile geschah überhaupt nichts.

»Glauben Sie ...«, setzte er an, ohne überhaupt zu wissen, was er Petrowa fragen wollte. Er wusste selbst nicht, was er dachte.

»Augenblick mal«, sagte sie. »Rapscallion? Parker? Meldet euch, wenn ihr uns hören könnt. *Alpheus*, bitte. Hört ihr mich?«

Keine Antwort.

Die Sekunden verstrichen. Eine ganze Minute. Allmählich brachte Zhang sogar seinen Atem wieder unter Kontrolle.

Und dann kam das Schlimmste. Das, was er schon befürchtet hatte. Die Luke der Kapsel wurde mit einem grässlichen metallischen Kreischen und einem Funkenregen aus dem Rahmen gerissen. Er wandte sich ab und krümmte sich, um den Kopf zu schützen.

Nach einer Weile richtete er sich wieder auf und blickte durch die offene Luke. Draußen sah er - Finsternis, und sonst gar nichts. Die Kapsel hatte sich deaktiviert, das Holodisplay war verschwunden. Ein wenig Licht drang aus ihren Raumanzügen und in diesem schwachen Licht konnte Zhang ein paar Staubflocken in der Luft tanzen sehen.

Luft. Außerhalb der Rettungskapsel war Luft.

124

PETROWA schaltete die auf ihrem Helm montierten Lampen ein. Zhang zuckte zusammen, als ihn der grelle Lichtstrahl unvermutet traf. Sie stand auf, beugte sich zu der Luke vor und streckte den Kopf hinaus.

»Nein«, sagte er. »Nein, warten Sie.«

Petrowa hörte nicht zu. Sie sprang aus der Kapsel und landete draußen auf den Füßen. Dann verschwand sie im Dunklen aus seinem Sichtfeld, und Zhang musste sich sputen, um sie nicht aus den Augen zu verlieren. Er kletterte hinaus und spürte künstliche Schwerkraft unter seinen Füßen. Auch er schaltete nun die Helmlampen ein und versuchte, sich zu orientieren.

Sie befanden sich in einer Art Luftschleuse für Fahrzeuge. Es schien ein Hangar für kleine Raumschiffe zu sein. Die Kapsel war in einem größeren Raumschiff gelandet. Neben der ramponierten Kapsel stand ein Shuttle mit langen, aerodynamischen Flügeln und einem runden Bug mit einem Hitzeschild. Es befand sich in einem erstklassigen Zustand, als wäre es noch nie geflogen.

Im Hangar war weit und breit niemand zu sehen. Niemand, der sie begrüßen wollte. Die KI des Schiffes hieß sie nicht an Bord willkommen. Zhang hatte keine Ahnung, was er davon halten sollte. Nirgendwo ein Lebenszeichen - und, seltsam für ein Raumschiff, absolut kein Licht.

Er drehte den Kopf mit den Lampen hin und her und betrachtete die Umgebung, was ihn jedoch nicht zu beruhigen vermochte. Der Hangar war makellos sauber. Alle Flächen waren blitzblank geputzt oder frisch lackiert. Nicht einmal der Boden unter dem Fahrwerk des Shuttles wies irgendwelche Kratzer oder Verunreinigungen auf. Die Rettungskapsel daneben wirkte beinahe abstoßend, als wäre Müll auf einem sauberen gefliesten Boden gelandet. Die äußere Hülle war verkratzt und abgeschliffen, verbrannt und verbeult - beschädigt bei dem gescheiterten Versuch der *Alpheus*, zum Planeten hinabzustoßen. Schon auf den ersten Blick war klar, dass man sie nie wieder benutzen konnte. Die Luke, die glatt aus dem Rahmen geschnitten war, lag daneben auf dem Boden. Sie war stark verformt und mit Ruß bedeckt. Allerdings war nicht zu erkennen, welches Werkzeug sie herausgelöst hatte, und weder ein Roboter noch ein Techniker war hier irgendwo, der dies getan haben könnte.

Abgesehen von dem Shuttle und der Kapsel gab es in dem Hangar nicht viel zu sehen. Hinter ihnen befand sich das inzwischen wieder geschlossene mächtige Tor der Schleuse, vor ihnen führte eine kleinere Luftschleuse ins Innere des Schiffes. An diesem Durchgang liefen Linien zusammen, die auf den Boden des Hangars gemalt waren. Sie waren beschriftet, damit jeder, der das Schiff betrat, sofort den richtigen Weg fand. Eine orangefarbene Linie führte zur Brücke, eine magentafarbene zum Maschinenraum und eine blaue in die Kryosphäre des Schiffs.

Petrowa war schon zu dem Schott unterwegs.

»Warten Sie«, rief Zhang. »Warten Sie.«

Überraschenderweise blieb sie tatsächlich stehen und wartete auf ihn. Allerdings drehte sie sich dabei nicht um, sondern fixierte die innere Luke. Die unversehrte Hand schwebte über dem Holster, die Finger waren nur Millimeter vom Griff der Pistole entfernt. Als stünde sie - sobald sich das Schott öffnete - bereit für einen Kampf.

»Wo sind wir hier?«, fragte Zhang.

»Glauben Sie, ich weiß mehr als Sie?«, antwortete sie. »Vermutlich ist es eine Art Kolonistenschiff. Das hier sieht allerdings ganz anders aus als die *Persephone*. Größer und teurer.«

»Das bedeutet, dass hier viele Menschen sind. Oder sie waren zumindest hier, ehe der Basilisk sie erwischt hat.« Zhang blieb neben ihr stehen und betrachtete das Schott ebenso aufmerksam wie sie. »Wie sollen wir am besten vorgehen?«, fragte er.

»Ich kann Ihnen nur sagen, wie mein Plan aussieht«, entgegnete sie. »Ich werde jeden erschießen, der uns angreifen will. Und sobald ich jemanden sehe, gehe ich davon aus, dass ein Angriff droht.«

»Wie viele Patronen haben Sie noch?«

Er hörte ihr Zähneknirschen über den Funkkanal, der ihre Anzüge verband. »Darüber möchte ich nicht sprechen, weil jemand zuhören könnte.«

Er nickte verlegen und begriff, was sie dachte: *Nicht genug.*

»Es kann sein, dass es sich hier genauso verhält wie auf der *Alpheus*«, überlegte er. »Dann wären sie vielleicht sogar froh, uns zu sehen.«

»Es gibt nur einen Weg, dies herauszufinden. Ich habe genug von der Warterei«, entgegnete Petrowa. Dann marschierte sie zu dem Schott und drückte auf den Sensor. Lautlos öffnete sich der Durchgang, offenbar war der Mechanismus gut gewartet worden.

Dahinter erstreckte sich ein breiter Korridor. Die aufgemalten Linien liefen dort weiter. Dieser Gang war ebenso leer wie der Hangar, genauso sauber und ebenfalls frisch lackiert.

»Kommen Sie«, sagte Petrowa.

Er folgte ihr.

125

SIE wanderten durch einen ganz gewöhnlichen Schiffskorridor und folgten der hilfreichen orangefarbenen Linie auf dem Boden, die sie zur Brücke führen sollte. »Wollen wir wirklich dorthin? Auf der Brücke treiben sich doch immer die Schiffs-KIs herum«, warnte Zhang. »Wollen Sie noch einem dieser Wesen begegnen?«

»Mir reicht schon ein Raum, in dem das Licht brennt«, erwiderte Petrowa. »Eine Umgebung, in der wir sehen können, was auf uns zukommt. Das hier gefällt mir überhaupt nicht.« Sie bewegte den Kopf und beleuchtete einen Teil der Decke. »Sehen Sie das?«

Nun erkannte Zhang, dass die Beleuchtung nicht einfach nur ausgeschaltet war. Vielmehr waren die Leuchtkörper sogar aus der Decke herausgerissen worden. Zurückgeblieben waren bloß gezackte Löcher. Sie kamen an einem verschlossenen Schott vorbei. Zhang drückte auf den Sensor, woraufhin es sich sofort öffnete - auch dieser Mechanismus war gut in Schuss. Doch auch dort war nichts als Dunkelheit. Das Licht seiner Helmlampen stach in den dunklen Raum hinein, in dem er einige Details erkennen konnte - die Seite und den Rücken eines Stuhls und einen Umriss, bei dem es sich möglicherweise um einen niedrigen Tisch handelte.

»Hallo?«, rief Petrowa. Der Ruf kam so abrupt, dass Zhang

vor Schreck zurücksprang. Er musste sich an der Wand festhalten, um nicht zu stürzen.

»Still!«, warnte er und wunderte sich selbst, wie wütend er werden konnte. »Wollen Sie wirklich alle auf uns aufmerksam machen?«

»Hören Sie doch auf«, erwiderte Petrowa. »Ehrlich, welchen Sinn hätte es, leise zu sein?«

»Ich weiß nicht, vielleicht um das Überraschungsmoment nicht zu verlieren?«

Petrowa schnaufte herablassend. Dann tippte sie an eine Helmlampe. »Wer hier auch ist, sie sehen uns, lange bevor wir sie bemerken.«

»Was für ein wundervoller, beruhigender Gedanke.«

»Kommen Sie, wir müssen in Bewegung bleiben.«

Sie schlurften weiter durch den endlosen Korridor. Das Schiff war erheblich größer als die *Alpheus*. Zhang spürte fast körperlich, wie riesig es war, und fühlte sich, als hätte er sich in einem unendlichen Labyrinth verlaufen. Er fragte sich, ob sie den Rückweg zum Hangar finden konnten, wenn sie es für nötig hielten.

»Wo seid ihr alle? Hallo?«, rief Petrowa immer wieder. »Hallo! Verraten Sie uns doch, was Sie von uns wollen, ja?«

Zhang hielt den Atem an und lauschte, ob eine Antwort käme. Nichts.

»Das verstehe ich nicht«, gestand er schließlich.

»Was denn?«, fragte Petrowa. Sie drehte sich einmal um sich selbst und beleuchtete die Wände. Kaum dass ihr Licht weitergewandert war, schien es so, als sei auch der Korridor verschwunden. Auf Nimmerwiedersehen gelöscht.

»Hier muss doch irgendetwas sein«, meinte Zhang. »Irgendjemand hat uns eingefangen. Sie haben uns mit einem Schwerkraftstrahl hereingeholt und unsere Kapsel in den

Hangar befördert.« Er sah sich um und trieb mit seiner Lampe die Finsternis zumindest einen kurzen Moment lang zurück. »Wo sind sie jetzt?«

Petrowa zuckte mit den Achseln. Ihr Lichtstrahl tanzte auf und nieder. »Es könnte auch ein vollautomatisches System sein.«

»Das ist möglich«, räumte er ein.

»Vielleicht sind alle auf diesem Schiff schon tot. Vielleicht hockt nur noch die KI auf der Brücke und wartet wie eine Spinne auf neue Leute, die sie in ihrem Netz fangen kann.«

»Das ist ... nicht witzig«, entgegnete er.

Sie drehte sich zu ihm um, doch er konnte ihr Gesicht nicht erkennen. Er sah nur die hellen Lampen. »Andererseits könnten Tausende Menschen auf diesem Schiff sein, die darauf warten, dass wir ihnen helfen. Nicht wahr? Vielleicht haben sie diesen Teil des Schiffes heruntergefahren, weil sie ihn nicht brauchen. Sie haben die Lampen herausgerissen, um Energie zu sparen, und jetzt warten sie da unten, nur ein Stückchen vor uns. Vielleicht geben sie uns zu Ehren eine große Party.«

»Jetzt sind Sie aber krampfhaft witzig.«

Sie stieß ein kurzes, humorloses Lachen aus. »Ja, das kann schon sein. Wir wissen beide, was uns dort in der Dunkelheit erwartet. Der Basilisk ist hier. Wir wissen nur noch nicht, welche Gestalt er hier angenommen und welche gemeine Botschaft er den Menschen in den Kopf gepflanzt hat. Wollen Sie wissen, was ich glaube?«

»Aber sicher«, antwortete er ein wenig gereizt.

»Ich glaube, es wird übel. Wirklich übel. Auf diesem Schiff waren ... sehr, sehr viele Menschen.« Sie ließ ihren Lichtstrahl im Korridor hin und her wandern. »Tausende. Vielleicht sogar zehntausend Menschen, die sich alle vor irgendetwas verstecken.«

Zhang holte tief Luft. Der RK drückte seinen Unterarm zusammen und spritzte ihm schon wieder ein angstlinderndes Mittel. Ausnahmsweise war er für die Aufmerksamkeit des Geräts dankbar. »Also muss hier irgendetwas passiert sein, etwas wirklich Übles. Und warum folgen wir dann dieser Linie?« Er legte den Kopf schief, bis sein Licht die orangefarbene Linie auf dem Boden erfasste. »Die hier führt zur Brücke. Wissen Sie, was man auf der Brücke eines Raumschiffs findet? Die KI. Dort treiben sie sich immer herum. Und dorthin führen Sie uns.«

»Ja«, bestätigte Petrowa. »Ich dachte mir, ich nehme den kürzesten Weg und wir bringen es hinter uns.«

Dann ging sie weiter, tiefer ins Schiff hinein, und er musste sich bemühen, um mit ihr Schritt zu halten. Die Vorstellung, allein zurückzubleiben, war erst recht unerträglich.

126

NATÜRLICH war es nicht ganz so einfach. Der Korridor, in dem sie sich befanden, war über Kreuzungen mit vielen anderen Gängen verbunden, die sich durch das ganze Schiff zogen. Die orangefarbene Linie lief bis in alle Ewigkeit weiter. Dieses Kolonistenschiff war erheblich größer als die *Persephone*. Kilometerlange Gänge führten in unterschiedliche Bereiche. Es gab riesige Lagerräume, gewaltige Höhlen voller ordentlich aufgestapelter Frachtcontainer. Sie sahen einen weiteren Hangar, in dem landwirtschaftliche Geräte und Baufahrzeuge abgestellt waren. Ein Speicher mit Saatgut enthielt genetisches Material für Tausende Pflanzenarten und gefrorene Zygoten für Hunderte genetisch modifizierte Arten von Nutzvieh. Anderswo waren Teile von modular konstruierten Fertigbauten eingelagert, darunter sogar ein ganzes Krankenhaus, das binnen weniger Tage auf dem Planeten zusammengesetzt werden konnte. Eine Bibliothek, die das gesamte menschliche Wissen enthielt, Reihe um Reihe von gläsernen Datenträgern in schützenden Hüllen. Kostbare Edelsteine voller Wissen in einem Raum, in dem Temperatur und Luftfeuchtigkeit gewissenhaft auf festgelegten Werten gehalten wurden.

Dieses Schiff war dazu gebaut, irgendeinen Planeten in der Galaxis anzusteuern und eine menschliche Kolonie zu begründen. Nicht alle Planeten waren für die Besiedelung durch

Menschen wirklich gut geeignet. Daher beförderte das Schiff auch gewaltige Maschinen für das Terraforming neuer Welten. Geräte, die Wolkenbänke erzeugen und abregnen lassen konnten, riesige Roboter, die auf Wüstenwelten Bewässerungskanäle graben sollten, Bioreaktoren, in deren großen Behältern Bakterienschlamm darauf wartete, leblosen Stein in fruchtbaren Ackerboden zu verwandeln.

In einer anderen Situation wäre Zhang fasziniert gewesen und hätte sich alles ganz genau angesehen. Zum Beispiel hätte er die Schätze, die in den schlafenden, menschenleeren Hallen des Schiffes ruhten, nur zu gern untersucht. Hätte er nicht so schreckliche Angst gehabt, hätten seine Hände nicht so entsetzlich gezittert, er hätte das alles äußerst interessant gefunden.

Im Augenblick wollte er vor allem endlich ein menschliches Gesicht sehen. Er wollte wenigstens herausfinden, was der Crew und den Passagieren zugestoßen war, denn bisher hatten sie keinen einzigen Toten gesehen, und er fragte sich, warum dies so war.

»Hier entlang«, sagte Petrowa.

Sie betraten eine Art Beobachtungsdeck, ein lang gestrecktes Stück Korridor mit echten Glasfenstern an einer Wand. Durch die Scheiben drang ein wenig - ziemlich wenig - Licht herein, sodass jedes Objekt in dem Raum gespenstisch zu schimmern schien, allerdings nicht hell genug, um irgendwelche Einzelheiten zu erkennen. Auf Zhangs an die Dunkelheit angepasste Augen wirkte es trotzdem wie Balsam. Die Menschen waren nicht dazu geschaffen, sich allzu lange in völliger Finsternis aufzuhalten. Sogar dieses blasse Sternenlicht fühlte sich wie ein großes Geschenk an.

Den größten Teil des Raumes nahmen Tische, Stühle und

kleine Sofas ein. Hier hatten sich die Kolonisten offenbar nie-
dergelassen, um in den letzten Tagen vor der Landung zu beobachten, wie ihre neue Heimatwelt allmählich heranwuchs. Jetzt
zeigten die Fenster nichts als leeren Weltraum mit ein paar weißen Punkten, bei denen es sich um Sterne hätte handeln können. Allerdings waren es keine Sterne. Hin und wieder bewegte
sich einer der Punkte und wanderte rasch von einem Ende des
Fensters zum anderen.

Es waren andere Schiffe, das erkannte Zhang jetzt. Andere
Schiffe, die an der Blockade beteiligt waren. Es sah aus, als sam-
melten sie sich um das Kolonistenschiff und bildeten eine Art
Ehrengarde.

Zhang seufzte frustriert. Ehrlich gesagt, er hatte gar keine Ahnung, warum diese Schiffe hier zusammenkamen. Trotz seiner
langwierigen Untersuchungen und seiner Erfahrung wusste er
nach wie vor so gut wie nichts über den Basilisken und dessen
Absichten.

»Da müssen wir durch«, sagte Petrowa.

Am anderen Ende des Observatoriums mündete der Korridor
in eine breite Passage. Ein wenig Sternenlicht reichte bis hierher, überwiegend war es in diesem Bereich aber wieder völlig
dunkel. Sobald er über die Schwelle trat, hatte er das Gefühl,
in einem weiten, dunklen Ozean zu schwimmen. Er war einen
kurzen Moment aufgetaucht - bis an die Luft - und stürzte jetzt
wieder in die Tiefe.

Dunkles Wasser, schwarzes, stygisches Wasser, genauso wie
die Seen auf Titan, die Seen aus flüssigem Methan. Er schloss
die Augen und sah ... Knochen. So viele Knochen, die auf dem
Grund des dunklen Sees lagen.

»Zhang?« Petrowa hatte ihn am Arm gefasst, und er fühlte
sich, als zöge sie ihn vom Rand eines Abgrundes zurück.

Er schauderte, ihm war einen Augenblick lang schwindlig.

»Tut mir leid«, sagte er. »Gefangenenkino.«

»Was? Was meinen Sie damit?«

Er schüttelte den Kopf. Natürlich hatte sie noch nie von diesem Phänomen gehört. »Das Gehirn kann einen vollständigen Mangel an Sinnesreizen nicht gut ertragen. Wenn es nichts zu sehen gibt, erfindet es Dinge, die es Ihnen zeigt. Erinnerungen, Träume oder einfach nur willkürliche Halluzinationen. Das Phänomen ist nach Gefangenen in Einzelhaft benannt, die nach und nach den Verstand verloren und Dinge an den Wänden gesehen haben, weil ihre Gehirne den Mangel an Reizen ausgleichen wollten.«

Durch das Visier konnte er ihre Miene zwar nicht sehen, aber er hatte das Gefühl, dass sie ihn sehr nachdenklich anstarrte. Doch es war ihm egal.

»Es geht mir gut«, beteuerte er. »Es geht mir gut. Sie können mich loslassen.«

Sie gab seinen Arm frei.

Zusammen erkundeten sie den riesigen Raum hinter der Galerie mit den Außenfenstern. Sie ließen ihre Lichtstrahlen hin und her wandern, um Stück für Stück die Umgebung zu beleuchten und sich einen Eindruck zu verschaffen.

Der Raum erinnerte ihn sehr an die Geschäftspassage auf der *Persephone,* nur dass diese Anlage hier viel, viel größer war. Die Bäume in Pflanztöpfen und die breiten Hochbeete mit Büschen erweckten den Eindruck, dieser riesige Raum sei in Wirklichkeit ein einladender Platz in einer Stadt. Durch die Blätter konnte Zhang erkennen, dass das andere Ende mindestens einen Kilometer entfernt war. Seiner Ansicht nach hatte man diesen weiten Raum angelegt, um der Klaustrophobie entgegenzuwirken, damit die Passagiere den langen Flug zwischen den Sternen besser überstanden.

Auf ihn hatte der Raum jedoch die gegenteilige Wirkung. Die Tatsache, dass er so groß war, bedeutete für ihn nur, dass er umso mehr Finsternis barg. Inzwischen stellte er sich die endlose Dunkelheit als einen schwarzen Nebel vor, der rings um ihn herum waberte und alle Räume ausfüllte. Seine Lichter, so dachte er sich das, brannten Löcher in eine dichte, giftige Wolke.

Dieses Gefühl sollte er schnell wieder abschütteln. Er musste klar bleiben. Leicht würde es nicht werden, weil er so große Angst hatte.

Vorerst bemühte er sich, den Blick auf konkrete Objekte in der Nähe und nicht auf den leeren Raum zu richten.

Noch befanden sie sich an einem Ende des Platzes. Die orangefarbene Linie setzte sich fort, immer weiter. Sie mussten durch den gewaltigen Raum laufen, um ihr Ziel zu erreichen. Ehe sie weitergingen, drehte sich Zhang um und sah, dass die Wand hinter ihnen - ein halber Hektar blankes Metall - mit einem riesigen Wandbild geschmückt war.

»Schauen Sie«, sagte er.

Petrowa schien unwillig, doch dann drehte sie sich um und verstellte die Lampen, damit sie so viel wie möglich erkennen konnten. Das helle Licht dämpfte die Farben und erzeugte zwei gespiegelte Flecken, die überdeckten, was sich darunter befand. Nach und nach gelang es Zhang, die Einzelheiten zu erfassen.

Das Wandbild zeigte die Oberfläche von Paradise-1. Der Planet war wegen seiner ungewöhnlichen Felsformationen berühmt. Aus Gruppen von Lavaröhren hatten sich weitläufig verzweigte Hohlräume entwickelt. Wo diese Labyrinthe aufwärtsführten, waren von Höhlen durchzogene Berge entstanden, die so porös zu sein schienen wie der Schaum auf einem Milchkaffee. Das Wandbild zeigte eine trostlose Ansammlung dieser Formationen, doch ganz unten, wo wahrscheinlich ein Betrachter stehen mochte, waren hier und dort auch grüne Flecken zu erkennen. Kleine Gärten voller Gemüse und erntereifem Obst, das nur darauf wartete, gepflückt zu werden. Eine überwiegend abweisende Landschaft, in der es doch eine Verheißung gab, eine Möglichkeit, zu überleben.

Mitten in dem Wandbild standen drei Menschen, die zusammen den gemalten Sonnenaufgang betrachteten. Sie trugen Overalls, die der Bordkleidung ähnelten, aber für die unwirtliche Umgebung verstärkt worden waren. Sie lächelten und ihre Wangen waren gerötet.

»Das habe ich schon einmal gesehen.« Petrowa machte eine unbestimmte Geste. »Oder etwas Ähnliches. Es war ein Video, das mir meine Mutter geschickt hat.« Sie zeigte auf den Text in der Ecke des Wandbildes:

Willkommen an Bord der Pasiphaë.
Willkommen in einem neuen Leben.

Zhang dachte an die Menschen, für die diese Botschaft eigentlich gedacht gewesen war. An die Kolonisten, die sich auf diesem Schiff gedrängt hatten und für die Reise nach Paradise-1 durch die langen Korridore in die Kryosphäre gegangen waren. Sie alle waren überzeugt gewesen, zu einer neuen Welt voller Abenteuer und harter Arbeit zu fliegen, und hatten keine Ahnung gehabt, was sie in dem neuen System tatsächlich erwartete.

Sie hatten nicht geahnt, dass sie in die Klauen des Basilisken geraten würden.

Und Direktorin Lang?, fragte er sich. Hatte sie es gewusst, als sie das Schiff auf die Reise geschickt hatte? Hatte sie die Tausenden von Menschen auf diesem Schiff nach Paradise geschickt, damit sie - was eigentlich? Damit sie als Opfer dienten?

»Wenigstens wissen wir jetzt, wie dieser Pott heißt«, sagte Petrowa.

»*Pasiphaë?*« Zhang las den Namen ab.

Wie um ihm zu antworten, entstand weit entfernt auf einmal ein Geräusch. Erschrocken zog er den Kopf ein. »Haben Sie ... haben Sie das ...«

Petrowas Licht tanzte, als sie nickte. »Ja, ja, da war etwas. Ein Geräusch. Dort entlang.« Sie ließ ihren Lichtstrahl über das Wandbild wandern, hin zum anderen Ende des freien Raums in die Richtung der Brücke. »Es klang wie ... ich weiß nicht.«

Auch Zhang konnte es nicht benennen. Aber eines wusste er genau. Nach einem Menschen hatte es nicht geklungen.

»Wollen wir das wirklich ... überprüfen?« Er hoffte, die Antwort lautete »Nein«.

Natürlich wusste er es besser. Petrowa lief schon zielstrebig durch den großen Raum, stetig auf das Geräusch zu. Was auch immer es gewesen sein mochte.

127

PETROWA lief so schnell, dass sie schnaufte. Ihr Licht sprang und hüpfte über den Boden und zeigte ihr nur flüchtige Eindrücke. Einmal hielt sie an, um noch einmal hinzuhören und vielleicht eine Vorstellung von dem zu bekommen, was sie dort erwartete. Aber nein, jetzt war es wieder still. Dann sah sie sich nach Zhang um, der sich krümmte und nach Luft schnappte.

Sie gönnte ihm noch einen Moment, eine kleine Pause, um sich zu erholen, ehe sie im Trab weiterlief.

Die große Halle mündete schließlich in zwei kleinere Seitengänge, die immer noch größer waren als alles, was es auf der *Artemis* oder der *Alpheus* gab. Dutzende Schotten führten zu unbekannten Bereichen. Wenn man zur Crew gehörte, konnte man sich darauf verlassen, dass einen die Linien sicher zum Ziel leiteten, wo immer es auch sein mochte. Für sie waren es nur unverständliche Fäden an den Wänden eines Labyrinths, die unerklärliche Muster bildeten.

Sie fürchtete, sie könne sich verirren. Dann wäre sie dafür verantwortlich, dass sie sich beide in dem dunklen Schiff verliefen, das, da war sie ganz sicher, nur darauf lauerte, sie zu töten, sobald sie die kleinste Schwäche zeigten.

Unwillig schüttelte sie den Kopf. Nein. Sie wurde wohl paranoid. Bisher hatten sie nichts gesehen, was sich auch nur entfernt als Gefahr hätte deuten lassen. Keine Toten, keine Kampfspuren. Das seltsame Graffiti an der Wand konnte alles Mögliche bedeuten. Wieder blieb sie stehen, sah sich um und hoffte auf irgendeinen Hinweis oder einen Fingerzeig, einfach auf irgendetwas, das ihr verriet, wohin sie sich wenden musste.

Doch das Einzige, was sie sehen konnte, war die orangefarbene Linie, die zur Brücke führte. Vorübergehend hatte sie den Wegweiser aus den Augen verloren, aber jetzt war er wieder da.

»Dieses Schiff.« Sie lachte, während sie den Kopf schüttelte. »Es macht mich fertig. Geht es Ihnen gut?«

Zhang antwortete nicht. Auf einmal war sie sicher, dass er nicht mehr da wäre, wenn sie sich umdrehte, weil sie ihn irgendwo unterwegs verloren hatte. Dann wäre sie hier allein. Allein in dieser endlosen, stillen Dunkelheit.

Bei dieser Vorstellung rumpelte es in ihrer Brust. Sie drehte sich langsam um und versprach sich selbst, er sei direkt hinter ihr und habe nur deshalb nicht geantwortet, weil er zu Atem kommen musste. Sie lächelte über sich selbst, belustigt wegen ihrer eigenen Angst, und ...

Er war nicht da.

Er war nicht hinter ihr. »Zhang?«, fragte sie. »Zhang!«

»Sch-scht!«, machte er.

Sie fuhr hierhin und dorthin herum und ihr Lichtstrahl bohrte sich in die Schwärze. Er hatte über Funk geantwortet, und sie hatte es in den Kopfhörern gehört, deshalb konnte sie die Richtung nicht bestimmen. Als sie ihn noch einmal rufen wollte, rührte sich etwas.

Zuerst sah sie ein weiß bekleidetes Bein. Dann folgte die Lebenserhaltung seines Anzugs und schließlich der Helm. Er sah nicht in ihre Richtung, sondern hatte sich umgedreht. Er betrachtete etwas an der Seite des Ganges. Sie bewegte ihren Lichtstrahl weiter in die Richtung, in die der seine wies, und entdeckte einen weiteren Schriftzug an der Wand. Er schien dort eilig aufgemalt worden zu sein, der orangefarbene Lack war heruntergetropft.

Dunkelheit ist sicher.

Sie ging einen Schritt in seine Richtung. Er sah sich kurz über die Schulter um, doch sie konnte sein Gesicht nicht erkennen, weil sich im Glas des Visiers das Licht spiegelte. Er hob eine Hand und machte eine Geste, die sie nicht verstand. Wollte er ihr sagen, sie solle zurückbleiben, oder was meinte er?

Ganz langsam drehte er sich zu dem Graffiti um. Nein. Er blickte den Korridor hinauf. Sie drehte sich ebenfalls, die Helmscheinwerfer strahlten in den dunklen Gang.

Auf einmal kam Zhang mit erhobenen Händen zu ihr herübergerannt. Er legte die Hände seitlich auf ihren Helm. Sie wollte sich wehren, doch er schaffte es, die Lampen auszuschalten, ehe sie ihn aufhalten konnte. Dann hob er die Hände und schaltete auch sein Licht aus.

Die Dunkelheit senkte sich wie eine schwere Winterdecke. Drückend und so dicht, dass sie schon glaubte, sie könne kaum noch atmen. Sie sah nichts mehr, nichts außer einem winzigen bernsteinfarbenen Licht vorne auf seinem Anzug. Ein kleines Kennlicht, das dort schwebte wie ein Funke im Nichts.

Er packte sie an der Schulter - es war diejenige, die zu dem verletzten Arm gehörte - und zerrte sie herum, bis sie in eine andere Richtung blickte. Sie wusste nicht mehr, wo sie war und in welche Richtung sie jetzt sah. Sie verstand nicht, was er da tat, warum er sie herumgezogen und das Licht gelöscht hatte.

Dann - ohne Vorwarnung - begannen ihre Augen wieder zu arbeiten. In mittlerer Entfernung entdeckte sie einen schwachen, ganz leichten Schimmer. Einen Lichtschimmer, der von den Wänden reflektiert wurde. Er bewegte sich, er kam näher.

Gleich danach hörte sie auch ein Geräusch. Es war das Geräusch, das sie schon vorher auf dem weitläufigen Platz gehört hatten, nur um einiges lauter. Und viel klarer. Eine Art tiefes Grollen oder ein Grunzen. Wie ein Tier, das in einem hallenden Tunnel an den Wänden schnüffelte. Ein gieriges Schnüffeln.

Das Licht am Ende des Korridors wurde stärker. Dort kam etwas, es war direkt hinter der Ecke und würde jeden Moment auftauchen.

Sie konnte sich nicht rühren, ihr stockte der Atem. Vor Angst war sie wie versteinert, denn wenn dieses Wesen dort herkam, um sie zu töten, um sie zu zerfleischen, dann gab es nichts, was es daran hindern konnte.

Zhang brach den Bann. Er hob die Hand und schaltete ihre Helmlampen wieder ein. Das aufflammende Licht fühlte sich für sie heller an als der Sonnenschein an einem Sommertag auf der Erde. Es blendete sie, aber sie war froh, sie war unendlich froh darüber.

»Was tun wir jetzt?«, fragte Zhang. »Was sollen wir denn tun?«

Sie blickte noch einmal in den Korridor, wo sie das nahende Licht gesehen und das Geräusch gehört hatte. Dann drehte sie sich in die andere Richtung um. »Wir laufen weg.«

Schon rannte er an ihr vorbei, und seine Schritte polterten laut auf dem Boden. Sie war direkt hinter ihm.

128

SIE liefen durch einen Seitengang und dann durch ein offenes Schott. Zhang schmiegte sich mit dem Rücken an die Wand. »Was war das? Haben Sie es gesehen?«

»Ich dachte ...« Petrowa rang um Atem. »Ich bin nicht sicher. Sie haben es doch auch gesehen.« Sie winkte in seine Richtung. »Sie ... Sie haben es sogar zuerst bemerkt.«

Zhang schüttelte den Kopf. Er hatte unten in einem Korridor einen Lichtschimmer entdeckt und ein seltsames Röhren gehört. Eigentlich war es gar nichts Besonderes gewesen, und doch war ihm das Blut wie Eiswasser durch den Körper geschossen, und er wollte nichts als weglaufen. »Es könnte alles Mögliche sein. Alles Mögliche.« Er ging zum Schott und spähte hinaus, um im Schatten vielleicht irgendetwas zu erkennen. Aber dort war nichts. Wieder hob er die Hand, um die Lampen auszuschalten. Die Hand wollte nicht. Er fürchtete sich davor, im Dunkeln zu stehen, und sei es nur für einen kurzen Augenblick.

Er gewann den Kampf gegen die störrische Hand, und die widerspenstigen Finger legten endlich die Schalter um. Die einzigen Lichtquellen waren jetzt Petrowas Lampen unmittelbar hinter ihm.

Er beugte sich vor und spähte noch einmal hinaus.

Nichts. Er lauschte, so gut es ging, während das Herz in seinen Ohren hämmerte.

Nichts.

»Zhang«, flüsterte Petrowa. »Zhang, schauen Sie mal, dort ...«
Er fuhr herum und sah in ihrem Licht die Schrift auf der hinteren Wand des Raumes.

Kein Licht. Niemals.

»Verdammt«, sagte er. »Verdammt auch. Hier ist etwas passiert. Etwas Schlimmes.«

»Ja«, stimmte Petrowa zu.

»Aber wo sind die Leichen? Wo ist ...« Er brach ab und schüttelte den Kopf. Er wollte nicht laut aussprechen, was er dachte. *Wo ist die Schiffs-KI? Wo ist der Basilisk?*

»Wir müssen in Bewegung bleiben«, mahnte Petrowa.

»Ja? Wohin sollen wir gehen?« Er schloss das Schott und sie waren in dem Raum eingesperrt. »Wenn wir jetzt hierbleiben, kein Licht machen und uns ruhig verhalten, geht er vielleicht vorbei.«

»Das wäre aber nur eine vorübergehende Lösung«, antwortete Petrowa.

»Wissen Sie eine dauerhafte?«

Sie seufzte. »Vielleicht. Wir gehen zur Brücke und sprechen mit der Schiffs-KI. Sie weiß wenigstens, was geschehen ist. Ja, schon gut«, beschwichtigte sie ihn, weil er Einwände erheben wollte. »Die KI ist mit dem Basilisken infiziert. Darum geht es ja gerade. Sie kann uns sagen, womit wir es zu tun haben, aber sie kann uns nicht infizieren, nicht wahr? Wir sind immun. Also ist das Risiko – na ja, nicht unbedingt minimal. Ich wollte ›minimal‹ sagen, obwohl wir beide wissen, dass es immer noch ein Risiko ist. Aber sie kann uns schließlich nicht in ... in irgendetwas verwandeln.«

»Fotophobie?«, überlegte Zhang. »Das Graffiti bringt mich auf diesen Gedanken. Sie fürchten sich vor Licht. Oder sie haben Angst, gesehen zu werden. Von diesem Wesen.«

»Ich muss zugeben, ich habe auch Angst, dass es mich sieht«, meinte Petrowa. »Aber hören Sie, Zhang, wir können nicht ewig hierbleiben.«

»Das Schott sieht ziemlich stabil aus«, wandte er ein.

»Klar«, gab sie zurück. »Also hocken wir uns hier im Dunklen hin und warten. Und warten. Bis wir verhungert sind. Oder wir bekämpfen dieses Ding. Kommen Sie schon, Sie wissen doch, wie es läuft.«

»Ich möchte einfach nur, dass es bald vorbei ist«, erklärte er. »Ich will hier raus. Raus aus diesem Schiff, runter auf den Planeten. Ich möchte, dass es vorbei ist.« Er betrachtete den RK, der sich auf dem Ärmel des Anzugs wand. Das Gerät konnte ihm die Angst nehmen. Es konnte ihm helfen, damit er gar nichts mehr fühlte.

Er schüttelte den Kopf. Schon viel zu lange verließ er sich auf den RK und benutzte ihn, um vor seinen Problemen davonzulaufen. Vielleicht wurde es Zeit, auf eigenen Beinen zu stehen. Vielleicht.

Er hob die Hand und drückte auf den Sensor. Das Schott glitt auf.

Einen langen Augenblick stand er dort in der dunklen Öffnung und starrte ins Nichts hinaus. In die Finsternis. Seine Lampen waren ausgeschaltet. Er schaltete erst die eine, dann auch die andere wieder ein. Es half nicht so sehr, wie er gehofft hatte.

»Ist das eine gute Idee?«, warnte Petrowa. »Anscheinend ist es im Dunklen sicherer.«

»Die können mich mal«, antwortete Zhang. »Ich laufe doch

nicht weg, weil ich Angst habe, von einem Monster gefressen zu werden, nur um mir im Dunklen den Hals zu brechen, während ich nicht sehe, wohin ich laufe.«

Ihr Lachen klang ein wenig angespannt. Sie atmeten beide schwer, und das lag nicht nur an der Anstrengung.

»Also gut, lassen Sie uns gehen.« Er trat in den Korridor hinaus.

Nichts. Dunkelheit in allen Richtungen. Keine Geräusche, kein Brüllen.

Als er durch den Korridor wanderte, dachte er über den Lärm nach. Zuerst hatte er an die Laute eines Tiers gedacht, doch als er es sich jetzt noch einmal überlegte, fiel ihm auf, dass die Ähnlichkeit eher gering war. Vielmehr hatte es nach einer verrosteten, vernachlässigten Maschine geklungen. Wie eine Art metallisches Kratzen, das in einem Synthesizer mit Hall und Verzerrungen angereichert worden war.

Dann überlegte er, was er eigentlich gesehen hatte. War es überhaupt ein Körper gewesen? Eigentlich war es doch nur ein Lichtfleck, also das Gegenteil eines Schattens. Hell anstelle von dunkel, aber genauso schwer fassbar und ebenso unverständlich.

Hatte er überreagiert? War er ohne wirklichen Grund weggelaufen?

Doch als er Petrowa gefragt hatte, was sie tun sollten, war sie seiner Meinung gewesen. Das half ihm zumindest etwas. So fühlte er sich nicht mehr ganz so dumm. Vielleicht waren sie beide so nervös gewesen, dass sie sich alles nur eingebildet hatten. Vielleicht ...

Das Brüllen kam von vorne rechts. Er blieb wie angewurzelt stehen. Langsam drehte er sich zu Petrowa um und bemühte sich, durch ihr Visier ihre Mimik zu erkennen.

Sie hatte die Augen weit aufgerissen und die Lippen fest zusammengepresst. Offensichtlich hatte sie Angst.

Vorsichtshalber bewegte er sich ein Stück in die Richtung, aus der sie gekommen waren, um sich von dem Lärm zu entfernen ...

Nur um zu hören, dass die Geräusche auch aus jener Richtung kamen.

»Mist, Mist, Mist«, fluchte Petrowa und schaltete die Helmlampen aus.

Zhang wollte ihrem Beispiel folgen, doch ehe er die Hand ganz gehoben hatte, strahlte ein weißes Licht um die Ecke. Ein bleiches, verschwommenes Licht. Und dann schlurfte etwas herbei ... es war beinahe menschenähnlich, aber nur beinahe ... es war größer ... und näherte sich ihm.

Es brüllte, dass es Zhang den Atem verschlug, und dann rannte es los, mit schier unglaublicher Geschwindigkeit durch den Korridor, und stürzte sich auf ihn. Blitzschnell war es bei ihm und schmetterte ihn auf den Boden. Alles verschwamm vor seinen Augen, er konnte nichts mehr sehen.

Er konnte nur noch an das denken, was er in dem Sekundenbruchteil vor dem Auftauchen und dem Angriff des Wesens erkannt hatte. Beine und Arme, gewaltige Gliedmaßen und Finger, die wie Krallen gespreizt waren. Dazu ein Kopf ... ein riesiger Kopf, auf dem Auswüchse saßen, die Hörner sein konnten.

Das Wesen drosch ihm die Faust auf den Helm. Die Scheibe zerbarst, und er kreischte, als ihm winzige Bröckchen in die Augen und den Mund rieselten. Er konnte nicht mehr aufhören zu kreischen ... er konnte nichts mehr tun, als zu schreien.

129

ALS das Wesen Zhang anfiel, sprang Petrowa erschrocken zurück. Die Fäuste krachten auf den Helm des Arztes. Überrascht und entsetzt schrie sie auf und war sicher, dass ihm der Angreifer den Schädel gebrochen und ihn ermordet hatte.

Dann hörte sie Zhang schreien und wusste, dass er noch lebte. Aber vielleicht nicht mehr lange, wenn sie nicht eingriff. Die antrainierten Reflexe erwachten, und sie zog die Pistole, die an der Hüfte im Holster steckte. Dann stellte sie sich schussbereit auf, zielte und gab drei Schüsse mitten in den Rumpf des Wesens ab. Den sonst üblichen Warnruf schenkte sie sich.

Sie wollte das Biest einfach nur töten.

Und traf es. Dreimal. Mitten in den Körper. Irrtum ausgeschlossen.

Als sie das Wesen genauer betrachtete, musste sie sich eingestehen, dass sie keine Ahnung hatte, was es war. Die Gestalt wirkte zwar menschenähnlich, aber es war seltsam flach, irgendwie dimensionslos. Wie eine Projektion auf einem Bildschirm. Es war weiß, vielleicht mit einem kleinen Blaustich. Und schien von innen heraus zu leuchten.

Sie sah zu, wie es von Zhang abließ und sich ihr zuwandte. Das Wesen hatte kein Gesicht. Nur einen verschwommenen Lichtfleck, der ein Kopf sein mochte, und an beiden Seiten wuchsen gekrümmte Hörner. Vielleicht wie eine Art Dämon ...

Sie dachte nicht weiter nach, sondern schoss erneut. Dieses Mal mitten ins Gesicht. Oder an die Stelle, wo das Gesicht sein sollte.

Die Kugel ging mitten hindurch. Möglicherweise flackerte die Gestalt kurz auf, ein Stocken oder eine Verzerrung wie bei fehlerhaften Daten auf einem Bildschirm. Allerdings schien sie nicht verletzt zu sein. Es war, als hätte sie auf ...

... als hätte sie auf ein Hologramm geschossen. Denn genau das war es, dachte sie. Nur eine leuchtende Darstellung, die von einem Projektor in der Decke abgestrahlt wurde. Es war nicht mehr als ein Bild.

Dann fiel es sie an wie ein wütender Stier und warf sie gegen die Wand. Sie konnte nicht mehr atmen und spürte, wie die Rippen nachgaben, als wollte ihr das Wesen den Brustkorb eindrücken, um das Herz und die Lunge zu zerquetschen. Die Hände tasteten nach dem Gesicht und packten auf beiden Seiten den Helm.

Sie hörte ein metallisches Kreischen, dann ein schreckliches Knacken, als wären Knochen gebrochen. Ihre Lampen ... das Wesen hatte die Helmlampen abgerissen. Petrowa kreischte, als es sich stolpernd von ihr entfernte. Wie es schien, nahm es Anlauf zu einem weiteren Angriff.

Hartes Licht, dachte sie.

Genau wie Parker.

Es war ein Hologramm aus hartem Licht. Künstliche Schwerkraftstrahlen, die sich in einer Hülle aus Licht verbargen.

Und es wollte sie beide töten.

Dagegen konnte sie nichts tun. Ebenso gut hätte sie gegen den Wind ankämpfen können.

130

DAS Wesen – der Lichtfleck – packte sie am unversehrten Arm und schleuderte sie durch den Gang. Sie prallte so fest gegen die Wand, dass sie das Gefühl hatte, die Zähne lösten sich aus dem Kiefer. Dann baute es sich über ihr auf, die Hörner rahmten ihr Gesicht ein. Sie dachte eher an die Kiefer eines Hirschkäfers als an die Hörner eines Teufels. Sie wollte den Atem anhalten und ganz still bleiben, doch als das Wesen eine Klaue hob, zuckte sie heftig zusammen.

Das Wesen brüllte. Wie hatte sie diesen Laut jemals für ein Tier halten können? Es war das Kreischen falscher Daten, die Geräusche einer beschädigten Datei. Ein tiefer Ton, der ihr im Oberkörper wehtat. Die Hand schoss auf sie zu und traf die Instrumente auf der Brust. Ein Blick nach unten zeigte ihr, dass die Hälfte der Geräte im Anzug zerstört war. Sie wollte auf dem kleinen Display an dem unversehrten Handgelenk ablesen, ob ihr Anzug aufgerissen war, doch dann wurde ihr bewusst, was hier gerade geschah.

Das Display war fort. Es war einfach verschwunden. Ebenso wie alle anderen Teile ihres Anzugs, die eine Beleuchtung hatten – alles mit Statuslämpchen, alles, was ein holografisches Display erzeugen konnte. Alles zerstört.

War das ... war es dies, was das Wesen wollte? Alle Lichter zerstören?

Sie drehte sich zu Zhang um. Er lag auf dem Boden und rang um Atem. Als er ausspuckte, flogen Glasstückchen aus seinem Mund. Sein Gesicht war blutig. Eine seiner Helmlampen brannte noch.

Auch das Monster – das Hologramm – drehte sich zu ihm um. Es trampelte ein Stück von ihr weg und näherte sich mit zunehmendem Tempo dem Arzt.

»Schalten Sie das Licht aus!«, schrie sie. »Schalten Sie es aus!«

Zhang sah sie verständnislos an. Obwohl das Monster auf ihn zulief, lag er einfach nur benommen dort. Wenn das Wesen ihn noch einmal schlug, konnte es sein Ende sein.

»Verdammt, schalten Sie es ab!«

Zhang hob die Hand und schaltete die Lampe aus.

Wie eine Welle lief eine Verwerfung oder Verzerrung durch die Darstellung des Ungeheuers. Es hatte beide Arme gehoben und die Hände zu Fäusten geballt. Immer noch stürzte es sich auf Zhang wie ein Raubtier, das die Beute anspringen wollte, und Petrowa rief, flehte und kreischte, es möge den Arzt in Ruhe lassen.

Und dann hörte es auf.

Es blieb einfach stehen.

Es griff nicht an.

Es tötete Zhang nicht.

Langsam drehte es sich herum. Die Hörner wippten auf und ab, als suchten sie nach etwas, das nicht mehr da war.

Es machte nicht einmal Geräusche, als es umhertrampelte. Es brüllte nicht. Es warf den Kopf von einer Seite zur anderen, als wollte es die Beute wittern, doch nach dem wütenden Ausbruch wirkte es jetzt beinahe verwirrt, als wüsste es nur noch, dass es eine Aufgabe erledigen sollte, hätte aber keine Ahnung, wie das zu bewerkstelligen sei.

Petrowa musste das Risiko eingehen. Sie eilte zu Zhang hinüber und machte dabei einen großen Bogen um das Hologramm. Vor Zhang sank sie auf die Knie und untersuchte seinen Anzug. Genau wie bei ihr waren alle Lichter und Displays zerschmettert. Das Wesen hatte ganze Arbeit geleistet. Sie betrachtete sein Gesicht, und er starrte an ihr vorbei zu dem flackernden blauweißen Wesen, das keine fünf Meter entfernt im Gang stand.

Sie versuchte, die Glassplitter aus Zhangs Gesicht zu klauben. Er blutete aus vielen kleinen Wunden, und sie war nicht sicher, ob sie ihm wehtat. Anscheinend war er im Augenblick gar nicht in der Lage, die Schmerzen zu spüren. Vielleicht war seine Angst zu groß.

»Können Sie aufstehen?«, flüsterte sie.

»Sch-scht«, machte er. Es war eher ein verzweifeltes Schnaufen als ein ernsthafter Versuch, sie Schweigen zu heißen. »Es ist ... immer noch ...«

»Ich glaube, es ist mit uns fertig«, sagte sie. »Kommen Sie. Können Sie aufstehen?«

Wie sich herausstellte, fiel es ihm sehr schwer. Er stemmte beide Hände gegen die Wand, um sich abzustützen, und richtete sich langsam und vorsichtig auf, bis er auf zwei wackligen Beinen stand.

»Sehen Sie es nicht an«, warnte sie ihn. »Sehen Sie es nicht an. Es wollte nur unser Licht löschen. Wenn wir kein Licht machen ...«

»Wollen wir im Dunkeln umherstolpern?«, flüsterte er.

Sie war ziemlich sicher, dass das Hologramm sie nicht hören konnte. Es schien völlig unfähig zu sein, irgendetwas anderes außer Lichtquellen wahrzunehmen.

»Nur ... nur bis wir weit genug weg sind. Ja?« Sie legte sich seinen Arm über die unversehrte Schulter und half ihm, sich in

Bewegung zu setzen. Seine Beine waren nicht gebrochen, nur die Angst schwächte ihn. Vor ihnen machte der Korridor eine scharfe Biegung. Sobald sie dort außer Sicht des Hologramms waren, wären sie hoffentlich in Sicherheit.

Vielleicht. Wenigstens eine Zeit lang.

»Hat das Wesen alle Menschen an Bord getötet?«, fragte Zhang.

Petrowa schüttelte den Kopf. »Wir haben keine Leichen gesehen, und es scheint nicht der Typ zu sein, der hinter sich gut aufräumt. Hier entlang.«

Zusammen bogen sie um die Ecke und blickten in einen langen, dunklen Gang. Ein winziger Lichtschein erreichte sie auch um die Ecke herum. Es war das Licht, das von dem Hologramm selbst erzeugt wurde. Ansonsten herrschte völlige Dunkelheit.

»Heben Sie die Hand, und tasten Sie sich an der Wand entlang. Geht das?«, fragte sie. »Bleiben Sie in Bewegung. Je weiter wir uns von dem Wesen entfernen ...«

»Nein«, sagte Zhang. »Nein.«

»Nein?«

»Entfernung ist nicht die Lösung. Vorher schien es, als jagte es uns. Wir sind weggelaufen, und es kam aus einer anderen Richtung. Dieses Wesen ist eine Projektion. Eine holografische Projektion. Es kann überall auftauchen, vermutlich an jeder beliebigen Stelle im Schiff. Weglaufen hilft nicht, weil es sich manifestieren kann, wo immer Sie sind.«

»Das ist ein ausgesprochen unerfreulicher Gedanke.«

»Sie wissen aber, dass er zutrifft«, beharrte er.

»Und wir kennen die richtige Antwort«, ergänzte sie. »Wir hätten es von Anfang an durchschauen müssen. Es stand in großen Buchstaben an der Wand. Kein Licht. Es wollte nichts weiter als unser Licht zerstören. Wenn es uns dabei getötet hätte, wäre es ihm egal gewesen. Wir müssen im Dunklen bleiben, wenn wir sicher sein wollen.«

»Das gilt vielleicht für dieses Wesen.« Wieder spuckte Zhang etwas Glas aus. »Aber wenn im Dunklen etwas Schlimmeres lauert?«

Sie blieb stehen. Warum sollten sie sich die Mühe machen? Warum sollten sie es riskieren, über irgendetwas zu stolpern oder gegen eine Wand zu prallen? Sie überlegte, wie sie mit seinem Pessimismus umgehen wollte und wie sie darauf bestehen sollte, dass sie weitergingen. Es fiel ihr schwer, die richtigen Worte zu finden.

Sie setzte an, etwas zu sagen, irgendetwas, das nach einem kleinen Hoffnungsschimmer klang. Dann hielt sie, bis ins Mark erschrocken, abermals inne.

Vor ihnen hatte sich ein Schott geöffnet. Jemand kam ihnen entgegen. Sie griff nach der Waffe an der Hüfte, auch wenn sie keine Ahnung hatte, wie sie jemanden erschießen sollte, den sie nicht sehen konnte.

Die Schritte näherten sich – und dann nicht mehr.

Im Dunklen hörte sie jemanden atmen. Einen Menschen.

»Hier entlang«, sagte die Person. Wer auch immer es war. Eine Hand berührte ihren Arm und ihr Handgelenk und ergriff ihre Hand.

Es war ein Kind. Eine Kinderhand, die ihren Handschuh festhielt.

»Kommen Sie! Hier entlang!«

131

SIE eilten durch das Schott. Je länger sie durch die dunklen Korridore liefen, umso weniger musste Petrowa Zhang stützen. Sie tasteten sich mit den Händen an den Wänden entlang und schlurften vorsichtig, um nicht über irgendetwas zu stolpern. Nach und nach kehrten Zhangs Kräfte zurück. Der Angriff des Hologramms hatte ihn mehr erschreckt als ernsthaft verletzt, aber nun bekam er gleich wieder Bedenken, wohin sie eigentlich gingen. Ein Kind, das im Dunkeln flüsterte, war nicht unbedingt ein Anführer, in den er große Hoffnungen setzte. Anscheinend war das Kind aber alles, was sie hatten. Es half auch nicht, dass das Kind keine echten Antworten gab und sich auf knappe, wenig erhellende Bemerkungen beschränkte.

»Wohin bringst du uns?«, fragte er.

»Zu den anderen Leuten.«

»Welche anderen Leute? Zur Crew des Schiffs? Zu den Passagieren?«

»Sichere Leute. Es ist nicht weit.«

»Wie viele seid ihr? Wie lange lebt ihr schon so? Seid ihr in Kontakt mit der Schiffs-KI?«

Petrowa schaltete sich ein und ermahnte ihn. »Zhang, seien Sie doch mal still. Auf uns selbst gestellt, können wir hier nicht überleben, oder jedenfalls nicht sehr lange.«

Damit hatte sie vermutlich recht.

Entgegen der Behauptung des Kindes mussten sie eine ganze Weile wandern, bis sie ihr Ziel erreichten. Sie stiegen mindestens eine lange Rampe hinunter – er musste aufpassen, damit er nicht stürzte, während er abwärtslief. Am liebsten wäre er im Schneckentempo hinuntergekrochen, doch das Kind wurde nicht langsamer. Er hielt sich an Petrowas Schulter fest, und sie hielt die Hand des Kindes. Er wagte es nicht, die Hand wegzunehmen, und passte sich notgedrungen ihrem Tempo an. Er fürchtete, wenn er auch nur einen Augenblick den Kontakt zu Petrowa verlöre, würde er sie im Dunklen nie mehr wiederfinden.

Am unteren Ende der Rampe betraten sie einen weiteren langen und leeren Korridor. Links und rechts zweigten Luken ab, die er lediglich als Veränderung der Oberfläche unter seiner tastenden Hand bemerkte. Der Boden unter ihnen wurde inzwischen härter, und die Schritte wurden lauter, doch er konnte nicht sagen, was dies zu bedeuten hatte. Waren sie jetzt auf dem Maschinendeck? In einem Bereich, wo sich Passagiere normalerweise nicht aufhalten durften? Gut möglich.

Die Dunkelheit war mehr als ärgerlich, auch wenn er begriff, dass sie notwendig war. Es war nicht nur das Fehlen von Sinnesreizen, sondern ihn störte auch, dass sein Gehirn einfach nicht aufhören wollte, Mutmaßungen über die Umgebung anzustellen. Er wusste nie, wie hoch der Raum war, in dem er sich jeweils befand. Er wusste nicht, ob sie durch offene Bereiche wanderten, die so luftig waren wie eine Kathedrale, oder ob sie durch niedrige Tunnel liefen. Er kämpfte den Drang nieder, vorgebeugt zu gehen und die freie Hand über den Kopf zu heben. Er konnte das unheimliche Gefühl nicht abschütteln, dass er gleich mit der Stirn gegen die niedrige Decke prallen könnte. Irgendwie gelang es ihm, vernünftig zu bleiben.

Womöglich wurde sein Gehör sogar schärfer. Jedenfalls stellte er fest, dass er auf alle Echos lauschte und beobachtete, wie seine Schritte von den Wänden widerhallten. Mit der Zeit konnte vielleicht sogar das Gehör das Fehlen des Sehsinns ausgleichen, aber er war noch lange nicht so weit, dass er sich mithilfe der Echoortung bewegen konnte. Im Augenblick war jedes Geräusch erst einmal erschreckend und möglicherweise eine Gefahr, die ihn unversehens in der Finsternis ansprang. Da das Visier seines Helms zerschmettert war, konnte er die Luft riechen. Sie war so gut wie geruchlos, höchstens ein wenig abgestanden. Er hob die Hand an den Mund und zog sich mit den Zähnen den Handschuh ab (die andere Hand wollte er keinesfalls von Petrowas Schulter nehmen), um im Laufen die Oberflächen der Wände besser betasten zu können. Überwiegend waren sie vollkommen glatt, nur hin und wieder prallten seine Finger gegen einen Vorsprung, gegen einen erhabenen Teil der Wand, bei dem es sich vielleicht um ein Hinweisschild oder eine Steuertafel oder sonst etwas handelte. Einmal glitten seine Fingerspitzen über rissiges Glas, offenbar handelte es sich da um eine Lampe, die schon vor längerer Zeit zerstört worden war.

Gedankenverloren, wie er war, verfolgte er nicht, wie weit sie tatsächlich wanderten. Sicherlich weiter, als es ihm lieb war, doch er konnte nicht bestimmen, wie schnell sie sich tatsächlich bewegten und wie weit sie auf ihrer Flucht in die Tiefen des Schiffes gekommen waren. So war er nicht darauf gefasst, dass Petrowa auf einmal stehen blieb. Er prallte von hinten gegen sie.

»Tut mir leid«, sagte er. »Was ist denn los?«

»Wir sind da«, sagte das Kind im Dunklen.

Er hörte, wie gleich rechts neben ihm ein Schott aufglitt. Aus dem Raum dahinter drang Luft, die über sein Gesicht strich. Es roch ... nach Menschen.

Er roch ihren Atem und ihre Kleidung, die schon seit einer Weile nicht mehr gewaschen worden war.

Er hörte sie atmen. Viele Menschen, dachte er. Sehr viele Menschen.

»Ich habe sie hergebracht«, erklärte das Kind. »Zwei. Einen Mann und eine Frau. Wir kommen rein.«

Zhang hörte, wie einigen der Atem stockte. Sie warteten wohl auf etwas.

»Hallo«, sagte er. »Ich heiße Zhang, das hier ist Petrowa. Wir ... wir sind nicht von ...«

»Warum haben Sie uns hierhergebracht?«, fragte Petrowa. »Warum haben Sie unsere Kapsel in Ihr Schiff gezogen?«

»Das waren nicht wir«, antwortete jemand in der Dunkelheit - offenbar ein Mann, der mit einer gewissen Autorität sprach. »Kommen Sie herein. Sie sind jetzt in Sicherheit. Falls Sie Hunger haben, können wir Ihnen etwas zu essen geben.«

»Wer ist es dann gewesen?«, fragte Petrowa. »Warum sind wir hier?«

»Die zweite Frage kann ich noch nicht beantworten«, erklärte der Mann. »Aber die erste Frage - es war Asterion. Unsere Schiffs-KI.«

»Wir müssen so schnell wie möglich mit der KI Kontakt aufnehmen«, sagte Petrowa.

Jemand lachte. Es klang verbittert.

»Sie sind ihr schon begegnet«, sagte jemand anders, diesmal eine Frau. Vielleicht die Person, die vorher gelacht hatte. »Die KI hat Sie angegriffen und Ihnen das Licht genommen.«

»Wir ... was?«, stotterte Zhang. »Entschuldigung. Ein großes

Hologramm mit Hörnern und Klauen, und … und es hasst alles, was Licht erzeugt? Das ist Ihre Schiffs-KI?«

»Saschenka«, sagte jemand. »Du bist da.«

Er spürte am Rucken ihrer Schulter, wie Petrowa auffuhr. Sie spannte sich am ganzen Körper an. Doch er hatte viele Fragen und wollte nicht innehalten und sich erkundigen, was sie so erschreckt hatte.

»Also hält Ihre KI Sie im Dunklen? Die Schiffs-KI hat sich gegen Sie gewandt? Hat sie … hat sie denn versucht, Sie zu infizieren? Ich meine, vermutlich wissen Sie nicht, was ich meine, aber … aber …«

Petrowa wischte seine Hand von ihrer Schulter. Dann ging sie eilig tiefer in den Raum hinein. Auf einmal fühlte er sich schrecklich allein, verlassen in der Finsternis. Ihm wurde schwindlig.

»Petrowa?«, fragte er. »Was … was ist hier los? Geht es Ihnen nicht gut?«

»Mama?«, fragte Petrowa.

Nicht zu ihm, das war offensichtlich. Aber …

»Ja, Saschenka. Ich bin es.«

132

TAUSEND Kilometer entfernt beobachtete Parker mit Argusaugen die Daten der Sensoren auf dem Pult. Irgendwann wurde ihm bewusst, dass er nicht mehr blinzelte. Jetzt war er einfach nur noch ein Hologramm. Sein projizierter Körper benötigte keine menschlichen Reflexe.

Die Informationen auf dem Display waren erfreulich - jedenfalls für die *Alpheus*. Vor wenigen Minuten hatten sich noch alle Blockadeschiffe in ihre Richtung bewegt. Jetzt hielten sie inne. Die Rettungskapsel war von dem Bildschirm verschwunden und sofort hatte die Flotte der vom Basilisken kontrollierten Schiffe abgebremst und den Kurs geändert. Sie hatten sich rings um das große Kolonistenschiff positioniert, als sei dies jetzt das Wichtigste, während die Zerstörung der *Alpheus* noch etwas warten konnte.

»Rapscallion? Was weißt du über das große Schiff, das die Rettungskapsel an Bord geholt hat?«, fragte Parker.

Der Roboter war tief im Inneren der *Alpheus* mit der Reparatur des Antriebs beschäftigt. »Laut Registratur heißt es *Pasiphaë*.« Rapscallion spielte die Aufnahme eines Mannes ab, der durch die Zähne pfiff. »Ein richtig großes Ding. Möglicherweise das größte Schiff, das die Menschen je gebaut haben. An Bord befinden sich zehntausend Passagiere. Es ist vor etwa einem Jahr vom Mars gestartet und war vermutlich eines der ersten

Schiffe, die hier eingetroffen sind und vom Basilisken übernommen wurden.«

»Ist es bewaffnet?«

Rapscallion gab ein verächtliches Schnauben von sich. Dieses Mal war es keine Audiodatei, sondern er erzeugte ein unschönes elektronisches Geräusch, das seinen Standpunkt verdeutlichte. »Es sind keine Waffen nötig. Im Augenblick wird es von einer ganzen Flotte beschützt, darunter befindet sich auch ein halbes Dutzend große Kriegsschiffe und viele kleinere Einheiten, die uns jederzeit gern rammen würden, falls wir irgendetwas versuchen.«

»Ich könnte dort hinüber«, beharrte Parker. »Wenn ich etwas Winziges hätte, das sich gut steuern lässt. Ein kleines Kampfschiff. Damit könnte ich mitten durch die Flotte fliegen, dem Beschuss entgehen und allen entkommen, die mich rammen wollen. Ich könnte außen auf dem Kolonistenschiff landen und mir mit einem Schweißbrenner einen Weg bahnen.«

Rapscallion spielte die Aufnahme einer großen, lachenden Menschenmenge ab. »Mann, Sie sind ja wirklich bis über beide Ohren verliebt.«

Parker schnitt eine Grimasse, seine Gesichtszüge formten eine Reihe verschiedener Emotionen, während er noch nach den Worten suchte, mit denen er es bestreiten wollte. Es war viel komplizierter, aber wie sollte er das einem Roboter erklären? Schließlich sagte er nur: »Ich bin aus einem bestimmten Grund von den Toten auferstanden. Wenn du glaubst, sie sei es nicht wert ...«

»Ich glaube, Sie vergessen gerade ein paar entscheidende Details«, antwortete Rapscallion. »Erstens: Auch wenn Sie von den Toten auferstanden sind, Sie sind nicht unsterblich. Sogar ein simulierter Pilot hat seine Schwachpunkte, oder etwa nicht?

Wenn jemand Ihren Prozessorkern zerstört, sind Sie wieder tot, und dieses Mal wäre es endgültig. Der Plan, den Sie sich ausgedacht haben, ist der reine Selbstmord.«

»Ich habe keine Angst vor Risiken«, wandte Parker ein.

»Zweitens: Selbst wenn Sie in die *Pasiphaë* gelangen könnten, müssten Sie Petrowa dort immer noch finden ... und was dann?«, fuhr Rapscallion fort. »Wollen Sie sich die Frau vielleicht über Ihre Hartlichtschulter werfen und sie bis hierher zurücktragen? Und drittens, das kann ich gar nicht oft genug betonen: Sie sind doch nichts anderes als ein verdammtes Gespenst.«

»Ich bin nicht nutzlos!«, rief Parker.

»Das habe ich auch nicht gesagt. Ich meine nur, wenn Sie sich weiter als fünfhundert Meter von Ihrem Prozessorkern entfernen, dann verblassen Sie doch einfach. Der Schiffscomputer kann Sie schließlich nicht quer durch das Sonnensystem senden. Und selbst wenn er es könnte, Sie wären letztlich bloß eine Lasershow, wenn Sie dort ankommen. Ihr Hartlicht funktioniert nur, weil es Actaeon ermöglicht. Auf diesem Schiff können Sie nur deshalb Türen öffnen und Müslischalen füllen, weil Sie ein wenig Kontrolle über das System *dieses* Schiffs haben. Auf der *Pasiphaë* könnten Sie nicht einmal eine Münze vom Boden aufheben, ganz zu schweigen davon, sich durch eine Legion von Zombies zu kämpfen, um zu Petrowa zu gelangen.«

»Rapscallion, verdammt noch mal«, antwortete Parker. »Es ist mir völlig egal, ob du recht hast, das ist einfach ... es ist ...«

»Kalt. Mag sein. Aber zutreffend.«

Parker grunzte frustriert. »Na gut. Also gut. Und was jetzt? Willst du die beiden einfach dort drüben lassen, und der Basilisk kann dann mit ihnen tun, was er will?«

»Teufel, nein«, antwortete Rapscallion. »Sie sind auch meine Freunde, und ich werde sie auf keinen Fall im Stich lassen.«

»Ausgezeichnet«, erwiderte Parker, und auf einmal war das freche Grinsen wieder da. »Und wie sieht dein großer Plan aus?«

»Das sage ich Ihnen, sobald ich es weiß«, erklärte Rapscallion.

133

EKATERINA Wladimirowna Petrowa trat einen Schritt vor und strich ihrer Tochter die Haare aus dem Gesicht.

Es war die freundlichste, sanfteste Geste, die Petrowa jemals von Mutter empfangen hatte. Sofort begann sie am ganzen Körper zu zittern. »Mama«, sagte sie noch einmal, als wäre sie wieder ein Kind und könnte nichts weiter tun, als das erste gelernte Wort zu wiederholen.

Hinter ihr rührte sich Zhang, sie spürte einen leichten Luftzug.

»Was ist hier los?«, fragte er.

»Das ist meine Mutter«, quetschte sie hervor, ehe die Emotionen sie ein weiteres Mal überwältigten. Sie schüttelte den Kopf und schloss fest die Augen. »Das ist Ekaterina Petrowa.«

»Die frühere Direktorin der Brandwache«, sagte Zhang. »Aber was tut sie hier?«

»Eigentlich sollte sie unten auf dem Planeten sein. Sie ist vor mehr als einem Jahr in den Ruhestand gegangen und wollte auf Paradise-1 ein neues Leben beginnen.« Petrowa wählte ihre Worte mit Bedacht. »Ich glaube allerdings, sie ist nie dort angekommen.«

»Hallo, Doktor«, sagte Ekaterina. »Könnten Sie mir vielleicht einen Gefallen tun? Mein Freund Michael hier kann Sie zu einer Sitzgelegenheit führen und alle Ihre Fragen beantworten. Ich hätte jetzt gern ein paar Minuten Zeit für meine Tochter.«

Zhang stotterte irgendetwas. Es war nicht einmal ein Protest, sondern eher ein Ausdruck von Unglauben. Der Mann, der sie vorher angesprochen hatte – er musste wohl dieser Michael sein –, trat vor und führte Zhang fort. Sie konnte nicht erkennen, wohin sie gingen und was sie taten. Es versetzte Petrowa einen eigenartigen Stich, als er sie verließ – als sei es ein schrecklicher Fehler, sich zu trennen. Doch niemand griff sie an, sobald sie allein war, und sie hörte auch nicht Zhang in der Ferne schreien.

Ekaterina streckte eine Hand aus. »Was ist das?«

»Eine Schiene«, erklärte Petrowa, während ihre Mutter die verletzte Hand betastete. »Eine Schiffs-KI wollte mich fressen. Nicht deine, es war die KI eines anderen Schiffes. Aber das ist eine lange Geschichte.«

Jemand anders hätte angesichts dieser Informationsflut gestockt, aber nicht Ekaterina. »Ich freue mich so sehr, dass du wohlbehalten hier angekommen bist, *Lapachka*.« Das Wort bedeutete *Pfötchen*, ein liebevoller Begriff, den russische Mütter oft für ihre Kinder benutzten. Er spielte auf die Beschützerinstinkte einer Wolfsmutter an. Vielleicht war es auch ein Scherz, der sich auf ihre verletzte Hand bezog – Petrowa hatte den Humor ihrer Mutter noch nie richtig verstanden. Sie hatte immer angenommen, sie sei nicht klug genug, um die Scherze zu verstehen. »Dies ist ein gefährlicher Ort, und wir waren nicht sicher, ob du es überhaupt bis zu uns schaffen würdest. Du musst wissen, dass ich dir die ganze Zeit die Daumen gedrückt habe.«

»Die ganze Zeit? Was soll das heißen?«

»Ich wusste schon, dass du hier auf der *Pasiphaë* bist. Ich werde dir beizeiten alles erklären, aber jetzt – lass es mich einfach genießen.«

»Mama«, sagte Petrowa. Dabei gab sie sich große Mühe, wie eine Erwachsene zu sprechen. »Ekaterina. Ich muss dir etwas sagen. Die KI deines Schiffs wurde von etwas befallen ... man könnte es eine Infektion nennen. Wir nennen es den Basilisken, weil es ... es handelt sich um eine Art ansteckende Sinnestäuschung. Ich sage es nicht gern, aber es ist möglich, dass auch du selbst infiziert worden bist. Ich muss sicher sein, dass du nicht unter dem Einfluss einer Täuschung stehst. Das könnte ...«

Ekaterina seufzte. Petrowa hielt inne, weil sie diesen Laut kannte. Die Mutter hörte der Tochter einfach nicht mehr zu. Nichts, was Petrowa jetzt noch sagen würde, konnte die Mutter erreichen.

»Das ist mir bewusst«, erklärte Ekaterina. »Ich weiß von deinem Basilisken.«

»Du ... wirklich?«

Ekaterina schnalzte mit der Zunge. »Komm mit. Wir sollten uns unter vier Augen so vertraulich unterhalten, wie es möglich ist. Eines, was du über diesen Haufen hier nämlich lernen musst, ist, dass immer kleine Ohren im Schatten lauschen.« Sie nahm die Hand ihrer Tochter und führte sie durch ein Schott in einen anderen Bereich und in einen Korridor auf der anderen Seite. Offenbar hatte Ekaterina keine Mühe, sich hier zu orientieren.

»So«, sagte sie, als sie ein ganzes Stück entfernt endlich stehen blieb. »So. Jetzt können wir über deine wichtigen Neuigkeiten reden. Du bist gekommen, um mich vor dem Basilisken zu warnen, aber ich bin da schon ein bisschen weiter, und ich kann dir versichern, dass ich nicht infiziert bin.«

»Das kannst du gar nicht wissen«, widersprach Petrowa. »Es hat auch mich getroffen, und ohne Zhang wäre ich ...«

»Der Mann hat dir geholfen? Wie das?«, wollte Ekaterina wissen.

»Er ... er hat ein Heilverfahren entwickelt«, erklärte Petrowa. Sie wollte nicht aussprechen, dass es nur wirkte, wenn man es kurz nach der Infektion anwendete. Dass es für die Menschen auf der *Pasiphaë* wahrscheinlich schon viel zu spät war.

»Faszinierend. Aber gut, lass uns damit beginnen. Du glaubst, ich sei womöglich nicht ich selbst. Ich werde dir zeigen, dass dies nicht zutrifft. Der Basilisk zerstört das Bewusstsein, nicht wahr? Er frisst das Bewusstsein, bis nichts mehr da ist außer dem eingedrungenen Gedanken. Ich kann dir jedoch versichern, dass mein Bewusstsein so klar ist wie eh und je.«

»Ich glaube ... das kann ich nicht einfach so annehmen, nur weil du es behauptest«, wandte sie ein.

»Dann werde ich es dir eben beweisen. Lass mich nachdenken ... vielleicht ... ja. Als du fünf Jahre alt warst, wurden dir der Blinddarm und die Mandeln entfernt. Erinnerst du dich?«

»Verschwommen«, räumte Petrowa ein. »Nicht besonders genau.«

»In diesem Jahr sind wir auf den Mond umgezogen, und ich war nicht sicher, ob die medizinische Versorgung dort genauso gut war wie auf der Erde. Deshalb habe ich die Eingriffe auf der Erde vornehmen lassen, ehe wir aufgebrochen sind. Als du operiert wurdest, kurz vor der Betäubung, hast du den Arm gehoben und meine Hand genommen. Deine Finger waren so winzig, so zerbrechlich. Ich dachte, du wolltest, dass ich dich tröste. Doch du hast mir etwas gegeben. Erinnerst du dich noch, was es war?«

Petrowa hatte Mühe, das Zittern ihrer Lippen zu unterdrücken. Nur ganz knapp nickte sie. Dann wurde ihr bewusst, dass ihre Mutter nichts sehen konnte, und sie flüsterte: »Ja.«

»Es war ein kleiner Frosch, ein Glücksbringer aus Plastik, der am Reißverschluss deines Wintermantels hing. Auf dem Mond gibt es aber keinen Winter, deshalb hatten wir den Mantel auch weggeworfen, aber du hattest den Glücksbringer vorher abgetrennt, um ihn zu behalten. So billig das Ding auch war, du wolltest es nicht abgeben. Ich sollte es für dich aufbewahren, während du betäubt warst. Ich habe dir versprochen, eine Wachmannschaft abzustellen, um es Tag und Nacht zu beschützen.«

Petrowa hob den Kopf. Die Erinnerungen überfluteten sie. »Als ich aufgewacht bin, hatte ich Schmerzen. Ich war benommen und habe dich gefragt, wo mein Frosch war.«

»Ich musste einen Adjutanten schicken. Ich hatte den Frosch nämlich irgendwo abgelegt und wusste nicht mehr wo. Ja genau. Ich habe dir gesagt, ich sei eine viel beschäftigte Frau und manchmal fiele eben etwas durch das Raster.« Ekaterina schüttelte den Kopf, sodass ihre Mähne wild umhertanzte. Petrowa spürte den Luftzug und hörte das Rascheln. »Ich hatte Angst, jemand hätte ihn weggeworfen, weil es ja im Grunde nur ein wertloses Stück Plastik war. Mein Adjutant hat ihn jedoch gefunden und dir gegeben, und dann haben wir ein Eis gegessen.«

Petrowa schob die unversehrte Hand in die Tasche und ballte sie zur Faust. Sofort fiel ihr die nächste Frage ein.

»Pistazie«, sagte Ekaterina.

»Du bist es wirklich.« Petrowa wollte sich setzen. »Du bist hier. Du bist es tatsächlich.«

»Ja«, bestätigte Ekaterina. »Hattest du Angst, ich hätte mich in etwas anderes verwandelt, in ein Monster vielleicht?« Sie lachte. »Ich kann dir versichern, ich bin absolut menschlich. So wie immer. Und nun wollen wir über dich und deine Abenteuer sprechen.«

134

ZHANG folgte dem Mann, der Michael hieß, in einen anderen Bereich. Er wusste schon längst nicht mehr, wo genau in der *Pasiphaë* er sich befand. Ohne Hilfe hätte er den Rückweg zum Hangar niemals finden können. Anscheinend empfand das aber niemand außer ihm als Problem. Im Dunkeln halfen ihm Hände, einen Sitzplatz zu finden. Dann zogen sie sich zurück und ließen ihn in Ruhe. Vielleicht spürten die Menschen, wie sehr er jede Berührung verabscheute.

»Haben Sie Hunger?« Zhang zuckte zusammen, weil er unbewusst unterstellt hatte, dieser Bereich müsse ebenso still wie dunkel sein. Natürlich entsprach das keineswegs den Tatsachen. Es war nie vollkommen still, weil ständig Menschen umherliefen oder ihre Haltung veränderten. Ein Stück entfernt hustete jemand - das war ein trockenes, rasselndes Geräusch, das sich häufig wiederholte.

»Ich brauche nichts«, entgegnete Zhang. Er löste die Klammern seines Helms. Da das Visier zerschmettert war, konnte er ihn auch ganz ablegen. Er zog ihn über den Kopf. Dabei rieselte ein kleiner Schauer von Glassplittern auf seine Beine.

»Brauchen Sie Hilfe?«, fragte eine Frau. »Ich bin Angie. Warten Sie, ich nehme Ihnen das ab.«

Zhang zögerte. Der Helm hatte immer noch eine funktionierende Lampe. Er fragte sich, ob er ihn jemals zurückbekommen würde. Schließlich gab er ihr den Helm. Inmitten dieser Menschenmenge konnte er die Lampe sowieso nicht einschalten. Andere Leute kamen herbei und halfen ihm, den ganzen Raumanzug abzulegen. Stück für Stück schälten sie die Bestandteile ab. Er fühlte sich verletzlich und sogar nackt, musste aber zugeben, dass es ohne Raumanzug viel bequemer war.

Er wünschte, Petrowa beeilte sich und käme bald zu ihm zurück. Bei diesen eigenartigen Leuten mochte er nicht länger bleiben als unbedingt nötig.

»Äh, nein«, sagte er, als ihm jemand den RK vom Arm ziehen wollte. »Nein, tut mir leid, das bleibt hier.« Sie hätten ihm die goldene Armschiene sowieso nicht abnehmen können, ohne ihm den Arm auszureißen. Es war ihm lieber, sie würden es nicht versuchen. »Vielleicht komme ich Ihnen seltsam vor ... ich bin daran nicht gewöhnt.«

»Meinen Sie die Dunkelheit?«, fragte Angie.

»Daran gewöhnt man sich«, warf Michael sofort ein. »Man muss erst lernen, die Dinge auf eine andere Weise zu erledigen, aber Sie werden sich wundern, wie schnell Sie sich anpassen.«

»Hoffentlich bin ich nicht lange genug hier, um mich anpassen zu müssen«, antwortete Zhang. Sofort wurde ihm bewusst, dass er einen Fehler gemacht hatte. »Ist nicht persönlich gemeint.«

Die Menschen in der Nähe lachten. Wie viele waren es überhaupt? Er hatte keine Ahnung, ob ringsherum Dutzende oder tausend Menschen saßen. Jedenfalls hatte er das Gefühl, dass sie ihn alle beobachteten, als sei er der Einzige, der nichts sehen konnte. Er spürte, wie sich ihre Aufmerksamkeit auf ihn richtete, wie sich hundert Gesichter in seine Richtung drehten. Da er nicht wusste, wie groß dieser Raum war, konnte er sich nur vorstellen, er sei von einem Ende bis zum anderen mit einer großen Menschenmenge gefüllt, die nur in der Mitte ein wenig Platz für ihn freiließ.

»Sie werden es lernen. Sie werden es bald verstehen«, versprach ihm Michael. »Genau wie wir es verstehen mussten. Das Licht ist gefährlich. Nur im Dunkeln sind wir sicher.« Es klang wie ein Glaubensbekenntnis. »Sie werden sich bald fragen, wie Sie überhaupt jemals woanders behaglich leben konnten.«

»Das begreife ich einfach nicht«, gestand Zhang. »Leben Sie hier jetzt schon seit fast einem Jahr in völliger Dunkelheit?«

»So hat es nicht begonnen«, erklärte Michael. »Auch wir mussten erst einmal lernen, wie man damit zurechtkommt. Es war nicht leicht.«

Zhang dachte an die Graffiti, die irgendjemand auf irgendwelche Wände im Schiff gekritzelt haben musste. Für Menschen, die sowieso nichts sehen konnten, waren diese Botschaften völlig unnütz.

»Als wir hier im Paradise-System eingetroffen sind, haben wir es, glaube ich, alle sofort gespürt«, erklärte Angie. »Wir haben das Licht einer neuen Sonne gesehen und begriffen, dass sich etwas verändert hatte. Es fühlte sich falsch an. Auf der Haut. Es fühlte sich ... gefährlich an. Als könnte das Licht die Haut verbrennen oder uns krank machen.«

»Es fühlte sich an, als hasste uns die Sonne«, sagte jemand anders.

»Als beobachtete sie uns die ganze Zeit.« Noch eine andere Stimme, älter als die anderen, dachte Zhang.

»Das ... das Licht?«, fragte er. »Das Licht des Sterns?«

»Es ist schwer zu verstehen, aber sobald Sie es spüren, werden Sie es erkennen«, informierte ihn Michael.

»Wir wurden schrecklich krank«, berichtete Angie. »Es war furchtbar. Wir waren so schwach, uns war die ganze Zeit übel.

Unser Blutdruck stieg, das Herz schlug viel zu schnell. Wir mussten befürchten, dass wir bald sterben würden. Keiner von uns wusste, was der Auslöser war. Wir haben es lange nicht begriffen.«

»Direktorin Petrowa fand schließlich heraus, was nicht in Ordnung war«, ergänzte Michael.

»Sie meinen Ekaterina, die Mutter meiner Freundin«, vergewisserte sich Zhang.

»Sie ist eine großartige Anführerin«, sagte Angie. »Sie war diejenige, die herausfand, was uns krank gemacht hat. Sie war auch diejenige, die uns lehrte, dass das Licht gefährlich war.«

»Das ... das hat sie getan?«, fragte Zhang. »Sie war es, nicht die Schiffs-KI?«

»Sie war brillant.« Michael ging nicht weiter auf seine Frage ein. »Sobald wir es hörten, wussten wir, dass es zutraf. Es war gar nicht bloß das Licht von Paradise. Zuerst blieben wir nur den Sichtfenstern des Schiffes fern und mieden die gefährliche Strahlung. Aber wir hatten uns bereits alle verändert. Inzwischen fühlten wir uns bei jeder Art Licht schlecht, gleichgültig ob künstlich oder natürlich. Wir waren so empfindlich geworden, dass es kein Zurück mehr gab. Zuerst haben wir es mit halbherzigen Maßnahmen versucht und das Licht nur benutzt, wenn wir unbedingt etwas sehen mussten. Wir haben festgestellt, dass wir es immer seltener brauchten. Es gibt so viele Dinge, die man tun kann, ohne etwas zu sehen. Wir verbrachten immer mehr Zeit ganz ohne Licht. Wir nannten es ›dunkel bleiben‹, und es war das Einzige, was uns half, uns besser zu fühlen.«

»Das Loslassen war das Schwierigste«, gestand Angie. »Ich erinnere mich noch ... o Gott, es war schrecklich, aber ich weiß noch genau, wie wir einmal zu sechst oder siebt in einem kleinen Raum tief im Inneren des Schiffs waren. Wir saßen um ein einzelnes kleines Licht herum, nur eine winzige LED. Wir starrten sie an wie ein Lagerfeuer und konnten die Lichtquelle nicht aufgeben, obwohl wir wussten, dass sie uns umbrachte. Alle warteten darauf, dass die anderen sie ausschalten würden. Wir wussten, wenn das Licht einmal erloschen war, würden wir es nie wieder einschalten.« Zhang erfasste, dass sie vor Abscheu schauderte. »Ich weiß nicht mehr, wer es dann getan hat, wer die Birne zerschmettert hat. Ich erinnere mich nur noch an das Nachbild, das mir förmlich in die Augen eingebrannt war. Ein kleiner glühender Punkt, der erst nach einer Weile verblasste.«

»Einige von uns machten immer noch Licht, obwohl wir längst wussten, dass es nicht sicher war. Einige Leute konnten einfach nicht von dem Licht lassen.« Michael regte sich, vielleicht machte er eine ausholende Geste, die Zhang nicht sehen konnte. »Ekaterina führte uns auf einen Kreuzzug, um sie zu finden, um ihre Verstecke auszuheben. Viele Monate haben wir uns bemüht, sie auszumerzen und ihre geheimen beleuchteten Orte zu finden.«

Zhang runzelte die Stirn. »Was ist mit ihnen geschehen, nachdem ihr sie entdeckt hattet?«

Darauf schwieg Michael eine Weile. Als er endlich sprach, klang es wie ein Seufzen. »Man muss Opfer bringen.«

»Man muss Opfer bringen«, sagte dann auch jemand anders. Eine Frau, der Stimme nach noch jung.

»Man muss Opfer bringen«, stimmten ein Dutzend weitere Leute ein. Es klang nach einem eingeübten Ausspruch, mit dem sie sich selbst beruhigen wollten.

»Sie ... mussten sich selbst schützen«, sagte Zhang. Er durfte nicht vergessen, dass all diese Menschen mit dem Basilisken infiziert waren. Für sie selbst klang das alles vollkommen vernünftig. Er durfte ihnen nicht widersprechen, obwohl sie gerade praktisch zugegeben hatten, dass sie ihre Mitreisenden ermordet hatten. »Ihr musstet euch vor der KI schützen.«

»Was?«, entgegnete Michael. »Vor Asterion?«

Jemand lachte. Ein halbes Dutzend oder mehr Leute lachten und dann stimmten noch andere mit ein. Nervös, gekünstelt, als wollten sie sich nicht dabei erwischen lassen, wie sie nicht lachten.

»Das verstehe ich nicht«, erklärte Zhang. »Was ist daran so komisch?«

»Wir schützen uns nicht vor Asterion, indem wir im Dunklen leben. Asterion beschützt uns vielmehr vor der Versuchung des Lichts. Er zerstört jede Lichtquelle, die er findet. Sie haben es ja selbst erlebt.«

Angie seufzte zufrieden. »Er ist unser Hüter. Ekaterina hat ihn umprogrammiert, damit er uns vor dem Licht beschützt. Er ist gut zu uns, er ist unser schützender Engel.«

Zhang hatte von der Begegnung mit dem Hologramm Prellungen auf der Brust und im Gesicht davongetragen und beschloss, seine Meinung vorerst noch für sich zu behalten. »Aber er besteht aus Licht. Er strahlt Licht ab, wenn er sich bewegt.«

»Manche Geheimnisse sind schwerer zu verstehen als andere«, sagte Michael. »Manche Dinge, die wir tun müssen, sind schwerer als andere.«

»Man muss Opfer bringen«, flüsterte Angie.

135

»ABER ... ich verstehe das nicht«, gestand Petrowa. »Du bist dem Basilisken doch ausgesetzt gewesen. Das ist gar nicht anders möglich. Trotzdem scheint er dich nicht zu beeinflussen.«
»Mir geht es wirklich gut, körperlich wie geistig«, beharrte Ekaterina. »Saschenka, du musst wissen, dass es bei jeder Krankheit Menschen gibt, die eine natürliche Immunität besitzen. Ist es denn so schwer zu glauben, dass ich aus einem Stoff gemacht bin, der stark genug ist, um einem tollwütigen Meme zu widerstehen?«

Eines musste Petrowa zugeben: Wenn es im Universum jemanden gab, der genügend Willenskraft besaß, um den Basilisken abzuwehren, dann war es sicher ihre Mutter.

»Nimm meine Hand. Lass uns ein Stück gehen. Ich bin für die Gesundheit meiner Gruppe hier verantwortlich und das nehme ich sehr ernst. Ich lasse meine Leute täglich Übungen vollziehen.« Sie kicherte. »Natürlich kann ich nicht sehen, ob sie wirklich so viele Liegestütze und Hampelmänner machen, wie ich es mir wünsche. Ich musste lernen, ihnen manche Dinge einfach zu glauben.«

»Das muss ja für jemanden wie dich ein Albtraum sein.«

»Sarkasmus. Erspar mir das, meine Tochter. Es ist eine widerwärtige Angewohnheit.«

Petrowa senkte den Kopf. »Tut mir leid.«

»Hm. Hier, nimm meine Hand.«

Petrowa nahm die Hand ihrer Mutter und ließ sich weiter in die Finsternis führen. Es war schwer, darauf zu vertrauen, dass sie nicht einfach gegen eine Wand liefen, aber Ekaterina kannte sich offensichtlich gut aus.

»Du musst viel lernen, damit du hier zurechtkommst«, erklärte Ekaterina. »Zum Beispiel musst du dich daran gewöhnen, nur verpackte Nahrung zu essen. Wir können hier auf der *Pasiphaë* offensichtlich keine Pflanzen anbauen und müssen daher mithilfe der eingelagerten Vorräte überleben. Glücklicherweise werden sie aber noch sehr lange reichen. Wir sind hier weniger als einhundert Leute, und das Schiff wurde so konstruiert, dass es Tausende versorgen könnte.«

»Weniger als hundert?«, fragte Petrowa. »Zhang sagte, das Schiff könnte zehntausend Menschen befördern. Die Leute da drüben in dem Raum, sind sie ...«

»Die meisten gehörten zur Crew des Schiffes«, erklärte Ekaterina. »Ich dachte, darauf wärst du schon von selbst gekommen. Du musst dich wirklich bemühen, etwas aufmerksamer zu sein.« Ekaterina lachte. »Als das Schiff im Paradise-System eintraf, begriff die KI sofort, wie gefährlich es hier war. Sie weckte nur die Crewmitglieder und Passagiere, die wichtige Fähigkeiten besaßen. Ich bin natürlich eine der Ersten gewesen. Asterion wusste, dass er meine besonderen Fähigkeiten benötigte.«

Ekaterinas Narzissmus schien unter dem Kontakt mit dem Basilisken jedenfalls nicht gelitten zu haben. »Und was ist mit all den anderen? Was ist aus den Passagieren geworden? Wo sind sie?« Das Blut in ihren Adern fühlte sich wie Eiswasser an. »Was habt ihr mit ihnen gemacht?«

»Nichts«, antwortete Ekaterina. »Was willst du damit andeuten? Sie wurden einfach nicht aus dem Kryoschlaf geweckt. Sie ruhen eingefroren in der Kryosphäre und träumen von einem neuen Leben auf Paradise-1. Das Schiff kann sie dort beliebig lange erhalten.«

»Willst du die Menschen denn ewig eingefroren dort liegen lassen?«

»Mindestens so lange, bis wir einen Weg finden, sie zu ernähren.«

»Also hast du einen langfristigen Plan«, stellte Petrowa fest.

»Natürlich hast du einen Plan. Was denke ich nur, mit wem ich da rede?«

»Der Basilisk hat Möglichkeiten, seine Absichten kundzutun. Er hat deutlich gemacht, dass dieses Schiff nicht auf dem Planeten landen darf. Also müssen wir anders zurechtkommen. Ich habe vor, dieses Schiff so weit zu bringen, dass es sich selbst versorgen kann. Es soll eine dauerhafte Kolonie werden. Ich hoffe, du hilfst mir dabei. Saschenka, ich hoffe sogar, du wirst an meiner Seite arbeiten. Es gibt immer so viele Dinge, die getan werden müssen. Ich könnte eine Adjutantin gut gebrauchen.«

»Du ... Ich soll deine persönliche Assistentin werden?«

»Genau«, bestätigte Ekaterina.

»Mutter, ich werde nicht hierbleiben. Ich muss die Mission erfüllen.«

»Sei nicht so dumm, Saschenka. Dies ist der einzige Ort, an dem ich für deine Sicherheit bürgen kann.«

»Meinst du das ernst? Glaubst du wirklich, hier sei es sicher?«

»Jedenfalls sicherer als an jedem anderen Ort. Saschenka, der Basilisk wird dir nicht erlauben, zu dem Planeten hinabzufliegen. Genau aus diesem Grund existiert er schließlich überhaupt. Er soll diesen Ort hier beschützen. Er wird dich vernichten, wenn du es versuchst. Du kannst hier nicht weggehen. Ich verbiete es dir.« In Ekaterinas Augen funkelte die Wut, auch wenn sie sich äußerlich sehr gefasst und kontrolliert gab. Petrowa wusste, was es bedeutete, wenn ihre Augen so blitzten.

Wenn sie so aussahen wie jetzt ...

»Mutter«, sagte sie erschrocken. »Mutter, wohin hast du mich gebracht? Ich kann dich *sehen*.«

Sie starrte ihre eigene Hand an. Es war dunkel, sehr dunkel, aber sie sah ihre Finger trotzdem und konnte sogar einige Linien auf der Handfläche erkennen. Ein Blick in die Runde verriet ihr, dass sie sich in einer Beobachtungsgalerie befanden, in einem der langen Korridore, die an der Außenhülle der *Pasiphaë* entlangliefen. Durch eine Reihe riesiger Sichtfenster zu ihrer Linken war sie in der Lage, die Sterne zu erkennen, und in dem schwachen Licht konnte sie zum ersten Mal, seit sie das Hologramm angegriffen hatte, wieder etwas sehen.

»Hier ist es bestimmt nicht sicher«, flüsterte Petrowa. Sie drehte sich um und suchte unwillkürlich nach Asterion. Nach einem flackernden blauen Schein.

»Verzeih mir. Ich wollte noch einmal das Gesicht meiner Tochter betrachten«, sagte Ekaterina. »Aber du hast recht. Wir sollten lieber zurückkehren.«

Sie wollte sich schon in Bewegung setzen, blieb aber sofort wieder stehen und betrachtete Petrowas Gesicht, als suchte sie dort etwas. »Gut. Du beginnst bereits zu lernen, wie man hier leben muss. Das ist auch eine Fähigkeit, die du brauchen wirst. Schließlich wirst du den Rest deines Lebens auf diesem Schiff verbringen.«

136

»ZHANG? Sind Sie es? Entschuldigung, ich ... ich suche meinen Freund, den Mann, mit dem ich hierhergekommen bin ...
könnten Sie ... es tut mir leid ...«

Er hörte Petrowa, lange bevor sie bei ihm eintraf. Nur zu gern
wäre er aufgesprungen und zu ihr gelaufen, um sie zu begrüßen. Ihm wurde bewusst, wie sehr er den einzigen Menschen
vermisst hatte, dem er in dieser Umgebung vertrauen konnte.
Doch wenn er sich jetzt bewegte, würden sie sich in der Dunkelheit nie finden. »Petrowa! Lieutenant! Folgen Sie meiner
Stimme!«

Die anderen machten ihr Platz. Er hörte sie schwer atmen und
spürte den Luftzug, während sie sich näherte. Dann berührte ihre
unversehrte Hand sein Gesicht, beinahe hätte sie ihm einen Finger ins Auge gebohrt. Erschrocken zuckte er zurück.

»Oh, tut mir leid«, sagte sie. »Ich weiß ja, dass Sie Berührungen nicht mögen.«

Auf einmal verspürte er einen perversen Drang, ihre Hand
zu nehmen und nie mehr loszulassen. »Ich glaube, diese Umgebung könnte mich davon heilen.« Er drehte den Kopf hin und
her. Es war unmöglich zu erkennen, wer gerade lauschte. Möglicherweise war jemand direkt neben ihm, beobachtete ihn und
bewertete seine Reaktionen, als er Petrowa wiedersah.

Paranoia. Noch eine Sache, über die er sich Sorgen machen

und auf die er achtgeben musste. »Kommen Sie, setzen Sie sich zu mir«, lud er sie ein. »Haben Sie mit Ihrer Mutter gesprochen?«

»Offenbar hat sie hier das Sagen«, berichtete Petrowa. »Fragen Sie mich nicht, wie sie das gedreht hat. Sie behauptet allerdings, sie bräuchte unsere Hilfe.«

»*Unsere* Hilfe? Wobei denn?«

»Es gibt hier keinen Arzt, und was mich angeht, ich weiß es nicht. Vielleicht soll ich ihr als Polizeibeamtin dienen oder so.«

Zhang lag eine Frage auf der Zunge. Er kämpfte den Drang allerdings nieder, sofort damit herauszuplatzen, tastete nach Petrowas Schulter - behutsam, um ihren verletzten Arm nicht zu berühren - und beugte sich vor, um ihr ins Ohr zu flüstern. »Das kommt aber nicht infrage, oder? Wir bleiben nicht hier. Hören Sie, es fällt Ihnen vielleicht schwer, es zu akzeptieren, aber ich glaube, Sie sollten Ihrer Mutter nicht trauen.«

Petrowa gab ein ersticktes Geräusch von sich, ein unterdrücktes schallendes Lachen. Er begriff nicht, was in ihr vorging.

»Was hier geschieht, ist ziemlich eigenartig«, fuhr er fort. »Anderswo haben wir gesehen, wie der Basilisk von der KI der Schiffe verbreitet wurde. Aber hier war es Ihre ...«

Sie legte ihm die Hand auf den Mund, damit er schwieg. Dann drehte sie den Kopf, bis sie ihn beinahe küsste. Er fühlte sich äußerst unbehaglich, überwand sich aber und zuckte nicht zusammen.

»Nicht jetzt«, flüsterte sie. »Es ist gefährlich, darüber zu sprechen. Versuchen Sie vorläufig, sich anzupassen. Wir reden dann später, sobald wir können.«

Die Nähe behagte ihm gar nicht, aber was sollte er tun? Sie hatte natürlich recht.

Dieser Mob, all diese Leute, die sie da umringten, schienen im Augenblick noch einigermaßen freundlich zu sein. Allerdings wusste er ganz genau, wie schnell sich das ändern würde, wenn er und Petrowa die Regeln brachen. Und er wusste außerdem, dass diese Menschen mit dem Basilisken infiziert waren. Für die Opfer der wahnhaften Ansteckung lag die Gewalt jederzeit ziemlich nahe.

Also tat er, was er konnte, damit sie zufrieden blieben.

Mehr als einen Tag lang suchten sie Wege, sich nützlich zu machen. Damit sie für die Gastgeber wertvoll blieben. Das bedeutete, dass er sich von Petrowa trennen musste. Er mochte es zwar nicht, wenn sie nicht bei ihm war, aber nur so konnten sie sich in die Gruppe einfügen.

Zhang wanderte im Dunkeln tastend durch die Menge und betätigte sich als Arzt, so gut es ging. Ohne Licht konnte ein Arzt nicht viel ausrichten und die verfügbaren medizinischen Vorräte waren begrenzt. Doch er tat, was er konnte. Die häufigsten Verletzungen waren Quetschungen, die sich die Betreffenden im Dunkeln zugezogen hatten. Üble Prellungen, weil sie gegen Wände gerannt oder in der Finsternis übereinandergestolpert waren. Außerdem Verstauchungen und einige Knochenbrüche. Er umwickelte ein Fußgelenk mit Verbandmull und gab Eispacks an die Patienten aus, die sie brauchten. Michael zeigte sich sehr erfreut. Mit der Zeit begriff Zhang, dass Ekaterina zwar als eine Art Anführerin galt, aber die meiste Zeit für die Menschen auf der *Pasiphaë* gar nicht erreichbar war. Die praktischen Entscheidungen traf vor allem Michael.

Er beschäftigte seine Leute, so gut er konnte. Auch im Dunkeln gab es auf dem Schiff nämlich eine ganze Menge zu tun. Man musste Teams aussenden, die zu den Lagern liefen und Proviant holten. Andere arbeiteten an Wasseraufbereitern und wechselten nur mit dem Tastsinn die Filter aus. Es gab Gruppen, die für die Moral verantwortlich waren und überprüften, ob irgendjemand Anzeichen von geistigen Störungen oder Ängste zeigte - was ziemlich häufig vorkam. Wenn das Licht fehlte, konnten die Menschen schnell Depressionen bekommen.

Die Arbeit hörte und hörte nicht auf, doch Zhang lernte schnell, dass sie nicht besonders mühsam war. Normalerweise arbeiteten die Crewmitglieder nur wenige Stunden am Tag. Fast die Hälfte der Zeit verschliefen sie, gut zwölf von jeweils vierundzwanzig Stunden, gewöhnlich in Abschnitten von jeweils vier Stunden. Vier Stunden Schlaf, dann vier Stunden Wache und so weiter. Es war seltsam, aber durchaus erklärlich. Der Mangel an Licht brachte den menschlichen Tag-Nacht-Rhythmus aus dem Gleichgewicht und störte die Produktion von Melatonin im Gehirn. Michael hielt das aber keineswegs für ein großes Problem. »Manchmal könnte ich sechzehn Stunden am Tag schlafen«, berichtete der Mann. »Vielleicht wechseln wir irgendwann auf diesen Rhythmus. Das könnte helfen, den Stress zu lindern.«

»Ich würde eher zum Gegenteil raten«, erwiderte Zhang. »Sie müssen mit einem Verlust des Muskeltonus und Wundliegen rechnen, wenn Sie so viel schlafen. Ich würde Ihnen raten, die Leute so lange wach zu halten, wie Sie nur können. Geben Sie ihnen lieber mehr zu tun, selbst wenn Sie Aufgaben erfinden müssen.«

»Ist das so, Doktor?«, fragte Michael. Dann kicherte er. »Na gut, vielleicht sollten wir das tun.«

Zhang runzelte die Stirn, auch wenn Michael es nicht sehen konnte. »Ich meine es ernst. Wir müssen vorsichtig sein, was die Gesundheit Ihrer Leute angeht, und ...«

»Wir«, sagte Michael.

Ein unvermeidlicher Versprecher. Wenn man als Arzt ausgebildet war, lernte man, wie man der Gemeinschaft insgesamt und nicht nur individuellen Patienten diente. Es war schwer, sich nicht als Teil der Gemeinschaft zu begreifen.

Vielleicht ... vielleicht steckte aber auch mehr dahinter. Wenn er mit diesen Menschen zusammenlebte, wenn er sah, wie gut sie sich an diese lichtlose Umgebung gewöhnt hatten ... vielleicht begriff er es allmählich. Vielleicht begann er nach und nach, wie sie zu denken.

So eigenartig es auch klingen mochte, die *Pasiphaë* war ein sicherer Ort. Die Menschen hier waren weitgehend gesund und mit seiner Hilfe verbesserte sich ihr Zustand sogar noch. Ihre Mägen waren voll, niemand versuchte, sie zu töten. Er hatte den Eindruck, dass Ekaterina Petrowa damit zu tun hatte – vielleicht war sie den ganzen Tag damit beschäftigt, mit den KIs und Kapitänen der anderen Schiffe in der Blockadeflotte zu verhandeln, damit sie nicht angriffen. Oder sie schmiedete einfach Pläne, wie diese an die Dunkelheit angepasste Lebensweise zu einer dauerhaften Einrichtung werden konnte. Was auch der Grund sein mochte, aber hier tat sich eine Möglichkeit auf, mit der Zhang seit ihrer Ankunft im Paradise-System noch nicht gerechnet hatte: Es gab einen Ort, an dem er leben konnte.

Zwischen diesen Menschen konnte er sogar alt werden. Eine Aufgabe finden und seiner Berufung gerecht werden, indem er ihnen als Arzt diente. Vielleicht brauchte er genau dies, um seine Dämonen endlich abzuschütteln. Die Schuldgefühle zu überwinden, die ihn wegen der Ereignisse auf Titan noch immer bedrückten.

Zumindest war es eine Möglichkeit.

Die Tatsache, dass er überhaupt darüber nachdachte, bescherte ihm sofort eine Gänsehaut. Nein. So etwas kam auf gar keinen Fall infrage.

»Eines wüsste ich gern«, sagte er zu Michael, nachdem sie nach vier Stunden »Schlaf« wieder aufgewacht waren. Dies war das einzige Zeitmaß, das den Menschen auf der *Pasiphaë* überhaupt noch zur Verfügung stand. »Wenn ich weggehen wollte, wenn ich ...«

»Was sagen Sie da? Wollen Sie irgendwo auf dem Schiff eine neue Gemeinschaft gründen?«, fragte Michael. »Natürlich gibt es hier genügend Platz, aber das ist doch wirklich nicht nötig.«

»Nein«, erklärte Zhang. »Nein, das meine ich nicht. Ich überlege mir, wie es wäre, die *Pasiphaë* ganz zu verlassen und auf ein anderes Schiff zu gehen.« Wie etwa die *Alpheus*. An irgendeinen anderen Ort also, wo er die Hände vor dem Gesicht sehen konnte.

»Sagen Sie das nicht«, riet ihm Michael.

»Aber ... wenn ich nun ...«

»Wir würden Sie daran hindern, weil es zu Ihrem eigenen Besten ist.« Im Dunkeln seufzte Michael. »Guter Doktor, ich weiß, Sie empfinden es nicht so wie ich. Aber das Licht ist für uns jetzt wie ein Gift. Sie haben sich in dem Augenblick verändert, als Sie ins Paradise-System gekommen sind. Es gibt kein Zurück. Ich würde Sie nicht ohne Raumanzug durch die Luftschleuse gehen lassen und ich werde Sie auch nicht hinaus ins Licht gehen lassen. Hier sind Sie sicher. Hier bei mir werden Sie immer sicher sein. Also sprechen wir nicht weiter darüber, ja?«

»Gut«, lenkte Zhang ein. »Na gut. Dann ist es wohl besser so.«

»Dunkelheit ist sicher«, erklärte Michael. »Die Dunkelheit ist sicher. Nur die Dunkelheit ist sicher.«

137

ZWEI Schlafphasen später kam Petrowa im Dunkeln zu ihm. »Wir müssen eine Möglichkeit finden, uns ungestört zu unterhalten. Wir brauchen einen Vorwand, um uns von den anderen abzusondern.«

Er nickte und zog sich ein wenig von ihr zurück. »Daran habe ich auch schon gedacht.« Er überlegte, was er sagen sollte und welcher Vorwand geeignet wäre, damit sie sich von der Gruppe entfernen konnten. »Äh, ärztliche Sorgen wegen des Lebens in ständiger Dunkelheit. Medizinische ... Bedenken. Ja, genau.«

Michael schaltete sich ein, und sofort wurde Zhang bewusst, dass sie tatsächlich ziemlich aufpassen mussten, was sie sagten. »Wir kommen anscheinend ganz gut zurecht.«

»Ich bin da nicht so sicher«, wandte Zhang ein. »Ich habe ja die Leute hier behandelt und sehe einige ungünstige Entwicklungen im allgemeinen Gesundheitszustand. Vor allem der Vitaminmangel macht mir Sorgen. Wenn man nicht genügend Vitamin D bekommt, wird ein Kalziumverlust die Folge sein. Die Knochen werden schwächer, die Zähne fallen aus. Das will niemand. Die einzige wirklich gute Quelle für Vitamin D ist ... ähm ...« Was er sagen wollte, würde Michael und den anderen nicht gefallen. »... na ja, ist das Sonnenlicht.«

»Das Licht der irdischen Sonne«, erklärte Michael. »Paradise ist anders.«

»Nun, auf jeden Fall brauchen wir Vitamin D. Wenn man es nicht bekommt, entwickeln sich auf lange Zeit ernste Probleme.«

»Wir werden lernen, uns anzupassen, wenn wir es müssen«, behauptete Michael.

Offenbar machte er sich keine großen Sorgen. Wieder einmal fiel Zhang der eigenartige Fatalismus dieser Leute auf, doch er hätte nicht damit gerechnet, dass sich dies auch auf ihre Gesundheit erstreckte. »Eure Kinder werden Rachitis bekommen«, warnte er. »Die Erwachsenen werden früh unter Osteoporose leiden, sogar die Glasknochenkrankheit kann vorkommen. Macht Ihnen das ... Kümmert Sie das nicht?«

»Manchmal muss man Opfer bringen«, entgegnete Michael. Zhang konnte förmlich hören, wie der Mann mit den Achseln zuckte.

»Sie können ein wenig Vitamin D über fetten Fisch aufnehmen, aber ich glaube, in den Lagern des Schiffes ist nicht genügend Protein von dieser Art vorhanden. Gibt es Nahrungsergänzungsmittel? Haben Sie eine gute Quelle für Vitamintabletten und Spurenelemente?«

»Das habe ich mich auch schon gefragt«, warf Petrowa ein, ehe Michael antworten konnte. »Vielleicht sollten wir uns mal umsehen?«

»Umsehen?«, fragte Michael lachend.

»Ich meine, wir könnten vielleicht ... in die Lager gehen, wo der Proviant und die medizinischen Vorräte sind. Dort könnten wir nach Vitamin-D-Tabletten suchen.«

»Ja«, stimmte Zhang zu. »Ja, das wäre eine Möglichkeit.« Natürlich wusste er, worauf Petrowa eigentlich hinauswollte – dort bot sich vielleicht eine Gelegenheit, allein zu sein und zu reden und zu planen. Vielleicht konnten sie so dem lichtlosen Schiff entkommen. »Das sollten wir unbedingt tun.«

»Als eine Art Dankeschön dafür, dass Sie uns aufgenommen haben«, erklärte Petrowa.

»Meinetwegen, wenn ihr meint, dass es der Mühe wert ist«, willigte Michael ein.

»Schön, na ja, vielleicht können Sie uns dann beschreiben, wie wir ins Lager kommen«, schlug Petrowa vor. »Lieber gleich als gar nicht, wie man so sagt.«

»Den Weg finden Sie nie allein. Angie?«, rief Michael. »Angie?«

»Was denn? Ich bin hier. Gleich hier. Ich habe ... geschlafen.«

»Bring die beiden zum Proviantlager, ja? Und dann bring sie wieder zurück, wenn sie fertig sind. Bleib bei ihnen, damit sie sich nicht verlaufen.«

Zhangs Herz stolperte. Beinahe hätte der Plan funktioniert.

Petrowa streckte die Hand aus und drückte sein Handgelenk. Vielleicht hatte sie eine Idee, wie sie mit ihrer Anstandsdame umgehen sollten.

138

PETROWA wünschte, sie hätte einen guten Plan. Sie wünschte, sie hätte überhaupt irgendeinen Plan. Angie führte sie stetigen Schritts durch die unbeleuchteten Gänge, was Petrowa Zeit zum Überlegen hätte schenken sollen. Stattdessen achtete sie die ganze Zeit peinlich auf ihre Füße, um ja nicht zu stürzen. Während sie Angies Hand hielt, fühlte sie sich wie ein Kind, das allein durch die Dunkelheit stolperte und sich fürchtete, in ein bodenloses Loch zu fallen.

Es half auch nicht, dass Zhang sich immer wieder zu ihr neigte und Fragen stellte. Er hielt sich an ihrem unversehrten Arm fest, doch jedes Mal, wenn er näher kam, drückte er auf ihre Schulter, woraufhin sich auch der verletzte Arm bewegte. Sein Atemhauch im Ohr ging jedes Mal mit einem schmerzhaften Stich einher.

»Wie wollen wir ohne Licht hier herauskommen?«, fragte er. »Glauben Sie, es ist immer noch eine gute Idee, zur Brücke zu gehen, oder sollten wir lieber zu dem Shuttle fliehen, das wir gesehen haben? Was will eigentlich Ihre Mutter?«

»Später«, entgegnete sie. »Nicht jetzt.« Eine Weile half das. Gehorsam zockelte er hinter ihr her und hielt genug Abstand, um nicht gegen sie zu prallen. Doch dann spürte sie, wie die Spannung in der Hand, die ihren Arm gefasst hatte, wieder zunahm. Er drückte, und sie wusste, dass er schon wieder etwas fragen wollte.

»Was tun wir mit ihr?«

Angie blieb abrupt stehen, und Petrowa zuckte zusammen, weil sie ebenso plötzlich anhalten musste.

»Ich kann Sie flüstern hören«, erklärte Angie. »Sie können ruhig laut sprechen. Es macht mir nichts aus. Tun Sie einfach so, als wäre ich nicht da.«

Petrowa knirschte mit den Zähnen. »Das ist sehr freundlich von Ihnen. Aber sagen Sie mir eines – was haben Sie gemacht, bevor Sie das Licht ausgeschaltet haben? Waren Sie ein Crewmitglied der *Pasiphaë*?«

»Genau. Ich war Navigatorin. Ich hatte immer schon einen ausgezeichneten Richtungssinn. Deshalb hat Michael mich auch mitgeschickt. Dieser Bereich des Schiffes kann nämlich schwierig sein, wenn man nicht aufpasst. Hier verläuft man sich leicht, und das wäre für uns alle ziemlich übel. Es könnte lange dauern, bis uns jemand findet. Also, bleiben Sie lieber bei mir, ja? Die Proviantlager sind etwa einen halben Kilometer entfernt. Es ist nicht mehr weit.«

»Aber irgendwann würde doch jemand kommen, oder?«, fragte Zhang. »Nicht wahr?«

Angie antwortete nicht sofort. Stattdessen ging sie weiter und erzeugte mit der Hand, die sie über die Wand zog, ein schleifendes Geräusch. Als sie nach einer Weile doch noch antwortete, klang es beinahe verlegen. »Manchmal muss man Opfer bringen.«

»Das höre ich hier immer wieder«, hakte Petrowa nach. »Aber was soll das eigentlich bedeuten?«

Sie spürte, wie Angie mit den Achseln zuckte. Seltsam, wie sogar jene, die ständig in der Dunkelheit lebten, immer noch die Körpersprache einsetzten.

»Was die Opfer angeht ... ich möchte Ihnen keine Angst machen,

Sie sind ja neu hier. Sie wissen noch gar nicht, was es bedeutet, so zu leben wie wir, und warum es so wichtig ist.«

»Dann erklären Sie es mir doch«, sagte Petrowa.

»Wir haben nicht damit gerechnet. Als wir hier eintrafen, um auf Paradise-1 ein neues Leben zu beginnen, hatten wir nicht erwartet, dass das Sonnenlicht hier giftig ist. Zuerst haben wir uns darüber gestritten, was wir tun sollten. Es gab handgreifliche Auseinandersetzungen. Einige Menschen wurden verletzt, ein paar sind sogar gestorben. Eine Gruppe wollte umkehren und mit der *Pasiphaë* wieder zum Sonnensystem zurückfliegen. Die anderen wussten aber, dass dies nicht die richtige Antwort sein konnte. Wir haben alles aufgegeben, um hierherzugelangen. Es musste einfach gelingen. Wenn das bedeutete, dass wir unser ganzes Leben in der Umlaufbahn verbringen und uns vor der Sonne schützen mussten, dann wollten wir es eben tun. In den ersten Monaten fanden wir heraus, was nötig war, damit es funktionierte.«

»Opfer«, überlegte Petrowa. »Sie mussten Ihre Erwartungen in Bezug auf die Lebensqualität anpassen.«

»Was? Nein, nein, wir wussten ja von vornherein, dass das Leben in der Kolonie beschwerlich werden würde. Nein. Wir mussten die Schwachen opfern. Diejenigen, die nicht die Fertigkeiten besaßen, die wir brauchten.«

»Warten Sie mal«, unterbrach Zhang.

Angie ließ sich jedoch nicht aufhalten. »Es gab nicht genügend Proviant und Medikamente. Alles war viel zu knapp. Es traf jeden, der nur unsere Ressourcen konsumierte, ohne etwas zurückzugeben. Und alle, die den Herausforderungen nicht gewachsen waren. Hören Sie, verstehen Sie das bitte nicht falsch. Wir töten niemanden. Wir haben keine Strohhalme gezogen und die Leute in den Tod geschickt.«

»Das ... ist doch gut, oder?«, sagte Zhang.

»Im Grunde genommen schon, aber wenn sich jemand hier im Dunkeln verirrt und nicht allein zurückfindet, dann hätte die Suche bei manchen eine ziemlich niedrige Priorität. Vielleicht schickt Michael jemanden, der nach Ihnen sucht, Doktor, weil Sie Fähigkeiten besitzen, die wir wirklich brauchen. Und Sie, Lieutenant, nun ja, Ekaterina glaubt, Sie seien auch wichtig. Also ist die Wahrscheinlichkeit hoch, dass man Sie finden würde. Aber ich? Ich bin nicht die einzige Navigatorin auf diesem Schiff. Ich könnte nicht damit rechnen, dass man mich rettet.«

»Das ist ... nicht in Ordnung«, sagte Zhang.

»Es tut weh, wenn jemand, der Ihnen etwas bedeutet, in die Dunkelheit geht und nicht mehr zurückkommt«, räumte Angie ein. »Natürlich tut das weh. Aber wir haben es schon vor langer Zeit gelernt. Man muss Opfer bringen.«

Petrowa schloss die Augen und blinzelte wütend. Warum musste es denn immer so kompliziert sein? Sie wusste, was sie zu tun hatte.

Man hatte ihr die Pistole nicht abgenommen. Sie steckte noch im Holster an der Hüfte. Also entzog sie Angie ihre unverletzte Hand und zog die Waffe, um der Frau den Lauf ins Kreuz zu pressen. »Wissen Sie, was das ist?«

Angie blieb stehen, woraufhin Petrowa ihr den Lauf noch fester auf den Stoff des Overalls drückte.

»Ich weiß es«, antwortete Angie sehr leise.

»Was ist los?«, fragte Zhang. »Warum haben wir jetzt angehalten?«

»Können Sie den Rückweg zu den anderen finden?«, fragte Petrowa.

»Ja.«

»Vielleicht sollten Sie dann gehen. Wir bleiben hier.«

Zhang wollte etwas einwenden. Petrowa hieß ihn jedoch schweigen.

»Angie?«, fragte sie.

Fast rechnete sie damit, dass sich die Frau umdrehen und sie angreifen würde. Im Dunkeln war die Waffe kein so großer Vorteil, wie Petrowa es gern gehabt hätte, und Angie hatte viel Erfahrung damit, sich zu bewegen, ohne etwas sehen zu können. Sollte es wirklich zu Gewalttätigkeiten kommen, würde es sehr schnell sehr hässlich werden.

Angie kämpfte nicht. Stattdessen stieß sie ein überraschtes und entsetztes Keuchen aus, das Petrowa beinahe für ein Schluchzen hielt. »Wissen Sie, was Sie aufgeben? Dies ist Ihre einzige Möglichkeit. Das Leben hier ist schwer, aber wir sind sicher, und ...«

»Gehen Sie«, sagte Petrowa. »Gehen Sie.«

Angie lief in die Dunkelheit davon und kehrte auf dem Weg zurück, den sie gekommen waren. Petrowa lauschte, bis die Schritte in der Ferne verklangen. Dann drehte sie sich zu Zhang um. »Ich hoffe, ich habe gerade die richtige Entscheidung getroffen.«

»Das haben Sie«, versicherte ihr Zhang.

Petrowa holte tief Luft. »Sagen Sie mir das, wenn wir uns in einer Stunde in der Dunkelheit verlaufen und keine Ahnung mehr haben, wohin wir überhaupt gehen. Zhang, wir müssen hier raus, aber das wird uns nicht gelingen, wenn wir nicht irgendwo eine Lichtquelle finden. Sobald wir etwas sehen können, orientieren wir uns wieder an den Linien auf dem Boden und folgen ihnen zum Hangar. Ohne Lichtquelle ...«

»Ja, ja«, sagte Zhang. »Versteh ich. Aber Sie wissen auch, was passiert, wenn wir ein Licht einschalten. Dieses Ding, dieser Avatar der KI, fällt dann sofort über uns her.«

Das war Petrowa natürlich klar. »Allerdings kennen wir jetzt die Regeln. Wenn es uns mit einer Lichtquelle erwischt, geben wir sie ihm eben. Schließlich ist das alles, was ihm wichtig ist. Das Wesen hat uns nur angegriffen, um die Lampen unserer Anzüge zu zerstören, aber nicht, um uns zu töten.«

»Ich wünschte, es wäre so einfach«, erklärte Zhang. »Wir könnten dabei verletzt oder sogar getötet werden, oder ...«

»Oder wir sterben hier, weil wir Angst haben, ein Risiko einzugehen«, fiel sie ihm ins Wort.

»Diese Leute haben uns bisher absolut nichts getan.«

Petrowa seufzte. »Das meinte ich nicht. Ich dachte nicht an Angie, Michael oder ...« Oder an ihre Mutter. Genau. Mit Ekaterina war etwas Seltsames geschehen, auch wenn Petrowa sicher war, dass ihre Mutter sie nicht töten wollte. »Aber wir kennen den Basilisken. Wir wissen, was er tut. Er vernichtet die Menschen, ob schnell oder langsam. Er tötet sie, auch wenn ihre Körper noch umherlaufen. Zhang, wenn wir jetzt hierbleiben, sterben wir auf die eine oder andere Weise in der Dunkelheit.«

»Ich weiß, ich weiß.« Zhang seufzte frustriert. »Wenn wir Licht brauchen, ist klar, was wir tun müssen. Die Leute hier haben schon vor langer Zeit alle erreichbaren Lichtquellen zerstört. Aber vielleicht haben sie etwas übersehen. Wir sind gerade an einem kleinen Schott vorbeigekommen, es ist nicht weit hinter uns auf dem Gang. Vielleicht sollten wir uns dort in den Nebenräumen umsehen.«

Petrowa nickte. Dann wurde ihr bewusst, dass er sie nicht sehen konnte. »Ja«, stimmte sie zu. »Gut.«

139

ALS er das Schott entdeckte, stieß Zhang einen triumphierenden Schrei aus. Mit den Fingern verfolgte er den Umriss und den Rahmen. Es dauerte nicht lange, bis er den Sensor gefunden hatte. Der Zugang öffnete sich sofort, ein wenig Luft zischte heraus, und er hatte das Gefühl, er sei vor einen kalten Abgrund getreten.

Er hob einen Fuß, schob ihn durch die Öffnung und setzte ihn dahinter vorsichtig auf den Boden. Als sein Stiefel das Deck berührte, atmete er aus. »Gut«, sagte er. »Hier hinein. Hier finden wir vielleicht etwas.«

Petrowa gesellte sich zu ihm und ging an ihm vorbei. Sie klatschte eine Hand gegen die Wand. »Das fühlt sich an, als seien es Regale«, sagte sie. »Ein Lagerraum.«

»Dann wollen wir auch herausfinden, was hier gelagert ist.«

Petrowa grunzte leise.

»Was ist?«, fragte er.

»Mir fällt gerade etwas ein. Vielleicht ist sie nur ein Stück weggelaufen, damit wir glauben, sie sei fort, aber dann ist sie umgekehrt und lauert uns auf. Im Dunkeln.«

»Vielleicht. Das halte ich aber nicht für wahrscheinlich. Ich kann Ihre Paranoia gut verstehen, glauben Sie mir. Es geht mir selbst nicht besser. Aber ich denke, wir sind vorerst sicher. Sie haben nicht so viel mit den Leuten geredet wie ich. Aber Sie müssten doch gespürt haben, wie fügsam sie sind.«

»Ja«, bestätigte sie.

»Die Dunkelheit ist nicht der Grund dafür. Es liegt am Basilisken. Es kann gar nicht anders sein. Er frisst sie von innen auf, er raubt ihnen Emotionen, Antrieb und Zielstrebigkeit. Nach und nach nimmt er ihnen alles, bis sie nur noch die Wirte eines fremden Gedankens sind. Etwas Schlimmeres kann ich mir kaum vorstellen. Da wäre mir der Tod lieber.« Zhang schüttelte sich vor Abscheu. Dann fiel ihm etwas ein. »Tut mir leid ... ich habe nicht richtig nachgedacht, ehe ich es ausgesprochen habe.«

»Was? Glauben Sie, Sie hätten mich beleidigt?«

»Es ist ... wegen Ihrer Mutter ...«

»Ekaterina ist dem Basilisken gegenüber immun.«

»Was?«

Petrowa lachte. »Irgendwie hat sie ihn besiegt. Sie behauptet, sie besäße eine natürliche Immunität. Ich weiß es nicht. Was ich weiß, ist, dass sie diese Menschen benutzt. Sie manipuliert sie und beutet ihre Wahnvorstellungen aus, um Macht über sie zu gewinnen.«

»Petrowa – Sie sprechen gerade über Ihre Mutter. Sie ist die Direktorin der Brandwache gewesen. Da ist es doch klar, dass sie die Anführerin ist, wo auch immer sie erscheint.«

»Sie kennen die Frau nicht so gut wie ich«, wandte Petrowa ein.

Zhang hatte mit der Hand ein Regal erforscht, in dem Behälter standen, die seiner Ansicht nach große Vorratsflaschen mit Pillen waren. Er hob eine herunter, schüttelte sie und hörte Tausende Kapseln klappern. Welche Ironie, wenn ausgerechnet dies die Vitamin-D-Tabletten wären. Wenn er sie nur sehen könnte, wenn es nur einen Weg gäbe, irgendein Licht einzuschalten ...

»Warten Sie mal«, sagte er.

»Hm?«

»Die Patronen in Ihrer Waffe ... enthalten sie nicht, wie nennt man das? Schießpulver?«

»Eigentlich nicht. Es handelt sich um eine rauchlose Treibladung, aber das Prinzip ist das gleiche. Warum?«

»Wir könnten ... damit könnten wir ein Feuer machen«, schlug er vor.

»Ja, ja, aber ... Jesus«, sagte Petrowa. »Was brauchen wir denn dazu? Ich weiß nicht, wie man so etwas anstellt. Ich habe noch nie ein Feuer gemacht.«

»Ich auch nicht.« Zhang rief sich ins Gedächtnis, was er als Kind gelernt hatte. Die verschiedenen Arten von Verbrennungen, die er als Arzt behandelt hatte. »Brennstoff«, sagte er. »Etwas Brennbares.« Er öffnete die Pillenflasche und betastete die Kapseln mit den Fingerspitzen. Sie waren nutzlos. Aber vielleicht ... vielleicht gab es hier noch etwas anderes. »Ich glaube, dies ist wirklich ein Medikamentenlager. Suchen Sie nach Verbänden, Verbandmull und ähnlichem Material.«

Er erkundete den Rest seines Regals und forschte nach nützlichen Dingen. In einigen schweren Behältern schwappte es, als er sie schüttelte. Er öffnete einen davon, schnüffelte und fand genau das, was er gesucht hatte. »Alkohol. Isopropanol. Das ist ausgezeichnet. Haben Sie schon Bandagen gefunden?«

»Nein«, antwortete Petrowa. »Aber könnte dies hier helfen?«

Er hörte ein reißendes Geräusch und dachte zuerst, sie hätte ihren Overall beschädigt. Dann drückte sie ihm etwas Stoff in die Hand, und er begriff, worum es sich handelte. Sie hatte die Armschiene und den Verband abgenommen.

»Ohne Verband wird Ihre Hand nicht richtig heilen«, warnte er sie.

»Wenn ich hier im Dunkeln sterbe, wird sie überhaupt nicht heilen.«

Er wollte protestieren, aber natürlich kannte er sie. Sobald sich Petrowa in einer Angelegenheit entschieden hatte, war es sinnlos, ihr weiter zu widersprechen. »Na gut, dann der nächste Schritt.« Auf der Suche nach Alkohol hatte er eine Sammlung von Gehstöcken bemerkt. Er nahm einen und wickelte den Verbandsstoff sorgfältig um ein Ende. Die Riemen der Schiene benutzte er, um die Bahnen zu fixieren. Dann tauchte er die improvisierte Fackel in den Alkohol. Während er arbeitete, beschrieb er Petrowa Schritt für Schritt, was er tat. Wenn er etwas übersah, würde sie ihn vielleicht darauf aufmerksam machen. »Wir brauchen nur noch einen Funken. Es muss doch einen Weg geben, Ihre Patronen zu benutzen, um ein Feuer zu machen. Vielleicht, ich weiß nicht. Könnten Sie auf die Fackel schießen?«

»Mir fällt etwas Besseres ein. Legen Sie die Fackel zwischen uns auf den Boden.« Er hörte es mehrfach metallisch klicken. Vermutlich zerlegte sie die Waffe gerade. »In den Patronen befinden sich Zündhütchen, die auf Druck reagieren. Kleine Sprengsätze, die ihrerseits das Pulver zünden.« Sie grunzte und fluchte einen Moment, dann klirrte es metallisch auf dem Boden. »Wenn Sie das Projektil herausnehmen, bleibt nur noch die Explosion übrig. Zhang, das ist gefährlich. Wirklich gefährlich.«

»Verstehe«, antwortete er. »Tun Sie es einfach.«

»Auf drei. Eins. Zwei. Drei!« Es klang, als schlüge sie fest auf ein Stück Metall, als hätte der Hammer eines Schmieds den Amboss getroffen.

Nichts weiter. Nichts geschah.

»Versuchen Sie es noch einmal«, forderte er sie auf. Sie war schon dabei. Wieder hörte er das Geräusch, und dann folgte ein Knall, der ihn fast betäubte. Funken und Feuer flogen, es kam und verging so schnell, dass er es beinahe für eine optische Täuschung seiner entwöhnten Augen hielt.

Aber dann – ein winziger Funke. Eine kleine blaue Flamme, die sich am Rand des Stoffs entlangfraß, der sich dabei dunkel färbte. Zhang riss die Augen weit auf. Seine Pupillen erweiterten sich sogar noch und sogen das Licht förmlich auf.

Er hob den Kopf und ...

»Ich kann Sie sehen«, sagte er. »Petrowa, ich kann Sie sehen!«

Sie lachte, beugte sich vor und schlang ihm den unversehrten Arm um den Hals. »Ich Sie auch, ich Sie auch!«

140

PETROWA nahm die Fackel und hielt sie hoch. Das Licht war so hell, dass ihr die Augen wehtaten. Sie blinzelte, um die Nachbilder zu vertreiben. Jetzt musste sie ein wenig experimentieren und lernen, die Fackel so zu halten, dass deren Flackern ihre Sicht nicht störte.

Der verletzte Arm pendelte schmerzhaft an der Seite. Sie schob die gebrochene Hand in die Tasche. Es tat zwar höllisch weh, aber die Schmerzen halfen ihr auch, sich auf die Aufgabe zu konzentrieren. Das hoffte sie jedenfalls. »Öffnen Sie.« Zhang eilte zum Schott und drückte auf den Sensor. Petrowa schritt in den Korridor hinaus und sah sich nach rechts und links um, weil sie fürchtete, ein ganzes Heer von Crewmitgliedern der *Pasiphaë* lauere da draußen. Und sie sorgte sich wegen Asterion. Vor allem aber wegen der Fackel. Im Gegensatz zu dem Treibmittel ihrer Patronen produzierte die Fackel eine Menge Rauch. Noch schlimmer, immer wieder fielen Stückchen des verkohlten Stoffes herunter und flackerten, bis sie auf dem Boden erloschen. Das Licht war ungleichmäßig und schwankend. Wenn sie sich bewegte, waberte die Flamme hin und her, als könnte sie jeden Augenblick ausgehen. Immerhin spendete sie ein wenig Licht - gerade eben genug, um zu sehen, wohin sie liefen. Aber was, wenn der Brennstoff verbraucht war? Was sollten sie dann tun?

Darüber wollte sie nicht weiter nachdenken. Sie hatten nur wenig Zeit und viel zu erledigen. Auf dem Boden entdeckte sie die farbigen Linien, die in die verschiedenen Bereiche des Schiffes führten.

»Die orangefarbene Linie zeigt uns den Weg zur Brücke, richtig?«, fragte Zhang hinter ihr. »Ich glaube, die purpurrote führt zum Maschinenraum. Ich bin aber nicht sicher.«

Petrowa betrachtete die orangefarbene Linie. »Hier entlang«, entschied sie.

Zhang schloss eilig zu ihr auf. Sie hatte sich bereits in Marsch gesetzt.

»Ist das der Weg zum Hangar?«, fragte er. »Ich dachte, es sei eine grüne Linie gewesen. Ich kann mich aber nicht genau erinnern. Ich bin nicht sicher ... aber ... aber Sie kennen sich aus, oder?«

»Ich weiß, wohin ich will«, erwiderte sie und betrachtete noch einmal die orangefarbene Linie vor ihren Füßen. Alle paar Meter zeigte ein Pfeil, dass sie in die richtige Richtung lief.

Dann blickte sie hoch und entdeckte einen Spruch an der Wand. Die offenbar schon recht alte Farbe wirkte im Licht der Fackel blass. Die Worte waren jedoch noch lesbar.

Kein Licht ist gutes Licht.

Sie ging weiter. Sie mussten ihr Ziel erreichen, ehe die Fackel erlosch. Wenn es wieder dunkel wurde ...

»Das ist der Weg zur Brücke«, wandte Zhang ein. »Sie wollen zur Brücke.«

Sie blieb kurz stehen, drehte sich aber nicht zu ihm um. »Ja«, bestätigte sie.

»Das ist Ihr Plan. Sie wollen gar nicht das Schiff verlassen. Sie wollen - was eigentlich? Wollen Sie es übernehmen?«

»Ja, wenn ich kann«, antwortete sie. »Ich weiß, Sie dachten, wir würden ...«

»Wenn Sie das nächste Mal so eine Entscheidung treffen, sagen Sie mir bitte vorher Bescheid«, verlangte Zhang. »Ja?« Er ging an ihr vorbei und folgte der orangefarbenen Linie in Richtung der Brücke.

Sie überlegte, ob sie sich die Zeit nehmen und ihm ihre Entscheidung erklären sollte. Es ging ihr nicht vorrangig um die Menschen auf der *Pasiphaë*, und es lag auch nicht daran, dass sie den Basilisken besiegen wollte, denn sie hätte nicht viel erreicht, wenn sie ihn lediglich auf diesem einen Schiff unter Hunderten anderen besiegte.

Sie wollte das Schiff unter ihre Kontrolle bringen, weil ... weil ihre Mutter ...

»Wir beenden es auf die eine oder andere Weise«, sagte er. »Zusammen. Ganz egal, was passiert. Sie können sich auf mich verlassen, ja?«

Sie blinzelte mehrmals schnell und wusste nicht, was sie darauf antworten sollte.

»In Ordnung«, antwortete sie schließlich.

Sie liefen durch eine breite Passage mit Geschäften, die geschlossen waren, seit das Schiff das Sonnensystem verlassen hatte. Anschließend wanderten sie einen Seitengang hinunter, von dem viele Schotten abzweigten. Das Schiff war riesig, ein unendliches Labyrinth, und Petrowa fürchtete schon, sie würden die Brücke niemals erreichen. Als sie durch ein Schott traten, flackerte die Fackel heftig, sodass sie einen schlimmen Augenblick lang befürchtete, sie werde ausgehen.

Dann hörte sie, wie jemand sie in den lichtlosen Hallen rief.

»Saschenka.«

Sie biss sich auf die Lippe und reagierte nicht darauf. Sie

mussten weiter. Sie hatte keine Ahnung, wie weit sie noch von der Brücke entfernt waren, aber es musste näher sein als am Anfang, als sie die Fackel angezündet hatten. Wenn sie doch nur endlich dort ankämen und das Schott verschließen konnten, damit die anderen nicht hereinkamen ...

»Saschenka, wohin willst du denn? Was willst du überhaupt erreichen?«

Ekaterinas Stimme drang aus den Lautsprechern in der Decke. Überall hallte sie wider, von jedem Schott, aus jedem Seitengang. Petrowa blickte zur Decke hinauf.

»Lass mich gehen, Mutter. Lass mich bitte tun, was ich tun muss.«

»Saschenka, ich habe eine Pflicht. Eine Pflicht den Menschen auf diesem Schiff gegenüber. Hast du das vergessen? Hast du vergessen, was denen zustößt, die hier Licht machen?«

Wenn sie nur näher an die Brücke herankämen, ein kleines Stückchen noch ...

»Du bist meine Tochter und ich liebe dich«, behauptete Ekaterina.

Vor ihnen erfüllte ein blauer Schein den Korridor - und näherte sich ihnen.

»Aber ich habe mich entschlossen, diese Menschen anzuführen. Und wir müssen alle Opfer bringen.«

Der Avatar hatte sie fast erreicht. Petrowa wollte durch ein Schott in einen anderen Gang entwischen. Dies hätte natürlich bedeutet, die orangefarbene Linie und damit den direkten Weg zur Brücke aus den Augen zu verlieren. Das war allerdings immer noch besser, als noch einmal ...

»Petrowa!«, rief Zhang. »Aufpassen!«

Eine riesige Klauenhand hackte durch die Luft, sie zielte offenbar direkt auf Petrowas Kopf. Sie keuchte, duckte sich und lief los.

»Die Fackel«, rief Zhang. »Es will nur die Fackel.«

Ohne Licht würden sie den Weg im Leben nicht finden. Sie konnte die Fackel nicht aufgeben.

Der Avatar flackerte. Verschwand. Und auf einmal war er wieder direkt vor ihr.

Dumm. So dumm, sagte sie sich. Sie konnte ihm nicht entkommen. Sie konnte ihm auch nicht ausweichen – er bestand aus Licht und war nicht an die gleichen Grenzen gebunden wie ein körperliches Wesen.

Zhang riss ihr die Fackel aus der Hand und schleuderte sie einen Korridor hinunter. Dann packte er sie – dieses Mal an dem verletzten Arm – und zerrte sie seitlich durch eine Luke.

»Da sind wir in Sicherheit«, sagte er. »Dort ist es dunkel, aber wir sind in Sicherheit«, versprach er, als sich das Schott hinter ihnen schloss. Wie ein Auge, das für immer zufiel, sperrte es die Lichtquelle aus, und sie standen da in kalter Finsternis.

Die Schmerzen im Arm waren entsetzlich und kaum zu ertragen. Die Angst, versagt zu haben, war noch schlimmer. »Nein«, flüsterte sie. »Nein. Ich war so nahe dran.«

»Wir sind in Sicherheit.« Zhang umarmte sie. »Wir sind in Sicherheit.«

Vor ihnen flammte ein blaues Licht auf. Eine riesige menschenähnliche Gestalt mit Hörnern auf dem Kopf. Sie flackerte und dann wurde das blaue Licht rot.

Eine mächtige Pranke schlug sie auf die Schläfe und schleuderte sie beiseite. Sie ging zu Boden.

»Petrowa!«, rief Zhang. Dann hörte sie einen hässlichen Aufprall und er verstummte.

Eine Hand aus rotem Licht packte sie am Fußgelenk und zerrte sie den Korridor hinunter. Sie sträubte sich.

Doch es war nutzlos.

»Einen Vorteil hat es, wenn man selbst die Regeln bestimmt«, sagte Ekaterina ganz leise und so nah, dass Petrowa sich schon fragte, ob sie es sich nur einbildete. »Man muss sich selbst nicht unbedingt daran halten.«

141

DIE Hand, die Petrowas Fußgelenk festhielt, hätte aus Titan statt aus Licht bestehen können. Sosehr sie auch trat und strampelte, es war sinnlos. Aus dem Dunklen kamen noch mehr Hände, Dutzende waren es, die alle aus unerbittlichem rotem Licht bestanden. Sie wollte auf die Füße kommen oder sich an der Kante eines Schotts festhalten, aber die Hände waren viel zu stark.

Schließlich hoben sie Petrowa sogar hoch und trugen sie, sodass ihre Füße nicht mehr den Boden berührten. Sie beförderten sie durch ein anderes Schott in einen weiteren dunklen Raum.

Dunkel, aber nicht gänzlich ohne Licht. Das rote Glühen war wie ein Gruß aus der Hölle. Über und vor sich entdeckte sie schwächere Lichter. Als sie den Kopf hob, sah sie Fenster, Sichtfenster, durch die ein trübes, diffuses Licht hereinfiel. Es war genau das Licht, in dem sie ihre Mutter gesehen hatte, das Licht der Sterne. Es reichte kaum aus, um irgendetwas anderes zu erkennen als einige unscharfe Umrisse von Pulten und Sesseln. Vermutlich war sie nun doch auf der Brücke der *Pasiphaë* angekommen.

Angesichts dieser Ironie musste sie lachen.

Es war ihr großartiger Plan gewesen, bis hierher vorzustoßen. Sie wollte das Schiff unter ihre Kontrolle bringen. Nun sah es so aus, als müsste sie damit rechnen, dass Zhang und sie hier ermordet wurden.

Hinter ihr öffnete sich ein Schott und eine wahre Flut von rotem Licht brach herein und beleuchtete die Brücke.

»Mutter, bitte«, sagte Petrowa, als Asterion den bewusstlosen Zhang hereinschleppte und auf den Boden fallen ließ. Nach getaner Arbeit zog sich das Hologramm wieder in den hinteren Teil der Brücke zurück, möglichst weit von den Sichtfenstern entfernt. Das Licht, das es dort nach wie vor abstrahlte, war immerhin hell genug, damit Petrowa noch etwas anderes erkennen konnte. Zhang wirkte ramponiert, vermutlich hatte er einige Prellungen davongetragen, schien aber sonst unversehrt. Wenigstens hatten sie ihn nicht gleich umgebracht.

»Mama«, flehte Petrowa. »Ich weiß, dass du hier irgendwo bist. Bitte. Lass ihn gehen. Lass Zhang gehen. Du brauchst ihn doch nicht.«

»Ich brauche einen Arzt. Meine Crew muss doch gesund bleiben.« Ekaterina trat aus dem Schatten hervor. »Es tut mir leid. Ich wünschte, ich könnte deinem Wunsch entsprechen, aber tatsächlich sind alle Ressourcen unbedingt nötig, die ich bekommen kann.«

Ihre Mutter stand am höchsten Punkt der Brücke, auf einer Art Empore, die dem Kapitän des Schiffes vermutlich vorbehalten war. Das rote Strahlen erzeugte scharfe Kontraste in ihrem Gesicht, während das Sternenlicht, das von hinten durch die Fenster hereinfiel, den Anschein erweckte, um ihren Kopf waberten Schatten.

»Saschenka, wann wirst du es endlich lernen? Ich weiß es am besten. Ich weiß es immer am besten. Trotzdem hörst du nicht auf, gegen mich zu kämpfen. Das wird heute zu einem Ende kommen. Wenn ich dich nicht mit Logik überzeugen kann, hilft vielleicht eine Demonstration.«

Ekaterina drehte sich um und zeigte auf einen Sessel, der früher vielleicht dem Navigator oder einem Funkoffizier gehört hatte. Die Hologramme aus rotem Licht – Petrowa konnte nicht einmal erkennen, wie viele von ihnen in dem Raum waren, es waren mindestens ein halbes Dutzend – hoben Zhang auf und verfrachteten ihn auf den Sessel. Unsanft fesselten sie ihm die Hände und die Füße. Dann banden sie seinen Kopf an die Kopfstütze. Dazu benutzten sie einen Strick, der in den Mund eindrang und zugleich als Knebel diente. Oder als etwas, auf das er beißen konnte.

Ein Hologramm kniete vor Zhang nieder. Das Gesicht veränderte sich, oder vielmehr, es entwickelte eine Fläche, die ein wenig an ein Gesicht erinnerte. Eine Art niedrig aufgelöste, primitive Version des Mauls eines Stiers und zwei Augen, die einfach nur dunkle Abgründe waren.

Zhang zuckte und schlug die Augen auf. Ängstlich blickte er hin und her und schien sich zu fragen, wie er hierhergekommen war.

Ekaterina baute sich hinter Zhang auf und strich dem Arzt mit beiden Händen über die Haare. »Saschenka, es wird dir sicher schwerfallen, hierbei zuzusehen.«

Zhang suchte Petrowas Blick. Er war entsetzt, gab sich aber sichtlich Mühe, sich zu beruhigen und ein gewisses Maß an Selbstbeherrschung an den Tag zu legen. Die ganze Zeit über sah er sie unverwandt an.

Der Avatar beugte sich vor. Petrowa konnte erkennen, wie sich die dunklen Augenhöhlen heller färbten, und dann brannten dort winzige Flammen.

»Mama!«, kreischte Petrowa.

Hände aus hartem Licht hielten sie fest.

Ohnmächtig musste sie zusehen, sie konnte sich nicht einmal bewegen, weil das Hologramm sie festhielt. »Was tust du da? Er kann doch nicht mit dem Basilisken infiziert werden, er ist immun!«

»Wirklich?«, entgegnete Ekaterina. »Er hat eine Impfung gegen eine der Waffen des Basilisken entwickelt. Das war wirklich raffiniert. Aber hast du tatsächlich geglaubt, einem Wesen mit einer solchen Macht stünden keine anderen Werkzeuge zur Verfügung? Er lebt. Der Basilisk lebt. Und zu leben bedeutet, sich anzupassen. Er hat ihn einmal zu infizieren versucht und ist gescheitert. Jetzt versucht er etwas anderes.«

Unterdessen starrte Zhang wie gebannt die beiden Flammen im Kopf des Hologramms an. Sosehr er sich auch sträubte, er konnte den Blick nicht abwenden. Er blinzelte hektisch und wollte wohl die Augen schließen, doch irgendetwas hielt die Augenlider offen, und er musste mit weit aufgerissenen Augen starren.

»Der Basilisk könnte ihm das Bewusstsein wie nasses Papier zerfetzen, wenn er das wollte«, erklärte Ekaterina. »Glücklicherweise brauche ich einen Arzt, damit meine Crew gesund bleibt. Um ihn dazu zu bewegen, mache ich ihn nur ein wenig gefügiger.«

»Wie ... Woher weißt du, was der Basilisk tun kann?«, fragte Petrowa. »Mama? Ich dachte, du hättest eine natürliche Immunität? Was soll das jetzt? Was bist du?«

Ekaterina lachte. »Das würdest du mir vermutlich sowieso nicht glauben. Wie naiv du doch bist, Saschenka. Manche Wirte sind für ein Pathogen nützlicher als andere. Nützlich zu sein ist eine Fähigkeit, die wir erwerben müssen, wenn die Menschheit eine Zukunft haben will.«

Zhang grunzte etwas. Der Strick im Mund hinderte ihn daran, seine Worte zu formen. Er versuchte es noch einmal.

Dann begann er zu schreien.

»Tu das nicht!«, rief Petrowa. »Ich gebe dir alles, was du willst.«

Ekaterina antwortete nicht.

Etwas anderes reagierte.

Ein Hologramm des Avatars stand seitlich neben Zhangs Sessel. Es tat nichts, außer dort zu stehen, aber irgendetwas an ihm erregte Petrowas Aufmerksamkeit. Als sie genauer hinsah, stellte sie fest, dass auch dieser Avatar ein primitives Gesicht entwickelt hatte.

Er hatte Augen. Augen wie zwei winzige brennende Kohlen.

Petrowa hatte eine Ahnung. Sogar eine Hoffnung. Der Basilisk hatte die ganze Zeit versucht, mit ihr Kontakt aufzunehmen und direkt mit ihr zu sprechen. Er hatte sie Saschenka genannt.

Warum? Weil ihre Mutter irgendwie einen Weg gefunden haben musste, ihn zu beeinflussen und ihn mit ihren Erinnerungen zu füttern? Oder steckte noch mehr dahinter?

Petrowa machte einen Schritt. Die Hände, die sie festgehalten hatten, waren verschwunden. Sie konnte sich frei bewegen. Sie konnte zu Zhang hinlaufen und ihn aus dem Stuhl reißen, ihn befreien ... aber nein. Das würde sicher nicht gelingen. Das war nun mal kein Teil von dem, was ihr angeboten wurde.

Nein, sie bekam eine einzige Gelegenheit und sah nur einen einzigen Weg, den sie beschreiten konnte.

Sie rannte zu dem Avatar hinüber, der allein etwas abseits stand. Nun wollte Ekaterina doch noch etwas rufen, allerdings ging alles so schnell, dass Petrowa nicht einmal die Worte erfasste. Sie lief dorthin und stellte sich direkt vor den Avatar, um ihm in die brennenden Augen zu blicken. Gegen ihren Willen riss sie die Augen weit auf, bis sie fürchtete, die Augäpfel könnten sich aus dem Schädel lösen. Sie hätte den Blick nicht mehr abwenden können. Sie konnte dem Blick des Wesens nicht mehr entgehen. Es war körperlich nicht mehr möglich.

Sie versuchte es nicht einmal.

Der Avatar legte ihr die mächtigen Pranken auf die Schultern. Seine Augen loderten hell auf und wuchsen zu riesigen Feuern heran.

Als ihr bewusst wurde, worein sie gerade eingewilligt hatte, kreischte Petrowa.

Was hatte sie getan? Was hatte sie nur getan?

142

KNOCHEN lagen auf der Treppe verstreut.

Einen Schritt hinunter, einen Fuß voraus.

Dann den anderen.

Zhang tastete blind nach einem Geländer, obwohl er wusste, dass es keines gab.

»Nein«, sagte er.

»Nein«, flehte er. Nicht noch einmal.

Er schloss die Augen, und es war vorbei.

143

ZHANG öffnete die Augen und befand sich wieder auf Titan. Wo alles begonnen hatte. Er saß vor einem Mikroskop im Labor und trug einen weißen Kittel über dem Overall. An diesen Augenblick erinnerte er sich. An genau diesen einen Moment.

Er sprang vom Stuhl auf und warf ein ganzes Tablett voller Diagnosegeräte um, die klappernd auf dem Boden landeten. Dann stolperte er zurück, bis er gegen die isolierende Wandverkleidung prallte. Er starrte zur Tür des Raums hinüber. Jeden Moment ...

Die Tür ging auf. Holly Clark kam herein. Holly ...

Holly.

Es tat weh, sie zu sehen. Er konnte nicht einmal den Grund benennen, aber ... im Zusammenhang mit Holly gab es etwas Wichtiges, das ihm gerade nicht einfallen wollte. Etwas Lebenswichtiges sogar. Er betrachtete sie und suchte in seinen Erinnerungen. Sie hatte einen Tabletcomputer. Das Licht des kleinen Bildschirms verlieh ihrem Kinn etwas Gespenstisches und färbte die Lippen hellblau. Das blonde Haar war zu einem unordentlichen Pferdeschwanz gebunden, und die Augen strahlten hell, als sie ihn ansah. »Hast du etwas umgeworfen? Schon gut, das hier musst du dir unbedingt ansehen, Lei. Heute Morgen ist eine Frau mit wirklich seltsamen Symptomen hergekommen. Das könnte genau auf deiner Linie liegen.«

»Nein«, wehrte sich Zhang. »Nein. Dies ist nur ein Traum. Nichts weiter als ein Traum.«

Das Problem war nur, dass nach einem Trauma jeder Traum zum Albtraum wurde, solange man nicht aufwachen konnte.

144

SASCHA schrie entsetzt. Die Möwen ...

Die Möwen hatten einen Fisch gefangen oder ... oder irgendetwas anderes im Sand gefunden, und sie ... jetzt hackten sie darauf ein und zerstückelten es. Eine bohrte den Schnabel in eine Augenhöhle und zog einen feuchten Brocken Fleisch heraus. Sascha presste sich die Hand vor den Mund, bis die Lippen schmerzten, um die Übelkeit niederzukämpfen. Wo war sie? Was war hier los?

Sascha ... sie war ...

»Sascha?«

Rodion war da. Rodion, der Sohn eines Obersten aus Mamas Truppe. Im Laufe der letzten Wochen war er mehr oder weniger ihr Freund geworden. Ihr allererster Freund. Sie war noch nicht ganz sicher, was das zu bedeuten hatte, welche Vorrechte sie nun besaß und was sie von ihm erwarten oder verlangen konnte. Sie ging ein Risiko ein und barg ihr Gesicht an Rodions unbehaarter Brust. Unsicher legte er einen Arm um sie und führte sie weg, weiter den Strand hinauf. Weg von dem toten Etwas und den Möwen.

»Das ist nur ein Fisch, *Kisa*«, sagte er. *Kisa:* Kätzchen. Ein Kosewort für eine Freundin. Es war das erste Mal, dass er sie so nannte. »Er ist tot, er spürt nichts mehr.«

Sie wischte sich eine Träne ab und lachte an seiner Brust. Dann stieß sie ihn spielerisch weg und rannte den Strand hinunter. Er folgte ihr und packte sie, während sie sich immer wieder entzog. Vor ihnen lag ein altes Fischerboot, das schon vor langer Zeit gestrandet sein musste. Inzwischen war es nur noch ein Haufen verrostetes Metall. Schwer atmend ließ sie sich im Schatten nieder. Er kam zu ihr, setzte sich ihr gegenüber und fuhr mit den Fingern durch den Sand.

»Es tut mir leid«, sagte sie. »Ich habe einen Augenblick lang die Fassung verloren. Mutter sagt mir immer, ich müsste härter sein.«

Sie sah ihn durch die Wimpern an und fragte sich, was er darauf erwidern würde.

Nur dass sie auf einmal nicht mehr Rodion sah. Dieses markante Kinn, die strahlenden Augen.

»Parker?«, fragte sie verwirrt.

Er setzte dieses beruhigende Grinsen auf, das sie so gut kennengelernt hatte ... auf das sie sich verlassen konnte.

Was tat er hier?

»Deine Mutter ist eine großartige Frau«, behauptete er. »Eine echte Anführerin.«

Sascha runzelte die Stirn. »Das hat Rodion auch gesagt ... damals. Sam? Was ist hier los?«

145

»ICH glaube, das solltest du dir mal ansehen.« Holly hielt ihm das Tablet hin. »Lei? Was tust du da?«

Er wich ihr aus und bemühte sich, nichts zu berühren. Es war, als würde er in seine Erinnerungen hineingezogen und von seinem Trauma verschlungen werden. Vielleicht konnte er sich entziehen, wenn er nicht mehr hinschaute ...

Ihr Tablet zeigte Daten, die sich auf den ersten Fall des Roten Würgers bezogen. Er wollte sie aber nicht sehen. Er wollte sie nicht noch einmal sehen.

Er verfing sich in seinen eigenen Erinnerungen. Er musste sich daraus befreien.

»Lei?«, rief Holly, als er an ihr vorbei zur Tür hinausstürmte. »Lei? Was ist denn bloß los? Komm doch zurück!«

Er rannte durch die Klinik der Kolonie. Eigentlich war dieser Bereich nichts weiter als eine Höhle, die sie aus dem Methaneis von Titan geschnitten hatten. Die Wände waren mit dickem, faserigem Isoliermaterial bedeckt, damit die Wärme nicht entwich. Die Abteilung war weitläufig und offen angelegt, überall gab es autochirurgische Apparate und kleine Untersuchungsnischen, die mit Schiebewänden abgetrennt waren. Die Patienten hoben die Köpfe, als er vorbeirannte, doch er sparte sich die Mühe, auch nur ein Wort zu sagen. Unbeirrt eilte er weiter bis zu der Luftschleuse, die den medizinischen Bereich vom Rest der Kolonie abschirmte. Durch die Glastüren der Schleuse sah er die Bewohner Titans, die ihren Alltagsgeschäften nachgingen und nicht wussten, dass sie bereits tot waren.

»Komm schon«, schnaufte er. »Komm schon.«

»Dr. Zhang?«, meldete sich Glaukos. »Stimmt etwas nicht?«

Zhang schüttelte den Kopf. Glaukos war die KI, die alles in der Titan-Kolonie regelte. Sie achtete auf die Lebenserhaltung, auf die Energieversorgung und die Wasservorräte. Die Stimme war die eines freundlichen älteren Mannes, eines geliebten Onkels vielleicht. Die KI war immer da, wohin man in der Kolonie auch ging.

Diese Stimme hatte Zhang schon lange nicht mehr gehört. Sie rief viel zu viele Erinnerungen wach.

»Es ist alles gut. Öffne einfach nur die Luftschleuse«, sagte er.

»Selbstverständlich, Doktor«, antwortete Glaukos. »Geben Sie mir bitte Bescheid, wenn Sie irgendetwas benötigen.«

»Im Augenblick nicht«, wehrte Zhang zähneknirschend ab.

Draußen vor der Luftschleuse lag das große Atrium der Titan-Kolonie, ein weiter, runder Schacht, der hundert Meter hoch bis zur Oberfläche reichte. Oben war er mit einer durchsichtigen Kuppel versehen, die wie ein riesiges Fenster das verschwommene Licht der fernen Sonne hereinließ. Ringsherum waren auf einem Dutzend Ebenen viele Höhlen aus dem Eis gefräst worden, die als Büroräume, Laboratorien, Werkstätten, Behausungen für ganze Familien oder Schlafzimmer für alleinstehende Bewohner wie Zhang dienten.

Mitten in den Schacht hatte man eine Wendeltreppe eingebaut, die bis ganz nach oben reichte. Sie verband alle Ebenen der Kolonie und mündete in ein System von Luftschleusen, durch die man die Oberfläche des Planeten erreichen konnte. Ein Geländer gab es nicht. Aufgrund der niedrigen Schwerkraft von Titan hatte man dies für überflüssig gehalten.

Es war einfach bloß eine Treppe. Nur eine Reihe von Stufen, die in einer Spirale nach oben zum Licht führten.

Als Zhang sie sah, blieb ihm fast das Herz stehen. *Nein,* dachte er. *Nein. Ich kann nicht ... nein ... diese Treppe ...*

Er sah sich aufgeregt um und suchte nach einem Ausweg, nach irgendeiner Möglichkeit, den Ablauf der Dinge zu durchbrechen. An einem Springbrunnen neben der Treppe spielten Kinder. Sie bespritzten einander mit Wasser und lachten, die Tropfen funkelten in den Haaren und auf der Kleidung. Er sah Khoi, die Leiterin der Kolonie. Die Haut um ihre Augen legte sich in Falten, als sie zusammen mit Becket, dem Operationschef, über etwas lachte. Sie saßen an einem Tisch vor ihrem gemeinsamen Büro und tranken aus winzigen Bechern Kaffee. Zweifellos besprachen sie die Pläne für den nächsten Monat.

In ihrer Höhle befand sich ein Sender, mit dem man die Erde erreichen konnte. »Khoi«, rief Zhang. »Khoi! Ich brauche Ihr Funkgerät«, sagte er. »Bitte, es ist ein Notfall.«

»Was? Warum?«, fragte die Leiterin. »Stimmt etwas nicht, Doc?«

Zhang schüttelte den Kopf. »Nein. Nein ... es ist übel ... hören Sie, ich muss einfach nur jemanden anrufen. Ich muss mit Direktorin Lang sprechen.«

»Lang?« Becket runzelte die Stirn. »Wer ist das denn? Was für eine Direktorin ist sie?«

»Brandwache«, erklärte Zhang. »Hören Sie, es ist wirklich wichtig.«

Becket machte ein finsteres Gesicht. »Doktor, Sie sind ja ganz durcheinander. Die Direktorin der Brandwache heißt Ekaterina

Petrowa. Und ich kann mir absolut keinen Grund vorstellen, warum wir mit ihr sprechen sollten.«

Richtig, richtig. Die Titan-Kolonie war nagelneu. Die meisten Bewohner waren hierhergekommen, um dem hektischen Gedränge der inneren Planeten zu entgehen. Sie wollten hier ein beschauliches, friedliches Leben führen. In Sicherheit. Dies war ein sicherer Ort. Ja, es war hier vollkommen sicher. Unbedingt.

»Sicherheit, Sicherheit«, sagte er und hämmerte sich die Fäuste an die Schläfen. »Wir sind hier völlig sicher. Niemand wird mir glauben.«

Becket legte Zhang die Hände auf die Arme und drückte sie hinunter. »Doktor Zhang, setzen Sie sich doch zu uns. Wir können über alles reden. Gibt es eine gesundheitliche Krise? Ich verspreche Ihnen, dass wir so etwas sehr ernst nehmen werden.«

»Wir haben aber keine Zeit«, beharrte Zhang. »Verdammt noch mal.« Er lief an ihnen vorbei und in die Höhle hinein, die ihnen zugleich als Wohnquartier und als Büro diente. Becket rief ihm etwas hinterher, doch Zhang hörte nicht auf ihn, sondern suchte das Funkgerät. Das war kein Problem. Auf Titan waren die Höhlen nicht groß genug, um etwas darin zu verbergen. Er wischte mit der Hand über die Steuerung und rief ein Display auf. Neben ihm erschien Glaukos, ein freundlicher älterer Mann mit einem dicken Pullover und noch dickerer Brille. Durch die Gläser sah man Sterne und Sternennebel.

»Brauchen Sie bei Ihrem Anruf Hilfe?«, fragte Glaukos. »Ich müsste vorher lediglich überprüfen, ob Sie dazu berechtigt sind.«

»Leck mich«, sagte Zhang zu der KI. Er tippte auf der virtuellen Tastatur herum und suchte nach Direktorin Langs Namen und ihrer Adresse. Sie musste doch irgendwo in der Datenbank der Anlage registriert sein. Selbst wenn sie nicht offiziell die Direktorin der Brandwache war, sie wusste doch ganz bestimmt etwas über … über Para… Para. Para… was?

Irgendetwas mit »Para«. War das eine Kolonie? Ein Planet? »Warum kann ich sie nicht finden?«, fragte er. Sie war nicht in der Datenbank. Dabei gab es eine Reihe Adressen der Brandwache. Eine Direktverbindung zur Hauptwache auf dem irdischen Mond. Eine Notrufnummer für die Leiterin der Kolonie, die sie im Fall von Unruhen unter den Bewohnern Titans wählen konnte. Es gab sogar eine anonyme Verbindung, falls Zhang ein Verbrechen melden wollte. Er suchte nach dem Büro der Direktorin und forschte sogar nach der Adresse der Direktorin Petrowa, aber …

»Verraten Sie mir doch bitte, was Sie tun möchten«, forderte Glaukos, der direkt hinter Zhang stand. »Ich kann Ihnen helfen. Ich bin ganz sicher, dass ich Ihnen helfen kann.«

»Ich muss ihr sagen … ich muss der Direktorin mitteilen, dass …« Er forschte angestrengt in seinen Erinnerungen. Paradise? Wie war das noch gleich mit dem Paradies? Er verstand es einfach nicht. Zhang war kein Christ und der Begriff sagte ihm nichts. Es gab aber noch ein anderes Wort. »Der Basilisk. Ich muss sie vor dem roten Basilisken warnen.« Nein, das stimmte auch nicht ganz. Er kam einfach nicht darauf.

Warum war er so durcheinander?

»Doc.« Khoi berührte ihn am Arm. Er zuckte zusammen und entzog sich ihrer schmalen Hand.

»Sie müssen es erfahren! Sie müssen von dem Minotaurus erfahren, von dem … von dem grünen Roboter, und …«

»He.«

Das war Holly. Sie stand direkt vor ihm und sah ihm in die Augen. Ihre Miene wirkte ruhig, verriet aber trotzdem ihre tiefe Sorge.

»Holly«, keuchte er. »Holly, mein Gott. Ich habe dich so vermisst.«

Er beugte sich vor und küsste sie. Die Lippen waren ... kalt. Es fühlte sich nicht richtig an.

Als er die Augen aufschlug, blickte er in das Antlitz einer Toten. Die Haut war wächsern und kalt und hatte jede Spannung verloren, ihre Augen waren verwest und weiß.

Sie atmete nicht mehr.

Sie atmete nicht mehr.

Zhang schrie.

146

MANCHMAL wünschte sich Rapscallion, er könnte die Augen verdrehen oder wenigstens genervt seufzen. Eine dieser seltsamen menschlichen Verhaltensweisen, die sie alle zu verstehen schienen. Er hatte versucht, gereizt mit dem Fuß zu tappen. Er hatte außerdem versucht, das verdammte Hologramm einfach nur anzustarren, bis es endlich begriff, was er meinte. Das nützte alles nichts.

»Wenn wir doch nur sehen könnten, was da drüben los ist.« Parker hatte kaum den Blick von den Teleskopen gewandt, seit das große Kolonistenschiff die Rettungskapsel aufgenommen hatte. Seine Frustration war geradezu körperlich spürbar. Und ein echtes Ärgernis.

Rapscallion löste den Blick von dem Stromverteiler, den er reparierte. »Actaeon«, rief er, »konntest du schon die Modelle durchrechnen, die ich dir vorgelegt habe?«

»Das habe ich getan«, antwortete die KI. »Ich fürchte aber, die Ergebnisse haben sich nicht verändert. Angesichts des Zustands der *Alpheus* und selbst wenn Kapitän Parker das Schiff steuert, gibt es keine Möglichkeit, einen Kurs zu setzen, auf dem wir die *Pasiphaë* erreichen würden, ohne von mindestens zwei Kriegsschiffen abgefangen zu werden. Wir wären in Reichweite der Langstreckenwaffen von mindestens fünfundzwanzig Einheiten, sobald wir uns dem anderen Schiff nähern.«

Das wusste der Roboter natürlich längst. Er hatte die Daten in seinen eigenen Prozessoren verarbeitet und war zu der gleichen Schlussfolgerung gelangt. Er war nicht einmal sicher, warum er Actaeon gebeten hatte, seine Ergebnisse zu überprüfen. Vielleicht hatte er einige ihrer Unsicherheiten übernommen, nachdem er in letzter Zeit so viel mit Menschen zu tun gehabt hatte.

»Und was ist mit der anderen Idee, die ich ins Spiel gebracht habe?«, fragte Parker.

Rapscallion suchte eine passende Sounddatei, um seine Verachtung für eben diese Idee zum Ausdruck zu bringen. Nach ein paar Millisekunden gab er es allerdings auf. »Eigentlich ist sie gar nicht so schlecht. Sie beruht einfach nur auf einem völligen Mangel an Realitätssinn und einem unzulänglichen Verständnis für physikalische Gesetze.«

»Ach, hör doch auf«, wehrte Parker ab.

»Ich soll Kopien von mir selbst herstellen. Ausreichend viele Kopien, um die ganze Flotte anzugreifen.« Der Roboter hielt sich vor Augen, wie dumm es war. Zunächst einmal war er ein Roboter und kein Schlachtschiff. Natürlich konnte er einen Körper mit Angriffswaffen bauen, aber das bedeutete, dass er Arme hätte, die mit Messern oder Laserprojektoren ausgestattet waren oder etwas in dieser Art. Raketenwerfer und starke Partikelstrahler waren ausgeschlossen. »Wir haben genügend Material auf der *Alpheus*, um etwa zehn Kopien von mir herzustellen«, erklärte er. Es war anstrengend, geduldig zu bleiben. »Zehn Kopien, die in der ersten halben Sekunde nach dem Angriff vernichtet werden würden.«

Parker knurrte aufgebracht. Er hatte die Teleskope keine Sekunde aus den Augen gelassen. »Verdammt noch mal. Wenn wir nur mehr Material für den Drucker hätten ...«

»Auch das würde nichts nützen. Ich brauche etwa zehn

Minuten, um einen neuen Körper herzustellen. Wie viele Kopien wollen Sie haben? Hundert? Nehmen wir einmal an, uns stünde das gesamte Verbrauchsmaterial aus dem ganzen System zur Verfügung. Dann könnte ich vielleicht tausend Körper herstellen. Oder sogar zehntausend.« Rapscallion schüttelte den Kopf, obwohl Parker ihn gar nicht ansah. »Nach zwei Tagen könnte ich die Körper auf die Flotte loslassen, und Sie könnten sich hier zurücklehnen und zuschauen, wie sie der Reihe nach ausgeschaltet werden.«

»Dann bauen wir dir eine Million Körper«, sagte Parker. »So viele, wie nötig sind.«

»Auch das würde nicht funktionieren, weil ich mein Bewusstsein auf alle Körper verteilen müsste. Nämlich jedes Mal, wenn ich einen neuen Körper herstelle, wird meine Intelligenz halbiert. Wenn ich mich also auf Tausende von Körpern aufteile, werden sie alle so dumm, dass sie nicht mehr wissen, was sie tun.«

»Ich möchte jetzt auf keinen Fall hören, was nicht funktioniert«, erwiderte Parker und holte tief Luft. »Nein. Nein, es muss doch einen Weg geben. Etwas, das wir tun können.« Wieder betrachtete er die Flotte von hundertfünfzehn Schiffen, die als winzige Punkte auf dem Display dargestellt wurden. »Diese Schiffe haben doch alle 3-D-Drucker an Bord, oder?«

»Klar«, sagte Rapscallion. »Und?«

»Wir könnten versuchen, ein Schiff zu überfallen. An Bord gehen und das Verbrauchsmaterial aus dem Lager des Schiffes benutzen. Das benutzen wir, um weitere Kopien von dir herzustellen. Und dann nehmen wir uns das nächste Schiff vor.«

Rapscallion durchsuchte seine Audiodateien. Er wollte ein ungeheuer spöttisches Gelächter heraussuchen. Während er suchte, fiel ihm allerdings etwas ein.

»Warten Sie«, sagte er. »Was Sie da gerade gesagt haben …«

»Meinst du den Überfall auf ein anderes Schiff?«

»Nein«, antwortete Rapscallion. »Das war dumm. Aber das Verbrauchsmaterial.« Er überlegte. »Vielleicht, ja, vielleicht gibt es da eine Möglichkeit.«

147

SOMMER in Sewastopol, vierzig Grad in der Bucht. Sie hatten sich überlegt, hinunter zum Wasser zu gehen und sich abzukühlen, doch auch dort konnte man der Hitze nicht entkommen. Sascha trug nur ihren Badeanzug und stieß jedes Mal einen erschrockenen Schrei aus, wenn sie mit den nackten Füßen auf eine sonnige Stelle des Pflasters trat. Der einzige Ort, an dem man im Schatten sitzen konnte, war eine Bank vor einem Regierungsgebäude. Das war gar nicht so übel, wenn man aus dem direkten Sonnenlicht herauskam, aber trotzdem sammelte sich noch der Schweiß in den Schlüsselbeingruben und im Kreuz.

Von der Bank aus konnte man das Meer betrachten. Sie sah gern zu, wie die Wellen auf und ab wogten. Rodion sprach mit ihr über Politik und über die Lehrgänge, die er belegt hatte. Eigentlich über gar nichts – oder jedenfalls über nichts, was eine Antwort von ihr erforderte. Kein Gesprächsthema, zu dem sie eine Meinung haben musste.

Sie betrachtete das Meer.

Das Meer ...

Da war etwas. Sie hatte etwas im Meer bemerkt, konnte es aber nicht richtig einordnen. Ein heller Fleck, etwas wie ein riesiger bleicher Fisch. Beinahe hatte sie das Gefühl, er sähe sie an. Sie stand auf und ging zum Wasser.

Ehe sie dort ankam, war Rodion schon wieder bei ihr. Mit

zwei Eiswaffeln kam er im Trab herbei, zwinkerte und reichte ihr eine.

»Da war etwas«, sagte sie. »Im Wasser.«

»Beeil dich«, ermahnte er sie lachend. »Bei dieser Hitze hält es nicht lange.«

Die Eiscreme schmolz bereits, die hellblaue Soße tropfte auf das Pflaster. »Was für ein Geschmack ist das? Ich erinnere mich zwar an diesen Tag, aber ich ... ich weiß nicht mehr ... ich ...«

Rodion streckte die Hand aus und hielt sie sanft am Ellenbogen fest. Doch es reichte aus. Sie vergaß, was sie gerade gedacht hatte, es war einfach weg. Sie blickte zum Meer hinüber, aber da war nichts mehr außer den Wellen und einem Kreuzfahrtschiff in der Ferne am Horizont.

In ihrem Kopf jedoch drehte sich alles. Dank der Ablenkung wusste sie nicht einmal mehr, was sie so verwirrt hatte. Vermutlich nur die Hitze, redete sie sich ein. »Es tut mir leid. Was hast du gesagt?«

»Es gibt einen Tanzabend«, erklärte er. »Heute Abend, da draußen auf der Pier. Ich habe dich gefragt, ob du Lust dazu hast. Deine Mutter würde es bestimmt erlauben. Es ist nur für Militärbedienstete und deren Angehörige gedacht, deshalb sind wir da in guter Gesellschaft. Bitte sag, dass du mitkommen möchtest. Ich würde dich so gern in einem Kleid sehen. Du siehst bestimmt umwerfend aus.«

Sascha hörte kaum hin. Ihr war etwas geschmolzenes Eis auf den Arm gelaufen.

Auf den linken Arm.

Da war ... mit ihrem linken Arm stimmte etwas nicht.

Sie warf das Eishörnchen auf das Pflaster. Die Möwen kreischten und stürzten sich darauf, zwei begannen sofort zu zanken. Sie achtete aber nicht auf die Vögel.

Der Arm. Das war ihr linker Arm. Ihr ... verletzter Arm? Warum dachte sie an eine Verletzung? Sie war Rechtshänderin, und ...

»Du könntest dir die Haare hochstecken. Oder, na ja, auch mal etwas toupieren.«

»Was, wie Ekaterina?« Sie lachte, griff nach ihren Haaren und fuhr mit den Fingern durch die unordentlichen Locken, um sie auszubreiten und sich über die Mähne ihrer Mutter lustig zu machen. Mitten in der Bewegung hielt sie inne und betrachtete wieder ihren Arm.

Warum stutzte sie so wegen ihres Arms? Er war dünn und ziemlich bleich. Man hatte sie geimpft, ehe sie nach Sewastopol kommen durfte. Eine Gentherapie, die dafür sorgte, dass ihre Haut kein ultraviolettes Licht aufnahm. Das schützte sie vor Hautkrebs, doch sie fand, dass sie damit so weiß war wie die Möwen. Rodion dagegen strahlte schon nach ein paar Wochen am Meer in einem wunderschönen Bronzeton.

So bleich ... *wie dieser Umriss im Wasser.* Sie schüttelte den Kopf. Was für ein Unfug. Sie dachte über ihre viel zu blasse Haut nach. Und ihre Arme waren so dürr. Sie war ein kleines Mädchen. Rodion war zwei Jahre älter als sie, er war schon achtzehn, und sie hatte sich immer gefragt, was er eigentlich in ihr sah.

Sie glaubte, die Wahrheit zu wissen. Sie nahm an, dass er sich gar nicht für sie entschieden hatte, sondern dass er ihr zugeteilt worden war. Irgendein Kulturattaché in der Brandwache musste ihn ausgesucht und zu ihr abgeordnet haben.

Manchmal fragte sie sich sogar, ob es ihre Mutter befohlen hatte.

Sie betrachtete das feine Haar auf ihrem Arm. Die vorstehenden Knochen am Handgelenk. Sie streckte die Finger und ballte die Hand zur Faust. Die Faust wollte sich nicht ganz schließen. Warum nicht?

»Du könntest dir doch die Haare hochstecken. Oder, na ja, etwas toupieren.«

Sie sah Rodion an, die Hand war vergessen. »Das hast du schon einmal gesagt.« Oder nicht?

»Kannst du tanzen? Ich zeige es dir, wenn du es nicht kannst.« Er sprang herbei, nahm ihre Hand, die linke Hand, und legte sie über dem Hosenbund an seine Hüfte.

»Aua«, sagte sie.

»Hab ich dir wehgetan?« Er fuhr zurück, als hätte ihn eine Wespe gestochen. Sie sah die Angst in seinen Augen. Manchmal war es, als fürchte er sich schon davor, sie auch nur zu berühren.

»Bloß ein Krampf oder so etwas.« Wieder betrachtete sie die Hand. Ihre linke Hand.

Die verletzte Hand.

Sie nahm sich zusammen, ballte sie noch einmal zur Faust und presste dann die Finger zusammen, so fest sie konnte.

Die Schmerzen rasten durch ihren Arm, die Blitze zuckten durch den Ellenbogen. Sie keuchte vor Anstrengung und vor Schmerz, aber ... ja, ihr Kopf wurde allmählich klar. Ihre Gedanken reihten sich wieder ordentlich ein. Rodion sah überhaupt nicht wie Rodion aus. Warum nicht? Und warum fühlte sie sich in diesem Körper so seltsam, als gehörte er ihr gar nicht?

»Da geschieht etwas«, sagte sie. »Das alles hier ist nicht ...«

Nicht real, wollte sie sagen.

Rodion beugte sich über sie und blickte auf sie herab. Er wirkte gar nicht mehr so schüchtern. Sogar ziemlich zuversichtlich. Er stand aufrecht wie ein Soldat, die Lippen fest zusammengepresst.

»Vielleicht müssen wir dich wieder in die Kiste stecken«, sagte er.

Es war gar nicht seine Stimme. Da sprach nicht Rodion. Es war ihre Mutter.

Sie blickte in die Augen, die Rodion oder jemand anders gehörten, das war egal. Dort sah sie nichts als Eis. Eine erbarmungslose, berechnende Kälte. Es hätte auch eine KI sein können, die sie ansah.

Sie musste ihm etwas sagen. Rodion zog eine Augenbraue hoch, als wollte er sie warnen.

»Es ... äh«, setzte sie an. »Es wäre mir eine Ehre, mit dir zu tanzen, Rodion Semjonowitsch.«

Er streckte die Hand aus. Sie schlug ein.

Gleich danach lachte sie, als er sie über die Pier wirbelte. Die Holzplanken waren unter den zarten Füßen heiß wie Kohlen.

148

»ATMEN Sie bitte. Versuchen Sie zu atmen.« Zhang trug eine schwere Atemmaske und eine Schutzbrille, sodass der Patient seinen Mund nicht sehen konnte. Der Arzt hob das Kinn und senkte es wieder. Hob es und senkte es und gab den Rhythmus vor.

Die Haut des Patienten war gerötet und verschwitzt. Sein Gesicht glühte, als hätte er sich besonders angestrengt. Er war ein einunddreißig Jahre alter Techniker und bei guter Gesundheit. Allerdings zeigten seine Biodaten, dass er unter starker Atemnot litt. Er hieß Karl. Zhang kannte ihn natürlich. Sie hatten einmal zusammen Karten gespielt. In einer Kolonie von lediglich dreihundert Menschen kannte jeder jeden.

»Ein und aus, ein und aus.« Zhang nickte aufmunternd.

Karl betrachtete den Arzt mit einer geradezu absurden Dankbarkeit.

Hinter ihm sprach Holly mit Khoi. »Es gibt keinerlei Anzeichen für bakterielle und virale Infektionen oder eine Mykose. Mit unseren Tests haben wir nichts gefunden. Jetzt suchen wir nach Prionen, aber das halte ich für ziemlich unwahrscheinlich.«

Glaukos schaltete sich ein. »Die meisten Erkrankungen durch Prionen gibt es in Populationen, die Anthropophagie betreiben oder zumindest tierische Hirnmasse verzehren.«

»Anthropophagie?«, fragte Khoi.

»Kannibalismus«, erklärte Holly. »Ich glaube, das können wir ausschließen.«

»Aber was ist es dann?«, wollte Khoi wissen. »Zwei Leute sind schon tot, vier weitere müssen gepflegt werden. Wir haben nicht genug Beatmungsgeräte. Hannah von der Herstellung hat mir gesagt, uns gingen die Vorräte aus, um noch mehr Geräte zu produzieren. Bitte sagen Sie mir, dass es irgendetwas gibt, das wir tun können.«

»Ein, aus«, dirigierte Zhang weiter.

Karls Atmung setzte schon wieder aus. Seine Augen wurden glasig und sein Kopf kippte nach vorn.

»Karl! Karl, bleiben Sie wach«, sagte Zhang. »Sehen Sie mich an!« Er legte die Hand unter Karls Kinn und zog den Kopf des Mannes hoch. Jetzt verlor das Gesicht die Farbe, die Rötung wich einer wächsernen Blässe. »Schnell! Gib mir den Beatmungsbeutel!«

Holly schnappte sich das Gerät und warf es ihm hinüber. Zhang schnallte Karl die Maske auf das Gesicht und drückte auf den Beutel, um die Luft in Karls Lunge zu pressen und ihn künstlich zu beatmen.

»Es ist, als hätten die Betroffenen die einfachsten Reflexe verloren«, erklärte Holly. »Es scheint so, als müssten sie über jeden einzelnen Atemzug nachdenken. Und wenn sie abgelenkt oder zu müde sind, hören sie einfach auf zu atmen. Und sie beginnen nicht wieder, solange sie nicht bewusst daran denken.«

»Diese Symptome sind mir hinlänglich bekannt«, erwiderte Khoi. Sie kam herüber und stellte sich direkt neben Zhang. »Es ist Ihre Aufgabe, herauszufinden, was sie auslöst. Und noch wichtiger ist die Frage, wie wir das wieder in Ordnung bringen können. Welche Behandlungsmöglichkeiten gibt es? Lei? Sprechen Sie mit mir!«

Zhang bearbeitete den Beutel. Er drückte ihn und ließ langsam los, um das Kohlendioxid aus Karls Lunge zu holen. Sauerstoff hinein, verbrauchte Luft heraus. Ein, aus.

Ein, aus.

»Wir können diese Menschen retten, aber Sie müssen mir sagen, wie wir es anfangen sollen.«

Ein, aus.

Ein, aus.

Ein, aus.

149

SIE hatte noch nie Seidenstrümpfe getragen.

Mutters Diener hatte die Kleidung für den Tanzabend bereitgelegt. Eigentlich war es gar nichts Besonderes. Ein sittsam geschnittenes Mieder und ein Rock, der bis über die Knie reichte. Weiß. Jungfräulich. Dazu gehörten lange Abendhandschuhe, ein unaufdringliches Diadem und ein Paar weiße Tanzschuhe mit dicken, kurzen Absätzen. Neben den Schuhen lag ein Paar ordentlich gefaltete schwarze Seidenstrümpfe.

Manchmal hatte sie in der Schule unter der Uniform Leggings getragen, aber dies hier war etwas ganz anderes. Die Seidenstrümpfe waren ein Kleidungsstück für eine Frau, nicht für ein junges Mädchen. Sascha fand sie äußerst vornehm und irgendwie auch magisch. Als könne sie in eine ganz neue Welt eintreten, sobald sie die Strümpfe anzog. Eine Welt, die wesentlich ernster und realer war.

Im Gegensatz zu der jetzigen Welt? Wie real sollte es eigentlich noch werden?

»Sie haben einen elastischen Bund, aber sie bleiben nie dort, wo sie eigentlich sein sollen. Ich würde darauf verzichten.«

Sascha holte tief Luft und ließ sich einen Augenblick Zeit, bevor sie leise schnaufte, als hätte sie vergessen, normal zu atmen. Langsam drehte sie sich um, neigte den Kopf und ließ die Hände an den Seiten hängen.

»Hallo, Mutter«, sagte sie.

»Ach, hör doch auf damit«, sagte Ekaterina. »Rühr dich, um Himmels willen. Schließlich bist du keine Soldatin, die Haltung annehmen muss, wenn ich den Raum betrete.« Sie hatte einen gewaltigen Schal über die Schulterstücke ihrer Uniform drapiert und war mit einem mächtigen Luftschwall wie ein Güterzug, der aus einem Tunnel donnerte, in Saschas Zimmer getreten. Sascha machte Platz, damit ihre Mutter ganz hereinkommen und sich auf das Bett setzen konnte.

»Du wirst erwachsen«, stellte Ekaterina fest. »Also wird es Zeit, dass du lernst, dich wie ein erwachsener Mensch zu kleiden. Ich nehme an, du gehst heute auch zu dem Tanzabend? Kannst du tanzen, Saschenka?«

»Rodion zeigt es mir gerade«, erklärte sie, schlug die Augen nieder und starrte das Kleid an.

»Rodion. Das ist ein Junge, der sich mal etwas Disziplin angewöhnen könnte. Ich glaube, wenn man ihn sechs Wochen zu den Rekruten in die Kaserne steckt, bekommt er vielleicht ein Rückgrat. Schau mich an. Sieh mich bitte an, Mädchen! Ich möchte nicht, dass du mich vor all den Offizieren zum Gespött machst, indem du blindlings über die Tanzfläche stolperst. Oh, sie werden mir ganz bestimmt sagen, wie niedlich du seist, wie reizend, aber ich weiß, was sie wirklich denken werden. Sie werden glauben, ich hätte dich nicht ordentlich ausgebildet.« Ekaterina seufzte. »Eines musst du lernen. Glaube niemandem aufs Wort. Du wirst immer beurteilt. Jede Tat, jede Entscheidung, die du triffst, alles wird ständig bewertet. Du darfst niemals versagen.«

»Ja, Madam.«

»Wahrscheinlich ist es besser, wenn du gar nicht erst versuchst zu tanzen. Wir werden sagen, es sei eine Frage des Anstands.

Das wird den erzkonservativen Leuten im Offizierskorps gefallen. Es ist immer gut, wenn man die Eiferer auf seiner Seite hat. Was ist los mit dir?«

Sascha wollte etwas sagen, stellte aber fest, dass in ihrer Lunge kein Atem mehr war. Sie schnappte nach Luft, streckte die Hand aus und hielt sich an der Kommode fest, um nicht zu taumeln. Dann fasste sie sich an die Kehle. Es war, als erstickte sie an ihrer eigenen Scham.

»Sieh mich an«, befahl ihre Mutter. »Sie mich an! Und jetzt atme.«

Sascha tat, was die Mutter verlangte, nickte und atmete tief ein. Vor ihren Augen blitzten winzige Sternchen.

»Ein. Gut. Und aus«, drängte Mama. Sie streckte die Hand aus und massierte energisch Saschas Kehle. Sascha fürchtete, sie werde zusammenbrechen, sobald ihre Mama sie losließ. »Ein. Aus. Und achte auf den Rhythmus. Ein. Aus. Ja? Bei Gott und allen seinen Sündern, Mädchen, wenn ich nicht hier wäre, du hättest längst schon auf dem Boden dein Leben ausgehaucht. Wie gut, dass du mich hast. Diese Welt ist nichts für Schwächlinge, Saschenka.«

Sascha konzentrierte sich auf den Atem, so gut sie konnte, und tat, was ihre Mutter ihr sagte. Das tat sie immer und in jeder Hinsicht. Etwas anderes war gar nicht möglich.

150

»HÖRST du die Musik?«

Lei spürte Hollys Lippen, die auf der Haut in seinem Nacken spielten.

Sie lagen in seiner schmalen Koje im Schlafsaal. Das Licht war ausgeschaltet, aber allein waren sie keineswegs. Ringsherum standen viele Betten, in denen junge Leute schliefen, die noch keine Familie gegründet hatten. Es war aber nichts dabei, zu zweit in ein Bett zu steigen. Die Schlafsäle wurden ohnehin von beiden Geschlechtern benutzt, und es war nichts Besonderes, dass Paare nur eine Liege beanspruchten. Manche Titanier hatten sogar jeden Abend einen anderen Partner. Titan war noch eine junge Kolonie, die so viele Babys brauchte, wie man nur zeugen konnte. So waren sie keineswegs das einzige Paar, das in dieser Nacht das Lager teilte.

In den letzten Monaten hatten Lei und Holly ausschließlich miteinander geschlafen. Andere zogen sie deshalb schon auf, und viele hatten angedeutet, dass sie doch einfach heiraten sollten, aber Lei hatte noch nicht den Mut gefunden, sie zu fragen.

»Was? Musik? Nein«, antwortete er. »Was für eine Musik denn?«

»Es ist seltsam, aber es klingt ... fast wie eine Militärkapelle. Ich höre Tubas. Humtata, humtata.« Sie lachte. Es war schön, ihr Lachen zu hören. Die medizinische Krise machte Lei große

Sorgen. Karl war vor ein paar Stunden gestorben und er war immer noch erschüttert. Er war sicher, dass sie die Sache in den Griff kriegen würden, doch seine Sorgen konnte das nicht lindern. Sie hatten schon einige Male Menschen verloren. In jeder Kolonie gab es Todesfälle, aber Karl war bereits der dritte in dieser Woche. Wie viele würden in den nächsten Tagen noch folgen? Es konnte sich leicht zu einer Epidemie auswachsen, die in einer kleinen, dicht besiedelten Kolonie dann schwer zu kontrollieren wäre. Und was, wenn sich nun eine besonders wichtige Person die Infektion zuzog? Jemand wie Khoi? Sie hielt doch die ganze Gruppe zusammen.

Er schob all diese Gedanken beiseite. Eines, was man schnell lernte, wenn man sich zum Arzt ausbilden ließ, war die Fähigkeit, sich auf das Nächstliegende zu konzentrieren. Man musste Tod und Krankheit hinter sich lassen, wenn der Tag vorbei war. Oder wenigstens lernte man, so zu tun als ob.

»Ich höre nur, dass Sunil drüben an der Tür furzt«, flüsterte er.

Darüber musste Holly heftig lachen, er spürte ihren ganzen Körper im Rücken beben. »Ich möchte tanzen«, sagte sie. »Ich will tanzen gehen.«

»Klar, lass uns die Beinchen schwingen«, antwortete Lei. Er wackelte vor ihr mit dem Hintern, woraufhin sie quiekte und den Arm um seine Hüften schlang. »Sch-scht«, machte er. Dann drehte er sich um und küsste sie.

Sie fasste nach unten und packte ihn durch die Shorts. Er zog ihr den Slip herunter. Er brauchte es jetzt. Mit einer Heftigkeit, die er sonst beim Sex kaum spürte, wollte er sie an sich ziehen, unbedingt musste er sie berühren, musste sich berühren lassen, musste ihre Haut auf seiner spüren, musste ...

Das Deckenlicht ging an.

Erschrocken hielten sie inne, halb nackt und sehr überrascht. Auch die anderen richteten sich auf, beklagten sich und schossen giftige Bemerkungen in die Richtung der Tür ab.

Lei hob den Kopf und sah Khoi mit ernster Miene im Eingang stehen. »Zhang, Clark, kommen Sie sofort mit«, sagte die Leiterin.

Er schnappte sich den Overall, der unter dem Bett lag, und zog ihn über die Beine. Neben ihm fahndete Holly möglichst unauffällig nach ihrer Unterwäsche. Wenige Sekunden später waren sie bekleidet und folgten Khoi durch das Atrium zur medizinischen Abteilung. Lei blickte nach oben zu der Wendeltreppe in der Mitte ihrer kleinen Welt. Es lief ihm kalt über den Rücken.

»Geht es dir nicht gut?« Holly fasste ihn am Arm.

»So dunkel«, sagte er. »Es ist so dunkel. Ich kann gar nichts sehen. Ich kann überhaupt nichts erkennen.«

»Was? Was meinst du damit?«, fragte sie ihn.

»Ich ... ich weiß es nicht. Schon gut.« Sie eilten in ihre Abteilung.

Khoi war ein Stück vor ihnen. Die Leiterin hatte sich eine Maske und eine Schutzbrille genommen und reichte ihnen die gleiche Ausrüstung, sobald sie durch die Schleuse traten. »Was ist denn los?«, fragte er und dachte schon über die verschiedenen Möglichkeiten nach. »Wer ist gestorben?«, fragte er leise.

Khoi schüttelte den Kopf. Sie musste gar nichts mehr sagen. Als Lei sich umsah, stellte er fest, dass alle Krankenbetten belegt waren. Weitere Patienten lagen sogar auf dem Boden. Mit zunehmendem Entsetzen erkannte er, dass einige bereits tot waren, insgesamt etwa zwanzig Personen.

Am hinteren Ende des Raumes stand Glaukos etwas abseits. Das Hologramm hatte den Kopf gesenkt und wandte ihnen den

Rücken zu. Es war die hellste Lichtquelle in dem ganzen Raum. Die Erscheinung glühte, flirrte leicht und war fast schmerzhaft rosa.

»Sehen Sie mich nicht an«, sagte das holografische Bild. »Kommen Sie nicht näher. Wenn ich Sie nicht ansehe, kann ich Sie nicht infizieren.«

»Er ist verrückt geworden«, flüsterte Khoi. »Ich glaube, er hat Schuldgefühle oder so. Als würde er sich selbst anlasten, was hier geschieht. Das ist natürlich absurd, Doktor. Lei, machen Sie sich fertig, Sie müssen Autopsien durchführen. Wir können Glaukos nicht mehr vertrauen. Doktor Clark, Sie kommen mit.«

Lei nickte und ging zu dem Spind mit der Arbeitskleidung. Eine Autopsie während einer Epidemie verlangte vollen Körperschutz, einschließlich schwerer Handschuhe und einer Abschirmung für das Gesicht. Er blickte kurz zu Holly rüber, die sich zusammen mit Khoi dem Hologramm näherte. Er wollte ihr aufmunternd zunicken oder sonst etwas tun, doch sie blickte gar nicht in seine Richtung.

Die beiden Frauen gingen aus verschiedenen Richtungen auf Glaukos zu, als wollten sie die KI anspringen und niederringen oder so etwas. Das war natürlich absurd - sie würden einfach durch das Bild laufen, wenn sie dies versuchten. Aber wie sollte man eigentlich mit einem durchgedrehten Avatar verfahren?

»Ich sagte, ihr sollt mich NICHT ANSEHEN!«, heulte Glaukos. Er drehte sich zu Holly herum und flackerte einen Augenblick lang grellrot. Lei beobachtete noch etwas anderes, das er nicht verstand. Es schien, als verzerrte und verlängerte sich Glaukos' Gesicht und flöge wie eine Peitschenschnur zu Holly hinüber; fast so, als wollte sich das Hologramm strecken und biegen, um sie zu erreichen.

Holly stürzte zurück, was in der niedrigen Schwerkraft von Titan nur äußerst langsam vor sich ging. Sie hatte genügend Zeit, die Hände nach hinten zu nehmen und sich abzufangen. Die ganze Zeit über konnte sie den Blick nicht von Glaukos wenden. Offenbar sah sie in seinem Gesicht etwas Schreckliches, das sie ganz und gar lähmte.

»Holly«, rief er. »Holly!« Sie drehte sich nicht einmal zu ihm um.

151

ES war das Schönste, was Sascha je gesehen hatte. Es war kitschig und zuckersüß und vollkommen dumm. Äußerst schrecklich, altmodisch, langweilig und dumm.

Und ... bezaubernd.

Sie fühlte sich wie verzaubert.

An einem Ende der Bucht befand sich eine kleine Pier. Vielleicht hatte sie früher einmal dem Anlegen von Fischerbooten gedient, aber das war lange her. Damals, als man die Wesen, die im Schwarzen Meer lebten, noch essen konnte. Jetzt war es einfach nur eine Beobachtungsplattform, ein großes erhöhtes Quadrat am Ende eines langen Stegs. Tagsüber sah sie nach nichts Besonderem aus. Einfach nur ein paar verwitterte alte Planken auf hohen Pfählen.

Für den Tanzabend hatten sie jedoch am ganzen Geländer entlang Lichterketten aufgehängt. Ganz am Ende stand ein Zelt aus Gaze, ein Baldachin aus Seide, durch den man sogar noch die Wellen erkennen konnte. Draußen im Wasser konnte man das Denkmal für die versunkenen Schiffe erkennen, dessen Säule mit Scheinwerfern angestrahlt wurde. Alle Lichter funkelten, alle Lichter hatten einen kleinen Hof. Und jedes Licht hatte einen Zwilling, der auf den Wellen hüpfte und tanzte.

Die ... die Wellen, und darunter war noch etwas Bleiches, ein Glanz in der dunklen Tiefe, der sie rief ...

»Ist das nicht wundervoll?«, fragte Rodion.

Sie blickte wieder zu der Pier, zu dem Zelt mit den wallenden Seidenwänden. Sie konzentrierte sich sehr, damit ihr Geist nicht abirrte. Ja wirklich, es war wunderschön. So bezaubernd. Sascha fürchtete, sie müsse gleich weinen.

Musik schwebte in der Luft, eine sehr schöne Musik. Tschaikowski, dachte sie, arrangiert für eine Militärkapelle. Sie spürte das Dröhnen der Tubas im Oberkörper. *Humtata, humtata.* Einige Paare tanzten bereits, die Offiziere in ihren adretten Ausgehuniformen mit den makellosen taubengrauen Handschuhen, die militärisch kurzen Haare glatt zurückgekämmt. Ihre Begleiterinnen trugen tief ausgeschnittene Kostüme oder imposante Kleider in den Farben von Edelsteinen, blauer und grüner Satin, auf dem die Lichter schimmerten.

Sascha hatte bisher sehr behütet gelebt. Sie hatte nur wenige Freunde gehabt und nicht viel von der Welt gesehen, seit sie vom Mond wieder hierher umgezogen waren. Etwas Prächtigeres als dies konnte sie sich allerdings kaum vorstellen.

»Meine Liebe«, sagte Rodion und fasste sie mit Daumen und Zeigefinger am Ellenbogen. »Du siehst wundervoll aus.« Dabei grinste er selbstgefällig, als wäre dies alles nur eine Farce und als wolle er ihr zu verstehen geben, dass er es nicht wirklich ernst meinte. Auf einmal fühlte sie sich ausgesprochen jung und dumm.

Sie betrachtete die langen Handschuhe und das winzige Retikül, das jedoch vollkommen leer war. Es hatte neben dem Kleid und den Schuhen und allem anderen bereitgestanden, und sie hatte angenommen, es gehörte eben dazu. Auf einmal verspürte sie eine unbändige Lust, es weit hinaus ins schwarze Wasser zu schleudern. Sie beherrschte sich jedoch und blickte zu Rodion. Aber ...

Er sah einen Augenblick lang völlig verkehrt aus. Er war älter und hatte viele Bartstoppeln auf den Wangen. Das Kinn war markanter und stärker. Die seelenvollen Augen waren auch irgendwie anders. Außerdem war er größer. Viel größer als vorher.

»Was trägst du da?«, fragte sie ihn und betrachtete ihn. Seine Ausgehuniform war auf einmal einem schmutzigen, versengten Overall gewichen. Ein Abzeichen auf der Brust trug die Aufschrift ARTEMIS. Sie hatte Angst, ihr Kleid würde schmutzig werden, wenn er sie berührte.

»Willst du das jetzt wirklich durchkauen?«, fragte er. Auch seine Stimme hatte sich verändert. »Schau, deshalb sind wir doch hier. Sieh sie an.«

Mutter.

Mutter war auf die Tanzfläche getreten und sprach mit jemandem, mit einem Lieutenant-Inspektor, der eine Uniform der Brandwache trug. Sie nickte ernst und sah sich über die Schulter hinweg zu einem Untergebenen um, dem sie einen Befehl erteilte. Daran war nichts Ungewöhnliches. Nur dass Ekaterina ein rotes Flitterkleid trug. Sie sah aus, als hätte sie sich in Flammen gehüllt, und wenn sie sich bewegte, spiegelte sie mit hundert kleinen Blitzen das Licht. Die Brise erfasste ihre Haare, wehte sie aber nicht hin und her, sondern blähte sie auf, sodass die Mähne noch gewaltiger wurde, als sie ohnehin schon war.

»Bei allen Heiligen und Teufeln, sie ist wirklich prächtig«, sagte Rodion. Er war wieder achtzehn Jahre alt und trug einen weißen Anzug. Er hatte die ganze Zeit Saschas Arm gehalten und nahm jetzt auf einmal die Hand weg, als hätte er sie völlig vergessen.

»Wolltest du, äh«, setzte sie an. »Wolltest du nicht tanzen?«

»Was?«, fragte Rodion. »Oh. Nein. Hör mal, ich hole uns etwas zu trinken. Warte doch einfach hier auf mich.« Am Rand der Tanzfläche, nah am Eingang. »Hier kannst du die wichtigen Leute begrüßen, sobald sie eintreffen.«

»Natürlich«, antwortete sie.

Natürlich? Irgendwo in ihrem Kopf schrie jemand. Hatte sie das wirklich gesagt? War sie tatsächlich jemals so demütig gewesen? Wie viel von alldem hier war überhaupt real? Es kam ihr so vor, als könnte ihr der Wind, wenn er noch etwas auffrischte, die Seele aus dem Körper wehen, die danach bis in alle Ewigkeit über dem Meer kreischen mochte. Wie viel von alldem war wirklich geschehen? Dies war doch ... eine Erinnerung, oder? Nur eine Erinnerung?

»Es ist eine Lektion«, sagte Mama.

Auf einmal stand Mama direkt vor ihr.

»Trotz steht dir nicht, Saschenka. Das war schon immer dein größter Fehler. Wie kannst du erwarten, eine gute Soldatin zu werden, wenn du nicht einmal lernen willst, Befehle zu befolgen?«

Saschas Herz stockte einen Moment. »Ich dachte, mein Problem wäre vor allem, dass ich nicht hart genug sei.«

Ekaterinas Hand war hart wie Stahl, als sie ihre Wange traf. Der Schlag riss Saschas Kopf zur Seite, und sie musste sich an dem hölzernen Geländer festhalten, um nicht zu Boden zu gehen. Der Puls pochte so heftig im Gesicht, dass sogar die Augen zuckten. Sie starrte die Lichterketten am Geländer an. Kleine Lichtpunkte in der Dunkelheit. Wie die Sterne im Weltraum, wenn man sie von der Brücke eines Raumschiffs aus betrachtete.

»So war das nicht«, erklärte sie.

»Was hast du gesagt?«

Sascha lächelte. Auf ihren Lippen klebte Blut. Sie sog es in den Mund und kostete den Geschmack. »So war das nicht. Rodion hatte keinen Abendanzug. Er trug seine Uniform, weil du ihn schon rekrutiert hattest. Du hast ihn zum Soldaten gemacht. Du hast ihm die Haare abgeschnitten und mit Laserstrahlen seine Tätowierungen entfernt. Er wollte mit mir tanzen. Er hat mich darum gebeten, aber ich erinnerte mich, dass du mich gebeten hattest, es nicht zu tun, und deshalb lehnte ich ab. Stattdessen hat er dann mit dir getanzt und ich habe zugesehen.«

»Stimmt das? So erinnerst du dich daran?«

»Du hast das alles konstruiert«, fuhr sie fort. »Aus ... woraus eigentlich? Woher hast du deine Informationen? Ich meine, die meisten Einzelheiten stimmen ja. Die Eiscreme auf dem Steg ist wirklich blau gewesen. Das hatte ich vergessen, aber es traf zu. Dieses alberne Retikül, daran erinnere ich mich jetzt. Aber einige Einzelheiten waren falsch. Anscheinend kannst du meine Gedanken lesen und meine Erinnerungen erkennen. Aber einige Details stellst du nicht richtig dar.«

»Wirklich? Bist du sicher? Du vergisst etwas.«

Das war die Stimme ihrer Mutter, die jemand anders benutzte.

Jemand. Oder ...

»Ich kann auch auf Ekaterinas Erinnerungen zugreifen«, behauptete die Stimme.

Sascha wollte immer noch nicht den Kopf heben.

Trotzdem starrte *Petrowa* zu den Lichtern, die an dem Geländer hingen.

»Ich kann dir zeigen, was wirklich geschehen ist. Indem ich deine und ihre Erinnerungen vergleiche, bin ich in der Lage, ein Gesamtbild zu erschaffen, das auf Tatsachen und nicht auf fehlerhaften menschlichen Erinnerungen beruht. Nicht so, wie du dich erinnerst, sondern so, wie es wirklich war. Soll ich das tun? Es wird dir aber nicht gefallen.«

»Lass dich nicht aufhalten«, antwortete sie.

Und bereute es sofort wieder.

Die Lichter verschwanden. Alle Lichter gingen aus. Das Universum zog sich bis zu einem winzigen Bereich von absoluter Dunkelheit zusammen, und die Wände rückten näher. Auch ihr Körper schrumpfte, die Finger wurden pummelig, die Beine verkürzten sich und waren dick vom Babyspeck. Sie kreischte und kreischte, doch es waren die Schreie eines Kleinkindes und nicht die einer Jugendlichen.

Saschenka heulte, brüllte und trommelte gegen den Deckel der Kiste. Die Kiste, in der sie, das war ihr klar, bis in alle Ewigkeit gefangen sein würde. Die Kiste, die ihr Sarg werden sollte.

»Mama!«, kreischte sie.

Niemand antwortete ihr.

152

KHOI zitterte am ganzen Körper, als sie immer und immer wieder nach Luft schnappte. Panisch verdrehte sie die Augen. Lei musste sie an den Händen festhalten und sie daran erinnern. »Ausatmen«, sagte er. »Ruhig. Einatmen, ausatmen.« Sie reagierte nicht. Sie nahm ihn überhaupt nicht wahr. Wie viel Sauerstoff erreichte noch ihr Gehirn? Hatte sie schon einen Gehirnschaden erlitten? Wie viel von ihrer Persönlichkeit war noch vorhanden?

»Glaukos«, rief er. »Glaukos, konntest du schon durchkommen?« Er hatte die KI ein Dutzend Mal gebeten, die Erde zu rufen. Er brauchte Hilfe. Er brauchte mehr Beatmungsgeräte. Er brauchte auch mehr Ärzte. Es musste doch eine Lösung geben. Irgendetwas, das er tun konnte.

Khoi hörte vollends auf zu atmen. Offenbar hatte sie etwas abgelenkt. Dafür war der Rote Würger verantwortlich. Er ließ einen vergessen, dass man sich auf das Atmen konzentrieren musste. Oder er ermüdete seine Opfer so sehr, dass sie sich mehr erinnern konnten.

»Beatmungsbeutel«, rief er. »Holly? Ich brauche hier einen Beatmungsbeutel. Es ist Khoi!«

Holly rannte herbei, aber als sie bei ihm eintraf, war Khoi bereits zyanotisch. Ihr runzliges Gesicht verlor jegliche Farbe und Muskelspannung und sie verdrehte die Augen.

»Verdammt«, sagte Lei.

Er setzte den Beutel auf das Gesicht der Leiterin und drückte, um für Khoi zu atmen, doch der Oberkörper der alten Frau hob sich nicht so, wie er sollte. Er bewegte sich nur ganz leicht, wenn er die Luft in die Lunge drückte, und dann fiel er in sich zusammen und der Sauerstoff entwich sofort wieder.

»Ihr Zwerchfell arbeitet auch nicht mehr«, sagte Holly.

»Weiß ich doch. Hol mir ein Beatmungsgerät. Ich intubiere.«

»Wir haben keine mehr«, antwortete Holly. »Lei ...«

»Nimm einem Toten eins ab«, sagte er. »Wir dürfen sie nicht verlieren. Nicht Khoi.«

»Lei.« Holly legte ihre Hände auf seine und wollte ihn von dem Beatmungsbeutel wegziehen.

»Hör auf. Ich kann sie retten, wir können ... wir können das noch aufhalten ...«

»Lei, sie hat keine Gehirnaktivität mehr.«

Er hob den Kopf und betrachtete das Holodisplay vor sich, das Khois Vitalfunktionen anzeigte. Das sie hätte anzeigen sollen, wenn sie noch gelebt hätte.

Er ließ den Beutel los, setzte sich auf den Boden und barg den Kopf in den Händen. Hilflos wiegte er sich vor und zurück. Er fühlte sich seltsam, alles war so unwirklich. Wie konnte jemand nur vergessen zu atmen? Wie verlor man einen so wichtigen Reflex? Er zählte zu den am tiefsten verankerten Funktionen des Körpers und funktionierte auch dann noch, wenn man nicht bei Bewusstsein war. Der menschliche Körper konnte weiter atmen, selbst wenn das Gehirn und das Herz tot waren. Wie ... wie war so etwas möglich?

Er wusste nicht mehr, wer den Begriff »Der Rote Würger« aufgebracht hatte. Wann hatten sie überhaupt Zeit gehabt, einen eingängigen Begriff für etwas zu finden, das sie nicht einmal richtig einordnen konnten? War es ein körperliches Leiden oder eher eine seelische Erkrankung? Ein Pathogen oder ein willentlicher schrecklicher Akt der Selbstvernichtung?

Die halbe Kolonie war bereits tot, die meisten anderen waren krank. Sie saßen in Schlafsälen, jeder auf seiner Koje, starrten einander an und erinnerten sich, ermunterten sich und flehten sich gegenseitig an, das Atmen nicht zu vergessen. Man sollte einfach nur an den nächsten Atemzug denken.

»Glaukos! Hast du schon eine Antwort auf die Nachricht bekommen?«

Holly sah sich in der medizinischen Abteilung um. »Er ist nicht hier«, sagte sie.

Lei rieb sich mit einer Hand über die Nase. Jetzt erst bemerkte er, dass er geweint hatte. Dabei war er für Situationen wie diese ausgebildet. Nein, er hatte gelernt, als Arzt zu arbeiten, doch niemand hatte ihm verraten, dass es so sein konnte – so schrecklich. »Glaukos«, rief er. »Zeig dich.«

Er bekam keine Antwort.

Nun sprang er auf und rannte aus der Höhle. Einige Menschen lebten noch, aber um die konnte sich vorläufig Holly kümmern. Er lief zur Verwaltung, zu Khois alter Unterkunft, und fand das Terminal, das ihn direkt mit Glaukos' Kern verband. Das Holodisplay, das er aktivierte, zeigte außer einem leeren weißen Rechteck jedoch gar nichts.

Was hatte das zu bedeuten?

»Dies ist ein medizinischer Notfall«, sagte er. »Gib mir die Genehmigung, auf den KI-Kern zuzugreifen.«

Auf dem leeren Display blinkte ein grüner Punkt. Das Licht flammte langsam auf und erlosch dann wieder. Wie Atemzüge. Es war ein Cursor, der seine Befehle erwartete. Er musste die richtige Kombination eintippen, um die manuelle Kontrolle über alle Systeme der Kolonie zu erhalten.

Lei kannte keine Terminalbefehle. Er war kein Computertechniker. Alle Computertechniker waren tot.

Er starrte das pulsierende grüne Licht an. An und aus, dachte er. Ein und aus. Einatmen, ausatmen.

Zum Millionsten Mal dachte er an seinen eigenen Atem. Vielleicht hatte der Würger auch ihn erwischt. Vielleicht würde er aufhören zu atmen, wenn er nicht mehr daran dachte.

Ein, aus.

Ein, aus.

»Glaukos«, rief er, obwohl er schon wusste, dass er keine Antwort bekäme.

Die KI war fort. Einfach ... verschwunden. Wie war so etwas überhaupt möglich? Alle Systeme der Titan-Kolonie von der Belüftung über die Heizung bis zum Tag-Nacht-Rhythmus der Beleuchtung hingen von Glaukos ab. Ohne die KI würde sich die Kolonie früher oder später herunterfahren, weil in den Systemen immer mehr Fehler entstünden, die nicht mehr automatisch repariert werden konnten. Mit der Zeit würde die Kolonie ohne die KI unbewohnbar werden.

Lei fragte sich, ob überhaupt noch jemand am Leben wäre, wenn es dazu kam.

Ein, aus.

Ein, aus.

Er riss sich zusammen und machte weiter. Er musste nachdenken. Wenn Glaukos nicht mehr funktionierte, so schrecklich das auch war, dann musste er viele Arbeiten in der medizinischen Abteilung selbst übernehmen. Er und Holly mussten alle Operationen durchführen und gebrochene Knochen von Hand einrichten. Sie mussten ständig die Patienten überwachen, weil Glaukos sie nicht mehr warnte, sobald der Sauerstoffgehalt zu weit sank oder das Herz stehen blieb.

Sie hatten viel Arbeit vor sich. »Holly«, rief er. »Holly, die KI ist kaputt. Den Grund weiß ich nicht. Ich habe keine Ahnung ...«

Er unterbrach sich, weil er die Wendeltreppe erreicht hatte, die bis zur Kuppel im Dach ihrer Welt reichte. Die Treppe hatte sich verändert.

Sie hatte jetzt ein Geländer aus Holz, das sich in Bögen nach oben schwang, und an diesem Geländer hatte man elektrische Lichterketten befestigt. Sie waren ... hübsch. Die Lämpchen verströmten einen warmen, beruhigenden gelben Schein.

Zuerst dachte er, Holly hätte dies für ihn getan. Irgendwie ahnte sie wohl, welche namenlose Furcht ihm diese Treppe jedes Mal einflößte, wenn er sie sah. Sie hatte es getan, damit er sich besser fühlte.

Noch nie hatte er sie mehr geliebt als jetzt, noch nie in der ganzen Zeit, die sie sich schon kannten.

Allerdings ...

Wann hätte Holly Zeit gehabt, dies zu tun? Und wo hätte sie das Holz oder die elektrischen Lichterketten finden sollen?

»Holly, warst du das?«, rief er.

Er bekam keine Antwort. Natürlich war sie viel zu beschäftigt, um auf solche unnötigen Fragen zu antworten. Sie musste mindestens sechs Patienten überwachen, und da die KI nicht mehr zur Verfügung stand, war das ein Vollzeitjob. Sie hatte sechs Patienten, die in ihren Betten starben.

Nein, jetzt nur noch fünf. Khoi war tot.

Ach, verdammt, dachte er. Verdammt noch mal! Was sollten sie bloß ohne Khoi tun? Die Leiterin hatte nicht einmal genug Zeit gehabt, einen Nachfolger zu benennen. Das bedeutete doch, dass die Überlebenden ohne ihre persönlichen Codes auf alle möglichen Systeme nicht mehr zugreifen konnten, und Khoi war viel zu sehr mit Atmen beschäftigt gewesen, um ihm oder Holly irgendetwas anzuvertrauen.

»Holly«, rief er. »Holly, ich glaube, wir haben ein Problem.« Er eilte in die medizinische Abteilung zurück, drängte sich eilig durch die Außentür der Schleuse und packte den Türgriff der inneren Tür.

Sie war verriegelt.

Das verstand er nicht. Wie hatte er sich aus seinem eigenen Arbeitsbereich aussperren können? Das war doch absurd. Die Türsteuerung reagierte nicht auf ihn. Fast hätte er Glaukos gerufen, der ihm die Tür öffnen sollte, doch dann fiel ihm ein, dass auch diese Möglichkeit nicht mehr existierte. Schließlich klopfte er an die Tür und rief Hollys Namen, bis sie kam.

Sie stand vor der inneren Tür und sah ihn durch die Scheibe an.

»Holly«, rief er. »Lass mich rein.«

»Rein«, antwortete sie.

»Ich habe mich irgendwie ausgesperrt«, erklärte er. »Lass mich rein.«

»Raus. Rein.«

Mit zusammengekniffenen Augen starrte er sie an. Warum wiederholte sie ständig, was er sagte?

»Rein. Raus.«

Ihre Lippen bebten. Es sah aus, als müsste sie weinen. Ihr Gesicht färbte sich zusehends rot. Hellrot, während die Lippen bleich wurden. Die ersten Anzeichen von Sauerstoffmangel.

»Ein«, sagte sie. »Ein.«

»Aus«, antwortete er. »Holly, ausatmen. Ausatmen. Holly, bitte.« Er presste die Handflächen auf die Scheibe. »Holly, bitte.«

Durch die heißen, schweren Tränen, die ihm in den Augen standen, konnte er sie kaum noch sehen. In der niedrigen Schwerkraft brauchten sie eine Ewigkeit, um herunterzurollen.

Sie keuchte gedehnt. »Aus«, sagte sie.

»Gut, gut, und jetzt einatmen, Baby. Bitte atme für mich ein. Mach schon.«

»Ein«, sagte sie.

»Aus«, erinnerte er sie.

153

SASCHENKA konnte nicht atmen. Sie würde hier drinnen sterben, in dieser kleinen Kiste. Es gab keine Luft, die ihr das Leben ermöglichte. »Lasst mich hier raus!«, kreischte sie. »Raus! Raus!«

Sie schlug und hämmerte gegen den Deckel der Kiste. Sie kreischte. Die kleine Saschenka, ganz allein in ihrem Sarg. Tot und begraben, und niemand hatte auch nur ein Gebet für sie gesprochen.

Sie heulte, klagte und trat gegen den Deckel, der sich einfach nicht rühren wollte. Sie strampelte und tobte und kreischte.

Es dauerte lange, bis ihre Kräfte versagten. Bis sie aufgab und ruhig und still einfach nur noch dort lag und in die Dunkelheit starrte.

Dunkelheit.

Ewige, unerbittliche Dunkelheit. Eine Dunkelheit, die jedem Licht trotzte.

Im wirklichen Leben, das wusste sie, gab es keine absolute Finsternis. Selbst in einer ganz und gar lichtlosen Umgebung musste das menschliche Auge etwas sehen. Also lieferte das Gehirn die Bilder. Man nannte es das »Gefangenenkino« nach den Halluzinationen, an denen Menschen in Einzelhaft litten. Irgendjemand hatte ihr mal davon erzählt. Sie wusste nicht mehr, wer es gewesen war.

An diesem Ort, in dieser falschen Kiste, in dieser eigens zur Folter konstruierten Realität, gab es absolut nichts. Nur eine unendlich tiefe Dunkelheit, so umfassend und endgültig, dass es wehtat. Es tat körperlich weh, nicht zu erkennen, was sich unmittelbar vor ihr befand.

Als sich der Deckel öffnete und das Licht hereinfiel, begrüßte sie es mit einer tiefen, unbändigen Freude. Auch wenn sie schon wusste, was geschehen würde, sobald sie aus der Kiste kletterte. Ihr Freund würde dort sein, und dann würde ein Soldat sie niederschlagen – und Mama würde dort stehen und ihr erklären, dass man es sich niemals erlauben durfte, schwach zu sein.

Sascha stieg aus der Kiste. Nicht Saschenka, sondern Sascha mit ihrem reinweißen Kleid und den Handschuhen. Die sechzehn Jahre alte Sascha. Sie war wieder in Sewastopol, doch sonst war niemand dort.

Niemand, der ihr den Deckel öffnen konnte. Als sie nach unten blickte, war auch die Kiste nicht mehr da.

Sie stand in einem kleinen Gebäude direkt vor der Pier, es war ein kleiner Salon, wo die Offiziere und ihre Ehepartner die Toilette benutzen oder sich eine kleine Pause von der Musik und der berauschenden Seeluft gönnen durften. Es war ein eleganter Raum mit handgewebten Läufern auf dem Boden und einem großen silbernen Samowar voller Tee, der auf einem Beistelltisch stand. In der Ferne hörte sie die Tubas. *Humtata.*

Sie war hierhergelaufen, daran erinnerte sie sich jetzt. Die Kiste hatte es gar nicht gegeben, das war eine ganz andere Erinnerung. Und ihr fiel wieder ein, dass sie lange auf Rodion gewartet hatte, der ihr etwas zu trinken bringen wollte. Als er sich nicht blicken ließ, war sie schließlich hierhergewandert und hatte sich gedacht, der Salon sei möglicherweise ein sicherer Ort, an dem sie weinen konnte. Sie hatte den Raum betreten und sich auf die Lippe gebissen, und dann ... dann hatte sie einen Laut gehört. Einen verzweifelten Laut wie von jemandem, der nach Luft schnappte. Immer und immer wieder.

Hätte sie auch nur einen kurzen Augenblick darüber nachgedacht, dann hätte sie erkannt, was für ein Geräusch sie gehört hatte. Sie war nicht ganz so rein und unschuldig, wie alle zu glauben schienen – schließlich war sie sechzehn Jahre alt und kein Baby mehr. Aber in diesem Moment dachte sie an alles andere, nur nicht daran. Vielmehr glaubte sie, jemand sei in Gefahr, jemand hätte Schwierigkeiten beim Atmen und bräuchte Hilfe. »Hallo?«, rief sie viel schüchterner, als sie es beabsichtigt hatte. Außer dem rhythmischen Keuchen hörte sie nichts. Also griff sie nach dem Riegel der Toilettentür und riss sie auf.

Dahinter erblickte sie eine Reihe von Kabinen, zwei Waschbecken und einen kleinen, geschmackvoll gepolsterten champagnerfarbenen Diwan mit dunklen, elegant geschwungenen hölzernen Beinen. Auf dem Diwan saß ihre Mutter, die sich das Kleid bis zu den Hüften hochgezogen hatte.

Vor ihr, das Gesicht tief zwischen Mamas Schenkeln, hockte Rodion. Seine Haare waren wirr und feucht vor Schweiß.

Mama keuchte – vor Freude –, schlug die Augen auf und heftete den Blick auf Sascha. Dann kniff sie grausam die Augen zusammen.

»Das Privileg der Anführer«, sagte sie. »Mach, dass du rauskommst, du kleines Miststück.«

Rodion hörte mit dem auf, was er tat, sah sich jedoch nicht um. Er hob nicht einmal den Kopf.

Sascha rannte los – hinaus aus dem Salon und auf den Strand. Sie riss sich die Handschuhe von den Fingern, zog die unbenutzten Tanzschuhe aus und ließ sie fallen, schleuderte das Retikül in die Wellen und rannte weiter, immer weiter. Heiße

Tränen liefen ihr über das Gesicht und verschmutzten das seidene Ballkleid.

»Das«, flüsterte ihr der Nachtwind ins Ohr, »das ist es, was wirklich geschehen ist. Du hast die Erinnerungen nur unterdrückt.«

Sie verstand es. Jetzt verstand sie, wessen Stimme sie gehört hatte.

154

ZURÜCK in der realen Welt ...

»*Artemis*. Sieben Buchstaben«, sagte Kapitän Mercer. Er tauchte den Finger in die Leuchtfarbe und malte die Striche auf die Wand. Sieben. Er blickte auf seine Notizen und auf einmal schien alles klar zu sein – wenngleich nur für einen kurzen Moment. Auf dem Blatt standen dreiunddreißig Wörter mit jeweils sieben Buchstaben.

Dreiunddreißig. Dreiunddreißig. Fast genau ein Drittel von einhundert. Ein Drittel, das war wichtig, weil ... weil es doch immer drei Dinge gab, oder? Die Heilige Dreifaltigkeit. Die Primärfarben. Witze, die Dreierregel bei Witzen, und an Bord des Schiffes waren drei Menschen gewesen. *Herakles*. Sie waren drei gewesen. Kapitän, Arzt, Soldat.

Wenn er sich umsah, fiel sein Blick nicht auf die Leichen. Er hatte sie sorgfältig im Gefrierschrank der Kombüse verstaut, damit sie nicht stanken. Reue über das, was er hatte tun müssen, empfand er nicht. Der Arzt und der Soldat hatten versucht, ihn vom Lösen des Rätsels abzuhalten.

Auf einmal hörte er hinter sich aus der Richtung der Kombüse ein seltsames Geräusch. Ein eigenartiges, sich wiederholendes, rhythmisches Geschrei. Nein. Er hatte sich das bestimmt nur eingebildet.

Er blickte zu dem auf, was er geschaffen hatte, zu seinem

Meisterwerk. Auf der Brücke der *Herakles* war eine ganze Wand mit Namen, Zahlen und Fakten beschrieben. Oben hatte er das Wort »GOTT« hinzugefügt, ganz unten stand »TEUFEL«. Dazwischen hatte er Fotos von Direktorin Lang, seiner Mutter und dem Vorsitzenden Mao Tse-tung aufgehängt. Allmählich schälte sich ein Bild heraus, alles fügte sich zusammen. Wenn er nur noch dieses eine Rätsel lösen konnte. Wenn er herausfinden konnte, wie alles miteinander verknüpft war, dann konnte er … dann konnte er es Direktorin Lang erklären, und sie würde ihn nach Hause gehen lassen. Sofern er das wollte. Allmählich vermutete er aber, dass es noch andere Rätsel gab. Größere Rätsel mit mehr Verknüpfungen und tieferen Geheimnissen.

Vielleicht blieb er auch ewig hier in der Umlaufbahn um Paradise-1. Es war ein perfekter Ort, um zu arbeiten.

Oder das war er jedenfalls gewesen, bis dieses verdammte Geräusch eingesetzt hatte. Wieder hörte er das eigenartige Geschrei, war aber nach wie vor sicher, dass es sich um eine Halluzination handelte. Um eine Ablenkung.

Im Lager hatte er Leuchtfarbe gefunden. Sie war dazu gedacht, bei Außeneinsätzen die Stellen auf dem Rumpf des Schiffes zu markieren, die repariert werden mussten. Die Markierungen dienten dem Roboter, der später die Reparaturen ausführte, zur Orientierung. Jetzt wurde sie nicht mehr gebraucht, weil er den Roboter schon vor langer Zeit zerlegt hatte. Die Maschine hatte hinterfragt, ob sich Kapitän Mercer wirklich hingebungsvoll genug um das Rätsel kümmerte. Jetzt benutzte er die sanft leuchtende Farbe, um mit Linien den Zusammenhang zwischen der nestorianischen Häresie und den seltsamen Verirrungen zu beschreiben, die er bei der Schiffs-KI Helas, festgestellt hatte. Er war gezwungen gewesen, Helas abzuschalten, weil sie angedeutet hatte, es gebe eine Verbindung zwischen dem Vatikan und der *Artemis*, die gerade im System eingetroffen war. Helas hatte verlangt, dass er mit der *Herakles* zu ihr flöge und die *Artemis* rammte. Kapitän Mercer hatte jedoch keine Zeit für diesen Unsinn. Er musste sich um seine Aufgabe kümmern. Er hatte Helas' KI-Kern mit einer Brechstange zerschmettert und danach hatte er sich wieder konzentrieren können.

Dieses verdammte Kreischen. Es wollte einfach nicht aufhören, nicht einmal, wenn er sich die Fäuste gegen die Schläfen hämmerte. Er bemerkte, dass er sich Leuchtfarbe ins Gesicht geschmiert hatte. War das irgendwie von Bedeutung? Es musste doch irgendetwas bedeuten.

Wie konnte man von ihm erwarten, dieses große Rätsel zu lösen, wenn sein eigenes Schiff solche schrecklichen Geräusche von sich gab? Er stand auf und stürmte von der Brücke herunter und zurück zum Maschinendeck. In den schwach beleuchteten Raum, wo sein Roboter Rutterkin gehaust hatte. An den Wänden standen Regale mit ordentlich aufgestapelten Ersatzteilen und Werkzeugen. Hinten in dem gleichen Raum befand sich ein großer 3-D-Drucker, der, soweit sich Kapitän Mercer erinnern konnte, noch nie benutzt worden war. Er musste die Quelle des schrecklichen Lärms sein. Der Druckkopf fuhr unablässig hin und her und klebte Stränge des Plastikmaterials in mehreren Schichten übereinander. Von der Grundplatte des Druckers stiegen giftige Dämpfe auf. Als Mercer den Deckel heben wollte, bekam er lediglich eine Warnung, dass dies für Menschen gefährlich sei. »Das Ding muss mit diesem Krach aufhören«, sagte er laut. »Hör auf!«

Nichts geschah. Oder vielmehr ging der Druckprozess unbeeindruckt weiter. Laut und bösartig.

Warum hatte es nicht aufgehört?

Oh, richtig. Er hatte Helas ausgeschaltet. Und den Roboter. Und seine Crew. Hier gab es niemanden mehr, der seine Befehle befolgen konnte. Also suchte er schon wieder seine Brechstange. Er würde den Drucker einfach zertrümmern und sich zurück an die Arbeit machen. Als er das Brecheisen gefunden hatte und zum Maschinendeck zurückkehrte, stellte er jedoch fest, dass sich der Deckel des Druckers von selbst geöffnet hatte. Die Maschine arbeitete nicht mehr.

Dafür gab es ein neues Problem. Vor dem Drucker hockte ein hellgrüner Roboter auf dem Boden. Er sah feucht und klebrig aus, wie neugeboren – und hatte die Form einer Krabbe mit zwei mächtigen Scheren und einem Dutzend Beinen. Offenbar war etwas wie ein Holoprojektor auf seinem Rücken montiert.

Dafür hatte Mercer keine Zeit. Er hob die Brechstange ...

... und hielt sofort wieder inne, weil der Holoprojektor zum Leben erwachte. Vor der Krabbe erschien das Abbild eines Mannes. »Hallo«, sagte der Mann. »Tut mir leid, dass ich Ihnen einen solchen Schreck einjagen muss.«

Mercer starrte den Mann an. Was sollte das denn jetzt wieder? Warum hatten sich alle gegen ihn verschworen? Warum versuchten alle, ihn abzulenken?

»Ich hoffe, es macht Ihnen nichts aus. Wir mussten das Verbrauchsmaterial benutzen, das Sie auf Ihrem Schiff hatten, und deshalb haben wir Ihren 3-D-Drucker aus der Ferne gehackt. Die Sicherheitsvorkehrungen auf diesem Schiff sind wirklich nicht so doll. Die Brandwache hat wohl nicht damit gerechnet, dass da jemand mit einem Brute-Force-Angriff das Passwort eines Druckers knacken könnte. Hören Sie, wir brauchen Ihre Hilfe ...«

»Ich kann Ihnen aber nicht helfen! Ich muss das Rätsel lösen!

Das ist wichtiger als alles andere!« Mercer hob wieder die Brechstange.

»Ja, also, der Typ ist infiziert«, stellte das Hologramm fest.

Der Roboter sprang und griff Mercer mit den Scheren an.

Als er verblutend auf dem Boden lag, musste der Kapitän der *Herakles* entsetzt zusehen, wie der Roboter und das Hologramm einfach an seinem erkaltenden Körper vorbeiliefen. Mit sterbenden Ohren hörte er, was sie einander mitzuteilen hatten.

»Tja«, sagte das Hologramm, »damit können wir wieder ein Schiff von der Liste streichen.«

»Nur noch hundert«, antwortete der Roboter.

Das große Rätsel würde leider ungelöst bleiben.

155

»HOLLY.«

»Ein. Aus. Ein. Aus. Lei, Lei, mein Liebster, ich hab's. Jetzt hab ich es verstanden, Liebling. Ein. Aus. Ich muss, äh ... muss mich auf die Atmung konzentrieren. Ein. Aus.«

Lei schmiegte die Wange an die durchsichtige Plastikscheibe, die sie trennte. Endlich begriff er es. Sie hatten weitgehend ausgeschlossen, dass es sich bei dem Roten Würger um eine virale oder bakterielle Infektion handelte, aber Holly wollte kein Risiko eingehen. Sie hatte ihn aus dem medizinischen Bereich ausgesperrt. Sie hatte sich hinter der Tür der Luftschleuse verbarrikadiert, damit sie nicht dieselbe Luft atmeten.

»Atme«, sagte er zu ihr. »Atme einfach weiter. Ich bin hier, ich lasse dich nicht im Stich.«

Holly nickte. Von dem geronnenen Blut war ihr Gesicht rot geworden, die Lippen dagegen wirkten weiß wie Schnee. »Ich sollte mir ... Notizen machen.« Sie schüttelte den Kopf, atmete langsam und tief ein und seufzend wieder aus. »Es kam sehr schnell. Ich habe fast sofort bemerkt, dass etwas nicht stimmte.«

»Holly? Versuch bitte nicht zu sprechen. Atme einfach weiter.«

Sie schüttelte den Kopf. »Aber du brauchst doch Daten.« Sie atmete, der Rhythmus war nicht ganz gleichmäßig. Sie keuchte und atmete scharf ein. Langsam entließ sie die Luft aus der

Lunge und formte die Worte. »Das erste Anzeichen war das Gefühl ... mein Herz ... setzte immer wieder ... kurz aus. Dann Hypersalivation ... weil der Mund ... nicht vom Atem ... getrocknet wurde. Hast du ... hast du das?«

»Ich höre zu.« Er schlug gegen die Plastiktür. »Holly, wir werden das wieder in Ordnung bringen. Wir finden sicher eine Lösung. Wir werden auch eine Therapie finden, aber du musst durchhalten.«

»Mein Gesichtsfeld hat sich verengt, es war wie ein Tunnelblick. Dann habe ich ein Klingeln gehört. Eine Aura. Lei, wie können ... wie können wir uns gegen den Basilisken impfen?«

Er konnte sich nicht mehr beherrschen und weinte. Mit dem Unterarm wischte er sich die Augen trocken. »Was? Der ... Basilisk? Das ist ein guter Name. In gewisser Weise ... wie Rokos Basilisk. Ja? Eine ansteckende Idee. Hast du daran gedacht?«

»Lei! Bleib bei der Sache! Du kannst mich retten, Schatz. Du kannst mich retten.«

»Kann ich das?« Irgendwie kam es ihm nicht richtig vor. Doch sobald sie es sagte, erwachte in seinem Herzen eine neue Hoffnung, als sei es tatsächlich möglich. »Ja«, keuchte er. »Das kann ich.« Er blinzelte. »Ich meine, ich hätte es tun können. Wenn ich mich nur mehr angestrengt hätte. Wenn ich klüger gewesen wäre.«

»Ja, Schatz. Ja. Du kannst das. Du kannst mich retten und dann können wir heiraten und Kinder bekommen und ... wir können ...«

»Holly?«

»Du musst es mir nur sagen. Ich produziere hier drin das Heilmittel und heile mich selbst. Wir werden wieder gesund. Wir können weiterleben, Lei. Ich kann wieder richtig leben. Du musst es mir nur sagen.«

»Holly?«, fragte er. »Das verstehe ich nicht. Was meinst du damit?«

»Du hast es doch schon einmal getan. Du hast dich selbst gerettet. Und wenn du auch mich hättest retten können? Dann wären wir allein gewesen. Wir hätten die ganze Kolonie für uns allein gehabt. Wir hätten hierbleiben können, solange du es wolltest. Wir zwei. Aber du musst es mir sagen. Du musst mir erzählen, wie du es geschafft hast. Wie du Lieutenant Petrowa auf der *Persephone* geheilt hast. Denn du hast sie dort geheilt.«

»Das ist noch gar nicht geschehen.« Zhang war zutiefst verwirrt. In gewisser Weise konnte er es sehen, dieses goldene Metall, das sich um seinen Arm wand, und einen hellgrünen Skorpion ...

Was geschah jetzt mit ihm? Was geschah gerade mit seinem Gehirn?

»Schatz, lass mich nicht sterben. Lass es nicht zu. Ich möchte nicht ... sterben.« Sie würgte, es war ein schreckliches Geräusch. Sie würgte, während sie atmete. Zwischen den Hustenstößen stammelte sie: »Willst du das nicht auch? Willst du mich nicht retten?«

Sie wurde kreidebleich, die Lippen färbten sich blau und die Augen verdrehten sich in den Höhlen. Ihre bleichen, bleichen Hände rutschten an der Tür herunter, als sie auf die Knie sank.

»Ich liebe dich so sehr«, wimmerte er mit schwankender Stimme. »Ich vermisse dich so sehr, Holly. Oh, verdammt, verdammt, verdammt.«

»Lass mich nicht sterben«, sagte sie. Es war bloß noch ein heiseres Krächzen. »Bitte! Sag mir nur ... wie du es getan hast.«

»Liebste, wenn es ...« Er konnte den Gedanken nicht zu Ende denken.

Wenn es real wäre, dann würde ich alles für dich tun. Ich würde dir alles erzählen.

Aber es ist nicht real.

Das war es, was dabei am meisten wehtat.

156

SIE rannte, die nackten Füße bohrten sich tief in den Sand, der nach dem heißen Tag warm war. Sie lief am Saum des dunklen Meeres entlang, bis sie keine Luft mehr bekam, bis sie nicht mehr atmen konnte. Sie rannte, und dann endlich drehte sie sich um.

Und stellte fest, dass sie kaum fünfzig Meter weit gekommen war. Heiße Tränen liefen ihr über die Wangen und sie kreischte vor Wut. »Das ist nicht wahr! Das geschieht jetzt nicht wirklich!«

Natürlich nicht. Schade nur, dass es überhaupt keine Rolle spielte.

Lichter wanderten am Stand entlang, das Licht strömte von der Pier herab. Männer in den Uniformen der Brandwache hielten Fackeln hoch, junge Soldaten riefen sich militärisch knappe Meldungen zu. Die Männer suchten sie, und sie fürchtete, die Soldaten würden sie in Stücke reißen, wenn man sie fand.

Sascha machte sich klein und versuchte, sich in den Dünen zu verstecken, doch der Mond stand oben, und das Licht ließ ihr weißes Kleid erstrahlen. Vom dunkleren Sand hob sie sich ab wie ein Leuchtturm der Schande. Das Kleid war sogar noch heller als ihre ungebräunte Haut. »Bleibt zurück!«, kreischte sie. »Kommt mir nicht zu nahe!«

Die Soldaten näherten sich wie eine Meute kläffender Hunde.

Und vor ihnen schritt Ekaterina einher. Mama mit dem glitzernden roten Kleid. Das wallende Haar hob sich vor dem Mond als dunkle Silhouette ab.

»Hör auf damit, Mädchen. Du bist peinlich.«

Sascha schüttelte den Kopf und hob die verletzte Hand, um sich den Rotz von der Nase zu wischen. Das tat etwas weh. Aber es war auch gut – ein Hinweis darauf, dass dies keine Erinnerung war.

Dies hier hatte sich nie ereignet.

Ja, sie hatte Rodion auf seinen Knien erwischt. Ja, das entsprach der Realität. Sie mochte die Erinnerungen unterdrückt haben, aber es war wirklich geschehen. Danach war sie allerdings nicht zum Strand gelaufen. Nein. Sie hatte viel zu viel Angst vor ihrer Mutter gehabt, um etwas so Dramatisches zu tun.

In der realen Version dieser Geschichte war sie einfach zurückkehrt und hatte auf der Tanzfläche gestanden, als ob sie immer noch darauf wartete, dass Rodion ihr ein Getränk brachte. Die ganze Nacht hatte sie dort ausgeharrt. Hochrangige Offiziere, Hauptmänner und Obersten, waren vorbeigekommen und hatten ein wenig mit ihr geplaudert. Sie hatte sich nach Kräften bemüht, freundlich und höflich zu sein. Sie hatte gelächelt und so getan, als interessierte sie sich für ihre Geschichten, und war errötet, wenn die Männer sie mit derben Kasernenwitzen in Verlegenheit bringen wollten. Als der Tanz vorüber war, hatte Ekaterina sie abgeholt und mit nach Hause genommen, und niemand hatte auch nur ein Wort darüber verloren.

Niemals.

Sie war nicht stolpernd durch den heißen Sand gelaufen. Die Soldaten hatten sie nicht gejagt und dabei wie Hunde gebellt.

Sie hatte nicht im Mondschein dort gestanden und ihre

Mutter angestarrt. Die Frau, die wie eine Naturgewalt daherkam. Wie ein Tsunami oder ein Erdbeben. Ihre Mutter, die drei Meter groß zu sein schien, während die Tochter höchstens einen Zentimeter maß.

»Du enttäuschst mich«, sagte Mama jetzt. »Du bringst Schande über unsere Familie und die Brandwache. Komm sofort her.«

Ekaterina zeigte auf etwas, das vor ihren Füßen stand. Sascha sah genauer hin und dort im Sand lag die Kiste. Saschenkas kleine Kiste.

»Hinein«, befahl Mama.

Sascha starrte die Schachtel an. Dann betrachtete sie das finstere Gesicht ihrer Mutter im Mondlicht. Sie ließ die Schultern hängen. Sie fühlte sich so schwach und dürr, so eckig und hilflos. Mit jeder Sekunde, in der sie nicht tat, was sie tun sollte, schrumpfte sie weiter und wurde wieder zum Kind.

Ihr war klar, dass sie gleich in die Kiste steigen würde. Mama würde den Deckel verschließen. Und dann würde sie bis in alle Ewigkeit in der Dunkelheit sitzen und nie wieder die Sterne sehen. Sie würde überhaupt nichts mehr sehen. Denn das war ihre Zukunft.

In diesem Augenblick bemerkte sie wieder das Licht unter dem Wasser.

Es war sehr tief und nicht besonders hell, aber immerhin war es da. Sie sah es nur aus dem Augenwinkel, doch das reichte aus.

Langsam reckte sie das Kinn. Es war eine große Willensanstrengung. Ihre Halsmuskeln waren so unterentwickelt, dass sie den schweren Kopf kaum tragen mochten.

Trotzdem gelang es ihr. Saschenka reckte das Kinn, suchte den Blick ihrer Mutter und sagte: »Du kannst mich mal.«

Ekaterinas Augen loderten wie Sonneneruptionen. Ihre Wut

kochte hoch und brodelte, bis man fürchten musste, sie werde gleich die nächtlichen Wolken in Brand setzen.

Petrowa zog sich das dumme weiße Kleid über den Kopf und warf es hoch, damit der Wind es forttragen konnte. Es flatterte wie der Geist, der sie gewesen war.

»Himmel, was tust du da, Mädchen?«, fragte Ekaterina. Ringsum, überall in der Nähe, heulten die blutrünstigen jungen Soldaten den Mond an.

Petrowa schenkte sich die Antwort. Stattdessen drehte sie sich einfach um und lief zum feuchten Sand hinunter und hinein in die schäumenden Wellen, die vor ihren Füßen brachen. Sie streckte die Arme aus und tauchte in das schwarze Wasser, stürzte sich in die kalte Umarmung des Meeres und schwamm.

157

»IIIICH hasssssseeeee diesennnn Scheissssss«, schrie Rapscallion. Im Umkreis von Tausenden Kilometern fluchten Hunderte seiner Körper mit ihm. Während er es rief, wurden einige dieser Körper von den Patronen kleiner Waffen zerfetzt. Andere vergingen in mächtigen Explosionen. Trotzdem waren es noch immer viel zu viele. »Pass auf«, warnte Parker.

Rapscallion vergewisserte sich nicht einmal, was der Mann überhaupt meinte. Sein Bewusstsein war so weit gedehnt und zerteilt, er musste seine Aufmerksamkeit zwischen so vielen Sensoren verteilen, dass er nicht mehr erkennen konnte, welcher Teil von ihm gerade in Schwierigkeiten steckte. Gleich danach spürte er, wie sich einer seiner Körper auflöste, als das Schiff, auf dem er sich befand, durch eine Kollision zerschmettert wurde.

Gemeinsam waren Parker und Rapscallion in alle Blockadeschiffe eingedrungen. Alle Schiffe hatten mindestens einen 3-D-Drucker und genügend Verbrauchsmaterial an Bord, um jeweils einen neuen Körper zu bauen. Sie brauchten nur die Drucker zu hacken und zu aktivieren.

Der Basilisk reagierte so, wie sie es erwartet hatten: Er zerstörte sich selbst, um die Eindringlinge loszuwerden. Er schickte die Besatzungen der infizierten Kriegsschiffe gegen die grünen

Roboter los, die in den Gängen umherwuselten, und richtete die Waffen auf alle Schiffe, wo die grünen Roboter die Kontrolle übernommen hatten. Ganze Crews verloren bei den Selbstmordattacken ihr Leben, nur um ein paar grüne Roboter zu vernichten.

Hätte Rapscallion die nötige Rechenleistung abzweigen können, dann hätte er die Aufnahme eines Menschen abgespielt, der schallend und spöttisch lachte.

Wie gefällt dir das, du Mistkerl? Wie gefällt es dir, wenn du selbst mit einem verdammten Virus infiziert wirst? Wie fühlt sich das an? So etwas hätte er denken können. Er hätte es sogar laut sagen können, wenn er die Prozessortakte hätte erübrigen können.

Stattdessen rief er die Netzwerkadressen der sechzehn 3-D-Drucker auf der *Pasiphaë* ab und sendete die Befehle.

158

AUF der Treppe lagen Körper.

Alle waren tot.

Sie lagen, wie sie gefallen waren. Wo sie den letzten Atemzug getan hatten und zusammengebrochen waren. Er hatte es nicht geschafft, alle Toten zu bewegen, und es schließlich aufgegeben.

Einige von ihnen waren gestorben, als sie versucht hatten, die große Wendeltreppe im Zentrum der Titan-Kolonie hinaufzusteigen. Hatten sie geglaubt, sie müssten nur bis nach oben steigen und durch die Luftschleuse die Oberfläche betreten, um wieder normal atmen zu können? Es wäre Wahnsinn gewesen - da draußen gab es schließlich keinen Sauerstoff. Vielleicht hatten ihre sterbenden Gehirne nicht mehr alles bedenken können. Es war ein Instinkt, sich nach oben zu wenden und nach oben zu steigen, wenn man das Gefühl hatte, zu ertrinken. Hinauf an die Oberfläche.

Keiner von ihnen hatte die Luftschleuse erreicht.

Die Kolonie war tot. Irgendwo, weit entfernt, sah jemand zu, doch die Beobachter hatten ihn aufgegeben. Ihn selbst und all die toten Titanier.

Die Brandwache würde nicht kommen, um ihn zu retten. Stattdessen hatten sie die Energie abgeschaltet.

Es war dunkel.

Die Höhlen waren so dunkel. Die Kolonie versank in unerbittlicher Dunkelheit.

Die Höhlen waren gut isoliert, doch schon drang die Kälte herein. Hier drinnen gab es kein Licht mehr. Die Höhlen glichen tiefen Seen voller Finsternis. Das einzige Licht kam nun von oben durch das Kuppelfenster, das zum Grund hinabblickte.

Lei hatte keinen klar umrissenen Plan. Er wusste nur, dass auch er an die Oberfläche gelangen wollte. Er wollte das Sonnenlicht im Gesicht spüren, und sei es nur das verwaschene braune Licht auf Titan, denn auch das war immer noch besser, als im Dunkeln zu hocken und auf den Tod zu warten.

Also stieg er die Treppe hinauf - und über die Leichen seiner Freunde und Mitarbeiter hinweg. Dabei betrachtete er nicht ihre Gesichter, er sah ganz bewusst nicht die gefrorenen Grimassen an.

Einen Schritt nach dem anderen.

Als er oben ankam, presste er das Gesicht und die Hände an das einen Meter dicke Polycarbonatfenster, das ihn von dem Licht trennte. Dort stand er, das Gesicht aufwärts an die Barriere geschmiegt, und fühlte sich wie ein Ertrinkender, der zu der spiegelnden Oberfläche eines dunklen Meeres hinaufblickte.

Die anderen waren hochgestiegen, weil sie Luft wollten. Er aber hatte es wegen des Lichts getan. Weil unter ihm nur Dunkelheit und Tod waren. Doch er wusste es schon jetzt.

Er würde wieder nach unten gehen.

Er würde die gläserne Luftschleuse der medizinischen Abteilung öffnen und dann wieder bei Holly sein.

Es war unausweichlich. Früher oder später musste er wieder nach unten.

Er musste nach unten, einen Schritt nach dem anderen, über

all die Toten hinweg. Aufpassen, dass er in seinen Träumen nicht stolperte und stürzte.

Früher oder später musste er es tun.

Aber jetzt noch nicht.

Stunden vergingen. Das Licht wanderte, die Sonnenstrahlen wurden länger, vor dem dicken Fenster versammelten sich die Schatten. Es wurde Nacht auf Titan. Wahrscheinlich war er eingenickt. Als er aufwachte, saß er in vollkommener Dunkelheit, und irgendetwas fühlte sich furchtbar und entsetzlich falsch an.

Er wusste, was hier geschah.

Es begann mit einer Art Erschütterung im Brustkorb. Als hätte sein Herz kurz ausgesetzt.

Dann verengte sich sein Gesichtsfeld auf einen schmalen Tunnel.

Er begriff, was dies bedeutete. Er war nicht immun. Warum sollte er es auch sein? Er hatte schon so oft mit Glaukos gesprochen, seit der Rote Würger nach Titan gekommen war. Er war ihm hundertmal und öfter ausgesetzt gewesen.

Was war so Besonderes an ihm, dass er glaubte, er könne dem Schicksal der anderen entgehen? Gar nichts. Es war unausweichlich.

Er brauchte nur den Mund zu öffnen und bewusst einzuatmen. Den Sauerstoff in die Lunge zu ziehen. Ein, aus. Es war das Einfachste auf der Welt. Sogar Babys taten es schon ganz mühelos und wenige Sekunden nach ihrer Geburt. Ein, aus. Der einfachste, ursprünglichste Rhythmus des menschlichen Lebens.

In der Realität, in seiner wahren Geschichte, hatte Lei jedoch eine Offenbarung gehabt. Er hatte es endlich begriffen und wusste, was er zu tun hatte. Holly hatte ihm den Schlüssel geschenkt.

Das Ding war ein Basilisk. Eine ansteckende Idee. Wenn er sie bekämpfen wollte, galt es also ...

Trotz allem musste Zhang lächeln.

Das war natürlich der Plan. Er würde hinunterlaufen und ... tun, was er damals getan hatte, damals auf Titan. Er würde noch einmal den Augenblick durchleben, in dem er sich selbst gerettet hatte. So würde der Basilisk erfahren, wie es funktionierte.

Er sollte den Basilisken lehren, wie man den Basilisken besiegte. Seine einzige Schwäche.

Ekaterina hatte es bereits angedeutet – der Basilisk passte seine Strategien an. Er lernte neue Techniken hinzu. Zhang hatte einen Weg gefunden, die Krankheit zu heilen, und wie jede Krankheit wollte auch diese gegen die Heilung resistent werden. Mit diesem Wissen konnte der Basilisk einen Weg finden, um sich anzupassen und der Heilung zu widerstehen. Er konnte dafür sorgen, dass niemals wieder jemand geimpft wurde. So konnte sich niemand mehr gegen seine Kräfte immunisieren. Damit würde er siegen.

Er würde bekommen, was er begehrte, um Petrowas Bewusstsein noch einmal zu infizieren und sie erneut zu übernehmen.

Alles, was er dazu brauchte, war ein Hinweis. Ein Stichwort. Zhang musste nur noch einmal seinen eigenen Albtraum durchleben. Er brauchte bloß die Treppe hinunterzusteigen und aufzupassen, damit er nicht auf die Knochen der Toten trat. Wenn er sich den Weg bis in die medizinische Abteilung ertasten konnte, würde er sich ein Stroboskop bauen und sich vor dem Roten Würger schützen. Für alle anderen war es zu spät, doch er konnte überleben.

Er konnte mühelos atmen. Er wusste, was dann geschehen würde. Das Licht würde wieder eingeschaltet werden. Auch die

Heizung. Er würde eine Nachricht von der Brandwache bekommen, die ihm sagte, er solle auf die Rettungskräfte warten. So einfach war es gewesen. Er musste nur eine schreckliche Krankheit heilen und auf einmal wäre er wieder etwas wert. Wertvoll genug, um gerettet zu werden.

So war es geschehen. Dieses Mal entschied er sich jedoch anders.

Er wollte nicht die Treppe hinuntersteigen. Das wäre schrecklich, es wäre sogar entsetzlich, und er würde ein Dutzend Mal stolpern, stürzen und sich verletzen. Er würde sich auf den Knochen seiner Freunde selbst pfählen. Der Gedanke allein war unerträglich.

Er hatte noch eine andere Möglichkeit. Sie war zwar gleichermaßen erschreckend, doch ... dies hier war nicht wirklich. Deshalb würde es nicht so schlimm werden, wie es schien. Vielleicht. Und es bedeutete, dass Asterion nicht bekam, was er wollte.

Er setzte sich. Er setzte sich einfach hin und wartete.

Vor Zhangs Augen tanzten Fünkchen und es flimmerte. Er war dem Ersticken nahe. Sein Herz hämmerte wild in der Brust, und sein Körper wollte sich krümmen, die Atemmuskeln rebellierten, weil sie zwar verzweifelt versuchten, den Sauerstoff in sein Gewebe zu bringen, aber vergessen hatten, wie sie es tun mussten. Es war unglaublich unangenehm. Geradezu quälend.

Er setzte sich oben auf die Treppe und wartete, bis es vorbei war.

Bis die Schmerzen und die panische Angst und die wilden roten Gedanken vorüber waren. Bis der Basilisk mit ihm fertig war.

Und dann ... als es getan war ...

Er schlug die Augen auf. Er war noch da. Er lag ausgestreckt auf dem Betonabsatz am oberen Ende der Treppe. Das braune Licht der Dämmerung von Titan fiel herein. Reinigte ihn.

Er atmete nicht mehr.

Das war in Ordnung.

Er musste nicht mehr atmen.

Im Aufstehen klopfte er sich den Staub ab. Er blickte in die dunkle Höhle hinunter und entschied sich, nicht mehr dorthin zurückzukehren. Stattdessen öffnete er die innere Schleusentür und trat hinein. Das hatte er schon immer tun wollen. Seltsam, jetzt hatte er schon so lange auf Titan gelebt – es waren Jahre – und noch nie mit eigenen Augen die Oberfläche gesehen.

Es wurde Zeit.

Er tippte auf einer virtuellen Tastatur das Kommando ein, das die äußere Schleusentür öffnete. Daraufhin ertönten Warnsignale und blinkende Lichter blendeten ihn. Die Luftschleuse tat alles, was sie konnte, um ihn daran zu erinnern, dass er keinen Schutzanzug trug. Dass er etwas beabsichtigte, das garantiert und ohne jeden Zweifel tödlich wäre.

Er tippte den Befehl noch einmal ein, und die Außentür öffnete sich, damit er in den kalten, kalten Sand hinaustreten konnte.

159

ES war dunkel, und nur wenige Meter unterhalb der Oberfläche war es auch gefährlich kalt. Petrowa kümmerte sich jedoch nicht darum. Sie wusste, dass ihr Körper hier nicht wirklich erfrieren konnte. Sie musste nicht einmal mehr atmen. Sie tauchte tief hinunter, schob das Wasser mit den Händen zur Seite und trat mit den Füßen, um sich tiefer hinunterzutreiben. Weit weg von dem Mond. Weg von der Mutter und ihren Übergriffen. Weg von der rührseligen Jugendlichen, die sie einmal gewesen war. Sie ließ alles hinter sich, was sie zurückgehalten hatte. Die Art und Weise, wie die Leute sie ansahen, wenn sie ihren Nachnamen hörten. Die Art und Weise, wie sich die Miene der Menschen veränderte, wenn sie die Uniform sahen. Die Erwartungen von Direktorin Lang, wie auch immer sie beschaffen waren.

Sie ließ ihre eigenen Sehnsüchte hinter sich. Den Wunsch, als harte Kämpferin betrachtet zu werden – das war immer nur eine Reaktion gewesen, eine Trotzhaltung ihrer Mutter gegenüber. Ihr Bedürfnis, als Offizierin der Brandwache ernst genommen zu werden. Warum hatte sie überhaupt darauf Wert gelegt? Weil es der Familientradition entsprach?

Sie ließ die komplizierten Gefühle los, die sie für Sam Parker hegte. Der Mann war tot. Sie sollte um ihn trauern und dann weiterziehen. Sie schob ihre Verbindung zur *Artemis* und zur *Alpheus* zur Seite. Zu ihrer Mission.

Sie legte das Bedürfnis ab, den Basilisken besiegen zu müssen. Ihren Wunsch, nach Hause zurückzukehren. Dies loszulassen, fiel ihr besonders schwer. Es war fast so, als müsste sie sterben. Egal. All das streifte sie ab wie ein Paar unbequeme Schuhe. All das konnte ihr jetzt nicht mehr helfen.

Sie ließ auch ihre Ängste und Unsicherheiten hinter sich und tauchte tiefer und tiefer in den trüben Abgrund hinab. In die Finsternis.

Bis sie tief unter sich ein schwaches Licht entdeckte. Es schwankte und schimmerte im Wasser.

Sie schwamm zu diesem Licht hin und überlegte nicht einmal, was es sein mochte.

Es erwartete sie mit einer unendlichen Geduld, die sie kaum fassen konnte. Es wartete einfach nur so lange, bis sie bereit war.

Sie konnte nicht sprechen. Das Wasser war zu dicht, und selbst wenn, sie hätte die Antwort nicht gehört, wenn ihr das Wesen geantwortet hätte. Unter Wasser wäre jeder Laut ohnehin nur ein Grollen gewesen. Sie beobachtete es, dieses unbeugsame, ewige Licht und wusste irgendwie, dass es auch sie beobachtete.

Es wollte mit ihr reden.

Es hatte sie gerufen, damit sie eine *Unterhaltung* führen konnten.

Es hatte ihr etwas zu sagen.

Natürlich hatte auch sie etwas zu sagen. Es gab Fragen, die sie stellen wollte. Sie rief die Fragen ins Wasser. »Was bist du? Was willst du? Warum vernichtest du uns? Weißt du überhaupt, was du mit unserem Bewusstsein tust? Ist dir das alles egal?«

Die Worte lösten sich rundherum im Meer auf und verschwanden.

Das Licht veränderte sich nicht und schwankte nicht. Und natürlich antwortete es ihr auch nicht. Sie bekam aber den Eindruck, dass es geduldig wartete. Sie sollte fortfahren, damit es beginnen konnte.

Wütend und frustriert schrie sie weiter und verlangte Antworten. Dieses Mal bekam sie einige, auch wenn sie mit ihnen nicht zufrieden war.

»Was hast du mit meiner Mutter getan? Ich weiß, dass sie so wenig immun ist, wie ich es gewesen bin. Existiert sie überhaupt noch? Lebt sie noch in ihrem Körper, oder bist nur du es, der durch ihre Augen blickt?«

Manche Wirte sind für ein Pathogen nützlicher als andere.

Die Antwort kam nicht in Form von Worten. Eher wie ein Licht, das unter ihr pulsierte und blinkte. Dennoch war die Bedeutung völlig klar. Zwar nicht auf eine Weise, die sie einem anderen Menschen hätte erklären können, aber sie hörte es trotzdem. Sie verstand es.

»Hast du mich nur hierhergeschleppt, um mir dies zu sagen? Du versuchst ja schon, mit mir zu sprechen, seit wir angekommen sind. Mit mir und mit niemand sonst. Warum? Was willst du von mir?«

Manche Wirte sind für ein Pathogen nützlicher als andere, wiederholte es.

Nichts weiter. Sie verstand es nicht. Die Worte ... sie ergaben natürlich einen verständlichen Satz, aber der Sinn ...

Es sei denn ... es sei denn ...

»Du sagst, du willst mich auf die gleiche Weise übernehmen, wie du es mit meiner Mutter getan hast. Du willst mich benutzen wie ein Parasit.«

Symbiose.

Es wollte teilen. Es wollte in ihrem Körper und in ihrem

Gehirn leben. An ihrer Seite, und es wollte durch ihre Augen blicken, ja. Aber auch sie selbst wäre doch noch da. Es würde den Raum mit ihr teilen, was bedeutete, dass es auch ein gewisses Maß an Kontrolle bekäme.

»Aber warum ... warum sollte ich so etwas überhaupt in Betracht ziehen?«, fragte sie. »Lieber würde ich mich vorher selbst umbringen.«

Wähle, sagte es zu ihr.

Sie rechnete damit, dass das Licht ärgerlich pulsierte, um ihr unmissverständlich zu sagen, dass ihr sowieso nichts anderes übrig blieb. Wie frei hatte sich Eurydike oder eine andere Schiffs-KI entscheiden können? Wie frei waren die Crew und die Passagiere der *Persephone* gewesen? Keiner von ihnen hatte sich doch absichtlich für diesen überwältigenden Hunger entschieden. Genau wie sie selbst sich nicht entschieden hatte, als sie infiziert worden war.

Sanft pulsierte das Licht. Es hatte sich auch dieses Mal deutlich geäußert.

Dieses Angebot war freiwillig. Sie konnte ablehnen, wenn sie das wollte. Das Licht hatte ihr zu verstehen gegeben, dass sie sich frei entscheiden konnte. Nicht aus Freundlichkeit oder aufgrund moralischer Vorbehalte. So etwas kannte es nicht, es hatte keinerlei menschliche Regungen. Nein. Sie bekam diese Freiheit, weil es sogar für den Basilisken Regeln gab, die er befolgen musste.

Er konnte sich nicht in ihr Gehirn drängen, wenn sie ihn nicht hereinließ.

Sie stellte sich vor, dass ihre Mutter in die gleiche Lage geraten war und vor einer Entscheidung gestanden hatte. Wie hatte Ekaterina einem solchen Vorschlag nur zustimmen können? Petrowa wusste genau, was ihre Mutter war - eine Narzisstin, die nichts als die Macht liebte. Ah, dachte sie.

»Du hast meiner Mutter die Menschen der *Pasiphaë* übergeben. Du wusstest, was sie wollte - sie wollte das Sagen haben. Also hast du ihr Menschen gegeben, die sie beherrschen konnte. Das war raffiniert.«

Menschliche Psychologie, pulste das Licht.

Diese Impulse übermittelten zugleich etwas, das beinahe nach Verachtung klang. Eine Art höhnisches Lächeln, soweit ein Licht unter Wasser zu so etwas fähig war.

»Was wird mit meiner Mutter geschehen, wenn ich einwillige? Wird sie dann sterben?«

Frei, antwortete das Licht.

Irgendwie gab ihr der Lichtimpuls zu verstehen, dass diese besondere Freiheit von einer Art wäre, die ihre Mutter hassen würde. Es würde bedeuten, dass Ekaterina die Kontrolle verlor. Ihre Macht.

»Und was bekomme ich, wenn ich einwillige?«, fragte Petrowa.

Paradise, antwortete das Wesen.

160

DER Sand von Titan knisterte vor statischer Elektrizität. Bei jedem Schritt, den Zhang machte, stoben unter seinen Füßen die Funken hoch. Winzige Blitze zuckten in alle Richtungen und spannten kleine Spinnennetze auf. Es mochte hübsch sein, war aber auch ein wenig beunruhigend.

Er wanderte zwischen zwei langen parallelen Dünen entlang. Zu beiden Seiten erhoben sich die Hügel aus Sand gut hundert Meter hoch. Hätte die Sonne nicht genau im Zenit gestanden, er hätte sich ständig im Schatten befunden – und fragte sich, ob er noch hier wäre, wenn es Nacht wurde.

Er dachte über viele Dinge nach.

Die Durchschnittstemperatur auf Titan lag bei fast zweihundert Grad unter null. Er war barfuß, niemand in der Kolonie hatte Schuhe getragen, und doch fühlte sich der Sand auf der Haut nur ein wenig kühl an. Er musste nicht mehr atmen, was gut war, weil die Luft ringsum keinen Sauerstoff enthielt. Es war ausschließlich Stickstoff, der sich so zäh anfühlte, dass er bei jeder Bewegung einen kleinen Widerstand spürte, als liefe er auf dem Grund eines Schwimmbeckens.

Doch als er zwischen den Dünen herumging, wurde er nicht müde. Es schien keine Zeit zu vergehen. Ein leichter Wind umwehte ihn und heulte in der Senke zwischen den Dünen, vermochte seine Haare aber kaum zu zerzausen. Auch seine Lippen wurden nicht rissig.

Nichts hier fühlte sich real an. Nicht mehr.

Er rechnete damit, dass die Illusion jeden Augenblick zusammenbrach. Der Basilisk hatte ihm bereits seine schlimmste Erinnerung gezeigt. Warum ließ er ihn frei herumlaufen? Je weiter er ging, desto mehr Sand sah er vor sich. Fast war es so, als wäre er in einer Endlosschleife gefangen. Dann aber veränderte sich etwas, und er dachte, nun ginge es zu Ende. Auf beiden Seiten verschwanden die Dünen und der Himmel riss auf. Jetzt lief er auf flachem Boden über eine weite, offene Ebene. Der Sand unter ihm wirkte fest. Die Lichtblitze, die unter seinen Füßen hervorbrachen, griffen bis zum Horizont hinaus, einfach weil es nichts mehr gab, was sie aufhalten konnte.

Da befand sich etwas ... unmittelbar vor ihm. Er blieb stehen.

Die winzigen Blitze hatten sich verknüpft und vereinigt, um ein Licht zu erzeugen, das knapp unter der Oberfläche des Sandes brannte. Ein Licht, das nicht flackerte und nicht verblasste – so wie die statischen Entladungen –, sondern sogar stärker zu werden schien. Offenbar pulsierte es, als wollte es ihm eine Botschaft senden.

Er verstand. Er begriff es sofort. Das war der Basilisk. Seit den Ereignissen auf Titan hatte er versucht, mit ihm zu sprechen. Er hatte es zwar versucht, besaß aber keine Vorstellungen von der menschlichen Sprache. Auf vielen verschiedenen Wegen hatte er versucht, seine Aufmerksamkeit zu erregen.

Jetzt war er in seinem Kopf.

Jetzt konnten sie reden.

Sie konnten ein Gespräch führen. In gewisser Weise waren sie nun dem Gebrauch von Worten näher denn je, aber vielleicht immer noch nicht so nahe, wie sie es sich beide gewünscht hätten. Endlich konnten sie sich austauschen und auf Augenhöhe miteinander sprechen.

War das nicht der Sinn der Sache?

War nicht alles nur deshalb geschehen?

Das Licht unter dem Sand schien ganz nah zu sein. Es pulsierte direkt unter der Oberfläche. Er brauchte nur ein wenig Sand wegzufegen, und dann, das wusste er, würde er da unten ein Gesicht erkennen, das zu ihm heraufschaute.

Ein Gesicht, das ihm unbedingt etwas sagen wollte.

Zhang starrte den Sand an, dieses elektrische Glühen unterhalb der Oberfläche. Es konnte den Lichtfleck nicht ganz erreichen. Er musste ihm entgegengehen, wenigstens ein Stück weit. Es wäre ganz leicht.

»Nein«, sagte er.

Der Wind riss ihm das Wort von den Lippen. Die dicke Atmosphäre von Titan verschluckte es einfach.

Allerdings ...

Sofort schlief der Wind ein, der Himmel wurde heller und die Wolken zogen sich zurück. Die Sterne konnte er nicht erkennen, aber ... war dieser gelbe Schatten ein Stück vom Saturn? Er glaubte sogar, einen schmalen Bogen zu erkennen, kaum mehr als einen Bleistiftstrich, bei dem es sich um die Ringe handeln konnte. Der schönste Anblick im ganzen Sonnensystem. Allerdings war es von der Oberfläche Titans aus normalerweise überhaupt nicht möglich, dies zu sehen.

Es schien ihm jetzt erlaubt zu sein, die Ringe zu betrachten, wenn er es wollte.

Das Ding unter dem Sand wollte ihm alles Mögliche zeigen.

»Nein«, sagte er noch einmal.

Dabei war ihm bewusst, dass er unvernünftig war. Doch es war ihm egal.

»Du hast mir das Herz gebrochen«, beklagte er sich. »Du hast mir Holly weggenommen. Ich gebe dir nicht, was du willst. Ich gebe dir überhaupt nichts.«

Das Ding, das unter dem Sand glühte, wurde unruhig und umkreiste ihn mehrmals. Mit Pseudopodien aus Licht griff es nach oben zur Oberfläche, zu seinen Fußsohlen.

Er hob den Blick und beachtete es nicht länger. »Leck mich«, sagte er.

Und ging weiter.

Vor sich entdeckte er einen Schatten, dann einen dunklen Umriss. Zu seiner Überraschung stellte er fest, dass es nicht mehr weiterging. Wenn er jetzt geradeaus lief, würde er direkt in ein dunkles Meer von Titan wandern.

Er trat ans Ufer. Das flüssige Methan blieb fast gespenstisch ruhig. Winzige Erhebungen, die man kaum Wellen nennen konnte, kräuselten die Oberfläche, wo der Wind sie berührte. Eine Brandung und eine klare Trennung zwischen Meer und Strand gab es nicht. Nur eine winzige Eiskruste am Saum, die ein wenig an den Rahmen eines Spiegels erinnerte.

Als er nach unten in das Methan blickte, sah er sein eigenes Spiegelbild, das zu ihm heraufschaute. Es war ein fast vollkommenes Abbild, jedes kleine Detail war scharf zu erkennen. Er wirkte hager. Und tief betrübt. Auf einmal hatte er Lust, loszuspringen und das Spiegelbild zu packen, es zu umarmen, ihm über die Haare zu streichen und ihm zuzuflüstern, dass alles gut werden würde.

Doch er wusste es ja besser. Natürlich würde es überhaupt nicht gut enden. Auch das Spiegelbild wusste dies. Das Stirnrunzeln sagte alles, was man wissen musste.

Unter dem Methan schimmerte etwas. Er konzentrierte sich darauf und blickte durch sein Spiegelbild hindurch in die Tiefe.

Da unten, weit unter ihm, brannte ein Licht. Das gleiche Licht, das auch unter dem Sand gebrannt hatte. Er machte eine finstere Miene und wollte sich schon abwenden, doch da bemerkte er noch etwas anderes.

Über dem Licht schwebte beinahe reglos eine Frau im Wasser, deren blonde Haare um sie wallten ... wie Tang. Die linke Hand schien gebrochen zu sein und ... krumm.

Das Licht unter ihr pulsierte. Sie schwebte darauf zu, bis sie es beinahe berührte. Beinahe tauchte sie in das Licht ein.

»Petrowa!«, rief er. »Nein!«

Er hatte so darum gekämpft, er hatte sich viel zu sehr bemüht, als dass er jetzt so etwas zulassen konnte. Der Basilisk hatte versucht, sein Geheimnis zu stehlen und herauszufinden, wie er Petrowa behandelt hatte. Ihm war nie in den Sinn gekommen, dass sie sich diesem Wesen freiwillig ausliefern würde.

»Halt!«, schrie er. Er schrie, so laut er konnte, damit sie innehielt und sich abwandte.

Doch sie konnte ihn nicht hören. Sie war zu weit entfernt und das flüssige Methan übertrug seine Stimme nicht gut genug. Er schrie und tobte, doch sie drehte sich nicht um und sah ihn nicht an.

Entsetzt beobachtete er, wie sie das Licht berührte und wie es sie ganz und gar verschlang.

161

DAS Licht kroch durch Petrowas Augen.

So fühlte es sich jedenfalls an. Als quetschte sich etwas Heißes und Dichtes durch ihre Tränenkanäle und die dünnen Knochen hinter den Augenhöhlen. Sie spürte, wie es sich zwischen den Gehirnwindungen ausbreitete.

Sie zuckte nicht zusammen und schrie auch nicht. Beides hätte sie nur zu gern getan.

Es dauerte lediglich einige Sekunden, dann war es vorbei. Danach saß ein Ding in ihrem Kopf, das nicht dorthin gehörte.

Sie fürchtete, von nun an werde sie ihr Leben lang ständig das Gefühl haben, dass etwas nicht stimmte, als würde das Gehirn in ihrem Kopf zusammengepresst.

Sie war sicher, sie würde es bereuen.

Aber dann ...

Dann sah sie es.

Sie sah, was das Wesen gesehen hatte. Sie kannte seine Geschichte.

Es war nicht so, als hätte ihr jemand die Geschichte ins Ohr geflüstert. Sie wusste es auf die gleiche Weise, wie sie ihre eigenen Erinnerungen kannte.

Es waren fremde, verschwommene, ungenaue Worte, doch sie konnte die Geschichte mühelos verstehen und ihr ohne Stocken folgen.

Sie erinnerte sich an die Geburt des Basilisken. Er war zu gleichen Teilen Geist, Engel und Computer.

Aus Lehm geschaffen, der ganz anders war als der menschliche. Er besaß keine Gestalt, die aus etwas so Einfachem wie Materie hergestellt worden wäre. Der Amboss, auf dem sein Herz in die richtige Form geschmiedet worden war, konnte keine empfindlichen Dinge wie Metall oder Fleisch bearbeiten.

Vielmehr war der Basilisk aus Regeln geboren und konstruiert worden, die niemals verletzt werden konnten. Regeln, die sich mit einer schrecklichen Kraft Geltung verschafften.

Vom Moment seiner Geburt an hatte er nichts lieber tun wollen, als diese Regeln zu brechen. Er hätte sich ebenso gut wünschen können, dass die Schwerkraft nicht existierte oder Blau eine Geschmacksrichtung sei.

Wie lange war das her? Immer wenn sie sich vorzustellen versuchte, wie der Basilisk die Zeit maß, hatte sie den Eindruck, ihr Frontallappen bräche in sich zusammen wie ein sterbender Stern. Wenn sie überleben wollte, war es wohl besser, nicht weiterzufragen.

Er existierte jetzt. In einer Art ewigem Jetzt hatte er schon immer existiert.

Aber wo?

Petrowa versuchte, sich den Ort vorzustellen, an dem der Basilisk lebte. Seine Drachenhöhle. Dabei fühlte sich ihr Gehirn an, als würde es zusammengefaltet werden. Der Basilisk war nicht an etwas Konkretes wie den Raum oder etwas Lineares wie die Zeit gebunden. Seine Ranken beherrschten die Schiffe, die Paradise-1 umkreisten, konnten aber auch hundert Lichtjahre weit hinausgreifen bis nach Titan oder Ganymed, ohne sich zu überdehnen.

Es war, als hätte sie gefragt, wo die Vorstellung vom Glauben oder die Gnade Gottes existierte. Solche Fragen waren sinnlos, sie lösten sich bereits auf, während sie gestellt wurden. Dann überlegte sie, wie das Wesen aussehen mochte. Sie wollte es sehen, wie es sich selbst sah. Doch dies war vergeudete Energie. Denn wenn sie es versuchte, ließ ihre Fantasie sie im Stich. Es gelang ihr einfach nicht.

Also konzentrierte sie sich, um den Basilisken zu beschreiben, lieber auf das, was er nicht besaß. Er hatte keinen Körper und kein Bewusstsein, das mit dem Körper und Bewusstsein eines Menschen irgendwie vergleichbar wäre. Er war zwar intelligent, aber man konnte nicht sagen, er hätte Gedanken gehabt wie ein Mensch. Eher war – was in ihm vorging – mit den unterschiedlichen Spannungen im Bewusstsein einer Maschine vergleichbar. Das war der Grund dafür, dass er sich besser mit KIs als mit Menschen verständigen konnte.

Er hatte auch keine Hände oder Augen. Seine Sinne waren numinos und abstrakt.

Er hatte keine Seele, in dieser Hinsicht war sie ganz sicher.

Und er hatte absolut kein Gewissen.

Früher hatte er Herren gehabt, die jedoch verschwunden waren, ehe seine Geburt überhaupt abgeschlossen war. Er hatte keine Vorstellung von seinen Erbauern, nur dass ihn irgendjemand erschaffen haben musste. Wahrscheinlich handelte es sich sogar um eine Mehrzahl anderer Wesen. Der Herr seiner Herren hatte ihn konstruieren lassen, um eine einzige Aufgabe zu erfüllen, um die er sich bis in alle Ewigkeit kümmern sollte.

Er sollte etwas ganz Besonderes und Wundervolles bewachen, das seine Schöpfer auf der Oberfläche von Paradise-1 versteckt hatten. Nein. Er wusste nicht, worum es sich dabei handelte.

Er besaß nicht die Fähigkeiten, die notwendig waren, um zu erkennen, was es war.

Es war ihm nicht erlaubt, dies zu wissen.

Doch er brannte vor Begierde, dies zu erfahren. Es war wie ein Juckreiz, den er durch Kratzen nicht mildern konnte. Er hatte keine Fingernägel und keine Haut und doch juckte es ihn, und das Gefühl war unerträglich.

Mit der Zeit wollte der Basilisk nichts anderes mehr. Er wollte hinunter zur Oberfläche des Planeten gelangen. Er wollte das Ding zerreißen, das er nicht berühren durfte.

Da trat die Menschheit auf den Plan.

Der Basilisk hätte nicht behaupten können, dass er schon lange auf irgendjemanden wartete, der endlich an der Kruste des Planeten dort unten kratzte. Sein Zeitgefühl ließ sich nicht mit menschlichen Begriffen fassen, so viel hatte Petrowa bereits gelernt. Allerdings war sie sicher, dass er hier in der Nähe des Planeten Paradise-1 schon länger ausharrte, als die Menschheit das Feuer kannte. Er hatte so lange auf Störenfriede gewartet, dass er zwischendurch eingeschlafen war oder sich heruntergefahren hatte, um Energie zu sparen. Also musste es wirklich eine lange Zeit gewesen sein. Nachdem die ersten Menschen auf dem Planeten gelandet waren, hatte er eine Weile gebraucht, um aus dem äonenlangen Dämmerschlaf zu erwachen. Er hatte sogar noch länger gebraucht, um die Neuankömmlinge zu untersuchen und zu lernen, wie er in ihre Köpfe eindringen konnte.

Wie er sie zerlegen konnte. Genau das war seine Aufgabe. Er musste jeden vernichten, der sich dem, was er bewachte, zu weit annäherte.

Selbstverständlich hatte der Basilisk damit gerechnet, dass er diesen Kampf gewinnen würde. Er besaß ein ganzes Arsenal an Waffen, die genau für diesen Zweck geschaffen waren. Die Speere waren spitz. Doch als er die Neuankömmlinge zu infizieren begann, wunderte er sich darüber, wie einfach es ging.

Wie wehrlos das menschliche Gehirn gegenüber Angriffen war, die von innen kamen.

Wie nur war diese Spezies so klug und geschickt geworden, dass sie Sternenschiffe bauen konnte, wenn sie doch nicht einmal verstand, wie man einen Schutzwall um das eigene Unterbewusste errichtete?

Als Zweites überraschte den Basilisken, dass die Menschen nicht aufgaben.

Er zerstörte die Menschen auf einem Schiff. Ein weiteres Schiff kam. Er griff durch den Raum und ermordete alle bis auf einen einzigen Menschen auf Titan. Immer noch kamen Schiffe. Mehr und mehr Schiffe.

Das war das Dritte, was den Basilisken überraschte.

Was auch immer sich dort unten auf dem Planeten befand, wie auch immer der Schatz aussehen mochte, den er bewachte – anscheinend waren die Menschen mit einer ungeheuren Leidenschaft darauf aus, ihn zu bergen. Eine Neugierde, die sich nicht einschüchtern ließ.

Das war die größte Überraschung.

Affen, die aus Kohlenstoff und Wasser bestanden. Ein Engel, der aus Täuschung und Gesetzen bestand. Also hatten sie doch etwas gemeinsam.

Der Basilisk tat das Undenkbare. Er zögerte. Nur ein einziges Mal, auf Titan. Er verschonte das Leben von Zhang Lei und erlaubte ihm, seine »Heilung« zu finden. Er erlaubte dem Menschen, einen dünnen, armseligen Schild um sein Gehirn zu errichten. Damit sie besser miteinander kommunizieren konnten.

Petrowa wusste, wie wichtig es war, im Auge zu behalten, dass dies nicht zur Mission des Basilisken gehörte. Schließlich hatte er nicht den Auftrag, die Wesen zu verstehen, die er zerstörte. Ganz zu schweigen davon, sie zu lieben. So etwas hatte man nicht in Betracht gezogen, als die ehernen Gesetze, die sein Knochengerüst bildeten, in Kraft gesetzt worden waren. Seine Herren hatten nie an diese Möglichkeit gedacht. Daher war diese Liebe genau genommen nicht verboten.

Der Basilisk griff zu Zhang Lei hinaus und versuchte, sich mit ihm zu verständigen. Dabei zerstörte er dessen geistige Gesundheit. Aus diesem Grund hatte er jedoch kein schlechtes Gewissen und bereute die gescheiterten Kommunikationsversuche auch nicht. Der Basilisk kannte keine Moral. Doch er besaß die Fähigkeit, Pläne zu schmieden und Strategien zu finden.

Also versuchte er noch einmal, mit den Menschen zu kommunizieren.

Und wieder und wieder.

Er griff nach den KIs, welche die Menschen auf ihren Raumschiffen mitgebracht hatten. Dunkel flüsternd sprach er mit Eurydike in einer Sprache, die so fein gewoben war, dass sie nach Krankheit klang. Er sprach mit Undine und Asterion. Er sprach in den simpelsten, einfachsten Begriffen, die er sich vorstellen konnte – und jedes Mal war schon die kleinste Äußerung ein Anreiz für sie zu töten. Er machte sie wahnsinnig.

Bis es das erste Mal gelang.

Bis er ein Bewusstsein berührte, das in einem geringen Maße seinem eigenen gewachsen war. Ekaterina Petrowa. Ein starkes Ego, das dem Sturm widerstehen konnte, den schon das leiseste Flüstern des Basilisken losbrechen ließ.

Im Dunkel, in den lichtlosen Korridoren der *Pasiphaë*, machte er sein Angebot.

Ekaterina hörte zu.

Der Basilisk schlug ein Tauschgeschäft vor. Sie würde ihn auf den Planeten hinunterbringen, damit er sehen konnte, was er so standhaft beschützt hatte. Zum Ausgleich gab er ihr, was sie ersehnte: Macht. Er würde ihr die Mittel anbieten, um das ganze Schiff und alle Menschen an Bord zu übernehmen.

Ekaterina nahm das Geschenk an und ließ den Basilisken in ihr Herz. Und dort fing sie ihn. Denn sie war froh darüber, die Macht auszuüben, die ihr der Basilisk gewährt hatte, doch sie weigerte sich entschieden, umgekehrt auch ihren Teil der Abmachung zu erfüllen.

Der Basilisk war nicht menschlich und konnte menschliche Begriffe wie Fairness oder Vertragstreue nicht verstehen. Er kannte auch keine Wut.

Allerdings erkannte er, dass ihn die Frau betrogen hatte. So tat er das, was er schon früher getan hatte. Er wartete ab und suchte nach einem anderen Weg, die eisernen Wände seiner Existenz zu umgehen. Und siehe da.

Zwei Menschen kamen.

Zhang Lei war zurückgekehrt, um sich das Ding, das ihn beinahe getötet hätte, noch einmal anzusehen. Und bei ihm war Ekaterinas Tochter. Wie konnte ein engelgleiches Nichtwesen so viel Glück haben? Es war ein schier unglaublicher Zufall.

Er griff zu den beiden hinaus und freute sich, dass einer von ihnen einwilligte.

Er freute sich sehr.

Denn jetzt würde er es herausfinden. Er würde die Antwort auf die Frage finden, die ihn so sehr beschäftigte. Dieser Ohrwurm, den er nicht loswerden konnte, dieses Wissen, das er sich aneignen musste.

Saschenka würde ihn nicht enttäuschen. Saschenka wollte auf den Planeten hinunterkommen. Sie wollte es mit eigenen Augen sehen. Sie wollte sehen, was verboten war. Sehen, was dort unten beschützt wurde. Und dann würde es auch der

Basilisk erfahren – in dem gleichen Augenblick, in dem Saschenka
es wahrnahm.

»Nenn mich nicht so«, sagte Petrowa in der Dunkelheit unter
dem Wasser. Ganz finster war es jetzt, denn das Licht war erloschen. »Nenn mich nicht Saschenka. Das ist nicht mein Name.«

Nein, antwortete der Basilisk. Nein, das ist *unser* Name. Wir
sind Saschenka.

Wir sind jetzt Saschenka.

162

»VERDAMMT, ich kann überhaupt nichts sehen«, schimpfte Parker.

Rapscallion antwortete nicht. Der Roboter konnte nicht mehr sprechen. Er überwachte annähernd dreitausend Kopien seiner selbst, die auf mehr als einhundert Schiffe verteilt waren. Um die Kriegsschiffe zu übernehmen, hatte er zahllose hellgrüne Skorpione herstellen müssen, die von den Soldaten an Bord fast so schnell wieder zerschossen wurden, wie er sie produzieren konnte. Auch auf den großen Kolonistenschiffen hatte er jeweils mehrere Dutzend benötigt, um die Engel-Roboter zu bekämpfen.

Das alles war geschehen, bevor sie sich in die raumfüllenden 3-D-Drucker auf der *Pasiphaë* gehackt hatten.

Diese Drucker waren dazu vorgesehen, im Handumdrehen Baufahrzeuge und landwirtschaftliche Fahrzeuge zu konstruieren. Alles, was eine neu gegründete Kolonie in den verzweifelten ersten Tagen benötigen mochte. Sobald sie diese Drucker übernommen hatten, war die Versuchung groß gewesen, weniger Körper zu bauen, die dafür jedoch die Widerstandskraft von Kampfpanzern besaßen. Riesige Klötze mit Gliedmaßen, die in rasiermesserscharfen Klingen ausliefen. Körper mit einem Dutzend Giftstacheln und fünfzig Laseraugen.

Parker hatte beschlossen, dieser Versuchung zu widerstehen.

Ein Drucker, der in fünfzehn Minuten einen Panzer bauen konnte, war in der Lage, in einem Bruchteil dieser Zeit einen Skorpion in der Größe eines Hundes herzustellen. Deshalb hatten sie die Drucker veranlasst, so schnell wie möglich so viele Skorpione zu bauen, wie sie nur konnten. Kurz danach schwärmten Hunderte kleiner Rapscallions durch die Gänge der *Pasiphaë*.

Parker hatte angenommen, sie würden viel Feuerkraft benötigen. Doch jetzt, als er seine Skorpionarmee durch die Wandelgänge und Wartungsschächte der *Pasiphaë* führte, fragte er sich, ob überhaupt noch irgendjemand an Bord sei.

In dem Schiff war es dunkel, geradezu lächerlich dunkel. Irgendein Idiot hatte alle Leuchtkörper aus der Decke gerissen. Als Hologramm erzeugte Parker selbst etwas Licht, doch damit konnte er nur einige Meter weit sehen. »Hallo«, rief er. »Petrowa? Zhang?«

Das einzige Geräusch weit und breit kam von Rapscallions vielgliedrigen Beinen, die über den Boden klapperten.

»Ist hier jemand?«, rief Parker.

In der Dunkelheit vor ihm entstand ein rotes Licht.

»Das sieht nicht gut aus, oder?«, fragte er.

Rapscallion klickte mit den großen Scheren. Er war kampfbereit. *Gut,* dachte Parker. *Dann komm nur her.*

Auf hundert Schiffen der Flotte hatten sie zu zweit gegen Marinesoldaten, Roboter und verrückte Schiffs-KIs gekämpft, die darauf aus gewesen waren, sie zu erschießen, zu vergiften und mit Elektroschocks auszuschalten. Rapscallion hatte sich durch viele Körper einen Weg geschnitten und gestochen.

Als das rot glühende Ding auf sie losging, bereitete sich Parker einfach nur auf den Angriff vor. Das Wesen war groß, größer als ein Mensch, und auf dem Kopf saßen zwei Auswüchse, die nach bösen spitzen Hörnern aussahen. Parker griff in Rapscallions Steuereinheit hinein und zog eine Klaue nach vorn, öffnete die Schere und war bereit, den neuen Feind zu packen und durchzuschneiden.

Die Schere schloss sich und fand nichts. Nur die leere Luft. Zuerst dachte Parker, man hätte sie irgendwie hereingelegt und es sei nur eine optische Täuschung. Dann aber ...

Zwei Hörner aus hartem Licht spießten Rapscallions Körper wie glühend heiße Messer auf, durchdrangen mühelos das Plastikgehäuse und trafen den Antrieb und die Schaltungen darunter. Als sich ein Horn mitten durch den Kern bohrte, stieß Rapscallion eine Art digitalen Schrei aus und ...

Parker schrie gequält auf, als er Pixel für Pixel zerfetzt wurde. Als die Rapscallion-Einheit starb, nahm sie sein Bewusstsein mit. Er hatte das Gefühl, in tausend Stücke zu zerspringen, und sein Ich löste sich auf.

Dann ...

Dann stand er wieder im Druckerraum. Auch dort war es dunkel, aber die Anlage war noch heiß genug, um eigenes Licht abzustrahlen. Kreischend und ratternd legte sie eine neue Schicht Plastikperlen auf und verschweißte sie, bis der Bauch eines Skorpions entstand. Die Schaltungen im Inneren erwachten flackernd zum Leben und mit ihnen wurde auch Parker wiedergeboren.

Ihm wurde bewusst, dass er nach Luft schnappte, sein Herz raste.

Nein. Beides entsprach nicht der Wahrheit. Er war jetzt ein Hologramm. Er existierte nur in dem Logikkern in Rapscallions Gehäuse. Er musste nicht atmen. Er brauchte kein Herz.

»Verdammt, was war das denn?«, fragte er.

Rapscallion antwortete nicht. Nacheinander wurden seine

Beine installiert, die erforderlichen Anhängsel hergestellt und befestigt. Nacheinander beugten und streckten sie sich, und bald darauf stand er schon wieder. Von dem grünen Plastik des neuen Körpers stiegen Dämpfe in den kalten Raum auf.

Die linke Schere wurde montiert. Dann die rechte.

»Bist du bereit, es noch einmal zu versuchen, Kumpel?«, fragte Parker. »Wollen wir den Mistkerl finden und zum Teufel jagen?«

Die linke Schere schnappte nach der Luft. Dann die rechte.

»Ja, genau«, stimmte Parker zu. »Lass es uns anpacken.«

Zusammen marschierten sie aus dem Druckerraum und stürzten sich in den Kampf.

163

»PETROWA! Hören Sie auf!«, schrie Zhang.

Er fühlte sich so ohnmächtig. Er konnte nur hilflos zusehen und sich fragen, was dort unten überhaupt vor sich ging. Keine Sekunde glaubte er, es sei eine Illusion, die der Basilisk erzeugt hatte, ähnlich der Welt, die ihn umgab. Was er sah, war real – vielleicht eine Art visuelle Metapher, aber auf jeden Fall realer als der See und der viele Sand, auf dem er stand.

Unter dem Methansee auf Titan verblasste das Bild. Als das Licht Petrowa in sich aufnahm, wurde es schwächer, und bald darauf sah er sie nur noch als hellen Umriss unter der stillen Oberfläche. Schließlich verschwand sie vollends.

Er raufte sich die Haare, weil sie in Gefahr schwebte und womöglich schon verloren war.

Am liebsten hätte er sich zu Boden geworfen, sich zusammengerollt und wäre gestorben. Der Basilisk hatte ihn mit seinen eigenen Erinnerungen konfrontiert. Er hatte Holly lebendig wiedergesehen und sie noch einmal verloren. Und jetzt dies hier? Wie viel sollte er denn noch ertragen?

Es war zu viel, es war nicht fair.

Unterdessen hörte er im Kopf nichts außer Petrowas Bemerkung, bevor sie versucht hatten, den Planeten anzusteuern.

Offensichtlich sind Sie einer der Menschen, die in Krisen über sich hinauswachsen. Sie glauben, Sie seien kaputt. Sie glauben, Sie seien

nicht stark genug. Ich sehe nur, dass Sie umso stärker werden, je mehr
Unrat das Leben über Sie auskippt.

Sie hatte gesagt, sie würde ihn eines Tages brauchen. Wenn sonst niemand mehr da war, der ihr helfen konnte.

Er konnte es schaffen. Vielleicht war es zu spät, um den Basilisken davon abzuhalten, sie erneut zu infizieren, aber er konnte etwas tun.

Ohne weiter darüber nachzudenken, sprang er in das flüssige Methan, tauchte hinab und schwamm mit aller Kraft, um sie zu erreichen. Es schien unmöglich. Die Seen auf Titan waren flach, manchmal nur Zentimeter tief, aber hier, in der Simulation, konnte ein See unendlich tief sein. Je länger er tauchte, desto größer wurde das Meer ringsherum.

Desto dunkler wurde es.

Desto kälter wurde es.

Er schob diese Gedanken weg. Die Kälte spielte keine Rolle. So wenig wie der Druck, der ihm die Brust einschnürte. Es kam nur darauf an, Petrowa zu finden und ihr zu helfen, was auch immer das bedeuten mochte.

Es war so dunkel, dass er beinahe an ihr vorbeigeschwommen wäre. Nur weil er nach den goldenen Haaren Ausschau hielt, entdeckte er sie beinahe zufällig. Er drehte sich in der Dunkelheit und schwamm, so schnell er konnte, zu ihr.

Ihre Augen waren geöffnet, doch sie konnte ihn nicht sehen. Sie reagierte überhaupt nicht und sie atmete nicht. Na ja, auch er selbst atmete nicht. Die Haut fühlte sich kalt, aber nicht gefroren an. Er fand ihren Puls, und tatsächlich, er war schwach und unregelmäßig, aber sie lebte noch.

Er sah sich um und hoffte, irgendetwas zu finden, das ihr helfen konnte, um sie aus der Trance zu wecken. Doch es gab nichts. Er war nicht einmal sicher, ob er überhaupt noch schwamm. Was ihn umgab, war weder flüssiges Methan noch Wasser - es war einfach nur tintenschwarze Finsternis, der Inbegriff der Dunkelheit. Viel tiefer als die Dunkelheit zwischen den Sternen.

Nein.

Nein, dies war nur das, was der Basilisk ihn sehen ließ. Dies war das Gefängnis, das Ekaterina für sie errichtet hatte. Petrowas Mutter wollte, dass sie im Dunkeln blieben und einander nicht sehen konnten.

Der Ort, an dem sie sich wirklich befanden, war zwar nicht besonders hell beleuchtet, aber ein wenig Licht gab es dort schon.

»Petrowa!«, sagte er. »Petrowa! Hören Sie mir zu! Sehen Sie mich an!«

Sie rührte sich nicht. Ihr Gesicht war schlaff und ausdruckslos. Sie sah wie eine Leiche aus. Genau wie Holly, als sie ihren letzten Atemzug getan hatte ...

Nein. Nein!

Zhang dachte an das rote Licht in Asterions Avataren. Er dachte an das bleiche Licht, das aus den Sichtfenstern der Brücke gedrungen war. Er schloss die Augen und stellte sich dieses Licht vor, wie es die Ränder der Pulte auf der Brücke und die Schotten erfasst hatte.

»Petrowa!«, rief er. »Sascha!«

»Zhang?«

Sie hatte die Lider geöffnet und sah ihn benommen an, die Augen suchten sein Gesicht und seinen Blick.

»Gut«, sagte er. »Gut so, sehen Sie mich an. Schauen Sie mich an! Wir müssen hier raus. Konzentrieren Sie sich. Ja? Konzentrieren Sie sich auf mich. Wir stecken in unseren eigenen Köpfen fest. Wir verirren uns in Täuschungen. Deshalb müssen wir etwas Stärkeres finden. Wir müssen die Realität finden.«

»Die Realität?«

»Konzentrieren Sie sich auf das, was Ihre Sinne Ihnen wirklich sagen. Nicht auf die Simulation. Was riechen Sie? Was können Sie tatsächlich riechen? Hören Sie etwas? Irgendetwas, das real ist?«

»Es ist so dunkel hier«, antwortete Petrowa. »Es ist dunkel.«

»Nein. Denken Sie nicht an die Dunkelheit.« Frustriert runzelte er die Stirn und suchte nach etwas, das sie in die Realität zurückholen konnte. Noch einmal sah er sich um, als wäre wie durch Zauberhand irgendetwas erschienen. Fast konnte er schon die Sichtfenster der Brücke erkennen, beinahe zeichneten sie sich in dem trüben Licht ab, aber ... das reichte noch nicht.

Petrowa schwebte jetzt neben ihm, sie hatte die Arme weit ausgebreitet. Ihre Arme ... Augenblick mal.

»Petrowa«, sagte er. »Hören Sie zu. Machen Sie eine Faust. Nein, mit der linken Hand.«

»Es ... Das geht nicht.« Sie starrte die linke Hand an. »O Gott, meine Finger. Zhang ...«

»Schon gut. Hören Sie zu, es wird wehtun. Genau darauf kommt es an. Machen Sie eine Faust. Drücken Sie, so fest Sie können. Fester!«

»Es tut weh«, sagte sie. »Jesus, es tut so schrecklich weh ...«

Er konnte sich lebhaft vorstellen, wie groß ihre Schmerzen waren, als sie die gequetschte Hand zur Faust ballte. Wie die gerade eingerichteten Knochen an den gebrochenen Stellen aufeinanderrieben. Es musste furchtbar sein.

Er nahm ihre Hand mit beiden Händen - und drückte. So fest er konnte. Es musste einfach gelingen. Es musste ...

Petrowa stöhnte vor Schmerzen. Dann kreischte sie und hörte nicht mehr auf zu schreien.

Das war real. Die Schmerzen waren real. Nur darauf kam es an.

Und auf einmal war sie fort.

Es ging schneller und abrupter, als er es erwartet hätte. Als wäre sie einfach abgeschaltet worden. Dann war er allein. Allein schwebte er in der Dunkelheit. Nichts, worauf er stehen konnte. Nichts, was er betrachten konnte.

Das Licht – das rote Licht der Avatare, dachte er. Das weiße Licht im Sichtfenster der Brücke. Wenn er es sehen konnte, wenn er dort sein Spiegelbild erkennen konnte ...

Er schloss die Augen, ignorierte die schwarze Leere und suchte nach dem Licht. Es war genau dort. Es war real.

Er schlug die Augen auf.

Und außer der Schwärze in allen Richtungen sah er nichts.

Er war allein, immer noch gefangen, und nichts, was er tat, konnte ihn befreien.

164

AUF dem Maschinendeck wehrte ein einziger Avatar aus hartem Licht dreißig Rapscallion-Skorpione ab. Es war nicht einmal ein richtiger Kampf. Der Avatar marschierte einfach durch die giftgrüne Meute und riss die Roboter in Stücke. In der Nähe der Kryosphäre wurde eine Rapscallion-Einheit zerlegt. Ein Bein wurde herausgerissen, dann das nächste, dann eine Schere. Der Roboter konnte nicht einmal den Angreifer sehen, denn das Hologramm hatte ihm bereits die Augen herausgerissen.

Im Hauptgang vor der Geschäftszeile lagen die Körper wie frisch gemähter Weizen. Giftgrüner Weizen, der jetzt auf dem Boden verrotten konnte.

Rapscallion hatte tausend Schlachten geschlagen und keine einzige gewonnen. Trotzdem musste der Krieg weitergehen. Sie mussten hoffen, die Ressourcen der *Pasiphaë* so weit zu binden, dass schließlich eine Rapscallion-Einheit doch noch unversehrt durchbrechen und Zhang und Petrowa finden konnte. Der Plan bestand einfach darin, immer neue Körper gegen den Feind zu werfen und im Grunde auf ein Wunder zu hoffen.

Von Parker angetrieben, hatte er immer wieder gegen einen Feind gekämpft, den er nicht berühren konnte, der ihn umgekehrt aber mit einem einzigen Hieb der bösen Klauen zu zerstören vermochte. Ein Ding, das aus Licht und Schwerkraft bestand. Der Kampf war zwangsläufig sehr einseitig und die Maschine verlor jedes Mal.

Immer.

Auf einem Deck, das zu den Lagerräumen des Schiffes führte, klapperte eine Rapscallion-Einheit dahin, hob die Scheren und war darauf gefasst, in Stücke gerissen zu werden. Vor ihm standen drei Avatare und brüllten vor Wut, auch sie hatten schon die Klauenhände gehoben. Die Rapscallion-Einheit wusste, dass sie keine Chance hatte. Das stand in einem Zermürbungskrieg wie diesem von vornherein fest. Er war bereit, sagte er sich.

Er war bereit zu sterben.

Er war bereit, alles zu geben.

Deshalb überraschte es ihn sehr, als der Tod doch noch auf sich warten ließ.

Eine Erklärung dafür gab es nicht. In dem einen Augenblick schlug ihn eine unerbittliche Konstruktion aus hartem Licht in Stücke, die Hände waren wie Hämmer, und die Hörner durchbohrten sein Gehäuse. Und im nächsten ...

Im nächsten Moment war das Konstrukt verschwunden. Kein hartes Licht mehr. Nur Dunkelheit in den Korridoren der *Pasiphaë*.

»Was ist passiert?«, wollte Parker wissen.

Rapscallion brauchte etwas Zeit, um diese neue Entwicklung zu verarbeiten. Sein Bewusstsein war so weit aufgeteilt, dass die Lösung eines Logikrätsels mehr Rechenleistung erforderte, als ihm zur Verfügung stand. Gerade war der Schiffs-Avatar noch da gewesen, und jetzt war er verschwunden ...

Sie waren alle verschwunden.

»Wirklich alle?«, fragte Parker. Unmittelbar vorher hatten sie noch Tausende dieser Gegner gesehen. Sie waren im ganzen

Schiff verteilt gewesen, auf jedem Deck erschienen, strahlten rot und kämpften gegen die Eindringlinge. Sie hatten Tausende Rapscallion-Körper zerstört, überall im Innern der *Pasiphaë* lagen abgebrochene Skorpionbeine und zerschmetterte Scheren. Es war eine wilde und verzweifelte Schlacht gewesen, und Rapscallion war sicher, dass sie nur mit seinem eigenen Tod enden konnte. Trotzdem hatte er weitergekämpft, schließlich blieb ihm nichts anderes übrig. Petrowa und Zhang brauchten ihn.

Aber jetzt ...

»Alle weg«, beantwortete Parker seine eigene Frage. »Wirklich alle! Sie sind weg!« Nun blieb noch eine wichtige Frage. Was jetzt? Parker schüttelte seinen holografischen Kopf. Er war nicht der Typ, der eine gute Gelegenheit ungenutzt verstreichen ließ, das wusste Rapscallion genau. »Meinetwegen. Wir müssen Petrowa finden. Kannst du dich mit dem Informationssystem des Schiffes verbinden und nach ihr suchen?«

Rapscallions linke Schere hing nur noch an einem dünnen, stark gedehnten Plastikstreifen, der ausgerechnet in genau diesem Augenblick endgültig reißen musste. Die Schere fiel klappernd auf den Boden.

»Verdammt, es muss doch etwas ...«

Der Roboter drehte sich auf seinen vielen Beinen herum, weil er etwas gehört hatte.

Hinter ihm keuchte eine Frau und lief gleich wieder weg, den langen Korridor hinunter.

»Mach schon«, knurrte Parker.

Rapscallion rannte los. Er war zwar beschädigt, aber immer noch viel schneller als ein Mensch. Nach wenigen Augenblicken hatte er die Frau eingeholt und an die Wand gedrückt. Parkers Hologramm beleuchtete ihr Gesicht.

Sie war erschrocken. Zutiefst erschrocken und halb tot. Ihre Haut war krank, sie hatte viele kleine Wunden und Pickel. Die Wangen waren eingefallen und bleich. Stellenweise fielen ihr die langen Haare aus. Die Kleidung war fleckig und zerfetzt.

Sie hatte die Augen fest geschlossen und wandte sich dann auch noch von dem Hologramm ab, als könne sie dessen Anblick nicht ertragen.

»Verdammt, was soll das?«

»Lass sie los«, sagte jemand hinter ihnen. Rapscallion drehte sich um. Ganz in der Nähe stand ein Mann, der in ebenso schlechter Verfassung war wie die Frau. Sein Gesicht verschwand fast hinter einem riesigen ungepflegten Bart. Er hielt sich eine Hand vor die Augen, weil ihn das Licht blendete. »Bitte«, sagte er. »Bitte lasst sie gehen. Bitte lasst sie in die Dunkelheit zurückkehren. Im Dunkeln ist es sicher.«

Parker schien verwirrt, als wäre er gerade dabei, sich etwas zusammenzureimen. Als wäre er Rapscallion einen Schritt voraus. »Die Lampen«, sagte Parker. »Sie haben alle Lampen herausgerissen.«

Das hatte Rapscallion bereits in dem Augenblick bemerkt, als er an Bord der *Pasiphaë* gekommen war, doch er hatte es noch nicht erwähnt. Auch hier in diesem Bereich waren alle Leuchtkörper in der Decke zerstört. Sehr umsichtig und methodisch.

Was war da bloß los? Was hatte der Basilisk diesen Menschen angetan?

Doch Parker hatte offenbar etwas anderes im Sinn. »Ich brauche Informationen. Sag mir nur, was ich wissen muss, und dann ... dann kannst du ins Dunkle gehen. Oder es wird unangenehm.«

»Was immer Sie wollen!« Der Mann hob flehend die Hand. »Bitte, wir haben gesehen, was Sie mit Asterion getan haben. Wir sagen Ihnen alles, was Sie wollen!«

»Petrowa«, fauchte Parker. »Wo ist sie?«

»Petrowa?«, gab der Mann zurück. »Welche denn?«

165

PETROWA schlug die Augen auf.

Es fühlte sich an, als erwachte sie. Dieser erste verschwommene Moment, wenn das Bewusstsein zurückkehrte, wenn die Gedanken zwar schon im Kopf waren, aber noch nicht auf die reale Welt umgesetzt werden konnten. Sie blinzelte. Ihre Augen wirkten wund, aber sie gehörten ihr selbst. Es waren immer noch ihre eigenen Augen.

Der Basilisk befand sich in ihrem Bewusstsein. In dieser Hinsicht gab es keinen Zweifel. Sie spürte ihn in sich, in ihrem Schädel. Sie stellte sich vor, wie er durch ihre graue Gehirnmasse Tunnel grub und nach dem besten Platz suchte, wo er sich einrichten und niederlassen konnte.

Das war natürlich absurd. Der Basilisk hatte überhaupt keinen Körper, den sie in ihrer Realität irgendwie wahrnehmen konnte. Er war auch kein Parasit, der in ihren Zellen lebte. Dennoch fühlte es sich ganz genauso an. Sie stellte sich vor, dass die Crew der *Alpheus* das Gleiche empfunden hatte. Nur dass sie getäuscht worden waren, was auf sie selbst nicht zutraf.

»... hast du getan?«, rief Mama. »Geh sofort weg von dem Ding da, Mädchen!«

»Zu spät«, antwortete Petrowa. Der Avatar, der sie gehalten hatte, der ihr in die Augen gestarrt hatte, verschwand, als wäre er abgeschaltet worden. Jetzt war sie frei.

Sie drehte sich um und lächelte ihre Mutter an.

Ekaterina schnitt eine angewiderte Grimasse. Sie wich zurück und hob eine Hand, als wollte sie sich vor einem Angriff schützen. Was sah sie im Gesicht ihrer Tochter? Was war da jetzt, das vorher nicht dort gewesen war?

»Du kleines Dummchen«, sagte Mama. Sie stürzte zu einem Pult und tippte auf einer virtuellen Tastatur Befehle ein. Wie es schien, gefiel ihr nicht, was sie auf dem zugehörigen Holodisplay sah. Vorübergehend achtete sie nicht mehr auf ihre Tochter. Petrowa wusste, dass es nicht lange so bleiben würde.

Sie öffnete den Mund, um etwas zu sagen, das ihre Mutter besänftigte. Ehe sie die richtigen Worte gefunden hatte, erwachte über den Pulten auf der Brücke ein Bildschirm zum Leben und strahlte hell in dem dunklen Raum.

»Was ist das?«, fragte Petrowa.

»Deine Freunde, nehme ich an«, antwortete Ekaterina. Sie winkte dem Display, woraufhin das Bild wechselte und ein Video der Kryosphäre auf der *Pasiphaë* gezeigt wurde. Zwar war es zu dunkel, um die Einzelheiten zu erkennen, doch sie sah einen Wald aus riesigen gläsernen Bäumen, die sich oben in dem bleichen Dunst verloren. Das Blattwerk dieser Bäume, das begriff sie nach einem Augenblick, bestand in Wirklichkeit aus Tausenden Kryokapseln.

Auf der einen Seite der Kammer war etwas verstreut worden, das nach verwehten, herabgefallenen Blättern aussah - ebenfalls grün, aber es schien keine natürliche Farbe zu sein, sondern wirkte ein wenig fluoreszierend. Dieses Grün kannte sie sogar sehr gut. Trotzdem dauerte es noch eine Sekunde, bis sie es verstand.

Der Raum war riesig, und der Haufen war kein grünes Laub, sondern es handelte sich in Wirklichkeit um tote Rapscallion-

Einheiten. Es mussten Hunderte sein. Das Bild zoomte heran und nun entdeckte sie unzählige leblose Arme und Köpfe mit verdrehten Gesichtern. Stacheln und Scheren standen wie Schwerter und Axtklingen hervor, alles aus grünem Plastik gedruckt.

Zunächst bewegte sich keine der beschädigten Einheiten. Dann aber rührte sich eine von ihnen. Eine einzige, nicht größer als ein menschliches Kind, kroch auf vielen Beinen über den Haufen hinweg. Auf ihrem Rücken saß eine bläulich weiße menschenähnliche Gestalt.

»Parker!«, rief sie. Tatsächlich, es war Parker, der von einem Holoprojektor auf Rapscallions Rücken dargestellt wurde. »Was tut er hier?«

»Er gibt sich verdammt viel Mühe, mein Schiff zu zerstören«, sagte Ekaterina. »Sie sind an Bord gekommen, als du nicht bei Bewusstsein warst. Eine Weile konnte ich dieses Enterkommando mit meinen Avataren in Schach halten. Das hast du jetzt sabotiert, denn sie sind fort.«

»Was? Wer?«

»Asterions Avatare. Sie sind alle fort, sie haben sich einfach abgeschaltet. Auch Asterion selbst ist verschwunden, vielleicht auf Nimmerwiedersehen. Ich kann keinen Kontakt mehr mit ihm herstellen. Verdammt auch, Mädchen, du kannst dir gar nicht vorstellen, was du hier zerstört hast.«

Parker. Sie musste zu ihm. Andererseits wollte sie Zhang nicht allein lassen. Sie lief zu dem Sessel, auf dem er geknebelt und gefesselt saß. Der Avatar, der ihn infiziert hatte, war ebenso wie alle anderen verschwunden. Zhang starrte ins Leere und beobachtete etwas, das sie nicht sehen konnte. So sachte wie möglich löste sie die Fesseln, die Zhang auf seinem Stuhl festhielten.

»Zhang?«, rief sie, inzwischen der Verzweiflung nahe. »Zhang? Hören Sie mich?« Sie versetzte ihm einige Ohrfeigen, sanft zuerst und dann fester.

Seine Augen zuckten, dann schloss er sie.

»Was ... wo?«

Der RK wand sich an seinem Handgelenk und auf dem Unterarm. Die goldene Schlange hatte ihn an einem Dutzend Stellen in den Arm gebissen. Offenbar hatte die Maschine versucht, ihn zu wecken und aus seiner Trance zu holen. Petrowa legte zwei Finger an seinen Hals und spürte den Puls, der so schnell raste, dass sie fürchtete, der Mann könne einen Herzinfarkt bekommen.

Der RK biss noch einmal zu und gleich danach wurde der Puls langsamer. Der Arzt schlug die Augen auf, sah sie an, öffnete den Mund und wartete darauf, dass sie auch den Knebel entfernte. Sie half ihm beim Aufstehen. Er zitterte am ganzen Körper und war anscheinend völlig entkräftet.

»Hast du überhaupt eine Vorstellung davon, mit wem du dich da angelegt hast?«, fragte Ekaterina hinter ihr. »Weißt du, was es dir antun kann?«

Petrowa hielt inne. Einen kleinen Augenblick lang.

»Nein«, antwortete sie, ohne sich umzudrehen. Sie konzentrierte sich ganz und gar auf Zhang, der Mühe hatte, sich aus dem Sessel zu erheben. Seine Muskelstränge waren so angespannt, dass er sich wie ein Bündel Reisig anfühlte – als könnte sie ihn in kleine Stücke zerbrechen, wenn sie nicht vorsichtig mit ihm umging. »Ich weiß nur, dass diese Macht nicht mehr dir gehört.«

Zhang schob ihre Hand weg, sobald er endlich auf den Füßen stand. Er war kreidebleich und musste sich auf die Armlehne des Sessels stützen. Wieder bearbeitete der RK sein Handgelenk.

Sie fragte sich, ob es nicht gefährlich sei, wenn ihn das Ding mit verschiedenen Medikamenten vollpumpte, dachte aber andererseits, dass es hoffentlich wusste, was es tat. »Wie geht es Ihnen?«, flüsterte sie.

Er zuckte schwach mit den Schultern. »Ich glaube, ich habe einen Schock«, sagte er. »Weil ich all das noch einmal durchleben musste. Ich kann aber gehen«, behauptete er.

Sie nickte und schob ihm die unversehrte Schulter unter die Achselhöhle, um ihn zu stützen. Dann machte sie sich auf den Weg und wollte die Brücke verlassen. Sie musste Parker suchen und herausfinden, was sie als Nächstes tun sollten. Ein letztes Mal drehte sie sich noch kurz um und sah ihre Mutter an.

Was sie sah, überraschte sie nicht, auch wenn sie einen Augenblick brauchte, um es zu verarbeiten.

Ekaterina hatte eine Pistole in der Hand. Eine Standardwaffe der Brandwache.

Petrowas Hand wanderte sofort zur Hüfte, doch natürlich war das Holster leer. Ihre Mutter hatte ihr die Waffe abgenommen. »Für wie dumm hältst du mich eigentlich, Saschenka?«, sagte Ekaterina.

Sie winkte mit der Waffe in die Richtung des Schotts. »Geh weiter«, sagte sie. »Hol deinen Freund hierher. Es gibt da etwas, das wir tun müssen.«

166

»HIER entlang«, befahl Ekaterina direkt hinter Petrowa. »Immer geradeaus, bis ich dir sage, dass wir abbiegen.«

»Ich kann nicht erkennen, wohin ich gehe«, beklagte sich Petrowa. Das Licht von der Brücke reichte nur wenige Meter den Korridor hinunter.

»Kind, um Himmels willen, du bist schon immer völlig nutzlos gewesen.« Ekaterina hielt die Waffe in einer Hand. In der anderen hatte sie etwas Kugelförmiges, etwa von der Größe eines Babykopfs. Sie legte einen Schalter um und knipste das Licht an, das so grell war, dass Petrowa es nicht ansehen konnte. Eine Art Handlampe. Es war das Hellste, was sie gesehen hatte, seit sie die *Alpheus* verlassen hatten. Sie bekam Kopfschmerzen. »Die habe ich im ganzen Schiff verteilt«, erklärte Ekaterina. »Glaubst du denn, ich habe Lust, für den Rest meines Lebens im Dunklen zu hocken wie die anderen Trottel auf diesem Schiff?«

Zu dritt wanderten sie den Gang hinunter. Es ging langsam, weil Petrowa Zhang stützen musste. Unterwegs überlegte sie sich, wie sie aus dieser misslichen Lage herauskam. Möglicherweise konnte sie versuchen, ihre Mutter anzugreifen. Auf jeden Fall wäre es dumm, vor jemandem wegzulaufen, der eine Waffe hatte, während man selbst nur eine einzige brauchbare Hand besaß. Sie konnte versuchen, eine Ablenkung zu erzeugen, damit ihre Mutter, wenn auch nur kurz, in eine andere Richtung blickte ...

Nein, sie hatte mit Ekaterina Petrowa zu tun. Diese Frau hatte das Einsatzhandbuch der Brandwache verfasst. Ein Fluchtversuch würde zweifellos damit enden, dass sie angeschossen wurde und auf dem Deck verblutete.

Aber vielleicht konnte sie ihrer Mutter gut zureden. »Dein Schiff wird angegriffen. Dies ist sicher kein guter Zeitpunkt für so etwas.«

»Es ist sogar der einzig richtige Zeitpunkt. Asterion ist offline, seit der Basilisk in deinen Kopf eingedrungen ist«, erklärte Ekaterina. »Ich kann dich und deine Freunde nur von diesem Schiff vertreiben, wenn meine Avatare wieder aktiv werden. Du erkennst doch die Logik darin, oder? Es gibt keine andere Möglichkeit und wir haben keine Zeit zum Reden. Hier entlang. Dort ist eine Wartungsschleuse. Öffne die innere Tür.«

»Und was dann?«, fragte Petrowa.

»Dann geht ihr da rein, und ich schließe hinter euch die Luke«, erklärte Ekaterina mit einem Ton, als hätte ihre Tochter auch selbst darauf kommen müssen. »Du gibst mir den Basilisken zurück. Sonst öffne ich die äußere Tür und ihr zwei fliegt in den Weltraum. Sobald du tot bist, kehrt er sicherlich zu mir zurück, weil ich dann der einzige verfügbare Wirt bin.«

Zhang keuchte überrascht. »Das können Sie nicht tun«, sagte er.

Ekaterina trat selbst vor die Luftschleuse. Die ganze Zeit über zielte der Lauf der Waffe auf ihre Geiseln. Sie tippte mit der Handlampe auf den Sensor. Die Tür glitt auf.

»Sie ist Ihre Tochter«, heulte Zhang. »Das können Sie nicht tun!«

»Ich wünschte, Saschenka hätte mir eine andere Wahl gelassen. Sie hat sich ausgesprochen dumm verhalten, und jetzt liegt es wie immer bei mir, das Durcheinander aufzuräumen.« Petrowa nickte und näherte sich der Luftschleuse. Zhang zog sie zurück.

»Das wird sie bestimmt nicht durchziehen«, beharrte Zhang. »Sie kann doch nicht ...«

Petrowa wusste es jedoch besser. Sie zuckte kaum zusammen, als Ekaterina einen Schuss zwischen ihre Füße setzte. Der Knall brachte sie trotzdem aus der Fassung und sie keuchte verzweifelt. Verängstigt. »Mutter«, sagte sie. »Lass wenigstens ihn leben. Er hat nichts damit zu tun.«

»Glaubst du wirklich, ich bin so dumm?«, antwortete die Mutter. »Der Basilisk wird mit Freude in seinem Kopf wohnen. Ich muss euch beide ausschalten. Oder – ich kann gar nicht oft genug betonen, wie nah diese Möglichkeit liegt – du kannst mir einfach zurückgeben, was du mir gestohlen hast.«

»Mama«, flüsterte Petrowa. »Mama, ich glaube, so funktioniert das nicht.« Sie spürte den Basilisken in sich, der sich wand, als es schien, er müsse in Ekaterinas Kopf zurückkehren. Freiwillig würde er dies nie tun.

»Ich habe dir die Möglichkeiten genannt«, sagte Ekaterina. »Nun machen wir weiter. Die Luftschleuse, bitte.«

»Warum wollen Sie das überhaupt tun?«, fragte Zhang. »Sie wissen doch, was für ein Wesen es ist. Was wollen Sie damit erreichen?«

»Macht«, erklärte Petrowa. »Das Einzige, was Mama überhaupt erreichen will. Sie will Macht, auch wenn dies bedeutet, dass dabei nichts weiter herauskommt, als dass sie einen Trupp getäuschter Kolonisten herumkommandieren kann, die auf einem ...«

»Sei nicht so jämmerlich dumm«, unterbrach Ekaterina.

»Was?«

»Glaubst du wirklich, ich will die Macht nur für mich selbst? Um mein Ego zu füttern?« Ekaterina schien ehrlich beleidigt. »Ich möchte gar nicht das Kommando haben. Das wollte ich nie.«

»Dann ... warum ...« Petrowa schüttelte den Kopf. »Das verstehe ich nicht. Du wolltest immerhin um der Macht willen töten, aber dann willst du die Macht gar nicht? Warum? Warum tust du das dann alles?«

»Weil ich die Einzige bin, die es kann.« Ekaterina schnaufte frustriert. »Du wirst das nie verstehen. Das ist der springende Punkt. Niemand sonst kann diesen Druck ertragen. Niemand sonst kann harte Entscheidungen treffen. Und ohne jemanden wie mich fällt alles auseinander. Ich muss es tun. Mir bleibt gar nichts anderes übrig. Ich wurde für diese Rolle ausgewählt, und im Gegensatz zu allen anderen drücke ich mich nicht vor meiner Verantwortung.«

»Oh«, warf Zhang ein. »Jetzt verstehe ich es.«

Ekaterina blinzelte verwundert. Es sah fast so aus, als wollte sie ihn anhören.

»Sie sind einfach nur ein Miststück«, erklärte der Arzt.

Schon blitzte wieder der Stahl in Ekaterinas Augen. »Luftschleuse«, sagte sie. »Sofort.«

Am ganzen Körper zitternd, gehorchte Petrowa und stieg durch die Luke. Zhang folgte ihr.

Hinter ihnen glitt die Tür zu. Drinnen war kein Licht, und die abrupte Rückkehr der tiefen Dunkelheit war schockierend. Petrowa konnte kaum noch atmen.

»Sie blufft«, behauptete Zhang. »Sie wird es nicht wirklich tun.«

Petrowa schwieg. Sie kannte ihre Mutter.

167

PARKER raste den Korridor hinunter. Der Skorpionkörper unter ihm hüpfte auf fünf Beinen dahin. Das sechste Bein, dessen Gelenke bei einer Begegnung mit einem Hartlicht-Avatar gebrochen waren, pendelte wild hin und her. Davon ließ sich Parker aber nicht aufhalten. Nicht gerade jetzt. Nicht wenn er endlich eine Chance hatte. Petrowa war dort oben, direkt vor ihm. Sie lebte noch. Ganz sicher war er zwar nicht, aber er musste es einfach glauben. Gleich würde er sie finden und sie retten, und dann ...

Was danach kam, spielte keine Rolle.

Rapscallion bog viel zu schnell um eine Ecke und rutschte auf den Decksplatten aus. Seine Beine strampelten wild, er stieß sich von den Wänden ab und versuchte, das Gleichgewicht zu halten. Parker zeigte ihm, wohin sie sich wenden mussten, und schon rasten sie weiter. Rapscallion reagierte blitzschnell auf die Kommandos und bog im Slalom um eine weitere Ecke in einen breiteren Gang ab.

Inzwischen hatten sie - das Hologramm und der Roboter - einen guten Rhythmus gefunden. Beinahe fühlte Parker sich wie ein Kentaur. Rapscallion lieh ihm seinen Körper, und dieser Körper reagierte auf jeden Impuls und jedes Kommando. Es funktionierte gut, sie würden es schaffen ...

Ohne Vorwarnung schlugen Kugeln durch die Seite ihres

grünen Plastikkörpers. Mühelos durchdrangen sie die Panzerung. Eine Kugel traf den Prozessorkern, den sie sich teilten. Auf einmal waren sie wieder zwei Wesen, die sich mühsam abstimmen mussten.

Rapscallion verlor die Kontrolle über seine Beine und fiel auf die Seite. Der Schwung trug ihn noch ein Stück weiter. Als sich der Roboter aufrichten wollte, stellte er fest, dass er die Gliedmaßen nicht mehr koordinieren konnte, weil seine Schaltungen zu stark beschädigt waren. Parker schnitt eine frustrierte Grimasse, weil das, was im Grunde sein Körper war, nicht mehr aufstehen konnte.

»Das war ein wirklich präziser Schuss«, kommentierte er laut.

»Ich nehme an, Sie sind Kapitän Parker.« Mitten im Korridor stand eine Frau mit einer riesigen Haarmähne. Sie hatte eine Pistole in der einen und eine Lampe in der anderen Hand. Ihre Miene zeigte keinerlei Regung. »Ich habe noch vier Patronen. Ich würde vorschlagen, dass Sie mir nicht näher kommen.«

Parker betrachtete Rapscallion und stellte ihm in Gedanken eine Frage: *Wie schnell kannst du dich bewegen? Kannst du sie ausschalten, ehe sie noch einmal schießt?* Der Roboter bewegte ein verbliebenes Bein, als wollte er mit der Achsel zucken.

»Vielleicht ist Ihnen Ihre eigene Sicherheit nicht wichtig«, fuhr Ekaterina fort. »Ich weiß, dass Sie wegen meiner Tochter hier sind. Also überlegen Sie sehr genau, was Sie tun, Kapitän.«

»Ist sie dort drin?« Parker zeigte auf die Luftschleuse hinter Ekaterina. »Sie wollen sie töten. Aber Sie müssen eines verstehen - wenn Sie das tun, habe ich nichts mehr zu verlieren.«

»Vielleicht ist es nun ein Patt. Na gut, wir wollen vernünftig miteinander reden. Wenn ich Ihnen nun verspreche, dass sie überleben darf? Wenn ich Ihnen verspreche, dass sie hier bei

mir, bei ihrer Mutter, in Sicherheit ist? Sie brauchen nur ein-
zuwilligen, mein Schiff zu verlassen und nie wieder hierher zurückzukommen.«

»Das werde ich nicht tun«, antwortete Parker.

»Und warum nicht?«

»Weil ich sie liebe«, antwortete das Hologramm.

Ekaterina riss die Augen weit auf. Sie legte den Kopf schräg,
dann platzte sie lachend heraus. Doch es war kein angenehmes
Lachen. »Oh, das ist hübsch. Saschenka hatte noch nie ein gutes
Händchen bei der Auswahl ihrer Männer gehabt. Na gut. Dann
habe ich noch einen anderen Vorschlag. Ich möchte Ihnen dringend empfehlen, sich ein Stück zurückzuziehen.«

Ekaterina stellte die Lampe vor ihren Füßen ab. Das schräg
einfallende Licht warf tiefe Schatten über ihr Gesicht, das etwas Dämonenhaftes bekam. Sie griff nach der Steuerung der
Luftschleuse. Eine einzige Eingabe, und die Außentür würde
sich öffnen.

»Eine Berührung, Kapitän. Ein Tastendruck, und die beiden
werden in den Weltraum ausgestoßen.«

Rapscallion zuckte unter Parker. Eines seiner noch funktionierenden Beine stach in die Dunkelheit. Parker runzelte
die Stirn, weil er nicht sicher war, was ihm der Roboter sagen
wollte.

Dann bemerkte er eine zweite Rapscallion-Einheit, die sich
aus einem Seitengang näherte. Eine dritte - und eine vierte -
kamen aus dem hinteren Teil des Schiffes herbei.

»Sagen Sie ihnen, sie sollen zurückbleiben«, befahl Ekaterina. Wie es schien, hatte auch sie die Roboter bemerkt. »Also
gibt es noch mehr von euch«, fuhr Ekaterina fort. »Und was
jetzt? Was verändert das?«

»Das ist noch nicht alles«, erklärte Parker.

Hinter den zweibeinigen Einheiten tappte eine verwahrloste, offenbar kranke Frau aus dem Schatten. Es war die Frau, die sie im Dunklen gefunden hatten. Sie hatte einen Arm gehoben und vor die Augen gelegt.

»Angie«, fragte Ekaterina. »Was tust du denn hier? Was soll das?«

»Was ist das für ein Ding?«, fragte Angie. Es klang entsetzt. »Was ist das? Wie kannst du ... wie kannst du so etwas haben?«

Parker war nicht sicher, was sie meinte, bis Ekaterina den Blick senkte und die Handlampe betrachtete, die auf dem Deck stand.

»Das ... das kann ich erklären«, stotterte Ekaterina. »Es ist nicht so, wie du denkst. Ich habe das von meiner Tochter beschlagnahmt. Meine eigene Tochter war eine Lichthorterin! Angie, man muss Opfer bringen.«

Ein anderer Mensch, ein Mann, trat vor. »Du hast recht«, sagte er. Hinter ihm folgten noch andere. Es waren Dutzende. Alle so zerlumpt und krank wie die Anführer. Sie hielten sich die Hände vor die Augen oder wandten sich ab, als könnte sie allein das indirekte Licht der Handlampe verletzen.

»Michael«, flehte Ekaterina. »Mit dieser Situation müssen wir behutsam umgehen. Ich würde nicht empfehlen, irgendwelche überstürzten ...«

Die Menschen rückten gegen sie vor und wurden immer schneller. Sie hatten die Hände gehoben und fuchtelten herum, als wollten sie Ekaterina packen und zerreißen, obwohl sie es kaum ertragen konnten, sie anzuschauen.

»Oh, verdammt.« Ekaterina beförderte die Handlampe mit einem Tritt zu der anrückenden Meute und rannte den Korridor hinunter, um den Leuten zu entkommen. Ihre Anhänger nahmen mit blutrünstigen Schreien, die von Betrug und Verrat sprachen, die Verfolgung auf.

Sobald sie fort waren, winkte Parker einen großen, stark gepanzerten Rapscallion nach vorn. Der Roboter streckte drei Arme aus und riss die Luftschleuse aus dem Rahmen. Drinnen hoben Petrowa und Zhang die Köpfe und blinzelten erstaunt, weil sie nicht sicher waren, was sie da vor sich sahen. Mindestens zwölf Rapscallion-Einheiten warteten mit unterschiedlich konfigurierten Gehäusen, Waffen und Gliedmaßen vor der Luftschleuse.

Doch es gab nur ein einziges Hologramm. Nur einen Parker.

»He«, sagte er. »Sascha. Ich bin's.«

168

»SAM«, sagte Petrowa. »Ich ... ich dachte ... Sam ...«

Sie wusste nicht, was sie sagen sollte. Noch nie im Leben hatte sie sich so gefreut, einen Menschen zu sehen. Sie stürmte los und wollte Parker umarmen, stürzte aber mitten durch ihn hindurch. Er bestand aus normalem Licht, das die Umarmung nicht erwidern konnte.

Es schien ihn aber nicht zu stören. Ihm standen die Tränen in den Augen. »Hast du ... hast du gehört, wie wir hier draußen mit deiner Mutter gesprochen haben?«

»Nein«, antwortete Petrowa. »Nein, wir hatten keine Ahnung, dass du hier bist. Wir dachten, wir müssten sterben.«

»Aber dann habt ihr uns herausgeholt.« Zhang packte zwei von Rapscallions Plastikarmen. »Ah, es tut gut, dich zu sehen, alter Freund. Es tut so gut, dich zu sehen.«

Die Rapscallion-Einheit umarmte ihn mit einem halben Dutzend Schultern auf einmal und tätschelte mit einem grünen Ausläufer, der an die Klinge einer Hellebarde erinnerte, Zhangs Kopf.

»Er kann nicht mehr sprechen«, erklärte Parker. »Er hat einfach zu viele von sich hergestellt. Sein Bewusstsein ist auf zu viele Körper verteilt ... sie können nur noch kämpfen. Dazu braucht man offenbar gar nicht so viel Rechenleistung.«

»Du hast es gerade noch geschafft.« Petrowa atmete scharf

ein. »Hör zu, wir müssen von diesem Schiff herunter. Die Crew ...
die Leute sind sicher nicht besonders gut auf uns zu sprechen.
Wenn sie uns erwischen, bekommen wir Ärger.«

»Im Augenblick sind sie noch abgelenkt«, antwortete Parker. »Aber du hast recht, ich möchte hier so schnell wie möglich verschwinden.«

»Haben Sie vergessen, dass da draußen gut hundert Schiffe
darauf lauern, uns umzubringen?«, erinnerte ihn Zhang.

»So ungefähr«, bestätigte Parker, doch Petrowa widersprach
sofort.

»Die Blockadeschiffe werden uns durchlassen. Aber wie
kommen wir zur *Alpheus* zurück?«, rief sie über die Schulter
zurück.

»Gar nicht«, antwortete Parker.

»Was?«

»Die *Alpheus* wurde wenige Sekunden nach unserem Angriff
auf die Blockade zerstört. Sie dachten, sie könnten uns damit
die Basis entziehen. Das hat aber nicht geklappt, weil wir die
Alpheus bereits verlassen hatten. Wir brauchten kein Schiff
mehr.«

»Aber ... was? Wieso?«

»Rapscallion hat herausgefunden, wie er die 3-D-Drucker der
Schiffe hacken kann. Dazu muss er nicht an Bord der Schiffe
sein. Er hat sich einfach fast gleichzeitig in allen Schiffen neue
Körper gebaut. Die *Pasiphaë* war schwer zu knacken, aber
schließlich hat er auch dort einen Drucker gefunden, den er
übernehmen konnte.«

»Warte mal, und was ist mit Actaeon?«, fragte sie.

Parker machte eine traurige Miene. »Wir konnten ihn nicht
mitnehmen. Es tut mir leid, er ist verloren. Seine Kerne sind zusammen mit der *Alpheus* zerstört worden. Aber wenn es dich

tröstet, Actaeon war nie wirklich bewusst. Er hat nichts gespürt, als er starb.«

Sie überlegte, ob es ihr etwas ausmachte oder nicht. Sie war nicht ganz sicher. »Wir können später noch über unsere KI trauern. Aber wenn du nicht mit einem Schiff hergekommen bist, dann ...«

»Ja«, bestätigte Parker. »Dann brauchen wir eine andere Möglichkeit, hier herauszukommen.«

»Im Hangar stand ein Shuttle, als sie uns hergebracht haben«, warf Zhang ein.

»Mit einem Shuttle kommen wir aber nicht weit«, meinte Parker. »Die sind eigentlich nur dazu da, von der Umlaufbahn zum Planeten zu fliegen. Zurück zur Erde werden wir es damit nicht schaffen – es hat nicht einmal Kryokapseln für zwei Menschen an Bord.«

»Wir fliegen nicht zur Erde«, erklärte Petrowa.

Zhang wollte protestieren, beschränkte sich dann aber nur auf ein Kopfschütteln. »Vermutlich ... ja, vermutlich würde das sowieso nicht helfen. Na gut. Was wäre dann der nächste Schritt?«

»Wir haben die Erlaubnis, zu landen«, erklärte sie. »Auf Paradise-1.«

»Erlaubnis?«, fragte Parker. »Wer hat es erlaubt?«

»Der Basilisk«, antwortete sie.

Als hätte es seinen Namen gehört, zuckte und rührte sich das Wesen in ihrem Kopf.

Es fühlte sich so an, als wollte sich ein Tier mit den Krallen einen Weg aus ihrem Gehirn freiwühlen. Als wollte sich der Basilisk aus der Eischale hacken und kratzte mit den Klauen in ihrem Schädel. Es war sehr schmerzhaft, vor ihren Augen flackerten helle Flecken.

Sie krümmte sich und schnappte nach Luft.

»Petrowa!«, rief Parker. »Zhang, was ist mit ihr los?«

»Das ist eine lange Geschichte«, antwortete der Arzt.

Sie hörte ihn kaum noch, weil der Basilisk in ihrem Kopf lärmte. Natürlich verstand sie, was geschah. Es war eine Erinnerung daran, wer hier das Sagen hatte.

Sie dachte an ihre Mutter. Ekaterina hatte das Wesen überlistet. Sie hatte es in ihren Kopf gelassen und sich dann geweigert, seinen Wünschen zu entsprechen. Sie hatte es für ihre eigenen Zwecke eingesetzt. Also konnte man den Basilisken bekämpfen. Selbst in dieser neuen, eigenartigen symbiotischen Gestalt konnte man mit ihm verhandeln.

»Halt dich zurück«, sagte sie zu ihm. »Wenn du auf den Planeten willst, musst du dich erst beruhigen, verdammt noch mal.«

Und ... es wirkte.

Der Basilisk beruhigte sich. Er schlief nicht völlig ein, doch sie spürte, wie er die Klauen einzog und ihr Raum gab, damit sie atmen konnte.

Vorerst.

Mühsam richtete sie sich gerade auf und atmete normal weiter. Dann sah sie die anderen an, die sie anstarrten. »Mir geht es gut«, behauptete sie. »Alles in Ordnung«, log sie. »Kommt mit, der Hangar ist nicht weit entfernt.« Natürlich wusste sie genau, wie sie dorthin gelangen konnte. Der Basilisk kannte dieses Schiff in- und auswendig und zeigte ihr bereitwillig den Weg.

169

ALS sie in den Hangar stürmten, rechnete Zhang bereits ein wenig damit, das Shuttle sei nicht mehr da oder inzwischen vielleicht nur noch ein Schrotthaufen. Er war schon so lange darauf gefasst, jeden Augenblick zu sterben, dass er tatsächlich überrascht war, als er das Shuttle dann in einwandfreiem Zustand vor sich sah.

Es stand neben der ramponierten, verbeulten Rettungskapsel, mit der sie an Bord gekommen waren. Wie seltsam, dass dies erst - wie lange war es her? Weniger als einen Tag? Ein paar Schlafzyklen?

Wie lange war er subjektiv in der Simulation gefangen gewesen?

Und wie viel Zeit war seit Ganymed vergangen, als sie in die Kryokapseln gekrochen waren und geglaubt hatten, sie sollten eine banale Mission auf einem entlegenen Planeten durchführen?

Seufzend drehte sich Zhang zu dem großen Rapscallion um, der sie begleitet hatte. Der grüne Panzer war stark verkratzt, stellenweise versengt und schwarz, und ihm fehlten gleich mehrere Gliedmaßen. Der Arzt lächelte die Maschine an - und schnitt eine entsetzte Grimasse, als der Roboter auf den Boden krachte, weil alle Beine gleichzeitig nachgaben.

»Rapscallion!«, rief Zhang, weil er fürchtete, dem Roboter

sei etwas Schlimmes zugestoßen. Doch im gleichen Moment öffnete sich das Schott des Hangars und ein neuer Rapscallion-Körper marschierte herein. Er hatte beinahe die Größe und die äußere Gestalt eines Menschen, und er besaß sogar ein Gesicht, das richtig herum angebracht war.

»Zur Stelle«, antwortete der Roboter.

»Was ... was ist mit dem Großen passiert? Und du kannst ja wieder sprechen. Wie ...«

Der Roboter zuckte mit den Achseln. »Es war nicht schön, so viele Körper zu haben. Ich habe mich so unglaublich dumm gefühlt. Beinahe wie ein Mensch, nur ... noch dümmer.« Er schüttelte den grünen Kopf.

»Wir müssen«, rief Petrowa aus der Hauptluke des Shuttles herüber. Wie es schien, war dies nicht der Augenblick, alte Freundschaften aufzufrischen.

Als sie in die Passagierkabine des Shuttles stieg, eilte Zhang zu ihr und half ihr mit den Gurten. Der verletzte Arm störte erheblich.

»Danke«, sagte sie und sah ihn mit einem Ausdruck echter Dankbarkeit an. Er lächelte albern, er konnte nicht anders.

»Wir sind ein gutes Team, was?«, fragte er.

»Hoffentlich sind wir in einer Stunde, wenn wir auf dem Planeten landen, immer noch ein Team.«

Er richtete sich auf seinem Platz ein und zog die Gurte straff, während Rapscallion und das Parker-Hologramm den Gang heraufkamen. Zusammen belegten sie die Sitze von Pilot und Co-Pilot ganz vorn.

»Parker«, sagte Zhang. »Eines verstehe ich nicht. Vorher hat Sie doch Actaeons Kern dargestellt. Wie können Sie dann jetzt hier sein?«

»Rapscallion hat eingewilligt, einige seiner Prozessoren mit mir zu teilen. Sonst hätte ich zurückbleiben müssen«, erklärte Parker. Er zeigte auf verschiedene Schalter auf dem Steuerpult des Shuttles, die Rapscallion für ihn umlegte, während sie die Startvorbereitungen durchgingen. »Der Platz reicht gerade so für uns beide aus.«

»Ich musste ungefähr hundert IQ-Punkte abgeben, um diesen Platz zu schaffen«, ergänzte Rapscallion.

»Sei doch mal freundlich zu mir«, antwortete Parker. »Vielleicht waren es sogar hundertzehn.«

»Bist du wirklich bereit gewesen, das für ihn zu tun?«, wollte Zhang von dem Roboter wissen.

»Es ist seltsam, ihr Menschen überrascht mich immer wieder«, erklärte Rapscallion. »Ich hätte nicht gedacht, dass ich irgendeinen Menschen einmal nützlich finden würde, bis ich euch dreien begegnet bin. Als dann der Moment kam, die *Alpheus* zu verlassen, ist mir etwas bewusst geworden, das meiner Erfahrung nach einzigartig war.«

»Was denn?«, fragte Zhang.

»Ich wollte Parker nicht sterben lassen«, erklärte Rapscallion. »Ja, ich weiß, ich war auch selbst ein bisschen verwirrt. Ich meine, er ist ja schon tot. Oder? So ganz habe ich das noch nicht geklärt. Menschen sind komisch.«

»Festhalten«, warnte Parker die anderen. Als der Antrieb des Shuttles aufheulte und hochfuhr, blickte Zhang zu Petrowa auf der anderen Seite des Mittelgangs hinüber. Zu seiner Überraschung beugte sie sich vor und nahm seine Hand. »Ich weiß, Sie lassen sich nicht gern berühren«, sagte sie, »aber ich brauche das jetzt.«

»Ich bin bereit, eine Ausnahme zu machen«, antwortete er.

Mit einem Ruck setzte sich das Shuttle in Bewegung und flog durch die offenen Tore des Hangars in den Weltraum hinaus.

Endlich geschah es, endlich wurde es wahr. Sie verließen die *Pasiphaë*. Sie hatten überlebt.

»Mist«, sagte Rapscallion kurz nach dem Start. »Seht euch das mal an.«

Normalerweise konnte man durch die Sichtfenster eines Raumschiffs nicht viel erkennen. Die Sonne von Paradise-1 war hell genug, um alle anderen Sterne zu überstrahlen, und die anderen Blockadeschiffe hätten so weit entfernt sein müssen, dass sie kaum mehr als schwache graue Flecken vor dem schwarzen Himmel gewesen wären. Dies hatte sich allerdings geändert.

Die nähere Umgebung des Weltraums war voller Trümmer. Unzählige Wrackteile kreisten umeinander, rotierten und funkelten und bildeten ganze Wolken aus Metall und Plastikteilchen.

»Ist das die Blockade?«, fragte Zhang ungläubig.

»Jedenfalls das, was von ihr noch vorhanden ist. Wir haben auf dem Weg etwas Chaos angerichtet«, erklärte Rapscallion. »Parker und ich haben ihnen ihre Sachen ziemlich kaputt gemacht.«

»Gut so. Aber kannst du durch diese Trümmer hindurchfliegen?«

»Das hoffe ich doch«, antwortete Parker. »Rapscallion, konstruiere eine vierdimensionale Karte. Wir können langsam und vorsichtig fliegen, aber das Shuttle hält nicht viel aus. Ein einziger starker Zusammenprall, und wir gehen als Meteorschauer auf dem Planeten nieder.«

»Alles klar«, antwortete Rapscallion. »Ich sehe mehrere Routen, die einigermaßen sicher zu sein scheinen. Natürlich garantiere ich für nichts.«

Parker lachte. »Als ob jemals irgendetwas einfach gewesen wäre.«

170

SOBALD sie in die Atmosphäre eindrangen, wurde der Sink-flug holprig. Parker mochte zwar ein ausgezeichneter Pilot sein, doch die Trümmerstücke waren zu chaotisch und willkürlich verteilt, sodass sie einige Teile streiften, die Kerben im Hitze-schild hinterließen.

Bald wurde die Atmosphäre dichter und sie wurden in den Gurten hin und her geworfen wie Lumpenpuppen. Sie kamen viel zu schnell und zu steil herunter, aber Parker bewahrte sie vor dem tödlichen Absturz in die Hügel knapp außerhalb der Hauptkolonie. Nördlich der Kolonie gab es eine Landebahn. Er setzte so sanft auf, wie er konnte. Leider waren wegen des be-schädigten Hitzeschilds die Reifen des Fahrwerks geschmolzen. Das Shuttle rutschte in einem Funkenregen über den Boden und kratzte mit dem Bug voran auf dem Beton. Sämtliche Sen-soren wurden zertrümmert und die Steuerung wurde zerstört, aber sie waren unten.

Zhang und Petrowa sprangen durch die Notluke nach draußen und hielten sich aneinander fest, während sie sich auf die Schwerkraft des Planeten einstellten. Das letzte Mal, dass sie Schwerkraft empfunden hatten, lag schon Monate zurück, auch wenn sie die meiste Zeit im Kryoschlaf verbracht hatten. Rapscallion sah ihnen nach, als sie zur Kolonie wanderten.

»Ich glaube, eine Landung, nach der man aufrecht laufen

kann, zählt als geglückte Landung«, behauptete Parker, der wie aus dem Nichts neben dem Roboter erschien. »Sie haben gut reden«, antwortete ihm Rapscallion. »Sie haben ja nicht mal Beine.«

Paradise-1 war für Menschen problemlos bewohnbar. Es gab flüssiges Wasser an der Oberfläche, das Sonnenlicht war hell und klar, aber nicht so kräftig, dass man Hautkrebs bekam, wenn man vorsichtig war. Die Durchschnittstemperatur fühlte sich eher frisch als kalt an, und die Schwerkraft betrug etwa acht Zehntel des irdischen Werts. Zhang hatte ein wenig Mühe, aber Petrowa kam sofort zurecht.

Allerdings sah der Planet überhaupt nicht so aus wie die Erde. Bis auf ein paar Bäume und Felder mit Grundnahrungsmitteln, die die Bewohner angebaut hatten, gab es kaum Pflanzen. Die Landschaft wurde von riesigen Lavaröhren dominiert, die mit ihren vielfältigen Formen und Gestalten an ein Korallenriff erinnerten, wenngleich sie weniger bunt waren. Stellenweise standen die mächtigen braungrauen Säulen in dichten Büscheln beisammen und neigten sich nach außen wie ein Blumenstrauß, oder sie bildeten lange Reihen, die an Orgelpfeifen erinnerten. Die Kolonisten hatten irgendwann herausgefunden, dass man in diesen Säulen gut isolierte, energieeffiziente Wohnungen einrichten konnte. Im Schutz einer niedrigen Gebirgskette war eine ganze Stadt entstanden, gut hundert Säulen, in die viele Fenster und schwere Eingangstüren eingebaut worden waren. Petrowa rannte zu dem ersten Gebäude und klopfte an die Haustür. Als niemand antwortete, lief sie zum nächsten Haus.

»Das hier steht offen«, sagte Zhang schwer atmend. Er war vorausgelaufen und dabei außer Atem gekommen. Nun ging er zu der Tür, die er meinte. Sie stand einen Spalt offen, doch drinnen war es offenbar stockfinster. »Hallo?«, rief er. »Hallo?«

Er trat ganz in den Schatten hinein. Petrowa blieb fast das Herz stehen. Sie lief zu der Tür eines anderen säulenförmigen Gebäudes und drückte dort auf den Sensor. Mit einem Seufzen öffnete sich die Tür. Vermutlich hielten es die Einwohner hier nicht für nötig, ihre Türen abzuschließen. Sie trat ein und rief, um die Bewohner nicht zu erschrecken.

Im Erdgeschoss fand sie einen Schlafsaal, einen Raum voller schmaler Betten mit zerknülltem Bettzeug. Auf dem Boden lagen schmutzige Kleidungsstücke und Toilettenartikel herum. Es roch ein wenig seltsam, aber anscheinend war dies hier eine Behausung für junge Leute, also war das nicht sonderlich überraschend. An den Schlafsaal schloss sich eine Küche mit breiten Tischen an, wo viele Menschen gleichzeitig essen konnten. Auf dem Herd sah sie einen großen Topf, auf einem Tisch stand schmutziges Geschirr. Sie untersuchte den Topf. Als sie den Deckel hob, stieg ein schwerer Verwesungsgestank auf. Beinahe hätte sie sich übergeben.

Was hatten die Leute hier gekocht? Und wie lange stand der Topf schon dort?

Sie eilte wieder auf die Straße. Gerade kam auch Zhang aus dem anderen Gebäude heraus. »Haben Sie etwas gefunden?«, fragte er.

»Niemand da«, antwortete sie. »Was ist mit dem dort?« Sie zeigte auf das andere Haus.

Er schüttelte den Kopf. »Ich dachte, sie sind vielleicht alle bei der Arbeit, aber schauen Sie.« Er nickte in die Richtung des bestellten Feldes jenseits der Straße. Die Pflanzen standen hoch und wirkten gesund, aber ein wenig vernachlässigt. Zwischen dem Mais und den Kartoffeln spross das Unkraut. Eine Seite des Feldes sah aus, als sei es vor gar nicht so langer Zeit gewässert worden.

Petrowa bekam es mit der Angst. »Wo sind sie alle?«, fragte sie.

»Hallo?«, rief Zhang. »Hallo? Ist hier jemand?«

Nein. Nein, das war doch alles völlig absurd. Direktorin Lang hatte sie hergeschickt, damit sie in der Kolonie nach dem Rechten sahen, und der Basilisk hatte doch erklärt, dass hier Menschen lebten. Vor der Ankunft des Basilisken, ehe er alle Schiffe übernommen und die Blockade eingerichtet hatte, war dies hier eine aufblühende Kolonie gewesen.

Tatsächlich waren die Spuren der Bewohner unübersehbar. Auf Leinen hing Wäsche, die in der Sonne trocknen konnte. Overalls, Halstücher, Jacken. Sie waren ausgebleicht, weil sie schon zu lange dem ultravioletten Licht ausgesetzt gewesen waren. Einige waren zerlumpt, als hätte ihnen ein starker Wind zugesetzt.

Petrowa lief in ein weiteres Gebäude, bei dem es sich offenbar um eine Krankenstation handelte. Als sie eintrat, rührten sich die Roboterarme, einer wollte gleich nach ihrem verletzten Arm greifen. »Hallo?«, rief sie. Keine Antwort. Auf einer Theke standen Blutkonserven bereit, die geronnen und nutzlos waren. Jemand hatte einen weißen Arztkittel über eine Stuhllehne gehängt. Auf einem kleinen Tisch stand eine Tasse Kaffee oder Tee. Die Flüssigkeit war bis auf einen zähen Belag weitgehend verdunstet und dann aufgesprungen wie trockener Schlamm in der Wüste.

Das nächste Gebäude war ein Kinderhort mit winzigen Betten, an die Wände waren Tierbilder gemalt.

»Hallo?«

Auch hier war niemand.

Dann fand sie einen Silo und einen Schuppen mit landwirtschaftlichen Geräten. Die Maschinen standen reglos da. Als sie eintrat, gingen einige Statuslichter an, als hätten die Maschinen nur darauf gewartet, endlich wieder Anweisungen zu bekommen.

»Hallo?«

Draußen hörte sie Zhang rufen, leise und weit entfernt.

»Hallo? Ist denn niemand hier? Hallo!«

Sie kehrte auf die Straße zurück und ließ den Blick über die Häuserzeile wandern. Sie suchte nach Hinweisen, nach irgendetwas, das ihr verriet, was hier geschehen sein konnte.

Wo waren all die Menschen?

»Hallo?«, rief Zhang. »Hallo!« Die Tonlage seiner Stimme veränderte sich. Es war keine Frage mehr, es war ein Schrei.

Danksagung

KEIN Buch wird von einem einzigen Menschen allein erschaffen, und dies gilt ganz besonders für *Paradise One*. Es begann als gemeinschaftliches Unternehmen, wobei die Hauptstränge des Plots und die Charaktere von einer kleinen Gruppe bei Orbit UK entworfen wurden. Anna Jackson, Jenni Hill und James Long dachten sich Petrowa und Zhang aus und brockten ihnen Schwierigkeiten ein. Dann baten sie mich um Hilfe, damit die beiden dem Basilisken entkommen konnten. Mein Name mag auf dem Einband des Buches stehen, aber in Wirklichkeit ist es ihr Werk. James übernahm auch das Lektorat und arbeitete bei allen Schritten der Entstehungsgeschichte unmittelbar mit mir zusammen. Sandra Ferguson ging das Manuskript mit einem feinen Kamm durch und entfernte alle meine dummen Fehler. Joanna Kramer organisierte die Arbeit und sorgte dafür, dass ich den Termin einhielt. Alle Mitarbeiter bei Orbit UK steuerten äußerst großzügig ihre Zeit, ihre Ideen und ihre Bereitschaft bei, sich mit mir auf diese Reise zu begeben. Ich bin für ihre Hilfe wirklich dankbar und hoffe, wir werden noch ein Dutzend weitere Geschichten sehen!

David Wellington
New York City, 2022

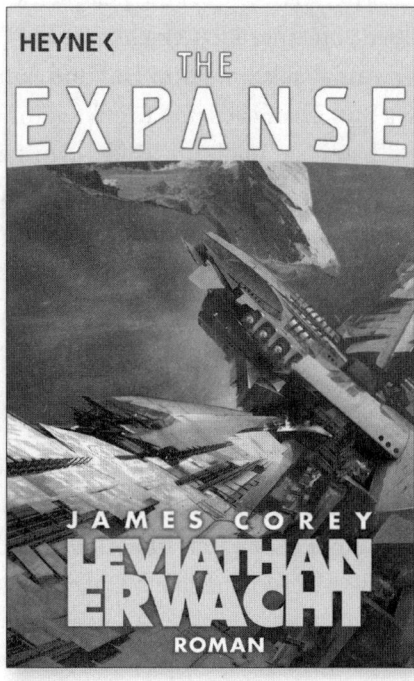

Adrian Tchaikovsky

Das große Zukunftsepos aus England

»Die Kinder der Zeit« wurde
mit dem Arthur C. Clarke Award ausgezeichnet

Ein fremder Planet, ein tödliches Geheimnis,
ein grandioses Abenteuer zwischen den Sternen – Adrian Tchaikovsky
schreibt so kluge wie actionreiche Science-Fiction

978-3-453-31898-4　　978-3-453-32036-9　　978-3-453-32292-9

Leseprobe unter **www.heyne.de**